À PROPROS DE L'AUTRICE

Ex-femme du prince Andrew, duc de York, et ex-belle-fille de la reine Elizabeth II, Sarah Ferguson est duchesse d'York. Autrice de mémoires et de livres pour enfants, elle est aussi productrice de documentaires et de films historiques sur la période victorienne. En parallèle, elle œuvre au sein de l'organisation à but non lucratif Children in Crisis, qui vient en aide aux enfants et femmes du Tiers Monde. Mère de deux filles, les princesses Beatrice et Eugenie, Sarah Ferguson vit à Windsor avec neuf Norfolk Terrier turbulents.

À la conquête de sa liberté a été co-écrit avec Marguerite Kaye, autrice de cinquante romances historiques.

À la conquête de sa liberté

SARAH FERGUSON

À la conquête de sa liberté

Traduit de l'anglais (Royaume-Uni) par
NICOLAS ANCION et AXELLE DEMOULIN

HARLEQUIN

Titre original :
HER HEART FOR A COMPASS

Ce livre est publié avec l'aimable autorisation de HarperCollins Publishers, LLC, New York, U.S.A.

Le visuel de couverture est reproduit avec l'autorisation de :
© ILDIKO NEER/TREVILLION IMAGES
Réalisation couverture : C. ESCARBELT (HarperCollins France)

HARPERCOLLINS FRANCE
83-85, boulevard Vincent-Auriol, 75646 PARIS CEDEX 13.

www.harlequin.fr

ISBN 978-2-2804-6180-1

Ce livre est dédié à mes merveilleuses filles, qui ont la force et le courage de Lady Margaret. Elles aussi ont suivi leur cœur et vivent comme elles l'entendent. Ce livre est pour vous, Beatrice et Eugenie, avec tout mon amour.

CHAPITRE 1

Montagu House, Londres, mercredi 19 juillet 1865

— Ah, vous voilà ! Il est bientôt minuit, ma chère.

Lord Rufus Ponsonby, le comte de Killin, était considéré comme un homme parfaitement convenable. Il était grand, plutôt mince et toujours impeccablement habillé. Son profil aquilin était hautain, comme il sied à un comte du royaume. Tout dans sa personne était austère, réservé et calculé.

Lady Margaret Montagu Douglas Scott eut un mouvement de recul involontaire quand il s'approcha.

— Je ne le sais que trop.

Comme d'habitude, il ne sembla pas s'apercevoir de la réaction de rejet qu'il provoquait chez son interlocutrice.

— Pourquoi vous cachez-vous dans l'ombre ? Vous avez des doutes sur votre apparence ? poursuivit-il en répondant lui-même à sa question. Permettez-moi de vous rassurer. Votre toilette n'est ni trop simple ni trop somptueuse pour l'occasion. Sa Grâce votre mère a d'excellents goûts.

Étant donné que sa mère approuvait le choix de cet homme comme mari, Margaret se dit qu'elle n'avait pas si bon goût.

— J'aurais préféré une robe turquoise.

— Toutes les jeunes femmes portent du blanc pour leur première saison.

— Regardez-moi, insista Margaret, exaspérée que Killin ne lui accorde jamais toute son attention. Vous ne trouvez pas que j'ai l'air d'un fantôme qui assiste à ses propres fiançailles ? Comme le spectre qui vient hanter Macbeth en plein banquet.

— Vous vous laissez emporter par votre imagination débordante.

— Il y a tant de volants et de froufrous sur cette toilette que j'ai l'impression d'être enveloppée dans un rideau.

Le comte, les yeux rivés à sa montre, ne remarqua pas la nervosité de Margaret. Killin compara l'heure indiquée par les petites aiguilles d'or à celle de l'horloge de la salle de bal, fronça les sourcils, vérifia de nouveau, procéda à un léger ajustement, puis les inspecta une dernière fois avant de refermer le boîtier et de replacer l'objet dans son gilet.

— Nous devrions rejoindre vos parents pour l'annonce, suggéra-t-il. Ils doivent être sur des charbons ardents.

Le comte avait un léger tic, entre la toux et le reniflement, comme s'il était sur le point de s'éclaircir la gorge, mais changeait d'avis. Ce bruit avait le don d'irriter Margaret au plus haut point. Personne d'autre ne semblait s'en rendre compte, mais chaque fois que Killin ouvrait la bouche pour parler, elle redoutait d'entendre ce son affreux.

— C'est moi qui devrais être sur des charbons ardents, souligna-t-elle avec un sourire crispé. Après tout, ma vie est sur le point de changer pour toujours.

Même s'il lui rendit son sourire, le mouvement paraissait forcé et ne se reflétait pas dans ses yeux.

— Nous allons entamer une nouvelle vie ensemble, Lady Margaret. Pour ma part, je suis impatient de la passer à vos côtés.

La simple idée d'être à ses côtés la répugnait. Heureusement, dans le mois qui s'était écoulé depuis que leurs fiançailles avaient été décidées, il ne l'avait jamais prise dans ses bras. Cela avait permis à Margaret d'ignorer le dégoût qu'il lui inspirait et de se persuader qu'elle finirait par se faire à l'idée de ce mariage. Il n'avait jamais tenté de l'embrasser. S'il la touchait, c'était simplement pour la guider ici ou là, et ses mains ne s'attardaient jamais sur elle. Tout cela était-il sur le point d'évoluer ? Elle frissonna intérieurement. Ce modèle de bienséance n'était-il pas tout simplement celui d'un gentleman attendant patiemment que ses droits matrimoniaux soient formellement entérinés ? Grands dieux ! Le simple fait d'imaginer ses lèvres contre les siennes lui donnait envie de se frotter la bouche avec son mouchoir.

Dès l'annonce de leurs fiançailles, tout retour en arrière deviendrait impossible. Elle serait promise à un homme qu'elle détestait et qui, elle en était convaincue, ne s'intéressait pas le moins du monde à elle. Pire, plus Margaret passait de temps en compagnie de Killin, plus elle avait la certitude qu'elle lui était franchement antipathique. Elle avait tenté de se persuader du contraire, cependant elle remarquait de plus en plus souvent la désapprobation qu'elle suscitait chez lui – que ce soit à cause de ses manières ou de son tour de taille –, même s'il s'efforçait de la cacher.

La facilité avec laquelle il dissimulait ses sentiments était un autre aspect de sa personnalité qui agaçait Margaret. Elle se raisonna : les *sentiments* n'entraient pas en ligne de compte dans un mariage. Killin était déterminé à l'épouser pour servir ses intérêts, et ses propres parents étaient encore plus empressés que lui. Elle s'était résolue à les contenter tous les trois en accomplissant son devoir. C'était la meilleure ligne de conduite à adopter, alors pourquoi son maudit instinct choisissait-il ce moment inopportun pour se rebeller ? Allait-elle vraiment épouser cet homme ? Cette idée lui parut soudain inenvisageable et terrifiante.

— Lady Margaret ! Nous devons à tout prix rejoindre le duc et la duchesse. Leur patience, comme la mienne, doit être à bout.

Avouer maintenant ce qu'elle avait sur le cœur, après des semaines à tenir sa langue, était impensable. Et inutile. Elle se sentait terrassée et abattue. La seule option qui s'offrait à elle était de se préparer à affronter l'inévitable.

— Je voudrais un moment seule pour mettre de l'ordre dans mes pensées. *S'il vous plaît*, je vous en prie, ajouta-t-elle en sentant la réticence de son futur fiancé. Je voudrais recouvrer mon calme. Tous les regards vont être braqués sur nous, et je ne veux pas vous faire honte.

Le plus important pour elle, c'était de ne pas décevoir sa mère. Ou son père. Elle ne voulait désappointer personne, elle avait juste absolument besoin d'un instant de solitude. Toute la soirée, elle avait été assaillie par ceux qui tenaient à la féliciter. À son immense soulagement, Killin accepta.

— Très bien alors, s'il le faut. Mais ne soyez pas longue.

Sans lui laisser l'opportunité de se raviser, Margaret s'empressa de s'éloigner. L'atmosphère de la salle de bal bondée était étouffante. Elle avait si chaud et était si nerveuse qu'elle ne parvenait pas à réfléchir clairement. Le mélange de parfums coûteux, de pommades et de transpiration importunait ses narines. Elle avait envie d'éternuer. Que n'aurait-elle pas donné pour une bouffée d'air frais ou, mieux encore, pour sentir les odeurs familières et réconfortantes des écuries de la résidence familiale, à Dalkeith. Spider, son poney adoré, lui obéissait sans poser de questions. Si seulement elle était aussi disciplinée que lui ! Si seulement, comme sa mère le répétait trop souvent, elle pouvait ressembler davantage à Victoria. Killin aurait probablement préféré s'unir à la grande sœur parfaite de Margaret, mais Victoria était destinée depuis la naissance à épouser Lord Schomberg Kerr, le fils de la meilleure amie de leur mère. Victoria, qui représentait un idéal que Margaret ne pouvait se résoudre à imiter, s'était mariée en février, obligeant Killin à se contenter d'un second choix, la deuxième fille du duc et de la duchesse de Buccleuch.

La docile Victoria avait semblé heureuse d'accepter son sort. Margaret s'était efforcée de croire sa mère quand celle-ci lui avait assuré qu'elle savait mieux que Margaret ce qui était bon pour elle. La jeune femme avait essayé de se persuader que l'aversion viscérale que lui inspirait Killin s'atténuerait à mesure qu'elle apprendrait à le connaître. Finirait-elle par le trouver plus agréable ? En cet instant, elle avait du mal à le croire. Pourquoi ne pouvait-elle pas avoir la même opinion de lui que les autres ? Elle avait essayé ; on ne pouvait lui reprocher de ne pas avoir fait d'efforts. Hélas, elle avait échoué lamentablement. Si seulement elle n'avait pas la certitude que Killin éprouvait les mêmes sentiments à son égard. Il ne s'intéressait pas le moins du monde à elle. Tout ce qui comptait pour lui, c'étaient les relations de la famille de sa future fiancée. Derrière le masque de gentleman charmant que Killin présentait au monde entier se cachait un homme d'une froideur extrême. Pourtant, personne d'autre que Margaret ne paraissait s'en rendre compte. Se trompait-elle ? Elle savait au plus profond d'elle que non, mais il était bien trop tard pour y remédier.

Margaret sortit par les portes-fenêtres, et la puanteur âcre de la Tamise lui frappa les narines. Les jardins de Montagu House donnaient directement sur le fleuve. Elle se couvrit le nez d'une main et recula jusqu'au recoin le plus sombre de la terrasse. Elle ne s'attarderait pas longtemps. Elle affronterait bientôt son sort.

Elle tenta d'inhaler par la bouche, en rejetant le goût affreux de la Tamise à chaque expiration, comme un fumeur qui bourre sa pipe avec du tabac bon marché, mais la puanteur se collait au fond de sa gorge. Sa peau la démangeait sous la poudre de perle destinée à masquer ses taches de rousseur. Ses yeux piquaient à cause du mélange répugnant prescrit par sa mère pour teindre en noir, comme l'exigeait la mode, ses cils et ses sourcils naturellement auburn. Sa femme de chambre, Molly, avait eu beau jurer le contraire, Margaret était convaincue que la concoction était principalement composée de poussière de charbon.

Combien de temps oserait-elle encore repousser le moment fatidique ?

Cinq minutes ne suffiraient pas.

Il lui faudrait cinq heures.

Cinq semaines.

Ou, mieux encore, cinq années.

Et même après pareil délai serait-elle prête ?

Son cœur battait à tout rompre. L'armature de sa large crinoline de cérémonie semblait animée d'une vie propre, malgré les sangles censées la contrôler. Au cours des dernières semaines, elle avait eu peu d'appétit, et le mètre ruban que sa mère déployait sans cesse montrait que son tour de taille avait rétréci. Il ne mesurait plus que dix-neuf pouces, et pourtant elle avait l'impression d'avoir le souffle court, comme si Molly avait trop serré son corset.

Margaret s'éloigna encore un peu du brouhaha de la salle de bal et se heurta à la balustrade. Elle s'y rattrapa juste à temps pour éviter de dégringoler les marches et de tomber dans un des jardins plongés dans l'obscurité. L'odeur de la Tamise était insupportable, mais une fois de plus elle avait égaré l'éventail qui aurait dû être attaché à son poignet. Ses cheveux allaient sans doute friser à cause de l'air humide, ce qui gâcherait les efforts de la pauvre Molly. Qu'est-ce que Margaret n'aurait pas donné pour retirer les épingles de sa chevelure rousse rebelle et laisser tomber celle-ci en cascade dans son dos. Ne serait-ce que pour avoir le sentiment qu'une partie d'elle au moins avait le droit d'être libre.

Cette idée la fit éclater d'un rire presque hystérique. Ses pieds s'écartèrent d'un pas prudent, et elle descendit la première marche.

Elle ne s'enfuyait pas.

Elle ne pouvait pas s'enfuir.

Il fallait à tout prix qu'elle retourne dans la salle de bal et qu'elle endure la cérémonie. Mais, sans trop savoir comment, elle se retrouva en bas des escaliers.

À l'intérieur, l'orchestre jouait les derniers accords de la valse. Margaret disposait encore de trois ou quatre minutes tout au plus. Les danseurs devaient être en train d'exécuter des révérences polies. La clarté avec laquelle elle se représentait la scène n'apaisait en rien son tourment. La salle de bal devait être un festival de lumière reflétée par les miroirs, car les bougies des trois énormes lustres en cristal étaient allumées, ainsi que les appliques à gaz. La foule des invités, les femmes dans leurs toilettes colorées et les hommes dans leurs tenues de soirée noires, devait être en train de se tourner vers l'estrade. Les dames agitaient sans doute leurs éventails, tandis que les hommes se tamponnaient discrètement le visage à l'aide de leur mouchoir. Les impressionnantes compositions de roses devaient commencer à s'affaisser. La coiffure de Margaret n'était probablement pas la seule à se mettre à frisotter.

De leur propre chef, les pieds de la jeune femme continuaient de s'écarter lentement de la maison. Ils l'emmenèrent le long du chemin qui serpentait à travers le jardin jusqu'au mur bordant le fleuve. À l'intérieur, sous l'œil vigilant du majordome, une armée de valets de pied en livrée d'apparat, les cheveux moulés dans une coiffure imitant les perruques grâce à un mélange de farine et d'eau, devait se préparer à servir des coupes de champagne glacé en prévision du toast qui serait porté pour célébrer l'événement.

La presse émettait des suppositions sur l'annonce des fiançailles depuis des semaines. Les membres de la société les plus nobles, les plus illustres et les plus influents étaient présents. Tous ceux qui comptaient s'étaient assemblés à Montagu House, car seule une convocation royale pouvait détrôner une invitation du duc de Buccleuch. La princesse Louise, cependant, était absente. L'amie d'enfance de Margaret, qui lui avait conseillé d'accepter son destin avec grâce, avait été obligée de rester aux côtés de la reine à Osborne House, sur l'île de Wight, et ne pouvait assister à la soumission de Margaret.

Et Louise avait raison : Margaret devait se soumettre ! Elle s'enjoignit de s'arrêter, de rejoindre la salle de bal et de prendre part à ce qui s'apparentait à un défilé de la victoire, dont elle était le trophée. Mais elle ne s'en sentait pas capable.

Pas encore.

Jamais.

La vérité la fit se figer sur place. Depuis le moment où elle avait laissé sa mère la persuader d'accepter la demande en mariage de Killin, Margaret s'était menti à elle-même. Même si ses parents souhaitaient ardemment cette union, elle ne pouvait se sacrifier sur l'autel du devoir en épousant un homme dont elle était convaincue, au tréfonds de son cœur, qu'il la rendrait malheureuse. Elle ne pouvait tout simplement pas aller jusqu'au bout. Et tant pis si cette décision menait à un suicide social, ce qui était inéluctable.

Dans la salle de bal, la duchesse devait se tenir sur l'estrade, aussi belle qu'à son habitude. Le duc devait être à ses côtés, grand et droit comme un I, dans sa tenue de soirée noire qui mettait en valeur ses cheveux roux presque aussi flamboyants que ceux de sa fille. Il devait froncer les sourcils et, selon toute vraisemblance, consulter sa montre avec impatience. Victoria devait se tenir juste derrière leur mère, près de Kerr. Et Killin devait être à l'avant du groupe familial, impatient de confirmer sa place dans le prestigieux cercle de la dynastie Buccleuch.

Alors que l'esprit de Margaret s'affolait pour tenter désespérément de faire entendre raison à son instinct rebelle, les pieds de la jeune femme se mirent à reculer inexorablement, accentuant la distance entre la salle de bal et elle.

Retournes-y, s'ordonna-t-elle. Pour pratiquement la première fois en bientôt dix-neuf ans sur cette terre, elle était sur le point de rendre ses parents heureux et fiers. Mais à quel prix ? Aux yeux de la loi et de la société, elle deviendrait la propriété de Killin.

Margaret fit encore quelques pas en arrière. Tant que la salle de bal restait dans son champ de vision, elle arrivait à se persuader qu'elle pouvait y retourner à tout moment. Elle les faisait attendre, c'était tout. N'était-ce pas la prérogative de la fiancée ? Même s'il devait déjà être plus de minuit. Mère enverrait bientôt Victoria pour reconduire Margaret à l'intérieur, comme un chien de berger ramène dans le troupeau une brebis égarée.

Cette pensée repoussa la jeune femme plus profondément dans l'obscurité. Elle tenta vaillamment une dernière fois de se convaincre d'être raisonnable. Elle s'imagina sur l'estrade, glissant sa main dans celle de Killin. Il s'éclaircirait la gorge avant de la réprimander de l'avoir fait attendre.

Ce fut l'idée de ce tic irritant qui la décida. C'était sans doute la raison la plus absurde qui soit d'annuler des fiançailles. Si elle retournait dans la salle de bal, elle savait qu'elle serait perdue. Son courage l'abandonnerait, et très vite l'annonce serait faite. Alors que si elle restait tapie dans le jardin assez longtemps ses parents seraient bien obligés d'abréger ses souffrances. Ils ne lui pardonneraient jamais mais, le bon côté des choses, c'était que Killin non plus. Et bien plus capital encore, si elle célébrait ces fiançailles, *elle* ne se le pardonnerait jamais.

Pardon, pardon, je suis vraiment désolée.

En se répétant en boucle cette phrase sincère, Margaret remonta sa crinoline, tourna le dos à la salle de bal et se précipita vers les arbustes à la limite de la propriété du duc.

Des larmes roulaient le long de ses joues et se mêlaient à la concoction de suie qui noircissait ses cils, l'aveuglant. L'odeur d'un tabac coûteux lui emplit les narines juste avant qu'elle ne percute de plein fouet un homme qui fumait tranquillement un cigare. Elle fut déséquilibrée et serait tombée s'il ne l'avait retenue. La collision eut raison de ses nerfs mis à vif. Margaret se mit à crier et à se débattre de toutes ses forces. Elle tenta de décocher un coup de pied dans le tibia de l'inconnu et réussit simplement à se cogner les orteils à travers le tissu de ses mules.

Il la lâcha immédiatement.

— Lady Margaret ?

Elle reconnut les intonations subtiles de l'accent écossais de Donald Cameron de Lochiel, une connaissance de son père, qui exerçait une fonction diplomatique ou quelque chose du genre.

— Laissez-moi. S'il vous plaît, faites comme si vous ne m'aviez pas vue.

Inutile de préciser qu'il ignora sa requête.

— Au nom du ciel, que faites-vous ici toute seule dans le noir ? Vos fiançailles vont être annoncées d'une minute à l'autre.

— Je voulais sortir fumer d'abord, ironisa Margaret, oubliant toute prétention de politesse.

Surpris, il contempla le cigare allumé dans sa main, avant de le laisser tomber et de l'écraser.

— Vous vous sentez nerveuse et c'est parfaitement compréhensible. La perspective est intimidante, surtout devant tout ce beau monde. Laissez-moi vous prêter mon bras.

Il lui parlait comme à une enfant. Lochiel était très grand et vêtu de façon austère. Il appartenait au type d'homme que l'on qualifiait communément de séduisant ou de distingué. Cependant, comme la plupart des messieurs, qu'ils soient séduisants, distingués ou non, il portait une barbe, et l'une des plus repoussantes qui soient : un long collier qui formait une sorte de collerette de poils autour de son cou.

— Je n'ai pas besoin de votre soutien, lui assura Margaret. Par pitié, laissez-moi.

Pendant un merveilleux instant, elle crut qu'il allait obtempérer.

— Vous avez besoin d'un peu de temps pour vous calmer, c'est tout. Je le comprends, mais vraiment, Lady Margaret, vous ne pouvez pas faire attendre tout le monde indéfiniment, vous savez.

Lochiel tendit le bras vers elle pour la guider dans la direction de la salle de bal.

— Venez avec moi. Vos parents et Killin doivent…

— Non !

Elle le repoussa violemment, puis attrapa les plis de sa robe et courut sur les derniers mètres qui la séparaient de la porte du jardin. Elle l'ouvrit, la franchit d'un pas chancelant, la referma derrière elle et s'enfuit dans la nuit.

CHAPITRE 2

Château de Windsor, mars 1865 (quatre mois plus tôt)

Son Altesse Royale la princesse Louise se leva d'un bond lorsque Margaret entra dans la pièce.

— Te voici enfin !

— Oh ! Lou, je suis si contente de te voir.

Margaret se précipita pour étreindre sa meilleure amie. Comme à son habitude, Louise se raidit légèrement, supportant le contact physique juste assez longtemps pour ne pas offenser Margaret, puis se dégagea avec douceur.

— Viens, assieds-toi et raconte-moi tout. Comment vas-tu ?

— Peu importe comment je vais. Comment vas-tu, *toi* ?

Margaret dénoua son bonnet, retira ses gants et les jeta négligemment dans un fauteuil.

— Es-tu vraiment guérie ? Laisse-moi te regarder.

Louise adopta une pose théâtrale, tourna la tête d'un côté puis de l'autre, avant de tournoyer sur elle-même.

— Tu vois, je suis parfaitement rétablie, comme neuve.

Margaret examina Louise de près et fut rassurée de ne trouver dans son splendide teint de porcelaine et ses yeux gris-bleu étincelants aucune trace de la maladie qui l'avait affectée. Comme à l'accoutumée, ses cheveux bruns soyeux étaient coiffés à la dernière mode, sans la moindre mèche rebelle, car la jeune femme était extrêmement soucieuse de son apparence.

— J'aimerais *tant* avoir ne fût-ce qu'une once de ton style. Même si je passais des heures devant le miroir, je n'atteindrais jamais une telle perfection. Et tu es si mince ! Comme un fil, dirait ma Molly.

— Depuis mon anniversaire, la semaine dernière, mon tour de taille et mon âge correspondent parfaitement. Dix-sept pouces pour dix-sept ans.

— Hélas, pour pouvoir en dire autant, il faudrait que je sois une vieille fille de vingt-cinq ans.

— Une bonne méningite tuberculeuse réglerait la question, plaisanta Louise.

— C'est ce dont tu as souffert ?

— D'après le médecin. Personnellement, je qualifierais cela de violents maux de tête, mais ce diagnostic ne justifierait pas les honoraires exorbitants du docteur. J'étais très malade. Toutefois pas assez pour convaincre la reine de me laisser à Balmoral.

Louise grimaça avant de poursuivre :

— Le voyage de retour en train vers Londres a été épouvantable. Ils ont dû m'abandonner à mi-chemin, car j'étais trop mal en point pour continuer. Mais je me sens parfaitement bien à présent, je t'assure.

— Tu as l'air en pleine forme, en tout cas.

Margaret se laissa tomber sans élégance sur le canapé. Sa crinoline se souleva et révéla non seulement ses chevilles, mais aussi ses mollets. Le petit terrier écossais qui occupait l'autre bout du siège jappa avec enthousiasme et bondit sur ses genoux. Elle passa la main le long du pelage rêche de l'animal, qui remua frénétiquement la queue.

— Quel amour. Il me fait penser à mon Lix adoré. Mes chiens me manquent tant !

Louise rapprocha un fauteuil et prépara le thé à l'aide du service mis à leur disposition.

— C'est Laddie. Il vieillit et il aime se cacher ici, à l'écart des autres chiens. Ils sont trop turbulents pour lui, le pauvre.

Elle tendit à Margaret une tasse et une généreuse part de gâteau.

— J'imagine que cela t'est égal de ne pas commencer par le pain et le beurre.

— Oui, c'est parfait.

Sans égard pour la petite fourchette, Margaret mordit à pleines dents dans la pâtisserie.

— Du cake au citron, mon préféré.

— Je sais.

— Tu ne prendras même pas une petite part ?

— Pas une miette. Je n'ai pas l'intention de finir comme maman. Depuis le décès de papa, elle a pris du poids et elle n'était déjà pas une sylphide.

— Allons, Lou, sur ses premiers portraits, elle avait une jolie silhouette.

— Une crinoline permet de dissimuler bien des faiblesses. La reine n'a aucune discipline quand il est question de nourriture.

— Moi non plus, admit Margaret en levant les yeux au ciel. Heureusement pour mes très nombreuses nouvelles robes, mère est là pour me surveiller. Voyons le bon côté des choses, maintenant que je suis à Londres, nous pourrons nous voir plus souvent, toi et moi.

— Je l'espère. Cependant, tu sais que c'est la reine qui décide de mon emploi du temps. Elle se montre affreusement possessive avec mes sœurs et moi depuis la mort de notre père, elle nous dissuade de voir nos amis, et il n'est pas question de participer à des mondanités sans elle. C'est un peu oppressant. Mais assez parlé de moi. Donne-moi tes impressions de la capitale.

Margaret savait qu'il eût été déplacé de compatir et préféra s'exécuter.

— Eh bien, les odeurs sont insoutenables. L'air a un goût infâme, surtout quand il y a du brouillard. On a l'impression de lécher un penny. Et la saleté ! Elle tombe littéralement du ciel, je suis sans cesse obligée de me laver le visage et les mains, et mes jupons sont couverts de ce que les gens appellent *la boue des rues.*

— C'est principalement la faute des chevaux, indiqua Louise sans entrer dans les détails.

— Et puis tout est trop éclairé et extrêmement bruyant. Les rues grouillent de passants à toute heure, et je vois partout des bâtiments qu'on démolit ou qui sortent de terre. Je ne parviens pas à trouver le sommeil à cause du vacarme incessant des voitures dans la rue et, bien que l'on m'ait assuré que le nouvel éclairage au gaz de Montagu House est sans danger, chaque fois qu'il émet ce drôle de claquement, je sursaute.

— Sa Majesté considère que l'éclairage au gaz n'est pas sûr, elle n'en veut pas ici à Windsor. Quand je t'ai demandé si tu aimais Londres, M., je parlais plutôt de la société. Comme la reine réclame sans cesse ma compagnie, j'en suis réduite à vivre par procuration. Tu as fait forte impression, si l'on en croit les journaux.

— Ils n'ont pas de sujets plus importants à traiter que de rapporter quelle robe je portais à quelle soirée, avec qui j'ai dansé et si mon carnet de bal était rempli de demandes de messieurs désireux de valser avec moi ?

— Cela te donne une idée de ce qu'est ma vie depuis l'enfance : mes moindres faits et gestes sont épiés. C'est pour cela que je mets un point d'honneur à être toujours tirée à quatre épingles. On ne sait jamais quels yeux sont braqués sur nous.

— Je n'y suis pas habituée et, franchement, je n'apprécie pas cette attention. À la maison, à Dalkeith, mon seul public est un troupeau de vaches qui ruminent.

Louise gloussa.

— Je ne suis pas sûre que ces messieurs de la presse goûteraient la comparaison.

— Plus sérieusement, j'ai à peine eu un moment à moi, depuis mon arrivée à Londres. Je suis obligée de changer de toilette pour chaque visite, parfois trois ou quatre fois par jour, et la saison ne débute réellement qu'après Pâques.

— Je sais que tu appréhendes ce moment, M., mais, moi, j'adorerais faire mon entrée dans le monde comme toi. J'aurais tant aimé avoir ma propre soirée de présentation, mais la reine a refusé tout net d'envisager d'ouvrir la salle de bal de Buckingham Palace.

— Oh ! Lou.

Margaret tendit le bras par-dessus la table pour toucher la main de son amie en signe de compassion, commettant ainsi deux faux pas d'un seul geste.

— Sa Majesté ne manifeste toujours aucun signe de sortie du deuil ?

— Au contraire.

Louise hésita face à la fine tranche de pain et de beurre sur son assiette, puis décida de ne pas y toucher et servit plutôt une deuxième part de gâteau à Margaret.

— Depuis la mort de papa, maman nous répète presque tous les jours qu'elle voudrait le rejoindre. Nous sommes constamment sur nos gardes, car le moindre mot peut la faire fondre en larmes. Je t'assure, Margaret, on pourrait croire que le rire est un des péchés capitaux. Et quand la reine n'évoque pas son propre décès elle semble déterminée à faire mourir d'ennui tous ceux qui l'entourent. Sans mes cours de sculpture avec Mary Thornycroft, je crois que je perdrais la raison. J'ai de la peine pour maman, sincèrement, mais elle n'est pas de joyeuse compagnie. En outre, elle refuse de voir que Lenchen et moi ne sommes plus des enfants, mais des jeunes femmes.

— Mon Dieu, c'est vrai, ta sœur Helena est plus âgée que moi.

— Elle a dix-neuf ans.

Louise écarta sa tasse de thé et prit son carnet de croquis, qu'elle feuilleta distraitement.

— Le mois dernier, nous avons été invitées à un bal costumé à Claremont. Lenchen et moi étions ravies, jusqu'à ce que nous découvrions que c'était un bal pour *enfants* et qu'Arthur devait y assister avec nous. Nous nous en sommes tout de même accommodées. Je portais une robe Louis XV : de la soie blanche drapée sur des jupons en satin rose et blanc. *Naturellement*[1], je l'avais dessinée moi-même.

— Bien entendu, convint Margaret. Et j'imagine que tu étais la reine du bal.

1. En français dans la version originale.

— Je dois reconnaître que j'étais magnifique. Mes cheveux étaient poudrés, et j'avais fait orner ma robe avec de la dentelle ancienne appartenant à la reine. C'était une erreur, car dès qu'elle l'a aperçue les jérémiades ont fusé. « Oh ! si seulement mon cher Albert était là pour partager ce moment », singea Louise en imitant le ton de sa mère et en se tordant les mains.

— Arrête ! Ce n'est pas gentil de me faire rire alors que son chagrin est bien réel.

— Réel et tenace, renchérit Louise avec acrimonie. Mon père serait consterné de la voir faire un tel étalage de sentiments. Tu sais comme il était flegmatique et attaché aux convenances.

Margaret frissonna.

— Il était terrifiant. Il avait une façon de me regarder sans me voir, comme si j'étais indigne de son attention au point d'en devenir invisible.

— Il valait mieux être invisible qu'attirer sa colère par un comportement déplacé.

— Ce qui ne t'est pratiquement jamais arrivé, Lou, car même quand tu commets un impair tu parviens à rejeter la faute sur quelqu'un d'autre. Ne le nie pas, tu sais que c'est vrai.

Louise haussa les épaules.

— Comme je te le répète souvent, l'essentiel est d'afficher un air impassible et de ne rien dire.

Margaret offrit les restes de son gâteau à Laddie.

— Mon père est convaincu que mon visage est un régal pour les joueurs de cartes, répondit-elle, parce qu'il est transparent.

— C'est vrai, M., je devine toujours quand ma conversation t'ennuie.

— Tu ne m'ennuies jamais !

— Non, mes propos sont toujours fascinants et tu es suspendue à mes lèvres. Malheureusement, tout le monde n'est pas aussi intéressant. Je m'ennuie souvent, mais je ne le montre jamais. C'est ce qui explique que la reine me trouve de si bonne compagnie.

— Comment fais-tu ? Pour empêcher tes pensées de transparaître, je veux dire ?

— Mon Dieu, quelle drôle de question. Je ne sais pas… Cela se fait naturellement.

— Pas pour *moi.*

— Tu ferais mieux d'apprendre. Sinon, tôt ou tard, tu t'attireras des tracas. Il ne faut surtout pas passer pour capricieuse.

— Pourtant, cet adjectif te décrit parfaitement.

— Ah, mais personne ne le sait à part toi, ma chère M.

— Je parais peut-être ingrate, mais je ne le suis pas. J'ai parfaitement conscience de ma chance. La plupart des jeunes femmes seraient prêtes à tout pour profiter de l'opportunité qui m'est offerte : une garde-robe entière qui déborde de nouvelles toilettes et des visites tout au long de la journée.

— Bonté divine, la duchesse t'a merveilleusement fait l'apologie de ton devoir.

— Et ma sœur Victoria est là pour renforcer ses enseignements. Le problème, Lou, c'est que je ne suis pas à Londres pour m'amuser. Je suis ici pour accomplir mon devoir et faire un beau mariage.

— C'est ce qui nous attend toutes les deux et le plus tôt sera le mieux. C'est le prix à payer pour être bien nées, mais n'être que des femmes.

— Bien sûr, mais j'aimerais me marier le plus tard possible.

— C'est peu probable avec l'engouement que tu suscites.

— Dieu seul sait pourquoi ! Maman est aussi étonnée que moi par mon succès. Peut-être est-ce parce que nous sommes tôt dans la saison ; il y a peu de concurrentes.

— Ou peut-être est-ce parce que tu es la fille aux cheveux flamboyants du duc de Buccleuch…

— Deuxième fille !

Louise balaya cette objection d'un geste.

— Je suis la quatrième fille de la reine, mais aux yeux du monde, tout ce qui compte, c'est que je sois une princesse. Si j'avais fait mon entrée officielle dans la société, je t'épargnerais l'attention de la presse, car une princesse l'emporte sur une simple fille de duc.

— Mais tu as fait ton entrée maintenant, non ? Tu étais au bal à Marlborough House la semaine dernière.

— As-tu lu le compte rendu dans le *Times* ? Je t'assure, l'événement était aussi soporifique que le laisse entendre l'article. Il était organisé pour célébrer les deux ans de mariage de mon frère Bertie et de sa femme, Alix. Alix attend encore un enfant, mais bien sûr on ne le devinerait jamais tellement son corset est serré.

Margaret grimaça.

— Est-ce bien prudent de comprimer son futur enfant au nom de la mode ?

— Elle porte un corset spécial qui laisse de la place au bébé, expliqua Louise dans un murmure conspirateur. Quand elle m'a annoncé l'heureux événement, elle était à la maison en déshabillé et son état était parfaitement visible. Elle me montrait la robe qu'elle allait porter au bal, et je lui ai demandé comment diable elle comptait rentrer dedans. Alors elle m'a montré *l'engin,* comme elle l'a appelé.

Les joues de Louise se colorèrent.

— Cela ressemblait plus à un instrument de torture qu'à un corset.

— Pourquoi le porter alors ? La reproduction est une chose parfaitement naturelle.

Louise fit semblant de frissonner.

— La politesse veut qu'on ne dise pas *reproduction*. Les chevaux se reproduisent, comme les animaux de basse-cour et les chiens. Le peuple procrée. Mais les dames… ma chère, absolument pas. Tu ne sais donc rien ?

— Depuis que je suis à Londres, je me rends compte que mon ignorance ne connaît presque aucune limite, avoua Margaret. Comment évoquer cet état plus délicatement ?

— On peut admettre qu'on attend un événement… mais seulement devant ses amies. En public, une dame doit simplement faire comme si le futur bébé n'existait pas.

— Eh bien, je trouve cela absurde, vu le temps qu'une femme mariée passe à attendre un enfant.

— Oh ! je suis d'accord, reconnut Louise en abandonnant son ton affecté. Regarde ma sœur Vicky. Elle en a eu quatre jusqu'à présent, en six ans à peine. Tu peux imaginer ! Ce sera bientôt le tour de ta sœur Victoria, maintenant qu'elle est mariée. Je blâme la reine d'avoir lancé cette mode avec ses neuf descendants.

Louise se mit à déambuler dans sa chambre, prenant et replaçant les statuettes, les livres et les accessoires de dessin qui occupaient presque toutes les surfaces.

— Elle a lancé une nouvelle mode : celle du deuil éternel. C'est oppressant. Elle est bien décidée à ne laisser personne tirer le moindre plaisir de l'existence tant qu'elle-même ne le peut pas.

— Je n'avais pas compris que la situation était aussi sinistre.

Louise se rassit.

— J'envie ta liberté.

— Ma seule liberté, c'est de décevoir ma mère tous les jours, maintenant que nous sommes sous le même toit, rétorqua Margaret. Quand ce ne sont pas mes cheveux, ce sont mes taches de rousseur ou ma silhouette. Ou la façon dont j'entre dans une pièce – elle prétend que j'enfonce la porte comme un policier londonien –, ou le fait que j'égare sans cesse mon éventail, sans parler de mon incapacité à le manipuler correctement. Savais-tu, Louise, qu'on peut communiquer en utilisant un éventail ?

— Bien sûr.

— Eh bien, je l'ignorais.

— Lenchen et moi avons établi un langage secret en utilisant les couverts, expliqua la princesse avec un sourire malicieux. Nous y recourons pendant les dîners qui s'éternisent avec la reine et sa cour. Cela nous permet de tenir une conversation sans intérêt avec le courtisan poli et insipide assis à côté de nous, tout en communiquant entre nous de façon bien plus amusante, en réarrangeant simplement une cuillère ou une fourchette.

— Non ! Montre-moi comment vous faites !

— Certainement pas. Tu essayerais de l'utiliser, ton visage te trahirait et c'en serait fini de notre jeu. Je vais t'apprendre quelque chose de plus utile… Je sais ! Je vais t'enseigner l'étiquette de la révérence.

— On m'a appris à faire la révérence très jeune, quand j'ai été présentée pour la première fois à ta mère. Tu devais avoir trois ans, car j'en avais quatre. Quand je suis venue à Londres pour la toute première fois, lors de l'inauguration de l'Exposition universelle.

— Nous nous sommes tout de suite entendues comme larrons en foire. Le prince Albert n'a jamais approuvé notre amitié, tu le savais ? Il trouvait que tu avais une mauvaise influence sur moi.

— Ha ! Ton père était loin de se douter que c'était l'inverse.

— Je suis une influence positive et une source de savoirs bien utiles quand il est question des manières du monde, répliqua Louise d'un ton pincé.

— Ça, je ne peux le nier. Je m'en remettrai à ton expertise lorsque l'on me revêtira de mes plus beaux atours et que l'on m'exhibera comme un pur-sang de premier choix à une vente aux enchères.

— Mesdames et messieurs, je vous présente Lady Margaret Elizabeth Louise Montagu Douglas Scott, entonna Louise. Deuxième fille et sixième enfant du duc et de la duchesse de Buccleuch. Que m'offrez-vous pour cette jeune femme, qui possède une dot considérable et une excellente ascendance ?

— Tu oublies de préciser que ma mère a été une jument poulinière particulièrement productive.

— Margaret ! s'offusqua Louise. Je ne peux pas imaginer la duchesse formulant une pensée aussi vulgaire.

— Non, mais je peux t'assurer que mes parents ont réellement dressé la liste de mes atouts. Elle est très courte, je le concède, mais je suis certaine qu'ils ont aussi établi la liste des qualités qu'un mari potentiel doit posséder selon leurs critères. Généalogie, prestige social, propriétés, relations, revenus, opinions politiques, énuméra Margaret en plissant le nez. Les attributs essentiels. En revanche, cela n'aurait pas d'importance pour eux que mon futur époux ait quatre-vingt-dix ans.

— Oh non, quatre-vingt-dix ans, c'est bien trop vieux pour être père. À mon avis, ils ont dû fixer la limite d'âge à soixante ans. Soixante-dix à la rigueur.

— Arrête ! Il n'est pas question que j'embrasse un homme de soixante-dix ans.

— Tu ne pourras pas te contenter de l'embrasser.

— Pouah !

Margaret se boucha les oreilles.

— C'est toi qui as abordé le sujet et mieux vaut regarder la réalité en face. C'est ce qui est attendu d'une Montagu Douglas Scott.

— Mais personne ne semble se soucier du fait que je suis un être humain.

— En effet, qui a jamais pensé à l'une de nous de cette façon ? Ce n'est pas une surprise que tu doives te marier, tout de même ? Et il y a de pires sorts, tu sais. Si je ne me marie pas, je dépérirai en restant éternellement vieille fille, condamnée à être la secrétaire de la reine, ce que je veux éviter à tout prix.

— Oh non, ce serait un horrible gâchis, tu as un tel don artistique.

Le visage de Margaret se décomposa.

— La triste réalité, c'est que moi, en revanche, je n'ai aucun talent.

— Alors tu n'as pas le choix : tu dois te résigner à suivre le chemin qui t'est tracé.

— Tu es bien peu compatissante.

— Je suis réaliste.

— Je suppose que tu as raison. Changeons de sujet, c'est déprimant.

— D'accord. Tu seras présentée officiellement à la cour en avril, n'est-ce pas ? Je crois que je participerai également à l'événement avec la reine, comme d'habitude. Dois-je t'adresser un clin d'œil lorsque tu feras ta révérence ?

— Ne fais surtout pas ça ! Je poufferais de rire et je trébucherais certainement sur ma traîne, protesta Margaret, partagée entre le rire et l'effroi.

— Et voilà, je me sens obligée de te faire un clin d'œil maintenant, juste pour voir si tu as prêté attention à ce que je t'ai expliqué aujourd'hui. Qui la duchesse a-t-elle engagé pour prendre la photo de ta carte de visite ? Si elle n'a pas encore réglé la question, je peux lui recommander Mr Jabez Hughes. Voici celle qu'il a réalisée pour mon amie Sybil. N'est-ce pas charmant ?

Margaret examina une petite carte, qui montrait une jeune femme à l'air sévère, prenant appui sur une colonne.

— Pourquoi les portraits sont-ils toujours de profil ?

— Tout le monde a un côté plus joli que l'autre et un visage est plus reconnaissable sous cet angle.

Louise saisit son carnet de croquis et un fusain.

— Regarde, je vais te montrer. Assieds-toi là avec Laddie pendant que je vous dessine tous les deux. Et pourquoi ne pas inclure ton mari idéal dans la composition ? À quoi ressemble-t-il ? Décris-le-moi.

— Ah, c'est là que le bât blesse, admit Margaret avec regret. Je n'en ai absolument aucune idée. Quelqu'un que mes parents désapprouveraient totalement, me connaissant !

Illustrated London News, samedi 1er avril 1865

UNE DÉBUTANTE REMARQUABLE FERA SA PREMIÈRE APPARITION À LA COUR

Jeudi, la reine quittera Windsor pour Buckingham Palace afin de donner sa quatrième réception de la saison londonienne, au cours de laquelle seront présentées bon nombre de jeunes femmes faisant leurs débuts. Sa Majesté sera accompagnée des princesses Helena et Louise, et assistée par Son Altesse Royale le prince de Galles.

L'une des débutantes les plus remarquables de cette année fera sa première apparition officielle lors de cette réception. Lady Margaret Montagu Douglas Scott, jeune femme à la chevelure flamboyante, est la deuxième fille du duc de Buccleuch et de Queensberry, l'un des pairs les plus éminents du pays, anciennement lord du Sceau privé et actuellement bâton d'or pour l'Écosse. Lady Margaret, qui a été qualifiée de « bouffée d'air frais écossais », sera accompagnée par sa mère, la duchesse de Buccleuch, fille du second marquis de Bath, et ancienne maîtresse de la garde-robe de la reine.

Nous conseillons à nos lecteurs d'éviter les environs de Buckingham Palace jeudi si leurs affaires le leur permettent, car d'importantes difficultés de circulation sont attendues aux abords du palais. Un code vestimentaire strict est appliqué pour cette occasion très protocolaire et prestigieuse. Les personnes souhaitant admirer les toilettes de ces dames pourront les contempler à loisir dans l'édition de samedi prochain, qui contiendra autant de somptueuses illustrations qu'il est possible d'en insérer entre ces pages.

Chapitre 3

Montagu House, Londres, jeudi 6 avril 1865

Le jour de la présentation officielle de Margaret à la cour commença très tôt. Molly la réveilla aux aurores pour la pomponner et la bichonner pendant plusieurs heures. La première étape fut le bain, un rituel quotidien plus facile à accomplir à Montagu House, qui était équipée de l'eau courante. Habituellement, Margaret appréciait ce luxe, elle se prélassait dans l'eau parfumée à la rose, fermait les paupières et s'imaginait qu'elle était à Dalkeith. Malheureusement, ce matin-là, elle n'eut pas le loisir de se baigner seule.

Céleste, l'imposante femme de chambre française de sa mère, avait pris la direction des opérations. Elle insista pour que Molly frotte vigoureusement les pieds de Margaret à l'aide d'une pierre ponce pendant qu'elle enduisait ses cheveux d'huiles. Elles appliquèrent d'autres émollients sur la peau de Margaret lorsqu'elle sortit de la baignoire tel un homard cuit. Quand le traitement fut terminé, elle scintillait comme une anguille, et son nez la chatouillait à cause de toutes les odeurs différentes qui rivalisaient entre elles. Margaret protesta en avançant que tous ces préparatifs n'étaient pas nécessaires puisque sa personne serait entièrement couverte d'une robe de cour. Hélas, comme elle s'y attendait, ses remarques ne furent absolument pas prises en compte.

Drapée dans une chemise de coton qui la moulait, elle dut s'installer devant la table de toilette, où le triple miroir l'obligeait à suivre de trop près les manipulations de Céleste. La première couche appliquée sur son visage fut une crème de beauté que sa mère lui avait recommandé d'utiliser quotidiennement depuis son arrivée à Londres, dans l'espoir vain d'estomper ses taches de rousseur. Malgré le parfum de l'eau de rose, Margaret était convaincue de déceler le fumet du spermaceti, une substance extraite de la tête d'un pauvre cétacé. Comme cet onguent n'avait absolument pas dissimulé ses taches de rousseur tenaces, Céleste recouvrit son visage de poudre de perle et en appliqua à nouveau lorsque Margaret éternua violemment. La jeune femme perdit le compte des différentes préparations miracle sorties de la boîte en acajou de Céleste. Les sourcils de Margaret furent épilés et colorés. Ses cils et ses joues teintés. Il y eut encore des gouttes pour faire pétiller ses yeux et une pommade à la cire d'abeille pour faire briller ses lèvres.

Il fallut une éternité pour dompter ses cheveux. Quand la torture prit fin, Margaret avait la nuque et les épaules raides et douloureuses à force d'être restée immobile, et son cuir chevelu piquait à cause des épingles. Vint ensuite le moment de la ligoter dans la cage en acier du corset, un supplice mortifiant supervisé par sa mère, qui brandissait son redoutable mètre ruban. On lui enfila sa deuxième cage, la crinoline, puis, enfin, Céleste et Molly durent s'y mettre à deux pour la faire entrer dans la robe de cour en dentelle, soie et satin, avec ses obligatoires manches courtes bouffantes et son décolleté profond. La longue traîne de dentelle fut ensuite fixée à ses épaules et, pour couronner le tout, un voile de même facture fut attaché à l'arrière de sa tête à l'aide d'une multitude de peignes et d'épingles qui la firent souffrir. On ajouta à cela les deux plumes blanches rituelles que devaient porter les célibataires présentées à la reine. Les longs gants blancs de Margaret étaient étroits, et elle comprit avec consternation qu'elle ne pourrait rien manger avant son retour, de crainte de les tacher. Un éventail en plumes d'autruche blanches fut noué à son poignet et on lui enfila une rangée de perles et un bracelet assorti. Ensuite, elle resta encore debout pendant ce qui lui sembla une éternité, le temps que sa mère et Céleste l'inspectent, se consultent, ajustent de minuscules détails et la pomponnent une dernière fois, tandis que Molly la regardait avec un sourire compatissant. Enfin, sa mère lui présenta d'un geste solennel d'abord un mouchoir en dentelle, puis un énorme bouquet.

Margaret reconnaissait à peine la jeune femme emballée comme un paquet cadeau que lui renvoyait son reflet. Elle était sans doute similaire à la ribambelle d'autres débutantes qui devaient être présentées ce jour-là. Même ses cheveux parvenaient à paraître ternes. La panique fit battre son cœur à tout rompre et elle eut le souffle court. Le but de cette cérémonie absurde et désuète était d'établir sa place parmi les membres d'un club d'élite dont elle ne voulait pas faire partie. Après sa présentation, elle serait officiellement, inéluctablement, mise aux enchères sur le marché matrimonial. Cet événement n'était pas le début de sa vie de jeune femme éligible ; il marquait la fin de sa liberté.

— Mère…

— C'est parfait. Tu as exactement l'allure qu'il faut, déclara la duchesse, sans savoir que c'était justement ce que Margaret aurait voulu éviter. Maintenant, nous allons descendre pour ton portrait avant que tu ne parviennes à tout gâcher.

Margaret devait poser pour la postérité devant Mr Jabez Hughes, comme l'avait recommandé Louise. La situation lui semblait de plus en plus irréelle. Elle regarda le photographe s'affairer autour de son appareil et de son attirail installés sur l'estrade de l'orchestre de la salle de bal. L'endroit où elle devait se tenir immobile était marqué par une imposante croix à la craie, et Mr Jabez Hughes mesura la distance entre cet emplacement et l'appareil de façon obsessionnelle, effectuant à plusieurs reprises d'infimes ajustements.

Le fond était composé de plusieurs toiles représentant des espèces de tentures vert foncé de mauvais goût et de l'incontournable colonne en carton censée soutenir sa silhouette de femme fragile.

Ha ! Elle aurait aimé voir un homme passer ne fût-ce qu'une journée à trimbaler une tonne de crinoline et de jupons, écrasé par un corset le laissant à peine respirer – et encore moins manger –, incapable de reposer vraiment ses jambes de peur d'exhiber ses chevilles délicates, obligé de se laisser glisser au lieu de prendre appui sur un pied puis sur l'autre, tout en gardant en permanence la tête haute et les épaules en arrière. Il lui faudrait bien plus qu'un simple pilier en carton pour s'adosser. Aucun homme ne tiendrait une journée. Au bout d'une heure, il serait bien obligé de revoir son utilisation de l'expression « sexe faible » !

Margaret eut l'impression qu'il fallait presque aussi longtemps pour se faire prendre en photo que si un peintre avait réalisé son portrait à l'huile. Il était plus de midi lorsqu'elle prit place avec sa mère dans leur carrosse pour le court trajet jusqu'à

Buckingham Palace. La jeune femme trouvait ce départ très précoce pour une réception qui ne commençait qu'à 15 heures, d'autant plus que l'accès au palais leur était interdit avant 13 h 30. Mais, sur ce point comme sur tous les autres de la journée, la duchesse avait raison. Les voitures contenant les débutantes de la journée et les parentes qui venaient les présenter étaient si nombreuses que la circulation dans l'avenue qui menait au palais était pratiquement à l'arrêt. Pour ne rien arranger à ce désordre, une foule de spectateurs, venus avec des moyens de transport allant des charrettes de ferme aux véhicules de sport, occupaient tout l'espace de part et d'autre du cortège principal. Leurs passagers observaient les débutantes comme des animaux dans un zoo. Certains piétons plus audacieux encore venaient coller le nez contre les vitres des véhicules pour examiner les jeunes filles de plus près.

Le soulagement de Margaret quand elles arrivèrent enfin à Buckingham Palace fut de courte durée. Elles durent emprunter un chemin tortueux à travers une série d'antichambres à la chaleur étouffante avant d'atteindre la Chambre de présence. L'atmosphère était feutrée, la tension et l'impatience palpables. Les mères s'affairaient autour des robes, des plumes, des traînes et des voiles. Pendant ce temps, les filles se tenaient bien droites, rouges de chaleur, mais ne pouvant pas utiliser leur éventail de peur de déranger leur coiffure ou de lâcher les bouquets qui flétrissaient déjà. Le ventre de Margaret gronda, émettant un bruit ressemblant à un coup de tonnerre, qui attira l'attention horrifiée de toutes celles qui l'entouraient.

— Margaret ! souffla sa mère. N'as-tu aucune retenue ?

— C'est précisément parce que j'ai fait preuve de retenue que mon estomac proteste. Je n'ai rien mangé de la journée.

— Pour une excellente raison. Il n'y a pas de lieux d'aisances ici, précisa la duchesse.

Une débutante était-elle censée exercer un contrôle strict non seulement sur son comportement, mais également sur ses besoins naturels ? Margaret jugea préférable de ne pas poser la question. En réalité, alors que l'heure de ses débuts approchait, elle combattait une irrépressible envie de s'enfuir. Un regard critique sur les autres débutantes lui confirma qu'elle leur ressemblait comme elle s'y attendait. Est-ce que l'une d'entre elles ressentait la même chose qu'elle ? Elle tenta de se convaincre que ce n'était qu'une cérémonie à laquelle il fallait se soumettre, mais elle savait que c'était bien plus que cela.

— Il est presque 3 heures, annonça sa mère, en ajustant la dentelle de la robe de Margaret. Le lord-chambellan m'a informée que nous serons parmi les premières appelées. J'espère qu'il est inutile de te rappeler que ta performance doit être impeccable.

Comme un chien qui saute à travers un cerceau en feu, pensa Margaret. Sauf que, elle, elle *portait* ses cerceaux.

— Tous ces efforts pour que je puisse exécuter une révérence devant la reine, alors que je l'ai déjà fait tant de fois.

— Tu sais parfaitement que l'enjeu est bien plus important que cela.

— Tant que je n'ai pas fait mon entrée dans cette tenue absurde, je ne suis pas introduite officiellement. Une fois que j'aurai pénétré dans la salle et que Sa Majesté m'aura embrassée, j'aurai été introduite, résuma Margaret.

Elle espérait vainement qu'un peu de sarcasme calmerait ses nerfs.

— La reine possède-t-elle des pouvoirs magiques que j'ignore ?

— Ne sois pas ridicule. C'est un rite de passage qui marque ta transition de jeune fille insouciante à jeune femme de la haute société. La carte de visite avec la photo de ce matin constitue ton passeport dans le monde. Je pensais que tu avais compris tout cela.

— Hélas, oui.

Est-ce qu'un faux pas rendrait la cérémonie nulle et non avenue ? Alors que Margaret patientait jusqu'à ce qu'un des nombreux seigneurs en attente l'invite à rencontrer la reine, sa voix intérieure rebelle, qui ne la quittait jamais, la poussait à commettre un impair. Mais cela aurait entaché la réputation de sa mère et, de toute façon, elle doutait du fait que rater sa révérence ou se prendre les pieds dans sa traîne suffise à lui faire perdre son statut de trophée matrimonial.

Une vague d'excitation parcourut la foule lorsque les doubles portes de la Chambre de présence s'ouvrirent. La cérémonie allait commencer. Il était trop tard pour reculer maintenant, elle n'avait plus qu'à se préparer mentalement pour que tout se passe au mieux.

Un des seigneurs en attente commença à organiser la file selon la liste qu'il avait en main.

— Votre Grâce, vous avez l'honneur d'être la première, à la requête de Sa Majesté, annonça-t-il.

Margaret et sa mère furent invitées à passer devant. Même si elle s'était déjà retrouvée d'innombrables fois en présence de la reine, Margaret sentit une sueur froide perler le long de sa nuque. Son cœur s'emballa. Sur l'insistance de la duchesse, elle laissa tomber la traîne, qu'elle tenait soigneusement sur son bras gauche, et un seigneur en attente se servit de sa baguette cérémoniale pour l'étendre derrière elle, tandis qu'un autre entonnait son nom.

— Souviens-toi des répétitions et tout ira bien, chuchota sa mère.

Margaret fit un premier pas sur le tapis rouge. Les grandes plumes au sommet de sa tête dodelinaient, son voile menaçait de défaire sa coiffure et sa crinoline tanguait d'un côté à l'autre. Bien qu'elle se fût entraînée à marcher avec une nappe amidonnée autour des épaules, elle avait toujours l'impression d'être un frêle navire menacé par la tempête.

La duchesse ne l'avait pas prévenue que la Chambre de présence serait aussi bondée. Les courtisans formaient une mer de corps, dont le plus haut placé était le lord-chambellan dans sa perruque et son manteau. En plus des nombreux seigneurs en attente dans leurs culottes de soie descendant jusqu'aux genoux, des écuyers et des gentilshommes en attente entouraient la famille royale en tenue d'apparat, le torse chargé d'insignes et de galons, brillant sous les honneurs et les médailles. Les baronnes en attente prenaient plus de place avec leurs plumes et leurs crinolines, rendant le passage vers l'estrade dangereusement étroit.

— Plus lentement, souffla la duchesse du bout des lèvres alors que Margaret entamait le court trajet.

La jeune femme n'aperçut pas Louise tout de suite, car son amie se tenait sur le côté, en partie cachée par sa sœur aînée. Mais, lorsque Margaret s'approcha de l'estrade et que sa mère la présenta, Louise ajusta sa position et remua les sourcils.

Margaret se mordit la lèvre pour retenir le rire nerveux qui se formait. Grand Dieu, Louise n'allait tout de même pas lui adresser un clin d'œil comme elle avait menacé de le faire ? Heureusement, Louise était soucieuse de ses bonnes manières en public ; elle ne se serait jamais accordé un geste aussi inconvenant.

Margaret s'abaissa prudemment pour exécuter sa révérence en récitant les instructions dans sa tête. Se baisser suffisamment pour que son genou touche presque le sol. Tenir la position. Compter jusqu'à trois. S'incliner à trois. Maintenir les yeux au sol. Garder l'équilibre. Bien tenir son bouquet. Ses genoux tremblaient et son nez la démangeait, elle avait envie d'éternuer. Elle sentait le regard encourageant de Louise sur elle et celui de sa mère aussi, ce qui lui donnait la volonté de rester parfaitement maîtresse d'elle-même. Était-elle assez près de la reine ? Assez bas pour que Sa Majesté, connue pour sa petite taille, puisse atteindre sa joue ? Mon Dieu, combien de temps encore devait-elle garder cette pose ?

La reine se pencha enfin et effleura la pommette de Margaret avec un baiser, un honneur réservé à l'élite. La jeune débutante était autorisée à se lever, ce qu'elle fit comme sa mère le lui avait enseigné, imaginant une corde attachée au sommet de son crâne la tirant vers le haut.

La dernière étape de la cérémonie exigeait qu'elle présente ses respects à chacun des membres de la famille royale. Bertie était là, mais pas Alix, vraisemblablement excusée en raison de son état. Margaret fit une profonde révérence au prince de Galles, puis passa à la princesse Helena. Raide et majestueuse dans sa robe de soirée, celle-ci ressemblait très peu à la Lenchen qu'elle connaissait. Quand Margaret arriva à Louise, elle ne put s'empêcher de sourire en exécutant la révérence. Rien ne pouvait diminuer la beauté et l'élégance de son amie. Le sourire que Louise adressa à Margaret lorsqu'elle se redressa était fugace mais chaleureux ; il fit rayonner de fierté la jeune débutante. Cela signifiait qu'elle avait réussi l'épreuve et personne n'était plus exigeant que Lou. Pas même la duchesse.

— Bravo.

Un autre des talents de Louise : sa capacité à parler sans écarter les lèvres. Margaret n'osa pas montrer qu'elle avait entendu les félicitations. Elle se concentra pour sortir de la pièce à reculons, le regard fixé sur la reine. Un seigneur en attente plia sa traîne avec des gestes experts et la suspendit à son bras gauche. L'épreuve était terminée. Dès qu'elles eurent quitté la pièce, grisée par le succès, Margaret se tourna vers sa mère, le visage radieux.

— J'ai réussi.

— Bravo, dit sa mère sans savoir qu'elle faisait écho à Louise. Félicitations, te voilà officiellement introduite dans la société.

Ces paroles gâchèrent la bonne humeur de Margaret. *Dans la société. Sur le marché.* Et sur un chemin tout tracé avec pour seule destination… le mariage.

CHAPITRE 4

Montagu House, Londres, juin 1865

Le salon était l'une des pièces préférées de Margaret dans leur résidence londonienne. Les moulures du plafond, les murs et les boiseries, tout était peint en blanc. De plus, la vue sur le jardin rendait l'atmosphère détendue. Pourtant, tandis qu'elle attendait devant la porte ce jour-là, Margaret était tout sauf sereine. Elle avait été convoquée et n'avait aucune idée de la raison. Elle prit son courage à deux mains, poussa le battant et découvrit, à son grand désarroi, que ses parents étaient tous deux présents.

— Assieds-toi, lui enjoignit sa mère en indiquant l'un des fauteuils entre eux.

Margaret s'exécuta et s'efforça de sourire.

— Tout cela n'augure rien de bon.

— Non, non, j'ai de bonnes nouvelles à t'annoncer. Ta mère et moi avons trouvé un mari qui te conviendrait.

Son père lui sourit d'un air engageant, mais Margaret, pour une fois, était sans voix. On lui avait trouvé un mari ? Elle se demandait où. Caché dans le grenier ? Errant dans les rues en quête désespérée d'une épouse aux cheveux roux ?

— Alors ? insista le père en l'examinant avec impatience. N'as-tu rien à dire ?

— Je ne pensais pas que cela arriverait si vite.

— Pour être tout à fait honnête, nous non plus, admit sa mère, mais le qualificatif de « bouffée d'air frais écossais aux cheveux flamboyants » que t'a donné la presse a fait grimper tes chances.

Margaret aurait tellement voulu que ce ne soit pas le cas. Sous le choc, elle regarda ses parents sans un mot.

— Ne veux-tu pas savoir qui est l'heureux élu ? demanda la duchesse.

Non, elle ne le voulait pas, cette révélation rendrait la situation réelle. Mais sa mère et son père avaient l'air très contents d'eux et n'avaient jamais caché l'objectif de sa venue dans la capitale. Elle plaqua un sourire sur son visage.

— Qui est-ce ?

Sa mère l'encouragea d'un sourire.

— Voyons, tu peux sûrement deviner.

Deviner ! Était-ce là une sorte de jeu bizarre ? Margaret se sentait nauséeuse. Parmi les nombreux hommes éligibles qu'on lui avait présentés, elle n'en voyait aucun dont elle aurait voulu comme mari, ni même un seul qui eût semblé intéressé.

— Non, je donne ma langue au chat.

— Oh ! pour l'amour du ciel ! C'est Lord Rufus Ponsonby.

Margaret resta bouche bée. Elle avait sûrement mal entendu. Lord Rufus Ponsonby était cet homme pompeux à la petite toux irritante, dont le sourire aurait fait geler de l'eau bouillante.

— Ponsonby, le comte de Killin, précisa son père. Tu seras comtesse, maîtresse d'un château situé sur les rives du loch Tay. Bien sûr, il est un peu délabré et ta dot sera nécessaire pour le remettre en état. Le titre de Killin n'est pas aussi prestigieux que le nôtre, mais il est hautement respectable. Quant à sa part du marché, eh bien, c'est ce que j'appellerais un hasard qui fait bien les choses. Nos domaines ont beaucoup de moutons. Le comte possède des usines de laine. À plus d'un titre, ce sera une union parfaite. Alors, qu'en dis-tu ?

Il conclut avec un sourire, ce qui était rare.

— N'avons-nous pas accompli un excellent travail, ta mère et moi ?

Horrifiée, sachant que ses sentiments allaient se lire sur son visage, Margaret tenta de gagner du temps.

— Je ne savais pas qu'il était intéressé.

— Comment le saurais-tu ? C'est un parfait gentleman ; jamais il ne t'aurait fait part de ses intentions avant de m'en avoir parlé. Je suis très heureux qu'il se soit déclaré. Entre nous, il faisait déjà partie des cinq meilleurs candidats.

— Vous avez vraiment dressé une liste ?

— Le choix de ton mari est, en tant que parents, la décision la plus importante que nous ayons à prendre te concernant et nous nous en sommes occupés avec diligence.

Margaret se représenta la scène : ses parents enfermés dans le cabinet de travail de son père pour passer en revue les concurrents, mais il n'y avait pas de quoi rire. Ses parents n'auraient de toute façon jamais pris en considération le fait qu'elle et ses prétendants potentiels partagent ou non des intérêts communs ou, Dieu les en préserve, se trouvent mutuellement séduisants.

— Que signifie cette expression peinée ? Allez, dis-nous ce que tu en penses.

Le ton du père était nettement moins indulgent qu'au début de la conversation. Elle prit son courage à deux mains.

— Je suis vraiment désolée, mais j'ai bien peur de ne pas aimer Killin.

— Tu ne l'aimes pas ?

Le visage du père était figé, son expression interdite.

— Il y a beaucoup de choses à aimer chez lui, n'est-ce pas, Charlotte ?

Sa mère prit la parole pour se lancer dans un éloge de Killin et de toutes les qualités de ce futur mari. Margaret ne put en contester aucune.

— C'est la façon dont il s'éclaircit la gorge ! s'exclama-t-elle lorsque sa mère eut terminé son panégyrique. Juste avant de parler, il émet un bruit horriblement irritant…

— Margaret ! Tu te rends compte que c'est une raison absurde…

— Je ne l'aime pas, mère, et je suis certaine qu'il ne m'aime pas non plus. Ou, si c'est le cas, il le dissimule très bien. Il est tellement… froid.

— Tu veux dire que, contrairement à toi, il ne fait pas étalage de ses sentiments. Un minimum de réserve n'est pas une mauvaise chose.

— Il en a des réservoirs énormes, alors ! Assez profonds pour que je m'y noie. Je vous en supplie, ne m'obligez pas à…

— *T'obliger* ! Tu n'es pas une héroïne de mélodrame. Ce n'est pas une question d'*obligation*.

Les sourcils furieusement froncés du duc se levèrent.

— Légalement, j'ai le droit d'insister pour que tu épouses l'homme de mon choix. Je ne suis pas un despote, juste un père qui souhaite le meilleur pour sa fille. Tu devrais avoir compris quel est ton devoir envers ta famille.

Ses yeux lançaient des éclairs.

— Je t'ai trouvé un mari qui te convient très bien, dont les intérêts complètent parfaitement les nôtres. J'attends de toi l'obéissance et la gratitude, pas l'insolence et la rébellion.

— Père ! Je ne fais rien de tout cela.

— Je ne suis pas d'accord, Margaret. Tu es également immature et tu dramatises. S'exprimer avec une telle défiance…

— Non, non, père, je ne ferais jamais… je ne voulais pas dire…

Margaret s'interrompit, les larmes aux yeux.

— Je suis parfaitement consciente que je dois me marier, mais…

— Je suis heureux de l'entendre, la coupa son père. Pour une raison que je ne m'explique pas, ces fiançailles te prennent au dépourvu. Tu es très immature pour ton âge, comparée à ta sœur. J'en tiendrai compte et toi, en échange, tu dois me faire confiance quand je te certifie que tu nous remercieras, ta mère et moi, lorsque tu te rendras compte des nombreux avantages de cette union.

— Je vois les avantages, mais…

— Quant à cette aversion irrationnelle, elle n'a aucun sens. Tu le connais à peine. Je suis convaincu que tu changeras d'avis quand tu le connaîtras vraiment. Crois-moi, ta mère et moi sommes plus avisés que toi. Maintenant, si nous avons terminé, j'ai d'autres affaires urgentes à régler.

— Laissez-moi terminer la conversation avec Margaret. Inutile de vous retenir plus longtemps, lui assura la duchesse en l'accompagnant jusqu'à la porte du salon, où ils chuchotèrent entre eux pendant un moment.

— Mère ! s'exclama Margaret dès que la porte se referma derrière son père, je vous en prie…

— Cela suffit. Tu en as assez dit.

La jolie bouche de la duchesse se durcit, tout comme son expression. Margaret eut l'impression de sentir des chaînes se refermer et se verrouiller autour de son cœur.

— Vous ne comprenez pas. Je ne me suis pas bien exprimée.

— Que devons-nous comprendre, précisément ? Pourquoi as-tu décidé de prendre en grippe sans raison un gentleman respecté, qui jouit d'une excellente réputation et de ressources importantes ? Tu te considères comme meilleur juge que le duc en matière de personnalité ?

— Non, mais...

— Ou que moi, peut-être ? Tu crois que je ne connais pas ma propre fille, que je suis incapable de déterminer le type d'homme qui te conviendrait le mieux comme mari ? Tu t'es fait une idée sans accorder à Killin le bénéfice du doute. Il te fait l'honneur de te demander ta main et tu ne veux même pas réfléchir à sa proposition. Trouves-tu cela juste ?

— Non, mère, reconnut Margaret, mortifiée. Je suis désolée de m'être emportée.

— Très bien. Oublions tout cela. J'espère que nous nous comprenons parfaitement à présent. Tu disposes d'environ deux heures pour retrouver ton calme et te faire à l'idée que ton futur époux est en route pour se déclarer, au moment où nous nous parlons. J'espère que tu seras prête à offrir à Killin une réponse plus positive à sa demande en mariage que celle que tu nous as infligée.

CHAPITRE 5

Montagu House, Londres, mercredi 19 juillet 1865

La porte du jardin venait à peine de claquer derrière elle, quand Margaret entendit la voix alarmée de Lochiel l'appeler de l'autre côté. Il la rattraperait facilement si elle essayait de le distancer et, maintenant qu'elle avait fait le choix de la désobéissance, elle était déterminée à s'y accrocher. Dans la salle de bal, ses parents, leurs invités, et surtout l'homme debout sur l'estrade qui attendait qu'elle lui appartienne, pouvaient aller se faire pendre. Le prix à payer pour le geste qu'elle venait de commettre serait terrible, mais pour le moment tout ce qui l'intéressait était sa liberté. Elle ne laisserait pas Lochiel la traîner à l'intérieur de la propriété pour accepter son sort, tant qu'elle ne serait pas certaine de pouvoir, sans fléchir, faire face à la pression qui serait exercée pour la contraindre à changer d'avis.

Margaret ne s'était jamais aventurée au-delà de la porte du jardin de ce côté de la maison. Une fois ses yeux habitués à l'obscurité, elle constata qu'elle se trouvait sur les rives de la Tamise. De près, l'odeur du fleuve était encore plus insupportable. Elle entendait l'eau couler à quelques mètres d'elle. Oubliant un instant ses préoccupations, elle se rapprocha, impressionnée par la puissance de la marée en provenance de l'estuaire. Elle éprouvait une envie folle et irrationnelle de se jeter dans les flots. Elle s'imagina maintenue à la surface par sa crinoline, emportée par le fleuve, saluant Lochiel qui la regarderait passer, impuissant, depuis la berge. La voix désincarnée de l'ami de son père l'appela à nouveau, la ramenant à la réalité.

Sa robe pâle formait une tache lumineuse dans la nuit. Elle devait se cacher. Hélas, il n'y avait aucun abri. Elle atteignit juste à temps le coin du mur marquant la limite de la propriété de son père, alors que la porte s'ouvrait en grinçant. Lochiel s'approchait et continuait – bon sang ! – de répéter son nom. Elle s'accroupit du mieux qu'elle put derrière un arbuste touffu, ferma les paupières et pria.

Lochiel passa horriblement près de sa cachette, mais ne la remarqua pas. La respiration haletante, elle attendit qu'il retourne au bord du fleuve pour risquer un coup d'œil. Elle distingua à peine une silhouette sombre, hésitant sur la direction à prendre. Lorsqu'il se décida enfin, Margaret compta jusqu'à cinquante avant de se redresser en recrachant de la terre. Elle attrapa le bas de sa robe de bal et s'enfuit dans le sens opposé. Elle n'avait aucune idée d'où elle allait. Cela lui était égal. Elle était seule, son corps tout entier était galvanisé par la fuite et, à chaque pas, elle se libérait des entraves de sa désastreuse saison londonienne. Enhardie, elle se mit à courir plus vite, savourant la sensation du vent dans ses cheveux et le frisson que lui procurait sa progression rapide, bien que disgracieuse.

Quel spectacle je dois offrir ! En riant, elle imagina sa crinoline qui rebondissait et se balançait comme une grand-voile battant dans la brise, ses mules de danse en satin glissant dans la boue et la vase, les épingles se délogeant une à une de son cuir chevelu et libérant les mèches domptées, laissant ses boucles naturelles voler dans son sillage. À Montagu House, c'était le chaos, mais ce geste impétueux et grandiose allait enfin obliger ses parents à accepter sa décision. Quoi qu'il advienne, elle n'épouserait pas Lord Rufus Ponsonby.

Courir à toute allure en pantoufles sur un sol boueux n'était pas chose aisée. Elle fut finalement obligée de s'arrêter. Sa poitrine se soulevait et l'air qui emplissait ses poumons avait un goût âcre et métallique. Au-dessus d'elle, le ciel était dépourvu d'étoiles, comme toujours à Londres, car même au plus fort de l'été un nuage de suie provenant d'une myriade de cheminées tendait un voile au-dessus de la ville. Elle n'avait aucune idée de la distance qu'elle avait parcourue, mais en regardant par-dessus son épaule elle ne vit pas le moindre signe de Lochiel.

Elle examina les alentours et sentit son exaltation s'estomper. C'était bien beau de foncer tête baissée, mais elle aurait pu tout aussi efficacement défendre son point de vue en retournant dans le jardin et en se cachant dans les buissons, comme elle l'avait initialement prévu. Maudit soit cet homme. C'était sa faute si elle s'était enfuie comme un cheval paniqué et avait atterri Dieu sait où.

Que se passait-il en ce moment dans la salle de bal ? Est-ce que sa mère et son père étaient encore sur l'estrade au milieu de la confusion ? Ou est-ce que le poursuivant de Margaret était revenu pour signaler sa fuite, obligeant ses parents à congédier les invités ? Ils devaient être furieux contre elle. Si seulement ils l'avaient écoutée… Non, non, ce n'était pas juste. Elle ne s'était pas suffisamment battue pour faire entendre son point de vue. Elle avait été trop désireuse de plaire et avait ignoré ce que son instinct lui murmurait depuis le début. Ils devaient trouver son comportement enfantin, égoïste, irréfléchi, indigne. Ils n'avaient pas conscience du débat intérieur qui l'agitait depuis l'annonce de cette union ; son évasion devait ressembler pour eux à un coup de tonnerre dans un ciel bleu.

Son père était certainement en train de la maudire. « Pourquoi ne penses-tu qu'à toi ? » Combien de fois lui avait-il lancé cette accusation ? Le jugement lui semblait particulièrement injuste, vu le mal qu'elle s'était donné pour tenter de faire taire la petite voix dans sa tête et se plier à la volonté du duc. Mais elle avait finalement écouté son cœur et il était hors de question de le regretter.

Alors que vas-tu faire maintenant, M. ? Retourner dans la salle de bal et affronter ton sort ? C'était certainement le choix le plus sensé. Mieux valait se rendre que d'être ramenée de force par un groupe de personnes lancées à sa recherche. Mais, alors qu'elle hésitait, elle entendit des pas progresser dans sa direction. Margaret s'empressa de s'engouffrer tant bien que mal avec sa crinoline dans une ruelle étroite. À son grand dégoût, son pied atterrit dans une flaque. Elle espérait que c'était de l'eau, même s'il n'avait pas plu depuis des semaines. Elle entendit des voix. Pas un homme, mais deux ? Elle retint sa respiration, ferma les yeux, comme si cela pouvait la rendre invisible, et tendit l'oreille. Ils ne parlaient pas, ils chantaient une chanson de marins.

Quand j'étais encor' tout p'tit
Ma mère chérie m'a dit,
Hissez haut, Joe, on largue les amarres,
Que si j'embrassais pas une fille
Mes lèvres deviendraient moisies,
Hissez haut, Joe, on largue les amarres.

Ces voix d'hommes étaient étonnamment mélodieuses. Ils passèrent en titubant devant son refuge, sans remarquer sa présence, bras dessus bras dessous, absorbés par leurs chants d'ivrognes.

Tandis que leurs voix faiblissaient dans l'obscurité, Margaret s'extirpa de la venelle. Un rire retentit derrière elle et son cœur bondit. Elle jeta un coup d'œil en arrière. Elle ne vit personne, mais se hérissa, sentant une présence près d'elle, qui l'observait. Les dernières étincelles de son exaltation s'éteignirent, étouffées par la peur qui lui glaçait le sang. Elle était au beau milieu des docks. Un escalier descendait vers le fleuve, dont l'eau clapotait contre la première marche, la recouvrant d'une couche d'écume. Plusieurs embarcations – elle savait que le terme exact était « péniches » – étaient amarrées, mais elles semblaient désertes. Derrière Margaret s'étendait une rangée d'entrepôts fermés. Son nez sensible frémit en humant des effluves de grains de café et d'épices. Cannelle ? Noix de muscade ? Une corde lâche qui pendait d'un treuil se balançait dans la brise comme un nœud coulant sous une potence.

Une sueur froide lui parcourut l'échine. Un petit chat – elle espérait de tout son cœur que ce soit bien un chaton – fila et disparut dans un passage étroit entre les entrepôts. Les formes hautes et sombres des grues utilisées pour les travaux de remblai paraissaient sinistres. On aurait dit des géants monstrueux prêts à se jeter sur les imprudents qui s'aventureraient dans les profondes tranchées dont elles avaient la garde.

Margaret frissonna, réalisant trop tard à quel point elle était vulnérable. Juste devant elle, un pont suspendu enjambait la Tamise. En dessous, une lanterne se balançait au rythme de l'embarcation secouée par la marée qu'elle illuminait. Un halo flou de lumière, de métal et de fumée passa à toute allure dans un cliquetis de ferraille. Un train de nuit transportant du fret ou du courrier, très probablement. Ce qui signifiait qu'il devait s'agir de Hungerford, le pont ferroviaire. Et l'énorme bâtiment qui se dressait là devait être le terminus de Charing Cross. Plus ses yeux s'habituaient à l'obscurité, plus elle discernait ce qui l'entourait. La gare brillait de façon presque accueillante en comparaison avec les ténèbres qui l'entouraient. Elle ne semblait pas très éloignée. De là, Margaret pourrait retrouver le chemin vers la résidence londonienne de ses parents, vers les lampadaires et la sécurité.

Elle rassembla son courage et sa crinoline et se remit à marcher aussi vite que ses jambes fatiguées le lui permettaient. Elle était sûre de sentir des yeux suivre sa progression. Un veilleur de nuit leva sa lampe. Dans sa lueur, Margaret croisa un regard stupéfait. Elle l'entendit l'interpeller, mais ne s'arrêta pas. Elle continua à courir et passa devant une taverne éclairée au bord de la Tamise. L'établissement était bondé, malgré l'heure tardive. La musique discordante d'un piano lui parvenait depuis l'intérieur. Un homme qui se tenait dans l'embrasure de la porte, le nez dans une grande chope, se jeta sur elle et l'attrapa par l'un des plis de sa robe.

— Tu cherches des clients, ma jolie ?

Paniquée, Margaret se dégagea avec force, le laissant serrer une poignée de soie fine et d'organdi. Son agresseur cria tandis qu'elle s'enfuyait en courant. Des pas la poursuivirent, mais bientôt elle ne les entendit plus. L'homme l'avait prise pour une femme déchue. Aux yeux de ses parents, c'était probablement ce qu'elle était désormais. Alors qu'elle s'écartait de sa trajectoire pour éviter un énorme tas de planches, les narines assaillies par l'odeur de la résine et des copeaux de bois, elle trébucha sur une pierre et tomba dans la boue.

Les eaux troubles de la Tamise lui parurent soudain trop proches. Le cœur battant à tout rompre, elle s'écarta du bord, après avoir évité de justesse une chute dans le fleuve. Peut-être aurait-il mieux valu qu'elle finisse dans l'eau. Elle aurait alors connu la fin absurde et lamentable qu'elle méritait. Une noyade aurait-elle causé moins de soucis à ses parents que le scandale que sa fuite allait provoquer ? Margaret en était pratiquement certaine. Un tragique accident valait mieux qu'un coup mortel qu'on s'inflige volontairement. Sa mère et son père seraient soulagés d'être débarrassés d'elle. Ils auraient probablement raison. Margaret était au bord de l'hystérie, elle savait qu'elle ne pouvait pas rebrousser chemin, sa seule pensée cohérente fut alors de chercher refuge dans la gare. Elle se releva, traversa la scierie et déboucha dans un marché désert à cette heure. Elle écrasa sous ses mules des tiges de choux abandonnées, glissa sur des feuilles pourries, poursuivie par des odeurs nauséabondes, dont une bonne partie émanait de ses vêtements souillés.

Le bâtiment du terminus était absolument gigantesque, mais elle ne voyait aucun moyen d'y accéder depuis le bord du fleuve. Un train de marchandises passa en hurlant au-dessus d'elle, projetant des étincelles. Elle fit un bond en arrière, tituba et étouffa son cri avec une main gantée qui empestait la vase, au moment où l'énorme monstre de fer fonçait en crachant de la vapeur, les pistons s'activant à toute vitesse. Prudemment, elle se mit à longer les murs, espérant rejoindre l'artère principale, où il y aurait forcément des gens aux abords de la gare.

Ses pas se firent plus lents. Montagu House n'était plus qu'à quelques centaines de mètres mais, maintenant que l'obscurité des bords de la Tamise ne la protégeait plus, elle était gênée par son apparence. Même si elle était couverte de boue et convaincue d'avoir des feuilles dans les cheveux, sa robe de soie blanche et ses multiples jupons, ses dentelles et ses fioritures indiquaient encore très clairement qu'elle venait d'un bal. Ses gants étaient peut-être fichus, mais restaient indubitablement des gants de soirée. La prendrait-on à nouveau pour une femme de la nuit, qui avait littéralement été traînée dans la boue ? Elle avança le plus discrètement possible en gardant les yeux fixés sur les pavés inégaux et entra en collision avec une masse solide.

Un gros juron fendit l'air.

— Hé, attention ! Vous êtes aveugle ou quoi ?

Un homme grisonnant, qui semblait affalé sur le sol, leva vers elle des yeux furieux.

— Je suis vraiment désolée. Je ne vous avais pas vu. Excusez-moi.

Alors qu'elle s'apprêtait à le contourner, une main s'agrippa au bas de sa robe.

— Hé là, une minute, miss.

Elle voulut d'abord se libérer, mais s'arrêta, surprise par son accent.

— Vous êtes écossais.

— Ouais. Vous risquez rien, c'est pas contagieux.

Elle aperçut un sourire tordu.

— Vous êtes pas d'ici non plus, à ce que j'entends.

L'homme ne s'était pas levé. Était-il ivre ? Sa voix n'en donnait pas l'impression. Margaret savait qu'elle devait rentrer chez elle au plus vite, mais resta figée sur place, irrationnellement rassurée par cet accent.

— Non, j'habite près d'Édimbourg.

— Alors que diable fichez-vous ici ?

C'était une très bonne question. Sa respiration ralentit, sa panique commençait à s'atténuer.

— Je suis venue à Londres pour rendre visite à ma famille et à mes amies.

Cette réponse était très éloignée de la vérité, mais elle avait au moins le mérite d'être crédible.

L'homme émit un petit gloussement.

— Je voulais dire ce que vous faites *ici*. C'est pas un endroit pour les jeunes femmes, surtout pas quand elles sont jolies et en robe de soie.

Margaret s'aperçut qu'il n'était pas assis sur les pavés, mais perché sur une sorte de chariot en bois improvisé. Oh ! mon Dieu ! Son pantalon élimé était épinglé juste au-dessus des genoux. Il ne s'était pas levé parce qu'il n'avait pas de jambes.

— Je suis vraiment désolée. Je n'avais pas remarqué… Puis-je faire quoi que ce soit pour vous aider ?

— M'aider ?

— Vos jambes, je… je veux dire…

Elle bégaya et s'interrompit en rougissant jusqu'aux oreilles. Aurait-elle dû faire semblant de rien ? Cela aurait été absurde.

— Dieu vous bénisse, miss, non. J'en ai peut-être pas l'air, mais je suis tout à fait capable de prendre soin de moi.

— Je ne voulais pas vous offenser, je…

— Bah, vous en faites pas, vous m'avez pas vexé. Après tout, les Écossais ont la réputation de pas tenir sur leurs pattes six soirs sur sept… J'applique juste la tradition un jour de plus. C'est ma petite blague, vous comprenez ? Alors, qu'est-ce qui vous arrive ? Vous vous êtes disputée avec votre galant, vous vous êtes enfuie et vous vous êtes perdue ?

— Oui. Non. Je veux dire, je me suis enfuie, oui.

Désemparée, Margaret sentit les larmes lui monter aux yeux.

— C'est une longue histoire.

— Et vous êtes toute chamboulée. Tenez, asseyez-vous avant de tomber et racontez-moi votre histoire pendant que vous vous calmez. Je suis pas pressé.

Il tendit la main vers elle. Sa paume était crasseuse, mais elle la prit volontiers et s'installa à côté de lui, touchée par ce geste simple.

— Vous êtes très gentil. Puis-je vous demander votre nom ?

— Je m'appelle Scott, Fraser Scott.

— Scott ! Quelle coïncidence. C'est mon nom de famille.

Il éclata de rire.

— Ça m'étonnerait qu'on soit parents. Ma famille vient d'un petit village appelé Lochgoilhead dans l'Argyll.

— Vous êtes très loin de chez vous, Mr Scott.

— J'ai été bien plus loin que Londres. J'étais soldat, Miss Scott. J'ai perdu mes deux jambes en Crimée.

— Oh non ! C'est affreux. Pauvre de vous.

Mr Scott secoua la tête et tapota un instant la main de Margaret avec son autre patte crasseuse.

— Ça fait presque dix ans.

La guerre de Crimée. La jeune femme fouilla dans ses souvenirs sans résultat. Inutile de préciser que sa sœur Victoria avait créé un album au sujet de la guerre, qui comprenait des cartes et des coupures de presse du *Times*. Le sujet n'avait pas du tout intéressé Margaret.

— Je suis vraiment désolée, déclara-t-elle avec sincérité. Je ne sais presque rien au sujet de ce conflit. À part qu'il y a un poème qui en parle, non ? Je m'en souviens, maintenant, « La Charge de la brigade légère ».

— De la bêtise et un massacre inutile déguisés en héroïsme. Heureusement pour moi, j'étais un simple fantassin, je n'étais pas apte à chevaucher avec les fesses en forme de cerise de Lord Cardigan. Pardon d'être si vulgaire, miss.

Margaret gloussa.

— Les quoi en forme de cerise ?

— Les fesses. Leurs vestes étaient trop courtes et leurs culottes rouges trop serrées, vous voyez. Ils ne manquaient pas de courage. La première partie du poème, au moins, était assez vraie.

— Mr Scott, pardonnez-moi d'être si directe, mais que faites-vous assis sur un chariot en bois en pleine nuit ?

— Figurez-vous que je suis en train de travailler. Je garde un œil sur le quai par lequel vous êtes arrivée. Si vous regardez par là, vous verrez qu'on a un excellent point de vue d'ici. Et personne ne s'attend à ce qu'un infirme fasse le guet. Je ne peux pas prendre en chasse les pillards, sauf si c'est une tortue avec une patte en moins. Si je vois quelque chose, je peux siffler et attirer l'attention du veilleur de nuit.

— Cela semble dangereux comme travail.

— Parfois, mais la plupart du temps ceux qui essayent de voler sont juste des mioches. On les appelle les « charognards des eaux boueuses », des gamins qui descendent dans l'eau à marée basse pour fouiller la vase.

— Que peuvent-ils bien dénicher là-dedans ?

— Du charbon, surtout, des morceaux tombés à l'eau. Ils les revendent dans la rue pour quelques pennies. Pour moi, c'est pas du vol. Certains n'ont pas froid aux yeux et grimpent sur les épaules de leurs copains pour atteindre le pont des barges. Je suis obligé de les dénoncer, même si ça me fait de la peine.

— Et s'ils sont arrêtés ?

L'Écossais haussa les épaules.

— Ils s'en sortent avec un avertissement, s'ils ont la chance de tomber sur un juge au cœur tendre. Au pire, quelques semaines derrière les barreaux et ils recommencent dès la sortie.

— Mon Dieu, on met des enfants en prison ?

— Ils sont bien obligés de le faire avec certains, pour l'exemple. Soi-disant, ça empêche les autres de mal tourner.

— Vous n'y croyez pas ?

— C'est pas à moi de le dire, mais le Seigneur vient en aide à ceux qui s'aident eux-mêmes. C'est pour ça que je suis ici pour gagner ma croûte.

— Je suis désolée, mais je pense que c'est un bien piètre destin pour un héros qui a courageusement servi la reine et le pays.

— C'est pas les Ruskovs qui m'ont fait ça, c'est ma mauvaise vue.

Mr Scott lâcha un petit ricanement.

— J'ai pas vu venir le boulet de canon. Et, boum, je me suis réveillé dans un hôpital de campagne avec deux moignons sanglants.

Margaret se sentit obligée de lui serrer la main.

— Oh ! c'est affreux.

— J'ai eu tellement de fièvre que je ne savais même plus comment je m'appelais. C'est la fièvre qui a emporté presque tous ceux qui ont tenu jusqu'à l'hôpital de campagne, vous savez. Pas de lits, pas de linge propre, une eau si infâme qu'elle nous faisait vomir. Je suis étonné que certains d'entre nous en soient sortis vivants.

— Mais Miss Nightingale n'a-t-elle pas mis fin à ces conditions affreuses avec ses équipes d'infirmières ?

— En tout cas, ses bonnes œuvres n'ont jamais atteint l'endroit où on m'a laissé pour mort, Miss Scott.

— Appelez-moi Margaret. Mais vous avez survécu ! À moins que vous ne soyez un fantôme, et franchement, après tout ce qui s'est passé ce soir, je ne serais même pas surprise.

— Pendant un moment, j'ai regretté de ne pas y être resté. On me disait que j'avais de la chance. Vous trouvez que j'ai l'air chanceux, vous ? J'étais éclopé. J'avais pas seulement perdu mes jambes, j'avais perdu mon gagne-pain, car je servais dans le régiment d'infanterie des Argyll & Sutherland Highlanders depuis l'âge de quatorze ans. Je ne connaissais que le métier de soldat.

— Vous devez bien avoir droit à une pension ? demanda Margaret, indignée.

— Il y a des moyens de faire la demande, mais…

Mr Scott s'interrompit, l'air penaud.

— La vérité, c'est que j'ai jamais été bon avec l'alphabet. Je sais juste écrire mon nom. De toute façon, je préfère tracer mon propre chemin dans la vie. J'ai pas besoin de la charité. Ne versez pas de larmes pour moi, miss. J'ai une femme et trois enfants qui m'attendent à la maison quand je rentre le matin.

Le vétéran lui adressa un clin d'œil.

— On m'a pris mes jambes, mais on m'a laissé le reste !

— Oh !

Margaret rougit en comprenant le sous-entendu, mais elle soutint courageusement son regard.

— Cela doit être un réconfort pour vous.

Elle fut récompensée par un éclat de rire.

— Oh ! en effet ! Je suis heureux de voir que vous avez retrouvé votre sourire et il est magnifique ! Assez parlé de moi. Racontez-moi ce qui vous est arrivé, je meurs d'envie de savoir dans quel pétrin vous vous êtes fourrée !

Le sourire de Margaret s'effaça.

— Ce n'est pas tant un pétrin qu'un immense trou noir. Je me suis enfuie d'une fête organisée pour célébrer mes fiançailles.

Elle se sentit mal d'énoncer la vérité à haute voix, mais cela fit rire le vétéran.

— Si vous m'aviez donné cent chances de trouver, j'aurais jamais deviné. C'était quoi le problème avec votre promis ? S'il avait ses deux quilles, c'était déjà un meilleur parti que moi.

— Il n'a aucun problème. Il possède un château dans les Highlands. Que rêver de plus romantique ? J'aurais mes chevaux et mes chiens, et je n'aurais pas à supporter la présence de mon mari trop souvent, car ses affaires le retiennent à Londres la majeure partie de l'année. Vous voyez, Mr Scott, il a tout du mari idéal.

— Sauf que vous pouvez pas le supporter, je suppose. J'ai raison ?

Elle frissonna.

— En résumé, c'est cela. Je ne le supporte pas du tout et pourtant je vous promets que j'ai essayé. Il ne m'apprécie pas. Il trouve que je parle trop et que je dois apprendre à me taire. Ce qu'il sous-entend, en réalité, c'est que je ne dois dire que ce que *lui* pense. Il me révulse. Je ne peux pas l'expliquer autrement.

— On vous force à l'épouser, ma petite ?

— Non, non, rien de tout cela. J'ai accepté. Enfin, je n'ai pas refusé, précisa Margaret en se déplaçant sur les pavés, pour dégourdir ses jambes ankylosées. J'ai cru que ma mère avait raison, que je finirais par l'aimer.

Elle se tordit les mains, d'un air désespéré.

— Dès l'instant où mon père a prononcé son nom, j'ai su que je ne l'aimerais pas, mais je me suis laissé persuader du contraire. Si seulement j'avais parlé, je ne serais pas dans ce terrible embarras aujourd'hui. Et maintenant je dois assumer les conséquences. J'ai failli tomber dans la Tamise tout à l'heure, vous savez. Il aurait mieux valu que je me noie.

— Allons, vous ne le pensez pas. Vous avez toute la vie devant vous.

— Excusez-moi. D'habitude, je ne m'apitoie pas sur mon sort. Mes problèmes ne sont rien comparés à ce que vous avez enduré.

— Vous devriez y retourner et faire face à la situation. Nous, les Écossais, on est des courageux. Faites-nous honneur !

Margaret imita un salut militaire.

— Je vais m'inspirer de votre exemple et faire preuve de courage sous le feu ennemi.

— Votre père n'est pas votre ennemi, petite, quoi que vous en pensiez. Il doit être très inquiet pour vous et à raison. Il y a des vide-goussets qui risqueraient leur peau pour arracher la dentelle de vos jupons, sans parler de vos bijoux. Londres grouille de voyous et de vagabonds. D'ailleurs, je pourrais être un escroc qui se fait passer pour un vétéran. Je pourrais avoir perdu mes jambes… je ne sais pas, en faisant une mauvaise chute pendant un cambriolage.

— Vous auriez pu me voler à tout moment pendant que nous étions assis à discuter. Dès que vous m'avez adressé la parole, j'ai senti que je pouvais vous faire confiance.

— Eh bien, faites-moi de nouveau confiance : il faut vous ramener chez vous, et vite, avant que vos parents s'imaginent que vous avez été enlevée ou pire encore. J'ai pas raison ?

L'estomac de Margaret se noua, mais elle ne pouvait pas le contredire.

— Ma mère sera furieuse contre moi. Quant à mon père… Oh ! mon Dieu, je ne peux pas imaginer ce qu'il va dire.

— Il sera trop soulagé de vous retrouver saine et sauve pour être en colère contre vous.

— Vous ne comprenez pas. Il m'a toujours trouvée profondément égoïste et me considère comme une personne sans intérêt. À ses yeux, ces fiançailles sont la seule chose valable de mon existence. Il ne me pardonnera jamais.

— Je suis sûr que ce sera moins grave que vous croyez, mais de toute façon ça sert à rien de remettre ça à plus tard. Courage, Miss Scott ! Courage, ma petite.

Ces mots gentils et sincères renforcèrent la détermination de Margaret. Résolue, elle était en train de se relever quand Fraser Scott saisit brutalement son bras.

— Courez ! siffla-t-il.

— Je ne comprends pas…

— Courez comme si votre vie en dépendait, miss, lui conseilla-t-il en regardant par-dessus son épaule d'un air inquiet, attrapant un gourdin dissimulé derrière son chariot. Si vous touchez à un seul cheveu de cette fille, je ne réponds de rien, rugit-il.

Prise de panique, Margaret souleva ses jupes et se prépara à fuir.

— Pas si vite, souffla une voix masculine dans son oreille, tandis qu'une paire de bras puissants l'enveloppait.

CHAPITRE 6

Donald Cameron de Lochiel serra fermement le bras de Lady Margaret, tandis qu'ils passaient devant Charing Cross et se dirigeaient vers Montagu House. Il était déterminé à ne pas la laisser s'échapper de nouveau. Le choc qu'il avait ressenti en la découvrant les cheveux humides tombant dans le dos, le visage maculé de boue, la robe déchirée et crasseuse, en compagnie douteuse, l'avait conduit à la pire des conclusions.

Dans la confusion qui avait suivi son arrivée, avant que Lady Margaret ne le reconnaisse, elle lui avait décoché un coup de pied au tibia et son compagnon avait frappé son autre jambe avec un gros bâton. Au lieu de s'excuser, la jeune femme avait soutenu que c'était lui qui l'avait agressée.

Elle avait accepté à contrecœur la cape de Lochiel et s'était tue pendant qu'ils marchaient. Il s'efforçait de la maintenir dans l'ombre, la dissimulant le plus possible aux regards curieux des passants.

— Au nom du ciel, qu'est-ce qui vous a pris de vous enfuir comme cela dans la nuit ?

— Je n'ai pas réfléchi.

— Non, de toute évidence. Grands dieux, Lady Margaret, une jeune femme de votre rang s'aventurant seule en plein jour suffirait à faire jaser. Mais filer comme vous l'avez fait, en pleine nuit, dans les docks… Vous vous rendez compte que votre réputation serait anéantie si cela se savait ?

— Je ne pensais pas à ma réputation. De toute façon, je n'ai plus rien à perdre de ce côté-là. Mon père aura beaucoup à dire sur le sujet quand je rentrerai à la maison. Je vous serais donc reconnaissante de bien vouloir m'épargner un sermon. Franchement, je ne sais même pas pourquoi vous avez cru bon d'intervenir.

— Intervenir !

Donald prit une profonde inspiration pour se calmer avant de poursuivre :

— Vous pensiez que j'allais rester les bras croisés jusqu'à ce que votre corps sans vie soit ramené sur une charrette à bras ? Comment avez-vous réussi à m'échapper, d'ailleurs ?

— Je me suis cachée. Pour votre information, Mr Scott s'apprêtait à me raccompagner, saine et sauve.

— Lady Margaret, vous rendez-vous compte que vous vous êtes comportée de façon naïve, dangereuse, et même stupide, nom d'une pipe ? ! Cet homme…

— Mr Scott est un vétéran de la guerre de Crimée.

— S'il dit vrai. J'espère que vous ne lui avez pas donné d'argent.

— Je n'ai pas un sou et, de toute façon, je suis certaine que Mr Scott n'aurait pas accepté l'aumône.

— Peut-être, concéda Donald à contrecœur, mais s'asseoir sur le sol et converser avec lui comme si vous pique-niquiez à Hyde Park, alors que vos parents doivent être fous d'inquiétude, cela dépasse l'entendement.

— Combien de temps me suis-je absentée ?

— Une heure ? Pas plus. Je me dirigeais vers Montagu House pour donner l'alerte quand je vous ai enfin trouvée.

Elle s'arrêta net en entendant ces paroles.

— Vous voulez dire que vous n'avez pas averti mes parents que vous m'avez vue m'enfuir ?

— Non.

Donald l'invita à se remettre en mouvement.

— J'espérais que si je parvenais à vous ramener le pire pourrait être évité.

— Le pire pourrait être évité, répéta-t-elle d'un ton amer. Si vous voulez dire par là que mes fiançailles auront tout de même lieu, j'espère de tout cœur que vous vous trompez.

— Tous les invités attendaient l'annonce. Les journaux émettaient des conjectures depuis des semaines.

— J'en ai vraiment assez d'être l'objet des supputations de la presse. Prenez garde, Lochiel : il y a sûrement un journaliste caché derrière ce réverbère prêt à échafauder des hypothèses sur ce que nous faisons ensemble.

— Vous êtes la fille du duc de Buccleuch et la meilleure amie de la fille la plus populaire et – si je puis me permettre – la plus jolie de Sa Majesté. Qui plus est, vous êtes perçue comme une personnalité peu conventionnelle.

— « Une bouffée d'air frais écossais. » Ce n'est ni original ni rare : il suffit de se rendre en Écosse.

— Lady Margaret, tout le monde considère vos fiançailles comme un fait accompli. Je ne peux croire que le duc et la duchesse auraient permis que l'information soit aussi largement diffusée si vous n'étiez pas d'accord.

— Eh bien, ne le croyez pas alors, répliqua sèchement Lady Margaret. Soyez comme tous les autres : faites fi de mes sentiments.

Sa réaction le désarçonna. Quand elle s'était enfuie, il avait été convaincu que c'était parce qu'elle était intimidée par la cérémonie. C'était un comportement extrêmement puéril, et Lochiel n'avait d'abord pensé qu'à la réputation de la jeune femme et à la dignité de ses parents. Ses craintes pour la sécurité de Margaret avaient ensuite pris le dessus. Quand il l'avait retrouvée saine et sauve, son soulagement avait fait place à de la colère. L'absence de repentir de Margaret l'obligeait à revoir son jugement. Elle n'avait pas fui à cause d'une angoisse passagère, mais d'une détresse sincère, ce qui compliquait l'affaire.

— Êtes-vous sérieusement en train de dire que vous ne souhaitez pas que ce mariage ait lieu ? Le comte de Killin est un gentleman très respecté.

— Je vous en prie, ne m'énumérez pas ses innombrables qualités. Je les connais par cœur.

— Si c'est le cas, poursuivit Donald en s'efforçant de s'adapter aux changements d'humeur de Margaret, alors pourquoi l'humilier de cette façon ?

— Je ne l'ai pas humilié.

— Vous l'avez abandonné publiquement à votre soirée de fiançailles. À part lui faire faux bond devant l'autel, je ne peux rien imaginer de plus humiliant.

— Vraiment ? Qu'est-ce que je devrais dire ? Je sers à fournir des moutons pour sa fabrique de laine !

— Voyons, les familles comme la vôtre concluent ce genre d'arrangements depuis des siècles. C'est pour cette raison que vous êtes venue à Londres, pour l'amour du ciel.

— Je le sais parfaitement !

Donald la considéra avec impuissance.

— Alors pourquoi vous êtes-vous enfuie ? J'ai du mal à croire que vos parents vous aient forcée à vous engager dans une union qui vous déplaisait.

— Et qui déplaît à Killin. Il ne peut se résigner à me toucher.

— Vous êtes très jeune, lui rappela Donald, pris au dépourvu par cette révélation. Il ne veut sans doute pas vous effrayer en se montrant trop empressé.

Lady Margaret émit un grognement dubitatif fort peu distingué.

— Quand j'ai essayé d'expliquer à Mr Scott ce qui s'était passé…

— Vous vous êtes confiée à un parfait inconnu !

— Oui et le plus étonnant c'est qu'il m'a écoutée, rétorqua-t-elle. Vous serez heureux d'apprendre qu'il était du même avis que vous, Lochiel. Il trouvait que je n'aurais pas dû humilier Killin. Mais il n'a pas essayé de me persuader de l'épouser.

— Je reconnais que Killin est un peu austère, avoua Donald, décidant que Margaret méritait plus que des platitudes. S'il a une passion dans la vie, c'est obtenir ce qu'il veut. C'est un homme extrêmement ambitieux. Il n'y a bien entendu aucun mal à cela.

— C'est son ambition qui le rend si déterminé à m'épouser.

— C'est naturel de vouloir améliorer sa condition et votre père est un allié particulièrement puissant.

— Si seulement Killin pouvait aller droit au but et épouser mon père !

Donald réprima un éclat de rire.

— Ses intentions sont honorables et vous l'avez éconduit publiquement. Il ne méritait pas pareil traitement. En outre, il n'y a pas qu'à lui que vous avez causé du tort. Pensez à vos parents ! En vous enfuyant de cette façon, vous vous êtes donnée en spectacle.

La lèvre de Lady Margaret se mit à trembler, mais elle ne fondit pas en larmes.

— Vous avez raison… Et quel spectacle ! Je reproche à mes parents de ne pas avoir écouté mes objections et à Lord Rufus d'en avoir tiré profit, mais ils ne font que suivre les règles du jeu, n'est-ce pas ?

— Je ne qualifierais pas le mariage de jeu mais, si vous voulez dire qu'ils ont agi en fonction de ce qui est attendu d'eux et dans le meilleur intérêt de tous, alors oui.

— Si vous avez raison – et je ne peux nier que c'est probable –, alors je dois d'immenses excuses à mes parents.

Lady Margaret lâcha un soupir.

— Et à Killin aussi. Mais ce n'est pas parce que vous avez raison, Lochiel, ajouta-t-elle avec une pointe de défiance, que j'ai entièrement tort. Je m'y suis peut-être mal prise, mais je ne regrette pas d'avoir agi en fonction de ce que mon instinct me dictait depuis le début. Cette union nous rendrait tous les deux malheureux. Killin sera désormais libre de chercher une autre épouse.

Donald n'en était pas si sûr. À son avis, le comte de Killin était bien trop ambitieux pour laisser cette opportunité lui échapper par fierté. Il n'eut heureusement pas à décider s'il devait en avertir la jeune femme : elle s'était arrêtée et contemplait avec une mine consternée la longue file de calèches rangées devant Montagu House.

— Votre père a dû mettre un terme aux festivités plus tôt que prévu.

Il la fit entrer dans l'ombre de la Maison de l'Amirauté, juste en face.

— Vous ne pouvez pas revenir par l'entrée principale, c'est sûr.

— Qu'a-t-il raconté aux invités à votre avis ?

— Très probablement que vous étiez indisposée. Que vous vous êtes sentie dépassée par les événements ou une excuse de ce genre.

— Il doit être fou de rage.

Les yeux écarquillés, elle resta figée à fixer la file de voitures.

— Oh ! mon Dieu, qu'ai-je fait ?

L'aplomb dont elle faisait preuve quelques instants plus tôt n'était qu'une façade qui menaçait de s'écrouler, tandis qu'elle contemplait les ruines de sa soirée de fiançailles. Elle était naïve, mais elle avait un solide caractère, personne ne pouvait le nier.

— Venez, l'encouragea Donald. Vos parents seront si soulagés de vous retrouver saine et sauve qu'ils oublieront leur colère.

Elle haussa les épaules, mais le frémissement de sa lèvre la trahissait.

— Quand vous m'avez vue et que vous avez compris que j'étais indemne, vous étiez furieux, pas soulagé. Or vous n'êtes pas directement impliqué dans cette débâcle. Vous avez été un parfait gentleman et je me suis montrée très ingrate. Ce que vous avez fait pour me retrouver dépasse largement vos devoirs en tant qu'ami de mon père.

Ce terme ne fit pas plaisir à Donald. Elle considérait manifestement qu'il n'était plus tout jeune, alors qu'il n'avait que trente ans. Margaret devait certainement ranger Killin, qui avait à peine cinq ans de plus que lui, dans la catégorie des vieux fossiles.

— N'importe quel ami de votre père aurait fait la même chose, j'en suis sûr.

— Et moi je suis convaincue que la plupart auraient confié cette corvée à un domestique, répliqua Lady Margaret. Je vous suis très reconnaissante de ne pas l'avoir fait, mais je dois continuer seule maintenant.

C'étaient des paroles étonnamment courageuses, alors qu'elle tremblait comme une feuille.

Donald souhaitait plus que tout qu'elle réussisse à se faire entendre, mais son instinct lui disait qu'elle se ferait tancer vertement. Elle serait effondrée et, dans une société si fermée qu'il avait lui-même parfois l'impression d'étouffer, ce serait encore plus difficile à supporter. Mais il ne trouvait rien à dire ou à faire pour la réconforter.

— Vous serez dans mes pensées, lui assura-t-il simplement. Je vous souhaite bonne chance.

— J'en aurai besoin, admit-elle d'un timbre sinistre. Je vais passer par la porte de service, je demanderai à un domestique de prévenir ma mère que je vais bien puis je monterai dans ma chambre par l'escalier de service et j'attendrai que tout le monde soit parti.

Ils restèrent dans l'ombre pendant la fin du trajet. Ils dépassèrent la file de calèches pour se diriger vers les écuries. Donald était de plus en plus réticent à l'abandonner.

— Je ne suis pas à l'aise de vous laisser seule dans cette situation.

— Je ne veux pas que vous soyez impliqué. C'est *mon* problème, Lochiel. La meilleure chose que vous puissiez faire, c'est rentrer chez vous et me laisser m'en charger. Je vous souhaite bonne nuit et je vous remercie encore une fois de m'avoir ramenée saine et sauve. Oh ! et de m'avoir prêté votre cape aussi. Vous feriez mieux de la récupérer, sans quoi je devrai répondre à plus de questions embarrassantes encore.

Elle détacha le manteau et le lui remit. Donald la regarda frapper à la porte et entendit l'exclamation choquée du valet qui ouvrit le battant. Puis Lochiel tourna les talons et se mit en route, le cœur lourd.

CHAPITRE 7

Tu m'as déçu. Tu m'as déçu. Tu m'as déçu.

Margaret regardait par la fenêtre du wagon de première classe du Scotch Express sans rien voir. Les mots de son père résonnaient en elle au même rythme que les pistons du train, comme un écho moqueur qui assombrissait son humeur déjà maussade. La puissante locomotive expulsait de lourds nuages de fumée dans sa course vers le nord, n'offrant à Margaret qu'un aperçu fugace des villes et des campagnes qu'elle traversait. Elle rentrait chez elle, à Dalkeith. Vingt-quatre heures plus tôt à peine, cette perspective l'aurait remplie de joie. Mais après l'horrible entrevue avec son père plus rien ne la tentait, si ce n'était une mort immédiate.

Au moins, son décès apporterait du crédit à la version des faits présentée par ses parents au bal, la veille. Une maladie soudaine nécessitant une longue convalescence faite d'air pur et d'isolement. Elle aurait préféré une fin rapide et sans douleur. Si le train s'écrasait… Non, elle ne voulait pas que son comportement stupide fasse d'autres victimes, surtout pas sa chère Molly, qui était assise stoïquement en face d'elle.

Tu m'as déçu. Tu m'as déçu. Tu m'as déçu, persiflaient les bielles et les roues sans relâche. Margaret posa les mains sur ses oreilles et baissa la tête alors que des larmes lui montaient aux yeux. Malgré la réaction choquée de Lochiel, avant d'entrer dans les cuisines de Montagu House la veille au soir, elle n'avait pas pris conscience qu'elle faisait si peur à voir. L'austère majordome de son père avait failli lâcher le plateau de verres qu'il portait. Le silence stupéfait des domestiques, portiers, cuisinières, femmes de chambre ou valets de pied était éloquent. Devant l'expression horrifiée de Molly, Margaret avait deviné que sa femme de chambre pensait qu'elle avait été violée.

Mais le pire était à venir. Elle avait été forcée de se présenter devant son père dans sa robe en lambeaux, qui, d'après Molly, dégageait une odeur de fumier. Et, face au duc, qui refusait de la regarder et fixait le mur au-dessus de sa tête, Margaret s'était sentie aussi pitoyable qu'un tas d'immondices. Le ton sec qu'il avait employé, contenant à grand-peine sa fureur, l'avait fait trembler de terreur.

Ce simple souvenir la fit frémir. Elle était déterminée à justifier ses actes, mais elle n'avait pas été autorisée à prendre la parole, pas même pour s'excuser ou implorer le pardon, encore moins pour admettre son erreur. Son père avait précisé qu'il ne voulait pas entendre ses excuses de poltronne. Aucune justification de sa part ne pouvait expliquer qu'elle ait failli à son devoir. Comme elle avait échoué lamentablement à remplir son seul objectif dans la vie, il la considérait désormais comme parfaitement inutile. Quand il l'avait condamnée à l'exil à Dalkeith pour une période indéterminée, on aurait pu croire à sa mine qu'il assistait à ses funérailles.

Lorsque la jeune femme avait finalement été congédiée, elle était sortie en chancelant du cabinet de travail, complètement bouleversée. Sa mère et Victoria l'attendaient dans le couloir. Son cœur brisé avait bondi : elle espérait qu'elles étaient venues plaider sa cause, supplier son père de faire preuve d'un peu de clémence, ou simplement la soutenir. Mais elles n'étaient là que pour renforcer son ostracisme ; elles lui avaient ostensiblement tourné le dos. Sa mère, un mouchoir sur le nez, avait décrété qu'elle empestait le caniveau.

Margaret avait baissé la tête de honte et c'est seulement à ce moment-là qu'elle avait remarqué que, non contente d'avoir ruiné sa réputation, celle de sa famille et celle de Killin, elle avait aussi égaré le bracelet de sa mère au cours de sa fuite. Celui que son père avait offert à la duchesse pour leurs fiançailles et que sa mère lui avait prêté spécialement pour l'occasion. Margaret avait enchaîné les infamies ! Pouvait-elle sombrer plus encore dans la déchéance ?

— Nous allons bientôt arriver à York, milady, lui annonça Molly, ramenant Margaret au présent. C'est notre seul arrêt pour une collation, il serait judicieux de profiter des commodités, si vous voyez ce que je veux dire.

— Merci, je n'y manquerai pas, mais je ne veux rien manger. En revanche, vous devez vous restaurer, de même que ce pauvre valet de pied qui se tient dans le couloir et qu'on a envoyé pour nous servir de chaperon.

— Jarvis a ses propres sandwichs. Vous devez avoir faim, car nous avons quitté King's Cross à 10 heures et il est presque 14 heures déjà. Vous n'avez pris qu'une tranche de pain pour le petit déjeuner et vous en avez laissé la moitié.

— J'ai perdu l'appétit et je ne pense pas le retrouver un jour.

— Allons, l'encouragea Molly avec un sourire forcé, la situation est désastreuse, mais pas aussi désespérée que ça, tout de même ?

Elle prit le panier que le porteur avait placé dans le porte-bagages au-dessus d'elle et l'ouvrit.

— Jetez un coup d'œil à ce que nous avons ici. Heureusement, nous ne sommes pas à la merci de la restauration de la compagnie ferroviaire, si c'est ce qui vous inquiète. C'était un peu la pagaille ce matin. Nous sommes parties de façon si précipitée que j'ai à peine eu le temps de préparer nos malles, mais M. Henri nous a très gentiment confectionné un pique-nique. Regardez, il y a du poulet en gelée et une grosse tranche de la tourte au porc que vous aimez tant.

Jusqu'alors, Margaret avait été trop ébranlée pour pleurer, mais ce petit geste attentionné, le premier depuis son retour à Montagu House la veille au soir, la toucha profondément. Elle éclata en sanglots.

— Je suis vraiment désolée, Molly. Je suis définitivement perdue et je vous ai entraînée dans ma ruine.

La femme de chambre pinça les lèvres et lui tendit un mouchoir.

— Rien ne sert de pleurer, ce qui est fait est fait. En réalité, je n'ai jamais vraiment aimé Londres : la capitale est beaucoup trop grande et bruyante. Je serai heureuse d'être de retour en Écosse.

— C'est gentil, que vous le pensiez ou non.

Margaret se tamponna les yeux en reniflant.

— Je ne vous mérite pas.

— À mon humble avis, vous ne méritez pas d'être traitée comme une criminelle.

— Oh ! Molly, si vous aviez vu le visage de mon père. J'avais l'impression de rapetisser de seconde en seconde. Quand il en a eu fini avec moi, j'avais la taille d'une souris, je le jure.

— Même une petite souris a besoin de manger, milady. Je sais que ce n'est pas ma place de donner mon opinion, mais votre père n'a aucune idée du mal que vous vous donnez pour le satisfaire.

— Il pense que je ne fais pas assez d'efforts.

Molly clappa de la langue en signe de réprobation.

— Oh ! bon sang de bonsoir ! C'est n'importe quoi.

Le train ralentit pour entrer en gare d'York. Margaret avait mal à la tête à cause du manque de sommeil. Malgré ses affirmations, son estomac gargouillait. Elle sourit faiblement à Molly.

— Je prendrais bien une petite part de tourte. Cela m'aidera peut-être à trouver un moyen de réparer les terribles dégâts que j'ai causés.

Illustrated London News, vendredi 21 juillet 1865

LA MYSTÉRIEUSE AFFAIRE DE LA DISPARITION DE LADY M.

Votre humble serviteur, toujours à l'écoute, a la profonde tristesse de vous annoncer que la société londonienne va devoir se priver de la jeune lady à la chevelure flamboyante et à la personnalité pétillante qui a enthousiasmé le « marché du mariage », comme le langage courant aime à l'appeler. Lady M*** a quitté précipitamment la capitale.

Votre humble serviteur s'attendait à ce qu'une annonce de la plus haute importance soit faite mercredi soir, au cours du dîner et du bal organisés par ses estimés parents, le duc et la duchesse de B***, où un certain Lord R*** P***, un comte écossais, était à compter parmi les invités de marque. Un convive nous a confié, dans la plus stricte confidentialité naturellement, une information surprenante : l'annonce faite ce soir-là fut à mille lieues de celle qui était attendue avec impatience. Lady M*** souffre apparemment d'une maladie aussi soudaine que grave. Cette affection devait effectivement être très soudaine, car on l'avait vue danser une demi-heure plus tôt. On pourrait avancer que l'un des symptômes de son malaise était une volte-face de dernière minute !

Elle est tellement souffrante que, d'après des sources bien renseignées, elle effectue actuellement un long et pénible trajet pour rejoindre la résidence de ses parents, non loin de la capitale écossaise. Un voyage qui, nous l'espérons sincèrement, n'affectera pas outre mesure sa fragile santé. Le duc et la duchesse, bien que certainement préoccupés par son état, ont choisi de rester à Londres. Ce détail montre combien ils ont confiance dans la résistance de leur deuxième fille. Hélas, nous ignorons où se trouve Lord R*** P***, mais on peut spéculer que, si le voyage de Lady M*** l'emmène vers le nord, le gentleman en question a dû s'empresser de partir dans la direction opposée.

Votre humble serviteur souhaite à Lady M*** un prompt rétablissement. Si de nouvelles informations pouvant apporter un peu de lumière sur cette affaire très malheureuse, pour ne pas dire mystérieuse, venaient à nos oreilles, soyez assurés que nos lecteurs seraient les premiers à en être avisés.

Princesse Louise à Lady Margaret

Osborne House, île de Wight, 31 juillet 1865

Ma très chère M.,

Que diable as-tu fait ! ! ! ! Ta lettre est arrivée hier, mais il va sans dire que la nouvelle de ta situation désastreuse l'avait précédée de plusieurs jours. J'ai tout de suite deviné qu'une raison scandaleuse devait expliquer ton départ précipité de la métropole – un point de vue que le journal à sensation Illustrated London News *partage, au cas où tu ne l'aurais pas lu. Pourquoi n'as-tu pas tenu compte de mes avertissements concernant la presse ? Je te l'ai dit, M., le prix de la célébrité est de rester sur ses gardes en permanence. Les journaux n'aiment rien tant que de faire tomber les gens de leur piédestal, surtout quand ce sont eux qui les y ont placés. Personne ne croira cette histoire de maladie soudaine racontée par tes parents. (Même si Sa Majesté y a cru. Ses nombreux mentons ont tremblé de désapprobation quand elle a appris ton départ soudain : tu sais que ma mère ne tolère pas que la maladie soit une excuse pour se soustraire à ses obligations.)*

Qu'est-ce qui a bien pu te pousser à prendre une mesure aussi extrême que la fuite ? Je sais que tu avais des doutes sur le gentleman en question, mais je pensais que tu t'étais résignée à l'épouser. Je ne puis approuver ton comportement, même si je suis en quelque sorte admirative de ton courage. Je sais que tu n'as pas envie d'entendre un sermon de ma part, mais je ne serais pas ton amie si je me retenais. Tu as enfreint presque toutes les règles de conduite et de bienséance de la cour et, si la vérité éclate, tu seras mise au pilori. Peu importe si ton dégoût pour Killin est si terrible que tu n'as pu te résoudre à l'épouser. Même si le comte était un monstre, tu serais fustigée pour avoir défié ton père. Et Killin n'a rien d'un monstre.

Je déplore ta réaction si impulsive ! Nous sommes toutes deux des jeunes femmes passionnelles, mais la différence c'est que, toi, tu portes tes émotions comme un étendard. Et c'est ton crime le plus impardonnable, aux yeux de la société dans laquelle nous vivons. Tu dois résister à l'envie de laisser ton cœur te dicter tes actes, ma très chère amie. Si la vérité sur cette soirée était connue de tous (quelle qu'elle soit, je sais que tu as omis une grande partie des détails dans ta lettre !), tu serais détruite à tout jamais. De plus, le scandale serait tel que même ta famille aurait du mal à s'en relever. Bien que je n'aie pas envie de mentionner ce point, je me dois de souligner que ton comportement m'affecte aussi. En tant que princesse du royaume, ma réputation doit à tout prix demeurer irréprochable. Les conseillers de Sa Majesté insisteraient pour que je mette fin à notre amitié. Si tu étais restée à Londres, j'aurais été contrainte de prendre mes distances avec toi. Je suis désolée de paraître aussi insensible, mais ce n'est pas moi qui fixe les règles : je suis simplement obligée de les suivre.

Cela dit, adoptons un ton plus positif. Tout n'est pas encore complètement perdu. Tes parents connaissent parfaitement les règles du jeu. Ton exil peut sembler sévère, mais dans notre monde frivole, loin des yeux, on est vite oublié. La société londonienne se passionnera bientôt pour une nouvelle affaire.

J'aimerais pouvoir être à tes côtés pour te prouver que ces mots difficiles viennent du cœur, mais je me languis ici, à Osborne House, pour Dieu sait combien de temps encore, et tu es à l'autre bout du pays. Je t'envoie mon amitié sincère et quelques esquisses dans l'espoir que mes piètres tentatives t'apporteront un peu de joie. J'espère te voir bientôt et je prie pour que cela arrive, mais les perspectives ne sont pas bonnes, car la reine parle d'un voyage à Cobourg en août, pour l'inauguration d'une statue de mon cher papa.

Ne désespère pas.

Ton amie maintenant et (espérons-le !) toujours,

Louise

Lady Victoria à Lady Margaret

Londres, le 28 juillet 1865

Margaret,

Je t'écris à la demande de notre mère. La duchesse souhaite t'informer que ta présence au mariage de notre frère Henry au début du mois prochain ne sera pas requise. Après cet événement, nos parents profiteront de la saison de la chasse avec des amis, et ne se rendront pas au palais de Dalkeith. Ils passeront le reste des vacances parlementaires, y compris Noël, à Drumlanrig ou peut-être à Boughton ou Bowhill. Tu devras rester à Dalkeith à moins que le duc n'en décide autrement, tandis que notre sœur cadette, Mary, séjournera à Drumlanrig sous la garde de sa gouvernante.

Margaret, je te prie de réfléchir à l'impact de tes actions indéfendables. Notre père est toujours furieux contre toi et ne tolère pas que ton nom soit prononcé. Presque tous ses pairs ont été témoins de son humiliation, mais aussi ses amis du Roxburghe Club. Comme tu le sais, parmi les nombreuses fonctions publiques qu'il occupe, c'est de la présidence de ce club qu'il est le plus fier. Le duc reproche à notre mère de ne pas avoir su contrôler tes actes, ce qui me semble injuste, car je sais d'expérience à quel point tu peux être obstinée. La duchesse est très affectée par ces reproches et lui a dissimulé la perte de son bracelet, afin de se mettre à l'abri de critiques supplémentaires. Comme tu le vois, Margaret, en plus de tout le reste, tu as nui aux bonnes relations entre nos parents.

À titre personnel, je ne comprends pas comment tu as pu te montrer aussi irrespectueuse de l'étiquette. Tu connais parfaitement les conventions et les règles qui régissent la bonne société, pourtant tu sembles avoir décidé de les enfreindre systématiquement. Si ne fût-ce qu'une part infime de la vérité était dévoilée, la reine pourrait nous bannir de la cour. Cette éventualité est trop affreuse pour être envisagée. C'est une maigre consolation pour nous que la naissance de leur deuxième enfant ait empêché le prince et la princesse de Galles d'assister à ce malheureux bal.

Quant aux relations avec Killin, mère t'accorde gracieusement la permission de lui écrire une lettre de conciliation. J'espère que tu profiteras de cette concession extrêmement généreuse, car il me semble que le caractère ferme du comte serait un excellent contrepoids à ton tempérament impétueux et capricieux. Prends exemple sur mon propre mariage et laisse nos parents te guider. Lorsque l'idée que j'épouse Kerr a été évoquée la première fois, j'avoue avoir eu quelques réserves et m'être demandé si nous étions faits l'un pour l'autre. Mère m'avait alors assuré que l'affection et l'estime se développeraient après la cérémonie. Grâce aux efforts que j'étais déterminée à consentir, j'ai découvert qu'elle avait raison. C'est avec un grand plaisir que je te confie, ma sœur, que j'attends un heureux événement pour le début du printemps.

Inutile de répondre à cette missive. Mère me demande de t'informer qu'elle n'a lu aucune de tes lettres, il ne sert donc à rien d'écrire encore.

Ta sœur,

Victoria Kerr

Donald Cameron de Lochiel à Lady Margaret

Londres, 28 octobre 1865

Chère Lady Margaret,

Je vous prie de pardonner le retard avec lequel je réponds à votre correspondance. J'ai été très pris par les affaires d'État et en particulier par les ramifications diplomatiques entraînées par le décès de notre Premier Ministre, Lord Palmerston. Comme vous le savez sans doute, ses funérailles nationales ont eu lieu hier et votre père était parmi les personnalités de haut rang présentes à la cérémonie. J'y étais également, dans un rôle plus secondaire. Le Times *estimait ce matin qu'une foule d'un demi-million de personnes s'était réunie dans la capitale pour rendre un dernier hommage au chef du gouvernement. Bon nombre d'entre elles étaient des vétérans de la guerre de Crimée, qui attribuent à Lord Palmerston le mérite d'avoir mis un terme au conflit. Pour autant que je sache, Mr Scott n'était pas parmi eux.*

Ce qui m'amène au point essentiel de cette missive. Je suis ravi de pouvoir vous informer que j'ai non seulement réussi à retrouver la trace de Mr Scott, mais que j'ai aussi remis la main sur le bracelet de votre mère. Votre suggestion de retourner à l'endroit où vous vous souveniez l'avoir vu pour la dernière fois s'est avérée tout à fait logique. Je suis heureux de pouvoir également vous confirmer que votre instinct ne vous avait pas trompée : Mr Scott est effectivement un homme d'honneur. Il a découvert le bracelet sur le sol après que je vous eus emmenée de force. Il l'avait conservé dans l'espoir que vous reviendriez le récupérer. Un héros et un noble personnage !

Le fermoir est endommagé, mais aucune pierre n'est manquante. Mr Scott était extrêmement soulagé de savoir que le bijou vous serait rendu, car il redoutait que sa perte ne vous mette, selon ses propres termes, « dans un plus gros bourbier encore ». J'ai pris la liberté de le dédommager généreusement pour sa peine. Il m'a demandé de vous transmettre ses meilleures salutations. Il a ajouté espérer que vous aurez résolu votre dilemme matrimonial à votre satisfaction. Comme vous vous en doutez, je paraphrase !

Votre gentillesse et votre intérêt pour sa personne lui ont laissé une forte impression. Si vous m'indiquez ce que vous souhaitez que je fasse ensuite, j'agirai immédiatement selon vos instructions. J'ai parfaitement conscience qu'il est inapproprié pour moi de vous écrire sans le consentement de vos parents ou sans même qu'ils le sachent, mais une réflexion approfondie m'a convaincu que les circonstances très particulières justifient cette correspondance clandestine.

Ce fut un plaisir pour moi de vous rendre ce petit service, Lady Margaret. Ma récompense sera de savoir que je vous ai apporté un peu de réconfort dans votre exil. J'apprécie beaucoup la gratitude que vous m'exprimez pour vous avoir sauvée, toutefois elle n'est pas nécessaire. Quant à vos excuses pour, selon vos propres mots, vous être défoulée sur moi, elles sont également inutiles. Vous étiez profondément bouleversée et c'est compréhensible. Votre détermination à endosser toute la responsabilité de cet épisode vous honore et sera appréciée, j'en suis sûr, par vos proches.

Il ne me reste plus qu'à vous souhaiter bonheur et santé, quoi que l'avenir vous réserve. J'espère sincèrement qu'au cours des trois mois qui se sont écoulés depuis votre départ de la métropole les bonnes relations se sont rétablies avec vos très estimés parents et qu'ils sont désormais ravis de recevoir vos lettres. Malheureusement, sans leur consentement, je dois sacrifier le plaisir de vous écrire de nouveau.

Bien à vous, avec respect et sincérité,

Lochiel

Princesse Louise à Lady Margaret

Château de Windsor, 4 novembre 1865

Ma très chère M.,

Vicky et Fritz ont fini par se mettre en route ce matin pour Sandringham, où ils passeront la semaine. Leur départ a laissé la reine très mélancolique et elle en a conclu qu'une visite au mausolée serait idéale pour lui remonter le moral ! J'ai eu la chance d'être choisie pour l'accompagner. Tu ne seras pas surprise d'apprendre que présenter ses respects à mon père n'a pas eu d'effet notable sur le moral de Sa Majesté. Par ailleurs, Vicky attend un heureux événement – une fois de plus ! C'est le numéro cinq, si tu peux le croire. J'ai entendu dire que ta sœur Victoria est aussi en train de se reproduire, comme tu dirais. J'espère que l'arrivée de son premier enfant sera moins difficile pour elle que pour ma sœur.

Je sais que tu me pardonneras de répondre tardivement à tes deux dernières lettres : mon temps ne m'appartenait pas vraiment en raison de la visite prolongée de ma vénérée sœur. (Oui, je lève les yeux au ciel, elle est déterminée à prouver sa sainteté, comme ta propre sœur. Toi et moi ne pouvons pas rivaliser avec elles.) Je vais me dépêcher de terminer ce petit mot et t'écrirai plus longuement plus tard. J'ai tellement de choses à te raconter, M., mais la plupart des faits devront attendre nos retrouvailles, car je n'ose rien coucher sur le papier, même si je sais qu'à part moi personne n'apprécie autant les potins croustillants que toi !

Je dois t'avouer que ton état d'esprit m'inquiète. Ta dernière lettre était d'un sérieux préoccupant. Lorsque tu m'as fait savoir que tu comptais tirer profit de ton oisiveté forcée pour lire des ouvrages instructifs, je pensais que tu voulais dire digérer un ou deux manuels d'étiquette pour découvrir les multiples règles que tu as allègrement enfreintes ! J'imaginais un volume comme Des bonnes manières et de l'étiquette au sein de la société raffinée, *pas l'ouvrage sans doute très intéressant de Mr Mayhew sur les travailleurs et les pauvres de Londres. Ne t'imagine toutefois pas être la seule à t'intéresser aux moins chanceux. Je suis prête à parier qu'une autre jeune femme de ma connaissance l'a lu. Lucy, l'amie de Lenchen, qui est devenue l'année dernière Lady Frederick Cavendish, s'est lancée avec enthousiasme dans les bonnes œuvres depuis ses noces. Elle apporte son soutien à une soupe populaire à Westminster. Veux-tu que je m'arrange pour que vous soyez présentées ? Je suis sûre que Lucy et la nouvelle Lady Margaret philanthropique auraient beaucoup de choses à se dire.*

As-tu des nouvelles de ton retour potentiel dans le monde ? Quatre mois doivent sûrement constituer une pénitence suffisante. Il ne reste que quelques semaines avant Noël et j'ai déjà commencé à fabriquer les petits albums que j'offre en cadeau. Tu te souviens de mes carnets avec les fleurs et feuilles séchées et mes dessins en regard ? Oh ! M., tu n'as pas idée à quel point tu me manques. Je suis privée de bonne compagnie. Personne ne rit avec moi comme toi. Dois-je user de mon influence et demander à la reine d'ordonner à la duchesse de te ramener à moi ? Je suis terriblement tentée – malheureusement, ma mère s'offusquerait que sa compagnie ne me suffise pas. Ce serait bien dommage, car je me suis donné beaucoup de mal pour la persuader que je suis sa préférée !

Je joins un morceau de soie provenant d'une étoffe que j'ai choisie pour une robe de matinée. Il devrait y avoir suffisamment de tissu pour que tu t'en fasses fabriquer une aussi. Je sais que le turquoise est ta couleur préférée et, par bonheur, elle me va très bien aussi. J'ai pris la liberté d'esquisser un modèle pour toi. Tu dis toujours que tu envies mon style, à présent tu peux l'adopter ! C'est un cadeau de Noël avant l'heure. Si tu trouves quelqu'un pour la confectionner, tu pourras la porter le jour de Noël, que, je l'espère sincèrement, tu passeras en famille. Ils ne peuvent décemment pas te laisser toute seule à Dalkeith ce jour-là, n'est-ce pas ?

Je t'écrirai davantage très bientôt, je te le promets.

Ta meilleure amie, pour toujours et à jamais,

Louise

Chapitre 8

Palais de Dalkeith, Écosse, lundi, jour de Noël 1865

Le grand vestibule de Dalkeith était glacial, le carrelage en marbre n'accueillait pas le sapin de Noël qui, de coutume, trônait fièrement en son centre. La rampe de l'escalier n'était pas ornée des guirlandes de conifères qui la recouvraient habituellement à cette époque de l'année, emplissant l'entrée de senteurs de pin. La table de la grande salle à manger était enveloppée de tissus protecteurs. Le bol à punch en argent était rangé sur une étagère dans le garde-manger du majordome. Aucune bûche ne brûlait dans l'âtre du salon.

Margaret avait toujours aimé Noël à Dalkeith. La maison se remplissait de rires et de bavardages, de jeux et de festins. Même sa mère et son père se relâchaient un peu. Les frères et sœurs de Margaret s'efforçaient d'être tous réunis pour les fêtes de fin d'année, avec leurs conjoints et leur progéniture. Cette année, ils s'étaient retrouvés à Drumlanrig. Mary y était encore. Son frère aîné, William, son épouse, Louisa, et leurs deux petits garçons étaient arrivés pour un séjour prolongé la semaine précédente, ainsi que son frère John et sa nouvelle épouse, Cecily, et la ribambelle habituelle de tantes, oncles et cousins qui se faisaient un devoir de venir en Écosse pour fêter

Noël. Jusqu'à la veille, Margaret avait espéré être conviée à la dernière minute, mais aucune invitation ne lui était parvenue. Pas de lettre. Pas de cadeau. Pas un mot.

Pour une fois, Louise s'était trompée. Sa famille était parfaitement capable de la laisser seule à Dalkeith en pareille occasion. Ce matin-là, Margaret s'était rendue à l'église avec le reste de la maisonnée. Elle s'était assise seule sur le banc de son père pour la messe de Noël, horriblement embarrassée par sa solitude, trop honteuse pour entonner les hymnes avec son enthousiasme habituel. Après l'office, sa mère distribuait habituellement ses cadeaux aux enfants du village. Cette année, elle avait demandé à Mrs Mack de la remplacer. La femme de chambre était visiblement mal à l'aise d'accomplir cette tâche ; l'affront que Margaret subissait était évident et faisait peine à voir. La jeune femme se priva du plaisir annuel de regarder les enfants déballer les jouets en bois et les torsades de sucre d'orge avant de leur raconter une de ses histoires. Elle avait écrit un conte pour Mary, comme à l'accoutumée, et l'avait envoyé à Drumlanrig. Hélas, elle doutait que sa sœur soit autorisée à la remercier pour ce cadeau, même si elle le recevait.

La porte matelassée verte du quartier des domestiques s'ouvrit et Molly apparut.

— Ah, vous voilà ! Que faites-vous là seule comme une âme en peine ?

— J'ai décidé d'aller me promener.

— Il neige. Vous allez geler.

— J'ai mon manteau et mes moufles, et je porte mes bottines les plus résistantes. J'ai besoin de prendre l'air.

— Ce sera bientôt l'heure du dîner. Il y a de l'oie rôtie et du pudding écossais.

Molly traversa le vestibule pour se poster à côté d'elle, puis fixa l'endroit où aurait dû se dresser l'arbre de Noël.

— Nous avons un sapin en bas pour les domestiques. J'en ai discuté avec Mrs Mack. C'est triste que vous preniez votre repas de Noël seule. Nous serions ravis que vous mangiez avec nous.

Touchée, Margaret battit furieusement des paupières pour tenter de contenir les larmes qui lui montaient aux yeux.

— Oh ! Molly, c'est très gentil, mais je ne peux pas accepter.

— Pourquoi ? Vous allez être malheureuse toute seule.

— Pas autant que si je pense que vous allez passer la journée à vous inquiéter pour moi, affirma Margaret en se forçant à sourire. Surtout que ce n'est pas nécessaire. Depuis tout ce temps, je suis parfaitement habituée à dîner seule et, de toute façon, vous savez que ma présence en bas gâcherait l'ambiance.

— Mais…

— Non, Molly. En revanche, je descendrai plus tard, pour les chants de Noël, comme d'habitude. Cela ira, je vous le promets.

— Qu'allez-vous faire en attendant ?

— Je vous l'ai dit, j'irai faire un tour. Rendre visite à Spider. Peut-être fabriquer un bonhomme de neige.

Margaret donna à sa femme de chambre une brève accolade, puis la repoussa avec douceur.

— Allez vous amuser. C'est un ordre.

Dehors, la neige tombait en flocons beaucoup plus épais à présent. Cependant, un coup d'œil au ciel maussade lui apprit que le temps se dégagerait probablement dans une demi-heure tout au plus. Margaret décida d'attendre qu'il arrête de neiger pour aller se promener et de rejoindre la quiétude de l'orangerie. Elle descendit la colline et longea les écuries.

Située sur les rives de l'Esk, la rivière locale, l'orangerie trônait au milieu des parterres parfaitement entretenus. C'était l'un des endroits préférés de Margaret. Le bâtiment circulaire était de style néoclassique, avec un toit en coupole finement façonné et des colonnes sculptées. La chaudière logée sous le sol carrelé, que son père avait fait installer pour cultiver les plantes et les fruits exotiques à l'intérieur, gardait l'édifice bien chaud, même par un jour d'hiver glacial comme celui-là. Les perruches multicolores l'accueillirent en piaillant lorsqu'elle referma doucement derrière elle la porte vitrée. Elle huma l'odeur de terre chauffée et humide mêlée à celle de la verdure luxuriante des palmiers. Elle aurait pu se trouver dans une jungle lointaine, au cœur de l'Afrique ou de l'Amérique du Sud, si la neige n'avait recouvert le paysage de l'autre côté des vitres.

Margaret observa le tracé de l'Esk qui dévalait en gargouillant sous la grande arche d'un pont de pierre. La jeune femme suivit aussi des yeux le cheminement des flocons qui se posaient doucement sur le verre avant de fondre. *C'est un jour comme un autre,* se dit-elle, mais ce n'était pas vrai. Si elle voulait se torturer, elle pouvait imaginer pratiquement à la minute près quel rituel festif et quelle tradition sa famille était en train de célébrer à Drumlanrig. Et Louise aussi, à Windsor, entourée de toute la famille royale réunie pour l'occasion. La princesse était sans doute en train d'égayer la reine pour qu'elle profite de la journée sans sombrer dans la mélancolie. C'était une tâche impossible, même pour Lou. Suivrait-elle le conseil de Margaret : se faufiler discrètement en bas et se joindre à la fête dans le quartier des domestiques pour s'amuser un peu ? De tous les enfants royaux, Louise serait celle que le personnel de maison accueillerait le plus volontiers, car elle possédait le rare talent de s'adapter à n'importe qui et de charmer tout le monde. Molly devait avoir préparé les domestiques pour la venue de Margaret plus tard dans la journée, mais elle n'était pas certaine d'avoir le cœur à braver les regards intrigués et les silences gênants qui pourraient survenir. Noël *n'était pas* un jour comme les autres. Être si seule, rejetée de tous alors que les circonstances étaient censées être joyeuses, les familles unies et aimantes… c'était difficile à supporter. À Londres, où régnait l'agitation, où les rues grouillaient de monde, où la saison était un tourbillon sans fin de rendez-vous pour le thé, de soirées et de bals, elle avait souvent aspiré à un peu de solitude. *Attention à ce que tu souhaites, M.*

Assez ! Contrairement à la reine, Margaret ne voulait pas sombrer dans la mélancolie et se lamenter sur les Noëls passés. Elle devait prendre exemple sur Scrooge, le personnage d'*Un chant de Noël,* le célèbre conte de Charles Dickens, et s'assurer que son Noël serait différent. Elle était fatiguée de sentir que sa vie était en suspens jusqu'à nouvel ordre. Elle en avait assez d'être abandonnée et ignorée. Il était temps de prendre les choses en main et d'agir. Elle voulait faire amende honorable, prouver qu'elle avait changé, qu'elle avait mûri et qu'elle était prête à accepter son destin. Mais comment faire alors que son père l'avait condamnée à l'inaction forcée ?

Comme la chaleur de l'orangerie commençait à lui paraître étouffante, elle décida d'aller rendre visite à Spider. Dehors, ses traces de pas avaient déjà été recouvertes par la neige. Margaret serra sa cape contre elle, suivit le sentier et passa sous l'arcade menant à la cour intérieure où se trouvait l'écurie. Elle entendait les chevaux hennir dans les box qui bordaient deux côtés de la cour pavée. Un des chats d'écurie frôla ses jambes et disparut dans la remise où était rangé l'énorme carrosse démodé ayant appartenu au duc précédent. Margaret n'avait jamais rencontré son grand-père, qui était décédé alors que son père n'avait que douze ans, mais à en juger par sa voiture, ornée de dorures et doublée de velours rouge, c'était un homme imbu de sa personne. Un des rares étés où Louise avait été autorisée à lui rendre visite à Dalkeith, les deux amies avaient eu l'idée stupide d'essayer d'atteler le carrosse à deux chevaux de trait. Heureusement, le palefrenier chef les avait arrêtées avant qu'elles n'aient pu endommager le précieux véhicule ou blesser les animaux. Hélas, la sœur aînée de Margaret avait été témoin de leurs frasques et s'était sentie obligée de rapporter le méfait à leur mère. Margaret se souvenait que Louise avait mis du sel dans la limonade de Victoria au dîner ce soir-là. Naturellement, c'était Margaret qui avait été accusée. À cette heure-ci, à Windsor, Lou était probablement en train de se changer pour le dîner. Pensait-elle à Margaret ? Si c'était le cas, elle devait se dire que son amie s'apitoyait beaucoup trop sur son sort !

La fontaine au centre de la cour avait gelé. Un éclat de rire gras et masculin brisa le silence. Il provenait des bâtiments situés en face de la tour de l'horloge, où les palefreniers et les garçons d'écurie avaient leurs quartiers.

Margaret se précipita vers la stalle de son poney. Spider hennit en guise de salutation. Ses naseaux étaient doux sous la paume de Margaret. Elle frotta la joue contre son flanc, respirant son odeur familière et réconfortante.

— Tiens, mon vieux, chuchota-t-elle en sortant une carotte de sa poche. Ce n'est pas grand-chose, je sais, mais joyeux Noël quand même.

Le poney hennit doucement, ce qui la fit sourire.

— De rien.

Quand elle ressortit, elle emprunta la route qui grimpait à travers la forêt jusqu'au sommet de la colline et au pont Montagu, construit pour célébrer le mariage de son arrière-grand-père, le troisième duc. Un portrait de lui peint par Gainsborough était exposé à Drumlanrig. C'était l'un de ses tableaux préférés, car non seulement son arrière-grand-père avait les cheveux flamboyants comme elle, mais il tenait dans ses bras un petit chien qu'il aimait visiblement beaucoup.

Margaret s'appuya sur le parapet et examina le palais de Dalkeith, qui se dressait majestueusement sur la colline, de l'autre côté de la vallée étroite et escarpée. Les volets étaient fermés sur les grandes baies vitrées arrondies du salon et de la bibliothèque à l'étage. La neige avait cessé de tomber, mais les toits en pente raide étaient couverts d'un manteau blanc. Vu d'ici, le château ne ressemblait pas du tout à son foyer, mais à un lieu froid, rébarbatif, peu accueillant, même si, au sous-sol, elle voyait des lumières briller dans la salle des domestiques.

Elle se languissait ici depuis cinq mois. Elle pouvait monter Spider quand elle le voulait, faire des balades aussi longues qu'elle le souhaitait avec les chiens sans que personne la réprimande si elle rentrait tard, les bottines crottées et les cheveux ébouriffés par le vent. Mais la vie ne se résumait pas à promener des chiens et à monter à cheval.

Elle reprit sa marche et suivit le tracé de la voie carrossable qui passait devant la maison, en direction des grilles de l'entrée principale, où l'église St Mary était plongée dans l'obscurité. Des générations de Montagu, de Douglas et de Scott avaient fréquenté ce lieu de culte et avaient fait de leur mieux pour accroître la fortune de la famille. Ils avaient prêté leur maison au roi George lors de sa visite d'État historique à Édimbourg et s'étaient réfugiés dans un hôtel. Plus récemment, ils avaient accueilli la reine Victoria et le prince Albert. Ils avaient servi le comté en tant que membres du Parlement. Le père de Margaret siégeait à une centaine de comités, faisait des dons à un millier de causes charitables. On lui devait la ligne de chemin de fer d'Édimbourg à Dalkeith. Il avait contribué à la construction de ponts et de routes, d'écoles paroissiales et de nombreuses églises. *Amo,* « J'aime », était la devise de la famille Buccleuch et, dans le cas de son père, elle signifiait « J'aime servir ».

Margaret aussi aurait aimé servir, mais sa fonction, en tant que simple femme, n'était ni pratique ni philanthropique. Les filles Buccleuch devaient faire des mariages stratégiques, accroître le pouvoir et les richesses de la famille, avant de mettre au monde la génération suivante, une progéniture dévouée, élevée pour reproduire le modèle familial. C'était ce pour quoi elle était née. C'était son devoir. Pourquoi trouvait-elle cette réalité si difficile à accepter ? Pourquoi ne pouvait-elle pas simplement faire comme sa sœur, et sa mère avant elle : remplir son rôle avec grâce et élégance et en tirer le meilleur parti ?

Parce que je ne suis ni gracieuse ni élégante ! Margaret baissa les yeux vers ses bottines trempées. L'ourlet humide de sa cape lui battait les chevilles et elle sentait que ses cheveux devaient former une masse détrempée de boucles rebelles. Elle ne put s'empêcher de rire d'elle-même. Pouvait-elle apprendre à le devenir ? Si elle prenait Louise comme exemple plutôt que sa sœur, si elle s'appliquait comme jamais, elle pourrait sûrement y arriver. En réalité, la grâce et l'élégance n'étaient pas le vrai problème.

Elle descendit la rue principale, longea le centre de l'administration et de la justice, qui était fermé, puis l'hôtel Cross Keys, très fréquenté, et enfin le marché aux grains, frissonnant malgré elle en passant devant l'endroit où avait eu lieu la dernière pendaison publique. À la gare, située à la périphérie de la ville, que son père avait fait construire grâce à une loi votée par le Parlement, elle se réfugia dans l'embrasure de la porte de la billetterie.

Si elle ne se mariait pas du tout, elle était destinée à devenir ce que Louise redoutait le plus, une femme au foyer. Une vieille fille, toujours à la disposition de ses frères et sœurs et de leur progéniture, baladée d'un coin à l'autre en fonction des besoins. Elle serait la perpétuelle invitée dans les maisons des autres, et on attendrait d'elle qu'elle soit dévouée et reconnaissante jusqu'à la fin de ses jours.

Exaspérée, elle forma une boule de neige et la lança vers la voie ferrée. Elle en avait assez des questions qui tournaient en boucle dans sa tête. Elle n'avait qu'une envie : prouver à ses parents qu'elle était prête à se conformer et que leur fille n'était pas égoïste ni écervelée.

Pourrait-elle tenir le rôle qu'on attendait d'elle, comme épouse de Rufus Ponsonby ? Elle ne pourrait jamais l'aimer, mais l'amour ne faisait pas partie de l'accord. « *Tu dois résister à l'envie de laisser ton cœur te dicter tes actions.* » Les mots de Louise lui avaient fait mal, mais son amie avait raison. La question que Margaret devait se poser était la suivante : pourrait-elle apprendre à le respecter, à ressentir pour lui une forme d'affection ? Son instinct lui criait un *non* retentissant, mais elle ne savait que trop bien où son instinct l'avait menée.

Le devoir impliquait des sacrifices et un travail acharné. Sa sœur avait réussi à le faire, même si, selon les propres termes de Victoria, c'était *grâce aux efforts qu'elle était déterminée à consentir.* Si Margaret parvenait à trouver la force d'imiter sa sœur, elle se rachèterait aux yeux de tous. Et avec un peu de chance elle serait récompensée, comme Victoria le serait bientôt, en ayant ses propres enfants – même si l'idée de la façon dont ceux-ci seraient conçus lui faisait horreur.

Si Victoria n'était pas un exemple suffisant, Margaret pouvait se tourner vers Louise. Celle-ci s'ennuyait à mourir, était privée de ses amies, n'avait pas eu droit à une présentation officielle à la société, était forcée d'écouter les lamentations incessantes de la reine et de subir ses effusions de tristesse… Louise accomplissait son devoir avec tant de grâce et de retenue que sa mère pensait que cette tâche lui plaisait. Lou s'épanchait dans ses lettres à Margaret et elle s'adonnait à ses propres petits actes de rébellion, mais en dehors de cela elle était stoïque.

Oui, Louise était l'exemple que Margaret allait suivre. Elle accepterait sa place dans le monde et elle en tirerait le meilleur parti. Elle allait devoir enchaîner son cœur, effacer sa vraie personnalité pour y parvenir, mais elle le *ferait.*

Je peux y arriver, se dit Margaret, en reprenant la route enneigée vers le palais de Dalkeith. *Ex adversis dulcis. Ex adversitas felicitas.* Une des citations préférées de son père. « De l'adversité naissent la force et le bonheur. » Encore un exemple à suivre. Dès qu'elle serait de retour à l'intérieur, elle écrirait à ses parents et, s'ils ne répondaient pas, elle écrirait encore et encore jusqu'à ce qu'ils la prennent au sérieux.

En franchissant le portail, elle fut surprise de voir Molly se précipiter vers elle en agitant quelque chose.

— Un télégramme, Lady Margaret, annonça-t-elle en souriant. De votre père. On dirait qu'ils ne vous ont pas abandonnée finalement.

Margaret attrapa l'enveloppe avec un cri de joie. L'opportunité semblait se présenter plus tôt qu'elle n'avait osé l'espérer !

Télégramme du duc de Buccleuch à Lady Margaret

Drumlanrig, 25 décembre 1865

NOTIFICATION DE CHANGEMENT DE PROGRAMME URGENT. PRÉPAREZ-VOUS À PARTIR POUR LONDRES PAR PREMIER TRAIN. FEMME DE CHAMBRE VOUS ACCOMPAGNERA. MONTAGU HOUSE SERA OUVERTE POUR RECEVOIR. VOTRE RETOUR À LA CAPITALE DOIT RESTER SECRET JUSQU'À CE QUE SA GRÂCE ET MOI PUISSIONS VOUS REJOINDRE. TOUT SERA EXPLIQUÉ ALORS.

BUCCLEUCH

The Morning Post, samedi 23 décembre 1865

UNE MISE EN GARDE POUR NOTRE ÉPOQUE

Nos lecteurs fidèles se souviendront de la consternation qui était la nôtre à la suite du départ précipité de la société londonienne de Lady M***, deuxième fille du duc et de la duchesse de B***, en juillet dernier. La jeune femme avait été prise d'une soudaine maladie lors d'un bal donné en son honneur par ses estimés parents (souvent considérés comme la famille royale écossaise *de facto*), au cours duquel une annonce très importante était attendue.

On n'avait plus entendu parler de Lady M*** depuis qu'elle s'était réfugiée dans l'une des propriétés de la famille près d'Édimbourg. Jusqu'à hier, lorsqu'une certaine personne étroitement liée à la résidence du duc de B*** à Londres nous a contactés. Nous sommes maintenant en mesure de révéler le véritable déroulement des événements qui ont conduit Lady M*** *à fuir* la capitale.

La vérité est si scandaleuse et choquante que nous ne voyons pas comment la jeune femme en question pourrait se racheter aux yeux de la société. Nous en relatons les détails à contrecœur, dans l'espoir que cette histoire servira de leçon salutaire à nos jeunes et par bonheur encore innocentes lectrices.

Voici donc le récit de notre témoin oculaire. Le soir en question, Lady M*** était en parfaite santé. Alors que l'horloge allait sonner minuit et que l'annonce de son changement de nom allait être officialisée, elle a été vue en train de quitter la salle de bal. Contrairement à l'histoire racontée à l'époque, elle ne se dirigeait pas vers sa chambre à coucher, mais se rendait dans le jardin qui sépare la maison familiale et les docks, où le Victoria Embankment, la nouvelle digue, est en construction. Notre témoin oculaire était occupé à servir le champagne, mais quelques instants plus tard, alors qu'il circulait dans la salle, il a entendu une altercation dans le parc : la voix d'un homme et la réponse étouffée de la jeune lady. Comme il s'appliquait avec soin à sa tâche, il n'eut pas le temps d'y accorder de l'importance. Près de deux heures plus tard, alors que les invités s'en allaient et que les cuisines étaient en plein nettoyage, la porte de service s'ouvrit. Lady M*** fit une entrée dramatique, sa robe déchirée et ses cheveux défaits. Profondément choqué, notre témoin ainsi que toutes les autres personnes présentes arrivèrent à la seule et inéluctable conclusion : l'Innocence avait été abusée !

Lady M*** fut dépêchée vers le nord en compagnie de sa femme de chambre à bord du Scotch Express le lendemain matin.

On ne l'a plus vue ni entendue au cours des cinq mois qui se sont écoulés depuis et il n'y a pas d'espoir de la voir revenir à Londres avant au moins quatre mois, date à laquelle nous pouvons nous attendre à un cadeau de Pâques pour la famille B***. Comme le dit l'adage, Lady M*** est née avec une cuillère d'argent dans la bouche. On attend à juste titre des jeunes femmes de son rang qu'elles montrent l'exemple aux moins chanceux, qu'elles présentent un modèle auquel ils puissent aspirer.

Lorsque ces personnes tombent en disgrâce, leur chute est d'autant plus spectaculaire et définitive. Bien que cela nous peine de le dire, ce genre d'événements entache tout ce qui se trouve dans leur orbite. Pour sa famille et surtout pour un certain comte écossais, Lord

R***, cet incident remue le couteau dans la plaie. Les parents de Lady M*** font partie du cercle rapproché de la reine. Lady M*** compte parmi ses intimes la plus belle des princesses royales. Nous supposons que l'excellent sens moral de Sa Majesté lui fera mettre un terme à cette amitié.

Notre informateur, une fois son devoir civique accompli et dûment récompensé, a quitté le service de la famille.

CHAPITRE 9

Montagu House, Londres, dimanche 31 décembre 1865

Cinq mois plus tôt, c'est-à-dire une éternité aux yeux de Margaret, elle s'était tenue devant ce même bureau, dans le cabinet de travail lambrissé en chêne de son père, tremblant dans sa robe de bal déchirée. C'était la dernière fois qu'elle avait vu ses parents. Ils venaient d'arriver une demi-heure plus tôt et aucun des deux ne l'avait saluée, ne lui avait demandé comment elle allait, ni même ne l'avait regardée dans les yeux. Au moins, cette fois, on lui accorda le droit de s'asseoir.

Du bout du doigt, son père poussa vers elle un exemplaire du *Morning Post*.

— Ce cadeau inattendu est arrivé à Drumlanrig la veille de Noël.

Le tic-tac de l'horloge renforça le silence tendu, alors qu'elle se consacrait à la lecture de l'article. Le feu qui venait d'être allumé lançait des étincelles derrière la grille et le charbon humide provoquait des volutes de fumée dans la pièce. En face de Margaret, son père affichait un visage de marbre, ses doigts tambourinant sur le buvard. La jeune femme relut le texte et son estomac se noua tandis qu'elle tentait de saisir les viles insinuations et la façon dont les faits avaient été déformés pour concocter une histoire calomnieuse et vulgaire. C'était un tissu de mensonges, bâti de toutes pièces à partir des faits réels.

Même si elle avait déduit du ton du télégramme que les retrouvailles avec ses parents ne seraient pas une effusion de joie, elle s'était efforcée de garder le moral tout au long de l'attente, répétant et peaufinant ses excuses, l'explication de son comportement et, surtout, sa résolution sincère d'accepter son sort. Pas un instant elle n'avait imaginé être confrontée à cela.

— Je ne sais pas quoi dire, finit-elle par avouer, horrifiée au point d'en être presque malade. Si ce n'est que c'est évidemment un ramassis de mensonges.

— Maudit valet de pied !

Son père lança vers la cheminée un presse-papiers en laiton, représentant un lion galopant.

— Il s'est senti obligé de quitter notre service au nom de son devoir civique… Quel menteur ! Ce misérable poivrot avait un faible pour mon bourgogne ! Nous aurions dû lui faire passer les fers quand nous avons découvert l'étendue de ses détournements, mais nous avons accepté son départ sur la base d'un accord – qui vaut pour tout notre personnel – selon lequel il ne parlerait jamais de ce qui se passe sous notre toit. J'ai bien envie de le faire rechercher et arrêter.

— Walter, mon cher, calmez-vous.

La duchesse ramassa le presse-papiers et le remit à sa place, avant de s'asseoir à côté de Margaret.

— Cela ne servirait qu'à générer de nouveaux ragots tout aussi affreux. Ce qui est fait est fait. Nous devons nous concentrer sur la meilleure façon de réparer les dégâts.

Hélas, le père de Margaret était loin d'en avoir fini.

— Que le nom des Buccleuch soit traîné dans la boue de la sorte est déjà assez grave mais, pour couronner le tout, nous avons reçu ce torchon dans le courrier de Noël… de la part d'un bienfaiteur préoccupé par notre sort ! Ha !

— Effectivement, mon cher, intervint la duchesse, mais en réalité, quand on y pense rationnellement, cette personne anonyme nous a rendu service. Si nous n'avions pas été au courant…

— Cela ne risquait pas d'arriver ! On m'a dit que ce satané journal se vendait à des milliers d'exemplaires. Qu'est-il arrivé à notre pays, pour que notre presse soit autorisée à publier de pareilles allégations sans fondement ? Cela devrait coûter son poste au misérable rédacteur en chef…

— Mon cher, nous étions convenus que nous nous efforcerions de garder notre calme. Pour l'amour du ciel, Walter, vous savez que ce serait une mauvaise approche. Communiquer de quelque façon que ce soit avec la presse est tout simplement impensable.

— Pourquoi ? osa demander Margaret. Pourquoi serait-ce si mal de contredire ces propos diffamatoires ? Je ne comprends pas pour quelle raison ce serait si déplacé.

Le duc marmonna un juron impatient, repoussa sa chaise et se dirigea vers la bibliothèque pour se verser un verre de son whisky Glenlivet préféré. Il ne jurait presque jamais. Margaret ne l'avait jamais vu de sa vie prendre d'alcool fort avant la fin du dîner. Et encore moins avant midi.

— Expliquez-lui, Charlotte, bien que je ne sache pas pourquoi une explication est nécessaire. Cette fille ne sait donc rien ?

La mère soupira.

— Ce n'est pas de la diffamation, Margaret, parce que nos noms ne sont pas imprimés. Et même s'ils l'étaient on ne peut pas répondre. Reconnaître que l'on a lu l'article lui accorde du crédit. Se défendre implique qu'il y a un élément de vérité dans ce qui a été allégué. Si tu ne comprends pas ça, accepte au moins que ceux dont la vie est publique n'aient pas d'autre choix. Si seulement la presse ne s'était pas tant prise d'affection pour toi l'année dernière…

— Ce n'est pas ma faute ! Vous m'avez demandé de faire bonne impression. Je ne les ai pas délibérément courtisés…

— « Une bouffée d'air frais écossais », cita le père avec amertume. Aujourd'hui, tu n'es plus qu'un vent mauvais qui n'apporte rien de bon à personne.

Margaret serra les mains l'une contre l'autre sur ses genoux et s'efforça de prendre un ton conciliant, résolue à exprimer le fond de sa pensée.

— Quand j'étais à Dalkeith, j'ai eu largement le temps de réfléchir à mes actes, comme vous l'espériez. Je comprends maintenant que mon comportement était égoïste, que j'aurais dû faire passer mon devoir envers la famille avant tout le reste et je suis déterminée à prouver que, désormais, je suis capable de le faire. Je suis décidée à accepter Killin comme époux, si vous souhaitez toujours que le mariage ait lieu.

Bien que sa mère ait eu l'air satisfaite de ce repentir, son père ne semblait pas impressionné.

— Cette chance est passée, souligna-t-il durement.

Il reposa violemment son verre vide sur le plateau d'argent avant de se laisser retomber dans son fauteuil.

— Killin est un homme éminemment respectable qui se retrouve dans une position impossible. Si la presse décide que l'enfant est de lui, cela fait de lui un mufle concupiscent. Sinon, c'est un cocu.

— Pour l'amour de Dieu, il n'y a pas d'enfant ! Cela devrait être évident pour vous !

Aussi blessée qu'en colère, Margaret se leva d'un bond, déterminée à être entendue.

— Votre Grâce, cinq mois se sont écoulés depuis la dernière fois que vous m'avez vue, ici dans cette pièce. J'ai eu amplement le temps de réfléchir à ma position dans cette famille et à mon avenir.

Le regard de son père, toujours braqué obstinément sur son épaule, fit vaciller sa confiance en elle, mais elle tint bon.

— Si on attend toujours de moi que j'épouse Killin, je le ferai volontiers.

— C'est insuffisant et cela vient trop tard, répondit le duc d'un ton glacial. Pendant que tu te languissais à Dalkeith en pratiquant ton examen de conscience, j'ai consacré beaucoup de temps et me suis donné beaucoup de mal pour étouffer l'affaire. Et, jusqu'à ce que ce maudit valet de pied vende son histoire aux journaux, j'étais presque sûr que la tempête était derrière nous. Malgré l'affront public que tu lui as fait en le plantant là, Killin était prêt à pardonner et à oublier, mais j'imagine qu'il ne voudra plus de toi à présent. D'ailleurs, poursuivit le duc en élevant la voix, je ne sais pas comment je vais trouver un homme disposé à t'épouser et encore moins un parti intéressant. Tu as entaché le nom de notre famille, peut-être de façon indélébile. Peux-tu imaginer les regards entendus et les clins d'œil que je vais devoir endurer maintenant ?

— Et les regards entendus et les clins d'œil que *je* vais devoir endurer ? protesta Margaret. À cause de cet horrible torchon, tout le monde à Londres sera obnubilé par ma silhouette. Je précise que ce sera pour de mauvaises raisons.

Le duc soutint enfin son regard et elle le regretta amèrement. Ses yeux enfoncés, si semblables aux siens, étaient de glace.

— Tu ne crois tout de même pas que tes sentiments ont la moindre importance ? ! Je vous laisse régler son sort comme bon vous semble, Charlotte, décréta-t-il en se levant. Je jouerai mon rôle en public pour le bien de notre famille, mais en privé je ne veux plus rien avoir à faire avec elle et je vous prie de la tenir hors de ma vue.

Le mépris dans sa voix était trop fort pour Margaret. Elle eut beau tout faire pour les retenir, les larmes qui lui piquaient les yeux dévalèrent ses joues alors que la porte se refermait.

— Pourquoi ne m'écoute-t-il pas ? Ce n'est pas ma faute si le valet de pied a mouchardé et si le journal a choisi de publier d'affreuses insinuations.

— Le duc tient par-dessus tout à son nom et à sa réputation durement acquise.

Sa mère ramassa en soupirant le *Morning Post,* le déchira proprement et le jeta dans le feu qui crépitait dans la cheminée.

— Je ne l'ai jamais vu aussi bouleversé que lorsqu'il a lu cet article. Et le recevoir comme ça, au courrier, la veille de Noël en plus, alors que la maison fourmillait d'invités. As-tu idée de la difficulté que cela a représentée pour nous de poursuivre la fête comme si de rien n'était ? Certains de tes cousins attendent cette occasion toute l'année, tu sais. Nos traditions et nos cérémonies familiales comptent énormément pour tout le monde.

Y compris pour Margaret ! Pourtant, elle en avait été exclue et avait été forcée de passer un Noël solitaire et triste à Dalkeith.

Mais la jeune femme était déterminée à ne plus regarder en arrière, à aller de l'avant, quoi qu'il arrive.

— Comment pouvons-nous réparer les dégâts, mère ? Je ferai tout ce qu'on me demande, je le promets. *Ex adversis dulcis. Ex adversitas felicitas.*

Sa mère la gratifia d'un très léger sourire.

— Ce n'est certainement pas l'adversité qui manque pour te donner de la force. Es-tu sérieuse quand tu dis que tu es résolue ?

— Je le suis de tout mon cœur. Si c'est dans l'intérêt de la famille que j'épouse Killin, alors qu'il en soit ainsi.

— Tu parles comme si tu t'apprêtais à monter sur l'échafaud.

— Je vous assure que je suis totalement réconciliée avec l'idée.

La duchesse la considéra d'un air dubitatif.

— C'est une volte-face spectaculaire.

— Effectivement, mais elle est sincère.

— Je ne doute pas de tes intentions, Margaret, juste de ta détermination. Parviendras-tu à te débarrasser de cette habitude que tu as de remettre en question chaque décision que ton père et moi prenons concernant ton bien-être ? Es-tu vraiment capable de tenir compte de nos souhaits ?

Avant son exil, Margaret aurait assuré à sa mère qu'elle en était capable, parce qu'elle aurait voulu à tout prix éviter de la décevoir. Mais la nouvelle Margaret s'efforçait de réfléchir avant de parler et de se montrer scrupuleusement honnête.

— Je comprends mon devoir et j'ai hâte de l'accomplir. Même si cela signifie épouser Killin.

Malgré les bonnes intentions de Margaret, ce nom la fit légèrement frémir. Elle redressa les épaules.

— S'il veut bien de moi.

— Je suis plus optimiste à cet égard que le duc. Je crois que Killin est toujours prêt à envisager – et j'insiste sur « envisager » – la possibilité de te prendre pour épouse. Cela démontre une grande générosité d'esprit de sa part.

— Ou une forte dose d'ambition. Mais il n'y a rien de mal à ce qu'un homme souhaite s'élever, ajouta hâtivement Margaret pour tempérer sa réponse, se rappelant les propos de Lochiel à ce sujet.

— Et il n'y a rien de mal non plus pour une fille à souhaiter contribuer à augmenter la fortune de sa famille, rétorqua sa mère d'un ton acerbe. C'est parce qu'il réunit ces deux objectifs que ce mariage est si avantageux. Il suffit que tu fasses tous les efforts possibles, comme Victoria lorsqu'elle a épousé Kerr. Les résultats parlent d'eux-mêmes, pour ainsi dire, puisqu'elle attend maintenant un heureux événement. Si tu y mets du tien, je suis sûre que tu pourras développer pour Killin les sentiments qui sont attendus d'une épouse.

— Si Victoria peut le faire, j'en serai capable aussi.

Sa mère l'examina en silence pendant un moment avant de hocher la tête.

— Très bien. Une fois qu'il sera démontré que ces allégations sont un tissu de mensonges malveillants, je suis sûre qu'à nous deux, toi et moi, nous arriverons à convaincre Killin. À condition, bien sûr, qu'on puisse démontrer que ces accusations sont non fondées.

La duchesse se leva et se dirigea vers la fenêtre, qui donnait sur la rue.

— Je suis obligée de te demander de me certifier que c'est faux.

— Mère ! Vous ne devriez pas avoir besoin de me poser la question.

— Épargne-moi ton indignation et explique-moi en termes clairs ce qui s'est passé. On ne peut pas reprocher à ce maudit valet de pied d'avoir tiré de telles conclusions. N'importe qui t'ayant vue ce soir-là aurait pensé la même chose.

— Ma robe s'est déchirée quand je me suis cachée dans les buissons.

— Pourquoi t'es-tu sentie obligée de te cacher dans les buissons ?

Bon sang de bonsoir ! Je ne peux pas trahir Lochiel.

— Il y avait deux marins, déclara Margaret en se raccrochant à cette parcelle de vérité. Ils chantaient et m'ont paru imbibés, alors j'ai préféré me dissimuler.

— Grands dieux !

La duchesse continuait à regarder à l'extérieur. Margaret avait très envie de tout avouer, de faire table rase, mais en tentant d'imaginer la réaction de sa mère quand elle apprendrait que sa fille avait échangé des confidences avec Fraser Scott, et qu'elle avait été raccompagnée par un invité du bal, elle conclut que ce serait une très mauvaise idée.

Le *Morning Post* avait échafaudé une histoire ignoble à partir des maigres détails que le journal avait obtenus ; elle préférait ne pas se demander ce que les autres penseraient de la vérité. De toute façon, elle ne voulait pas impliquer Lochiel dans cette débâcle, alors qu'il avait agi avec tant de noblesse et s'était donné tant de mal...

— Oh ! mon Dieu, j'ai complètement oublié ! s'exclama Margaret.

En s'excusant mentalement auprès du gentleman qui s'était donné la peine de récupérer le bracelet et de l'expédier par courrier express à Dalkeith, elle sortit le bijou de sa poche.

— J'ai dû le perdre quand je me suis cachée. J'en ai profité pour le chercher l'autre jour en attendant votre arrivée. Je ne croyais pas à ma chance quand je l'ai retrouvé.

Elle récita en silence une prière contrite pour ce petit mensonge indispensable.

— Mon bracelet ! Je le croyais perdu à jamais.

— Le fermoir…

— Oh ! il est défectueux, je sais. J'aurais dû te prévenir quand je te l'ai prêté. Merci, Margaret. Ce n'est pas un bijou particulièrement précieux, mais il a une grande valeur sentimentale pour moi.

La duchesse le rangea dans une poche et regagna son siège.

— Bon, lança-t-elle d'un ton vif, parlons affaires. D'abord et surtout, je dois te demander de garder le silence de rigueur concernant les événements de cette soirée.

— Je serais ravie de ne plus jamais avoir à discuter de cette soirée.

— Bien. Officiellement, tu continues à être tombée soudainement malade et tu es allée te rétablir à Dalkeith. Tu es maintenant en parfaite santé. La priorité immédiate, c'est de mettre un terme à toute spéculation sur le fait que ton innocence aurait été compromise. Par conséquent, nous devons te montrer en public. Il n'y a évidemment pas beaucoup d'opportunités avant le début de la saison, mais nous accepterons toutes les invitations et je me ferai un devoir d'organiser moi-même une soirée. Tu seras naturellement au centre de l'attention. Lève-toi et laisse-moi t'examiner.

La duchesse l'étudia de près, et son expression s'éclaircit.

— Je n'ai pas mon mètre ruban sous la main, mais il me semble que tu as enfin réussi à réduire à la fois ton appétit et ta silhouette. Cela sied mieux à une jeune femme. Même si cela ne te ferait pas de mal de perdre encore quelques centimètres. Heureusement, nous disposons de plusieurs semaines avant que le Parlement ne reprenne son travail au début du mois de février. Tu vas pouvoir entamer un régime strict dès maintenant. En attendant, Molly ne doit ménager aucun effort pour serrer ton corset le plus possible. Ces prochains mois sont critiques. Tu peux me laisser le soin d'approcher Killin. Je t'en prie, Margaret, ne nous déçois pas une seconde fois. Même un chat, aussi attachant soit-il, a un nombre limité de vies.

CHAPITRE 10

Londres, février 1866 (six semaines plus tard)

Alors qu'ils quittaient Montagu House, Donald prit le bras de Lady Margaret.

— Merci d'avoir eu l'obligeance de venir à mon secours une fois de plus, Lochiel. Je vous suis doublement reconnaissante, non seulement d'avoir organisé cette rencontre avec Mr Scott en mon nom, mais aussi de me servir d'escorte.

— Ne serait-il pas plus convenable que vous ayez également un chaperon féminin ?

— Normalement, oui, mais tout bien considéré je me suis dit que la compagnie de Molly là où nous nous rendons attirerait inutilement l'attention, ce que je veux éviter à tout prix.

— Vous avez raison.

— Et puis, vous êtes le chaperon idéal. Un diplomate respecté et ami de mon père, par-dessus le marché.

Donald fit une moue dépitée.

— J'ai quelques dizaines d'années de moins que votre père.

— C'est vrai ? Peut-être est-ce la barbe.

— Vous n'approuvez pas ?

Lady Margaret plissa le nez, ne dissimulant pas son sentiment sur la question, avant de se reprendre.

— Je sais que c'est à la mode. Cela vous donne certainement l'air très digne, ce qui est une bénédiction en cet instant. Je veux dire, même la presse à sensation ne pourrait pas transformer en histoire scandaleuse le fait que nous soyons vus ensemble, n'est-ce pas ? Si des journalistes nous voyaient… Mais nous ne risquons pas de tomber sur quelqu'un du *Morning Post* là où nous allons, vous ne croyez pas ?

— J'en doute fort, mais si vous avez la moindre inquiétude…

— Je vis dans la crainte permanente d'attirer les commentaires défavorables de la presse. Je serais idiote de ne pas avoir peur, après ce qui a été écrit sur moi. L'avez-vous lu ?

— C'était de la calomnie. Je suis sûr que personne n'en a cru un mot.

— Je me suis tellement habituée à m'en tenir à cette histoire de maladie soudaine que j'y crois presque moi-même. Si les gens conjecturent encore, ils le font derrière mon dos.

Elle parlait de ce sujet avec légèreté, mais Donald l'avait vue supporter stoïquement les regards et les chuchotements lors des événements sociaux des dernières semaines. Il savait que ces mensonges et ces insinuations l'avaient affectée.

— Si vous pensez que ce serait à même d'améliorer vos rapports avec vos parents, je serais ravi de révéler la vérité.

— Oh non ! Une de mes rares consolations, c'est d'avoir réussi à vous garder en dehors de tout ça. Je suis très heureuse d'avoir l'occasion, maintenant que nous sommes enfin seuls, de vous remercier en personne pour tout ce que vous avez fait.

— Ce n'est absolument pas nécessaire. Je suis heureux d'avoir pu vous être utile.

— Vous êtes un homme très singulier, vu la façon dont je vous ai traité ce soir-là. Être serviable au point de retrouver

Mr Scott ! Vous prétendez que ce n'était rien, mais je sais que cela n'a pas dû être une mince affaire.

Lady Margaret lui sourit.

— Vous avez mes remerciements sincères et ma gratitude éternelle.

Donald sentit avec horreur ses joues se colorer.

— C'est Mr Scott le véritable héros : il a gardé le bracelet de votre mère.

— C'est tout à son honneur, ne pensez-vous pas ? La tentation a dû être forte de le vendre ou de le mettre en gage. La somme récoltée aurait été considérable, surtout pour un homme dans sa situation, avec une femme et une famille à charge. J'ai beaucoup pensé à cette extraordinaire rencontre avec Mr Scott. Vous savez, Lochiel, je ne pense pas qu'il soit exagéré de dire qu'elle m'a fait voir le monde sous un jour différent.

— Vraiment ? De quelle manière ?

— Eh bien, j'ai compris que l'univers dans lequel je vis et celui dans lequel il vit sont très différents, même s'ils coexistent. J'ai essayé de remédier à mon ignorance par la lecture, mais même si les descriptions que Mr Mayhew fait de la pauvreté dans son ouvrage sont très évocatrices, ce n'est pas pareil d'en être soi-même témoin.

Donald l'écouta, décontenancé, se lancer dans un résumé enthousiaste de ses recherches, lui offrant ainsi un aperçu, pour la première fois depuis son retour à Londres, de la jeune femme dynamique qui avait fait sensation la saison précédente. Il ne lui semblait pas convenable de condamner d'emblée les mesures prises par les parents de la jeune fille, mais à son avis ils l'avaient traitée très durement. S'il était nécessaire de l'écarter de la société, son éloignement total de sa famille lui semblait excessivement cruel. Le duc et la duchesse étaient-ils satisfaits du résultat ? De cette jeune femme désormais très correcte qui tenait des conversations polies et pleines de retenue ? En tout cas, Killin semblait approuver. Il tournait autour de Lady Margaret à chaque événement. Sans surprise, le comte avait décidé de sacrifier sa fierté au profit de son avancement.

Donald avait guidé Margaret vers Parliament Street lorsqu'ils étaient sortis de Montagu House, évitant ainsi Downing Street et, sur King Charles Street, le somptueux Bureau des affaires étrangères récemment inauguré. Même si le bâtiment était loin d'être achevé, il était déjà occupé par certains diplomates et leur personnel. Lochiel y passait une grande partie de son temps depuis qu'il séjournait à Londres, alors qu'il était en poste à Berlin, et il n'avait aucune envie de croiser une connaissance tandis qu'il accompagnait la jeune femme. Lady Margaret considérait qu'il avait largement dépassé l'âge de la courtiser, mais ses collègues ne seraient pas de cet avis. Il était habitué aux taquineries bon enfant qui prenaient son célibat pour cible, mais Lady Margaret était la charmante fille d'un duc très influent qui était aussi l'un des hommes les plus riches du pays. Lochiel n'avait aucune envie qu'on l'imagine cherchant à faire un mariage avantageux, d'autant que la jeune femme en question le considérait comme un vieux gentleman inoffensif.

Lady Margaret interrompit ces pensées plutôt déprimantes en tirant sur sa manche.

— Je voulais vous demander si ma tenue est suffisamment passe-partout. Je porte mon bonnet et ma cape les plus simples.

— Le bonnet à lui seul vaudrait une semaine de salaire dans un magasin de vêtements d'occasion.

— C'est ce qu'on appelle un bazar, le corrigea-t-elle d'un air suffisant. J'ai appris cela dans le livre de Mr Mayhew, mais c'est Mr Scott qui m'a enseigné les tout premiers termes. Un vide-gousset est un jeune pickpocket, vous savez.

— Je l'ignorais, mais ce terme vient à point pour nous rappeler qu'il faut être vigilant.

— Difficile de croire qu'il y a tant d'inégalités si près d'ici, poursuivit Lady Margaret en regardant autour d'elle.

— Vous voulez dire en dehors du Parlement ! Lorsque Victoria Street et la gare ont été construites, certains des pires taudis ont été rasés mais, aussi étonnant que cela puisse paraître, cette zone autour du Parlement et de l'abbaye est l'une des plus mal famées de la ville.

— Qu'est-il arrivé aux gens qui vivaient là ? Où ont-ils abouti ? Je vais poser la question à Mr Scott, il doit le savoir.

Mr Scott, quel puits de science, pensa amèrement Donald.

Ils se trouvaient maintenant dans Broad Sanctuary et devant eux, à l'entrée de Victoria Street, se dressait le Westminster Palace Hotel.

— C'est la statue de Lord Raglan là-bas, indiqua-t-il. Il a contribué à établir le plan de la bataille de Crimée. Je me demande ce que votre Mr Scott pense de lui.

— Pas grand-chose de bon. D'après lui, la charge de la brigade légère était une stupidité et un massacre inutile déguisés en héroïsme. Ses mots sont restés gravés dans ma mémoire. Ils allaient tellement à l'encontre de ce que Lord Tennyson a écrit dans son poème. Puisque Mr Scott était présent sur les lieux et que Lord Tennyson n'y était pas, je sais qui croire. C'est Mr Scott ou un de ses camarades qui devrait trôner sur ce piédestal, pas Lord Raglan.

— En voilà une idée radicale !

— Aussi étonnant que ce soit, Mr Scott serait d'accord avec vous. Il ne se considère pas comme un héros. Il en va toujours ainsi avec les vrais héros, non ? Il a perdu ses deux jambes en combattant pour notre drapeau, mais au lieu de se lamenter sur son sort il a continué à vivre. Je veux lui ressembler davantage : retrousser mes manches et me rendre utile.

Le visage de la jeune femme se décomposa.

— Malheureusement, je n'ai aucune idée de ce que je pourrais faire.

Elle ne semblait pas comprendre que son mariage mettrait probablement un terme à toutes ses ambitions. Killin ne tolérerait pas une épouse qui pense par elle-même et encore moins qui prenne des décisions. De plus, une fois mariée, étant donné les multiples tâches qu'impliquerait la gestion des différentes résidences de son mari et les responsabilités sociales que son nouveau statut lui imposerait, elle aurait très peu de temps à elle. Donald chassa cette pensée qui, étrangement, le chagrinait.

Margaret observa Lochiel d'un air dubitatif.

— Qu'ai-je dit pour que vous ayez soudain l'air si triste ?

— Rien.

Il la surprit en exerçant une légère pression sur sa main.

— Restez près de moi à partir de maintenant ; une fois que nous aurons tourné dans Dean Street, nous mettrons littéralement les pieds dans un autre monde.

Il n'exagérait pas. Lorsqu'il la guida vers une rue étroite, les pavés firent place à un mélange de boue, de vase, de paille et de végétation en décomposition. Un fossé rempli d'une eau grise fangeuse courait d'un côté. Margaret remarqua que des débris flottaient à la surface et décida qu'il était plus prudent de ne pas les examiner de trop près. L'air semblait plus épais et la puanteur de la Tamise rivalisait à la fois avec une odeur fétide et écœurante de putréfaction et les effluves âcres des corps non lavés. Margaret serra plus fort le bras de son escorte quand ils approchèrent des maisons crasseuses et noircies par la suie. Elle comprenait maintenant pourquoi Lochiel s'était montré réticent quand elle lui avait demandé de l'emmener ici.

— Nous pouvons faire demi-tour à tout moment, proposa-t-il, en ralentissant.

La jeune femme secoua la tête.

— Pas question. Mr Scott m'attend.

Si Lochiel avait pensé qu'elle se mettait réellement en danger, elle n'aurait jamais pu le convaincre de la conduire dans ce quartier. Ragaillardie par cette idée et confiante dans le fait que les bottines qu'elle avait heureusement eu la présence d'esprit d'enfiler protégeraient ses pieds des pires saletés qu'elle foulait, elle jeta des coups d'œil incrédules aux alentours. C'était comme s'ils marchaient sur une corde raide tendue entre deux mondes. À sa gauche, elle apercevait encore la tour de l'horloge du palais de Westminster surplombant l'abbaye. Un grand rectangle de verdure, suivi d'une sorte d'édifice public, peut-être un autre ministère, occupait le côté gauche de l'artère. Sur la droite, un dédale de bâtiments beaucoup plus bas et plus primitifs qui semblaient se blottir les uns contre les autres, comme s'ils cherchaient la chaleur et la sécurité en se regroupant. Des échelles et des ponts dont la fragilité faisait peur à voir étaient suspendus entre les toits. Les ruelles entre les maisons étaient si étroites que la lumière du soleil ne pénétrait pas la pénombre. Le brun et le gris étaient les couleurs prédominantes, celles du ciel, des bâtiments, de la pâleur des visages et du contenu des nombreuses charrettes qui se disputaient l'espace. Des silhouettes silencieuses se tenaient dans les embrasures, les yeux hagards, vêtues de haillons, les pieds nus et crasseux. Même si personne ne les approchait, presque tout le monde les fixait avec une curiosité non dissimulée que Margaret trouvait troublante.

Les appels des marchands de quatre-saisons qui poussaient leurs charrettes à bras résonnaient dans l'air, comme les saluts des hommes qui se hélaient d'un côté à l'autre de la venelle et les rires gras provenant de ce qui, d'après l'odeur, devait être un établissement où l'on vendait du gin. Malgré le vacarme, elle avait l'étrange impression de marcher avec Lochiel dans une bulle de silence.

Ils franchirent le carrefour suivant, laissant derrière eux le pire de la misère, et elle comprit a posteriori qu'il devait s'agir des bas quartiers de Devil's Acre. Margaret fut de nouveau surprise, car la ruelle s'ouvrait sur une place où se dressait une église et elle apercevait à nouveau les entrepôts et les quais de la Tamise. Les maisons ici étaient mitoyennes, petites, mais elles semblaient construites d'après un plan. Les cris et les hurlements qui leur parvenaient depuis l'autre côté de la place étaient ceux d'enfants qui jouaient dans une cour devant ce qu'elle supposa être une école.

— Nous y sommes, annonça Lochiel en indiquant l'un des petits logis.

— Cela vous dérangerait terriblement si je voyais Mr Scott seule ? lui demanda abruptement Margaret. Je sais que ma mère dirait que ce n'est pas convenable, mais…

— Je pense que nous avons déjà dépassé les limites de la bienséance, vous ne croyez pas ?

Lochiel lui toucha le bras.

— Je vous attends ici. Prenez le temps qu'il faudra.

CHAPITRE 11

— Merci pour votre patience. Je ne voulais pas être si longue, mais l'épouse de Mr Scott a insisté pour que je prenne le thé, et j'avais énormément de questions et…

Lochiel secoua la tête.

— Je devine à votre sourire que tout s'est bien passé.

Margaret rayonnait.

— Je me sens tellement mieux. Je sais que vous l'aviez récompensé, mais ma dette envers lui me pesait. C'était crucial pour moi de le remercier en personne. Et maintenant je vous suis redevable de m'avoir aidée à le faire. Je vous suis extrêmement reconnaissante.

Sans réfléchir, elle posa la main sur son bras, mais il ne sembla pas s'en soucier. Il serra les doigts de la jeune femme et lui sourit.

— A-t-il pu vous éclairer au sujet des habitants déplacés ?

— Eh bien, oui, et c'est choquant. Apparemment, aucune disposition n'a été prise pour eux. Comment cela a-t-il pu être permis ?

— La demande pour de nouvelles routes et voies ferrées est permanente. Même votre père n'a pas pu empêcher la construction de la nouvelle digue devant Montagu House.

Il a été vertement critiqué dans la presse parce qu'il faisait passer ses désirs personnels avant les besoins du public.

— Ha ! Je ne suis donc pas le premier membre de notre famille à jeter le discrédit sur le nom de Buccleuch !

— Pour être exact, le duc a déclaré plus tard que sa position avait été mal comprise.

— Ma position aussi a été mal comprise, s'indigna Margaret. Toutefois, continua-t-elle en prenant une profonde inspiration, ces détails appartiennent désormais au passé. Je dois me rappeler que mon père est le mieux placé pour savoir ce qui est bon pour moi. Qu'ai-je dit pour vous faire sourire ?

— Vous l'avez dit comme si vous avaliez une cuillerée d'un médicament particulièrement infect. Votre détermination à être une fille dévouée est louable.

— J'aimerais que mon père ressemble davantage à Mr Scott. Non, ne riez pas. Il a une attitude très éclairée sur l'éducation des femmes. Sa petite fille, Heather, est particulièrement brillante, bien plus douée que ses deux fils. Ce sont ses mots, pas les miens. Il a mis de côté l'argent de la récompense que vous lui avez donnée pour l'inscrire dans une école correcte. J'ai pris rendez-vous pour rencontrer la petite Heather un autre jour ; j'ai hâte de faire sa connaissance. Qu'en dites-vous, Lochiel ?

— Je ne suis pas surpris que vous le souhaitiez mais, je vous en prie, pour ma tranquillité d'esprit, organisez la rencontre dans un endroit plus salubre. À ce propos, je ferais mieux de vous ramener à la maison.

Déçue, Margaret leva le nez vers le ciel.

— C'est un miracle. Un vrai coin de bleu. Nous sommes très près du fleuve ici, n'est-ce pas, et juste en face du quartier de Lambeth, je crois. J'ai beaucoup lu sur le sujet dans les écrits de Mr Mayhew. J'aimerais beaucoup voir les lieux par moi-même. Cela vous ennuierait-il beaucoup, Lochiel, si nous faisions le détour ? Il n'est que midi passé et, pour Londres, c'est une très belle journée d'hiver. J'ai l'impression d'avoir été enfermée pendant des mois et ma mère ne sera pas de retour avant des heures : elle est partie rendre visite à une amie à Richmond. S'il vous plaît, pouvons-nous explorer encore un peu cette partie fascinante et surprenante de la ville ?

— Deux épithètes qui pourraient bien s'appliquer à vous, et avant que vous ne le preniez mal je précise que c'est un compliment.

— C'est vrai ? Alors c'est la chose la plus gentille que l'on m'ait dite depuis des mois. Quel est le moyen le plus rapide d'y arriver ?

— Votre confiance en mes connaissances de la géographie de Londres est touchante.

— Mais pas mal placée, j'espère. Après vous, mon cher.

— Très bien, j'en sais assez pour nous éviter tout danger, je pense. Pourquoi ne pas traverser la Tamise ici, puis nous pourrons passer devant Lambeth Palace et le théâtre d'Astley, puis retraverser le pont de Westminster, si ce n'est pas trop pour vous ? La plupart des jeunes femmes que je connais ont besoin de respirer des sels pour faire plus d'un pas.

Après avoir traversé le pont à péage pour rejoindre la paroisse de Lambeth, ils furent rapidement pris dans un flot continu de circulation.

— J'imagine que tout ce monde se dirige vers la nouvelle gare de Waterloo, déclara Lochiel, perplexe.

L'excitation de Margaret augmentait au fur et à mesure qu'ils avançaient et que la foule se densifiait. Comptant sur son escorte pour se frayer un chemin parmi les passants, elle ne se souciait plus de l'état de ses bottines, du bas de sa robe et de ses jupons. Elle était fascinée par le spectacle. Des marchands des quatre-saisons avec des charrettes à bras débordant de marchandises se faufilaient entre les passants en vantant les mérites de leurs produits. Bien qu'elle ne fût pas en mesure de comprendre plus d'un mot sur dix, elle devinait à l'expression de Lochiel qu'il devait y avoir pas mal de jurons.

— Waterloo Road, annonça Lochiel, et comme je le pensais nous voici à la gare.

— Mais tout le monde va dans cette direction, protesta Margaret en tirant sur son bras. Regardez, après ce théâtre, le Victoria, c'est cela ?

— Je crois qu'on y joue des mélodrames.

— Il m'est arrivé d'en jouer moi aussi, plaisanta la jeune femme. Oh ! regardez, Lochiel, la rue est bordée de stands de nourriture. Tant que nous y sommes, nous pourrions aller voir, vous ne croyez pas ?

— Je n'ai pas le courage de vous dire non. Vous n'avez pas de sac à main, me semble-t-il ?

— Oh non, je n'y ai pas pensé… Je ne pourrai rien acheter.

— Je ne m'inquiétais pas pour cela, mais pour les gamins. Comment les avez-vous appelés ? Les vide-goussets ? Ils vont tenter de vous faire les poches.

— Alors c'est une chance que je n'aie rien pour les tenter, répondit Margaret.

Elle se dit que Lochiel était trop prudent. Les enfants qu'elle apercevait étaient habillés de façon respectable et la plupart étaient accompagnés de leurs mères.

L'odeur nauséabonde du fleuve et de la foule était recouverte par des arômes plus appétissants à mesure qu'ils s'aventuraient dans la rue où s'alignaient les étals pris d'assaut par les clients. Quelques regards curieux se tournaient dans leur direction, mais les gens étaient trop occupés pour les remarquer : ils marchandaient, bavardaient ou se dépêchaient de rentrer chez eux en serrant leurs paquets. La plupart des chalands étaient des femmes ; les étals du marché étaient tenus par des hommes, mais bon nombre de garçons et de filles vendaient aussi leurs marchandises directement depuis leurs charrettes et leurs paniers. Bien qu'il fît encore jour, des lampes à gaz et à huile étaient allumées pour attirer l'attention sur les boutiques situées derrière les étals : un boucher, un drapier, un marchand de thé.

— Mes poires bien mûres, huit pour un penny !

— Chauds, les marrons ! Un penny la vingtaine !

— Harengs saurs de Yarmouth, trois pour deux pence !

— Chou mariné, dites votre prix !

Un homme avec un parapluie ouvert retourné vendait des gravures. Un tailleur posté au milieu d'un groupe de mannequins sans tête arrêtait les passants pour qu'ils touchent la qualité de ses vestes en futaine. Un garçon criait à tue-tête le programme d'un cirque et une femme chantait debout au coin d'une rue, tandis qu'un petit terrier habillé d'un tutu se dandinait sur ses pattes arrière.

— Regardez, il n'y a pas que de la nourriture ; on peut acheter pratiquement n'importe quoi ici, lança Margaret alors qu'ils passaient devant un étal sur lequel étaient empilées des assiettes en porcelaine.

Juste à côté, un autre exposait des tours de seaux à linge et de casseroles qui venaient d'être étamées. L'étal voisin proposait des piles de mouchoirs dans toutes les couleurs de l'arc-en-ciel et un autre encore des paires de chaussures et de bottines d'occasion.

Lochiel et Margaret déambulaient sans se presser. Toutefois, quand les échoppes se firent plus rares à l'approche du croisement suivant, il lui fit faire demi-tour avec fermeté.

— Il se fait tard, il vaut mieux que je vous ramène chez vous.

À vrai dire, Margaret était fatiguée et elle avait conscience que son compagnon était nettement moins captivé qu'elle par ces lieux. Alors qu'ils revenaient sur leurs pas, l'arôme de châtaignes grillées attira son attention. Bien qu'elle n'en eût jamais goûté, l'odeur lui mettait l'eau à la bouche. Cela faisait une éternité qu'elle avait pris son petit déjeuner et elle avait à peine mangé d'ailleurs, parce que sa mère la surveillait et qu'elle était nerveuse de revoir Mr Scott après tout ce temps.

Son estomac gargouilla. Margaret lâcha le bras de Lochiel et se fraya un chemin parmi les badauds, ignorant les protestations de son compagnon, car l'étal était à un mètre de là. De la chaleur s'échappait du poêle où les marrons rôtissaient. Le vendeur les retournait à l'aide d'une longue pince pour éviter qu'ils ne brûlent.

Tout se passa très vite. Désireuse de vérifier si le goût était à la hauteur du parfum, Margaret s'apprêtait à en commander une portion pour deux pence, espérant que Lochiel lui prêterait de l'argent, lorsqu'un cri d'alarme retentit. Elle se retourna au moment où une femme serrant quelque chose qui ressemblait à un lapin dépecé lui fonçait dessus et la bousculait. Margaret tomba à genoux sur les pavés boueux.

Personne ne sembla s'intéresser au sort de la jeune aristocrate, qui tentait vainement de se relever, prise dans la bousculade d'hommes, de femmes et d'enfants qui hurlaient :

— Arrêtez-la, au voleur !

Terrifiée, Margaret allait appeler à l'aide, quand une paire de mains la saisit par-derrière, la souleva et la mit hors de portée de la foule.

— Ne vous inquiétez pas, vous êtes en sécurité maintenant.

Elle s'attendait à entendre l'accent écossais si reconnaissable de Lochiel ; la voix anglaise raffinée fut un choc à ses oreilles. Elle se retourna lorsque son mystérieux bienfaiteur la déposa et se retrouva face à un jeune homme de vingt-cinq ans environ.

Sous son chapeau, ses cheveux, de la couleur des marrons qui lui avaient fait envie, retombaient sur son front. Il était rasé de près et sa bouche dessinait un doux sourire qui se reflétait dans ses yeux bruns chaleureux.

— Révérend Beckwith, à votre service.

— Révérend ? s'exclama Lady Margaret en regardant son manteau et son pantalon noir.

— Heureusement, en tant qu'anglican, je suis autorisé à réserver la soutane pour les dimanches. Ce n'est pas le plus pratique des vêtements.

— Ha ! Ce n'est rien, vous devriez essayer de porter une…

Margaret s'interrompit en rougissant.

—… robe, termina-t-elle en substituant ce mot à *crinoline*. Même si, à vrai dire, une soutane est une robe en quelque sorte.

— Lady Margaret ! Dieu merci, vous êtes indemne.

— Je vais parfaitement bien, Lochiel. Le révérend Beckwith ici présent s'est galamment porté à mon secours.

— Vous êtes prêtre ?

— Révérend Sebastian Beckwith. Prêtre ou pasteur, je réponds aux deux, même si on m'appelle plus communément père Sebastian, de la paroisse St George. Vous ne ressemblez pas aux membres de ma congrégation, si vous me permettez de le dire. Vous êtes-vous perdus ?

— Non, mais vous avez raison : nous ne sommes pas exactement en terrain familier.

Rassuré, Lochiel lui tendit la main.

— Cameron de Lochiel. Enchanté.

— Et je suis Lady Margaret Montagu Douglas Scott, pour vous donner mon nom complet du dimanche. Enchantée.

Margaret exécuta une petite révérence.

— C'était mon idée de visiter Lambeth. Nous avions l'intention de rentrer à pied par le pont de Westminster, mais nous avons été pris dans la foule qui se ruait vers le marché. Je n'avais jamais goûté de châtaignes grillées et, attirée par l'odeur, j'ai abandonné la protection de Lochiel. Et puis une voleuse m'a renversée. L'ont-ils attrapée ? La femme avec le… c'était un lapin ?

— C'est Peggy. Les marchands ambulants la connaissent bien. En général, ils lui donnent les restes à la fin de la journée, car ils savent qu'elle a bien du mal à se nourrir.

— Le lapin était pour son dîner ?

— Non, elle devait le revendre pour payer une dette ou, plus précisément, la dette de quelqu'un d'autre, connaissant son mari. Ce n'est pas le genre de Peggy de voler. J'irai la voir plus tard.

— Elle n'ira pas en prison, tout de même ? Je suis terriblement ignorante de ce genre de questions.

— Je l'étais aussi quand je suis arrivé ici il y a deux ans. J'étais affecté à la paroisse de Cheltenham, que l'on pourrait qualifier d'aisée, mais je me suis rendu compte qu'une sinécure confortable ne me convenait pas.

— Et cela vous plaît d'avoir un poste qui ne l'est pas ?

— L'église me fournit un logement tout à fait convenable et ma sœur Susannah, qui est veuve, Mrs Elmhirst, s'occupe du ménage.

Le sourire du père Sebastian s'effaça.

— Si je compare avec la situation de mes paroissiens, milady, je vis dans le luxe.

— Lady Margaret, nous devrions vraiment y aller. Je pense que nous ferions mieux de prendre un fiacre, si nous parvenons à en trouver un.

— Il y a un arrêt à la gare, indiqua le père Sebastian. Le moyen le plus rapide, c'est de traverser le pont de Waterloo, bien que la plupart des gens préfèrent Westminster pour éviter le péage. Vous allez traverser la Tamise, je suppose ?

— Je vis dans le quartier de Whitehall. À Montagu House, pour être exacte, déclara Margaret. Si nous avions un bateau, nous pourrions y être en cinq minutes.

— Un fiacre suffira, affirma Lochiel avec fermeté. Je pense que je peux me permettre de payer le péage. Bonne journée à vous, mon père.

— Au revoir, mon père, dit Margaret en lui tendant la main. Et merci encore d'être venu à mon secours. Pourquoi, siffla-t-elle alors qu'elle s'éloignait, êtes-vous en colère ainsi, Lochiel ?

— Vous n'auriez pas dû lui donner votre nom et votre adresse.

— C'est un homme d'Église et il doit avoir d'excellentes relations s'il était en poste à Cheltenham. Il a manifestement la vocation. On ne peut qu'admirer…

— Dieu merci, la coupa Lochiel en hélant un fiacre qui passait.

Il aida Margaret à monter avant de fournir des indications au cocher et de grimper près d'elle.

— C'était un coup de chance. Cet homme a sûrement des qualités admirables, mais je reste convaincu que vous n'auriez pas dû lui donner vos coordonnées. Il pourrait se présenter à Montagu House pour demander l'aumône ou je ne sais quoi.

Margaret se tourna vers son escorte, dont le sourire était quelque peu crispé.

— Eh bien, s'il vient, il ne repartira pas les mains vides. Je vous remercie pour la patience dont vous avez fait preuve aujourd'hui, je vous en suis très reconnaissante.

— Je ne me suis pas ennuyé, si c'est ce que vous laissez entendre. Je doute que quiconque puisse s'ennuyer en votre compagnie.

— Mon père ne serait probablement pas de cet avis. Quelle heure est-il, s'il vous plaît ? Mes bottines et ma robe sont sales. Je ne veux pas que maman me voie dans cet état. Je lui ai laissé croire que nous allions nous promener dans le parc.

— Il est à peine plus de 3 heures. Nous y serons dans dix minutes. Lady Margaret, je dois vous prévenir que je retourne à Berlin demain.

— Demain ! Pourquoi ne l'avez-vous pas dit plus tôt ? J'ai accaparé presque toute votre dernière journée, alors que vous auriez dû faire vos bagages et dire au revoir à vos amis.

— Je n'aurais manqué cette journée pour rien au monde.

Lochiel s'éclaircit la gorge.

— Avant de partir, je dois vous demander… pardonnez-moi, je sais que ce ne sont pas mes affaires, mais avez-vous l'intention d'épouser Killin ? Il me semble que vos sentiments pour lui n'ont pas changé de manière significative depuis que vous vous êtes confiée à moi ce fameux soir.

— Comment le savez-vous ?

Les joues du diplomate se colorèrent.

— Je n'aurais pas dû aborder un sujet aussi personnel.

Margaret hésita.

— Je pensais que personne ne remarquait ce que je ressentais.

— Vous le dissimulez très bien en public.

— Je vous suis très reconnaissante de votre sollicitude, mais vous n'avez pas à vous inquiéter. Mon cœur est peut-être insubordonné, mais il ne dirige plus ma tête. Si Killin renouvelle sa demande, je l'accepterai.

Lochiel ouvrit la bouche pour parler, puis se ravisa lorsque le fiacre s'arrêta.

— Nous y sommes, Montagu House, constata-t-il en regardant par la fenêtre poussiéreuse avant de se retourner vers elle.

À la grande surprise de la jeune femme, il prit ses mains entre les siennes.

— Je vous souhaite le meilleur pour votre bonheur futur.

— Je vous remercie. Je pense que je vais en avoir besoin. Vous n'entrez pas ?

Il secoua la tête.

— Comme vous l'avez souligné, j'ai beaucoup de choses à faire.

— Quand vous reverrai-je ?

— Dans plusieurs mois. Un an, peut-être. Je pense que je recevrai ma prochaine affectation directement de Berlin.

— Alors c'est un au revoir ?

Les doigts gantés de Lochiel se resserrèrent autour des siens.

— J'en ai bien peur. Au revoir, Lady Margaret.

— Lochiel, j'espère…

Mais le cocher, lassé d'attendre, ouvrit la porte et la coupa dans son élan. Lochiel lâcha ses mains, ne lui laissant pas d'autre choix que de descendre.

— Nous continuons jusqu'à King Charles Street, ordonna-t-il alors que la porte se refermait.

Margaret leva une main pour le saluer, mais Lochiel s'était déjà détourné, probablement préoccupé par ses propres perspectives d'avenir, maintenant qu'il s'était enfin débarrassé d'elle. Elle ramassa ses jupes et se précipita vers la porte que le valet de pied venait d'ouvrir. Elle était impatiente de se changer avant que sa mère ne soit en droit de lui poser des questions gênantes.

The Illustrated Times, vendredi 16 février 1866

DE QUOI SOUFFRE VRAIMENT LADY M. ?

Votre humble serviteur, toujours à l'écoute, a un conseil amical à donner à un certain estimé gentleman. Le duc de B***, qui soutient actuellement à la Chambre des lords une loi destinée à protéger les agriculteurs de la peste bovine, ferait bien de se préoccuper davantage du bien-être d'une personne beaucoup plus proche de son cœur. Nous craignons que tout ne soit pas rose pour la deuxième fille de Sa Grâce. Nos lecteurs se souviennent peut-être que Lady M***, jeune femme à la chevelure flamboyante, avait quitté la capitale l'été dernier juste avant une annonce importante, afin de se remettre d'une maladie aussi soudaine qu'inexplicable.

Lady M*** a réintégré la société il y a quelques semaines mais, bien que votre humble serviteur puisse garantir qu'elle semble en excellente santé, il ne peut en toute honnêteté en dire autant de son moral. Même si elle affiche une minceur qui correspond aux exigences de la mode, elle n'a pas grand-chose à dire et rien ne semble la faire sourire.

Qu'est-il arrivé à Lady M*** ? La « maladie » dont elle s'est débarrassée pendant son isolement en Écosse est-elle revenue la hanter, ainsi qu'un certain pair écossais, qu'on a vu jouer les sentinelles au cours de presque toutes les fêtes auxquelles elle assiste ? Le comte de K*** craint-il que le trophée qu'il convoite tant ne lui échappe à nouveau ? Ou ses attentions assidues sont-elles un effort pour sauver la jeune femme d'une rechute ? Peut-être pour éviter que la foudre ne frappe deux fois, comme on dit ! Les prochains mois nous le diront certainement. Je m'efforcerai, comme toujours, de vous tenir au courant de tout rebondissement intéressant.

Chapitre 12

La chaleur était étouffante dans le salon bondé. Charlotte détestait ce genre de soirées musicales. Alors que la dernière jeune fille dénuée de tout talent terminait brutalement son massacre de la *Sonate au clair de lune* de Beethoven, la duchesse se joignit à la salve d'applaudissements. Malheureusement, comme chez les autres spectateurs, son soulagement rendait ses acclamations un peu trop enthousiastes. Elle vit avec consternation la jeune femme se réinstaller au piano et se mettre à feuilleter ses partitions.

Charlotte déploya son éventail et se pencha vers sa fille, assise à côté d'elle.

— J'ai une théorie, murmura-t-elle. Moins une jeune fille possède de talent, plus sa performance est longue.

Margaret laissa échapper un rire peu féminin.

— C'est une impression, rien de plus. Sinon, je serais obligée de jouer de l'aube au crépuscule.

En réalité, Margaret avait une voix plutôt charmante, mais elle avait horreur de se produire en public. C'était d'ailleurs étonnant que Walter fût persuadé que sa deuxième fille cherchait perpétuellement l'attention, alors que, par nature, elle préférait rester dans l'ombre.

— Vous n'êtes pas incommodée par la chaleur, mère ? Voulez-vous que je voie si je peux vous procurer un verre de limonade ?

Elle est si attentionnée, pensa Charlotte avec culpabilité, en secouant la tête.

— Louise avait raison : le turquoise est ta couleur, déclara-t-elle en admirant la nouvelle robe de bal de sa fille.

C'était une création d'une simplicité trompeuse, élaborée à partir de croquis réalisés par la princesse. Le tissu de la jupe tombait en formant des plis profonds, il n'y avait ni ces froufrous ni ces volants que Margaret avait en horreur. Le seul ornement était un col lacé en dentelle crème qui couvrait les épaules.

— Ton amie a l'œil pour savoir ce qui te va bien.

— Merci, mère. Molly a dû l'ajuster un peu, car ma taille ne mesure plus que dix-huit pouces. Elle n'a jamais été aussi fine.

C'était dû au manque d'appétit de Margaret.

— Dix-huit pouces, c'est assez svelte, approuva Charlotte.

Elle ajouta :

— Oh ! non !

Consternée, la duchesse venait d'apercevoir une violoniste qui s'avançait pour rejoindre la pianiste. Le duo se mit à jouer, écorchant la mélodie. À côté d'elle, Margaret leva les yeux mais, alors qu'elle se penchait pour glisser un commentaire à sa mère, le visage de la jeune femme se décomposa et elle se raidit.

— Voilà Killin. Encore.

Charlotte vit sa fille se transformer en effigie rigide, les mains serrées, prête à affronter, littéralement, le pire. La duchesse ne comprenait pas cette aversion viscérale de sa fille pour le comte, mais elle faisait peine à observer. Alors que Killin prenait place avec précaution sur la chaise vide à côté de Margaret, Charlotte sentit que sa fille se rapprochait d'elle. Le mouvement était instinctif, Margaret elle-même n'en avait sans doute pas conscience.

Le duo de musiciennes se lança dans l'interprétation d'un morceau impossible à identifier. Charlotte tenta d'attirer l'attention de sa fille, mais Margaret, le regard résolument fixé sur le devant de la scène, n'écoutait plus. En apercevant son sourire figé et ses épaules tendues, Charlotte sentit sa mâchoire se serrer par solidarité.

Killin profita de l'occasion pour étudier son trophée, la bouche froncée en une moue désapprobatrice. Il avait très probablement lu l'article ignoble dans l'*Illustrated Times*. La presse était vraiment impitoyable quand elle se déchaînait sur une pauvre créature. On ne pouvait nier que Walter et Charlotte étaient en partie responsables de cette traque sans merci, même si le duc refusait de l'admettre. L'exil de Margaret l'année précédente, ainsi que le silence obstiné de son père dès que quelqu'un demandait des nouvelles de sa santé, avait fait comprendre à tout le monde que la fille du duc de Buccleuch avait commis un crime odieux. Margaret avait effectivement commis un faux pas majeur, mais avec le recul leur réaction avait été inappropriée. Ils auraient dû attendre courageusement que la tempête passe. Au moins, si Margaret était restée sous les yeux du public, sa présence aurait prouvé que les accusations les plus infâmes étaient fausses.

Walter tenait encore beaucoup à cette union, d'autant plus que Margaret avait tout fait pour le contrecarrer. Et c'était un excellent mariage. Killin était irréprochable. Depuis son retour à Londres au début de l'année, Margaret n'avait pas failli une seule fois à sa promesse de faire ce que l'on attendait d'elle. Son désir de remplir ses obligations était manifestement sincère, alors pourquoi cela semblait-il lui demander un tel effort ? En tant que mère, Charlotte devait-elle lui poser la question ? Quand ils seraient mariés, Margaret et Killin parviendraient à un arrangement qui leur conviendrait à tous les deux, comme tous les couples.

Un dernier grincement discordant du violon mit enfin un terme à la performance du duo.

— Eh bien, voilà qui était réjouissant, ironisa Charlotte en se dépêchant de se lever pour éviter tout risque de deuxième rappel.

— Je n'ai pas l'oreille musicale comme vous, Votre Grâce, je dois donc m'incliner face à votre jugement, déclara Killin d'un air guindé. Je crois qu'une collation froide doit être servie dans la salle à manger. Puis-je vous offrir de vous escorter en l'absence de Sa Grâce ? Et votre fille, bien sûr.

— C'est très aimable à vous, mais je remarque que le volant de la robe de Margaret est déchiré et doit être repris par une épingle. Si vous voulez bien nous excuser, nous vous rejoindrons bientôt.

La duchesse attrapa fermement le bras de sa fille et se dirigea vers le cabinet de repos des dames.

— Mère, ma robe n'a pas de volants.

— Si la musique est la nourriture de l'amour, alors cette performance m'a rendue malade.

Heureusement, la pièce était déserte.

— Je sais de source sûre qu'après le dîner notre hôtesse prévoit de faire siffler nos oreilles avec une sélection d'arias d'opéra. Point trop n'en faut. Nous allons attendre ici pendant que notre voiture est appelée.

— Mais Killin s'attend à nous emmener dîner.

— Nous allons prendre le risque, pour une fois, de le décevoir. Il s'est montré très assidu dans ses attentions.

— Extrêmement, répondit sa fille avec un sourire acerbe. Chaque fois que je me retourne, il est là.

Charlotte étouffa un rire.

— Quand tu seras mariée, tu verras qu'il sera sûrement beaucoup moins zélé.

— Oh ! je l'espère bien.

Ces mots furent prononcés avec un enthousiasme qui les surprit toutes les deux.

— Quand tu auras une famille, poursuivit la duchesse d'un ton encourageant, tu passeras la majeure partie de ton temps à la campagne, car les jeunes enfants ont besoin d'air pur. Cela t'a fait beaucoup de bien en tout cas. J'imagine que les affaires de Killin le retiendront ailleurs. Pendant une bonne partie de l'année, tu le verras à peine.

Contrairement à ce que sa mère espérait, Margaret ne fut pas du tout rassurée par ces propos.

— J'ai l'horrible pressentiment que les descendants de Killin seront révérencieux et ennuyeux.

— J'en doute, puisque tu seras leur mère. Et puis, il y a des avantages à avoir un enfant révérencieux et ennuyeux.

— Alors j'appellerai ma première fille Victoria, pour renforcer les probabilités qu'elle soit de ce genre.

Voyant les yeux rieurs de Margaret, Charlotte s'autorisa un petit sourire complice. Sa fille fixait sa robe, plissant la soie de la jupe entre ses doigts.

— Mère, père et vous faites beaucoup d'activités caritatives, n'est-ce pas ?

— Nous sommes tous deux très conscients de notre position dans la société, avança Charlotte, décontenancée par ce soudain changement de sujet. Nous estimons qu'il est de notre devoir de faire ce que nous pouvons en siégeant à des comités, en collectant des fonds, en parrainant des causes, ce genre de choses.

— J'ai réfléchi et j'aimerais moi aussi accomplir quelque chose d'utile. J'ai beaucoup de temps libre entre mes rendez-vous et je n'ai rien à en faire, si ce n'est me tourner les pouces à la maison. Je sais que vous allez me dire que je devrais lire un ouvrage édifiant ou me consacrer à une activité intéressante, mais…

— Continue, l'encouragea Charlotte avec prudence.

— Il y a un pasteur, le révérend Beckwith, qui vit avec sa sœur à Lambeth.

— Comment diable as-tu rencontré un ecclésiastique de Lambeth ?

— Je l'ai rencontré par Lochiel.

Les joues de Margaret s'empourprèrent. Elle disait la vérité, sa mère en était convaincue. Margaret ne mentait jamais, mais dans le cas présent elle ne disait pas tout. Cependant, il n'y avait pas d'homme plus respectable et digne de confiance que Donald Cameron de Lochiel.

— Tu penses que ce pasteur peut te confier une occupation utile ? Souhaite-t-il que tu l'aides dans ses œuvres de charité ?

— Père Sebastian – c'est ainsi qu'on l'appelle dans sa paroisse – ne m'a pas demandé mon aide. Il exerce près de la gare de Waterloo Bridge et vit avec sa sœur, qui est veuve. J'espérais pouvoir lui apporter un soutien pratique.

Charlotte fronça les sourcils.

— Pratique ? Tu envisages de suivre les traces de Lady Cavendish ? Tu veux servir la soupe populaire et ce genre de choses ? C'est tout à fait louable, mais ce n'est pas le genre d'entreprises dans lequel tu devrais te lancer alors que ton avenir est en jeu. Franchement, Margaret, je ne suis pas du tout sûre que Killin approuverait.

— Je suis certaine que non. En tout cas, mère, je préférerais ne pas suivre Lucy Cavendish. Elle est extrêmement intelligente et un peu intimidante, pour être honnête, et je n'ai pas envie qu'on me donne des ordres comme à une subalterne.

— Margaret, vraiment ! Tu es la bienvenue pour m'aider à collecter des fonds pour l'une de mes œuvres de charité favorites.

— Non ! Je vous demande pardon, mère, mais je préfère me consacrer à une tâche qui soit de ma propre initiative. Si Mrs Elmhirst – c'est la sœur du père Sebastian – veut bien me prendre en charge, alors je pourrais aller à Lambeth, non pas en tant que Lady Margaret, mais sous le nom de Miss Scott, disposée à apprendre et prête à faire tout ce qui est nécessaire. Vous comprenez, mère ?

Ce que Charlotte comprenait, c'était que sa fille désirait s'impliquer. Où était le mal, si cela l'aidait à faire face aux restrictions qui lui seraient imposées durant le reste de sa vie ? La duchesse décelait dans les yeux de sa fille une lueur d'excitation qu'elle n'y avait plus aperçue depuis longtemps. D'ici la fin de l'année, en supposant que Killin lui demande sa main, Margaret ferait partie de cette longue lignée de femmes qui se sacrifiaient pour le bien de la famille. Elle méritait qu'on exauce son souhait. Et si elle se rendait utile à Lambeth, incognito, la presse ne pourrait pas s'emparer de l'histoire pour en faire ses choux gras.

— Très bien. Si je peux être assurée que cette Mrs Elmhirst est une personne respectable, alors je ne vois aucune raison de m'y opposer.

— Merci ! Je suis certaine qu'elle l'est, parce que le père Sebastian est un homme infiniment respectable. Il a abandonné sa paroisse à Cheltenham pour venir à Londres travailler avec les pauvres et, d'après Lochiel, son ancienne affectation était plus que confortable.

Margaret avait donc rencontré le frère, mais pas la sœur. Un signal d'alerte se déclencha vaguement dans la tête de Charlotte, mais elle se rassura en se rappelant que cet homme avait l'approbation de Lochiel. Charlotte, qui était elle-même douée pour jauger les gens, aurait un avis sur cette Mrs Elmhirst lorsqu'elle la rencontrerait. Il était fort probable que Margaret se lasserait rapidement de courir derrière le pasteur et sa sœur – qui étaient sans nul doute honnêtes et bien intentionnés –, mais au moins elle aurait eu un temps de répit dans la tension qu'elle subissait. Et Killin n'avait pas besoin d'être au courant.

— C'est d'accord, conclut-elle. Vous pouvez envoyer à Mrs Elmhirst un petit mot lui demandant de me rendre visite dès qu'elle le pourra. Si elle est à la hauteur, j'arrondirai les angles avec ton père.

Chapitre 13

— Lady Margaret, je présume, entrez donc.

Mrs Susannah Elmhirst, une femme mince aux cheveux clairs, d'une trentaine d'années, avec les mêmes yeux bruns et chaleureux que le père Sebastian, ouvrit elle-même la porte du presbytère.

— Vous nous avez trouvés facilement ?

— Nous sommes venues en fiacre, répondit Margaret. Voici Molly, ma femme de chambre. Merci beaucoup d'accepter mon aide. Je ne sais pas si je serai utile, mais je peux vous promettre que je ferai de mon mieux.

Mrs Elmhirst sourit.

— J'ai été surprise quand j'ai reçu votre petit mot me demandant de rendre visite à votre mère, car vous n'avez pas le profil habituel de nos bénévoles, mais mon frère se souvenait très bien de vous. Vous lui avez fait forte impression.

— Lui aussi m'a fait forte impression.

— C'est souvent le cas, même s'il divise l'opinion. On l'aime ou on le déteste.

— Je ne vois pas comment on pourrait le prendre en grippe.

— Certaines personnes n'apprécient guère qu'il les empêche de gagner de l'argent sur le dos des autres, expliqua sèchement Mrs Elmhirst. Sebastian est aussi une épine dans le pied du

Conseil de tutelle des pauvres. C'est là qu'il se trouve en ce moment, bien qu'il ait promis de rentrer à temps pour prendre le thé avec nous. J'ai pensé que la meilleure façon de vous présenter à la paroisse serait de vous emmener faire un tour. Je suis heureuse de voir que vous êtes habillée sobrement.

— Je suis aussi désireuse que ma mère de ne pas attirer l'attention ici. Vous avez devant vous Miss Scott. Disons que je suis en visite d'Édimbourg, où mon frère – non, mon père – est pasteur d'une paroisse pauvre. Il m'a envoyée ici en mission pour apprendre en suivant votre excellent exemple. Qu'en pensez-vous ?

— Bonté divine, quelle imagination fertile vous avez ! Vous serez un atout majeur pour le groupe qui conte des histoires aux enfants. Bon, continua Mrs Elmhirst en s'adressant à Molly, je pense que ce serait mieux que vous attendiez ici. Notre chère et indispensable Esther, qui est notre cheffe cuisinière, notre laveuse de bouteilles et qui s'occupe de tout le reste en plus, sera ravie d'avoir de la compagnie. Si quelqu'un nous cherche, Esther saura quoi faire, ajouta-t-elle en pivotant à nouveau vers Margaret. Notre porte est grande ouverte en permanence, ici. Les gens viennent avec leurs problèmes à toute heure du jour et de la nuit. Sebastian est fier de ne jamais refuser personne. Parfois, certains viennent même avec des questions ecclésiastiques !

— L'idée me paraît excellente, approuva la jeune femme.

Elle avait ressenti une sympathie immédiate, dès le premier contact, pour le père Sebastian, avec son sourire charmant et son aisance. Sa sœur avait le même sourire, qui illuminait son visage et ses yeux. Cela lui conférait un air malicieux que Margaret trouvait attachant.

— Eh bien, Miss Scott, êtes-vous prête pour la présentation de la paroisse ?

— Oh oui, mais, je vous en prie, j'aimerais que vous m'appeliez Margaret. J'espère que nous allons devenir amies.

— Dans ce cas, vous devez m'appeler Susannah. On y va ?

Le presbytère se trouvait à l'ombre de l'église et le seuil donnait directement sur la rue.

— Le bâtiment était dans un état de délabrement épouvantable lorsque Sebastian y a emménagé, expliqua Susannah en la guidant à travers un dédale de rues étroites. Nous l'avons rendu habitable, mais il y a sans cesse un nouveau projet qui réclame nos fonds et qui nous empêche de faire plus que de maintenir la toiture étanche. Les bâtiments sont généralement construits à moindre coût et, malheureusement, la plupart des propriétaires ne veulent pas dépenser quoi que ce soit pour réparer les toits ou installer l'eau courante. Et l'humidité… c'est le pire problème de tous. Parfois, l'eau ruisselle littéralement le long des murs.

Margaret savait que son père possédait un immense portefeuille de propriétés, y compris un grand nombre de maisons paroissiales et de logements, mais des agents géraient tout cela pour lui. Elle ne se souvenait pas qu'il ait jamais fait mention de réparations ou de coûts, mais s'il en avait parlé aurait-elle écouté ?

— Je suis terriblement ignorante, admit-elle en fronçant les sourcils, mais il existe sûrement des lois qui imposent aux propriétaires de maintenir leurs biens en bon état ?

— Effectivement, mais les faire appliquer est une tout autre affaire. Il faut trouver un équilibre délicat, car si une maison est jugée impropre à l'habitation les locataires se retrouvent à la rue et les logements de substitution sont très, très rares.

Le pauvre Sebastian passe énormément de temps à faire pression sur les propriétaires directement, ou via la sacristie – c'est le comité paroissial responsable de l'inspection des maisons et de l'hygiène –, mais les résultats qu'il obtient sont mitigés. Les hommes qui siègent au comité sont très souvent eux-mêmes propriétaires et ont donc intérêt à maintenir les choses en l'état.

Susannah eut un sourire amer.

— Ils sont d'accord sur un point : ils détestent mon frère. Lui s'en moque éperdument.

— À part raconter des histoires aux enfants, demanda Margaret, un peu accablée par ces informations, je ne sais pas comment je peux vous être utile. Je serais heureuse de me lancer dans ce que vous voulez, mais je n'ai pas de compétences ou d'expérience pratique.

— Savez-vous coudre ?

— Pour des travaux simples, comme des ourlets, oui, mais tout ce qui est plus complexe, non. Ma mère a déclaré un jour que ma broderie était le meilleur exemple pour montrer ce qu'il ne faut *pas* faire.

— La broderie n'est pas très demandée ici mais, si vous êtes prête à aider à la couture simple, peut-être pourriez-vous apprendre aux petites ?

— J'adorerais. Quoi d'autre ?

— De nombreux paroissiens âgés ne savent ni lire ni écrire. Ils ont besoin d'aide pour envoyer et recevoir du courrier. Vous pourriez faire office de secrétaire, si vous ne considérez pas cela comme une tâche ingrate. Cela soulagerait Sebastian d'une partie de son fardeau.

— Volontiers ! s'exclama Margaret avec enthousiasme.

Elle s'imaginait assise en face du père Sebastian à son bureau, tandis qu'il lui dictait des lettres.

— Je peux tout à fait le faire. Quoi d'autre ?

Susannah rit.

— Votre mère a accepté que vous passiez quelques heures par semaine à nous aider, pas plus. Je suis sûre que la duchesse considérerait la couture ou l'écriture comme des activités appropriées, mais pour ce qui est du reste…

— Oh ! s'il vous plaît, je ne veux pas me limiter à ce qui est considéré comme convenable. Souvenez-vous que je ne suis pas Lady Margaret, je suis Miss Scott, la fille du révérend Scott, une jeune femme qui a l'habitude de se retrousser les manches et de mettre la main à la pâte, comme dirait Molly.

Elle sursauta en entendant le hurlement d'un train qui fonçait en direction de la Tamise, sur le viaduc de Charing Cross au-dessus de sa tête. D'épais nuages de fumée noire s'échappaient de la cheminée et se dispersaient dans le ciel londonien déjà grisâtre.

— Si vous êtes vraiment déterminée à vous investir, reprit Susannah une fois le convoi passé, il n'y a pas de limites à ce que vous pouvez faire pour nous aider. Nous avons un club de mères qui se réunit le mercredi. J'effectue des visites à domicile presque tous les jours pour donner un coup de main là où je peux. Certains des logements ne sont pas pour les âmes sensibles, Lady… je veux dire, Margaret. Quand on est pauvre, la propreté est parfois un luxe.

— Vous voulez dire que les maisons sont sales ?

— Pour le dire franchement, les occupants sentent mauvais, admit Susannah, en grimaçant. Très peu d'habitations ont l'eau courante. Les gens doivent faire la queue pour remplir des seaux, car l'approvisionnement n'est ouvert que deux fois par semaine. Il y a des bains publics, mais cela coûte trois pence pour une baignoire d'eau froide et six pence pour que l'eau soit chauffée. C'est un luxe que la plupart des habitants de ce quartier ne peuvent pas se permettre.

— Je n'en avais aucune idée.

Margaret était trop effrayée pour oser imaginer quels étaient les dispositifs sanitaires pour les besoins plus intimes.

— Ne soyez pas trop dure avec vous-même. Quand je suis arrivée ici, je pensais être endurcie par ce que j'avais vu lors de campagnes militaires, mais il y a encore des jours où je suis émue par la misère dont je suis témoin. Tenez, prenez cela.

La sœur du pasteur lui tendit un petit sac en mousseline attaché par un ruban à carreaux.

— Je prépare ces petits sachets remplis de lavande pour que Sebastian les emporte avec lui. J'ai un petit bout de jardin à l'arrière du presbytère où j'arrive à faire pousser quelques herbes médicinales. Mon nez est immunisé contre les mauvaises odeurs, mais le pauvre Sebastian a du mal, même après tout ce temps.

Margaret huma le doux parfum de la lavande séchée et éternua aussitôt. Si le père Sebastian ne laissait pas ses narines sensibles l'arrêter, il n'était pas question que l'odeur soit un frein pour elle.

— Vous avez parlé de campagnes militaires ? Votre défunt mari était dans l'armée ?

— Effectivement. La dernière affectation de Frederick était en tant que capitaine de la division légère sous les ordres du colonel Yea pendant la guerre de Crimée. Nous étions mariés depuis cinq ans, et la plupart de ces années ont été consacrées à des campagnes durant ce conflit. Je l'accompagnais partout.

— Vous deviez être très jeune quand vous vous êtes mariés, dit Margaret.

Son admiration pour Susannah se retrouvait soudain décuplée.

— Je l'ai épousé à dix-huit ans. Nos parents voulaient que nous attendions, mais Frederick était engagé dans sa carrière militaire et nous étions très amoureux. La seule chose qui nous importait, c'était d'être ensemble. Je ne savais rien de la vie d'une épouse de militaire et j'ignorais tout de la tenue d'un ménage. Quand le pauvre Frederick rentrait, je n'avais pas réussi à allumer le feu, le dîner n'était pas préparé et j'étais en larmes. Pourtant, il ne s'est jamais plaint. Heureusement, les femmes de militaires forment un petit groupe soudé et, à mon grand étonnement – et à celui de Frederick –, j'ai fini par très bien me débrouiller.

— Vous étiez heureuse, de toute évidence, conclut Margaret, touchée par le sourire tendre de son interlocutrice.

— Oui, très heureuse, et jusqu'à la fin. Frederick a été blessé dans la bataille du Grand Redan et a perdu un membre. C'est malheureusement courant quand on fait face aux tirs de canon. Hélas, il a été gagné par la gangrène et, à la fin, il était trop faible pour survivre.

— Vous étiez avec lui ? s'enquit la jeune femme, une boule dans la gorge.

— Jusqu'au bout. Dans ce sens, j'ai été plus chanceuse que beaucoup d'autres épouses. Bon, coupa Susannah brusquement, votre nez vous aura sans doute informée que c'est la fabrique de vinaigre là-bas. Voici une des écoles paroissiales gérées par notre église et, juste de l'autre côté de la rue, une école britannique dirigée par des non-conformistes. Par là, c'est Nelson Square, qui est une petite oasis de verdure et qui possède certains des meilleurs logements du quartier, mais nous allons plus loin, dans les rues plus défavorisées.

Margaret se hâta de la suivre, les yeux écarquillés, les oreilles assaillies par le vacarme des brouettes, des charrettes et des chevaux, le hurlement des trains qui fonçaient au-dessus de leurs têtes et le martèlement rythmé des nombreux chantiers de construction. Son nez s'était habitué à l'odeur du crottin, omniprésente dans tous les coins de la métropole. Ici, elle se mêlait à la fumée âcre des usines, à la boue qui suintait entre les pavés et à l'odeur nauséabonde des légumes en décomposition dans le caniveau. Margaret huma subrepticement son sachet de lavande.

— Et ici, annonça Susannah, nous avons l'hospice.

L'imposant bâtiment se trouvait à l'extrémité du marché où Margaret avait fait la connaissance du père Sebastian. La brique rouge était devenue presque noire par endroits et les nombreuses fenêtres étaient petites et en mauvais état. Un large portail menait à un porche plus imposant encore.

— La taille du bâtiment, tristement, est à la mesure des besoins, déclara Susannah d'un ton sinistre.

Margaret frissonna.

— On dirait une prison. Il faut être vraiment désespéré pour trouver le courage de frapper à cette porte.

— Ils sont sans abri, sans le sou, et généralement affamés. Tout est fait pour décourager les quémandeurs et rendre leur séjour à l'hospice le plus pénible possible.

— C'est cruel !

— L'assistance aux pauvres est financée par les impôts des paroisses. Dans les paroisses indigentes, comme celle-ci, il y a beaucoup de gens dans le besoin, mais peu de contribuables, ce qui met la pression sur les fonds disponibles.

— Ils font donc exprès de rendre la vie encore plus pénible aux personnes désespérées ?

— Pour que les autres possibilités paraissent plus attrayantes, expliqua Susannah. Même si cela veut dire que ces pauvres gens risquent la prison.

Comme la femme qui a volé le lapin, pensa Margaret.

— Est-ce que les mères abandonnent vraiment leurs nouveau-nés sur le pas de la porte, comme je l'ai entendu ?

— Hélas, oui.

— Parce qu'elles n'ont pas les moyens de les nourrir ?

— C'est une des raisons, concéda Susannah, l'air mal à l'aise. Lady Margaret…

— Je ne suis pas une fleur fragile que l'on doit protéger des réalités de la vie. N'épargnez pas mes rougissements.

— Si vous tenez à le savoir, ce sont le plus souvent des femmes dont l'enfant n'a pas de père.

— Vous voulez dire des femmes de la nuit ?

— Non, je veux parler de domestiques qui ont été abusées par leurs maîtres, de filles qui ont été assez stupides pour céder aux flatteries de l'homme avec qui elles sortaient. De jeunes femmes qui veulent à tout prix préserver leur réputation ou leur gagne-pain, mais ne peuvent le faire si elles gardent leur enfant.

Margaret observa l'énorme porte de l'hospice. Si l'histoire ignoble racontée à son sujet dans le *Morning Post* avait été vraie, que serait-il arrivé à son bébé ? On le lui aurait enlevé, mais que serait-il advenu de lui ? En cet instant, cela n'importait plus qu'il n'y ait jamais eu d'enfant. La colère qui s'empara d'elle lui fit serrer les poings. Elle imagina une jeune femme comme elle profitant de l'obscurité pour s'approcher à pas de loup, serrant un paquet hurlant contre sa poitrine.

— Est-ce qu'elles laissent un mot ? Un prénom ? Ces pauvres femmes apprennent-elles un jour ce qu'est devenu leur petit ?

— On considère qu'il est préférable de ne maintenir aucun lien. Chaque hospice a sa méthode pour donner un nom aux bébés.

Susannah se força à sourire.

— Vous savez, il y a pire comme vie. Une école est rattachée à cet hospice, elle fournit une éducation de base aux filles et aux garçons. Quand ils sont en âge de travailler, on leur trouve un métier ou ils sont placés comme domestiques. S'ils sont malades, il y a un dispensaire. La nourriture est roborative, même si elle n'est pas savoureuse. C'est bien mieux que le mauvais repas que nos soldats doivent endurer lorsqu'ils sont en campagne. Tiens, à propos de soldats chrétiens, voici mon frère.

Le père Sebastian était tout de noir vêtu, les pans de son long manteau s'envolaient tandis qu'il marchait vers elles, le visage illuminé par un large sourire.

— Lady Margaret, bienvenue dans notre humble paroisse.

Il retira son chapeau et s'inclina.

— C'est un plaisir d'être ici, père Sebastian. Mais je vous informe que je suis désormais simplement Miss Scott.

— La fille d'un homme d'Église écossais, venue pour s'inspirer de nos bonnes actions afin de ramener des idées à Édimbourg, compléta Susannah avec un clin d'œil.

— C'est une excellente couverture. Vous l'avez inventée vous-même ? Si c'est le cas, votre participation aux écoles du samedi et du dimanche de Susannah sera la bienvenue.

— Si je parviens à m'échapper, je serai ravie d'y assister.

À son grand embarras, Margaret sentit ses joues se colorer sous l'examen du pasteur. Le père Sebastian n'était pas conventionnellement beau. Sa bouche était trop généreuse, son nez trop anguleux, mais il dégageait un charme naturel qui le rendait séduisant. Il ne cherchait pas à dompter ses cheveux ondulés avec l'immonde huile de Macassar que beaucoup d'hommes utilisaient pour sculpter leur coiffure. Bien que Susannah lui ait appris qu'il avait vingt-sept ans, il paraissait plus jeune. Il avait presque l'air d'un gamin. Et, bon sang, il avait le plus charmant des sourires et il fixait Margaret droit dans les yeux comme s'il était suspendu à chacune de ses paroles. Cela changeait de la plupart des hommes qu'elle connaissait, qui considéraient sa conversation comme une pause leur permettant de formuler leur prochaine assertion.

— Bon, fit-il sans cesser de sourire, Susannah vous a-t-elle suffisamment fait explorer notre petit coin dédié à Dieu ? Êtes-vous prête pour une tasse de thé ?

— En fait, Seb, je vais te laisser raccompagner Miss Scott au presbytère, intervint sa sœur. J'ai une visite à faire juste au coin de la rue. Cela ne vous dérange pas, Margaret ?

Si cela la dérangeait ! Refoulant cet enthousiasme inapproprié, elle secoua la tête.

— Je ne voudrais surtout pas être une gêne pour l'un d'entre vous. À moins que vous ne préfériez que je vous accompagne ?

— Pas cette fois, répondit Susannah.

Margaret fut secrètement soulagée par ce refus.

— La fille de Mary Webb, qui n'a que treize ans, attend un enfant. Je n'ai pas encore l'histoire complète, mais son état semble trop avancé pour que sa famille puisse envisager une solution drastique. Cela m'a pris du temps de gagner sa confiance. Je ne veux pas lui présenter une inconnue à ce stade.

— Treize ans ! C'est deux ans de moins que ma petite sœur. L'homme responsable devrait être mis en prison.

— La loi considère que douze ans est l'âge du consentement. Je n'ai pas encore pu déterminer si cette pauvre fille était consentante ou non. Rentrez avec Sebastian. Je devrais vous rejoindre bientôt.

— C'est choquant, mais malheureusement pas rare, dit le père Sebastian alors qu'ils regardaient Susannah s'éloigner.

— Que va-t-il arriver au bébé ? s'inquiéta Margaret en observant encore l'entrée hostile de l'hospice. Va-t-il finir là-bas ?

— Oui, à moins que la grand-mère ne le fasse passer pour sien, ce qui arrive plus souvent que vous ne l'imaginez. Et pour cela il faut qu'elle parvienne à convaincre son mari d'accepter la supercherie. Au final, la solution choisie sera celle qu'ils considèrent comme la moins mauvaise. Et cela dépendra de leurs ressources aussi, bien entendu. En fin de compte, tout se résume toujours à une question d'argent. On y va ?

Margaret lui emboîta le pas.

— La femme qui a volé le lapin le jour de notre rencontre, vous vous souvenez ? Vous m'avez dit que c'était à cause d'un problème d'argent.

— Peggy, comme beaucoup dans cette paroisse, se bat pour ne pas tomber dans la misère. Elle lave du linge chez elle et son mari vend des fleurs au marché. Ils ont cinq enfants. L'aîné a sept ans, je pense… Susannah le saurait avec certitude. Bref, elle a mis en gage une partie du linge qu'elle était payée pour laver, a donné l'argent à son mari pour qu'il achète des fleurs. Elle avait l'intention de récupérer son gage quand il aurait vendu ses fleurs en fin de journée. Malheureusement, son mari a bu et joué les fonds. En désespoir de cause, elle a volé le lapin dans le seul but de trouver l'argent nécessaire pour reprendre le linge mis en gage et ne pas perdre son travail.

— C'est tout simplement horrible ! Comment cela s'est-il terminé ?

— J'ai réussi à arranger les choses avec le propriétaire de l'étal qui vendait le lapin. Heureusement, Peggy a eu le bon sens de recourir à un prêteur sur gages légitime, elle ne s'était pas endettée auprès d'un de ces requins qui s'enrichissent sur le dos des malheureux et des nécessiteux.

— Si j'en crois Susannah, vous vous faites des ennemis en aidant les gens.

— On ne peut pas faire le travail que je fais sans marcher sur les pieds de certains. Les prêteurs sur gages, les commerçants qui réclament une fortune pour un crédit, les propriétaires qui ne font pas de réparations, les administrateurs et les membres du conseil paroissial, qui refusent de dépenser un penny de plus que le strict minimum… Tous aiment pointer un doigt accusateur dans ma direction. Cependant j'ai le cuir épais, expliqua le père Sebastian avec un sourire en coin, non seulement je suis sûr d'être dans mon bon droit, mais j'ai Dieu de mon côté.

— Et n'importe quelle personne honnête et sensée, aussi, je l'espère.

Il rit en secouant la tête.

— On pourrait le croire. Pourtant, il y a des dizaines de citoyens soi-disant respectables qui seraient heureux d'être débarrassés de moi.

— Avez-vous parlé avec le mari de Peggy ?

— Mon Dieu, non. Il prendrait mon intervention comme une ingérence dans ses affaires et ce ne serait pas moi qui en subirais les conséquences.

Margaret frissonna.

— Elle ne finira pas dans cet horrible endroit, là-bas, j'espère.

— C'est un dernier recours, mais c'est malheureusement nécessaire pour certains. Les maris et les femmes sont séparés, vous savez, et les frères et sœurs aussi. Nous faisons ce que nous pouvons, nous distribuons du charbon et de la nourriture afin que les gens puissent garder leur maison, mais la bourse de la paroisse a ses limites. Mon évêque est d'avis que ceux qui ne peuvent pas s'aider eux-mêmes devraient être laissés à la miséricorde de Dieu. Moins Son Excellence en sait, mieux cela vaut.

— Cela paraît un peu hérétique !

— Ah non, je suis simplement pragmatique et convaincu qu'il y a plus d'une façon d'amener Dieu dans la vie des gens. On ne peut pas effrayer les paroissiens en agitant le spectre de la damnation éternelle s'ils vivent déjà en enfer, Lady Margaret. Et on ne peut pas nourrir l'esprit si le corps est affamé. Pour moi, ce n'est que du bon sens. Nous sommes très reconnaissants, Susannah et moi, de l'intérêt que vous portez à notre paroisse.

— Je veux simplement aider, lui assura la jeune femme avec sincérité. Encore plus maintenant que je sais un peu mieux ce que vous faites. Je n'ai pas grand-chose à offrir, mais je suis prête à apprendre.

— C'est tout ce qui compte, car c'est la preuve que vous avez bon cœur.

— Susannah a suggéré que je pourrais vous aider à rédiger la correspondance paroissiale. Rédiger avec le plus grand soin fait partie de mes compétences.

— C'est une excellente idée. La bureaucratie est ma bête noire. Qu'est-ce que ma sœur a proposé d'autre ?

— Que j'enseigne la couture aux enfants. Oh ! et que je leur raconte des histoires.

— C'est très malin de sa part de vous confier cette tâche. Ma sœur est une femme terre à terre et extrêmement bien organisée, mais elle est un peu trop, disons… retenue, pour être une bonne conteuse. Alors que mon instinct me dit que vous êtes du genre à vous jeter avec enthousiasme dans un récit. Est-ce que je me trompe ?

Margaret éclata de rire.

— Non, vous avez tout à fait raison. J'adore inventer des histoires pour les enfants. Et les raconter aussi. Cela vaut ce que cela vaut.

— Oh ! cela vaut beaucoup plus qu'on ne pourrait croire. La vie peut être dure par ici, même pour les petits.

— Je ferai tout ce que je peux pour leur rendre la vie plus facile. Mais je ne veux pas me contenter de dispenser la charité, père Sebastian, je veux comprendre *pourquoi* la charité est nécessaire.

— C'est exactement pour cette raison que je suis là : pour identifier les racines du problème et faire ce que je peux pour atténuer les difficultés.

Il lui sourit. Ils étaient arrivés au presbytère. Elle s'arrêta pour le laisser ouvrir la porte d'entrée. Il s'écarta lorsqu'il fut sur le point de la frôler et leurs regards se croisèrent. La jeune femme eut une sensation étrange, comme si elle avait le souffle coupé. Elle était persuadée qu'à cet instant il ressentait la même chose. Puis il poussa le battant et marmonna qu'il devait aller chercher du thé, et elle se dit qu'elle avait dû l'imaginer.

Chapitre 14

Samedi 17 mars 1866 (cinq semaines plus tard)

— Et, à partir de ce jour, Jenny eut des sandwichs à la confiture pour le petit déjeuner tous les matins.

Margaret termina son histoire et sourit au groupe d'enfants assis en demi-cercle sur le sol. Ils étaient dix-huit ce jour-là, soit trois de plus que lors de sa précédente visite.

— Maintenant, puisque vous vous êtes tous si bien comportés, il y a des sandwichs à la confiture pour vous aussi et du lait, sur la table dans le coin.

Elle se releva maladroitement et traversa la salle pour rejoindre Susannah et les mères des enfants, mais avant qu'elle ne puisse s'asseoir Sally Jardine lui mit dans les mains un paquet qui se tortillait, était mouillé et sentait vraiment très mauvais.

— Miss Scott, pourriez-vous changer la serviette d'Alfie ? Vous êtes un amour, j'allais prendre mon thé.

Avant de pouvoir se retenir, Margaret plissa le nez.

— Pouah !

— Oui, je suis désolée. Il fait ses dents, alors il a le ventre tout retourné.

Sally n'avait pas l'air désolée du tout.

— Si vous êtes trop distinguée pour vous salir les mains, je le ferai moi-même.

Sally savait que Margaret avait le nez sensible : lorsque la jeune femme avait fait sa connaissance, Sally avait pris un malin plaisir à se moquer de Margaret parce qu'elle utilisait le sachet de lavande que Susannah lui avait donné. La jeune lady avait failli fondre en larmes et Sally l'avait bien sûr remarqué. Margaret avait depuis appris qu'il ne fallait jamais montrer ses faiblesses.

— Viens, Alfie, dit-elle, en le serrant délibérément contre elle et en souriant à Sally. Voyons si nous pouvons rendre ton postérieur aussi joli que ton minois.

Elle ravala un haut-le-cœur, consciente que l'humidité de la couche souillée s'infiltrait dans sa robe, et porta le bébé jusqu'à la petite table où Susannah gardait une réserve de serviettes et de chiffons propres. Sa première tentative pour changer un bébé, lors de son premier jour ici, s'était terminée par une crise de larmes de l'enfant et de Margaret. Au milieu des railleries et des rires, Verity lui avait porté secours, lui expliquant gentiment comment s'y prendre. Sa deuxième tentative lui avait valu quelques félicitations et un ou deux applaudissements. La persévérance avait porté ses fruits. Elle se débrouillait plutôt bien désormais et la plupart des femmes l'appréciaient. Toutefois, Alfie et sa mère la mettaient au défi, chacun à sa manière. Elle sentait que l'assemblée l'observait tandis qu'elle enlevait avec précaution les épingles.

— Allez, Alfie, montre-lui qui est le chef, lui lança Sally.

Déterminée à ne pas être prise en défaut, Margaret serra les dents, respira le moins possible et entreprit de nettoyer les excréments répugnants.

À son grand soulagement, Alfie était tellement heureux d'être propre et sec qu'il se mit à roucouler. Dix minutes plus tard, elle rendit un bébé frais et souriant à sa mère, puis exécuta une révérence extravagante. On lui tendit une tasse de thé fort et on tapota une chaise pour qu'elle s'y asseye.

— Vous l'avez méritée, concéda Sally en déposant Alfie à ses pieds. Mon Robert dit qu'il n'a jamais senti une odeur pareille, et il est gadouilleur.

Déconcertée, Margaret se tourna vers Susannah pour obtenir des précisions.

— Il va dans les égouts avec un filet de pêche à la recherche de pièces ou de clous à revendre, expliqua-t-elle.

— Vous savez ce qu'on dit, renchérit Sally, intarissable. Là où il y a de la boue, il y a du cuivre !

Margaret frissonna et but une gorgée de thé, se préparant à affronter le goût âpre et goudronneux. De l'autre côté de la pièce, les enfants avaient fini leurs sandwichs à la confiture et leur lait, et ils jouaient à l'un de leurs jeux de ballon compliqués. La plupart des mères tricotaient ou cousaient en buvant du thé, sans poser les yeux sur leur ouvrage. Bas, chemises et chemises de nuit étaient créés à la vitesse de l'éclair. Les déchirures étaient réparées, les trous reprisés, de nouvelles manchettes et de nouveaux cols étaient solidement cousus. Combien de fois, en prenant le thé avec les amies de sa mère, Margaret avait-elle entendu les *oh* et les *ah* d'admiration pour une broderie totalement inutile !

— Verity n'a pas pu venir aujourd'hui ?

— Ses chevilles sont tellement enflées qu'elle ne peut pas marcher, expliqua Agnes d'un air désapprobateur. J'ai amené ses deux plus petits ici, je lui ai recommandé de mettre les pieds en l'air, mais quant à savoir si elle le fera…

— J'ai des sels d'Epsom, proposa Susannah. Dites-lui de les mélanger avec de l'eau froide et de reposer ses pieds dans la solution pendant quinze minutes.

— Je vais lui dire, mais vous connaissez Verity, répondit Agnes. Elle est incapable de rester en place une seconde. Je me souviens quand elle a eu son premier, ça doit faire quinze ans…

— Pas plus de treize ans, car son aîné n'a pas encore douze ans.

— Et ce sera quoi… son neuvième ?

— Dixième. Je croise les doigts. Elle n'est pas en bonne santé depuis le dernier. Vous vous rappelez ? Ça a été très difficile.

Margaret écouta, avec son mélange habituel de fascination et d'horreur, les femmes se lancer dans une description crue de l'accouchement. C'était un sujet presque aussi populaire que les sollicitations de leurs maris. Contrairement à la grossesse, qui était haïe de façon unanime, le groupe était divisé sur la question des hommes. Certaines se plaignaient que le devoir conjugal était une épreuve d'endurance, tandis que cela semblait plaire à d'autres, au grand étonnement de Margaret.

« Attention, je vérifie d'abord que Robert s'est bien lavé, gloussait Sally. On ne sait jamais où il a traîné !

— Le problème, c'est qu'on le sait très bien ! » rétorquait Agnes.

Et le groupe de femmes éclatait bruyamment de rire.

Les blagues grivoises, les sous-entendus, qui la plupart du temps passaient au-dessus de la tête de Margaret, étaient une révélation. Elle n'avait jamais entendu personne s'exprimer avec une telle franchise. Il n'y avait aucune allusion voilée, aucun euphémisme, ni aucune prétention. C'était libérateur, car même lorsque les femmes se moquaient de son ignorance c'était le plus souvent sans méchanceté. Les premiers jours ici – qui semblaient remonter à une éternité et non un mois à peine –, ses joues brûlaient d'embarras en permanence. Désormais, elle se sentait parfois assez audacieuse pour ajouter un commentaire sarcastique de son cru. Faire rire ces femmes dures et résistantes lui faisait chaud au cœur.

— Hélas, mesdames, il est l'heure. Agnes, si vous voulez bien attendre, je vais chercher les sels d'Epsom.

Les chaises grincèrent sur le plancher, le raccommodage, la couture et le tricot furent rangés dans des poches profondes et les enfants, rassemblés.

— Je vois qu'Alfie a laissé son sceau royal, plaisanta Sally en pointant la tache brune sur le corsage de Margaret.

Elle se pencha plus près, l'air dégoûté.

— Beurk. Bonne chance pour faire partir ça.

La jeune lady pesta dans sa barbe en se demandant si même Molly, pourtant pleine de ressources, trouverait que le legs d'Alfie était un défi qui dépassait ses compétences. Au lieu de répondre à la mère, Margaret fit un sourire au bébé, ravie de celui, radieux, qu'elle reçut en retour.

— Pauvre agneau, tu as assez de soucis à te faire avec tes dents. Laisse-moi m'inquiéter pour ma robe.

— Le lait fera partir l'odeur, indiqua Agnes en lançant un regard noir à Sally. Vous verrez, c'est efficace.

Susannah réapparut avec son chapeau et son panier.

— Cela ne vous dérangerait pas de ranger ? J'ai une visite à domicile à faire.

— Bien sûr que non. Quelque chose ne va pas ? s'enquit Margaret dès qu'elle remarqua l'air inquiet de son amie.

— Vous vous souvenez de la jeune fille dont je vous ai parlé la première fois que vous êtes venue ici, la fille de Mary Webb ?

— Celle qui a treize ans et attend un bébé ? Oh non, Susannah, a-t-elle…

— Le bébé est né hier. Un garçon. Prématuré, mais il semblait en assez bonne santé. Malheureusement, il est mort ce matin, pauvre petit bout.

— Oh ! Susannah.

Les larmes montèrent aux yeux de la jeune femme.

— Comme si cette fille – elle n'est guère plus qu'une enfant elle-même – n'avait pas déjà assez souffert.

Susannah se moucha.

— Pour l'instant, nous devons nous concentrer sur les vivants. Ce n'était pas une naissance facile. Je vais voir ce que je peux faire pour les persuader de permettre à un médecin de venir discrètement et de l'examiner. Si je ne vous vois pas à mon retour, je vous verrai la semaine prochaine ?

Margaret la serra rapidement dans ses bras.

— Certainement.

Sebastian était en retard, comme d'habitude. Margaret jeta un coup d'œil par la fenêtre du bureau, qui donnait sur la rue. Son cœur bondit lorsqu'elle aperçut sa silhouette familière qui se dirigeait vers elle d'un pas rapide. Juste avant qu'il ne passe l'angle de la rue pour entrer dans le presbytère, un homme corpulent vêtu d'un costume en tweed trop serré surgit devant lui, l'obligeant à s'arrêter brusquement. L'inconnu tournait le dos à Margaret, mais elle devina à l'expression figée de Sebastian qu'ils n'échangeaient pas des amabilités. La dispute dura plusieurs minutes puis l'individu eut un geste stupéfiant : il cracha délibérément aux pieds du pasteur, le dépassa et s'éloigna.

— Sebastian ! s'exclama-t-elle quand il pénétra dans le bureau. Que diable s'est-il passé ? J'ai vu cet homme…

— Jake Briggs. C'est un collecteur de dettes du quartier. Il trouve que je nuis à ses affaires.

— Parce que vous empêchez les braves gens de tomber entre ses griffes, s'indigna la jeune femme. J'ai cru qu'il allait vous frapper.

Sebastian sourit.

— Ne vous inquiétez pas, il n'est pas assez stupide pour me faire du mal. Il ne veut pas que les policiers viennent fouiner dans ses affaires. Il se sent obligé de me menacer de temps en temps, mais je ne laisserai pas un voyou ni qui que ce soit d'autre me faire partir d'ici.

Il prit les mains de Margaret entre les siennes et lui sourit chaleureusement.

— Dites-moi, comment s'est passée l'assemblée des sorcières aujourd'hui ?

— Oh ! elles m'ont joué des tours. Le petit garçon de Sally Jardine, Alfie, avait des problèmes intestinaux. Elle m'a donc naturellement demandé de changer sa couche.

— Ne jugez pas Sally trop sévèrement, elle n'a pas eu la vie facile. En tout cas, je suis persuadé que vous l'avez admirablement gérée.

Sebastian porta la main de Margaret à ses lèvres et déposa un baiser sur ses jointures. Le contact avec la bouche du pasteur coupa brièvement le souffle de la jeune femme. Leurs yeux se rencontrèrent et elle comprit qu'il ressentait lui aussi une envie presque irrésistible de réduire la distance qui les séparait. Dans son autre vie, de l'autre côté de la Tamise, les poignées de main étaient brèves et on ne tenait jamais les doigts de personne. Le monde de Sebastian était rempli de contacts occasionnels, de bras qui se frôlent, de mains qui aident, mais seul son contact faisait vibrer la peau de Margaret de cette façon, lui donnant l'impression que son corset était trop serré, rendant sa respiration difficile.

Maintes fois au cours des dernières semaines, alors qu'elle repensait au moindre regard et au moindre mot du pasteur, Margaret avait essayé de se convaincre qu'il était simplement gentil, amical, et que son affection grandissante pour lui n'était pas réciproque. On ne pouvait pas s'attacher autant à quelqu'un en si peu de temps, se raisonnait-elle. Mais, depuis l'instant où leurs regards s'étaient croisés au marché, elle avait ressenti ce tiraillement de la conscience, cette exaltation qui lui coupait le souffle. Et ce sentiment devenait plus fort de jour en jour. Quand ils étaient séparés, elle parvenait à se dire que c'était à sens unique, le fruit de son imagination débordante. Mais quand elle le regardait droit dans les yeux, quand leurs mains étaient serrées ainsi, elle savait sans l'ombre d'un doute que l'attirance était mutuelle.

Et déplacée. Même si ses sentiments lui disaient le contraire. Elle se détacha avec douceur, se dirigea vers le bureau et tira elle-même sa chaise.

— Susannah m'a dit que vous aviez une liasse de lettres à écrire pour moi.

Le pasteur se débarrassa de son manteau et le jeta sur le dossier de sa chaise. Il resta ainsi en gilet et manches de chemise, la tenue qu'il préférait pour travailler. Ses cheveux étaient ébouriffés. Il avait l'habitude d'y passer la main quand il réfléchissait.

— J'ai même une bonne nouvelle à partager, pour une fois, annonça-t-il en s'asseyant.

— Eh bien, ne me faites pas languir. Les bonnes nouvelles sont toujours les bienvenues par ici.

Margaret s'assit et appuya les coudes sur la table, car sa mère n'était pas là pour la réprimander.

— Le conseil d'administration de l'hospice a finalement accepté d'autoriser les visites à l'infirmerie le dimanche.

— C'est merveilleux.

— La dernière demande que vous avez rédigée au nom de l'infirmière en chef était impeccable. Je pense que c'est ce qui a fait pencher la décision en notre faveur.

— J'ai seulement mis en évidence le cas d'une patiente qu'elle m'avait décrit. Cette pauvre vieille femme savait que son heure était venue. Refuser à sa fille le droit de lui dire adieu à cause d'un obscur règlement était inhumain.

— Dites-le aux imbéciles prétentieux du Conseil des tuteurs. Ou à mon évêque, d'ailleurs.

Sebastian frappa une pile de lettres du plat de la main.

— Ils ne se rendent pas compte que les gens préfèrent souffrir plutôt que de demander de l'aide, surtout si c'est pour être ensuite soumis à un interrogatoire ou à un maudit sermon. Je suis désolé. Je devrais surveiller mon langage. Je n'aurais pas dû…

— Ne soyez pas désolé.

La jeune femme tendit le bras par-dessus le bureau pour toucher la main de Sebastian. Leurs doigts s'enlacèrent. Il avait des ombres sous les yeux.

— L'injustice de toutes ces affaires doit être difficile à supporter, déclara-t-elle avec douceur.

— Bon nombre de mes paroissiens ne sont pas des anges, mais même les anges déchus restent encore des anges.

— Je n'avais jamais entendu cette expression auparavant.

— Cela veut dire qu'il y a du bon en chacun.

— Pourquoi prétend-on que les pauvres doivent être méritants, alors que personne ne laisse jamais entendre qu'il pourrait y avoir des riches qui ne le sont pas du tout ?

— C'est une très bonne question. J'ai l'intention de la poser lors de mon prochain sermon. Vous ai-je dit récemment à quel point Susannah et moi apprécions l'aide que vous nous apportez ? Avant, je redoutais de venir ici et de me retrouver face à la montagne de paperasse. Maintenant, j'attends ce moment avec impatience. Les jours où vous êtes là, du moins.

— Vous travaillez trop dur.

— Malheureusement il n'y a pas assez d'heures dans une journée… Mais je n'ai pas l'impression de travailler quand vous êtes ici avec moi.

La chaleur du sourire qu'il lui adressa donna à Margaret l'impression de brûler de l'intérieur. Son cœur se mit à palpiter. Elle se sentit prise de vertige.

— Je suis heureuse de pouvoir vous rendre service.

Ressentait-il la même chose ? L'intensité de son regard ne pouvait tout de même pas être le produit de l'imagination de Margaret ? Cette fois, ce fut lui qui rompit le charme. Il baissa les yeux et s'adossa à sa chaise.

— La clique des mères de Susannah s'est prise d'affection pour vous, m'a-t-elle dit. Je sais qu'elles vous taquinent…

— Les taquineries sont le signe qu'elles m'acceptent. Cela compte beaucoup pour moi, de sentir que je suis à ma place ici.

— Nous avons de la chance de vous avoir. Je sais que Sue vous considère comme son amie et moi… sincèrement, je ne sais pas ce que je ferais sans vous. Même Esther et Molly sont devenues très proches. Bon, au travail, décréta-t-il brusquement en ramassant une pile de papiers. Je crains qu'un paroissien de plus ne se soit plaint de l'hôpital pour enfants. Son petit garçon a eu un horrible accident, mais comme il n'y avait pas de lit disponible ils l'ont rafistolé et renvoyé chez lui. Ne vous inquiétez pas, il devrait survivre, mais cela ne devrait pas être une question de chance. L'hôpital est trop petit pour faire face à la demande et cela ne va faire qu'empirer, car de nouvelles familles emménagent dans le quartier en permanence. Tout ce qu'on peut faire pour le moment, c'est de voir l'aide que nous pourrons offrir à ce pauvre garçon, une fois qu'il sera remis sur pied.

Pendant les deux heures qui suivirent, Margaret tria méthodiquement avec Sebastian la pile de correspondance, répondant aux questions, rédigeant des dossiers, mettant de côté ceux qui nécessitaient des visites à domicile. La cloche de l'entrée retentissait régulièrement, mais Esther s'occupait des visiteurs sans les déranger.

— C'est le dernier pour aujourd'hui, Dieu merci ! s'exclama le pasteur en posant sa plume et en faisant rouler ses épaules. Quoique, il me reste une lettre personnelle à écrire, à ma sœur Selina.

— Je ne savais pas que vous aviez une autre sœur.

— Elle est mariée à un homme d'Église, en l'occurrence. Il est plus élevé dans la hiérarchie que moi. C'est grâce à son mari que j'ai obtenu l'affectation près de Cheltenham.

— Votre paroisse aisée. N'avez-vous jamais regretté de ne pas y être resté ?

— Et épouser la belle Emily et avoir mes propres petits ? Jamais.

— La belle Emily ? Vous étiez fiancés ?

— Non, non, rien n'a jamais été officialisé, s'empressa de préciser Sebastian. C'était la nièce par alliance de Selina. Elle n'appréciait pas le choix de ma nouvelle paroisse et notre histoire s'est arrêtée là. Je ne pouvais pas épouser une femme qui ne partageait pas ma vocation. J'ai besoin à mes côtés de quelqu'un qui soit prêt à se retrousser les manches et à tout faire pour améliorer la vie de mes paroissiens.

— C'est précisément ce que Susannah vous offre.

— En effet. Pauvre Sue. Quand Frederick est mort, il l'a laissée dans une situation assez difficile et elle a été obligée de retourner vivre avec nos parents. Cela leur convenait, mais pas à elle. Elle s'ennuyait ferme.

— Elle a dû être ravie quand vous avez été affecté ici.

— C'est un arrangement qui nous convient à tous les deux. Elle a un sens pratique incroyable et est absolument dépourvue d'odorat.

Il compléta avec un clin d'œil :

— Je ne pouvais pas demander plus.

La cloche sonna à nouveau. Margaret vérifia sa montre et poussa une petite exclamation consternée.

— Il faut que j'y aille. Je dois assister à un dîner, puis à une soirée. C'est mortellement ennuyeux, ajouta-t-elle, gênée d'avoir abordé la question, mais je vais devoir changer de vêtements.

— Ah oui ? Vous me semblez très bien comme cela, répliqua Sebastian.

Sa robe était l'une de ses plus anciennes et avait connu des jours meilleurs. De plus, les manches longues et le col haut n'en faisaient manifestement pas une tenue de soirée. Sebastian ne commentait jamais ses tenues. Il lui faisait rarement des compliments sur son apparence et c'était l'une des choses qu'elle appréciait chez lui.

— Je ne vais pas dans une pâtisserie, Sebastian, je vais dîner avec l'une des plus vieilles amies de ma mère. Si j'arrivais dans une robe de jour démodée qui sent vaguement la couche d'Alfie, elle serait offensée au plus haut point.

— Dans ce cas, nous ferions mieux d'enlever aussi l'encre qui macule votre visage.

Il vint de son côté du bureau et tamponna le bout du nez de Margaret.

— Cela chatouille, protesta celle-ci en plissant le nez.

— Ne bougez pas, il y en a à un autre endroit, juste là.

Sebastian se pencha pour essuyer sa joue. Elle sentit sur ses doigts l'odeur de l'encre, du santal de son savon et celle de son gilet en laine, évoquant un peu le renfermé.

Les doigts du pasteur se posèrent sur le côté de son visage, descendirent le long de sa gorge et s'arrêtèrent sur son épaule.

— Margaret.

Sa voix était étrange. Elle osa croiser son regard et comprit qu'elle avait eu tort de douter des sentiments qu'il éprouvait.

— Sebastian, répondit-elle dans un murmure.

Elle ne savait pas du tout quoi faire. Si elle bougeait, elle romprait le charme. Pendant un long moment, ils restèrent comme cela, les yeux dans les yeux. Le temps semblait s'être arrêté, tout comme la respiration de la jeune femme, jusqu'à ce qu'il pousse un léger soupir, qu'elle lève le visage vers lui et abandonne ses lèvres aux siennes. Elle sentit son souffle rapide sur sa joue. Elle devina que les nerfs du pasteur étaient aussi tendus que les siens. Le goût de sa bouche, la douceur de ses lèvres, la rugosité de la joue sur laquelle elle posa la main pour la caresser, le plaisir terrifiant que lui procurait cette intimité… tout cela était un choc pour elle. Puis, timidement, il rapprocha sa bouche de celle de Margaret, elle suivit son exemple et le choc fit place au plaisir.

Ils se séparèrent d'un bond en entendant la cloche de la porte d'entrée. Ils s'observèrent, étourdis.

— Mon Dieu ! s'exclama Sebastian, les joues en feu. Je suis désolé ! C'était totalement déplacé.

— Ne vous excusez pas. J'étais tout aussi coupable, lui assura Margaret en libérant ses mains.

— Cela ne se reproduira pas, je vous le jure. Je ne voudrais surtout pas vous effrayer. Votre travail est tellement utile, je ne voudrais pas le mettre en danger.

Aurait-elle dû être effrayée ? Aurait-elle dû être prise de vertige ? La réaction qu'elle n'aurait certainement pas dû avoir, en revanche, c'était souhaiter qu'il l'embrasse à nouveau.

— Faisons comme si rien ne s'était passé, proposa-t-elle.

Elle savait que c'était la bonne chose à suggérer, même si cela s'avérerait sûrement impossible. Sebastian lui adressa un regard reconnaissant.

— Merci. Vous êtes un ange.

Un léger coup frappé à la porte l'empêcha de réfuter cette affirmation.

— Je vous demande pardon, mon père, s'excusa Esther, mais Mrs Powers voudrait absolument vous parler. Elle dit que c'est une question de vie ou de mort.

CHAPITRE 15

Marlborough House, résidence du prince et de la princesse de Galles, Londres, jeudi 22 mars 1866

Le salon de Marlborough House était une vaste pièce jonchée de fauteuils, de méridiennes et de canapés dorés. Quelques tables regroupées avec goût étaient chargées d'albums, de statuettes de sèvres et de tabatières en émail. Les palmiers en pot étaient si hauts qu'ils frôlaient presque les plafonds ornés de moulures. Les tissus d'ameublement étaient brodés de fils d'or, les fenêtres drapées de lourd velours. Margaret et sa mère avaient été invitées par Alexandra, princesse de Galles, à prendre le thé de façon informelle avec la reine, qui serait accompagnée, comme toujours, de Louise.

— Vous êtes les seules invitées, annonça Alix à leur arrivée. Lady Margaret, vous prendrez le thé avec Louise séparément. Sa Majesté est impatiente que votre mère lui donne les détails de l'arrivée de l'heureux événement de votre sœur. Vous avez bien apporté la lettre de Lady Kerr, duchesse ?

— Je l'ai ici, la rassura la mère de Margaret en montrant son réticule. Elle est d'une rare franchise et ne sied pas du tout aux oreilles d'une femme célibataire. J'approuve votre idée d'asseoir Margaret et Louise à l'écart.

— À ce propos, répondit Alix en fronçant les sourcils devant la somptueuse table à thé, je ne sais pas où placer Sa Majesté. La journée est fraîche et j'ai fait allumer le feu, mais comme vous le savez la reine n'aime pas les pièces trop chaudes.

— Oh non, elle ne supporte pas la chaleur directe. Je vous suggère de la placer ici, proposa la duchesse en indiquant un siège et, si vous faites déplacer la table là-bas, vous pourrez prendre place là, je prendrai le risque de me retrouver légèrement grillée par le feu.

— Merci, c'est un excellent arrangement.

Margaret regarda, fascinée, Alix appeler plusieurs valets de pied pour débarrasser soigneusement la table à thé, la déplacer, et ensuite tout remettre en ordre au cours d'un processus qui prit plusieurs minutes. La place de Sa Majesté était marquée par non pas une, mais deux tasses à thé et deux soucoupes, car elle avait l'habitude de verser son thé d'une tasse à l'autre jusqu'à ce qu'il soit suffisamment refroidi.

— Mon Dieu, êtes-vous sûre que nous sommes les seules invitées ? s'enquit Margaret, ébahie par la quantité et la variété de la nourriture servie.

— Signor Francatelli se surpasse toujours quand la reine vient prendre le thé, lui expliqua Alix avec un sourire guindé. Il a été le chef cuisinier de Sa Majesté pendant quelques années et, même si cela remonte aux années 1840, quand elle venait de se marier, il affirme que personne ne comprend le palais de Sa Majesté comme lui.

— Il fait certainement honneur à son penchant pour le sucré.

Le pain et le beurre, les sandwichs et les glaces seraient servis à l'arrivée de Sa Majesté, même si Margaret ne voyait pas où ils pourraient être disposés sur la table. Plusieurs bonbonnières en forme de déesses grecques légèrement vêtues et soutenant des urnes étaient disposées à des intervalles soigneusement mesurés. Les amandes salées étaient les plus éloignées du siège de la reine, tandis que les pralines et les dragées étaient les plus proches. Les macarons italiens étaient empilés en pyramide, alors que les biscuits à l'eau de rose et les boudoirs étaient présentés sur une assiette pour former une mosaïque. La génoise au chocolat, dessert préféré de la reine, s'élevait sur trois étages, mais il y avait aussi un superbe gâteau aux prunes, une génoise nature, une sélection de pâtisseries et une dernière préparation sophistiquée avec un glaçage aussi délicat que de la dentelle.

— La voilà, prévint Alix, alors que Margaret n'avait entendu aucune annonce.

— Au moins, tu auras l'occasion de profiter de ton goûter avec Louise, chuchota sa mère alors qu'elles se plaçaient toutes les trois pour accueillir la reine. En général, j'ai à peine achevé mon premier sandwich que notre monarque a fini de manger.

Comme toujours, Margaret fut surprise par la petite taille de la reine, tandis qu'elle faisait sa révérence à la silhouette ronde et renfrognée vêtue de noir. Sa Majesté fit un vague signe de salutation, mais elle avait un œil rivé sur la table à thé et l'autre sur la mère de Margaret.

— Vous avez apporté la lettre, duchesse ?

— Oui, madame, je l'ai ici.

— Si vous voulez bien prendre ce siège, madame, dit Alix en s'avançant.

— Je ne veux pas être trop près du feu. Il fait chaud dans cette pièce.

Sa Majesté se débarrassa de plusieurs châles et de capes, que la princesse de Galles attrapa adroitement, puis s'installa et la duchesse fit signe à Margaret de s'en aller.

Louise, qui n'avait pas besoin de se le faire dire deux fois, l'attrapa par la main et l'entraîna dans le coin le plus éloigné du salon.

— Remercions le ciel que ta sœur ait mis son enfant au monde juste à temps. Nous allons pouvoir vraiment bavarder. Je suppose, ajouta-t-elle avec un peu de retard, que tout s'est bien passé avec la naissance ?

— Oh ! oui.

Margaret s'installa à la table à thé plus petite, mais à peine moins chargée.

— Je n'ai jamais vu maman aussi soulagée que lorsqu'elle a reçu la lettre hier matin. Quand mon père a déclaré que Kerr devait être déçu de ne pas avoir eu le fils qu'il espérait, elle lui a décoché un regard noir. Ils ont appelé la petite fille Cecil, comme la mère de Kerr et sa sœur, qui est malheureusement décédée la veille de la naissance de ma nouvelle nièce.

— Bon sang, quelle tragique coïncidence. Est-ce qu'elle attendait un bébé aussi ?

— C'était une nonne, Lou, donc j'en doute. Merci. Pas de lait pour moi. J'essaye de m'en tenir au citron maintenant.

Louise versa le thé.

— Comme tu le sais, ma sœur Vicky attend son cinquième, tandis qu'Alice en est déjà à son troisième, et elle est mariée depuis moins de quatre ans. On dirait qu'il pleut des bébés. Sers-toi du gâteau. Le Signor Francatelli fait une bûche au café et aux noix délicieuse. Il est tellement doué que je serai peut-être tentée d'en goûter une ou deux miettes.

— Non merci, je n'ai pas faim.

— Cela ne t'a jamais arrêtée auparavant.

— La presse surveille ma silhouette encore plus strictement que ma mère. Cela réduit mon appétit pour les gâteaux.

— Oh ! mon Dieu, je suis désolée. N'aie pas l'air si affectée, M. C'est de l'histoire ancienne maintenant, non ?

— À condition que je ne fasse plus de faux pas. J'ai parfois l'impression d'être un de ces pauvres petits insectes coincés entre deux lames de verre sous un microscope, tu vois ce que je veux dire ?

Louise gloussa.

— Je sais ce que c'est que d'être examinée de près ! Tu supportes la situation, M. ? Tu as l'air en pleine forme et cette robe est très seyante ; cependant, si tu permets que je te donne un petit conseil, le mieux est l'ennemi du bien en matière de dentelle.

— Je suis d'accord, mais ma mère n'aurait pas toléré que je porte une toilette plus simple pour venir prendre le thé avec la reine.

— Et tes cheveux sont très bien aussi, reprit Louise, l'exemple même d'une coiffure soignée, sans une seule boucle rebelle. Très impressionnant. Je te félicite.

— Peu importe mon apparence.

Margaret repoussa sa tasse de thé et rapprocha son fauteuil.

— J'ai quelque chose à te dire.

Louise repoussa également sa tasse sur le côté et son sourire s'effaça brusquement.

— Ne me dis pas que tu as encore fait des bêtises ? Tu t'es donné tant de mal pour rétablir ta position ! Et j'apprécie tellement ta compagnie. J'espère de tout cœur que tu n'as rien fait qui puisse m'en priver.

— Je me rends régulièrement en secret à Lambeth.

— Lambeth ! Si c'est pour rendre visite à l'archevêque de Canterbury à Lambeth Palace, alors je ne vois pas ce qu'on pourrait y trouver à redire.

— Tu es sur la bonne voie, mais c'est un peu plus loin et dans un monde à mille lieues d'ici.

Margaret passa le bras par-dessus la table pour saisir la main de son amie, mais s'arrêta à mi-chemin lorsque Louise se déroba.

— Tu n'as aucune raison de commencer à prendre de la distance. Ma mère est au courant de tout... enfin, presque. C'est ma récompense pour mon comportement exemplaire. Même si, quand elle m'a donné son accord, je ne pense pas qu'elle ait imaginé que mes visites bouleverseraient ma vie à ce point. Honnêtement, je ne m'y attendais pas non plus, mais... Oh ! que de changements ! Au cours des cinq dernières semaines, j'ai appris tellement et vécu tant de choses que je ne suis plus du tout la même.

— Cinq semaines, et tu ne m'as rien dit.

— Ne te vexe pas. Ce que je suis sur le point de te confier, je ne l'ai dit à personne. Si tu me sers une deuxième tasse de thé et que tu me coupes une toute petite part de gâteau, je te raconterai tout.

À son grand soulagement, Louise sourit, bien qu'à contrecœur, et tendit la main vers la théière.

— Je t'écoute.

— Voilà, tu sais tout, conclut Margaret, un peu plus tard, alors que son thé était froid et son gâteau intact. Je suis désolée. Je ne t'ai pas laissé placer un mot.

— Mon Dieu, M., tu caches bien ton jeu. Je n'avais pas la moindre idée de tout cela. Imaginer que tu as passé tout ton temps libre à côtoyer Dieu sait qui et à attraper Dieu sait quoi…

Louise s'interrompit et secoua la tête.

— J'espère sincèrement que tu t'asperges de vinaigre quand tu rentres à la maison. Et les odeurs ! Tu as un odorat très développé, toi aussi. Comment fais-tu pour tenir le coup ?

— Au début, je n'allais nulle part sans un sachet de lavande. Susannah les fabrique pour Sebastian, père Sebastian, je veux dire. Mais je remarque à peine les relents, maintenant.

— Tout cela me semble si extrême. Si tu devais te montrer charitable, n'aurais-tu pas pu te contenter de… je ne sais pas, de tricoter des bas pour les pauvres ?

— La question n'est pas de me montrer charitable, Louise. Il s'agit d'apprendre ce qu'est la vraie vie. De contribuer et de me sentir utile. Les femmes là-bas m'acceptent comme je suis. Elles se moquent de mon ingénuité et de mon ignorance, mais cela ne me dérange pas du tout. Elles sont rustres et vulgaires, mais elles sont aussi gentilles. Je me sens appréciée là-bas, plus qu'à la maison, franchement.

— Je suis étonnée que tu préfères un lieu mal famé à Montagu House !

— Ce n'est pas un lieu mal famé ! Il y a de nombreuses industries dans la paroisse. On y trouve une usine à gaz, une fabrique de poteries, plusieurs brasseries et une vinaigrerie, aussi, mais le travail est très mal payé. Les gens se marient jeunes et ont par conséquent des familles souvent nombreuses. C'est une communauté d'honnêtes gens qui travaillent dur pour survivre.

— C'est ce que dit le saint père Sebastian, je suppose ?

Margaret se raidit devant le ton moqueur de son amie.

— Sebastian est dévoué, il donne sans compter. Il écoute les gens, Lou, et il ne juge ni ne prêche. Il ne se prend pas pour un saint, il essaye simplement de faire du quartier où il habite un monde meilleur. Je le trouve admirable.

Consciente qu'elle avait défendu Sebastian avec un peu trop de passion, Margaret fit semblant de boire son thé froid. Elle en avait déjà beaucoup trop dit. Même si Louise tenait à elle, son amie ne cachait pas que sa réputation était plus importante que tout le reste. En outre, le baiser que Sebastian et la jeune femme avaient échangé la semaine précédente était leur secret, trop précieux pour qu'elle le révèle à qui que ce soit, même à Louise.

Margaret ne regrettait plus du tout ce baiser. Quand elle restait éveillée la nuit, le souvenir de la sensation de vertige, de l'afflux de sang dans sa tête, de la douce pression des lèvres de Sebastian sur les siennes lui donnait envie de s'évanouir. L'embrasser à nouveau serait inconvenant, mais elle ne pouvait pas s'empêcher de l'imaginer. Restait-il lui aussi éveillé en songeant à leur étreinte ? Pensait-il à elle en son absence, se demandait-il où elle était, ce qu'elle faisait ? Ou cessait-elle d'exister pour lui quand elle quittait Lambeth ?

— Tu as l'air dans la lune, reprit Louise, à quoi diable penses-tu ?

— À rien, déclara Margaret en sentant une rougeur monter le long de sa gorge.

Soucieuse d'éviter toute question gênante, elle se pencha sous la table pour prendre son réticule.

— J'ai failli oublier. Je t'ai apporté un petit cadeau. Tiens.

La princesse saisit le dessin au crayon et étudia avec surprise la scène qu'il représentait.

— C'est l'œuvre d'un amateur, mais c'est assez réussi.

— C'est un autoportrait de Billy et de son chien, Muffin. En voici un autre qu'il a réalisé, de moi.

— Oh ! il est très réussi.

Comme Margaret l'espérait, elle était parvenue à détourner l'attention de Louise.

— Je pensais en acheter une sélection pour les envoyer comme cadeaux de Noël. Ce petit commerce viendrait à point pour Billy.

— C'est un peu tôt pour penser à Noël, mais ils feraient de jolis cadeaux. Qui est l'artiste ?

— Un jeune garçon, il n'a pas plus de douze ou treize ans. Il vend ses croquis au marché. Personne ne sait où il vit ni s'il a une famille.

— Pas même ton père Sebastian ?

— Ce n'est pas *mon* père Sebastian. C'est un homme très indépendant et sa sœur Susannah est également indépendante d'esprit. Si je pouvais avoir un dixième de sa détermination, je serais une bien meilleure personne.

— Tu es en tout cas bien changée. Que pense Killin de tes entreprises philanthropiques ?

— Il n'est pas au courant. Ce que je fais de mon temps libre ne le concerne pas.

— Pas encore.

La bouche de Margaret devint soudain sèche. Elle n'était pas officiellement fiancée à Killin ; son opinion n'entrait donc pas en ligne de compte. *Et si tu te le répètes assez souvent, M., tu finiras par t'en convaincre !*

— Assez parlé de moi, déclara-t-elle avec fermeté. Raconte-moi tes nouvelles. Mère m'a montré l'article dans le *Times* qui louait le buste de Lady Jane que tu as modelé. Tu dois être très contente.

Louise, toujours heureuse de parler de ses activités artistiques, rayonnait.

— C'est la première pièce que je réalise sans la moindre aide. Je l'avoue, j'en suis très fière. D'après Lady Jane, on en a beaucoup parlé dans la presse.

— C'est flatteur.

— Il ne faut pas prêter attention aux éloges des journaux, pas plus que lorsqu'on est fustigé.

Louise croisa le regard de Margaret et rit.

— Mais, oui, je suis flattée et la reine aussi. Je pense qu'elle me prend enfin au sérieux comme artiste, M. Demain, nous allons visiter l'atelier du baron Marochetti.

— Cela doit être passionnant.

Louise gloussa.

— Pour moi, en tout cas. J'ai tellement d'espoir, maintenant que la reine écoute les supplications de Mrs Thornycroft et me laisse suivre une véritable formation.

— Cela signifie-t-il que Sa Majesté ne compte pas te marier ? Tu es la prochaine. Tu as dix-huit ans et…

— Mon Dieu, non. Ma mère aura besoin que je lui serve de secrétaire quand Lenchen sera mariée. Même si je redoute la tâche, elle me laissera au moins un peu de temps pour moi seule, alors qu'un mari me le prendrait complètement. Et puis, il faut s'occuper de mon cher petit frère Leo. J'ai des nouvelles de ce côté-là, aussi.

— Oh non, pauvre Leopold… a-t-il encore été souffrant ?

— C'est tout le contraire. Il est en pleine forme. Mon frère a un nouveau précepteur.

Louise se pencha plus près encore.

— Le lieutenant Walter Stirling, de l'artillerie à cheval. Un très beau jeune homme, et le plus aimable des compagnons. Leo l'adore.

— D'après ce que j'entends, Leo n'est pas le seul à l'adorer, répliqua Margaret, stupéfaite.

Elle fut plus ébahie encore lorsque son amie rougit.

— J'avoue, je le trouve très séduisant.

— Louise !

— Je sais, je sais, c'est un peu fort après tous les conseils que je t'ai donnés, mais je te jure, M., que je ne me suis jamais sentie aussi *vivante* que lorsque je suis en compagnie du lieutenant Stirling. Il a le plus beau des sourires, il me donne le vertige et, quand il est à côté de moi, mon cœur bat la chamade. Cela doit te paraître *extrême* et tu dois te dire que cela ne me ressemble pas. Je le connais à peine. Oh ! M., crois-tu que je suis en train de développer une passion ?

Sans attendre de réponse – et cela valait mieux, car Margaret était sans voix –, la princesse poursuivit, le souffle court :

— Il n'a rien dit de ses sentiments, bien sûr, c'est un parfait gentleman, mais je sais qu'il ressent la même chose que moi. Tu ne le comprendrais pas, mais il y a une… connexion quand nous nous regardons dans les yeux. Oh ! M., ton visage ! Tu es en train de penser que ton amie si sensée a perdu la tête.

Je suis en train de penser que je sais précisément ce que tu ressens, se dit Margaret avant de répondre :

— Tu devrais appliquer tes propres conseils. Tu es une princesse royale, ta réputation doit rester irréprochable.

— Elle l'est et le restera.

— Si tu t'assures que cette attirance ne se développe pas davantage. Pour l'amour du ciel, que dirait Sa Majesté si elle apprenait que tu as jeté ton dévolu sur un simple lieutenant ?

— Si j'en juge par sa réaction lors d'un précédent, elle l'enverrait au bout du monde et me confinerait dans ma chambre jusqu'à ce que j'aie retenu la leçon. Ma sœur Lenchen a eu une affaire de cœur, précisa Louise en réponse à l'air déconcerté de Margaret. Quand elle avait quinze ou seize ans, Helena est tombée amoureuse du bibliothécaire. Je n'ai aucune intention de répéter ses erreurs, et je ne veux pas coûter son poste au lieutenant Stirling. Je suis parfaitement capable de garder mes sentiments pour moi. Et je sais que mon secret est bien gardé avec toi.

— Mais que vas-tu faire ? Tu n'espères tout de même pas avoir le moindre avenir avec le précepteur de Leopold ?

— Bien sûr que non.

L'expression de Louise se radoucit.

— En ce moment, M., l'avenir ne m'intéresse pas. J'ai *envie* de sentir son étreinte. Cela te choque ?

Margaret était effectivement choquée, mais d'un autre côté secrètement rassurée de découvrir que son amie était une simple mortelle également et qu'elle n'était donc pas la seule à éprouver de tels désirs. Même si elle n'avait aucune intention de l'avouer à Louise.

— En comparaison des histoires dont on m'a régalée à Lambeth, c'est plutôt sage.

Margaret ne put s'empêcher de taquiner la princesse.

— Si tu m'avais confié que tu désirais ardemment sentir une autre partie de son corps, alors j'aurais pu être choquée.

— Margaret ! Qu'est-ce que… Bonté divine, les femmes discutent de choses aussi intimes devant toi ?

— Elles prennent un grand plaisir à le faire. Tu n'imagines pas comme je suis bien informée sur les questions qui tournent autour de la chambre à coucher et des conséquences.

— Vraiment ?

Les yeux écarquillés, Louise se pencha plus près.

— Dis-moi tout.

— Certainement pas.

— C'est cruel de ta part. Je vais devoir découvrir par moi-même ce que tu sous-entends, alors.

— Lou, tu ne le penses pas, s'offusqua Margaret, brusquement ramenée sur terre.

Un baiser était une chose, mais envisager davantage ne serait pas seulement très mal, ce serait flirter avec le danger.

— Tu ne commettras pas de bêtise ?

Son amie lui offrit un sourire mystérieux en guise de réponse.

— Le lieutenant Stirling doit nous accompagner à Osborne en avril. Nous serons *incarcérés* là-bas, dans notre propre petit monde. Comme toi et ta petite famille de substitution à Lambeth. J'ai l'intention d'en profiter au maximum, tant que je le peux.

— Que veux-tu dire, par *en profiter* ?

Mais Louise se contenta d'écarquiller les yeux et de hausser les épaules.

— Je ne suis pas sûre que la reine ait l'intention de rester longtemps à Osborne. Nous serons de retour pour le mariage de Lenchen en juillet. Je ne suis pas censée te le dire, mais au moment même où nous parlons ma mère informe la tienne que tu as été choisie pour être l'une des huit demoiselles d'honneur.

— Non !

— Tu devrais être ravie, c'est le meilleur signe d'approbation qui soit. Cela signifie que tu es à nouveau pleinement dans les bonnes grâces de la société, M. Bien sûr, tu devras en payer le prix : tu seras obligée de porter une robe affreuse. Helena a un goût épouvantable aussi bien en matière de vêtements que pour choisir son mari. As-tu déjà aperçu une photographie du prince Christian ? Je suis sûre qu'il a de nombreuses qualités, et notamment le fait qu'il soit disposé à vivre à Windsor, mais ce n'est pas le plus beau des hommes. Pour commencer, il a une calvitie précoce.

— Oh non, Lou ! s'exclama Margaret en réprimant un rire, ce serait plus gentil de dire qu'il a un front extrêmement haut.

— Tellement haut qu'on dirait que ses cheveux ont migré vers le bas jusqu'à son menton, renchérit Louise en ricanant.

Elle ajouta :

— Oh ! mon Dieu, on dirait que la reine se prépare à partir.

— Déjà !

Margaret se leva d'un bond.

— Le mariage de Lenchen est dans plus de trois mois. Je te reverrai sûrement avant cela.

— Je ferai de mon mieux, mais tu sais comment est ma mère. Une fois qu'elle est installée à Osborne, elle s'y cramponne comme une moule à son rocher. Quand le mariage de ma sœur sera scellé, tu ferais mieux de commencer à te préparer pour le tien.

— Ne dis pas cela. Killin n'a pas encore renouvelé sa demande.

— Pas encore.

Louise l'attira pour une étreinte aussi rare que brève.

— Mais si tu continues à bien te comporter, il le fera sans aucun doute.

Illustrated London News, samedi 21 avril 1866

SECONDE CHANCE POUR LA DEUXIÈME SAISON D'UNE DÉBUTANTE

Un bal a été organisé samedi dernier par le duc et la duchesse de Buccleuch dans leur résidence de Westminster pour marquer la réouverture du Parlement après les vacances de Pâques. Même si les événements mondains organisés ce soir-là étaient nombreux, la salle de bal de Montagu House était pleine à craquer. Le prestige du nom Buccleuch est tel qu'il serait plus simple de citer les membres illustres de la Haute Société qui n'y ont *pas* assisté. Hélas, bien que nous sachions de source sûre que Leurs Altesses Royales la princesse Helena et la princesse Louise étaient invitées, toutes deux sont encore aux côtés de Sa Majesté la reine à Osborne House, sur l'île de Wight.

Comme à l'accoutumée, la duchesse de Buccleuch était très élégamment vêtue. Elle portait une robe de bal en soie gris et argent avec un ourlet festonné, rehaussée de dentelle argentée. Sa fille, Lady Margaret Montagu Douglas Scott, portait une robe en satin vert pomme avec une sur-robe en crêpe couleur crème ornée de rubans verts. Sa toilette contrastait avec les teintes discrètes qui avaient marqué sa première saison interrompue. Bien que l'on nous assure qu'elle est complètement rétablie après son séjour prolongé en Écosse, la deuxième fille au tempérament exubérant du duc de Buccleuch semble éteinte cette saison. Elle ressemble désormais davantage à sa sœur aînée, plus sobre et circonspecte, Lady Victoria Kerr. S'agirait-il des répercussions de la maladie qui a mis fin de façon inopinée à sa saison précédente ?

Le retour de Lady Margaret dans la société a d'abord reçu un accueil réservé, mais sa carte de bal est très demandée depuis la soirée des Buccleuch. Un certain comte écossais, qui semble porter une attention particulière à la *lady* pour la deuxième année consécutive, a été récompensé par une marche.

Se pourrait-il que l'annonce dont nous avons été privés en juillet dernier ait été simplement reportée et non annulée ? La persistance du comte portera-t-elle ses fruits ? (Et ce fruit est-il prêt à être cueilli ?) Nous attendons avec impatience les rebondissements de ce qui se présente comme une passionnante saga.

CHAPITRE 16

Mai 1866

Le fiacre s'engagea en cahotant sur le pont et Margaret, comme toujours, eut l'impression de franchir la frontière séparant deux mondes. Depuis les vacances de Pâques, le temps qu'elle passait à Lambeth avait été réduit par l'afflux quotidien d'invitations arrivant à Montagu House, pour des pique-niques et des garden-partys, des dîners, des bals et des soirées. Les courses hippiques du Derby Day et de l'Ascot Week – qui duraient une semaine – étaient toutes imminentes. La jeune femme enchaînait les événements mondains dans un tourbillon de soie, de dentelle et de rubans. Elle était devenue experte pour sourire et faire la conversation alors que son esprit et son cœur restaient de l'autre côté de la Tamise.

Elle n'avait pas vu Louise depuis leur thé à Marlborough House, et les lettres de son amie étaient sporadiques, réduites à de brèves notes ne contenant rien de personnel. Louise pouvait être inconstante : elle donnait à une amie l'impression d'être le centre de son monde avant de la snober complètement sans raison apparente. Margaret savait qu'elle ne devait pas s'imaginer être la dernière victime de ces changements. La princesse était préoccupée par quelque chose. Ou par quelqu'un.

Comme toi, M., et pas seulement par une personne, mais par deux. En réalité, elle était bien contente de laisser Louise se débrouiller seule pour l'instant. Margaret avait elle-même des problèmes urgents à régler. Comme souvent ces derniers temps, elle se sentit envahie par le désespoir à l'idée du sort affreux qui l'attendait. Elle avait l'impression qu'un nuage noir planait au-dessus de sa tête. Killin mettait un point d'honneur à lui réclamer au moins une danse à chaque bal. C'était presque toujours une marche, rarement un galop – ce n'était pas une danse assez digne à son goût –, et heureusement jamais de valse ou de polka, qui l'obligerait à passer le bras autour de sa taille. Grâce aux airs de propriétaire du comte, elle n'avait pas d'autres prétendants. C'était le point positif auquel elle se raccrochait quand elle endurait sa compagnie. Killin la surveillait étroitement à chacune de leurs rencontres, ce qui lui donnait l'impression d'être une criminelle dont le juge ne croyait pas qu'elle s'était amendée. Et pourtant il persistait. La seule constance chez lui était sa détermination à obtenir ce qu'il souhaitait. Ce n'était qu'une question de temps avant qu'il n'exige son dû.

Puis il y avait Sebastian. L'homme qu'elle aimait et dont elle était presque certaine qu'il l'aimait aussi, même s'ils avaient tenu leur résolution de ne jamais parler de ce merveilleux baiser et encore moins de recommencer. Ils admettaient en silence leurs sentiments l'un pour l'autre chaque fois que leurs regards se croisaient ou que leurs mains se frôlaient. Leurs vies étaient trop opposées pour que leur amour puisse jamais se concrétiser, mais cela n'empêchait pas Margaret de se l'imaginer. Elle passait la moitié de ses nuits perdue dans le rêve romantique et fou d'être avec lui pour le restant de ses jours et l'autre moitié à tenter de se résigner au mariage qui risquait d'être annoncé dans quelques semaines. Elle souhaitait ardemment se montrer à la hauteur des attentes qu'elle s'était donné tant de mal à rétablir depuis le début de l'année. Si elle n'honorait pas ses fiançailles, on ne le lui pardonnerait jamais, et à raison.

Pas qu'elle eût l'intention de refuser la demande en mariage, pas du tout. Dans son cœur, elle savait que c'était mal d'épouser un homme tout en en aimant un autre. Mais à Dalkeith le jour de Noël, elle avait décidé d'accomplir son devoir. Ses sentiments pour Sebastian, aussi profonds soient-ils, n'avaient aucune importance. Elle était engagée dans une voie qui la menait à épouser Killin et c'était ce qu'elle allait faire. Le mariage de Lenchen devait avoir lieu le 5 juillet. À la fin du même mois au plus tard, elle serait fiancée à Killin. Sa nouvelle vie en tant que comtesse de Killin approchait à grands pas.

Non : elle se précipitait vers elle à bride abattue !

Alors que le fiacre s'arrêtait et que Molly sautait au sol pour payer la course, Margaret songea : *Haut les cœurs !* Au lieu de se lamenter sur ce qui allait lui manquer, elle allait suivre l'exemple de Louise et chercher à tirer le meilleur parti de ce qu'elle avait, tant qu'elle le possédait encore.

— Margaret, cela me fait plaisir de vous voir.

Sebastian se leva de sa chaise, un sourire illuminant son visage, quand elle entra dans le bureau. Le cœur de la jeune femme bondit dans sa poitrine en le voyant, comme toujours. Il hésita avant de se rasseoir, préférant ne pas lui prendre les mains pour la saluer, et comme à chaque fois elle essaya de ne pas se sentir déçue. Ils se mirent à rédiger le courrier, comme à leur habitude, mais ce jour-là aucun des deux ne semblait parvenir à se concentrer. Lorsqu'elle leva les yeux de la phrase qu'elle tentait de composer pour la quatrième fois, elle vit que Sebastian l'observait, ses traits généralement sereins plissés par l'inquiétude.

Margaret posa sa plume.

— Quelque chose ne va pas ?

— Non. Si.

Sebastian se leva d'un bond et lui prit la main.

— J'ai essayé, Margaret, mais je ne peux m'empêcher de penser à notre baiser. Il a tout changé pour moi. Mais, si vous ne ressentez pas la même chose, dites-le et je vous jure que je n'en parlerai plus jamais.

Prise au dépourvu, elle n'eut pas la présence d'esprit de recourir à des faux-fuyants.

— Je ne parviens pas à l'oublier non plus. Pourtant, Dieu sait que j'ai essayé.

Les doigts du pasteur se resserrèrent autour des siens.

— Moi aussi, en vain. Il ne peut y avoir de mal à exprimer ce que j'ai sur le cœur. Je vous aime tellement, Margaret.

Les mots qu'elle avait secrètement désiré entendre, malgré la culpabilité, lui firent oublier tout le reste. Elle fut envahie d'une joie immense et débordante.

— Je vous aime aussi, Sebastian, je vous aime tellement.

— Margaret !

Il la tira pour qu'elle se mette debout et la prit dans ses bras.

— Oh ! ma chère.

Leurs lèvres se rencontrèrent dans le plus doux des baisers. Exactement comme elle l'avait imaginé et tellement différent à la fois. Alors qu'il la tirait plus près encore, elle passa les bras autour de son cou, et il poussa ses lèvres contre les siennes, l'amenant à ouvrir la bouche pour un baiser d'une autre nature.

L'intimité du geste la choqua, mais pas autant que ce que ce contact provoqua en elle. Leurs langues se touchèrent et elle s'écarta, essoufflée et complètement confuse.

Était-ce cela, la passion ? C'était bouleversant et terrifiant et pourtant, pourtant, elle avait envie que cela continue.

Sebastian semblait différent, ses yeux étaient sombres et ses paupières lourdes, ses joues rouges.

— Excusez-moi, fit-il d'une voix rauque. Je ne voulais pas… j'ai laissé mes sentiments prendre le dessus. Pardonnez-moi.

Il se passa la main dans les cheveux et se força à sourire.

— Ce sera difficile, mais je vais essayer de faire preuve de plus de retenue, jusqu'à ce que nous soyons en mesure de nous marier.

— Nous marier !

Margaret redescendit brusquement sur terre.

— Nous ne pouvons pas nous marier.

— Bien sûr que si, affirma Sebastian en collant la main de la jeune femme contre son torse.

— Ma chère Margaret, vous ne pouvez pas imaginer que je vous aurais embrassée de cette façon si mes intentions n'étaient pas honorables.

Elle était tellement obnubilée par son propre point de vue qu'elle n'avait jamais envisagé la situation du point de vue du pasteur.

— Je suis vraiment désolée, Sebastian, mais je ne peux pas vous épouser.

— Pourquoi donc, si vous m'aimez, comme vous le dites ? Est-ce parce que nos vies sont radicalement différentes ?

— Ce n'est pas cela. Cela m'est complètement égal que nos vies soient différentes.

— Alors qu'est-ce que c'est ?

Son sourire s'évanouit.

— Vous ne *voulez* pas m'épouser ?

Si seulement elle lui avait expliqué sa situation plus tôt.

— Je le souhaiterais plus que tout, mais c'est tout simplement impossible. Mes parents ne donneraient jamais leur consentement.

— Quand ils comprendront la profondeur de nos sentiments…

— Les sentiments n'ont aucune importance dans leur monde.

Il n'avait aucune idée du gouffre qui séparait leurs deux univers.

— Le mariage est une affaire de richesse, de relations, de statut.

— Et je ne possède aucun de ces attributs, conclut Sebastian avec une pointe d'ironie. Très bien, s'ils ne donnent pas leur consentement, nous devrons simplement attendre votre majorité.

— C'est dans presque un an et demi.

— J'attendrais deux fois plus longtemps s'il le fallait, lui assura-t-il en lui embrassant la main. Je ne manque pas d'occupation. S'il doit en être ainsi, le temps passera en un clin d'œil.

Pour lui, mais pour elle ? Ne comprenait-il pas qu'elle serait condamnée à l'isolement pendant tout ce temps ? Non, comment le pourrait-il, alors qu'elle ne lui avait jamais exposé la réalité de sa situation ! Rassemblant son courage à deux mains, Margaret se prépara à l'éclairer.

— Nous ne parlons jamais de ma famille.

— C'est parce que je ne m'intéresse qu'à vous, pas à eux.

— Je sais.

Elle posa la paume sur la joue du pasteur.

— C'est l'une des choses que j'apprécie chez vous, mais je ne peux pas les jeter comme de vieilles chaussettes.

— En effet et je ne vous demande pas de faire une chose pareille.

— Non, mais ce serait moi la vieille chaussette, si je puis m'exprimer ainsi. Ce que je veux dire c'est qu'ils se débarrasseraient de moi. Pour mon père, ma seule fonction dans la vie est de faire un bon mariage.

— Et un simple prêtre anglican ne fera pas l'affaire, c'est cela que vous dites ?

Margaret frémit rien qu'à songer à comment son père jugerait Sebastian.

— Mon père a déjà choisi le comte de Killin pour être mon mari.

— Vous êtes déjà fiancée !

Sebastian lâcha sa main.

— Les fiançailles n'ont pas été officialisées. Elles ont failli être annoncées l'année dernière, mais…

— L'année dernière !

— Mais je me suis enfuie juste avant. Mon départ a causé un terrible scandale, dont je me remets seulement maintenant.

— Je ne comprends pas. Vous êtes en train de m'expliquer que vos parents veulent vous forcer à vous marier contre votre gré ? Ce serait effectivement un scandale.

— Non, ce n'est pas cela. Ils ne me forcent pas. Je veux l'épouser. Du moins, je veux *vouloir* l'épouser.

Elle réalisa à quel point ses justifications paraissaient ridicules et s'interrompit.

— Êtes-vous, oui ou non, fiancée à un autre homme ?

— Non, murmura-t-elle, rouge de honte, mais il est entendu que je le serai avant la fin de l'été.

— Regardez-moi, Margaret, demanda-t-il avec douceur. Si vous ne voulez pas épouser cet homme, vous n'avez qu'à rester ferme sur votre décision jusqu'à la majorité. Nous pourrons alors nous marier, avec ou sans leur bénédiction.

— Si seulement c'était aussi simple.

— Si vous m'aimez…

— Je vous aime, comment pouvez-vous en douter ?

Elle eut un sanglot dans la gorge.

— Je suis malheureuse quand je ne suis pas avec vous. J'aimerais que nous puissions être ensemble pour toujours.

Sebastian passa les bras autour de sa taille et l'attira fermement contre lui.

— Et nous pouvons l'être, si nous le voulons suffisamment.

Déchirée, elle se serra davantage contre lui et ferma les yeux. Elle voulait se perdre dans leur idylle parfaite, oublier le monde réel et tous ses habitants. L'odeur familière du pasteur et la chaleur de son corps mettaient les sens de la jeune femme en ébullition.

— Je vous aime, déclara-t-elle, regrettant que ce ne soit suffisant. Je vous aime, répéta-t-elle comme une incantation contre la réalité.

— Alors c'est tout ce qui compte, non ? Le chemin sera jonché d'embûches, je m'en rends compte. Il y aura des obstacles à franchir. Nous devrons peut-être patienter, mais je suis prêt à vous attendre pour l'éternité. Est-ce que je tiens trop de choses pour acquises, est-ce que mes espoirs sont placés trop haut ? La vie que vous mèneriez ici à Lambeth serait très différente, sans confort, mais avec un impressionnant lot de défis.

— Comment pourrais-je être autre chose qu'heureuse, si j'étais avec vous ?

— Alors c'est réglé. Vous serez mon épouse.

Il croyait vraiment que c'était possible. Il n'avait aucune idée de ce qu'il lui demandait mais, si Sebastian croyait en elle et à la force de l'amour, pourquoi ne pouvait-elle pas en faire autant ?

— Je ne peux pas, affirma Margaret d'un ton qui, à ses propres oreilles, semblait ambivalent. Je le souhaite, plus que tout, mais la volonté n'est pas suffisante. Mes parents…

— Vous devez comprendre que votre devoir n'est pas envers eux, mais avant tout envers vous-même. Qu'est-ce qui vous rendra heureuse, Margaret ? Le mariage avec un homme que vous admettez vous-même ne pas pouvoir aimer, jouer la maîtresse du manoir et distribuer de la confiture à Noël ? Ou une vie bien différente à Lambeth, à mes côtés, où vous feriez vraiment le bien, où votre présence et votre action feraient une vraie différence ?

— Vous connaissez la réponse, répliqua Margaret en sachant très bien que là n'était pas la question.

Sebastian présentait la situation de façon simple et follement attirante. Il l'aimait. Il l'avait choisie : c'était la femme qu'il voulait à ses côtés pour le restant de ses jours. Elle l'aimait aussi, mais il y avait plus d'embûches qu'il ne pouvait l'imaginer. Et pourtant, quand il la fixait comme cela, elle croyait que cette vie était possible.

Il la ramena dans ses bras et l'embrassa tendrement.

— Nous trouverons un moyen.

Elle voulait prouver qu'elle était prête à tout pour être avec lui. Elle voulait croire que l'amour pouvait tout conquérir. Même son père.

— Je sais, cela fait beaucoup à digérer, reprit Sebastian, interprétant mal son hésitation. Je n'ai jamais osé en rêver avant aujourd'hui.

Elle non plus, mais il y avait désormais une lueur d'espoir très attirante. Au lieu de se dire que ce choix était impossible, pouvait-elle trouver un moyen de rendre le projet réalisable ?

— Si mes parents découvrent mes sentiments pour vous, ils m'enverront loin d'ici.

— Alors, cachez-leur vos sentiments. Bien qu'encourager la duperie aille à l'encontre des valeurs et de tout ce que j'enseigne, dans ce cas, je pense que c'est justifié.

— Il reste la question de Killin.

Le pasteur fronça les sourcils.

— Un simple refus devrait suffire. Aucun homme ne voudrait épouser une femme qui ne le souhaite pas, à moins d'être un scélérat.

Était-il possible de décourager Killin ? Elle en doutait sincèrement. Mais si elle voulait épouser Sebastian, ce qu'elle désirait ardemment, elle trouverait bien le moyen de se débarrasser de lui. Si seulement elle ne s'était pas donné tant de mal pour devenir docile. Dieu du ciel, était-elle vraiment en train d'envisager la proposition de Sebastian ? Sa tête tournait.

— Vous n'avez pas l'air convaincue, Margaret. Si vous préférez que nous prenions le taureau par les cornes et déclarions notre amour publiquement, j'en parlerai à votre père sans tarder.

— Non ! Mon Dieu, non. Ce serait la pire chose que vous puissiez faire. Nous ne devons pas agir de façon irréfléchie.

— Vous avez raison : nous ne devons pas prendre des mesures précipitamment. Après tout, nous avons toute la vie devant nous.

Vraiment ? Elle ne pouvait pas croire que cela pourrait se réaliser, mais quand il lui souriait, avec tant d'amour et de tendresse, elle désirait que ce rêve devienne réalité. Puis il la prit dans ses bras et l'embrassa sans la moindre trace de cette passion ardente qui l'avait tant exaltée et terrifiée à la fois. Quand il la relâcha, Margaret était incapable de savoir si elle était soulagée ou déçue.

Princesse Louise à Lady Margaret

Château de Windsor, 6 juin 1866

Ma très chère M.,

Je te présente mes excuses les plus sincères pour le retard avec lequel je réponds à ta lettre, qui m'attendait à mon retour d'une courte visite à Cliveden avec la reine. Je dois avouer que j'avais perdu le sommeil à cause d'un souci personnel, mais le contenu de ta missive m'a garanti une nuit d'insomnie ! ! !

Je supposais, d'après les notes très brèves *que tu m'avais envoyées, que tout se passait comme prévu pour toi, mais je découvre une fois de plus que ma plus chère et plus vieille amie m'a caché une information choquante. Tu me demandes mon opinion, mais je ne sais par où commencer et je ne crois pas que tu aies besoin de conseils. Tu ne peux pas épouser un simple prêtre, M., tu le sais. Cette union mettrait un terme à la vie telle que tu la connais et sonnerait inévitablement la fin de notre amitié. Tu ne peux pas sérieusement envisager cela, n'est-ce pas ? Tes visites à Lambeth récompensaient ton* comportement exemplaire. *Ce sont les mots que tu as employés, M., je m'en souviens parfaitement. Et comment récompenses-tu la confiance que la duchesse a placée en toi ? En tombant amoureuse d'un prêtre. Un prêtre ! ! ! ! Je n'arrive toujours pas à y croire.*

Margaret (oui, l'heure est si grave que je dois m'adresser à toi en écrivant ton prénom complet), tu t'es donné tant de mal pour rentrer dans les bonnes grâces de tes parents. Je croyais vraiment que tu étais prête à accepter avec lucidité et détermination ton avenir comme comtesse de Killin. Ta résolution ne peut faillir. Les conséquences que tes actes entraîneraient ne sont tout simplement pas imaginables. Ton idée de battre froid à ton premier prétendant est vouée à se retourner contre toi. Outre le fait qu'une jeune femme qui change d'avis se bâtit une réputation peu enviable, je ne crois pas que cela empêcherait la demande en mariage que tu as tout fait pour obtenir et que tu prétends maintenant redouter. Endurcis-toi, oublie le prêtre et épouse le comte. C'est ta destinée.

Et maintenant je dois à contrecœur me tourner vers mes propres préoccupations. Oh ! M., je me sens tellement hypocrite de te dire d'ignorer tes sentiments alors que moi – je te supplie de t'assurer que personne n'aperçoive ces lignes – j'ai bêtement cédé aux miens. Je n'ose en dire plus. J'espère chaque jour avec ferveur que mes craintes se révéleront infondées. Peut-être qu'au moment où tu recevras cette missive tout ira pour le mieux. Je dois y croire, car je n'ose même pas imaginer ce qui se passerait s'il en était autrement.

Nous partons pour Balmoral le 13 et, comme toujours, la reine accapare tout mon temps. Étant donné les circonstances, je dois plus que jamais jouer les filles attentionnées. Par conséquent, je doute que nous puissions nous revoir avant le mariage de Lenchen. J'espère que, d'ici là, nos deux dilemmes auront trouvé une résolution qui nous soit favorable. Tes fiançailles auront été réglées, et je n'aurai pas à envisager une retraite à la campagne, ainsi notre amitié et nos réputations seront-elles préservées.

Oh ! M., quelles folles créatures nous sommes quand nous tombons amoureuses ! Y a-t-il quelque chose de plus merveilleux ? Ou d'aussi catastrophique, quand cela tourne mal ? Inutile de préciser que tu ne dois pas répondre à cette lettre. J'aimerais tant te voir, ne fût-ce qu'une demi-heure. Si j'ai l'air stoïque, si j'ai l'air forte, ne sois pas dupe. Tu me connais mieux que quiconque. Je n'ai jamais eu autant besoin de ton soutien loyal et de tes sages conseils. Cependant, puisque je ne peux pas en bénéficier, je dois continuer à me battre seule, comme toi.

En attendant de nous revoir dans des circonstances plus joyeuses !

Avec toute mon amitié, toujours,

Louise

Chapitre 17

Dimanche 17 juin 1866

Margaret se pelotonna sur la banquette de la fenêtre de sa chambre à coucher. Dehors, les cloches de l'église sonnaient l'appel pour l'office du dimanche. Louise devait être à Balmoral à présent. La dernière lettre de son amie lui avait fait comprendre de façon détournée qu'il n'y avait aucun changement crucial dans sa situation.

Contrairement à la sienne. Au bal de la veille, Killin l'avait informée qu'il rencontrerait le duc juste après le mariage royal pour discuter de l'annonce de leurs fiançailles. Les tentatives de Margaret pour le dissuader au cours du mois qui avait suivi la déclaration de Sebastian avaient été sans effet. Si elle ne faisait pas preuve de prudence, elle pourrait bien se retrouver fiancée à deux hommes à la fois. Cela se terminerait-il en duel à l'aube, laissant aux pistolets le loisir de décider qui aurait sa main ?

Oh ! mon Dieu, la situation dans laquelle elle s'était fourrée n'était pas drôle du tout. Qu'allait-elle faire ? Elle appuya sa joue chaude contre la vitre, ferma les paupières et tenta de se calmer. Il fallait commencer par le commencement. Elle ne pouvait pas épouser Killin. Dans le bourbier qu'était sa vie en ce moment, cette décision au moins était claire. Si elle n'avait pas rencontré Sebastian, elle aurait pu se forcer à aller jusqu'au bout avec le comte, mais cela aurait été une erreur fatale. Elle devait se rendre à l'évidence : elle était incapable de supporter une existence horrible par simple dévouement. Si cela faisait d'elle une fille dévoyée et ingrate, tant pis.

Hélas, son soulagement d'être enfin arrivée à cette conclusion fut de très courte durée. Refuser la demande en mariage de Killin était une chose ; accepter celle de Sebastian en était une autre. Son mal de crâne quasi omniprésent redoubla d'intensité. Elle l'aimait. Il l'aimait aussi. La décision aurait dû être simple, mais elle ne l'était pas. C'était beau d'envisager un monde où l'amour était roi, mais ce ne serait pas à Sebastian d'en assumer les conséquences. Ce serait à elle, et à elle seule, d'y faire face, et le poids serait considérable. La vie du prêtre ne changerait pas le moins du monde, alors que la sienne serait chamboulée à tout jamais. La lettre de Louise l'avait obligée à affronter une vérité dont elle était consciente depuis le début. Si elle choisissait Sebastian, le prix à payer serait l'isolement total, l'éloignement de sa famille et de tous ses amis. Le monde du pasteur deviendrait le sien. Elle ferait une croix définitive sur son ancienne vie. Sa famille ne prononcerait plus jamais son nom, si ce n'est à l'occasion de murmures offusqués. Elle apprendrait par la presse les mariages, les naissances et même les décès des Montagu. Son exil à Dalkeith lui avait offert un avant-goût de ce que serait son existence. Sauf que cette fois la condamnation serait définitive et sans appel.

Elle ne pouvait s'y résoudre. Le tribut était trop élevé. Est-ce que cela signifiait qu'elle ne l'aimait pas assez ? Peut-être, mais c'était sans importance. Même si les motivations étaient bien différentes, épouser Sebastian était aussi impossible qu'épouser

Killin. Cette constatation simple avait l'évidence d'une vérité absolue. Hébétée, Margaret regarda par la fenêtre, étonnée que la vue demeure inchangée alors qu'elle avait l'impression que son univers venait de basculer.

Les cloches de l'église cessèrent de sonner. Le duc devait être dans son cabinet de travail. Son père était la clé qui permettrait de dénouer l'écheveau dans lequel elle s'était empêtrée. Elle devait le persuader de rejeter la demande en mariage de Killin. Une fois que cette épée de Damoclès ne serait plus suspendue au-dessus de sa tête, elle pourrait trouver le temps et la meilleure stratégie pour refuser les avances de Sebastian en douceur.

Elle allait devoir tenir tête au duc pour la première fois de sa vie. Elle devait persuader son père qu'elle ne repoussait pas la date, une fois de plus, mais qu'elle avait pris une décision adulte, mûrement réfléchie, et que c'était son droit le plus strict d'avoir son mot à dire au sujet de son propre avenir.

Pouvait-elle le faire ? Il le fallait, sinon elle devrait se résigner à appliquer les exigences du duc. Terrifiée mais déterminée, elle fit tinter la cloche pour convoquer Molly et se prépara à affronter le lion dans sa tanière.

Vêtue d'une robe du matin sobre en mousseline bleu pâle, Margaret hésitait devant la porte du cabinet de travail de son père. Cela faisait presque un an jour pour jour qu'il lui avait passé un savon dans cette même pièce, juste avant son exil. Presque six mois s'étaient écoulés depuis la deuxième réprimande à son retour de Dalkeith. Comme elle avait été immature et naïve ! Cette fois, elle devait se montrer calme, logique, cohérente. Elle frappa à la porte et entra sans attendre la permission.

— Margaret !

Son père était assis à son bureau, une plume à la main, un livre de comptes ouvert sur le buvard devant lui.

— Que veux-tu ? Je suis très occupé.

— Bonjour, Votre Grâce. Puis-je m'asseoir ?

Tandis qu'elle prenait place devant le bureau, le duc poursuivit l'examen de ses comptes.

— Alors ?

— Killin m'a informée qu'il avait l'intention de vous rendre visite après le mariage de la princesse Helena.

— Ah !

La plume en métal se posa enfin. Le froncement de sourcils disparut.

— J'espère que tu apprécies à quel point tu as de la chance que cette deuxième opportunité te soit offerte. Killin…

Son père se lança dans l'éloge des qualités du comte, qu'elle ne connaissait que trop bien. Margaret cessa d'écouter. Elle remarqua que les cheveux du duc commençaient à se dégarnir. Il les avait coiffés vers l'avant pour tenter de masquer son début de calvitie, mais le résultat donnait l'impression qu'il portait un chapeau. Ses épais favoris n'étaient plus flamboyants, mais d'un roux terne parsemé de gris. Ses sourcils étaient broussailleux et désordonnés – ils avaient désespérément besoin d'un coup de ciseaux –, et des poils trop longs saillaient de ses narines. Il n'était ni omniscient ni infaillible. C'était un homme comme les autres, accroché à ses habitudes, qu'elle devait persuader d'examiner sa fille récalcitrante sous un jour nouveau.

— Votre Grâce !

Margaret se sentait mal. Ses mains tremblaient. Elle les serra l'une contre l'autre et enfonça les ongles dans ses paumes.

— Je suis venue vous annoncer que je ne vais pas épouser Killin, déclara-t-elle avec fermeté. J'ai essayé. Vous ne pouvez pas me reprocher mon manque d'efforts, mais je ne peux pas me persuader que nous sommes compatibles. Je ne peux pas me sacrifier et accepter une union qui me rendrait malheureuse et, j'en suis convaincue, ne ferait pas non plus le bonheur de mon époux. Je sais que vous n'avez pas envie d'entendre tout ceci, mais il vaut mieux que je vous le dise maintenant que plus tard.

Elle se força à regarder le duc droit dans les yeux, mais ce qu'elle y vit la fit frémir. Un silence long et pesant accueillit ses paroles. L'envie de prendre ses jambes à son cou la démangeait, tandis qu'un tic dans la joue de son père faisait tressauter ses moustaches. Heureusement, son absence de réaction signifiait qu'il digérait ce qu'elle venait de dire. Ce qui signifiait qu'il l'avait écoutée, se raisonna-t-elle. C'était un bon début.

— Comment oses-tu ?

Elle tressaillit, mais refusa de baisser le regard.

— J'ai le droit d'avoir mon mot à dire dans cette affaire, vous devez le comprendre.

— Ce que je comprends, c'est que tu nous as bien roulés dans la farine, ta mère et moi, en nous faisant croire que tu avais changé.

— J'ai tenté de faire ce qu'on attendait de moi, mais je ne veux pas…

— Combien de fois, jeune fille, dois-je te rappeler que tes souhaits sont totalement hors de propos ? Tout ce que ton petit discours m'a prouvé, c'est que tu es ce que tu as toujours été. Une égoïste, totalement insubordonnée, déterminée à ruiner la réputation de notre famille.

— Père ! Ce n'est pas juste. Je voudrais…

— Tais-toi, lui ordonna-t-il sèchement, le visage contracté par la colère. Comment oses-tu m'interrompre ? Tu en as déjà trop dit et rien dans tes propos n'est nouveau pour moi. Tu ne peux pas aimer Killin. Tu ne veux pas le rendre heureux. Combien de fois dois-je supporter ce refrain narcissique ?

— Je vous assure que cette fois c'est différent. Avant…

Sa voix vacilla. *Calme-toi, M.*

— J'admets que je n'ai pas donné à ce mariage toute la considération qu'il méritait lorsqu'il m'a été proposé la première fois. J'ai fait passer mes sentiments d'abord, sans prendre en compte le reste. Cependant, au cours des six derniers mois, je me suis efforcée de dissiper mes réserves, de me persuader d'accomplir mon devoir. J'en suis arrivée à la conclusion que je ne peux tout simplement pas.

— Tu ne *veux* tout simplement pas, tu veux dire. Je pensais avoir été clair la dernière fois. Il n'y avait qu'une seule leçon à retenir : tu dois connaître ta place.

— Je suis votre fille, pas votre objet.

La frustration la rendait imprudente.

— Mon opinion est tout aussi valable que la vôtre dans cette affaire, si ce n'est plus. Épouser Killin serait une énorme erreur. Je ne le ferai pas.

Pendant un long moment, ils se toisèrent du regard. Elle crut même déceler un soupçon d'admiration dans ses yeux, mais il fut vite maîtrisé.

— Qui t'a glissé en tête l'idée que ton opinion a la moindre importance à mes yeux ?

— Je suis parfaitement capable de penser par moi-même.

— Non, quelqu'un a réfléchi à ta place.

Les doigts du duc tambourinèrent sur le buvard.

— Ces visites de charité que tu as faites. À Lambeth, c'est cela ?

— Mère me les a autorisées.

— Je suis au courant, déclara son père avec un sourire glacial. Je ne m'y suis pas opposé parce que je croyais que ces bonnes œuvres étaient inoffensives. Je me demande à présent si je ne me suis pas trompé.

— J'ai énormément appris à Lambeth. Le père Sebastian et sa sœur, Mrs Elmhirst, sont très contents de l'aide que je leur apporte. J'irais même jusqu'à dire que je leur suis utile.

Son père la fixait avec mépris comme si elle était un lombric frétillant qu'il avait découvert en soulevant une pierre. Elle se força à continuer en enfonçant les ongles dans ses paumes.

— J'ai apporté une aide réelle aux paroissiens. Le père Sebastian est convaincu que l'on ne peut pas nourrir l'esprit si le corps est affamé.

— Si je voulais entendre un sermon sur la charité, je serais allé à l'église ce matin.

— Seb… Le père Sebastian et sa sœur pensent qu'il ne suffit pas de distribuer la charité, qu'il faut trouver la cause profonde de la souffrance et s'efforcer de la soulager. J'ai appris beaucoup sur la vraie vie en travaillant à leurs côtés. Assez pour comprendre que j'ai encore beaucoup à apprendre. Dans ce sens, vous avez raison de dire que Lambeth a influencé ma pensée.

— Dans ce cas, vos visites à Lambeth doivent cesser immédiatement.

— Cesser ?

La mâchoire de Margaret se décrocha presque en voyant le tour inattendu que prenait la conversation.

— Mais pourquoi ?

— Parce que je l'ai décidé. Parce que je ne laisserai pas ma fille errer dans Lambeth sous l'influence d'un prêtre renégat. Parce que je frissonne à l'idée de ce que Killin penserait s'il était au courant.

— Il l'ignore. Il n'a aucune raison de le savoir. Ce que pense Killin n'a aucune importance. Je vais à Lambeth parce que je voudrais rendre meilleur le monde qui m'entoure. Je pensais que vous apprécieriez au moins cela. N'est-ce pas ce que vous vous efforcez de faire vous-même ?

— Tu oses comparer tes tentatives pathétiques à mes actions caritatives ?

— Non ! Mais j'ose suggérer qu'il y a des efforts plus louables que d'être l'épouse d'un homme qui ne m'aime pas.

— Et voilà, nous y sommes.

Son père esquissa un sourire.

— Cela n'a jamais été une question de philanthropie, n'est-ce pas, Margaret ? Il s'agit de toi, une fois de plus.

Frustrée, furieuse, et surtout profondément blessée, Margaret se retint de pleurer. Il ne s'intéressait ni à ses sentiments ni à ses désirs. Elle était sa fille, mais il ne l'aimait pas. Il ne l'avait jamais aimée et ne l'aimerait jamais. Elle se leva, les jambes tremblantes, bien décidée à faire une sortie aussi digne que possible.

— Excusez-moi, Votre Grâce.

— Assieds-toi. Je n'en ai pas encore fini avec toi.

Elle resta debout malgré ses jambes flageolantes.

— Peut-être, mais j'en ai fini avec vous. Il n'y a plus rien à ajouter. Je ne suis pas inutile, mais cette discussion l'est totalement.

Le duc l'étudia, bouillonnant d'une sourde colère.

— Père Sebastian Beckwith, c'est bien le nom exact ?

— Pourquoi ?

— Lambeth. Il doit être sous la juridiction de l'archevêque de Canterbury, Charles Longley. Il se trouve que je le connais relativement bien.

— Quel est le rapport avec tout ceci ?

— D'après ce que tu m'as dit, l'archevêque n'aura pas besoin de beaucoup de persuasion pour lui couper un peu les ailes.

— Lui couper les ailes ?

— Un prêtre anglican qui te bourre le crâne d'inepties, t'encourage à défier tes aînés et tes supérieurs, à bafouer délibérément les règles… Visiblement, il est convaincu que les enseignements de la Bible ne s'appliquent pas à lui. Longley va le faire descendre d'un cran ou deux, pour qu'il rentre dans les rangs.

— Non ! Non, ce n'est pas juste ! Les méthodes du père Sebastian ne sont peut-être pas très orthodoxes, mais elles portent leurs fruits. Les gens de Lambeth ont besoin de lui comme il est.

D'un calme exaspérant, le duc la considérait en tapotant le buvard avec sa plume.

— C'est possible. En revanche, ils n'ont certainement pas besoin de toi. La meilleure et la seule façon de te montrer utile est d'épouser Killin.

Les plis de la robe de Margaret dissimulaient ses poings serrés. Elle se força à contenir ses larmes.

— Pour la dernière fois : je n'épouserai pas Killin.

— Tu cesseras tes visites à Lambeth et tu épouseras Killin avant la fin de l'année. *C'est compris ?* demanda son père en détachant les syllabes.

Parfaitement. C'était une horreur. Elle en était malade.

— Je comprends que rien de ce que je dis ne vous fera changer d'avis, lui lança-t-elle, mais je n'épouserai pas Killin. Ni maintenant ni jamais.

Au bord de la nausée, Margaret s'enfuit.

CHAPITRE 18

En ce dimanche, les rues pour rejoindre Lambeth, qu'elle connaissait si bien, lui paraissaient étrangement calmes. Molly s'était opposée à cette visite inopinée, mais elle avait cédé face à la détermination de Margaret. Son père mettrait sans doute son absence sur le compte d'une crise de colère puérile… *s'il* s'en apercevait, ce qui était fort peu probable. Elle n'avait aucune idée de ce que sa mère penserait de son comportement et elle ne pouvait s'en soucier pour le moment. Compte tenu de la conversation qu'elle venait d'avoir avec son père, Margaret devait parler à Sebastian sans délai.

« La meilleure et la seule façon de te montrer utile est d'épouser Killin. » Les paroles du duc résonnaient dans sa tête tandis que le fiacre cahotait sur les pavés.

Elle avait passé sa vie à essayer de se plier aux désirs de son père. Elle avait multiplié les efforts pour tenter d'être la fille qu'il désirait. Quand il lui avait semblé cruel, elle s'était convaincue qu'il savait mieux qu'elle ce qui était juste. Quand il s'était montré froid, elle avait pensé qu'elle n'avait pas mérité son affection. Quand il lui avait dit qu'elle était inutile et égoïste, elle avait tenté de changer. Elle y était *parvenue,* mais cela n'avait pas modifié l'opinion qu'il avait d'elle. Il ne l'aimait pas. Il n'était même pas attaché à elle. S'il l'avait détestée, il aurait fait preuve d'une émotion, mais il l'avait écartée d'un geste, comme on se débarrasse d'un insecte agaçant. Il était totalement indifférent à la tourmente que ses mots cruels avaient provoquée en elle. Il avait un cœur de pierre. Mais ce n'était pas son cas. Il n'était plus question de persuader gentiment Sebastian que l'idée de leur mariage était un rêve impossible ; elle devait agir au plus vite avant que son père ne mette en péril ce que le prêtre avait de plus précieux : sa mission à Lambeth.

Ce matin-là, elle s'inquiétait encore d'être fiancée à deux hommes à la fois. D'ici la fin de la journée, elle n'aurait plus de lien ni avec l'un ni avec l'autre. Dans ce tourbillon d'émotions brillait une petite lueur de soulagement. Même si le duc l'avait obligée à précipiter les choses, elle avait déjà décidé d'informer Sebastian qu'elle ne pouvait l'épouser. C'était le bon choix, celui qui les épargnerait tous les deux. Grands dieux, si son père faisait appel à ses contacts pour forcer Sebastian à *rentrer dans le droit chemin* simplement parce que le pasteur l'avait encouragée à faire valoir son opinion… Le duc le ferait exiler en Afrique si elle évoquait le mariage.

Tremblante, Margaret descendit du fiacre devant le presbytère et rassembla ce qui lui restait de courage. Quoi qu'il advienne, elle était déterminée à éviter la chute de Sebastian. Il était temps de lui ôter ses illusions romantiques.

Esther ouvrit la porte.

— Lady Margaret ! Et Molly, bien sûr.

Elle les pria d'entrer.

— Quelle bonne surprise. Nous ne vous attendions pas aujourd'hui. Mrs Elmhirst est à l'hôpital des enfants, mais le père Sebastian se trouve dans son bureau pour préparer les vêpres. Puis-je vous apporter du thé ?

— Non, merci.

Margaret remarqua qu'Esther et Molly échangeaient un regard lourd de sens, mais elle était trop préoccupée par la discussion qui l'attendait pour se demander ce que cela pouvait signifier. Elle n'était pas parvenue à convaincre son père ; elle n'échouerait pas avec le pasteur. Elle persuaderait Sebastian qu'ils n'auraient jamais d'avenir ensemble.

Il était assis à son bureau, les manches de sa chemise retroussées, son manteau jeté sur le dossier de la chaise. La lumière du soleil qui entrait par la fenêtre jetait des reflets dorés dans ses cheveux châtains, ébouriffés comme toujours, car il avait pour habitude d'y passer les mains.

— Margaret !

Il lâcha sa plume et traversa la pièce à grands pas pour venir à sa rencontre.

— Comme cela me fait plaisir. Je ne m'attendais pas à vous voir.

Son sourire s'évanouit lorsqu'elle détourna le baiser du prêtre vers sa joue.

— Qu'y a-t-il ? Vous êtes blanche comme un linge. Vous êtes souffrante ?

Margaret retira son bonnet et ses gants, et prit sa place habituelle en face de lui.

— Je sais que c'est votre journée la plus chargée et je suis vraiment désolée d'arriver à l'improviste, mais j'ai quelque chose d'urgent à vous annoncer.

— Cela ne présage rien de bon.

— Non.

Atténuer le choc était impossible.

— Je ne peux pas vous épouser.

— Je sais que vous ne pouvez pas m'épouser *maintenant,* mais comme nous en sommes convenus je suis prêt à attendre...

— Sebastian, je ne peux *pas* vous épouser. Ni maintenant ni jamais. Je suis vraiment désolée.

— Je ne comprends pas. Que s'est-il passé pour que vous changiez d'avis ?

Il voulut se lever, mais elle secoua la tête, lui faisant signe de se rasseoir. Mentionner sa discussion avec son père ne ferait que compliquer les choses. La dispute l'avait forcée à accélérer sa décision, mais en réalité elle était déjà prise.

— Mes parents m'ont fait venir à Londres pour une seule raison : faire un bon mariage.

— Et notre union serait considérée comme un piètre substitut, conclut-il avec regret. Je le comprends très bien, c'est pour cela nous avons décidé d'attendre que vous soyez majeure et que vous puissiez agir à votre guise.

En fait, elle n'avait jamais formellement accepté leur union. Elle avait espéré, elle avait rêvé, mais elle n'avait jamais dit oui. En revanche, elle n'avait pas dit non et ne lui avait même pas fait part de ses doutes de plus en plus pressants. Elle s'en voulait à présent. Margaret serra les mains plus fort. Il était temps de mettre les choses à plat.

— Si je vous épousais, mon père ne me pardonnerait jamais.

— Vous exagérez sûrement. Il fulminera et lancera des paroles en l'air, c'est le propre de ce genre d'homme. Il vous évitera peut-être pendant un moment, par fierté, mais vous êtes sa fille. Il reviendra à la raison ; il ne vous reniera pas complètement.

— Si, et il insistera aussi pour que ma mère, mes sœurs et mes frères fassent de même. J'ai gardé la tête dans le sable trop longtemps. Attendre ne changera pas le fait que notre mariage ne sera pas accepté.

— Mais si on le présente comme un fait accompli…

— Alors, je serai morte à leurs yeux. Pour toujours.

Sebastian avait l'air consterné.

— J'imaginais que cela provoquerait un tollé, mais…

Il s'interrompit et secoua la tête.

— Je ne peux pas croire qu'ils se montreraient si inflexibles.

— Je crains que vous ne deviez vous en convaincre. Je suis désolée de vous l'annoncer si soudainement, mais je ne peux pas en toute conscience vous laisser le moindre espoir que notre union se concrétise un jour.

— Vous vous montrez donc cruelle par… gentillesse, c'est cela ? répliqua-t-il avec un petit rire sec.

— J'essaye de nous épargner à tous deux une déception inévitable et la douleur qui l'accompagnerait, rétorqua Margaret d'une voix faible.

— Oh non, c'était injuste de ma part. Vous ne méritez pas…

Sebastian pesta dans sa barbe, puis rougit.

— Je vous demande pardon. Si ce que vous dites est vrai, je me suis bercé d'illusions trop longtemps.

— Moi aussi. Mais j'ai les pieds sur terre, maintenant.

— Je ne sais pas quoi dire…

— Il n'y a rien à ajouter.

Alors qu'elle retenait ses larmes, il repoussa sa chaise et l'attira dans ses bras. Elle posa la joue sur l'épaule du pasteur et ferma les paupières. Elle s'imprégna de son odeur familière, s'abandonna au réconfort de sa main sur ses cheveux.

— N'y a-t-il vraiment aucun espoir ? s'enquit-il.

Elle releva la tête pour croiser son regard dévasté. Il aurait été cruel de lui parler des menaces de son père et inutile désormais, car, malgré sa question, elle sentait qu'il commençait à accepter la situation. En son for intérieur, avait-il, lui aussi, des doutes ? se demanda-t-elle. Cela n'avait plus la moindre importance.

— Je suis désolée.

Ses bras se resserrèrent autour d'elle.

— Que vais-je faire sans vous ?

Sa voix n'avait pas son timbre habituel, il semblait bouleversé. Margaret le serra à son tour.

— Je suis vraiment, sincèrement, désolée.

Elle le sentit inspirer profondément avant de l'écarter.

— Ai-je eu tort d'oser tomber amoureux de vous ?

— C'était une erreur de ma part de nous permettre à tous les deux de rêver. Je vous aime, mais au fond de moi j'ai toujours su que notre histoire n'avait pas d'avenir, même si j'avais très envie d'y croire. Je m'en veux d'avoir à vous l'annoncer de cette façon. J'aurais dû m'y prendre plus tôt.

— Vous avez tenté de me le faire admettre dès le début, mais je n'ai pas voulu vous écouter.

Les cheveux de Sebastian étaient retombés sur son front. Elle eut envie de les repousser.

— Vous allez terriblement me manquer.

— Et vous me manquerez… plus que je ne saurais le dire.

— Et Susannah aussi. Vous lui direz au revoir de ma part ?

Sebastian acquiesça en se mordant fortement la lèvre. Margaret eut l'impression qu'un étau lui serrait le cœur en voyant l'effort qu'il déployait pour se contrôler.

En deux enjambées, elle serait à nouveau dans ses bras. Une dernière étreinte, un dernier baiser pour se souvenir de lui, c'est tout ce qu'elle désirait.

Il se pencha, sa bouche s'approcha de la sienne, mais il se ravisa et déposa un chaste baiser sur son front, avant de se détourner.

— Partez maintenant, je vous en supplie. Au revoir, Margaret. Que Dieu vous bénisse et veille sur vous.

Chapitre 19

— Ma décision n'a été prise ni à la légère ni à la hâte. J'ai retourné la question dans tous les sens. Le choix qui s'offre à votre fille est simple. Vous allez le lui exposer et, quand vous aurez été informée de sa réponse, j'agirai en conséquence.

Charlotte comprit, à la moue déterminée de son mari, à ce ton brusque qu'il utilisait si rarement avec elle, que toute protestation aurait été vaine.

— Je ne savais pas que Margaret avait l'intention de vous parler hier.

— De toute ma vie, personne ne s'est jamais adressé à moi de cette manière.

Walter cassa en deux la plume qu'il serrait entre ses doigts.

— Franchement, je doute que vous parveniez à lui faire entendre raison. Elle s'est montrée rétive jusqu'au bout. Cependant, je ne suis pas un tyran, quoi qu'elle en pense. Je vais lui accorder une dernière chance de faire ce qui est attendu d'elle. Si elle la rejette, elle devra en assumer les conséquences.

— Mais, Walter…

— Non. Je ne veux plus jamais la voir. Je ne tolérerai même pas sa présence dans le même pays que moi.

Le duc se leva.

— Ne laissons pas notre fille se dresser entre nous, Charlotte. Nous devons maintenir un front uni, comme toujours. Si vous voulez bien m'excuser, j'ai une réunion à la Chambre des lords à préparer. J'attends une décision, dans un sens ou dans l'autre, à mon retour.

Charlotte n'eut d'autre choix que de souhaiter une bonne journée à son mari et de quitter son cabinet de travail. Qu'est-ce qui avait bien pu pousser Margaret à se lancer dans cet entretien précipité ? L'absence de la duchesse n'avait rien arrangé : elle avait passé la journée avec Lady Cecil Kerr après la messe. Quand elle était rentrée, elle n'avait pas été surprise de trouver un message de Walter l'informant qu'il dînait à son club, ce n'était pas inhabituel. Et le mal de tête que Margaret avait prétexté était une excuse si courante ces derniers jours que sa mère n'avait pas jugé bon d'aller la voir.

Quelle différence cela aurait-il fait de toute façon ? Se rappelant le visage sévère de Walter et son ton implacable, la duchesse fut forcée d'admettre que le mal était fait. Son mari avait pratiquement reconnu que l'alliance avec Killin n'aurait pas lieu, alors que Walter était décidé, depuis le début, à ce que cette union soit célébrée. Margaret devait être vraiment obstinée pour l'avoir défié sur ce point. Lasse, prise d'un horrible pressentiment, la duchesse décida qu'il était inutile de retarder l'inévitable.

Margaret, toujours en robe de chambre, bondit de la banquette sous la fenêtre lorsque Charlotte entra dans sa chambre.

— Mère ! Je suis désolée de ne pas être encore habillée, j'ai mal à la tête.

— Je ne suis pas étonnée. Je sors d'un entretien très désagréable avec ton père.

Le peu de couleur qui restait sur le visage de sa fille disparut.

— Vous a-t-il dit que je n'épouserai pas Killin ?

— Tu as été très claire là-dessus, apparemment. Viens ici que je t'examine de plus près.

Charlotte releva le visage de sa fille et observa les cernes autour des yeux rouges de Margaret et son teint grisâtre.

— Est-il toujours furieux ? s'enquit Margaret.

— Non, c'est le contraire. Le duc est très calme et décidé à sceller ton sort d'une manière ou d'une autre.

Charlotte guida sa fille vers le canapé près de l'âtre éteint et prit place dans un fauteuil face à elle. Elle maudit intérieurement Walter de lui avoir laissé le soin d'exposer sa décision impitoyable.

Margaret affichait un air entêté.

— Je suis désolée, mère, mais si père vous a chargée de me faire changer d'avis vous perdez votre temps.

Sachant parfaitement ce que cette prise de position signifiait, Charlotte frémit intérieurement.

— Qu'est-ce qui t'a pris de précipiter les choses ? Tu as passé ces six derniers mois à essayer de convaincre Killin que tu étais prête à l'épouser.

— Et à tenter de *me* convaincre.

— Oui, c'est vrai, reconnut sa mère. Je te pose donc de nouveau la question : pourquoi maintenant ?

Margaret évitait soigneusement son regard.

— Ton père semble penser que Mrs Elmhirst et son frère ont quelque chose à voir avec cela, insista la duchesse.

— Il reproche à Sebastian de me bourrer le crâne de bêtises. Il a menacé de parler à l'archevêque de Canterbury « pour le faire descendre d'un cran ou deux », pour utiliser son expression.

C'était nouveau ! Qu'est-ce que Walter avait omis d'autre dans le récit de leur conversation ?

— Je ne pouvais pas le laisser faire.

Une larme roula sur la joue de Margaret.

— Je suis allée voir Sebastian une dernière fois. J'ai emmené Molly. Elle a tenté de m'en empêcher, mais j'étais déterminée. Vous ne devez pas lui en vouloir. S'il vous plaît, ne dites rien à père.

— Je te promets que pas un mot de notre discussion ne sortira d'ici, si tu me confies la vérité.

Charlotte attendit, mais sa fille la fixa sans rien dire en se mordillant la lèvre.

— Très bien. Je vais te dire ce que je pense, car cela me semble évident, même si cela ne l'est pas pour Sa Grâce. C'est à cause du père Sebastian que tu es soudainement totalement opposée à ce mariage avec Killin, n'est-ce pas ? Il n'a pas influencé ta pensée, mais ton cœur. C'est bien cela ?

La lèvre de Margaret se mit à trembler.

— Tu crois être amoureuse de cet homme, continua Charlotte avec douceur. Ai-je raison ?

Une seconde larme suivit la première.

— Je ne laisserai pas père le détruire.

— Ton père ne soupçonne pas la nature de tes sentiments et je te promets que je ne la lui révélerai pas. Es-tu amoureuse de ce prêtre ?

Margaret la regarda longtemps, les yeux écarquillés, avant de se mettre à sangloter. Désemparée, Charlotte s'assit à côté de sa fille et passa maladroitement un bras autour d'elle. Après ce qu'elle avait lu entre les lignes du récit de son mari, les pires craintes de la duchesse venaient d'être confirmées. Il ne servait à rien d'essayer de persuader sa fille d'épouser Killin. Maudits soient Walter et ses ultimatums !

Finalement, les pleurs de Margaret se transformèrent en hoquets et elle releva la tête.

— Votre robe est mouillée par ma faute.

— Ne t'en fais pas pour cela.

Charlotte lui tendit son mouchoir.

— Te sens-tu prête à m'en dire un peu plus sur ce qui s'est passé entre cet homme et toi ?

— À quoi bon, maintenant que c'est terminé ? Je l'aime et il m'aime, et il m'a demandé de l'épouser, mais je lui ai dit hier que c'était impossible et que nous nous étions bercés d'illusions.

La jeune femme se frotta les yeux.

— Sebastian a finalement accepté le fait que père ne cédera jamais, quoi qu'il arrive. Je n'ai donc pas eu besoin de l'avertir que, si nous nous mariions, le duc nous exilerait dans une mission à l'étranger. C'est ce qu'il ferait, n'est-ce pas ?

Charlotte ne tenta pas de le nier. Elle haussa les épaules en signe d'impuissance.

— C'est bien ce que je pensais, reprit Margaret. Sebastian serait bouleversé s'il était forcé de quitter Lambeth. Je ne me pardonnerais pas si cela arrivait par ma faute.

Elle le dit sans s'apitoyer sur son sort. La duchesse considéra sa fille avec un respect nouveau.

— C'est très altruiste de ta part.

Margaret tordait son mouchoir trempé autour de ses doigts.

— Avant de parler au duc hier, j'avais décidé que je ne pourrais jamais épouser Sebastian. J'avais prévu de rompre en douceur, en prenant le temps.

— Mais les menaces de ton père t'ont forcée à agir précipitamment, n'est-ce pas ?

Le cœur de Charlotte se serra davantage.

— Oh ! ma chère, je ne peux pas excuser ton comportement, mais je trouve difficile de le condamner.

— Père n'a pas les mêmes scrupules.

La duchesse se prépara à ce qu'elle devait annoncer.

— Non, j'en ai bien peur.

— Il ne m'aime pas. Il ne se soucie même pas de moi. Il a été très clair, hier.

Et il l'avait été tout autant le matin même. Walter n'appréciait pas du tout sa deuxième fille, même si Charlotte commençait à croire qu'ils la sous-estimaient largement depuis des années. Le cœur de la duchesse saignait à l'idée de ce qui attendait sa fille. Elle avait envie de se rebeller contre la tâche ingrate que lui avait confiée son mari, mais des décennies à accomplir son devoir étaient une charge dont il était difficile de se débarrasser.

— Je suis désolée, commença-t-elle, incapable de trouver autre chose à dire.

Malgré ses efforts, son expression avait dû la trahir.

— Vais-je de nouveau être envoyée en exil ?

— J'en ai bien peur.

— Puis-je demander quand ?

— Tout de suite après le mariage royal.

— Après ! Mais il a lieu dans plusieurs semaines et je suis censée assister à un bon nombre de bals et de fêtes d'ici là. Est-ce que père a l'intention de me torturer en plus de me punir ? Je préférerais partir maintenant, s'il le faut vraiment. Et qu'en est-il de Killin ?

— Ton père s'occupera de lui.

— Mais comment ? Quand ? S'il lui annonce et que je suis forcée de rester dans la société, pouvez-vous imaginer l'humiliation ? On me considérera comme celle qui jette ses prétendants comme de vieux mouchoirs.

— Je suis sûre que Killin se comportera en gentleman, lui assura Charlotte sans grande conviction. Personne ne pourra te coller la moindre étiquette, car aucune annonce n'a été faite. Killin a sa dignité à protéger…

— Il se fera un devoir de me snober. Mère, je vous en prie, ne me demandez pas d'endurer cela en plus de tout le reste.

Margaret se cramponna à la manche de la duchesse.

— S'il vous plaît, si je dois être envoyée loin d'ici, je préfère que ce soit sans délai.

— Je suis désolée.

Charlotte se força à détacher la main de sa fille.

— La liste des demoiselles d'honneur a été publiée. Tu as le privilège d'en faire partie. Tu vas devoir faire montre d'un comportement exemplaire au cours des prochaines semaines. Nous ne pouvons risquer d'offenser Sa Majesté en t'exilant avant que tu n'aies accompli tes devoirs liés au mariage royal.

— Et, après la cérémonie, où irai-je ? Je retourne à Dalkeith ?

La duchesse prit une profonde inspiration.

— Je n'ai aucune idée de ton lieu de résidence. Ton père ne m'a pas confié ce choix, malheureusement. Margaret, je dois te dire qu'il a décidé de ne plus te considérer sous sa responsabilité. Définitivement. Il ne veut plus t'héberger sous son toit. Dans aucune de ses propriétés.

« Je ne veux plus jamais la voir. Je ne tolérerai même pas sa présence dans le même pays que moi. » Il aurait été trop cruel de répéter ces mots.

— Ne t'attends à aucun pardon, que ce soit maintenant ou plus tard, et tu comprends…

La voix de la duchesse se brisa. Elle se ressaisit.

— Tu comprends que je dois appliquer la décision du duc. Je peux juste essayer d'adoucir le coup qu'il te porte.

— Comment ?

— Ma chère, je ne sais pas encore, mais je trouverai.

— *Ex adversis dulcis. Ex adversitas felicitas*, récita Margaret avec un petit sourire triste.

— De l'adversité naissent la force et le bonheur.

Ironie du sort, c'était l'une des citations préférées de Walter.

— Je prie pour qu'il y ait une part de vérité dans tout cela.

— Moi aussi, mère. Je sais que j'ai mis votre loyauté à l'épreuve et je suis profondément désolée de vous avoir bouleversée.

La voix de Margaret tremblait, mais la dignité de la jeune femme était impressionnante. Les larmes montèrent aux yeux de sa mère, qui ne tenta pas de les cacher lorsqu'elle tira Margaret vers elle pour la serrer avec force.

— Tu es ma fille et tu le seras toujours. Où que tu te retrouves, quoi qu'il arrive, tu ne dois jamais l'oublier.

Susannah Elmhirst à Lady Margaret

Le presbytère, Lambeth, 20 juin 1866

Ma très chère Margaret,

J'espère que vous pardonnerez ma façon informelle de m'adresser à vous, mais je ne peux penser à vous d'une autre manière. J'essaye de rédiger cette lettre depuis dimanche, quand je suis arrivée à la maison et que je suis tombée sur mon frère dans un état lamentable, mais j'ai eu tant de mal à trouver les mots justes ! Sebastian m'a rapporté l'essentiel de la douloureuse conversation que vous avez eue. J'avoue que j'avais deviné le tour qu'avait pris votre relation, mais j'ignorais qu'il ~~avait été assez stupide pour être~~ était allé jusqu'à se déclarer. Mon frère est pragmatique et sait parfaitement comment fonctionne le monde, mais il a un côté romantique et n'a pas la moindre idée des espoirs que votre famille a placés en vous. ~~J'ai été surprise d'apprendre que vous l'aviez laissé se bercer d'illusions.~~ Même si cela a dû être difficile, je pense que vous avez pris la bonne décision, pour votre bien à tous les deux.

Sebastian s'est jeté à corps perdu dans ses fonctions paroissiales. Je vous connais suffisamment, Margaret, pour supposer que son bien-être est votre préoccupation première.

Soyez assurée que je prendrai soin de lui comme je l'ai toujours fait. Il ignorait totalement quels étaient vos projets. Quels qu'ils soient, j'espère qu'un jour nous nous reverrons.

Ce fut un privilège et un plaisir de vous connaître.

Cette lettre a été très difficile à écrire. Si je peux faire quoi que ce soit pour vous, aujourd'hui ou plus tard, n'hésitez pas à me le demander. Je vous considère comme une amie et vous me manquerez beaucoup.

Avec mes meilleurs vœux pour le futur,

Susannah Elmhirst

The Morning Post, jeudi 28 juin 1866

RÉFORME OU RÉBELLION ?

Il y a deux jours, les amendements proposés par les whigs pour le Reform Bill, la loi de réforme électorale, ont été rejetés, entraînant la chute du gouvernement du comte Russell. Nous ne cachons pas nos objections à ce projet de loi, qui aurait étendu le droit de vote bien au-delà de ceux qui, à notre humble avis, sont les mieux placés pour l'exercer. Cependant, les membres de la Reform League ne sont pas d'accord avec notre position et, selon des informations fiables, ils ont l'intention d'organiser un certain nombre de rassemblements dans la capitale cet été.

Nous nous demandons si cet esprit de rébellion n'a pas également germé chez certains membres du sexe faible. Le duc de B***, fidèle tory et farouche adversaire de la réforme, aurait-il élevé une rebelle dans sa propre maison ? L'alliance tant attendue entre la deuxième fille de Sa Grâce, Lady M***, et un certain comte écossais semble avoir échoué. Le comte de K***, qui avait prêté une attention particulière à la jeune lady, a brillé par son absence à ses côtés lors des derniers événements mondains. Nous avons appris de source sûre que, bien que le gentleman et le duc fussent d'accord, la jeune lady n'était pas de leur avis. Nous vous recommandons de vous opposer à la réforme qui gronde en votre foyer, Votre Grâce, et de montrer l'exemple à tous en ces temps turbulents. Les traditions et l'autorité doivent être rétablies.

CHAPITRE 20

Château de Windsor, jeudi 5 juillet 1866

— Si vous ne retrouvez pas rapidement l'appétit, vous risquez d'être emportée par une rafale, fit remarquer Molly.

La femme de chambre procédait à des ajustements de dernière minute sur le corsage de Margaret.

— Voyons ce que ça donne.

Margaret se tint debout avec apathie, tandis qu'on la drapait, dans différentes couches de tissu blanc chatoyant d'abord, puis de tulle de la même couleur, et enfin d'étoffe argentée. Une abondance de roses roses, de myosotis et de bruyère blanche décorait la création tarabiscotée. Les mêmes fleurs avaient été tressées en couronne pour ses cheveux afin de soutenir le long voile de tulle. Molly examina son travail d'un œil critique et y apporta quelques ultimes retouches avant de hocher la tête.

— Ça ira.

— Merci.

Margaret prit la femme de chambre dans ses bras.

— Oh ! Molly, je ne sais pas ce que je vais faire sans vous.

— Ne vous inquiétez pas pour moi.

Molly renifla en se tamponnant les joues sans ménagement.

— Je vais m'en sortir. J'ai quelques économies et Sa Grâce a été très généreuse.

Elle se mit à emballer le nécessaire de toilette de Margaret.

— Pour tout vous dire, je n'ai pas le cœur à travailler pour une autre lady. Ce ne serait pas pareil. Un cottage à la campagne, voilà ce que j'ai en tête. Je ferai un peu de couture pour rester à l'abri du besoin.

— Grands dieux ! N'allez-vous pas vous sentir seule ? Vous êtes tellement habituée à vivre entourée de gens.

— Eh bien, en fait, je ne serai pas seule.

Molly continuait à ranger brosses et flacons.

— Esther avait envie de changement, elle aussi. En mettant en commun nos ressources, nous serons assez à l'aise.

— Vous allez vous installer avec Esther ! C'est merveilleux ! s'exclama Margaret, soulagée, bien qu'un peu décontenancée. Pourquoi rougissez-vous ?

Molly ouvrit la bouche pour dire quelque chose, puis se ravisa.

— C'est ce que nous voulons, Esther et moi, et ça ne regarde personne d'autre.

— Oui, bien sûr, acquiesça Margaret, encore déconcertée. Je ne vois d'ailleurs pas pourquoi quelqu'un y trouverait à redire.

— Non, je suis sûre que vous ne voyez pas, que Dieu vous bénisse. Ne vous occupez pas d'Esther et de moi pour le moment, milady. Je vais dire le fond de ma pensée, puisque c'est mon dernier jour au service de Sa Grâce. Vous avez eu tort de vous mettre dans une situation pareille avec le père Sebastian, mais vous vous en êtes dégagée avant qu'il ne soit trop tard. Je sais que ça a été très dur pour vous et, d'après Esther, le père Sebastian fait peine à voir, mais vous avez pris la bonne décision et j'espère que vous le réaliserez avec le temps.

— J'en suis déjà bien consciente. Cela aurait été une grosse erreur pour tous les deux. Mais mon père n'est pas au courant de la demande en mariage de Sebastian, Molly. On me bannit de la maison parce que je refuse d'épouser Killin.

— Eh bien, dans ce cas, je pense que Sa Grâce vous traite de façon scandaleuse ! se récria-t-elle. Je sais mieux que quiconque quels efforts vous avez consenti à fournir.

— Ce qui ne m'a pas empêchée d'échouer. Et maintenant je suis punie.

Margaret ne voulait pas pleurer : c'était probablement la dernière fois qu'elle verrait Molly. La jeune femme esquissa un petit sourire désabusé.

— Ma mère s'est arrangée pour que je parte en Irlande. Elle a fait appel à son amie Lady Londonderry. Je vais séjourner chez Lady Powerscourt, qui a épousé le fils de Lady Londonderry, né de son premier mariage. Cela va me changer.

— Ça, on peut le dire.

Molly pinça les lèvres.

— Vous êtes plus forte que vous n'en avez l'air, milady, ne l'oubliez pas. À quelque chose malheur est bon, comme on dit. L'expérience m'a appris qu'on doit saisir le bonheur là où on le trouve.

— Je m'efforcerai de garder ce conseil à l'esprit. J'espère qu'Esther et vous serez très heureuses. Vous le méritez.

Margaret embrassa Molly sur la joue.

— Filez, maintenant, recommanda la femme de chambre, et attention à ne pas piétiner votre robe. Il est midi moins cinq et nous avons reçu des instructions strictes : vous devez être rassemblées dans le couloir devant les appartements de la reine pour midi.

Molly plaqua un sourire sur son visage.

— Je ne vous dis pas adieu, car j'espère que nos chemins se croiseront de nouveau un jour.

Avec un sanglot étouffé, Molly remonta son tablier sur son visage. Avant de s'enfuir, Margaret déposa dans les mains de sa femme de chambre son cadeau : un médaillon en or. Les yeux de la jeune femme piquaient, mais elle voulait qu'ils restent secs. Il y aurait assez de temps pour les larmes plus tard. Elle ne laisserait personne être témoin de sa détresse et surtout pas son père, qui attendait avec les autres invités d'honneur en bas dans le salon blanc.

Elle avait l'intention d'accomplir dignement ce dernier devoir pénible.

Alors qu'elle allait rejoindre les autres demoiselles d'honneur, Margaret fut assaillie par les souvenirs de moments plus heureux passés à Windsor en compagnie de Louise. Elle avait l'impression d'entendre résonner dans les couloirs le rire de la princesse, qui ressemblait à des clochettes qui s'entrechoquent.

Combien de dîners prétendument informels Margaret avait-elle endurés, forcée de s'asseoir à côté du plus ennuyeux des courtisans de la reine parce qu'elle était la dernière à pénétrer dans la salle à manger, n'ayant pas le culot de Louise pour dépasser tout le monde et s'octroyer une place de choix auprès des convives les plus distrayants ? Combien d'heures avaient-elles passées toutes les deux dans les appartements de Louise, à glousser des potins de la cour, à échanger des confidences de jeunes filles ou à simplement être ensemble, Margaret se prélassant sur un canapé avec un chien, tandis que Louise dessinait ? Les souvenirs de ces moments se confondaient, et bientôt il n'y en aurait plus de nouveaux.

Repoussant cette vague de mélancolie, Margaret afficha un sourire de circonstance pour rejoindre les demoiselles d'honneur. La princesse Helena devait être conduite à l'autel de la chapelle privée de Windsor par la reine d'un côté et le prince de Galles de l'autre. La toilette de Lenchen ne flattait pas sa silhouette un peu courtaude, pensa Margaret alors qu'elle attendait que l'imposant cortège se forme. La robe en satin blanc garnie d'une abondante dentelle de Honiton, ornée de fleurs d'oranger et de myrte, donnait à la mariée l'apparence d'un dessert de crème fouettée et de sucre filé. Pour ne rien arranger, on aurait dit qu'elle avait été saupoudrée de diamants et d'opales, et sa traîne était si longue qu'elle risquait de basculer en arrière. Cependant, la princesse rayonnait de bonheur et ne cachait pas son impatience à embrasser la vie conjugale.

Les hérauts et les écuyers, les maréchaux et les chambellans prirent la tête de la procession vers la chapelle. Venaient ensuite les membres des deux familles royales, dont Louise, très pâle, mais toujours aussi élégante. Margaret se prépara à ce que son amie lui adresse un clin d'œil, lui jette un regard discret ou à tout le moins hausse un sourcil de façon suggestive, mais elle joua les altesses royales et ne laissa pas entrevoir qu'elle l'avait aperçue. Les lettres que la princesse lui avait envoyées de Balmoral étaient tellement dépourvues d'intérêt qu'il était évident que sa correspondance était surveillée. C'était peut-être leur dernière chance, avant de nombreuses années, de se parler face à face. Margaret priait pour que son amie ait de meilleures nouvelles à lui annoncer que les siennes.

Ce fut au tour des dignitaires étrangers de faire leur entrée, parmi lesquels le roi et la reine de Belgique, suivis par des dames du palais et des gentilshommes de la chambre, qui formaient un ensemble impressionnant. Ensuite vinrent les messieurs de la maison royale de la reine, dont le précieux lieutenant Stirling de Louise, resplendissant dans son uniforme, si droit et correct qu'il était impossible de l'imaginer coupable d'un comportement scandaleux. Cette liaison était-elle le fruit de l'imagination débordante de son amie ou une plaisanterie née de son sens de l'humour excentrique ? Non. Le désespoir dont Louise avait fait preuve dans cette lettre sincère semblait bien réel.

Le marié était précédé de son propre cortège de notables. Le prince Christian de Schleswig-Holstein-Sonderburg-Augustenburg était plus petit que son patronyme. D'âge moyen, chauve et affublé d'une moustache, c'était un soupirant improbable pour l'énergique Lenchen. Mais d'après Louise la princesse était ravie du mari choisi par sa mère. Le couple devait s'installer à Frogmore Cottage, juste à côté de Sa Majesté, ce qui permettrait à Helena de continuer à servir de secrétaire à la reine. Louise était donc elle aussi contente d'accueillir le prince Christian dans la famille.

Alors que Margaret se demandait si la petite chapelle pouvait encore contenir du monde, Sa Majesté et le prince de Galles s'avancèrent pour mener Lenchen à l'autel, et les demoiselles d'honneur, suivies par des membres moins éminents des maisons royales, entrèrent enfin en file indienne dans la chapelle au son de la marche de *Scipione* de Haendel.

Les bancs de la chapelle gothique étaient pleins à craquer. D'autres invités et dignitaires étaient également entassés sur le petit balcon à l'étage et debout sous le porche près de l'entrée. Le soleil filtrait à travers les grands vitraux bleu et doré au-dessus de l'autel, s'ajoutant à la chaleur déjà étouffante. Le nez de Margaret la chatouillait à cause des effluves de parfums, de sueur, de poussière, de cire d'abeille et de fleurs d'oranger, mais avec un effort surhumain elle parvint à réprimer un éternuement.

L'archevêque de Canterbury présidait la cérémonie. Charles Longley ne ressemblait pas à l'image qu'on aurait pu se faire de l'ennemi juré de Sebastian. Visage carré, rasé de près et chauve, on aurait plutôt dit un personnage sympathique sorti d'un roman de Dickens. Elle ne l'imaginait pas passer un savon au pasteur et encore moins l'expédier en Afrique. Ce qui lui rappela que c'était elle qui devait être exilée dans une contrée sauvage.

Lenchen sourit timidement à son futur époux. Margaret passa en revue les invités, cherchant à repérer ses parents. La tête de sa mère était inclinée, comme si elle priait, mais le visage de son père était figé, le regard fixé sur le couple à l'honneur. Il ne lui avait pas adressé le moindre mot depuis leur terrible affrontement final. Si elle dînait à la maison, il mangeait à son club. Les rares occasions où il avait été forcé d'assister à un événement en compagnie de sa fille, il s'y était rendu dans une voiture séparée. S'il lui arrivait d'entrer dans une pièce où elle était présente, il faisait comme si elle n'était pas là.

Après ce mariage, elle serait rayée de l'histoire de la famille. Des années plus tard, lorsque les petits-enfants de Lenchen regarderaient les photos de la cérémonie, Margaret ne serait plus qu'une oubliée, un personnage secondaire.

« Oh ! c'était une amie de Louise, pourrait dire Lenchen. Je n'ai aucune idée de ce qu'elle est devenue. »

Pour le duc, cette journée était la dernière de Margaret sur terre. Elle irait pourtant jusqu'au bout sans s'effondrer. Elle ne l'avait pas fait une seule fois en sa présence et n'était pas près de supplier pour obtenir sa grâce. Sa dignité était tout ce qui lui restait, et elle s'y accrocherait quoi qu'il en coûte.

La bénédiction finale fut administrée. La princesse Helena et le prince Christian étaient désormais mari et femme. Margaret se rappela qu'elle avait au moins échappé à Killin. Mieux encore, si son père devait la reléguer aux oubliettes de l'histoire comme la fille-qui-n'avait-jamais-existé, n'aurait-elle pas le champ libre pour faire ce que bon lui semblait ?

Courage, M. !

Alors qu'une marche retentissait dans la chapelle, Margaret souleva la traîne de la mariée et se prépara à accomplir ce qui pourrait être son dernier devoir dans la société.

Plus tard, au cours de la réception, Margaret saisit Louise par le bras.

— Enfin ! Je commençais à croire que tu m'évitais.

La jolie bouche de Louise se pinça.

— Viens avec moi.

Elle jeta un coup d'œil par-dessus son épaule et la conduisit jusqu'à la fenêtre, tirant un peu le rideau pour les dissimuler.

— Je ne suis pas censée fraterniser avec toi. La reine a toléré ta présence comme demoiselle d'honneur de Helena uniquement parce qu'elle ne voulait pas risquer de mauvaise publicité autour du mariage… ce qui aurait pu se produire, si elle t'avait écartée à un stade aussi avancé.

Margaret l'avait deviné, car les autres demoiselles d'honneur s'étaient montrées ostensiblement distantes avec elle, mais ce fut comme une gifle d'en avoir la confirmation.

— C'est à cause de cet article dans le *Morning Post*, je suppose.

Louise soupira.

— Entre autres…

— J'aimerais que la presse me laisse tranquille.

— Alors tu devrais arrêter de lui donner du grain à moudre. La reine était furieuse quand on lui a rapporté les faits et… Ne me regarde pas comme ça, M., ce n'était pas ma faute. Tu *sais* comment sont les maudits courtisans qui l'entourent : ils semblent se délecter dès qu'ils peuvent annoncer de mauvaises nouvelles. C'est vrai ?

— Que je n'épouserai pas Killin ? Oui, c'est la vérité.

— J'espère que tu ne vas pas m'annoncer que tu te prépares à épouser le prêtre à la place.

— Non. Tu avais raison, je me berçais d'illusions rien qu'en l'envisageant.

— Alors pourquoi diable as-tu repoussé Killin ? J'aurais préféré que tu ne le fasses pas, Margaret. Maintenant je ne peux même plus me tourner vers toi.

— Tu peux toujours te tourner vers moi, Lou.

— En ce moment, il est plus important que jamais que ma réputation soit immaculée, et je suis désolée de le dire, mais actuellement tu fais tache.

— Louise !

Son amie haussa simplement les épaules d'un air coupable.

— Trop de gens scrutent à la loupe mes faits et gestes pour que je prenne le risque d'avoir le moindre contact avec toi. Peut-être en temps voulu, mais pas maintenant. Je dois y aller.

— Ne t'avise pas de partir sans me dire comment tu vas.

— Je me porte mieux que toi, à ce qu'il semble, répliqua la princesse en l'examinant. Sous ce rouge, tu parais terriblement pâle. Et tu es mince comme un clou. Cela ne te va pas du tout.

— Ma silhouette n'a aucune importance, rétorqua Margaret sèchement, blessée et exaspérée. Je me suis tellement inquiétée pour toi, alors que tes lettres de Balmoral, si on peut les appeler ainsi, ne disaient presque rien. S'il te plaît, dis-moi comment tu vas, honnêtement ? Je me suis tellement tracassée pour toi.

Pendant un instant, elle crut que Louise allait la rabrouer, mais ses épaules s'affaissèrent.

— À raison, hélas.

Choquée, Margaret oublia immédiatement ses propres soucis. Pas étonnant que Louise se montre cassante et acerbe !

— Mon Dieu, tu veux dire…

— Ne le dis pas à voix haute, siffla Louise en regardant par-dessus son épaule. Ne le pense même pas. Je peux encore me tromper. Je ne sais pratiquement rien à ce sujet.

— Tu as l'air aussi en forme que d'habitude, reprit Margaret d'un ton hésitant, car elle savait que les apparences pouvaient être trompeuses. Comment te sens-tu ?

— Je vis dans la terreur constante que ma mère ne l'apprenne, avoua Louise, au bord des larmes. Je dois le lui cacher à tout prix.

Un rêve désespéré, pensa Margaret, car la reine allait forcément l'apprendre.

— Et qu'en est-il du lieutenant Stirling ? Tu disais être amoureuse de lui.

Louise frissonna.

— Si je l'ai été, c'était un engouement très passager et c'est fini depuis longtemps. J'ai le même tempérament que mon frère Bertie, hédoniste et volage de surcroît…

— Louise ! Pour l'amour du ciel.

— Oh ! ne sois pas si prude. Tu veux dire que c'est différent pour ton prêtre et toi ? Est-il si à cheval que cela sur les convenances ?

— Pas tant que cela, mais il a fait preuve de retenue, rétorqua Margaret, piquée au vif.

— Tu sous-entends que moi pas ?

— Arrête de m'envoyer des piques juste pour te sentir mieux et explique-moi ce que tu vas faire, au nom du ciel !

— Je ne sais vraiment pas. Ce que je ne dois absolument pas faire, c'est pleurer.

Louise se tamponna furieusement les yeux.

— Je m'en sortirai, même si je ne sais pas encore comment. Sa Majesté ne me pardonnera jamais, mais elle ne prendra pas le risque d'un scandale public. Je vais te confier quelque chose, M. Pour la première fois de ma vie, je suis heureuse que mon père ne soit pas en vie.

Si la duchesse était veuve, se demanda Margaret, son sort serait-il différent ? Non, non, elle ne pouvait pas se laisser aller à des raisonnements aussi épouvantables.

— Avant que tu ne partes, Lou…

— Je dois retourner auprès de la reine, répliqua la princesse. Qu'est-ce qu'il y a ? Dis-le ! À voir ton expression, on dirait que tu te prépares à m'annoncer une horreur. J'espère que tu n'as pas été aussi permissive que moi. La reine ne peut pas me désavouer, mais ton père est parfaitement capable de le faire. Après tout, il l'a déjà fait.

Margaret eut un petit rire amer.

— Et il recommence. Je suis chassée de la maison pour de bon. Envoyée aussi loin que possible, selon ses désirs.

Les yeux de Louise s'élargirent.

— Alors il a appris pour le prêtre ?

— Non, non, ça n'a rien à voir avec Sebastian. Du moins pas directement. C'est parce que je lui ai dit que je ne voulais pas épouser Killin.

— Je ne comprends toujours pas pourquoi tu t'y refuses, alors que tu as passé les six derniers mois à t'y préparer. Il te renvoie à Dalkeith, j'imagine ?

— Non, à Powerscourt en Irlande ! avoua Margaret, peinée par l'égoïsme et le manque d'empathie de son amie.

— Mon Dieu, ton père est vraiment dur avec toi. Dans ce cas, je ne suis pas du tout sûre de pouvoir prendre le risque de t'écrire. Quand pars-tu ?

— Ce soir, dès que Lenchen et son prince auront quitté la réception.

— Mais ils s'en vont d'une minute à l'autre !

Une larme s'échappa de l'œil de Louise, mais elle l'essuya avec détermination.

— Très bien alors, je vais devoir surmonter les obstacles du mieux que je peux sans toi.

— Je serai avec toi par la pensée. Et tu le seras pour moi aussi, n'est-ce pas ?

— Oui. Bien sûr.

Mais Louise était déjà en train de redresser le dos et regardait par-dessus son épaule.

— Tu dois me jurer de ne pas répéter un mot de ce que je t'ai dit à qui que ce soit. Tu me le promets ?

— Tu ne devrais pas avoir à me le demander, répondit tristement son amie. Bien sûr, je te le promets.

— Bien, fit Louise d'un ton brusque en arrangeant ses cheveux. Je crains que nous ne soyons obligées de nous débrouiller seules à partir de maintenant, toi et moi.

— Tu vas me manquer, Lou. Quoi qu'il arrive, je serai toujours ta vraie, ta *meilleure* amie.

Louise effleura la joue de Margaret du plus bref des baisers.

— Ne prolongeons pas cet instant, ma chère, je ne supporte pas les adieux tristes. Bonne chance, Margaret.

— Bonne chance, Lou.

Mais Margaret s'adressait au vide. Le rideau était retombé derrière son amie, qui avait déjà disparu, la laissant seule.

CHAPITRE 21

Vendredi 6 juillet 1866

Les vingt-quatre heures suivantes passèrent en un clin d'œil. Dès que le jeune couple royal fut parti, Margaret, avec l'aide de sa mère, troqua sa robe de demoiselle d'honneur contre la tenue de voyage qu'on lui avait achetée. La duchesse se montra insensible et concentrée sur sa tâche jusqu'au moment de prendre congé. Il n'y eut pas de mots d'adieu tendres, juste une étreinte prolongée.

— Pas de larmes, prévint sa mère, les yeux humides, en lui glissant une petite pochette en cuir dans la main. Sois courageuse, Margaret.

Puis la duchesse partit, un mouchoir sur le visage.

L'étui en cuir contenait un portrait miniature de Lix, le terrier préféré de Margaret. Elle eut à peine le temps d'embrasser la vitre protectrice avant d'être conduite à la voiture qui l'attendait pour l'emmener à la gare de Windsor. Là, elle retrouva une servante à la mine sérieuse et un valet, qui avaient fait le voyage depuis l'Irlande pour l'accompagner. À la gare d'Euston, le trio embarqua dans un train de la London and North Western Railway à destination du port de Holyhead, au pays de Galles.

Ils arrivèrent trop tard pour monter à bord du bateau postal du soir et furent donc obligés de passer la nuit au Royal Hotel. Allongée sur le lit de cette chambre exiguë et peu familière, Margaret fixa distraitement le plafond au lieu de fermer les yeux. Elle se sentait engourdie, trop épuisée pour dormir, vidée de toute émotion. Il y avait quelques heures à peine, elle avait été demoiselle d'honneur au mariage royal. Dans les jours à venir, la presse commenterait largement sa participation. Sa photo serait collée dans l'album commémoratif, peut-être par la reine Victoria en personne. Margaret reverrait-elle jamais sa mère ou Louise ? Combien de temps resterait-elle en exil à Powerscourt, la majestueuse propriété irlandaise de Mervyn Wingfield, septième vicomte et fils de l'amie de sa mère, Lady Londonderry ? Que penserait Lady Powerscourt, son épouse, de Margaret ? Et comment allait-elle trouver Lady Powerscourt ? Est-ce qu'on attendrait d'elle qu'elle travaille en échange de l'hébergement, par exemple en tant que dame de compagnie ? Alors que les heures s'écoulaient et que le bruit des quais qui s'éveillaient filtrait à travers la fenêtre ouverte, elle ne parvenait même pas à émettre des hypothèses sur son futur.

Très tôt le lendemain matin, après avoir avalé à contrecœur le pain, le beurre et bu le thé trop léger livrés à sa porte par une femme de chambre pressée, Margaret s'habilla pour la première fois de sa vie d'adulte sans aucune aide. Les nombreux rubans, ficelles et lacets, ses différents jupons et sa crinoline lui donnèrent du fil à retordre. Elle se piqua avec la boutonnière, fit de simples nœuds là où il aurait dû y avoir des boucles soignées. Sa robe et son paletot assorti étaient brun couleur tabac. Elle rassembla ses cheveux sous le bonnet de paille et évita soigneusement de regarder son reflet fantomatique dans le miroir.

Les cernes que Molly avait si soigneusement camouflés la veille avec de la poudre devaient paraître plus prononcés que jamais, lui conférant une allure cadavérique, les yeux enfoncés et le regard vide.

Sean, le taciturne serviteur irlandais, était parti s'occuper des bagages. Margaret se mit en route avec Breda Murphy, la servante irlandaise, et fut tirée de sa léthargie par l'agitation.

Ils devaient naviguer vers Kingstown à bord du RMS *Munster*, un navire à roues à aubes de la City of Dublin Steam Packet Company. En passant sous l'arche de l'Amirauté pour atteindre le quai, elles rejoignirent une foule qui se dirigeait vers l'énorme bateau à vapeur, dont les cheminées crachaient déjà une épaisse fumée noire.

Un chaos organisé régnait autour d'elles. La cargaison était hissée à bord grâce à des filets. Des caisses étaient empilées sur le quai à côté des cantines de cuir et d'étain, de grosses valises, de malles à thé et des sacs de courrier.

Entre les moteurs du bateau qui tournaient, les débardeurs qui criaient, les enfants qui piaillaient et pleuraient, les mères qui appelaient anxieusement leur progéniture et les pères qui grommelaient, le vacarme était assourdissant. Margaret avait envie de se boucher les oreilles. La fumée sulfureuse lui chatouillait les narines, mais la puanteur des corps sales, au lieu de lui donner des haut-le-cœur, lui rappelait Lambeth, lui procurant une telle bouffée de nostalgie qu'elle se figea sur place.

La foule se pressait autour d'elle, et Breda la poussa vers la passerelle réservée aux passagers de première classe. Serrant son sac de voyage, qui contenait son coffret à bijoux, sa précieuse miniature de Lix et quelques objets de première nécessité, Margaret monta à bord du bateau à vapeur.

Dès qu'elle posa le pied sur le pont, le visage de sa compagne prit une teinte verdâtre.

— Je suis vraiment désolée, milady, je ne supporte pas bien d'être sur l'eau, avoua Breda. C'était la même chose à l'aller. Si vous le voulez bien, je vais vous accompagner jusqu'à votre cabine, puis j'irai m'asseoir quelque part pour prendre l'air pendant la traversée.

En l'observant un peu mieux, Margaret remarqua qu'elle était beaucoup plus jeune qu'elle ne l'avait supposé. Maudissant son égoïsme, elle prit la domestique par le bras.

— Vous avez une mine affreuse. Vous allez venir dans la cabine, vous vous mettrez à l'aise et je trouverai un autre endroit où passer le trajet.

— Oh non, milady. Je suis censée m'occuper de vous et m'assurer qu'il ne vous arrive rien. Si vous étiez accostée…

— C'est très peu probable en première classe, ne pensez-vous pas ?

Breda tituba et Margaret la serra plus fort.

— C'est ma cabine ? Allez-y. Voulez-vous que je vous fasse apporter de l'eau ou du thé ? Laissez-moi prendre votre manteau. Et voici une bassine, au cas où.

Breda se laissa tomber sur la couchette.

— Je ne devrais vraiment pas, milady. Lady Powerscourt…

— Elle ne le saura jamais. Ce sera notre petit secret.

Margaret sortit de la cabine à reculons et referma doucement la porte. Elle était soulagée d'être seule, même si elle se sentait un peu coupable.

Le RMS *Munster*, qui mettait cinq heures pour traverser la mer d'Irlande, offrait à ses clients de première classe un choix de salons confortables dans lesquels se détendre et papoter avec les autres passagers, mais cette perspective ne la tentait pas. Elle nota que les canapés, les chaises et les tables étaient fixés au sol, ce qui ne présageait rien de bon pour la pauvre Breda, et regagna le pont.

Des fauteuils avec de chaudes couvertures y étaient disposés à intervalles réguliers, bien que la plupart des passagers soient debout en famille pour faire leurs adieux ou adresser un signe aux personnes restées sur le quai.

Une longue rambarde en bois séparait les voyageurs de première classe des autres ponts, nettement plus bondés. La jeune femme se trouva un espace au bastingage pour regarder les derniers passagers monter à bord par les passerelles, dont un vieux prêtre en soutane noire poussiéreuse.

Sur le quai, quatre chanteurs interprétaient des ballades pour divertir la foule. L'un des membres du quatuor s'avança et entama une complainte qui serra le cœur de la jeune femme.

Oh Annachie Gordon, il est beau et rude,
Il séduirait n'importe quelle femme ;
Il séduirait n'importe quelle femme et c'est ce qu'il a fait avec moi ;
Oh ! je n'oublierai jamais mon amour Annachie.

Les paroles étaient légèrement différentes de celles de *Lord Saltoun and Auchanachie,* la ballade écossaise que Molly avait l'habitude de lui chanter, mais l'air et le thème étaient les mêmes. Margaret écouta attentivement les paroles qui décrivaient une situation pareille à la sienne : l'histoire d'une jeune fille, Jeannie, qui doit être mariée au riche Lord Saltoun. Hélas, la pauvre Jeannie est amoureuse du très inconvenant Annachie Gordon et refuse l'homme que son père a choisi pour elle.

Alors que la ballade se terminait de façon déchirante, sur la mort de Jeannie le jour de ses noces, un coup de sirène retentit. Des acclamations s'élevèrent parmi les passagers et ceux qui les avaient accompagnés jusqu'au quai. Les chanteurs reçurent une pluie de pennies et ils se mirent à entonner un hymne enthousiaste aux accents vaguement rebelles. On agita des mouchoirs et les pères hissèrent leurs enfants sur les épaules pour faire de grands signes.

Les cordages qui retenaient le bateau à vapeur se tendirent avant d'être détachés des bollards et jetés adroitement à l'équipage qui se tenait sur les ponts avant et arrière. Un deuxième coup de sirène plus bruyant encore troua le ciel, accompagné par un impressionnant panache de fumée noire, puis le RMS *Munster* entreprit de quitter le bras protecteur du port de Holyhead en direction de Kingstown, près de Dublin.

Margaret s'accrocha à la rambarde, ignorant les larmes qui se mêlaient à la suie des cheminées et lui piquaient les yeux. C'était son premier voyage en mer et, bien que l'Irlande fît partie du Royaume-Uni, elle avait l'impression de s'exiler à l'étranger. Dans d'autres circonstances, elle aurait été surexcitée, mais elle était lessivée, la seule émotion qu'elle ressentait était de l'appréhension au sujet de ce qui l'attendait à l'arrivée.

Powerscourt était situé au sud de Dublin. Le fils de Lady Londonderry en avait hérité lorsqu'il était enfant et avait consacré une grande partie de sa vie d'adulte à la restauration et à la transformation de l'immense maison et des jardins, si l'on en croyait la duchesse. Il avait épousé Lady Julia Coke deux ans plus tôt, mais il passait la plupart de son temps à l'étranger, laissant sa jeune épouse seule pour s'adapter à sa nouvelle situation. Lady Julia avait vingt-deux ans, soit deux ans de plus que Margaret. La duchesse avait également confié à Margaret que Lady Londonderry s'inquiétait depuis quelques mois : sa belle-fille se sentait seule et délaissée. Incapable de dissuader son fils de voyager, elle avait accepté avec joie la proposition : Margaret lui fournirait la compagnie dont elle avait tant besoin. C'est du moins ce qu'avait affirmé la duchesse.

Margaret n'était guère convaincue. Si elle avait été une jeune épouse abandonnée sur une vaste propriété dans un pays étranger, aurait-elle accueilli une parfaite inconnue chez elle ? Rien ne garantissait qu'elles allaient bien s'entendre.

Pourtant, le sort de Margaret aurait pu être pire, si elle se référait à ce qu'elle avait deviné des silences de sa mère dans les semaines suivant l'ultimatum de son père. Si cela avait été au duc seul de décider, la jeune femme aurait pu se retrouver à Tombouctou.

La brise qui avait ébouriffé ses jupes et tiré ses cheveux de leur chignon se transforma en rafales lorsque le bateau à vapeur atteignit la haute mer. Serrant son chapeau sur sa tête, Margaret regarda la terre s'éloigner et les eaux qui s'agitaient passer du vert au gris fer. Si elle se jetait dans les profondeurs saumâtres, elle épargnerait à son père la honte de devoir expliquer son absence. On ne se souviendrait pas d'elle comme d'un mouton noir, mais comme d'une jeune femme disparue tragiquement en haute mer.

Une réminiscence la fit changer d'avis. Presque un an plus tôt, la même pensée l'avait traversée au-dessus de la Tamise, après qu'elle eut fui son bal de fiançailles. À l'époque, elle croyait encore que son père se souciait d'elle, qu'il était animé par un véritable désir de faire ce qu'il y avait de mieux pour elle. Depuis, le comportement du duc avait prouvé qu'elle se méprenait grandement.

Il était temps qu'elle apprenne à ne plus se soucier de lui. Ce serait difficile de perdre les habitudes d'une vie de soumission et d'efforts déployés pour plaire, mais elle avait tout le temps devant elle.

L'air salé lui piquait les joues. Le vent lui faisait monter les larmes. Elle survivrait à cette épreuve. Molly répétait souvent que Margaret était plus forte qu'elle n'en avait l'air. Et l'heure était venue, comme l'avait fait remarquer Louise, de se débrouiller seule. Une bourrasque souleva son chapeau, le lui arracha et le fit retomber dans l'écume des vagues bouillonnantes. Ses cheveux se déployèrent comme un drapeau écarlate, les boucles sauvages fouettant son visage. Le soleil réussit une percée entre les nuages gris juste au-dessus de sa tête.

Elle sentit son moral remonter. Elle n'avait aucune idée de ce qui l'attendait, mais ça ne pouvait pas être pire que le chaos qu'elle avait laissé derrière elle. Pour la première fois depuis longtemps, elle sourit, prenant plaisir à être simplement en vie.

Mais alors que le bateau à vapeur accostait à Kingstown son optimisme céda la place à de l'impatience. Le port bondé, les drapeaux flottant le long de la passerelle couverte qui menait de l'embarcadère au bureau des douanes, les cris de l'équipage sur le quai et la cohue des passagers qui se bousculaient dans leur hâte à mettre pied à terre… tout cela lui donnait l'impression d'être toute petite. Un autre bateau à vapeur était amarré dans le grand port, ainsi qu'un voilier traditionnel, de l'autre côté. D'innombrables petits bateaux occupaient les eaux entre les deux, flottant au bout de leurs ancres.

Les genoux de Margaret tremblaient lorsqu'elle traversa la passerelle et posa le pied sur le sol irlandais pour la première fois. Elle était heureuse de se reposer sur Breda, qui était remise et lui faisait fendre la foule en toute sécurité. Elle lui trouva un endroit tranquille pour attendre qu'ils aient récupéré les bagages. Margaret serra son sac de voyage en tenant de ne pas céder à la panique. Presque toutes les voix autour d'elle étaient irlandaises, certaines avec des accents épais ; d'autres étaient des voix douces, qui lui rappelaient un peu celle de Molly. La plupart s'exprimaient en anglais, mais elle entendait de temps en temps une phrase qu'elle supposait être en langue gaélique, mélodieuse et étrangement réconfortante.

Lady Powerscourt avait envoyé son landau à leur rencontre. La voiture élégante à la suspension excellente était peinte en jaune et rehaussée de finitions en or. Dans des circonstances normales, Margaret aurait été charmée par l'attelage parfaitement assorti de quatre chevaux bais, mais les armoiries de Powerscourt sur les portes lui rappelèrent qu'elle était sur le point d'entamer une nouvelle vie dans une maison dont elle n'avait jamais poussé la porte, en compagnie d'une parfaite inconnue.

Et si Lady Powerscourt manifestait de l'aversion envers elle ? Et, même si ce n'était pas le cas, Margaret serait à la merci de la bonne volonté de son hôtesse ; elle serait cantonnée à son rôle d'invitée imposée, dont on attendait qu'elle se montre plaisante, souriante et qu'elle fasse la conversation, quelles que soient ses émotions. Tolérée, mais pas désirée.

— Sean nous suivra avec les bagages, annonça Breda, en faisant monter Margaret sur le siège face à la route et en s'installant sur l'autre banquette. Powerscourt est à dix miles, de l'autre côté de la frontière, dans le comté de Wicklow. Nous y serons bien à temps pour le thé, milady. Je suis vraiment désolée de vous avoir abandonnée sur le bateau. J'espère qu'il ne vous est rien arrivé de fâcheux ?

— Rien, je vous le promets. C'est moi qui suis terriblement désolée, Breda, j'ai dû vous paraître affreusement impolie. Je vous ai à peine adressé la parole. Parlez-moi de vous. Vous travaillez à Powerscourt depuis longtemps ?

Breda sourit timidement.

— Deux ans, milady. Je faisais partie du personnel recruté lorsque Sa Seigneurie s'est mariée.

— Et vous êtes une fille du pays ?

— Ah non, pas du tout. Ma famille est originaire du comté de Mayo, à l'ouest, mais nous sommes à Dublin depuis seize ans maintenant.

— Vous faites partie d'une famille nombreuse ?

La servante haussa les épaules.

— J'ai cinq sœurs et trois frères, aux dernières nouvelles. Je suis l'aînée.

— Je suis la sixième sur sept, déclara Margaret en évacuant l'idée que ses frères et sœurs la désavoueraient désormais. Aimez-vous travailler à Powerscourt, Breda ?

— Oh oui, c'est formidable. Lady Powerscourt est jeune et jolie, comme vous, bien qu'elle soit réservée. Elle est un peu timide. Mais nous n'avons que rarement de la visite. Sa Seigneurie n'est pas rentrée chez elle depuis qu'elle a perdu son frère en février.

— Bonté divine, c'est tragique. Lady Powerscourt est-elle en deuil, alors ?

— Elle ne porte plus le noir, mais elle ne reçoit pas. Vous serez seules toutes les deux, je pense, la plupart du temps.

Ce qui serait parfaitement acceptable si Lady Powerscourt ne la prenait pas en grippe, se dit Margaret, et une torture si c'était le cas.

— Cette route s'appelle le Scalp, expliqua Breda à Margaret quelques miles plus tard. Elle passe par les montagnes de Wicklow. J'étais terrifiée la première fois que je l'ai empruntée.

En regardant par la fenêtre, Margaret comprit pourquoi. D'énormes rochers de granit saillaient des parois abruptes, parfois en surplomb de la route. Certains d'entre eux étaient penchés à des angles si précaires qu'on aurait dit qu'ils allaient s'écraser au sol à tout moment. Ce fut un soulagement lorsqu'ils atteignirent un petit village avec une tour d'horloge carrée en son centre.

— Voici la ville d'Enniskerry, annonça Breda, alors que la route grimpait en pente raide. Voilà l'église St Patrick sur la gauche. Ce ne sera plus très long maintenant, nous serons bientôt à Powerscourt.

Elle avait à peine terminé sa phrase que le landau se mit à ralentir et qu'un énorme portail apparut. Il était trop tard pour que Margaret s'inquiète de ses cheveux emmêlés et de son absence de bonnet, car les grilles s'ouvraient déjà et la voiture avançait dans l'allée, lui offrant un premier aperçu de sa nouvelle maison.

La façade palladienne classique de Powerscourt House était érigée en granit gris. Les trois étages du château étaient surmontés par un toit à balustrade. Le fronton central était orné de ce qui devait être le blason de la famille Wingfield, sous un aigle sculpté. À l'abri du fronton, cinq bustes trônaient impérieusement devant les cinq fenêtres rondes. Le bâtiment principal était flanqué de deux ailes de service plus basses, suivies d'un mur incurvé se terminant par un obélisque. Dépassant de chacune des ailes, des tours avec des coupoles de cuivre laissaient entrevoir une partie cachée à l'architecture très différente.

— On ne mesure pas la grandeur du château lorsqu'on entre par ici, expliqua Breda. De l'autre côté, on dirait un palais étranger. Et des jardins en terrasses sont en train d'être aménagés.

Un valet de pied en livrée ouvrit la porte du landau, les marches se déployèrent et la compagne de voyage de Margaret débarqua.

— Voici Lady Powerscourt pour vous accueillir.

Breda lui sourit timidement.

— J'espère que vous apprécierez votre séjour ici, milady, conclut Breda.

— Merci de m'avoir accompagnée, répondit Margaret.

Mais la servante, après avoir exécuté une rapide révérence, était déjà en train de s'éloigner. Ramassant ses jupes et les rubans de sa crinoline, Margaret plaqua un sourire sur son visage et descendit de la voiture. Elle faillit être renversée par un molosse qui galopa vers elle en aboyant joyeusement et se jeta sur elle en posant ses énormes pattes avant sur sa poitrine. Margaret rit et tituba, avant de retirer ses gants pour caresser la tête du bel animal. Le pelage du chien était d'un gris foncé moucheté de blanc, les extrémités de ses oreilles plus sombres que le reste.

— Eh bien, voilà un sacré accueil, déclara Margaret.

L'animal gémit et lui lécha le bout des doigts en agitant furieusement sa gracieuse queue en plumeau.

— Désolée, elle a de très mauvaises manières. Elle était censée vous dire poliment bonjour, pas vous renverser comme une quille. Comment allez-vous, Lady Margaret ?

Lady Powerscourt portait une robe de journée gris tourterelle avec des manches pagode. Son corsage s'ouvrait sur une blouse en dentelle blanche avec un haut col en dentelle. Elle était mince et d'une beauté délicate. Elle avait de larges yeux bruns et des cheveux châtains coiffés en un chignon élégamment tressé.

— Bienvenue à Powerscourt.

Son sourire paraissait plutôt glacial. Margaret s'empressa de se redresser pour faire une révérence.

— Lady Powerscourt. Je vous suis très reconnaissante de me permettre de séjourner ici.

— Puisque vous allez vous installer chez nous pendant un certain temps, je pense qu'il serait préférable que vous m'appeliez Julia. Et voici Aoife.

— Eeefa ?

— *Eva* est ce qui se rapproche le plus en anglais. Elle porte le nom d'une princesse guerrière de la mythologie irlandaise. Toutefois, Aoife est la plus douce de tous les chiens de chasse. Votre mère m'a dit que vous aimiez beaucoup les chiens.

— Vraiment ? C'est exact et Aoife est un très bel animal.

— Je vois qu'elle vous apprécie, elle aussi. Elle vous suivra comme un petit chien, si vous voulez bien pardonner le jeu de mots. Mais, je vous rassure, vous n'êtes pas obligée de la laisser vous embêter.

— Oh non, je suis ravie d'avoir sa compagnie. Et la vôtre, aussi, Lady Julia… Julia. J'espère ne pas trop vous déranger.

— La maison est immense et les pièces sont innombrables. Je suis sûre que nous ne nous gênerons pas. Entrez, je vais vous montrer votre chambre, puis nous prendrons le thé.

Margaret suivit son hôtesse, attristée par cet accueil plutôt tiède. La salle de réception était un vaste espace carré longé par de doubles arcades de chaque côté. Les moulures du plafond étaient d'un blanc immaculé, aussi éclatant que celui des murs. La simplicité aurait été éblouissante, s'il n'y avait eu ces trophées de cerfs suspendus à intervalles réguliers, leurs bois atteignant presque le plafond, donnant à la pièce un aspect gothique.

— Il y en a vingt-huit, déclara sèchement Julia en voyant l'expression de Margaret. Mon mari les collectionne. Je crois qu'ils viennent principalement d'Allemagne. Il y en a bien plus dans les autres pièces. Des troupeaux entiers. Comme vous le découvrirez s'il revient un jour à la maison, mon mari est obnubilé par les cerfs, aussi bien vivants qu'empaillés. Ne vous inquiétez pas : votre chambre en est par bonheur dépourvue.

Julia ouvrit la voie en montant un large escalier jusqu'au premier étage, puis un second peint en blanc, jusqu'à l'étage supérieur.

— Je vous ai réservé une des chambres de la tourelle, car la vue y est inégalable. Elle a été décorée très récemment mais, si vous préférez quelque chose de plus traditionnel, je peux vous montrer la chambre rose ou la chambre lierre ou même la chambre tente, bien que le lit y soit si grand que je crains que vous ne vous y perdiez.

— Je suis sûre que ce sera parfait.

Margaret entra dans une pièce semi-circulaire inondée de lumière grâce à trois fenêtres en arc. Les lambris à mi-hauteur étaient peints d'une couleur crème et étaient prolongés par du papier peint de la même couleur, avec un motif doré en treillis. Un lit moderne était placé contre le mur central, face aux fenêtres, qui étaient rehaussées de tentures en damas crème et or. Une chaise longue au pied du lit était garnie du même tissu. Un joli bureau en marqueterie était installé près de la fenêtre. Une coupe de freesias blancs et jaunes posée dessus dégageait un parfum délicat, tandis qu'un impressionnant bouquet de fleurs variées, toutes dans les tons de blanc, reposait dans l'âtre vide.

— Oh ! mais c'est charmant ! s'exclama-t-elle.

Pour son plus grand plaisir, une banquette s'étendait sous la fenêtre sur toute la largeur. Margaret foula les tapis moelleux éparpillés sur le parquet ciré pour aller admirer la vue et eut son premier aperçu des jardins de Powerscourt.

— Oh ! mon Dieu !

Un amphithéâtre avec une série de larges terrasses avait été taillé dans le terrain en pente raide. Au centre, les fondations d'un escalier en pierre descendant jusqu'à un étang étaient en train d'être posées. Les terrasses d'herbe étaient d'un vert émeraude brillant sous le gris-bleu du ciel. La perfection des pelouses était renforcée par les parterres de fleurs surélevés disposés à intervalles réguliers. L'étang était encadré par des arbres récemment plantés et le mouvement sensuel et naturel de l'eau formait un contraste frappant avec l'ordre militaire des terrasses. Au-delà du bleu scintillant de l'étang, l'œil était attiré par le contour pâle des montagnes de Wicklow, les tons bleu-pourpre d'une colline conique et, au-dessus de tout cela, le ciel parsemé de lourds nuages.

— C'est la montagne du Pain de Sucre, précisa Julia en la rejoignant.

— Quelle vue spectaculaire ! C'est tout bonnement à couper le souffle.

— Le jardin est toujours en cours d'aménagement, mais je suis d'accord, le point de vue est magnifique. Votre mère a également mentionné que vous appréciiez le plein air. Je vous prie de considérer la propriété comme la vôtre. C'est le défunt vicomte et son jardinier qui ont imaginé presque tout ce que vous voyez devant vous. Mervyn, mon époux, est décidé à concrétiser le rêve de son père. Il est actuellement en Bavière. Je suis son avancée par les caisses d'achats qui arrivent tous les mois environ. Il y en a une pile maintenant, qui attend son retour.

— La Bavière ! N'auriez-vous pas aimé l'accompagner ?

La question, qui semblait parfaitement naturelle à Margaret, n'était manifestement pas la bienvenue.

— Mon mari préfère consacrer son temps à enrichir sa collection, lorsqu'il se déplace à l'étranger.

Au lieu de passer du temps avec celle qui n'était sa femme que depuis deux ans à peine ? Pauvre Julia. Peut-être qu'elle préférait être seule cependant, auquel cas elle ne devait pas être ravie que la présence de Margaret lui ait été imposée.

— Quand attendez-vous son retour ? demanda-t-elle, un peu perdue.

Julia haussa les épaules.

— En septembre ou octobre au plus tard. Je suppose que vous savez qu'il a perdu son frère en février ?

— Je vous présente mes condoléances.

— Merci. Pour être honnête, je connaissais à peine Maurice, mais Mervyn l'aimait beaucoup et il a mal supporté son décès.

J'espère que, lorsqu'il reviendra, il aura en partie surmonté son chagrin.

Margaret se sentait de plus en plus mal à l'aise.

— Je suis désolée de vous avoir été imposée à un moment si délicat.

— Ma belle-mère, Lady Londonderry, pense que j'ai besoin d'une compagnie féminine.

— J'imagine que vous auriez préféré choisir vous-même cette compagnie.

Julia fronça les sourcils, en jouant machinalement avec l'un des gros glands qui retenaient les tentures.

— Ma sœur Anne, qui est plus âgée que moi, ne souhaite pas interrompre sa saison londonienne. Gertrude, ma sœur suivante, s'est mariée en avril, et Mary, la cadette, a prévu de faire ses débuts. De plus, elle a cinq ans de moins que moi. Je crois que vous avez vingt ans, vous êtes donc plus proche de mon âge.

— J'aurai vingt ans en octobre.

— Lady Londonderry m'a dit beaucoup de bien de la duchesse, votre mère.

Ce qui laissait de côté ce que Lady Londonderry avait dit d'elle. Margaret se prépara à s'expliquer.

— Je ne sais pas si vous êtes au courant de ma situation, mais…

— Je ne sais rien, l'interrompit Julia en lâchant le rideau, sauf que vous avez besoin de passer du temps à la campagne. Je vous en prie, ne vous sentez pas obligée d'entrer dans les détails. Je suis heureuse de faire plaisir à Lady Londonderry et j'espère que vous vous sentirez chez vous ici. J'ai cru comprendre que vous étiez une cavalière accomplie. N'hésitez pas à utiliser les écuries.

— Vous êtes très aimable, la remercia Margaret, gênée de se rendre compte que ses yeux la piquaient.

— Vos bagages seront montés dès qu'ils arriveront et je vais vous faire apporter de l'eau chaude sans attendre. Si vous avez besoin de quoi que ce soit d'autre, vous n'avez qu'à demander. La sonnette est près de la cheminée. Maintenant, je vais vous laisser vous installer, et nous prendrons le thé dans une demi-heure, si cela vous convient ? Ne vous inquiétez pas, si vous vous égarez, je reviendrai vous chercher. Il y aura du gâteau au chocolat. Un de vos préférés, je crois.

La porte se referma derrière elle avec un léger cliquetis. Margaret déboutonna son paletot, s'assit sur la banquette de la fenêtre et ouvrit le battant pour respirer le parfum sucré et luxuriant des jardins. Powerscourt était magnifique. Grâce à sa mère, elle aurait la compagnie d'un chien et de chevaux, et elle était libre de se promener sur ces terres somptueuses. La seule chose qu'elle n'était pas libre de faire, c'était de partir. Sa geôle était luxueuse, mais c'était tout de même une prison. Et Julia ? L'instinct de Margaret lui disait que son hôtesse avait plus à offrir que cette réserve de façade mais, à ce moment-là, elle n'avait pas l'énergie de faire preuve d'empathie. Elle ne s'était jamais sentie aussi seule. Elle souhaitait plus que tout s'allonger sur ce lit qui semblait si confortable et tirer les couvertures sur sa tête pour s'isoler du monde.

Un coup frappé à la porte la força à renoncer à cette idée tentante.

— Votre eau chaude, milady.

— Breda !

— Je vous ferai office de servante, milady, si vous êtes contente de m'avoir…

— Plus que contente, répondit Margaret.

Un visage amical. Et un gâteau au chocolat pour le goûter. C'était beaucoup plus que ce qu'elle était en droit d'attendre dans de pareilles circonstances.

Charlotte, duchesse de Buccleuch, à Lady Margaret

Château de Drumlanrig, 12 août 1866

Ma chère Margaret,

Aujourd'hui est le Glorious Twelfth, le 12 août, qui marque l'ouverture de la chasse au lagopède d'Écosse, mais comme tu peux le voir dans mon adresse j'y ai renoncé cette année. Ton père a une fois de plus accepté l'invitation du duc de Sutherland au château de Dunrobin, mais je suis peu encline à la vie sociale en ce moment.

Ta sœur Mary est ici pour me tenir compagnie. Nous avons passé du temps à nous promener dans le parc pour apprendre à nous connaître un peu mieux. La phrase peut paraître étrange pour évoquer sa propre fille, mais j'aurais dû m'intéresser à ta sœur depuis longtemps. Mary n'a pas ton impétuosité, mais elle n'a pas non plus la réserve de Victoria. Après mûre réflexion, j'ai décidé de lui expliquer ta situation, mais je m'empresse d'ajouter que je ne lui ai rien dévoilé en ce qui concerne Lambeth !

En parlant à ta sœur, j'ai désobéi aux instructions de ton père, mais je me trouve dans l'impossibilité d'ignorer les questions de Mary. Elle m'a demandé la permission de t'écrire. J'ai refusé à contrecœur. Bien que ton père n'ait pas expressément interdit toute communication, je ne doute pas qu'il en avait l'intention. Il serait mal de ma part d'encourager ma plus jeune fille à suivre l'exemple donné par sa sœur aînée, qui a désobéi aux exigences de son père. Quant à moi, cependant, j'ai appris, Margaret, qu'une mère a un devoir envers ses filles, qui peut parfois subvertir son devoir envers son mari. J'ai l'intention de poursuivre notre correspondance si cela te fait plaisir.

Je resterai à Drumlanrig au moins jusqu'en septembre et j'espère que tu m'écriras ici. Tu nous manques beaucoup, Margaret. J'espère de tout cœur que tu ne l'oublies pas.

Mère

P-S : s'il te plaît, dis à Lady Powerscourt que je lui suis très reconnaissante pour le conseil qu'elle m'a donné de commander du linge de table à l'usine de Mr Ferguson à Banbridge. La qualité de l'échantillon que tu as envoyé est impeccable.

CHAPITRE 22

Dans les semaines qui suivirent son arrivée, Margaret tenta d'oublier tout ce qui s'était passé, de retrouver l'optimisme qu'elle avait ressenti au cours de la traversée, mais chaque jour se traînait péniblement, comme si elle marchait dans des sables mouvants, épuisée et abattue. Julia lui faisait poliment la conversation pendant les repas, acceptant l'aide apathique de son invitée pour des tâches aussi banales que le tri du linge de maison, mais n'exigeait rien d'autre d'elle. Margaret avait parfaitement conscience qu'elle aurait dû faire plus d'efforts pour mieux connaître son hôtesse. Elle était une piètre convive, mais Julia ne semblait pas chercher de la compagnie à tout prix, elle gardait ses distances, que ce soit par tact ou par réserve naturelle. Dans l'état d'esprit larmoyant qui la submergeait, Margaret n'était pas fâchée de se plier aux désirs de son hôtesse.

Elle mangeait trop de ce gâteau que Julia servait avec le thé tous les jours et n'essayait pas de résister aux desserts qui suivaient le dîner ni au lait chaud que Breda lui apportait avant le coucher avec du pain et du miel. Ces mets réconfortants lui rappelaient la nursery de son enfance, mais ne comblaient en rien le vide qu'elle ressentait douloureusement.

La journée, elle avait pris l'habitude d'explorer les vastes jardins de Powerscourt et le parc réservé aux cerfs et aux biches, accompagnée de la fidèle Aoife. Ses cheveux avaient retrouvé leurs boucles indomptables, son visage était couvert de taches de rousseur, sa peau était bronzée. Comme elle n'avait plus besoin de se conformer aux règles imposées par la société aux jeunes femmes, elle avait abandonné sa crinoline, ce qui aurait été considéré comme choquant. C'était un soulagement d'être libérée de cette armature. Parfois, lorsqu'elle se savait à l'abri des regards, elle se passait même de ses chaussures et de ses bas pour se promener pieds nus. Elle enfonçait les orteils dans les pelouses douces comme le velours et se perchait sur la rive d'un des étangs pour tremper les pieds dans l'eau fraîche. Elle avait visité deux fois les écuries, mais les odeurs familières de foin et de cheval la rendaient nostalgique de Dalkeith et de son poney bien-aimé, Spider. Elle n'avait pas le cœur d'en monter un autre, cela lui semblait presque déloyal. Elle n'entendrait plus jamais le vent sifflant à travers les arbres qui bordaient la rivière Esk quand elle promenait ses chiens et elle ne goûterait plus jamais l'incomparable gâteau aux raisins secs et à la mélasse de Mrs Mack. Elle ne humerait plus l'odeur parfumée de la tourbe brûlant dans la cuisinière. Si seulement elle pouvait remonter le temps jusqu'à ces jours innocents et les revivre ! Elle s'y prendrait mieux, cette fois-ci. Réflexion faite, y arriverait-elle vraiment ?

Elle avait reçu la lettre de sa mère à l'heure du petit déjeuner, c'était la première et seule correspondance arrivée depuis son installation à Powerscourt plus d'un mois plus tôt. Margaret venait de la lire assise sur une chaise en fer forgé sur la plus haute terrasse du jardin italien. Les mots de la duchesse auraient dû lui apporter un certain réconfort, mais la lettre avait brisé sa retenue fragile.

Son séjour ici n'était pas un interlude. Sa période d'exil s'étendait à l'infini devant elle.

Elle sentit la tristesse et le regret monter en elle. Le bruit lointain d'une brouette lui rappela que les jardiniers allaient bientôt arriver pour commencer leur travail. Elle se leva d'un bond et se précipita vers la solitude offerte par le jardin clos, remarquant à peine Aoife trottant derrière elle.

Les grilles qui en marquaient l'entrée étaient l'une des nombreuses contributions de l'actuel vicomte au domaine. À l'origine conçu pour la cathédrale de Bamberg dans la ville allemande dont elle portait le nom, l'ouvrage en fer forgé peint en noir et or était somptueux. Les panneaux centraux étaient façonnés pour donner l'illusion qu'on allait s'engager dans une allée bordée de piliers tordus, couverte par un toit étoilé en forme de dôme. Aujourd'hui, cependant, au lieu de s'émerveiller sur la ferronnerie ou de s'attarder pour s'imprégner des senteurs de la roseraie voisine, Margaret se contenta de pousser le portail et d'entrer.

La solitude pesait sur ses épaules comme une couverture lourde et étouffante. Sentant son humeur, Aoife gémit.

La bordure de lavande, l'une des innovations de Julia, était en pleine floraison. Le parfum qui s'en dégagea lorsque le bas de la robe de Margaret la frôla lui donna un peu le vertige. Même s'il s'agissait avant tout d'un jardin potager, ce n'en était pas moins une création d'une grande beauté, avec des parterres symétriques séparés par de l'herbe si soigneusement taillée que Margaret s'imaginait parfois les jardiniers la recoupant avec des ciseaux à ongles plutôt que des faux. Les haies d'arbres fruitiers contre le mur orienté au sud étaient organisées en jolis espaliers, les herbes aromatiques étaient plantées comme autant de bouquets de fleurs. La terre encore humide, l'herbe fraîchement coupée et le bourdonnement satisfait des abeilles auraient dû avoir un effet lénifiant, mais lorsqu'elle passa devant la petite fontaine à la croisée des chemins, pour rejoindre le banc abrité contre le mur du fond, des larmes inondaient déjà ses joues.

Margaret s'effondra sur le banc, terrassée par tout ce qui s'était passé au cours des dernières semaines et des derniers mois. Elle avait lu qu'une personne qui se noie voit sa vie défiler juste avant de mourir. Elle se rejouait la sienne à l'envers en ce moment même, comme si elle passait en revue des photos dans un album : la traversée sur le pont du bateau, les cheveux soulevés par le vent alors que sa terre natale s'éloignait ; la pose avec les autres demoiselles d'honneur lors du mariage royal ; les adieux à sa mère et à Louise ; les derniers mots échangés avec Molly ; la séparation avec Sebastian ; la confrontation avec son père ; la demande en mariage de Sebastian ; leur rencontre en février ; son retour à Londres au début de l'année et sa résolution d'épouser Killin. Tout cela en l'espace de six mois ou presque.

Elle enfouit son visage dans ses mains et s'abandonna à son chagrin. Elle laissa les larmes couler entre ses doigts et ne tenta pas de calmer ses sanglots. Elle pleurait le deuil de son amitié avec Susannah et des jours passés avec les femmes de Lambeth. Elle pleurait la douleur et l'inquiétude qu'elle avait causées à sa mère et le gouffre qu'elle avait créé entre ses parents. Elle pleurait pour Louise, sa meilleure amie, qui s'était murée dans le silence à un moment où elles avaient besoin l'une de l'autre plus que tout. Elle pleurait la perte de ses sœurs, qu'elle n'avait jamais vraiment connues ou appréciées et ne pourrait plus jamais voir désormais. Elle pleurait pour Sebastian, dont le visage devenait déjà flou dans sa mémoire et qui ressemblait plus au fruit de son imagination qu'à l'homme qu'elle avait rêvé d'épouser.

Mais, surtout, elle pleurait parce qu'elle ne s'était jamais sentie aussi seule et aussi malheureuse. Elle avait passé sa vie à essayer de se couler dans le moule de la fille obéissante que son père voulait qu'elle soit. N'ayant pas réussi à suivre docilement les ordres et ayant aggravé son cas en contestant ses décisions, elle allait devoir accepter que rien ne changerait jamais l'opinion négative qu'il avait d'elle.

La duchesse était une autre histoire. Sa mère en était réduite à écrire à sa propre fille en secret, passant outre à l'autorité de son mari : par la faute de Margaret, une fois de plus. Elle était rongée par la culpabilité. Elle repensa à toutes les fois où elle avait remis en question l'amour de sa mère au cours des années, sans se rendre compte que la duchesse aussi était victime de son devoir d'obéissance.

« Tu nous manques beaucoup, avait écrit sa mère. J'espère de tout cœur que tu ne l'oublies pas. »

Margaret avait mal à la tête. Elle s'essuya les yeux avec sa manche et se secoua un peu. Plutôt que de se reprocher ses erreurs en permanence, elle devait en tirer des leçons. Plus facile à dire qu'à faire, mais elle avait tout le temps devant elle ! Aoife gémit à nouveau, léchant ses doigts salés avant de lancer un jappement de bienvenue. Le cœur serré, Margaret vit Julia venir vers elle.

— Je vous dérange ? J'espère que cette lettre vous apporte de bonnes nouvelles.

Le petit sourire de Julia s'évanouit lorsqu'elle approcha.

— Oh ! mon Dieu !

À son plus grand désarroi, Margaret se rendit compte qu'elle n'avait pas épuisé sa réserve de larmes, car celles-ci se remirent à couler sur son visage.

— Je suis désolée, dit-elle, en se frottant frénétiquement les joues. Je ne pense pas avoir de mouchoir.

— Tenez.

Julia en sortit un de sa poche et s'assit sur le banc à côté d'elle.

— La lettre est de ma mère. Elle a décidé de m'écrire, bien que ce soit contre la volonté de mon père, et…

— Prenez votre temps, lui conseilla son hôtesse en lui tapotant maladroitement la main.

Margaret prit une profonde inspiration, le menton tremblant sous l'émotion.

— J'ai été une invitée épouvantable et vous avez été très patiente avec moi. J'étais censée vous tenir compagnie.

— Il n'y a rien de pire que d'être contrainte de tenir compagnie à quelqu'un quand on a juste envie de rester seule et de s'abandonner à son chagrin.

Margaret rit timidement.

— Cela se voit tant que cela ?

— Oui, répondit simplement Julia. Je craignais que vous ne me pensiez indifférente, mais je ne voulais pas que vous vous sentiez obligée de vous confier à moi. Si vous avez envie de parler maintenant, je serai heureuse de vous écouter. Mais seulement si vous le souhaitez.

Margaret se moucha.

— Je ne veux pas vous faire perdre votre temps si précieux.

— Le temps est un atout dont je dispose en abondance, déclara Julia avec un sourire sarcastique.

*

— Voilà, vous savez tout, conclut Margaret. Je suis morte aux yeux de mon père et je n'ai aucune idée de quand je reverrai ma mère ou un membre de ma famille.

Le soulagement qu'elle avait ressenti en se confiant laissait déjà la place au doute : avait-elle bien fait de tout raconter ?

— Je crains de vous avoir choquée.

— Je ne vais pas vous mentir. Je suis choquée. J'avais deviné qu'une histoire d'amour vouée à l'échec vous avait amenée ici, mais je n'avais pas imaginé une seconde des fiançailles en cachette avec un prêtre. C'est une idée romantique, mais seulement dans les pages d'un roman.

Margaret se déplaça sur le banc pour masquer son malaise.

— Je n'ai jamais vraiment cru que nous pourrions nous marier, mais il a fallu les menaces de mon père pour me forcer à mettre fin à ce rêve.

Julia ouvrit la bouche pour parler, puis se ravisa.

— Que vouliez-vous dire ? Je vous en prie, je veux que vous soyez franche avec moi.

— Très bien. En toute honnêteté, je pense que vous avez agi de manière très inconsidérée, mais la situation est loin d'être aussi sombre que vous le redoutez.

— Je ne vois pas comment cela pourrait être pire. Je vous suis très reconnaissante de m'accueillir, mais je n'ai pas les moyens de partir et je n'ai nulle part où aller de toute façon.

— C'est compréhensible que votre père soit fâché contre vous. Vous avez publiquement bafoué son autorité non pas une, mais *deux* fois. Mais vous êtes un atout bien trop précieux pour être rayée de la carte à tout jamais. Vous n'avez même pas vingt ans, Margaret. Votre mère semble être une femme très sensée. Elle trouvera un moyen de vous faire revenir dans le giron familial, je vous le garantis.

— Et à ce moment-là mon père trouvera quelqu'un d'autre à qui me marier.

— Naturellement, c'est son devoir de père. Préféreriez-vous qu'il ne le fasse pas ? Vous deviendriez une vieille fille sinon, à peine mieux qu'une servante.

— Je ne me marierai pas simplement pour lui faire plaisir.

Julia plissa le front.

— Alors, faites-le pour faire plaisir à votre mère. Pensez comme elle serait soulagée de vous savoir établie. Vous pourriez forger avec elle ces nouveaux rapports que vous affirmez chercher.

— Je le souhaite vraiment.

— Alors gardez à l'esprit que ce sera impossible si votre père continue à vous renier.

Son hôtesse se leva.

— Il fait un peu froid pour rester assises ici. Si nous allions nous promener jusqu'à l'étang ?

— Donc, en résumé, vous dites que tout le monde serait heureux si je me mariais… sauf moi.

Julia lui lança un regard en coin alors qu'elle ouvrait la grille qui menait à l'étang Green Pond.

— Pourquoi êtes-vous si sûre que le mariage vous rendra malheureuse ?

Elles rejoignirent le bord de l'étang. Margaret contempla l'eau, où un banc de petits poissons se faufilait entre les roseaux.

— Que feriez-vous à ma place ?

— Votre situation est-elle différente de celle de toutes les autres jeunes femmes de notre rang ? Nous sommes élevées dans le seul but de faire un bon mariage. Le seul véritable choix qu'il nous reste est d'en tirer parti ou non, ou de ne pas nous marier du tout, ce qui n'est pas réellement une option. Vous avez la chance d'être la fille du duc de Buccleuch…

— Cette affirmation est très discutable !

— Et d'avoir une dot à la hauteur, compléta Julia froidement en s'installant avec son élégance habituelle sur un banc en bois. Lorsque Wingfield a demandé ma main, je n'étais pas vraiment enthousiaste. Mon mari est plutôt guindé, ses manières sont réservées et la barbe, qu'il porte très longue, n'est pas un atout, car elle lui donne l'air beaucoup plus âgé.

Margaret retroussa les narines en signe de dégoût.

— Si nous devons passer des heures tous les jours à épingler nos cheveux et à nous serrer dans des corsets et des crinolines, je ne vois pas pourquoi les hommes ne pourraient pas passer quelques minutes par jour à se raser.

— C'est la mode pour un homme de porter la barbe, comme c'est la mode pour une femme de porter la crinoline.

— Alors je dois être extrêmement démodée, car je n'aime ni l'une ni l'autre.

— Ce que vous aimez ou n'aimez pas n'entre pas en ligne de compte, souligna Julia avec un sourire impatient. Si vous me demandez conseil, je vous suggère de faire comme moi et d'en tirer le meilleur parti. Malgré mes réticences initiales au sujet de Wingfield, j'ai fini par me rendre compte que c'était une excellente union. Ma mère l'approuvait et mon père était particulièrement ravi. Comme mon mari, mon père tient à restaurer le siège de la famille, à lui redonner son ancienne gloire, et à l'heure où nous parlons il plante furieusement des arbres. Mais ce qui importait le plus pour moi, c'est que

Wingfield me donne l'opportunité d'avoir ma propre famille. C'est ce que j'ai toujours voulu, et Wingfield a besoin d'un héritier. Ainsi, nous avons une ambition qui nous rassemble, même si nous avons peu d'autres points communs.

— Vous pensez donc que j'ai eu tort de repousser Killin ? Même si, pour reprendre les mots d'un vieil ami, je ne peux pas le supporter ?

— Je pense qu'en y mettant du vôtre vous auriez pu surmonter le dégoût initial qu'il vous inspirait. Je crois que si… ou plutôt *quand* un autre gentleman vous demandera votre main, il serait sage de l'envisager sérieusement, que vous *l'aimiez bien* ou non.

— Vous en parlez si froidement. Comme si le mariage était une transaction commerciale.

— En substance, c'est exactement cela. Et l'engagement de toute une vie, en même temps. Les chances de réussite d'une union augmentent lorsque nous sommes issus d'un milieu similaire, que nous avons un arrangement financier satisfaisant et le soutien de nos familles, mais sans la volonté d'y arriver tout mariage est voué à l'échec.

— Vous ne pensez pas que l'amour a un rôle à jouer ?

— Pour moi, le respect est essentiel. Je pense qu'avec le temps je finirai par tenir à Wingfield, en tant que père de mes enfants.

Et pourtant il n'y aurait pas d'enfant, ni la moindre perspective d'en avoir, tant que son mari arpenterait le continent, dépensant une fortune en antiquités et en bois de cerf, pensa Margaret avec tristesse.

— Je comprends votre point de vue, déclara Julia en se levant, mais la vie est ce qu'on en fait.

Margaret sourit.

— On dirait une phrase que prononcerait Molly, mon ancienne femme de chambre.

— C'est aussi l'une des devises de ma mère, et le conseil le plus précieux qu'elle m'ait donné. Elle dit aussi que la patience est une vertu et que tout vient à point à qui sait attendre. J'espère qu'elle a raison.

— Vous n'êtes mariés que depuis deux ans, avança prudemment Margaret.

Julia secoua la tête et se détourna.

— Nous ferions mieux de rentrer : on dirait qu'il va pleuvoir. En réalité, je vous cherchais pour vous dire que moi aussi j'avais reçu du courrier ce matin : une lettre de mon mari. Il sera de retour début octobre. Il m'a demandé de vos nouvelles et dit qu'il a hâte de faire votre connaissance.

— A-t-il l'intention de rester longtemps ?

— Il va généralement chasser le cerf en Écosse vers la fin de l'année, mais il n'en a pas parlé. Peut-être que votre présence le persuadera de prolonger son séjour. Avec un peu de chance, ajouta Julia, avec un sourire embarrassé, j'en serai la bénéficiaire.

Princesse Louise à Lady Margaret

Château de Balmoral, 30 septembre 1866

Chère Margaret,

Je ne peux pas t'écrire longuement, car je suis sur le point d'accompagner la reine à Dunkeld pour rendre visite à la duchesse d'Athol. J'ai été très occupée depuis le mariage. Nous nous sommes rendus à Osborne House, notre résidence sur l'île de Wight, avec Lenchen et son nouveau mari juste après les festivités. L'heureux couple venait à peine de partir pour le continent que le lieutenant Stirling quittait lui aussi l'île de Wight… définitivement. Il a été remplacé par un certain Mr Legg, qui ne tient pas du tout la comparaison !

En août, j'ai secondé la reine à Balmoral pour l'habituelle réunion de famille, qui incluait même Bertie, à la grande joie de Sa Majesté. Un bal s'est tenu au château d'Abergeldie, où j'ai porté une nouvelle robe merveilleuse, puis Lenchen et son prince sont rentrés de leur voyage de noces, l'air relativement satisfait. La reine organisera un bal en leur honneur plus tard ce mois-ci, lorsque Sa Majesté et moi reviendrons de Dunkeld. J'ai dessiné ma propre toilette pour cette prestigieuse occasion… et j'ai fait du très beau travail, si je peux me permettre.

Sa Majesté m'appelle ! Mes journées ne m'appartiennent plus maintenant que Lenchen est mariée, mais je trouve mon nouveau rôle de secrétaire de Sa Majesté supportable.

Hélas, cela me laisse très peu de temps pour mes sculptures et plus une minute de libre pour ma propre correspondance.

Louise

P-S : Leo a non seulement un nouveau tuteur en la personne de Mr Legg, mais aussi un nouveau précepteur. Le révérend Duckworth est un homme absolument charmant.

Chapitre 23

Octobre 1866

La journée était bien avancée lorsque Margaret revint vers Powerscourt, Aoife trottant religieusement sur ses talons. Elle avait marché plus loin que prévu. L'agréable soleil d'automne l'avait poussée à s'aventurer jusqu'au parc que le mari de Julia avait fait aménager pour abriter ses cerfs sika, une espèce rare qu'il avait fait venir du Japon.

Elle avait relu la lettre de Louise plusieurs fois et ne savait toujours pas comment l'interpréter. Son amie était-elle à ce point inquiète que sa correspondance soit surveillée par les courtisans de la reine qu'elle ne pouvait pas se permettre le moindre commentaire sur le sujet qui la préoccupait tant lors de leur dernière rencontre ? Ou était-ce simplement la missive d'une jeune femme frivole qui n'avait rien d'autre à faire que de se tracasser pour ses tenues de soirée et le physique des nouveaux précepteurs, sans avoir la moindre minute à consacrer à une amie absente tombée en disgrâce ?

Louise se montrait toujours plus fragile et superficielle quand elle était malheureuse. L'instinct de Margaret lui chuchotait que tout n'était pas rose dans la vie de la princesse. Elle aurait tellement voulu lui parler, la réconforter, même si elle n'avait aucun conseil à lui donner. Mais c'était impossible dans un avenir immédiat, et elle n'avait rien à gagner en écrivant une lettre qui pourrait ne jamais être lue ou, pire, tomber entre de mauvaises mains. La question de savoir si leur amitié serait un jour ravivée ne trouverait réponse que dans un futur lointain. Pour l'instant, leurs chemins prenaient des directions bien différentes. Si on pouvait qualifier de direction le fait de tourner en rond dans des cercles toujours plus réduits.

Margaret ralentit le pas. Ses bottines soulevèrent à la fois les feuilles séchées et la boue qui s'étendait sur le sol de la forêt. Elle en avait assez de ces errances quotidiennes sans fin et sans but. Elle était à Powerscourt depuis trois mois maintenant. Les jours s'écoulaient lentement, impossibles à différencier, comme des grains dans un sablier sans fond, tandis qu'elle s'enlisait peu à peu dans l'idée d'accepter son destin avec indifférence. Même la presse semblait l'avoir totalement oubliée : Louise aurait certainement évoqué le moindre commentaire négatif publié à son sujet. Margaret avait pris l'habitude d'éviter son reflet, redoutant de voir un vilain petit canard court sur pattes la fixer, et une moue disgracieuse sur son visage, comme si elle avait avalé sa propre crinoline.

Elle donna encore un coup de pied dans un tas de feuilles et en attrapa une qui voltigeait à l'instar d'un papillon fripé et tacheté. Devait-elle payer son refus de faire ce qu'on attendait d'elle par une vie entière de profonde inertie ? Elle froissa la feuille et la laissa retomber sur le sol.

— Non, je refuse ! cria-t-elle.

Sa voix se répercuta entre les arbres. Il était temps qu'elle suive le conseil de Julia et tire le meilleur parti de la situation. Margaret devait se pardonner ses erreurs et cesser de se lamenter sur ce qui aurait pu être. Le lendemain était le jour de son vingtième anniversaire. En guise de cadeau à elle-même, Margaret allait enfin accepter la proposition de son hôtesse : elle emprunterait un cheval et ferait une promenade. Pourquoi devrait-elle continuer à se priver de l'un des plus grands plaisirs de sa vie ?

Le vicomte Powerscourt était attendu d'un jour à l'autre. Au cours des deux semaines qui venaient de s'écouler, Julia s'était affairée sans relâche afin de préparer la maison et les jardins pour le retour de son mari. C'était presque comme si elle pensait qu'en jouant la châtelaine modèle elle allait être récompensée par un enfant. Margaret espérait ardemment qu'elle obtiendrait ce qu'elle souhaitait. La situation de son hôtesse était déchirante, bien qu'elle la supportât stoïquement. Chaque fois que Margaret essayait d'aborder le sujet, Julia se montrait réticente. Cela avait dû être très dur pour elle d'en parler la première fois.

C'était une personne de plus que Margaret était incapable d'aider. Même si, maintenant qu'elle y pensait, la meilleure réaction était de se faire discrète pendant que Julia et son mari tenteraient de remédier à leur absence d'enfant. L'idée même de tenir la chandelle… pas question ! En y pensant, l'arrivée du vicomte serait l'excuse idéale pour partir explorer le pays dans lequel elle vivait actuellement. Dublin était paraît-il magnifique, et la ville balnéaire de Bray était également dans les environs. Si elle emmenait Breda, cela ne poserait aucun problème. C'était un premier pas, minuscule, mais au moins elle allait enfin de l'avant.

Margaret entra dans la maison par l'une des portes latérales. Elle s'apprêtait à se rendre dans sa chambre dans l'intention de se refaire une beauté, quand Aoife se mit à aboyer joyeusement et fonça vers le grand escalier. Exaspérée et riant, Margaret la prit en chasse jusqu'au premier étage, où la chienne, à sa grande horreur, s'engouffra dans le salon principal.

C'était la pièce la plus vaste de Powerscourt, réservée aux grandes occasions. C'est là qu'avait été reçu George IV lors de sa visite en Irlande après son couronnement et elle était depuis considérée comme sacro-sainte. Le fauteuil tendu de velours rouge, fabriqué spécialement pour Sa Majesté et baptisé le Trône, était toujours à sa place d'honneur. Selon Julia, ce salon richement orné, avec ses colonnes classiques et son balcon sous une arche, donnait l'impression de visiter un musée, et Margaret ne pouvait pas la contredire.

Une série de niches présentaient des scènes peintes par le frère cadet de Wingfield, Lewis, qui était entre autres un artiste. Des statues grandeur nature de déesses grecques et romaines à moitié nues montaient la garde entre les piliers. Dans le coin le plus éloigné se trouvait une représentation de Lady Londonderry, la mère de l'actuel vicomte. C'était assez incongru, car le grand canapé en ébène du salon dénotait déjà sa présence. Elle avait en effet brodé les tissus de motifs égyptiens lors d'un voyage avec le vicomte à bord du cotre familial. C'était du moins ce que racontait l'abondante légende familiale.

Julia, dont la seule ambition en matière de couture était de broder un jour une robe de baptême, ne se servait jamais de cette pièce, mais ce jour-là elle y prenait le thé avec un gentleman.

Il n'était pas difficile de déduire, à la façon dont Aoife agitait furieusement la queue, qu'il s'agissait de Lord Powerscourt en personne, arrivé avec deux jours d'avance. Sa barbe luxuriante couvrait la majeure partie de son visage et descendait comme un plastron sur le haut de sa chemise. Elle était si touffue qu'on aurait dit un accessoire de scène. Margaret se souvint tout à coup de l'état déplorable dans lequel elle se trouvait à cause de sa promenade et était sur le point de battre en retraite lorsque Julia la remarqua.

— Margaret, comme vous pouvez le voir, mon mari est arrivé plus tôt que prévu. Venez le rencontrer. Mervyn, voici Lady Margaret Montagu Douglas Scott. Margaret, mon mari.

— Enchantée, Lord Powerscourt.

Mortifiée par ses cheveux qui tombaient dans son dos et sa robe maculée de boue, Margaret exécuta une révérence.

Les sourcils de Lord Powerscourt étaient aussi fournis que sa barbe. Pourtant, ses cheveux, qui étaient plus épars sans avoir tout à fait déserté son crâne, tombaient en boucles souples, comme celles d'un bébé. Son nez n'était ni délicat ni fort, et ses yeux bruns rappelèrent à Margaret ceux d'un épagneul.

— Je suis très heureux de vous rencontrer, Lady Margaret. Je vous suis redevable de tenir compagnie à ma femme.

— C'est un plaisir, Lord Powerscourt, répondit Margaret, se sentant coupable de ne mériter aucun éloge à ce sujet.

— Eh bien, maintenant, asseyez-vous et rejoignez-nous.

— Margaret va vouloir se changer, n'est-ce pas ?

— Oh ! oui.

Souhaitant obéir à Julia, elle se mit à reculer.

— Je ne peux pas m'asseoir ici couverte de boue.

— Balivernes ! s'exclama Lord Powerscourt, une motte de bonne terre irlandaise n'a jamais fait de mal à personne.

— Vous devez avoir envie de retrouver Lady Julia, après que vous avez été séparés si longtemps.

— Il n'y a rien d'urgent, n'est-ce pas ? répliqua Lord Powerscourt.

Puis, quand son épouse haussa les épaules en signe d'abdication, il se tourna vers Margaret et indiqua le fauteuil à côté de lui.

— S'il vous plaît, asseyez-vous. Votre père possède de nombreux domaines, je crois. J'aimerais avoir votre avis sur mon humble demeure.

Susannah Elmhirst à Lady Margaret

Le presbytère, Lambeth, 28 octobre 1866

Chère Lady Margaret,

J'ai obtenu votre adresse par Sa Grâce, votre mère, qui m'a autorisée à contrecœur à vous écrire, avec certaines réserves, que je n'ai pas besoin de vous préciser. J'ai cru comprendre que votre séjour à Powerscourt risquait d'être long. J'espère que vous êtes en bonne santé, que votre moral est bon et que vous pouvez profiter de l'air frais de la campagne… comme je vous l'envie !

Je ne vous ai pas écrit jusqu'à présent parce que je pensais qu'une rupture nette serait la meilleure solution pour toutes les parties concernées, et plus particulièrement pour vous. Soyez assurée, cependant, que vous êtes souvent dans mes pensées. J'écris maintenant dans l'espoir que le temps aura guéri les blessures et que vous trouverez du réconfort en apprenant que la vie à Lambeth se poursuit comme d'habitude, avec ses hauts et ses bas.

Il y a eu quelques changements dans notre foyer depuis votre dernière visite. Mon frère s'est enfin laissé convaincre de demander à l'évêque le recrutement d'un vicaire et, à son grand étonnement, sa requête a été acceptée. Mr Glass est jeune, mais extrêmement enthousiaste, et sa présence a beaucoup égayé Sebastian. Quant à moi, je n'ai pas réussi à remplacer ma chère Esther, qui continue à me manquer. Par conséquent, je suis contrainte de consacrer beaucoup plus de temps à la gestion de la maison que je ne le voudrais, surtout maintenant que j'ai deux hommes à gérer ! Esther et Molly semblent très heureuses dans leur nouvelle vie ensemble, et c'est déjà quelque chose. Sebastian dit que nous sommes tous égaux aux yeux de Dieu, ce qui est typique de lui.

Nos dames continuent à se rencontrer, et votre nom surgit de temps en temps dans la conversation. Vos histoires manquent beaucoup aux enfants, et ils sont impitoyables comme seuls les enfants peuvent l'être face à mes misérables tentatives pour vous remplacer.

Cet été, nous avons fait face à une épidémie de choléra qui a mis l'infirmerie à rude épreuve, comme vous pouvez l'imaginer. Je suis désolée de devoir vous informer que Sally a perdu son petit Alfie. La maladie est cruelle et frappe sans discernement.

Nous sommes dimanche après-midi, et ~~j'entends mon frère soupirer de façon excédée comme quand un de ses sermons ne se passe pas bien~~ Sebastian se prépare pour les vêpres. Il va s'attendre à ce que la fée du logis ait préparé le thé avant cela, je dois par conséquent terminer cette lettre et aller assurer, sans ailes et sans baguette, les miracles qu'on exige d'une fée !

Je prie pour que vous trouviez satisfaction et épanouissement à mesure que le temps passe.

Que Dieu vous bénisse, Lady Margaret.

Avec mes meilleures salutations,

Susannah Elmhirst

Lady Margaret à Susannah Elmhirst

Powerscourt, comté de Wicklow, 2 novembre 1866

Très chère Susannah,

Merci pour votre gentille lettre, qui, je vous l'assure, m'a fait chaud au cœur. Je ne vous ferai pas l'affront de prétendre que les derniers mois ont été un long fleuve tranquille, mais il y a de petits étangs et des rivières qui, je l'espère, finiront par mener à la mer.

(La beauté de la nature qui m'entoure n'a pas seulement été vivifiante, elle semble avoir irrigué ma correspondance !) Ma chère Molly m'a écrit pour me confirmer qu'elle est heureuse dans sa nouvelle vie, ce qui est une source de réconfort pour moi, bien que je sois attristée d'apprendre que le départ d'Esther vous contraint à travailler dans la cuisine. Votre temps serait bien mieux mis à profit s'il vous servait à soulager les malheurs domestiques des paroissiennes. Hélas, je ne peux nier que nous vivons dans un monde d'hommes !

J'ai été touchée de lire que les enfants me réclamaient et désolée, bien qu'un peu amusée tout de même, d'apprendre que vos talents de conteuse ont été tournés en dérision. J'ai rédigé à la hâte un petit conte que vous pourrez leur raconter pour sauver votre réputation et que vous pouvez vous approprier. Il s'appelle « La Maison au milieu du bois ». J'ai laissé les enfants décider de la fin, car j'ai découvert qu'ils prennent un plaisir immense à l'inventer. Si ma petite contribution est un succès, je serai ravie d'en écrire d'autres et de vous les envoyer.

Je ne vous demanderai pas de transmettre mes meilleurs vœux à votre frère, bien qu'il les ait quand même et qu'il occupera toujours, comme vous, une place particulière dans mon cœur.

Votre amie,

Margaret

Chapitre 24

Le vicomte Powerscourt était rentré depuis trois semaines à présent, et Margaret n'avait toujours pas réussi à mettre à exécution son plan d'évasion. Elle avait évoqué l'idée à plusieurs reprises et, bien que Julia se soit montrée enthousiaste, le vicomte avait mis son veto à tout voyage, préférant faire profiter Margaret de sa sagesse.

Elle eut notamment droit à un cours magistral sur les difficultés des croisements entre le cerf sambar japonais et le chevreuil allemand, et les problèmes pour maintenir en bonne santé dans le climat humide d'Irlande les mouflons de Sardaigne, habitués à leur terrain d'origine sec et rocailleux. Margaret eut encore l'honneur d'assister à plusieurs conférences concernant l'origine des myriades de têtes de cerfs qui ornaient les murs de la demeure du vicomte et elle avait entendu au moins trois fois son anecdote préférée : comment son père avait failli accidentellement noyer le roi George dans la cascade.

Elle avait examiné ses dernières acquisitions et feint de s'intéresser à ses projets de création d'une fontaine dans l'étang Juggy Pond, aux obstacles techniques à surmonter pour y parvenir. Ce qui était un sujet bien plus fascinant que les arbres ornementaux, leur plantation et leur drainage.

Soir après soir, Lord Powerscourt décrivait fièrement ses plans pour réaménager ses fermes, drainer ses champs, reconstruire sa maison et parsemer ses terres de ponts, de grilles et de routes. On ne pouvait douter de son enthousiasme, de l'estime sincère qu'il portait à ses métayers, de sa fierté, ni même de l'ambition dont il faisait preuve à travers ses divers aménagements. Mais sa prodigieuse capacité à rendre mortellement ennuyeux le sujet le plus intéressant, combinée à son absence totale de sens de l'humour, faisait de sa compagnie un test d'endurance. La veille au soir, en désespoir de cause, Margaret avait suggéré que ce serait une bonne idée de déplacer l'ensemble du comté de Wicklow légèrement vers l'est. Bien que Julia ait laissé échapper un rire spontané, rapidement étouffé, son mari, après être resté un instant perplexe, avait patiemment expliqué en long et en large pourquoi les frontières des comtés ne pouvaient pas être ajustées selon son bon vouloir, sans provoquer un tollé politique.

Lord Powerscourt était capable de parler pendant une heure d'affilée, sans s'accorder de pause pour reprendre son souffle. Il demandait l'opinion de son interlocutrice, puis donnait la sienne, de façon très détaillée. Les rares fois où Margaret avait observé Julia qui persistait à soutenir un point de vue différent, son époux l'avait écoutée patiemment, puis avait ignoré ce qu'elle venait d'expliquer. Il n'était jamais impoli, ni ouvertement condescendant, mais avait un air sérieux en toutes circonstances, qui hérissait Margaret. Il avait plusieurs fois répété que le séjour de Margaret avait permis à Julia d'avoir de la compagnie, sans imaginer un instant que celle-ci pourrait préférer celle de son mari.

Le mariage de Margaret avec Killin aurait-il ressemblé à cela ? Tous les hommes que son père considérait comme de bons époux étaient-ils issus du même moule ? Et les femmes étaient-elles moins uniformes ? À regret, Margaret avait conclu que Julia et elle ne seraient jamais proches. La réserve de son hôtesse était presque impossible à percer. Même si elle savait, grâce à leur unique conversation à cœur ouvert, que Julia avait des sentiments, celle-ci ne les dévoilait pratiquement jamais. Elle rappelait à Margaret Victoria, ce qui la poussa à se demander si la conformité extérieure de sa sœur et sa tolérance stoïque ne dissimulaient pas une personne plus émotive et donc beaucoup plus intéressante. Cela eût très bien pu être le cas, mais Margaret ne le découvrirait jamais. De l'observation rapprochée et forcée du mariage de Julia, elle avait au moins tiré une conclusion très claire : elle ne pourrait jamais se résoudre à reproduire ce modèle. Être témoin de la souffrance polie de Julia pendant que son mari s'acharnait sur elle la faisait hurler de frustration en silence.

Parlez plus fort, voulait crier Margaret à Julia. *Rappelez-lui que vous avez une voix !* Elle savait maintenant avec une certitude absolue qu'elle avait eu entièrement raison de rejeter Killin.

À une seule occasion, le vicomte ne s'était pas montré volubile. Lorsque le nom de son frère défunt, Maurice, avait été évoqué par hasard, la barbe de Lord Powerscourt avait tremblé et il s'était frotté furieusement les yeux, avant de serrer les poings.

« Un homme bon, avait-il marmonné. Un officier décoré par la reine en personne, béni par le Seigneur. Un homme, un vrai, contrairement à ce… ce dandy frivole !

— Il parlait de Lewis, avait expliqué Julia alors que son mari quittait la pièce en trombe. Mon mari tenait Maurice en si haute estime que son plus jeune frère ne soutient pas la comparaison. Le fait que Lewis soit si déterminé à être différent n'arrange rien.

— Différent dans quel sens ? »

Julia avait pincé les lèvres.

« Il a un penchant pour les mauvaises fréquentations et n'a aucun respect ni pour le nom de Wingfield ni pour son frère aîné. Heureusement, ce sentiment est réciproque. Nous le voyons rarement. »

Margaret réfléchissait à ce paradoxe : le vicomte détestait son héritier actuel, mais ne semblait pas prendre à cœur la tâche de le remplacer par un de ses propres fils. Elle ne discernait aucune preuve d'intimité dans le comportement des époux au quotidien. Wingfield tenait la porte à sa femme, il écartait sa chaise au dîner, mais leurs contacts semblaient se limiter à ces interactions. Une dimension plus physique devait exister derrière les portes fermées de la chambre de Julia, se dit Margaret en les examinant tous les deux à la table du petit déjeuner. Essayer d'imaginer la forme que prenait cette intimité l'horrifiait. Le vicomte se faisait-il annoncer par son valet ? Demandait-il la permission de Julia à l'avance, par écrit ? Engageait-il la procédure avec un baiser ou se lançait-il simplement… *Ah, non, stop.* Margaret devait cesser de s'imaginer la situation, sinon elle allait être incapable d'avaler ses œufs mollets.

— Que vous arrive-t-il, Margaret ? Vous êtes-vous étouffée ?

La jeune femme repoussa son assiette à moitié entamée.

— Non, pas du tout. Je me demandais, Julia, si je pouvais emprunter la voiture pour visiter Dublin demain ou après-demain.

— Dublin ? Qu'y a-t-il à voir à Dublin… ?

— Margaret est enfermée ici depuis trois mois maintenant, mon cher, intervint Julia. Je pense qu'un changement de décor lui ferait le plus grand bien. Je pourrais vous accompagner, Margaret. Nous pourrions prendre le thé et…

— J'ai un nouveau lot de têtes de cerfs qui arrive d'Allemagne demain, annonça Lord Powerscourt. Elles sont particulièrement délicates, car elles sont en papier mâché. Je les ai achetées au comte Arco-Zinneberg, elles faisaient partie de sa collection dans sa propriété de la Wittelsbacherplatz à Munich. J'aurai besoin de votre aide pour choisir leur emplacement, Julia. Le hall d'entrée s'impose, mais je pensais…

— Naturellement, je serai ravie de vous aider, lui assura Julia d'un air affligé. Je vais commander la voiture pour demain à la première heure, Margaret. Emmenez Breda, passez la journée à visiter les monuments et prenez le thé. Je serai plus utile ici.

— En effet, affirma Lord Powerscourt. Il y a beaucoup trop à faire. Il me faut rattraper tout ce temps perdu.

— Tout à fait, convint Julia.

Le lendemain matin, Margaret s'habilla avec soin. Elle revêtit une robe de journée en soie de couleur cuivre, ornée d'une bordure géométrique d'une teinte brun chocolat qui créait un contraste. Cette combinaison était plutôt inhabituelle pour une jeune femme célibataire, mais c'était son choix, et sa mère avait été indulgente. Le corsage avait un col et des poignets en dentelle blanche, il était fermé par une rangée de minuscules boutons de jais. L'ensemble était complété par un paletot assorti, court sur le devant, avec une longue queue. Elle portait un petit chapeau avec un très large nœud et ses cheveux avaient été tressés longuement par Breda. Sans oublier le corset, la crinoline et les jupons. Une paire de gants de chevreau à la main, Margaret était prête à affronter le monde pour la première fois depuis longtemps.

Mais avant cela elle devait affronter le miroir. Elle fut surprise de constater que l'ensemble lui allait bien. Breda ne l'avait pas lacée aussi serré que Molly le faisait, et la jeune lady aurait sans aucun doute échoué au test du mètre ruban de sa mère. Margaret n'était pas menue : elle avait des courbes, mais elle décida qu'elle préférait cette silhouette. Pour ne rien gâcher, elle l'avait obtenue sans le moindre effort. Au cours des dernières semaines, ses envies de gâteau et de dessert avaient disparu. Elle aimait encore manger, mais elle ne faisait plus d'excès.

Elle fut également surprise par son visage. Les traits qu'elle découvrait dans son reflet étaient toujours les siens : les grands yeux bleus, le nez droit des Montagu, la bouche un peu trop pulpeuse pour être à la mode. Pourtant, la femme dans le miroir était pratiquement une inconnue.

Elle faisait plus que ses vingt ans. Son menton était déterminé, son expression légèrement méfiante. Sa peau bronzée était parsemée de taches de rousseur ; ses sourcils avaient leur teinte d'origine, auburn foncé, comme ses cils. Était-ce le cuivré de sa robe qui donnait à ses cheveux la couleur des feuilles d'automne brunies, plutôt que leur roux carotte qu'elle leur avait toujours attribué ?

Un minuscule sillon s'était creusé sur son front, résultat sans doute des nuits d'insomnie et de son humeur sombre en permanence. Elle tenta de l'effacer, mais la ride était manifestement définitive. C'était une Margaret au naturel, et elle décida qu'elle approuvait plutôt cette nouvelle incarnation. Elle esquissa un sourire.

— Qu'en pensez-vous ? demanda-t-elle en se tournant vers Breda et en virevoltant, faisant rebondir sa crinoline en riant.

— Vous êtes différente, déclara la servante. Jolie, mais pas de façon conventionnelle. C'est le sourire qui vous transforme, milady, si je puis me permettre. C'est ravissant.

— D'après ma mère, je montre trop mes dents quand je souris. Elle n'arrêtait pas de me répéter : « Un peu plus sobre, Margaret. »

— Eh bien, loin de moi l'idée de contredire une duchesse, mais je pense que votre sourire est joli et qu'on aperçoit juste ce qu'il faut de dents, lui assura Breda. C'est un vrai sourire, si vous voyez ce que je veux dire.

— Je vois, effectivement.

Margaret enfila ses gants.

— Maintenant, allez chercher votre chapeau, Breda, et je vous retrouve en bas dans cinq minutes. Dublin nous attend.

Le landau des Powerscourt les déposa dans Grafton Street, qui, d'après Breda, était la principale artère commerçante de Dublin. Sous des auvents noirs, au rez-de-chaussée de grands immeubles de l'époque georgienne, les vitrines de magasins exposaient des gants, des chapeaux et de la porcelaine fine. Des badauds bien habillés se pressaient sur les trottoirs propres ; d'élégantes calèches et des charrettes se disputaient la large rue pavée.

— Ne voulez-vous pas faire quelques achats, milady ?

— Je vois qu'il y a une librairie là-bas. Pour l'instant, j'aimerais me promener, si vous le voulez bien, et prendre un peu mes marques. Lord Powerscourt m'a fourni un itinéraire.

Il m'a dit que je devais absolument voir le vieux bâtiment du Parlement et Trinity College, et surtout le *Livre de Kells.*

— Le *Livre de Kells,* milady ? N'est-ce pas juste un vieux livre écrit par un moine ?

— En voilà une façon de décrire un manuscrit d'importance historique !

Margaret rit en voyant la tête de Breda.

— Ne vous inquiétez pas. Je n'ai pas plus envie que vous de passer cette belle journée d'automne à parcourir un ouvrage poussiéreux.

— Puis-je jeter un coup d'œil à ce que Sa Seigneurie a écrit ? demanda Breda. Ainsi, je saurai quelle direction nous devons emprunter. Pour l'amour de Dieu, ajouta-t-elle en faisant la grimace, ce sont de vraies pattes de mouche. Comment se fait-il que plus une personne soit instruite, moins son écriture soit lisible ? Mon frère Padraig écrit mieux que ça et il n'est allé à l'école que trois ans. Nous irons par là, milady, après le parc St Stephen's Green, en direction de Merrion Square.

En quelques pas seulement, elles quittèrent Grafton Street et s'engagèrent sur un boulevard d'une largeur impressionnante. Margaret eut son premier aperçu de la véritable splendeur de l'architecture georgienne de Dublin. D'un côté, les admirables grilles en fer d'un joli parc, où quatre calèches ouvertes attendaient la clientèle ; de l'autre, la façade de briques rouges et de grès de l'hôtel Shelbourne, où se tenait un portier en livrée gérant le flot de voitures. Margaret avait imaginé un paysage urbain semblable à celui du quartier de New Town à Édimbourg, mais ici l'extérieur des maisons était en briques rouges plutôt qu'en grès. Les bâtiments avaient un toit plat et de jolies colonnades flanquaient des portes peintes de couleurs vives surmontées d'impostes. À ses yeux, l'ensemble était moins uniforme mais plus esthétique. Les maisons georgiennes mitoyennes se faisaient face sur les quatre côtés de la jolie place Merrion. Si l'on se penchait par-dessus les rambardes pour jeter un coup d'œil dans les jardins particuliers, on apercevait des nourrices qui poussaient des landaus sur des sentiers sinueux et des bambins bien habillés qui gambadaient dans l'herbe en jouant avec des cerceaux et des balles.

— C'est charmant ici, déclara Breda, mais si on continue un peu plus loin vers le canal c'est une autre histoire. Leinster House, qui est sur la liste de Sa Seigneurie, se trouve juste en bas. Je me demande pourquoi il l'a mentionné.

— C'est l'œuvre de l'architecte qui a redessiné Powerscourt, lui expliqua Margaret. Apparemment, il y a beaucoup de traits communs. Ça doit être là-bas.

Elle s'arrêta pour contempler le manoir de style palladien depuis la lisière de ses vastes jardins, essayant de faire preuve d'une certaine déférence. Margaret était toutefois légèrement irritée de suivre l'itinéraire du vicomte, car il s'était arrogé le droit de diriger leur précieuse escapade.

— Trinity est la prochaine étape, la prévint Breda, en se mettant courageusement en route.

L'université était magnifique : de gracieux bâtiments en granit gris donnaient sur des étendues de verdure. Des étudiants en toge s'y pressaient, des livres sous le bras. Mais lorsque Margaret et Breda débouchèrent sur College Green, en face de la banque qui hébergeait autrefois le Parlement, Margaret se dit qu'elle avait eu son compte, bien qu'elles n'eussent accompli qu'une partie de la visite suggérée par son hôte.

— Je crois que je vais aller à la librairie maintenant, puis ce sera l'heure du thé au Shelbourne, annonça-t-elle avec fermeté.

— Ça vous dérangerait, milady, si j'en profitais pour aller voir ma mère pendant que vous prenez le thé ? s'enquit Breda. Ce n'est pas très loin et je serai de retour en deux coups de cuillère à pot. Je n'oserais pas demander si elle n'était pas un peu mal en point en ce moment.

— Bonté divine, bien sûr, allez-y. Vous auriez dû le dire plus tôt, Breda, plutôt que de trotter derrière moi.

— Je ne pouvais pas vous laisser seule dans une ville inconnue. Je vous accompagne à la librairie, puis au Shelbourne, et ensuite…

— Vous ne ferez rien de tout cela. Vous allez vous rendre directement chez votre mère d'ici et je viendrai avec vous.

— Oh non, milady, c'est un quartier défavorisé, je ne voudrais pas…

— J'ai probablement vu pire, quand je faisais du bénévolat dans le quartier de Lambeth à Londres, alors montrez-moi le chemin, à moins que vous ne pensiez que votre mère est trop malade pour recevoir des visiteurs inattendus.

— Maman sera ravie de vous rencontrer, car je lui ai parlé de vous dans mes lettres. Si vous êtes absolument certaine, milady, c'est juste de l'autre côté du fleuve.

Plus près des rives du fleuve, les bâtiments georgiens paraissaient décrépits, les rues mal entretenues et les gens plus crasseux. Les boutiques au rez-de-chaussée vendaient des vêtements et des bottines d'occasion et une devanture sur trois semblait être une taverne.

Margaret se rendit compte que les gens l'observaient, mais elle avait l'habitude de défier les regards et la mine patibulaire qu'affichait Breda avait un excellent effet dissuasif.

Une petite fille vendait des fleurs, assise au coin de la rue menant au pont. Pieds nus et noire de saleté, elle était négligée, avec des cheveux bruns remplis de nœuds et d'énormes yeux bruns. Son sourire timide toucha Margaret droit au cœur.

— Qu'est-ce que tu vends ? demanda-t-elle.

La fillette inclina son panier, qui contenait quelques roses un peu flétries.

— Parfait, affirma Margaret, en fouillant dans sa poche pour trouver un shilling. Est-ce suffisant ?

— Avec ça, vous pourriez acheter aussi le panier, l'avertit Breda.

Margaret la fit taire, prit les fleurs et donna le shilling. La petite fille fixa la pièce un moment, comme si elle avait peur qu'elle ne soit pas réelle, puis elle attrapa son panier et s'enfuit.

— Je serais surprise qu'elles durent plus de deux jours, fit remarquer Breda en contemplant les roses avec mépris.

— Mais elles ont un parfum agréable et je ne pouvais pas me présenter chez votre mère les mains vides. Je sais parfaitement que j'ai payé plus que de raison, ajouta Margaret, mais la petite vendeuse ignore que je le sais. Maintenant elle peut rentrer à la maison et dire à sa maman qu'elle a été maligne.

— Vous avez bon cœur, déclara la servante en secouant la tête. Maman les appréciera de toute façon.

La Liffey, le fleuve, était marron et coulait lentement. Sur la rive opposée, l'élégant et imposant bâtiment néoclassique du Custom House, le bureau officiel de la douane, surmonté de sa coupole caractéristique, était emblématique de l'héritage georgien de Dublin, capitale florissante. De l'autre côté du pont de Carlisle s'étendait Sackville Street, un large boulevard bordé de boutiques élégantes, d'un grand magasin et de plusieurs hôtels. Plus loin, cependant, alors qu'elles passaient devant le bureau de poste et la colonne Nelson pour s'engager dans Upper Sackville Street, le quartier devint plus pauvre.

— Cachez votre montre, milady… oh ! je vois que vous l'avez déjà fait.

— Et mon porte-monnaie est en sécurité dans la poche de mon jupon. Je vous l'ai dit, je suis habituée à des endroits comme celui-ci.

Breda se rapprocha un peu plus d'elle.

— Je me dis toujours que ces maisons devaient être majestueuses quand elles ont été construites, mais même lorsque nous sommes arrivés du comté de Mayo, il y a presque vingt ans maintenant, elles étaient déjà en mauvais état. Nous tournons ici, milady.

Un jeune garçon qui s'accrochait sans selle à l'encolure d'un cheval gris à la crinière sauvage descendit à toute allure la rue dans laquelle elles venaient d'entrer. Dès que l'on quittait l'artère principale, tout paraissait beaucoup plus délabré. Pas seulement les pavés couverts de détritus abandonnés dans la rue, ou les fenêtres condamnées, ni même les ardoises manquantes qui laissaient des trous béants dans les toits. C'était la puanteur de la pauvreté, des corps sales, des vêtements souillés, de l'eau croupie, du plâtre humide et du bois en putréfaction.

— Attention à vos jupes, milady. Désolée pour l'odeur, s'excusa la servante en fronçant les narines. Je ne la remarquais pas quand je vivais ici. Maman fait de son mieux pour garder la maison propre, mais c'est difficile, même lorsqu'elle est en bonne santé.

— Je vous en prie, ne vous inquiétez pas pour ça. Je comprends parfaitement combien c'est compliqué, notamment sans l'eau courante. De quoi souffre votre mère, Breda ?

— De la même chose que les neuf fois précédentes, mais elle devient bien trop âgée pour ça. J'ai eu un petit frère il y a deux semaines. Elle pensait que tout ça était derrière elle, car mon plus jeune frère a déjà six ans. Et il aurait mieux valu que ce soit le cas, car quelque chose a mal tourné lorsque le terme est venu. Agnes, ma troisième sœur, a dû l'emmener à la Rotonde… c'est l'hôpital pour les accouchements qui se trouve près d'ici. Les médecins pensaient que le petit n'allait pas s'en sortir. Il est encore très malade et maman a fait venir le prêtre pour le baptiser par précaution.

— Oh ! Breda, vous auriez dû m'en parler. Si elle a besoin de quoi que ce soit…

— Ce dont elle a besoin, c'est que mon père la laisse tranquille, affirma la servante d'un ton acerbe. Pardonnez mon franc-parler, milady. Elle a quarante-quatre ans et n'a pas besoin d'une bouche supplémentaire à nourrir. Pour être tout à fait honnête, et que Dieu me pardonne de le dire, il aurait mieux valu que le petit bout ne survive pas… Bah, non, je ne le pense pas. J'espère seulement que cette fois-ci est vraiment la dernière. Attention où vous mettez les pieds, car nous devons traverser ici. Voilà Cillian, si je ne me trompe pas. Mon plus jeune frère. Il devrait être à l'école, le petit vaurien.

Breda se dirigea vers un groupe de gamins qui jouaient aux billes. Certains étaient pieds nus, d'autres portaient des bottines beaucoup trop grandes. Le plus petit et le plus propre, vraisemblablement Cillian, se leva en apercevant sa sœur et jeta les bras autour de sa taille. Margaret rit, car le sourire charmeur du garçonnet avait immédiatement dissipé le froncement de sourcils de Breda. Margaret traversa la rue pour les rejoindre.

— C'est cette maison-là, lui indiqua Breda. Au premier étage. Il n'y a que maman : Agnes a dû retourner hier à l'usine de biscuits dans le quartier des Liberties, et mon frère travaille près d'ici, à la brasserie où mon père est ouvrier. Mes autres sœurs sont en service comme moi, dans une grande maison du comté de Kildare. Il ne reste donc que Padraig, qui est à l'école à cette heure-ci, et le bébé, bien sûr.

— Liam. Il pleure tout le temps, indiqua Cillian d'un air solennel. Et maman aussi.

Breda déposa un penny dans la paume de son frère.

— File, va t'acheter du sucre d'orge. Et demain tu retournes à l'école, sinon…

Le sourire de Breda s'évanouit dès qu'elle se releva.

— Maman a pleuré toutes les larmes de son corps pendant un mois après la naissance de Cillian. Allez, venez milady. Allons voir si nous pouvons la réconforter.

Deux heures plus tard, leur mission accomplie, elles se retrouvèrent à l'hôtel Shelbourne. Le hall d'entrée était aussi opulent que la façade le laissait deviner : les sols étaient en marbre poli, le plafond rehaussé de moulures dorées, les salles publiques séparées de l'entrée par des pilastres en marbre et une série d'arches impressionnantes. Le contraste avec les trois pièces exiguës dans lesquelles la famille de Breda vivait de l'autre côté de la Liffey n'aurait pas pu être plus frappant.

— Je suis Lady Margaret Montagu Douglas Scott, une invitée de Lord Powerscourt, annonça-t-elle au maître d'hôtel qui les accueillit. Je crois que notre landau stationne ici, n'est-ce pas ? Je voudrais prendre le thé, puis faire venir la voiture dans une heure peut-être.

— Certainement, milady. Votre femme de chambre peut attendre dans le hall.

— Miss Murphy prendra des rafraîchissements avec moi.

Margaret faillit éclater de rire : il était difficile de déterminer qui de Breda ou du maître d'hôtel était le plus scandalisé. Margaret toisa l'employé d'un regard impérieux que sa mère n'aurait pas renié, ce qui décida l'homme à les conduire dans un grand salon or et crème, donnant sur un jardin. Il les installa à une table ronde près de la fenêtre.

— Mon Dieu, comme vous l'avez remis à sa place, chuchota Breda en jetant un coup d'œil inquiet par-dessus son épaule. Ce n'est pas convenable pour moi d'être ici.

— Vous devez sûrement avoir faim.

— Chez moi, nous avions faim en permanence, mais…

— Je n'ai aucune envie de prendre le thé seule. Lady Julia m'a assuré que le Shelbourne propose le meilleur goûter de Dublin. Et regardez, ajouta-t-elle alors que les plateaux se mettaient à arriver, je pense qu'elle avait raison.

Il y avait des sandwichs au saumon fumé et au cresson sur du pain blanc et des œufs mayonnaise à la cressonnette sur du pain irlandais ; des scones avec de la crème et de la confiture de fraises et du pain d'épice luisant, mais aussi de délicates pâtisseries aux pommes et aux mûres avec de la crème chantilly et des éclairs glacés au chocolat. Ces douceurs étaient accompagnées de thé parfumé servi avec des tranches de citron ou du lait dans une délicate théière en porcelaine de Belleek.

— Je n'arrive pas à croire que tous ces plats soient pour nous deux ! s'exclama Breda, les yeux écarquillés.

Margaret comprit que la quantité devait lui paraître obscène, au vu du quartier qu'elles venaient de quitter.

— Vous rendez souvent visite à votre maman ? demanda-t-elle en leur servant un assortiment de sandwichs et en versant le thé.

— Une fois par mois, pendant mon jour de congé si je peux, et j'écris chaque semaine.

— Vous savez tous lire et écrire ?

— Oui, maman y a veillé et nous a donné des leçons avant même que nous allions à l'école. Je me souviens que nous avions quelques livres quand j'apprenais, mais ils ont disparu depuis longtemps. Cillian se sert de journaux, c'est sans doute pour ça qu'il lit moins bien. Maman voulait être maîtresse et avait commencé à travailler à l'école du village où nous habitions dans le comté de Mayo, mais elle a rencontré mon père et, d'après ce qu'elle raconte, il avait à peine posé les yeux sur elle qu'elle est tombée enceinte de moi.

— Quel dommage… oh ! je ne veux pas dire qu'elle vous ait eue, je suis vraiment très heureuse qu'elle l'ait fait, mais…

— Bah, peu de temps après la famine est arrivée et l'école du village a fermé. C'est à ce moment-là que mon père nous a emmenés à Dublin.

Breda termina son sandwich au saumon et Margaret lui servit un scone.

— Merci, milady. Maman parlait de reprendre l'enseignement une fois que Cillian serait un peu plus âgé, mais mon père n'était pas d'accord. Et maintenant que Liam est arrivé elle n'a pas le choix, elle doit s'en occuper. L'enseignement, elle peut faire une croix dessus.

Lors de leur visite, le teint de la mère de Breda était grisâtre, témoignant de sa mauvaise nutrition et d'une perte de sang terrible au moment de l'accouchement. Après avoir mis dix enfants au monde, elle paraissait bien plus âgée qu'elle ne l'était réellement et avait à peine assez d'énergie pour tenir la tasse de thé que Breda lui avait préparée.

— On dit que le foie poêlé est bon pour reprendre des forces après un accouchement difficile, déclara Margaret, se souvenant des conseils adressés par Susannah à une jeune mère.

— Ne vous inquiétez pas. Agnes y veillera. Elle s'assurera aussi que maman boive beaucoup de bière brune forte, mon frère en rapportera de la brasserie.

La jeune Irlandaise coupa son scone en deux et mordit délicatement dedans.

— Vous êtes pleine de surprises, milady. J'ai cru que maman allait tomber de sa chaise quand vous avez changé la serviette sale de Liam.

Margaret rit.

— Il sentait la rose en comparaison d'autres couches dont je me suis occupée.

— La nourrice n'aura rien à faire quand vous aurez vos propres bébés.

— Peut-être. Et vous ? Avez-vous l'intention de vous marier ?

— Je ne suis pas pressée. Je devrais renoncer à gagner ma croûte si je prenais un mari.

Breda but une gorgée de thé, les sourcils froncés.

— La vérité, c'est que je n'ai aucune envie de finir comme maman. Je sais que l'Église nous enseigne que les enfants sont une bénédiction mais, si j'attends avant de me jeter à l'eau, j'aurai peut-être moins de bénédictions, mais je serai probablement plus heureuse.

Breda grimaça.

— Je suis désolée, ça paraît égoïste.

— Cela me semble très sensé comme raisonnement. Avez-vous terminé ?

— C'est vraiment dommage de laisser autant de nourriture, mais je ne pense plus avoir faim avant quelques jours au moins.

— J'ai une idée, annonça Margaret en appelant le serveur. S'il vous plaît, faites emballer tout cela et mettez-le dans un panier. Ajoutez ce qui vous semble nécessaire pour nourrir… combien de personnes seront à la maison ce soir, Breda, en comptant votre père ?

— Huit, mais vous ne pouvez pas…

— Huit personnes, précisa la jeune lady au serveur. Huit personnes affamées.

— Je crains que le Shelbourne ne fournisse pas de paniers de pique-nique, Lady Margaret.

— Je suis sûre que vous pouvez y remédier, rétorqua-t-elle en adoptant pour la seconde fois de la journée le ton le plus impérieux de sa mère.

— Je vais en parler au directeur ; cela pourrait être possible, admit le serveur, dubitatif.

— J'en suis certaine. Miss Murphy ici présente vous fournira les instructions. Si vous voulez bien faire venir la voiture des Powerscourt maintenant, je vous en serais très reconnaissante.

— *Milady !*

Breda regarda le serveur battre en retraite avec un mélange de jubilation et d'effarement.

— Vous n'auriez pas dû…

— Pensez-vous que votre mère se sentira insultée ?

— Non, elle sera aux anges. On ne mord pas la main qui vous nourrit.

Margaret se leva et lui tendit son porte-monnaie.

— Tenez, je vous laisse régler la note, si vous voulez bien, et sans la négocier. Je vous retrouverai dans la voiture. Le palefrenier pourra-t-il m'attendre sur Grafton Street ? J'aimerais tout de même passer à la librairie. Je veux acheter un livre de contes à votre frère. Un qui serait suffisamment illustré pour attirer son attention et permettre à votre maman de le lui lire.

— Ce serait très généreux de votre part, milady, et si prévenant. Merci.

— J'aimerais pouvoir faire plus pour votre mère, mais je pense que votre père considérerait cela comme de la charité et en prendrait ombrage.

Breda rit.

— Vous l'avez bien cerné, c'est sûr. Je parie que vous menez votre propre père par le bout du nez.

Margaret rit.

— Vous n'avez pas idée, ironisa-t-elle.

Donald Cameron de Lochiel à Lady Margaret

Berlin, 1er janvier 1867

Chère Lady Margaret,

Je me demande si vous êtes surprise de recevoir de mes nouvelles ou si votre hôtesse vous a prévenue de mon intention d'écrire. Comme vous l'avez sans doute compris maintenant, car j'ai ouï dire que vous êtes en Irlande depuis l'été dernier, Lord Powerscourt est un avide collectionneur d'antiquités et il a l'habitude d'enrôler le personnel de l'ambassade de Sa Majesté pour l'aider dans ses acquisitions. Je lui ai rendu service à plusieurs reprises. Comme vous le savez de première main, je peux être un détective accompli quand l'occasion l'exige ! Cependant, c'est seulement en discutant de son dernier projet (encore des têtes de cerfs, cet homme est obsédé !) que j'ai découvert que vous rendiez une visite prolongée à Lady Powerscourt. J'ai obtenu sa permission de vous écrire, estimant qu'il n'était pas nécessaire de demander l'autorisation du duc, votre père, puisque le vicomte agit, de fait, à la place de vos parents.

J'ai lu un excellent compte rendu dans le Times *de votre apparition comme demoiselle d'honneur de la princesse Helena, mais je n'ai pas lu l'annonce que vous m'aviez annoncée comme imminente, lors de notre dernière rencontre. D'ailleurs, la presse n'a plus évoqué votre nom une seule fois depuis le mois d'août, pour autant que j'ai pu m'en assurer.*

Lorsque je suis retourné à Londres pour une brève visite en octobre, j'ai profité de l'occasion pour passer à Montagu House présenter mes hommages et demander de vos nouvelles. Le duc m'a informé que vous n'étiez pas à Londres et que votre retour n'était pas prévu. Son attitude ne m'a pas encouragé à le questionner plus avant.

J'espère que cette lettre vous trouvera en bonne santé en ce début d'année. Si c'est le cas, pourriez-vous, je vous prie, me répondre en me donnant de vos nouvelles, j'apprécierais beaucoup. Comme vous pouvez le voir à mon adresse, je suis toujours à Berlin, bien que je m'attende à être transféré à Rome sous peu, mais une lettre adressée à l'une ou l'autre des ambassades me trouvera.

Avec mes sentiments les meilleurs,

Lochiel

Lady Margaret à Donald Cameron de Lochiel

Powerscourt, comté de Wicklow, 13 janvier 1867

Cher Lochiel,

Quelle belle surprise que de recevoir votre lettre. Bien que Lord et Lady Powerscourt se soient montrés excessivement accommodants, j'avoue que c'était un vrai bonheur de lire des nouvelles d'un visage familier, pour ainsi dire. Votre commentaire sur Sa Seigneurie à propos de sa connaissance poussée sur les cervidés m'a beaucoup amusée. Powerscourt est un sanctuaire consacré à son obsession, des dépouilles de cerfs ornent tous les murs et le parc est infesté de leurs répliques vivantes. S'il pouvait s'habiller entièrement en peau de daim, il le ferait, et vous ne serez pas surpris d'apprendre que son dîner préféré est la tourte au cerf, que nous sommes obligés de manger tous les samedis.

Je peux vous assurer que je suis en excellente santé et que mon moral est bon. Vous restez toujours aussi prévenant mais, comme vous le savez, je préfère la franchise. J'ai refusé d'épouser Killin pour de multiples raisons sur lesquelles je ne m'étendrai pas. Mon père a refusé d'accepter ma décision. En conséquence, j'ai été bannie. Dans un premier temps, je l'admets, j'ai été au fond du gouffre. Mais le désespoir est une émotion épuisante et le remords ne peut être alimenté que si l'on se croit entièrement responsable. Je regrette beaucoup de choses, notamment mes tentatives malavisées pour me plier à la volonté de mon père, mais mes intentions ont toujours été pures. Puisque le duc ne me pardonnera jamais, j'ai décidé de me pardonner moi-même. Qu'allez-vous faire de cette confession ? Je me le demande. Je suis tentée de l'effacer, mais je vais la laisser. Si nous devons être des ~~correspondants~~ amis, alors soyons des amis sincères et honnêtes.

Vous ne me demandez pas comment je m'occupe, mais je vais vous le dire, car je pense que vous approuverez. Je donne un coup de main à l'école du village d'Enniskerry et à celle pour les tout-petits. Les deux établissements se trouvent à proximité et sont largement financés par Lord Powerscourt. Son grand-père a construit l'école – je précise à toutes fins utiles que ce n'était pas de ses propres mains. Je ne suis pas une véritable enseignante, bien sûr, mais je suis l'assistante de Mr et Mrs Doherty, qui sont les maître et maîtresse d'école.

Je passe beaucoup de temps à essuyer les nez et à sécher les larmes. J'aide ceux qui sont un peu en retard en arithmétique ou avec l'écriture. Et je leur raconte aussi des histoires, Lochiel, mais vous le saviez déjà ! Je les écris et les réunis dans un petit livre. Et voilà ! Vous êtes la première et la seule personne à qui j'ose confier ce secret. Un de plus sur notre liste de confidences partagées. L'écriture de mes contes ne me demande pas trop d'efforts, mais les enfants d'ici les apprécient et Susannah Elmhirst, qui les lit aux enfants de Lambeth, m'a assuré qu'ils sont également populaires là-bas.

Bonté divine, comme je me suis épanchée alors que vous vouliez simplement savoir si j'étais vivante et si je me portais bien ou non ! J'espère que cela ne vous embarrassera pas si je vous dis que votre sollicitude m'a fait verser une petite larme. Si cela vous fait plaisir de poursuivre cette correspondance, je serai ravie de le faire. Si ma loquacité (n'est-ce pas un mot merveilleux ?) vous a effrayé, je le comprendrai. Si ce n'est pas le cas, je serai heureuse de lire le récit de votre séjour sur le continent. Être loin de l'Angleterre m'a fait comprendre que le monde est vaste. Maintenant, je dois vraiment arrêter de bavarder.

Très sincèrement et avec mes sentiments les meilleurs,

Lady Margaret

CHAPITRE 25

Mars 1867

Alors que Margaret, à califourchon sur sa jument alezane préférée, franchissait le portail principal du domaine, Pennygael rongeait son mors.

— Je te lâcherai la bride dans un instant, promit-elle en gardant les rênes serrées. Patience, ma fille.

Le temps était couvert. Une pluie fine tombait, Breda aurait dit que c'était *une larme de brume venant des marais,* mais le moral de Margaret était à l'exact opposé des conditions météorologiques. Elle traversa le parc à cervidés en direction de la célèbre cascade de Powerscourt, relâcha sa prise sur les rênes et Pennygael allongea le pas. Le sol était mou et les sabots de la jument produisaient un bruit sourd, tandis que Margaret se penchait, le vent rabattant ses cheveux et les jupes de sa tenue d'équitation. L'odeur enivrante de fougère humide et de feuilles écrasées lui emplissait les narines, se mêlant à celle du cuir et de la sueur du cheval. Une haie d'aubépines se dressa sur leur route, mais Pennygael la franchit, ses jambes grises en effleurant le sommet, galopant sans relâche, ne ralentissant qu'à contrecœur lorsque les bois récemment plantés du vicomte se profilèrent à l'horizon.

À la chute d'eau, Margaret descendit de sa monture et la laissa s'abreuver, tandis qu'elle s'asseyait à son endroit de prédilection : un rocher près du plan d'eau. La surface était d'un joli gris-bleu ce jour-là, les mauvaises herbes sur les pierres créaient des lueurs marron et or, semblables aux tons des collines boisées environnantes. La cascade dévalait le long d'un escarpement rocheux en un puissant torrent blanc entouré de nombreux petits ruisseaux qui dégringolaient entre les pierres de chaque côté. Un énorme nuage de brume flottait dans l'air et un grondement de tonnerre couvrait tous les autres sons. C'était l'endroit qu'elle préférait dans le domaine. La puissance exaltante des chutes, la tranquillité contrastée du plan d'eau et la beauté toujours changeante des pentes boisées ne manquaient jamais de l'enchanter ou de lui remonter le moral.

Elle ne pouvait pas prétendre être heureuse, mais elle était occupée et cela lui suffisait. Elle avait trouvé sa place ici à Powerscourt et un objectif, ce qui était bien plus que ce qu'elle avait imaginé. Elle avait cessé de pester contre son exil, cessé de se demander si c'était une bonne ou une mauvaise chose, cessé de se demander quand et comment il prendrait fin ou même s'il s'achèverait un jour. Est-ce que c'était faire l'autruche ? Peut-être. Mais quel choix avait-elle, puisqu'elle n'avait aucune influence sur l'issue ? Contrairement à tant de personnes qu'elle avait rencontrées, elle était en sécurité et bien nourrie, elle avait un toit au-dessus de la tête. Elle était résolue à se montrer patiente et, en attendant, à continuer à suivre l'exemple de Julia et à tirer le meilleur parti de son sort.

C'était un samedi, l'école était donc fermée. Lord Powerscourt était parti la veille pour Londres et ses salles de ventes, ce qui signifiait que Margaret pouvait s'installer tranquillement dans la bibliothèque octogonale et griffonner ses histoires sans risquer d'être interrompue. Julia serait probablement à l'intérieur elle aussi, travaillant à ses housses de chaise, étant donné que le temps s'était nettement dégradé au moment où Margaret avait ramené Pennygael à l'écurie.

Ce que Sa Seigneurie s'obstinait à appeler le boudoir de Lady Powerscourt était l'une des rares pièces de la maison sans cerfs. À la place, deux grands carlins en porcelaine de Sèvres, particulièrement laids, assis sur des coussins dorés trônaient à chaque extrémité de la cheminée, fixant agressivement les arrivants. Lorsque Margaret entra, Julia était assise à la fenêtre, près de son cadre à broder. La toile de son dernier ouvrage en cours – une housse de chaise – était bien tendue et les laines colorées disposées en rang sur le dessus de sa boîte à couture.

— Je savais que je vous trouverais ici, déclara Margaret.

La housse en broderie de Berlin représentait un alignement de losanges qui formaient un treillis dans des tons pâles, avec une fleur violette en forme de coquille au centre de chacune des figures géométriques.

— C'est très joli. Et les couleurs sont vraiment reposantes. Combien en avez-vous fait jusqu'à présent ?

— Ce n'est que la troisième. Il m'en reste vingt et une à faire. C'est ce que je laisserai en héritage à Powerscourt. Très probablement mon unique héritage.

Son ton était morose. En l'observant de plus près, Margaret remarqua que ses yeux étaient cerclés de rouge.

— Que se passe-t-il ? s'enquit-elle en s'asseyant sur le sofa à côté de son hôtesse et en lui prenant la main.

— Comme d'habitude. Un mois de plus a passé et toujours pas d'enfant en vue. Et maintenant Wingfield est reparti à Londres et Dieu sait quand il reviendra.

Une larme roula sur la joue de Julia. Reprenant sa main, elle sortit son mouchoir et s'épongea les yeux.

— En avril, cela fera trois ans que nous sommes mariés et je n'ai pas réussi à me trouver dans une situation intéressante pour mon mari. La question n'était pas si urgente tant que Maurice était en vie, mais maintenant qu'il n'est plus Mervyn est de plus en plus nerveux à l'idée que Lewis hérite.

Julia soupira d'un air las, puis reprit :

— Wingfield m'a épousée pour avoir un héritier. C'est la seule chose qu'il attendait de moi, et je l'ai déçu !

— Il faut deux personnes pour faire un enfant, Julia, et Lord Powerscourt a été absent pendant six mois.

— Il est rentré en octobre. Cela fait cinq mois ! Cela devrait être suffisant. La vérité c'est que, même quand il est ici, il accorde plus d'attention à ses collections, admit Julia avec amertume. Ses jardins sont florissants, ses précieux cerfs se reproduisent, mais sa femme est stérile.

— Vous ne savez pas si c'est le cas ! protesta Margaret consternée.

Lorsqu'elle jeta un coup d'œil à Julia, assise toute raide, regardant fixement par la fenêtre la pluie qui tombait si fort qu'elle masquait presque toute la vue, Margaret eut du mal à trouver un conseil pratique à suggérer.

L'affaire était très délicate et Julia si réservée… Mais elle était manifestement malheureuse ; il fallait dire quelque chose.

— Quand il est à la maison, est-ce qu'il… je veux dire, est-ce que votre mari vient dans votre lit ?

Les joues de Julia se colorèrent.

— Oui.

— Et est-ce qu'il…

Margaret tressaillit. Son propre visage était en feu.

— Est-ce qu'il exécute l'acte ? De manière adéquate, je veux dire ? demanda-t-elle tout en se rendant compte qu'elle n'était pas du tout sûre de ce qu'elle voulait dire.

— Je pense que oui, murmura Julia en gardant les yeux rivés sur la fenêtre. Pour autant que je sache, il fait le nécessaire, mais en vain. Chaque mois, je dois endurer la honte de laisser ma femme de chambre enlever les preuves de mon échec, en sachant que la mauvaise nouvelle se répandra dans la salle des domestiques en cinq minutes.

— Oh ! Julia…

— Et il n'y a pas que les domestiques. Tout le comté m'épie et attend. Quand Wingfield m'a amenée ici pour m'épouser, Margaret, il y a eu de *formidables* célébrations et j'étais pleine d'espoir. Il était plus consciencieux alors, juste après nos noces, mais je pense que le fait que je n'arrive toujours pas à concevoir un enfant l'a découragé.

Julia frissonna.

— C'est mortifiant. Je ne devrais pas discuter de cela avec vous. Vous n'êtes même pas mariée.

— Vous devez en parler à quelqu'un. Vous ne pouvez pas écrire à votre mère ?

— Pour lui dire quoi, exactement ? Elle a eu douze enfants, dont neuf ont survécu. Elle ne comprendra pas. Elle me dira de me montrer patiente, d'attendre, mais l'attente me brûle à petit feu. Je veux un enfant ! Que dois-je faire ?

— Je ne sais pas, avoua Margaret.

Elle se sentait impuissante face à une telle souffrance et une telle colère.

— Avez-vous consulté un médecin ?

Julia eut un mouvement de recul.

— C'est déjà assez difficile de me montrer devant mon mari.

— Alors avez-vous une amie mariée à qui vous pourriez demander conseil ?

— Je ne *pourrais* pas.

— Pourquoi pas une sage-femme ? suggéra Margaret, consciente d'avoir atteint la limite de ses connaissances.

Mais Julia parut plus effarée encore.

— Pouvez-vous imaginer les ragots si cela venait à se savoir ? Si Wingfield le découvrait, il serait furieux.

— Je ne peux m'empêcher de penser que si vous en discutiez avec lui…

Julia se couvrit le visage avec les mains.

— Non ! Mon mari n'est pas de ces hommes qui apprécient le… le… côté intime de la vie de couple.

Des larmes coulèrent entre ses doigts. Entre deux sanglots, elle conclut :

— Mais au moins il essaye d'accomplir son devoir conjugal. Oubliez ce que j'ai dit. Ce serait une erreur de ma part d'insinuer que la faute lui incombe.

— Je suis désolée. Je suis pire qu'inutile.

Julia rangea son mouchoir en reniflant.

— Ne vous excusez pas. J'étais au plus bas, mais je n'aurais pas dû aborder avec vous un sujet aussi personnel. Vous êtes une jeune femme célibataire, ce n'est pas un sujet approprié pour vos oreilles.

Lady Powerscourt prit son aiguille et sélectionna un brin de laine lilas.

— J'apprécie votre compassion et la gentillesse avec laquelle vous m'avez écoutée, mais j'ai bien peur qu'il n'y ait des choses qui ne puissent s'arranger, même si on le désire de tout son cœur.

— Vous n'êtes pas une ratée, Julia. Vous ne devez pas le croire.

— Non ? C'est pourtant comme cela que le monde considère une femme sans enfants.

C'était indéniable. Même si elle était injuste, c'était la vérité.

— Vous n'avez pas besoin de prétendre que cela n'a pas d'importance. Vous ne devriez pas refouler tous ces sentiments.

— Je ne suis pas du genre à pleurer et à gémir, se défendit son interlocutrice d'un air guindé, en tirant son cadre à broder vers elle. Je n'ai jamais vu l'intérêt de me lamenter sur mon sort. Cela ne m'aide pas à me sentir mieux, car je ne peux rien faire sinon attendre le retour de mon mari et espérer que, lorsqu'il reviendra, le destin me sera plus favorable. Quand vous serez mariée, vous comprendrez.

Margaret soupira.

— Pour ma part, je trouve qu'il y a plus qu'assez d'enfants sur terre de toute façon. Je préfère aider ceux qui sont déjà là plutôt que d'en rajouter.

— Quelle drôle de façon de voir les choses !

— J'en suis consciente, admit la jeune femme en faisant la moue, mais j'en arrive à la conclusion que je ne peux pas considérer la situation sous un autre angle.

— Vous aimez travailler à l'école, n'est-ce pas ?

— J'adore cela. Vous devriez m'accompagner un jour. Ce n'est pas le travail qui manque et vous pourriez…

— Non, coupa Julia sans ambages. Je sais que vous pensez que me changer les idées serait une bonne chose, mais ma présence à l'école ne ferait que souligner le fait que je n'ai pas d'enfants à moi.

— Oh ! Julia.

— Je vous en prie, ne me prenez pas en pitié. S'il vous semble que Mr et Mrs Doherty ont besoin d'aide supplémentaire, pourquoi ne pas emmener Breda ? Ne m'avez-vous pas dit que sa mère aspirait à être maîtresse d'école ? Je serais ravie de la décharger de certaines tâches, si cela ne vous dérange pas.

— Vraiment ? C'est une idée merveilleuse. Breda serait enchantée…

— Maintenant, si vous le voulez bien, je dois me concentrer sur ma broderie. Les points sont très complexes et, si je commets une erreur, découdre l'ouvrage est particulièrement laborieux.

— Je vais vous laisser.

Mais alors qu'elle s'apprêtait à se lever son hôtesse la retint.

— Je sais que ce que vous dites est juste. Il y a trop d'enfants dans ce monde et bon nombre d'entre eux ne sont pas désirés. Je vous félicite.

— C'est une contribution modeste, mais j'adore ce travail.

— Je sais. Mais un jour, quand vous serez mariée, vous comprendrez que cela ne remplace pas vos enfants. Je ne souhaite pas simplement donner à Wingfield un héritier, je veux un enfant à moi. Un enfant qui m'aimera et que je puisse aimer en retour. C'est tout ce que je désire, Margaret, un enfant à aimer. Est-ce trop demander ?

Une boule se forma dans la gorge de Margaret.

— Non, vous avez raison, reconnut-elle d'une petite voix.

Mais en quittant la pièce elle ne put s'empêcher de penser avec tristesse que c'était en effet le cas.

Lady Victoria Kerr à Lady Margaret

Vienne, 14 avril 1867

Chère Margaret,

Tu seras peut-être surprise d'avoir de mes nouvelles après tout ce temps. Notre mère m'a tenue au courant de tes progrès en m'envoyant des copies de toutes les lettres que tu lui as adressées. Me croiras-tu si je te dis que cela me procure un grand plaisir de les lire ? Peut-être te demandes-tu pour quelle raison, dans ce cas, je ne t'ai pas écrit moi-même ? La réponse courte, c'est que Kerr me l'a interdit. Cela ne reflète en rien son opinion au sujet de ton comportement, il est simplement convaincu que nous devons respecter l'ordre de notre père.

Qu'est-ce qui a donc changé cette décision ? La vie, et la mort que nous avons frôlée de près. Tu es sans doute en train de hausser les sourcils et de penser que cela ne ressemble pas à ta sœur Victoria d'être mélodramatique. Tu as raison, mais je n'exagère pas. Mon fils, Walter William Schomberg Kerr, comte d'Ancram (quelle appellation pour un si petit bout !), est né il y a un peu plus de deux semaines. Il était en avance et sa venue au monde ne fut pas seulement inattendue, elle fut surtout extrêmement longue et douloureuse pour nous deux. Pendant les quelques jours qui ont suivi, nos vies n'ont tenu qu'à un fil. Heureusement, nous sommes tous les deux beaucoup plus robustes aujourd'hui, mais être confronté à la possibilité de sa propre mort pousse à réévaluer quelque peu ses priorités. Alors que j'avais presque un pied dans l'autre monde, j'ai décidé de t'écrire si j'étais épargnée, en dépit de l'avis de Kerr. Il s'est avéré qu'il n'a pas discuté : je ne sais pas si ce revirement découle de son soulagement de me savoir en vie ou de sa gratitude parce que je lui ai offert l'héritier qu'il désirait tant. Un mélange des deux, je suppose. Ce qui importe, c'est qu'il a consenti, je suis donc libre de t'écrire enfin et je suis déterminée à prendre exemple sur toi et à m'exprimer plus franchement.

Tu as toujours pensé que notre mère me préférait à toi. Deuxième fille, deuxième meilleure, pour emprunter une de tes expressions. Je te confesse, Margaret, que j'ai souvent ressenti le fardeau d'être considérée comme modèle et envié ta liberté de te rebeller, même si j'aurais aimé que tu te révoltes d'une manière moins débridée. Et, puisque je passe aux aveux, j'envie ton aisance avec les gens, ta capacité à aller à la rencontre de tous. Nous n'avons pas été proches, c'est indéniable, mais j'espère que par le biais de notre correspondance nous pourrons forger un nouveau lien entre sœurs. C'est beaucoup demander, je sais, mais ton cœur est généreux et je suis sûre que tu accepteras d'essayer.

La petite Cecil a fêté son premier anniversaire en février. Je te joins un portrait. J'ai hâte qu'elle fasse la connaissance de sa tante Margaret un jour, même si, en toute honnêteté, je ne suis pas sûre d'avoir des raisons de me montrer optimiste à ce sujet.

J'espère que tu considéreras cette lettre comme un nouveau départ entre nous et que tu me répondras.

Avec amour,

Ta sœur,

Victoria

Donald Cameron de Lochiel à Lady Margaret

Paris, 24 avril 1867

Chère Margaret,

Pardonnez ce gribouillage hâtif, mais je viens de terminer la lecture de votre recueil de contes pour enfants et je voulais vous dire à quel point je les ai appréciés. J'ai pris la liberté de lire celui de la petite vendeuse de fleurs à la fille de mon hôte, Emily, qui a neuf ans. Je dois avouer que je m'attendais à ce qu'une dame bienveillante apparaisse dans votre histoire juste au bon moment pour acheter les bottes fourrées dont rêvait l'enfant, mais mon public m'a informé en termes très clairs que cela aurait paru invraisemblable ! D'après Emily, la méchante tante était beaucoup plus crédible.

J'ai grimpé en flèche dans son estime quand je lui ai fait savoir que le conte avait été écrit par une de mes amies. Vous devez absolument les faire publier. Ils méritent de rencontrer un large public. Je suis d'accord avec vous, ils devraient être illustrés et, hélas, je suis forcé de convenir avec vous que vos propres dessins… ne rendent pas justice à votre prose.

Mon hôte m'appelle. Nous allons visiter l'Exposition universelle. Je vous écrirai plus en détail à mon retour, car je sais que vous serez impatiente d'en savoir plus. Soyez assurée que je mettrai un point d'honneur à rechercher les objets et œuvres les plus étranges et les plus farfelus pour vous amuser et vous divertir.

Avec mes meilleurs vœux, comme toujours,

Donald

Lady Margaret à Donald Cameron de Lochiel

Powerscourt, comté de Wicklow, 1er juin 1867

Cher Donald,

Il y a cinq mois jour pour jour que vous m'avez écrit pour la première fois pendant mon exil. J'ai compté le nombre de lettres que nous nous sommes échangées depuis lors et le total est plutôt étonnant. N'est-ce pas étrange de si bien connaître quelqu'un et de n'avoir aucune perspective d'approfondir cette relation face à face ? Non, ne craignez pas que je me montre larmoyante, seulement nostalgique, mon cher ami. Est-ce trop présomptueux de ma part de vous appeler ainsi ?

Breda, qui était ma femme de chambre, enseigne maintenant à l'école d'Enniskerry, qui s'apprête à rejoindre le système scolaire national une fois que Lord Powerscourt aura apporté les améliorations demandées par le conseil. Mr Doherty restera maître d'école, heureusement, et Breda a reçu la promesse d'une formation officielle, à la grande joie de sa mère. Je crois vous avoir raconté que Mrs Murphy était institutrice avant son mariage ? Je ne sais pas si tous ces bouleversements signifient que mes jours à l'école sont comptés, mais on m'a assuré que mes services restent les bienvenus à la maternelle.

C'est à ce moment de mes lettres que je vous informe généralement que la vie à Powerscourt suit son cours habituel, mais ce n'est pas le cas ! Fait rare, nous allons recevoir un visiteur ! Mr Lewis Strange Wingfield, brebis galeuse, faux jeton, dandy, comme son frère aîné l'appelle selon son humeur, va nous honorer de sa présence (que j'espère divertissante). Il vient nous voir sur une période où Lord Powerscourt est sûr d'être absent. Sa Seigneurie est une fois de plus à l'étranger pour faire de nouvelles acquisitions. Soyez prévenu, Donald, vos services peuvent encore être requis pour l'obtention d'une tête de cerf particulièrement recherchée. Julia est très déçue d'avoir à jouer les hôtesses pour ce fils cadet renégat et m'a prévenue plusieurs fois de me méfier de lui. Elle n'a pas réussi à m'éclairer sur les raisons pour lesquelles je devrais me montrer prudente, se contentant de pincer les lèvres et de m'affirmer qu'il est « l'antithèse de ce que devrait être le fils d'un vicomte ». Vous ne serez pas surpris d'apprendre que cela m'intrigue beaucoup. J'ai bon espoir de trouver Mr Lewis Strange Wingfield intéressant. Si c'est le cas, je profiterai au maximum de sa compagnie et j'ignorerai les mises en garde de Julia, qui redoute que ma réputation n'en souffre. Comme vous le savez, je ne peux pas perdre ce que je ne possède plus !

Voilà, j'ai dû vous alarmer au plus haut point, mais ne vous inquiétez pas, je n'ai pas atteint le grand âge de presque vingt et un ans sans être capable de veiller sur moi-même.

Margaret

CHAPITRE 26

Juin 1867

Margaret s'était attardée, comme à son habitude, pour aider à remettre la classe en ordre avant de quitter l'école maternelle et de rejoindre Powerscourt. Lorsqu'elle sortit, un jeune homme était appuyé nonchalamment contre le mur de la cour de récréation.

Il se redressa en la voyant et s'inclina de façon ostentatoire.

— Lady Margaret Scott, je présume ?

Elle devina immédiatement de qui il s'agissait.

— En personne, répondit-elle en exécutant une petite révérence. L'honorable Lewis Strange Wingfield, je présume ? Le plus jeune frère de Lord Powerscourt. Nous vous attendions.

— Je vous en prie, laissez tomber *l'honorable*. Mon titre n'est ni bienvenu ni particulièrement exact. On me considère comme le cadet, l'homme de théâtre, et je préfère de loin cette description. Si vous le permettez, je rêve de longue date de raccompagner une maîtresse d'école chez elle après les cours plutôt que l'inverse. M'accorderez-vous cet honneur ?

Il lui offrit son bras mais, percevant son hésitation, le retira immédiatement.

— Ah, je vois que ma réputation me précède.

— Je mets un point d'honneur à me forger ma propre opinion sur les gens. Cela étant dit, vous devez reconnaître que ces présentations sont pour le moins inhabituelles. Je ne suis pas sûre que Julia apprécierait. Est-elle au courant de votre présence ici ?

— Julia ne m'apprécie pas, tout court. Toutefois, elle a accepté, à contrecœur, de me révéler où vous vous trouviez, une fois que je lui ai eu promis d'afficher un comportement exemplaire.

Margaret réprima un rire.

— J'ai essayé de lui faire avouer pour quelle raison je devrais me méfier de vous, mais en vain.

— Allons, mon frère a dû laisser échapper un indice. M'a-t-il traité de dandy ?

— Effectivement. Et Julia a déclaré que vous n'étiez pas ce que vous devriez être, risqua-t-elle.

Lewis éclata de rire.

— C'est la stricte vérité, je l'admets volontiers. Même si, d'après ce que j'ai compris, on pourrait dire la même chose à votre sujet, si vous me permettez d'être franc. Mais je vois à votre expression que cela vous dérange que j'aborde ce sujet. N'aurais-je pas dû y faire allusion ?

Margaret passa la main sur ses joues brûlantes et secoua la tête.

— Qu'avez-vous entendu à mon propos ?

— Assez pour me mettre en appétit.

Elle l'observa attentivement, son amusement tempéré par la méfiance.

— Êtes-vous toujours aussi direct avec les gens que vous venez de rencontrer ?

— À vrai dire, non. Seulement avec ceux qui m'intéressent. Je suis l'exemple même de la réserve et des bonnes manières avec les personnes assommantes.

Cette fois, elle s'esclaffa de bon cœur.

— Je suis flattée, déclara-t-elle en glissant la main sous son bras.

— Et me voici soulagé. J'ai placé de grands espoirs en vous, Lady Margaret. Je déteste être déçu, mais je suis conscient – comme mon frère pourra l'attester – de ne pas être la tasse de thé du commun des mortels. À ce propos, ma promenade m'a donné soif. Si nous prenions un rafraîchissement au Leicester Arms avant de retourner à Powerscourt ?

— Une tasse de thé serait la bienvenue, Mr Wingfield.

— Lewis, s'il vous plaît, étant donné que je suis déterminé à ce que nous soyons amis. Et je pensais plutôt à une bière brune forte.

— Je ne peux pas me rendre dans une taverne et boire de la bière !

— Non ? Alors, allez vous asseoir près de la rivière et je vous apporterai un pichet. Il y a un endroit charmant…

— Je le connais. Allez acheter notre bière, alors, et je vous retrouverai là-bas.

Il ressortit cinq minutes plus tard. Margaret s'était installée sur la rive ensoleillée du fleuve. Elle savait que Lewis avait vingt-cinq ans, mais elle trouvait qu'il paraissait plus proche de son âge. Ses cheveux marron foncé étaient longs, séparés au milieu, et ondulaient sur ses oreilles. Comme celui de son frère aîné, son front, haut et lisse, commençait déjà à se dégarnir. Son menton était glabre. Il n'était pas beau, car son nez était trop grand, sa bouche plutôt petite, mais il avait un sourire contagieux et une lueur malicieuse dans les yeux que Margaret trouvait charmante. Sa silhouette svelte était sobrement vêtue, mais sa cravate rouge laissait entrevoir une tendance à l'ostentation, et sa façon de se tenir avait la grâce féline d'un danseur de ballet.

— Alors, ai-je réussi l'épreuve ? demanda-t-il en prenant place à côté d'elle et leur versant à tous les deux un verre de bière brune. Vous me dévoriez littéralement des yeux, ma chère.

— Vous n'avez rien à voir avec votre frère, répondit-elle, un peu décontenancée.

— Je prends cela comme un compliment. J'ai ce qu'on appelle une âme de comédien.

Il trinqua.

— *Sláinte,* comme on dit ici. Santé.

Il but à longs traits et fit claquer ses lèvres de façon théâtrale.

— Je sais que je suis en Irlande quand j'ai ce goût en bouche.

Margaret prit une gorgée et hocha la tête d'un air approbateur.

— C'est effectivement plutôt bon.

— Vous êtes une experte, c'est cela ?

— Oh ! je ne dirais pas ça, mais il m'est arrivé de boire un verre de temps en temps à Dublin.

Lewis s'appuya sur un coude et lui sourit.

— Tiens donc ! Ma mère m'a dit que vous étiez « un peu hors du commun » et, comme c'est ainsi que je me considère, j'ai pensé que nous nous apprécierions forcément.

Elizabeth, Lady Londonderry, était l'une des plus proches amies de la mère de Margaret, c'était grâce à elle qu'elle s'était retrouvée en exil avec Julia. Lady Londonderry avait perdu son premier mari, le vicomte Powerscourt, alors que ses trois garçons étaient encore très jeunes. Ses secondes noces, dont on disait que c'était un mariage d'amour, s'étaient à nouveau terminées tragiquement quand son époux, le marquis de Londonderry, avait été interné dans un asile d'aliénés, la rendant veuve *de facto* pour la seconde fois. Comme la belle-mère de Victoria, Lady Cecil, marquise de Lothian, et comme la duchesse, Lady Londonderry s'était convertie à la religion catholique à l'âge mûr. C'était une beauté incontestable et une femme d'une intelligence redoutable. Margaret l'avait toujours trouvée assez intimidante.

— Qu'est-ce que Lady Londonderry a dit d'autre sur moi ? s'enquit-elle en fronçant les sourcils.

— Ne vous inquiétez pas, elle n'a pas répandu de rumeurs. Ma mère est très discrète. Elle a seulement affirmé que vous aviez un esprit décidé. Comme je suis fier de partager ce trait de caractère…

Lewis fit un grand geste.

— Quand j'envisageais de vous rendre visite l'année dernière, elle m'a conseillé de vous laisser tranquille.

— Et vous avez obéi pendant presque un an, puis votre curiosité a pris le dessus, c'est cela ?

Il haussa les épaules.

— Si vous tenez à le savoir, j'avais besoin de changer de décor.

— Rien de tel que le bon air frais irlandais pour guérir l'esprit, renchérit Margaret en ne le taquinant qu'à moitié. J'en suis moi-même la preuve vivante.

Elle s'attendait à ce qu'il se montre plus explicite, mais il fixait ses mains, l'air légèrement mal à l'aise.

— Quelle que soit la raison de votre visite, ajouta-t-elle, je suis heureuse que vous soyez là.

Cela lui valut un sourire soulagé. La réticence de Lewis à se confier le lui rendit plus sympathique. Il n'était pas aussi superficiel qu'elle l'avait d'abord cru. Elle termina sa bière et refusa d'un signe de tête quand il voulut la resservir.

— J'aime bien, mais en boire plus d'une me rend malade.

— Il ne faut pas gaspiller, conclut Lewis en vidant le pichet dans son propre verre. De toute façon, nous ferions mieux de rentrer bientôt. Je ne veux pas contrarier Julia le premier jour en arrivant en retard pour le dîner.

— Parlez-moi un peu de vous d'abord. Je ne sais presque rien, si ce n'est que vous êtes un artiste. Vous avez peint ces jolis panneaux dans le salon, c'est bien cela ?

— Lors de jours plus heureux, quand Maurice était encore en vie et que Mervyn ne vivait pas dans la crainte de me voir hériter. Ces dernières années, j'ai été beaucoup de choses : artiste, acteur, et employé dans un asile d'aliénés. J'ai aussi travaillé dans une prison, comme gardien. Pendant une brève période seulement.

— Mon Dieu, pourquoi ?

Lewis haussa les épaules.

— Pour la même raison qui m'a poussé à faire semblant d'être pauvre et à supplier pour obtenir un lit dans un hospice, ou à enfiler des jupons pour jouer la vieille fille dans un spectacle burlesque. Pour le plaisir ! Parce que je m'ennuie facilement, je suppose. Surtout parce que je préférerais être pratiquement n'importe qui plutôt que l'héritier des splendides domaines de Powerscourt.

Il fit la grimace.

— C'est vraiment le rôle le plus ennuyeux que je puisse imaginer… sauf si je m'imagine être vraiment Lord Powerscourt.

— Vous le pensez vraiment ?

— Oui, je le jure devant Dieu et sur mon honneur, affirma Lewis en posant la main sur son cœur pour souligner sa sincérité. La simple idée de devoir mener la vie que mène mon frère me fait horreur. J'aimerais que Julia se dépêche de produire un héritier.

— Ne dites pas cela, protesta Margaret sèchement. Personne ne souhaite un enfant plus que Julia.

— À part mon frère, continua Lewis sur le même ton désinvolte sans s'excuser. Mervyn ferait n'importe quoi pour ne pas me voir hériter. On peut se demander pourquoi il passe autant de temps loin de Wicklow. On pourrait croire qu'après tous les efforts qu'il a mis dans la maison et les jardins il serait prêt à se froisser un muscle pour produire un fils qui en héritera.

— Lewis !

— Oh ! je vous ai choquée ?

— Oui, et je sais que c'était délibéré.

Il rit, se leva avec nonchalance et tendit la main pour aider Margaret à se relever.

— Je pense que je vais apprécier mon bref séjour ici.

— Bray, expliqua Lewis à Margaret cinq jours plus tard, est loin d'être aussi à la mode que Brighton. C'est une petite ville de bord de mer pittoresque avec une charmante promenade, mais elle n'a pas beaucoup de distractions à offrir.

Ils étaient assis ensemble dans le landau de Julia, capote rabattue, car il faisait beau et le soleil brillait. Margaret détourna ses yeux du Dargle, le fleuve que la route avait longé pendant une bonne partie du court trajet, pour lui sourire.

— Avec vous, je n'ai pas besoin de distractions, déclara Margaret.

— Si seulement les critiques étaient du même avis que vous ! Ils peuvent être si mordants. Vous savez, après ma première apparition dans un spectacle burlesque, ils ont décrété que ma « danse idiote en jupons serait à sa place dans un concours d'admission à l'asile d'Earlswood », qui accueille les malades atteints de troubles du développement. Pourquoi ne se souvient-on que des mauvaises critiques ?

— Y en a-t-il eu de bonnes à retenir ?

— Quelques-unes. Très peu, en fait. Mon Rodrigue a été assez bien reçu, mais c'est facile de briller quand on foule les planches entre Mrs Kendal, renommée pour ses rôles comiques uniquement, et Ira Aldridge, à qui les critiques reprochent son manque de formation. Je ne pense pas que vous ayez vu cette production d'*Othello* ? C'était au théâtre Haymarket, il y a quelques années. En août, je crois.

— Un mois après qu'on m'a envoyée à Dalkeith, répondit Margaret en grimaçant.

— Ah oui, parce que vous aviez fui le bal à minuit, comme Cendrillon dans le spectacle pour enfants ! Je n'ai pas eu le plaisir d'y jouer un rôle… C'est dommage, car j'exhibe de très jolis mollets en hauts-de-chausses.

Lewis leva la jambe pour que Margaret puisse l'admirer.

— En fait, j'ai décidé de tirer le rideau sur ma carrière d'acteur.

— Pourquoi ?

— Hélas, je ne serai jamais Edmund Kean, qui est considéré comme le meilleur au monde. Je suis une sorte de papillon, je passe sans cesse d'une activité à l'autre. Nous voici arrivés à Bray. J'ai demandé au charmant cocher de nous déposer à la promenade, où nous pourrons marcher et profiter de l'air frais. Qu'en dites-vous ?

— C'est une excellente idée. Je sens déjà l'odeur de la mer.

Le Dargle s'élargissait à mesure qu'ils approchaient du port et l'air devenait nettement saumâtre. La petite rue principale plutôt banale céda la place à des bâtiments beaucoup plus imposants tandis que le landau s'immobilisait sur la large promenade, où se dressaient plusieurs hôtels majestueux. Un vaste parc soigneusement entretenu, avec un kiosque à musique en son centre, était rempli de badauds. Certains étaient installés dans des transatlantiques et d'autres bavardaient en groupe.

La promenade elle-même s'étendait en une longue ligne droite le long du rivage, où les vagues venaient s'écraser contre les rochers, éclaboussant les imprudents. Margaret s'accrocha à son chapeau, car la brise s'était levée, et ferma les paupières, inclinant son visage vers le soleil. Le fracas de la mer, le vol et le cri des mouettes, l'odeur du sel, du sable, et l'atmosphère indéfinissable de la côte lui rappelaient la plage de Portobello près d'Édimbourg.

Elle ouvrit les yeux pour sourire à Lewis.

— Pensez-vous que nous pourrions aller patauger dans l'eau ?

Il frissonna.

— En dehors du fait qu'elle est glacée, je n'ai aucune envie de retrousser mon pantalon et de tituber sur ces galets en essayant de garder mon équilibre. C'est une perspective des plus indignes. J'espère sincèrement que vous plaisantez.

— Vous avez raison, ce n'est pas raisonnable, reconnut Margaret en contemplant la mer avec envie.

— Vous allez me dire ensuite que vous souhaitez louer une cabine de bain roulante ?

— Il y en a ici ? Peut-on aussi louer un costume de bain ?

— Grand Dieu, je n'en ai aucune idée.

Lewis prit son bras et ils se mirent à longer le rivage.

— Ce sont les montagnes de Wicklow que vous apercevez, là au sud. Marcher jusqu'à Bray Head, le point culminant, devrait nous prendre une demi-heure environ dans chaque sens. Ensuite, nous aurons bien mérité notre thé.

La brise marine faisait osciller la crinoline de Margaret dans son sillage et ébouriffait ses cheveux, qui s'échappaient déjà de son chapeau.

— Si le vent me prend dans le mauvais sens, je vais m'envoler. Ah, si les femmes pouvaient porter le pantalon !

Lewis s'esclaffa.

— Seulement sur scène, hélas.

— Vous comptez sérieusement abandonner le métier de comédien ?

— Je ne suis presque jamais sérieux à propos de quoi que ce soit.

— Lewis !

— Oh ! je ne sais pas, fit-il avec désinvolture. Je trouve un peu fastidieux d'apprendre des répliques que d'autres ont écrites. Je préfère de loin créer mes propres personnages.

— Comme Ned Smith, l'ami du cocher, le personnage que vous incarnez quand vous vous amusez dans les tavernes mal famées. Si, bien sûr, vous ne l'utilisez pas simplement pour me taquiner.

— Non, vous avez raison. J'aime assez Ned, bien qu'il soit trop versé sur la boisson, ce pour quoi les cochers l'apprécient tant. Il dépasse les bornes, quand il a trop bu.

— Que ferez-vous si vous abandonnez la scène ?

— J'ai dit que j'abandonnais le métier de comédien, pas le monde du théâtre. Je pourrais m'essayer aux adaptations théâtrales ou à la mise en scène, et je continuerai mes critiques, en attendant. J'écris sous le nom de Whyte Tyghe, pour le *Globe,* vous savez.

— Je l'ignorais. Honnêtement, Lewis, j'ai du mal à suivre, vous avez tellement d'alter ego.

— Je m'y perds moi-même parfois. Peut-être que je devrais écrire un livre sur mes voyages en Algérie.

— Grand Dieu ! Vous êtes voyageur également ?

— Tout le monde devrait voir le vaste monde, y compris vous, chère Margaret.

— Je le ferais, si j'en avais les moyens. Est-ce que l'Algérie me plairait ?

Il secoua la tête de façon catégorique.

— Vous devez vous rendre dans un pays où être une femme n'est pas un obstacle. L'Amérique, par exemple. Mon ami Ira, l'acteur, vous savez, est américain. Il affirme que c'est le pays de la liberté, bien que je ne sache pas précisément ce que cela signifie.

— Que ferais-je en Amérique ? demanda Margaret, dubitative. Je ne connais personne là-bas.

— C'est là tout l'intérêt du voyage, que ce soit en Amérique, en Algérie ou à Tombouctou.

— J'ai failli y aller, déclara-t-elle en riant de l'expression de Lewis. Ne prêtez pas attention à moi, continuez.

— Comme je le disais, l'intérêt d'aller à l'étranger – et je ne parle pas de l'Europe, c'est trop proche de chez nous –, c'est de ne connaître personne et, plus important encore, d'y être un parfait inconnu. Vous n'avez pas de passé et il vous revient d'écrire votre futur. J'ai moi-même envisagé d'aller en Amérique et de jouer à Broadway, où se trouvent tous les théâtres, d'après ce que m'a dit Ira, mais j'ai renoncé à cette carrière.

— Peut-être deviendrez-vous explorateur ? Comme le Dr Livingstone.

— Et disparaître pour toujours ? Mervyn serait ravi.

— Je ne comprends toujours pas pourquoi votre frère vous déteste autant. Je vous aime beaucoup.

Lewis serra sa main.

— Parce que vous êtes non conformiste, comme moi, même si en tant que femme vous êtes obligée de le cacher davantage.

Il resta silencieux pendant quelques instants et lorsqu'ils atteignirent le point culminant il se tourna vers la mer, s'accoudant à la balustrade du sentier.

— Si Mervyn ne m'aime pas, ce n'est pas tant à cause de ce que je fais qu'à cause de mon inconstance. Il me juge capricieux et il a probablement raison, mais je ne vois rien de mal à cela.

— Vous aimez tester vos limites, c'est tout.

— Ah, Margaret, vous avez une âme généreuse.

— Votre frère redoute que, si vous héritiez de Powerscourt, vous ne soyez pas assez impliqué dans son entretien, c'est cela ?

Lewis haussa les épaules.

— Je suppose. Et je pense qu'il a raison sur ce point aussi.

— Et vous, vous l'aimez bien ?

— Je ne me suis jamais posé la question. Pas particulièrement, voilà la réponse. Mervyn est extrêmement digne.

Mais *tellement* ennuyeux. Sans rire, les cerfs ? Bon, et si nous changions de sujet ?

Lewis lui reprit le bras et ils rebroussèrent chemin.

— Que pense Julia de notre amitié ?

— Elle ne la juge pas.

— Ne vous étonnez pas : j'admire Julia, je vous signale. J'admire toute personne qui supporte mon frère.

— Elle est réservée, mais ce n'est pas parce qu'elle ne fait pas étalage de ses sentiments qu'elle est froide. Et elle a été très bonne avec moi, Lewis. Je ne sais pas ce qu'elle pense de notre amitié. Je ne sais même pas ce que j'en pense moi-même. Est-ce qu'elle se prolongera après cette visite ?

— Vous vous demandez si je vous oublierai quand je serai parti d'ici ? Loin des yeux, loin du cœur ? Non, je suis généralement considéré comme un ami loyal, bien que les chances que je revienne à Powerscourt soient faibles. Je n'aime pas m'attarder dans les endroits où je ne suis pas le bienvenu. Mervyn ne me refuserait jamais le droit de venir, mais il préfère nettement que je reste à l'écart. Et Julia... Oh ! pauvre Julia, j'ai bien peur de lui rappeler constamment qu'elle ne parvient pas à produire un héritier.

— Ne dites pas cela, objecta Margaret. Ce n'est pas sa faute si elle n'a pas encore eu d'enfant.

— Ne vous emportez pas contre moi. Je suis d'accord avec vous, ce n'est selon toute vraisemblance pas la faute de Julia.

— Que voulez-vous dire par là, Lewis ?

Il fit mine de répondre, puis se ravisa.

— Si nous allions voir s'ils servent du thé aux bains turcs ? J'avais prévu de vous emmener à l'Hôtel International, mais j'ai entendu dire que les bains avaient rouvert et faisaient désormais office de salles de réunion. Autrefois, le personnel portait des robes de chambre écarlates et des babouches. Ce serait amusant si c'était encore le cas. Qu'en pensez-vous, Margaret ?

Elle pensa que sa tentative pour changer de sujet n'était pas discrète. Qu'est-ce qu'il avait été sur le point de lui révéler à propos de Lord Powerscourt avant de préférer se taire ? Malgré le côté cruel de Lewis et le peu d'affection que les frères se portaient, il s'était abstenu. Elle le respectait pour cela.

— Bonne idée. Aurai-je le droit de fumer le narguilé ?

Il lui serra le bras et lui sourit chaleureusement.

— À l'époque, on pouvait se prélasser sur des divans de velours et fumer. Je n'y ai pas mis les pieds quand l'établissement était en vogue, mais on m'a dit qu'il y avait des fontaines, des palmiers et des dômes en verre incrustés d'étoiles. Espérons que les nouveaux propriétaires ne l'ont pas dépouillé de toute son atmosphère.

— Et qu'ils servent le goûter. L'air marin m'a creusé l'appétit.

Une semaine plus tard, Margaret était installée dans la bibliothèque octogonale, au bureau qu'elle s'était approprié. La porte de la pièce était une étagère dont les rayonnages étaient chargés de faux livres. *La Clé du paradis* était le volume qui recouvrait la serrure. Cette touche d'humour excluait la possibilité que le vicomte actuel en soit la source. Elle fixait le vide lorsque le battant s'ouvrit et que Lewis entra.

— Je savais pouvoir vous trouver ici. Je suis venu vous prévenir que j'ai décidé de partir demain.

— Demain ? Voilà qui est soudain ! Vous êtes là depuis moins de quinze jours.

Il commença à prendre des livres au hasard sur les étagères, pinçant les lèvres à chaque fois avant de les replacer.

— Mervyn doit rentrer bientôt.

— Pas avant la semaine prochaine. Vous ne pouvez pas rester quelques jours de plus ?

— Ma décision est prise. Je ne courrai pas le risque de me trouver ici s'il décide de débarquer en avance. Julia range-t-elle toujours la maison quand son mari rentre ?

— Elle aime que tout soit parfait. Y a-t-il quelque chose de mal à cela ?

— Non, je suppose que non. Qu'est-ce que vous faites ? Vous travaillez sur ce petit livre de contes ?

Il lui prit le cahier et le feuilleta.

— Je suis d'accord avec votre ami Lochiel : vous devriez faire publier ces histoires, elles sortent tout à fait de l'ordinaire. Et, bien sûr, grâce à votre nom sur la couverture, elles auront droit à la meilleure attention de la presse.

Margaret frissonna.

— L'un des avantages à être ici, c'est que la presse m'a complètement oubliée. Je n'ai aucune envie que mon nom apparaisse à nouveau dans les journaux, pour quelque raison que ce soit.

— C'est compréhensible, bien que je pense que vous pourriez l'utiliser à votre profit, si vous le souhaitiez.

Il passa en revue les pages, le front plissé.

— Il vous faut des illustrations. Je pourrais m'en charger.

— Oh ! vraiment ?

— Oui, mais elles seraient trop belles. Ne me fusillez pas d'un de vos regards hautains, je veux dire que vos histoires ont une qualité enfantine. Il leur faut des dessins dans la même veine. Peut-être l'un de vos bons élèves ?

Lewis reposa le livre.

— C'est une simple idée. Venez faire un tour avec moi, vous voulez bien ? Je voudrais vous parler.

— Ça a l'air très sérieux.

Il fronça les sourcils.

— J'ai un côté sérieux. Je le dissimule simplement très bien. Venez, sortons sous le soleil ou sous la pluie... Je n'ai aucune idée du temps qu'il fait. Restons dans les jardins par précaution. Je suis d'humeur à faire un peu d'introspection.

— Vous allez vraiment me manquer, déclara Margaret quelques instants plus tard alors qu'ils se promenaient bras dessus, bras dessous dans le jardin clos. Avez-vous décidé de ce que vous ferez à votre retour à Londres... en supposant que Londres soit votre destination ?

— Pour le moment, c'est le cas. Mais j'ai la bougeotte, mon seul point commun avec Mervyn. Je me rendrai peut-être en Chine.

— En Chine ! Grands dieux.

— Ou pas. Peut-être que je vais me marier, si je trouve une femme qui me comprenne aussi bien que vous, ma chère.

— Si c'est le prélude à une demande en mariage, Lewis, je dois vous avertir...

Il éclata de rire.

— Vous méritez mieux que moi, Margaret, et j'ai besoin de quelqu'un... oh, de quelqu'un comme Julia. Une gentille épouse compréhensive qui n'aura aucune exigence et attendra patiemment que je rentre de voyage. Non, ajouta-t-il en lui tapotant la main, ne me sermonnez pas. J'admire Julia, vraiment, mais je ne vous ai pas demandé de venir vous promener avec moi pour parler d'elle… ni de moi, croyez-le ou non. Parlons plutôt de vous. Qu'allez-vous faire quand je serai parti ?

— Ce sera morne ici sans vous. Je vais continuer à travailler à l'école, j'imagine.

— Mais ils ont Breda maintenant, non ?

— Ils auront toujours besoin de moi pour l'heure du conte.

— Quand vous publierez votre livre, les enfants pourront lire les histoires eux-mêmes.

— C'est une perspective charmante. J'aimerais pouvoir en offrir un exemplaire à chacun, mais les livres sont si chers que je… Oh ! mon Dieu ! Vous venez de me donner une idée merveilleuse. Lewis Strange Wingfield, je crois vraiment que vous êtes un génie.

Il fit le fier.

— Je sais. Et quelle était ma merveilleuse idée exactement ?

— Je pourrais les faire imprimer sur du papier bon marché, vous savez, comme les manuels scolaires. Ils sont peu coûteux à fabriquer.

Le sourire de Margaret s'effaça.

— Mais probablement pas assez. Je ne dispose pas d'argent.

— Parlez-en à Julia. Je sais de source sûre que Mervyn lui verse une allocation pour ses œuvres charitables. Je pense que vos livres entreraient dans cette catégorie.

— Je l'ignorais. Croyez-vous qu'elle m'aidera ?

— Je suis certain qu'elle en serait ravie. Elle n'est pas très heureuse, si ? Elle le cache bien, mais son sourire est parfois triste.

— Tout ce qu'elle souhaite, c'est un bébé. C'est si tragique que des gens comme la mère de Breda aient plus d'enfants qu'ils ne peuvent en nourrir, alors que des gens comme Julia…

— Peut-être que cette fois-ci, quand mon frère sera à la maison, il va… ils vont… oh, vous voyez. J'espère qu'ils vont résoudre le problème. Non seulement je ne veux pas hériter de Powerscourt, mais ce ne serait pas juste.

— Dans quel sens ?

Lewis marqua une pause pour ouvrir la grille qui menait à l'étang Green Pond.

— Je n'avais que deux ans quand le sixième vicomte est mort. Ma mère a épousé Londonderry deux ans plus tard… ou Castlereagh, comme il s'appelait alors. Mais une rumeur persistante affirme que ma mère et lui étaient amants avant qu'elle ne devienne veuve. Que je ne suis pas un Wingfield, mais le bâtard de Londonderry.

— Lewis ! C'est choquant !

— Vous trouvez ?

Il fronça les sourcils en contemplant l'étang, puis haussa les épaules et se dirigea à nouveau vers le chemin.

— L'homme dont je porte le nom est mort lorsque j'étais enfant. L'homme dont le sang coule vraisemblablement dans mes veines est enfermé à l'asile depuis cinq ans. Lequel choisirais-je comme père ? Cela change-t-il qui je suis ?

Lewis la mena jusqu'à un banc en bois.

— Asseyez-vous avec moi un moment, Margaret, je vais être extrêmement sérieux, ce qui est rare pour moi. Vous dépérissez ici. Je sais que vous vous efforcez de vous rendre utile et que, même si Julia ne dit pas grand-chose, elle apprécie votre compagnie, mais ne pensez-vous pas que votre retraite a duré assez longtemps ? Il y a un monde derrière les grilles de Powerscourt.

— Je sais qu'il existe et j'aimerais le voir, mais comment ? Je n'ai aucun moyen de subvenir à mes besoins…

— Ne vous souciez pas de cela pour l'instant. Êtes-vous d'accord ou non ?

— Oui, je suis d'accord. J'admire Julia, mais je ne pourrai jamais être comme elle. Chaque fois que j'essaye de faire ce que l'on attend de moi, j'échoue.

— Alors, arrêtez d'essayer. C'est le conseil que je vous donne.

Elle rit.

— C'est si simple que ça ? Je ne veux pas faire ce que d'autres me dictent, je veux me faire plaisir. Je sais que c'est terriblement égoïste de parler de la sorte…

— Pas du tout, c'est exactement ce que je voulais entendre. Si vous ne vous battez pas pour ce que vous êtes, personne ne le fera à votre place.

— Je n'avais jamais envisagé la question de cette façon.

— Voici la leçon. Soyez vous-même, Margaret. Vous êtes différente. Trouvez un moyen de faire de cette différence votre force.

— Mais comment ?

— J'ai bien peur de ne pas pouvoir vous aider sur ce point. Nous devons tous suivre notre propre chemin. J'ai choisi le mien, vous devez tracer le vôtre. Qu'est-ce qui vous empêche de partir d'ici ?

— Qui, vous voulez dire ? Mon père.

— Eh bien, voilà, c'est l'obstacle que vous devez surmonter.

— Plus facile à dire qu'à faire.

— Je n’ai jamais prétendu que ce serait facile. Je crois que la pluie commence à tomber. Venez.

Lewis la tira pour la remettre debout et secoua la tête en voyant des larmes glisser des yeux de la jeune femme.

— Pourquoi pleurez-vous ?

— Faire de ma différence une force. Personne ne m’a jamais dit ça. Je vais essayer, même si je ne sais pas comment.

Il déposa un baiser sur sa joue.

— Vous trouverez un moyen. Comme je l’ai dit, ce ne sera pas facile. Il y aura des pleurs et des moments où vous vous demanderez si tout cela en vaut la peine. Mais fiez-vous à l’avis d’un expert en la matière : au bout du compte, cela en vaut toujours la peine.

Susannah Elmhirst à Lady Margaret

Le presbytère, Lambeth, 26 juillet 1867

Chère Lady Margaret,

Quelle agréable surprise d'avoir de vos nouvelles après tout ce temps et pour une raison aussi inattendue et passionnante. Oui, Billy vend toujours ses dessins au marché et, oui, Muffin est toujours avec lui. Bien sûr, il se souvient de vous. Quand je lui ai demandé si cela l'intéresserait de réaliser des dessins pour illustrer vos contes, j'ai cru qu'il allait exploser de fierté. Il ne sait pas lire, comme vous vous en doutez, mais je me suis arrangée pour que Nellie, la petite fille de Verity, lui lise les histoires. Ils ont commencé ce matin, à une table de la salle paroissiale. L'argent que vous avez envoyé était plus que suffisant pour les crayons, la peinture et le papier. J'ai donné à Billy une avance d'un quart du prix que vous offrez si généreusement et je prendrai la précaution de lui payer le reste sur plusieurs semaines.

J'espère que vous m'excuserez si je prends la liberté de vous dire que votre moral semble bien meilleur, et je suis à la fois heureuse et soulagée si c'est vraiment le cas. Tout va bien ici. J'ai enfin réussi à recruter quelqu'un pour m'aider dans le ménage, Dieu merci. Quant à mon frère, le temps guérit toutes les blessures.

J'attends avec impatience de voir votre travail et les dessins de Billy imprimés. Un recueil est une excellente idée. Je suis sûre que nous trouverons les fonds pour en acheter quelques-uns comme cadeaux de Noël de la paroisse s'il est publié d'ici là.

Je vous enverrai très bientôt la première œuvre de Billy.

Avec mes meilleurs vœux,

Susannah Elmhirst

Donald Cameron de Lochiel à Lady Margaret

Rome, 28 août 1867

Chère Margaret,

Quelle époque nous vivons ! Je sais que vous ne vous intéressez pas beaucoup à la politique, mais l'adoption du second Reform Act, qui élargit la base électorale à une partie des couches laborieuses, est un événement si important que je me devais de le mentionner. Le nombre de personnes en capacité de voter lors de la prochaine élection sera plus que doublé et, oui, je sais que ce sont tous des hommes, car l'amendement de Mr Mill visant à inclure le sexe féminin a échoué lamentablement, mais cela n'en représente pas moins un progrès significatif. Au risque de ressembler au gentleman plutôt guindé que vous avez cru que j'étais, j'avoue que l'idée de jouer un rôle plus actif en politique m'attire de plus en plus et j'envisage de me présenter comme membre du Parlement. À l'âge avancé de trente-deux ans, j'ai envie de mettre fin à mon séjour sur le continent et de rentrer chez moi pour m'installer.

Chez moi signifie le domaine d'Achnacarry dans l'Inverness-shire, près du petit village de Spean Bridge, juste au nord de la ville de Fort William. La terre est accidentée, les forêts sont magnifiques et le château lui-même se situe sur la partie basse du terrain, non loin du loch Arkaig, où je pense construire un nouveau quai pour permettre à un bateau à vapeur d'accoster.

Les terres ont été confisquées après l'échec de la bataille de Culloden en 1746, où la dynastie Stuart cherchait à reconquérir le trône, car ma famille combattait pour le Jeune

Prétendant, Charles Édouard Stuart. C'est mon grand-père et mon homonyme qui a récupéré le domaine et ont posé les fondations du « Nouvel Achnacarry ». Hélas, mon aïeul était dépensier et, à sa mort, il a laissé à mon père un château à moitié achevé et une montagne de dettes. Mon père est parvenu à terminer la bâtisse, mais n'a pas mis un terme à la tradition de vivre au-dessus de ses moyens, c'est pourquoi j'ai dû tracer mon propre chemin dans la vie. Mais j'ai suffisamment réussi pour améliorer le domaine et le rendre habitable. Le château est de style néogothique écossais. Je pense qu'il vous plairait, Margaret. J'aimerais beaucoup vous le montrer un jour.

En ce qui concerne votre dernière lettre, je suis ravi d'apprendre que Lady Julia a contribué si généreusement à votre livre de contes grâce aux fonds dont elle dispose pour ses œuvres de charité.

Quant à votre décision d'écrire à votre père… Nous avons promis d'être toujours honnêtes l'un envers l'autre, n'est-ce pas ? Bien que j'admire le sentiment qui se cache derrière votre approche, j'avoue penser que vous agissez prématurément. Je croyais que vous vous plaisiez à Powerscourt. Je sais que la visite de Lewis Wingfield vous a fait réfléchir, mais Mervyn considère son frère comme quelqu'un d'imprévisible et de peu fiable. Est-ce la raison de votre soudaine impatience et de votre envie de changement ? Quel mal y aurait-il à attendre jusqu'en octobre, par exemple, quand vous aurez atteint votre majorité ? Écrire directement au duc, sans passer par l'intermédiaire de votre mère, me semble également inutilement risqué.

Je n'en dirai pas plus pour l'instant. Ne prenez pas mal cette légère censure, je vous en prie. Croyez bien que vos intérêts me tiennent à cœur avant toute chose. Vous affirmez que votre père vous est indifférent, mais je crains que son silence ou son rejet ne vous prouve le contraire. Je sais combien ses actions vous ont fait souffrir par le passé. Je souhaite juste vous éviter d'être blessée davantage.

Avec mes meilleurs sentiments, toujours,

Donald

CHAPITRE 27

Jeudi 10 octobre 1867

Margaret était assise sur la banquette sous la fenêtre de sa chambre à coucher, ses lettres d'anniversaire étalées devant elle. Sa mère, Victoria et Mary lui avaient écrit pour la féliciter de sa majorité.

Il n'y avait aucun signe de Louise. Margaret s'y était préparée, car les deux brèves et insipides missives qu'elle avait adressées à Louise étaient restées sans réponse ou n'avaient peut-être jamais été lues. Néanmoins, le silence persistant lui faisait de la peine. Elles avaient franchi tant d'étapes importantes de la vie l'une de l'autre ensemble ! Elle ne parvenait pas à croire que Louise ait oublié cela. À moins que les craintes que la princesse avait exprimées au mariage de Helena ne se soient réalisées ? De quoi avait-elle peur exactement ? Fronçant les sourcils en tentant de se souvenir de la conversation, Margaret commença à douter de ses suppositions. Louise avait-elle exagéré la situation, voire tout inventé, afin de surpasser l'idylle de Margaret en s'en fabriquant une ? Louise était plus jeune, mais elle avait toujours aimé se considérer comme la plus au fait, la plus sophistiquée des deux.

Margaret ne connaîtrait sans doute jamais la vérité. Tout ce qu'elle savait par sa mère, c'était que Louise tenait toujours compagnie à la reine, en public comme en privé. Elle avait été présente lors de l'ouverture officielle du Parlement en février. En mai, elle était devenue la marraine de la fille de Bertie et Alix, sa nouvelle nièce, qui portait son prénom. Et en août la reine et elle s'étaient rendues au château de Floors, où le père de Margaret était l'un des invités, bien que sa mère n'ait pas été présente. S'il y avait eu le moindre soupçon de scandale, Louise aurait sûrement, comme Margaret, été soustraite à l'attention du public... Mais peut-être avait-elle tiré les leçons de la douloureuse expérience de Margaret et avait-elle compris que ce genre de réactions ne faisait qu'alimenter les rumeurs.

Margaret soupira, impatiente. Où que soit Louise, quel que soit son état d'esprit, elle ne pensait pas à son ancienne amie en ce jour, celui de son anniversaire. Donald non plus, apparemment, ce qui la surprit, même s'il était possible que sa lettre n'ait pas encore été livrée. La plus grande surprise, cependant, et de loin, était la lettre de son père. Elle examina avec incrédulité l'unique feuille de papier portant les armoiries des Buccleuch. Elle avait abandonné l'espoir de recevoir une réponse à la proposition qu'elle avait adressée à son père en août. Elle avait passé des semaines à se torturer pour trouver la formulation précise. Donald lui avait recommandé de ne pas s'attendre à une réponse et, au fil des semaines, elle s'était faite à l'idée d'avoir échoué. L'envie de lui écrire à nouveau était forte, mais elle n'avait rien à ajouter à ce qu'elle avait déjà dit et elle ne voulait pas affaiblir ses arguments en le suppliant. Elle avait résisté à la tentation d'interroger sa mère sur la réaction du duc, la prévenant tout de même de son initiative, mais la priant de ne pas intervenir.

Margaret relut la lettre pour s'assurer qu'elle n'avait pas mal compris, mais le contenu, rédigé de l'écriture pratiquement illisible et si reconnaissable de son père, était sans ambiguïté. *« J'ai examiné attentivement ta proposition et j'ai décidé à contrecœur d'accéder à ta demande. »*

Son père avait exaucé son souhait de vivre de manière indépendante, lui accordant la totalité de l'indemnité qu'elle avait demandée, l'équivalent de la dot qu'il n'aurait plus à offrir. Elle allait pouvoir vivre correctement, voyager sans se ruiner, et ne serait certainement pas obligée de se cacher dans une petite maison en se nourrissant de couenne et de pain sec. Bien sûr, le duc avait posé des conditions strictes.

Où qu'elle choisisse de vivre, ce ne pouvait être en Angleterre, en Écosse ou, comme il le disait dans ses termes grandiloquents habituels, « *sur le même sol souverain que n'importe laquelle de mes résidences* ». Au moindre soupçon de scandale public, sa rente serait instantanément révoquée. Le duc semblait avoir enfin accepté qu'elle ne ferait jamais ce qu'il lui demandait, reconnaissant son droit de choisir une vie différente… mais il continuerait à la juger.

Qu'il le fasse ! L'opinion qu'il avait d'elle n'avait plus d'importance. Elle était libre.

Debout devant le miroir, Margaret vit un lent sourire illuminer tout son visage. Aujourd'hui, elle avait vingt et un ans et atteint sa majorité. Le cadeau qu'elle voulait s'offrir à elle-même était un départ de zéro. Elle allait appliquer le conseil de Lewis et être enfin elle-même.

La question était de savoir quel genre de vie elle envisageait. Et, question subsidiaire, à quel endroit ? Le choix évident était de voyager sur le continent. Le monde qui s'étendait de l'autre côté des grilles de Powerscourt était vaste, comme l'avait dit Lewis. Elle pourrait visiter les canaux de Venise, les boulevards de Paris, l'Acropole, le Colisée... Même si Lewis avait suggéré qu'elle parte plus loin, en Amérique notamment. La langue partagée était un attrait, mais ce premier voyage lui semblait trop ambitieux pour le considérer sérieusement.

Devait-elle néanmoins y réfléchir à nouveau ? La traversée de la Manche n'était-elle pas un geste trop timide ? L'influence de son père était grande, les relations de sa famille étaient tentaculaires. Sur le continent, elle continuerait à être Lady Margaret Montagu Douglas Scott, deuxième fille du duc de Buccleuch, traînant derrière elle son histoire scandaleuse, parmi tant d'autres ragots dont les gens ne connaissent jamais les tenants et les aboutissants. Ses errances sans but, sans famille ou mari à ses côtés, seraient vues d'un mauvais œil. Ce qui soulevait une autre question : qui l'accompagnerait ? Elle ne pouvait pas voyager seule, il lui faudrait un chaperon, par souci de bienséance.

Il n'était pas question de prendre une décision si capitale dans la précipitation ou sur un coup de tête. Elle venait juste de découvrir qu'elle était désormais une femme indépendante, elle avait le temps de réfléchir à toutes les implications.

Margaret fit un petit bond de joie. Elle annoncerait la nouvelle à Julia plus tard. Là, le soleil pointait pour la première fois depuis plusieurs jours et Pennygael avait besoin de se dégourdir les jambes. La jeune lady se précipita vers sa garde-robe, sortit sa tenue d'équitation et entreprit de se changer.

Alors qu'elle enfonçait son chapeau sur sa tête et faisait passer la longue jupe de son habit d'équitation sur ses bras, on frappa à la porte de sa chambre.

— On vous demande dans le petit salon, Lady Margaret, lui dit la servante.

Cela devait très probablement être en rapport avec l'école. Depuis que son mari était à nouveau à l'étranger, Julia avait commencé à s'y intéresser plus activement. L'établissement d'Enniskerry avait été accepté dans le système scolaire national, et Julia faisait en sorte qu'il soit le mieux équipé de tous. L'un de ses objectifs était d'offrir à chaque enfant un exemplaire du recueil de Margaret. Elle avait harcelé l'imprimeur pour qu'il produise les premières épreuves dès qu'il avait reçu les dernières illustrations de Billy. Peut-être que le volume était arrivé !

Margaret se précipita vers le petit salon, mais s'arrêta net dans l'embrasure de la porte. L'unique occupant de la pièce était un homme de grande taille qui lui tournait le dos et regardait par la fenêtre. Margaret crut que la femme de chambre s'était trompée et elle s'apprêtait à partir lorsqu'il se retourna et sourit.

— Bonjour, Margaret.

Elle fixa avec étonnement l'inconnu qui traversait le salon pour venir vers elle. Il était grand et bien bâti, habillé sobrement, rasé de près et plutôt beau. Il lui semblait étrangement familier.

— Donald ? Dieu du ciel, c'est vraiment vous ? Oh ! mon Dieu, je vous ai à peine reconnu sans la barbe.

— Cela fait-il vraiment une telle différence ? demanda-t-il sans cesser de sourire.

— Oui.

Sa mâchoire carrée était complètement invisible auparavant et Margaret découvrit qu'il avait une fossette au menton. Ses cheveux étaient plus courts que dans le souvenir de la jeune femme, soigneusement taillés autour des oreilles, ce qui était contraire à la mode, et sans favoris.

— Vous êtes *beaucoup* mieux comme cela, déclara-t-elle.

Se rendant compte que le compliment pouvait être pris comme une critique de son apparence précédente, elle s'empressa d'ajouter :

— Je veux dire : vous êtes métamorphosé.

Donald rit et prit ses mains entre les siennes.

— Vous êtes toujours d'une franchise désarmante. Inutile de vous demander si vous allez bien. Je vois que vous rayonnez de santé. J'ai eu envie de vous faire une surprise et de vous féliciter en personne pour votre majorité.

Le sourire de Lochiel lui faisait un effet incroyable : elle avait l'impression étrange de se sentir à bout de souffle. Ils correspondaient régulièrement depuis presque un an à présent. Elle l'appelait son cher ami, elle se confiait à lui, elle pensait bien le connaître, mais n'avait pas imaginé se retrouver en face de lui. Le voir sous cette nouvelle apparence si séduisante la déstabilisait.

— Comme je n'avais pas reçu de lettre de vous, reprit Margaret, j'ai cru que vous aviez oublié la date.

— Jamais ! Joyeux anniversaire, Margaret.

Il porta la main de la jeune femme à ses lèvres et embrassa le bout de ses doigts.

Elle retira sa main en rougissant violemment. Ses pensées se bousculaient.

— C'est très étrange, avoua-t-elle. J'ai l'impression de vous connaître si bien grâce à vos lettres, mais je suis presque gênée de vous voir en chair et en os. Non, ne le prenez pas mal. Je suis ravie de vous trouver ici. Julia est-elle au courant de votre présence ?

— Non. Je voulais vous faire la surprise.

— Vous avez réussi. Avez-vous l'intention de rester ?

— Cela dépend beaucoup de vous.

Que voulait-il dire ? Elle n'avait pas envie de lui poser la question, car elle redoutait que cela ne change tout entre eux et elle ne savait pas quoi en penser. D'abord la lettre de son père, et maintenant la présence de Lochiel.

— Je m'apprêtais à faire une balade à cheval, annonça Margaret. Voulez-vous m'accompagner ?

— Excellente idée. La journée est splendide et je suis sûr que Wingfield ne verra pas d'inconvénient à ce que je lui emprunte une de ses montures. L'air frais me changera les idées. Ensuite, nous pourrons discuter.

Donald, qui galopait sur un cheval gris robuste, fit ralentir sa monture lorsqu'ils entrèrent dans la forêt. Il était à l'aise en selle, maniant l'étalon avec maîtrise, mais sans ostentation. Margaret chevauchait à ses côtés. La joie que lui avait procurée cette visite surprise avait fait place à de l'appréhension. C'était Donald, son ami, se rappelait-elle, mais il ne ressemblait pas à l'homme qu'elle imaginait en lisant ses lettres. Ce n'était pas seulement l'absence de barbe ; c'était plutôt son large sourire, décida-t-elle, qui n'était pas aussi chaste que celui d'un ami de longue date. Et la façon dont il avait embrassé sa main… Le plus perturbant était que le souvenir de ce baiser continuait à faire de l'effet à la jeune femme.

Alors qu'ils approchaient de la cascade, elle l'observa du coin de l'œil et s'aperçut qu'il faisait de même. Leurs regards se croisèrent et le monde chavira un instant, car pendant ce bref moment il n'y eut aucun doute sur ce qui se jouait entre eux.

Donald mit pied à terre. Nerveusement, Margaret se laissa glisser du dos de Pennygael, qui se dirigea vers le plan d'eau, suivie par l'étalon. Les feuilles fraîchement tombées sous leurs pieds avaient des reflets d'or, de châtaigne et d'ambre. Le soleil brillait sur la cascade, transformant en diamants le rideau d'eau qui s'écrasait dans le bassin.

— N'est-ce pas envoûtant ? demanda-t-elle en rejoignant Donald.

— À couper le souffle, reconnut-il en se tournant vers elle. Mais personnellement je préfère cette vue-ci.

Lorsqu'il s'approcha, elle devina ses intentions et elle ne chercha pas à se dérober tandis qu'il l'attirait dans ses bras. Il allait l'embrasser, et elle en avait envie. Des alarmes résonnaient dans sa tête, mais faiblement, alors qu'elle inclinait le visage vers le sien. Il sentait le savon à raser et la laine mouillée, son manteau était humide à cause des embruns de la chute d'eau. Elle leva la main vers sa joue et le sentit tressaillir à son contact.

— Margaret, souffla-t-il d'une voix à la fois rauque et douce.

Le grondement de la chute d'eau devint un rugissement dans les oreilles de Margaret lorsque leurs lèvres se rencontrèrent. Il n'y eut pas de préliminaires lents et tendres à ce baiser, l'urgence était trop pressante. Les bras de Donald se refermèrent autour d'elle et la chaleur inonda le corps de la jeune femme. Elle s'accrocha à lui, le pressant de l'embrasser plus profondément, même s'il n'avait pas besoin d'encouragements. Il murmura son prénom et la colla contre lui. Ils s'embrassèrent avec passion, comme s'ils étaient affamés. C'étaient des baisers d'adultes, leurs langues s'entremêlaient, leurs mains fouillaient leurs cheveux. Ils ne s'arrêtèrent que lorsqu'ils trébuchèrent et se retrouvèrent dangereusement près du bassin, reprenant leurs esprits en tremblant.

Donald jura dans sa barbe, un étrange sourire sur le visage.

— Je voulais que le baiser vienne après le discours, et non l'inverse.

Trop tard, bien trop tard, Margaret devina ce qu'il s'apprêtait à dire. Peu importe ce qu'elle ressentait pour lui, peu importe qu'elle lui eût déjà fait part très clairement de ses sentiments, elle n'était pas prête à affronter ce qu'il allait exprimer.

— Donald…

— Non, s'il vous plaît, laissez-moi parler.

Il prit ses mains dans les siennes et lui sourit si tendrement que sa respiration eut un accroc.

— Ce que je ressens pour vous doit être évident, mais je sais que vous appréciez la sincérité. Je vous aime. Voilà, c'est dit.

Elle serra involontairement les doigts de Lochiel. Sa sincérité ne faisait aucun doute, pas plus que les sentiments qu'elle éprouvait pour lui, mais elle ne pouvait pas y céder. Elle ignorait comment elle le savait, mais elle n'avait pas le moindre doute. Elle n'osait pas parler, de peur que les mots qu'il désespérait tant d'entendre ne s'échappent de sa bouche.

— Vous avez l'air étonnée, reprit Donald en voyant qu'elle gardait le silence. Vous devez bien avoir remarqué dans mes lettres que mon affection pour vous grandissait ? Depuis cette soirée fatidique où je vous ai trouvée en conversation avec Mr Scott, je me suis senti attiré par vous. L'amour s'est insinué en moi lentement, à mesure que notre correspondance nous liait d'amitié. Je n'ai jamais cherché l'amour, ni une femme, mais maintenant que je vous ai trouvée je sais que vous êtes la destination de mon voyage. Voulez-vous m'épouser, Margaret, et être ma compagne ?

Elle n'avait jamais eu autant envie de dire oui. Oui, elle l'aimait. Oui, elle voulait l'épouser. Oui, elle partagerait sa vie. Mais les mots restèrent coincés dans sa gorge. Elle ne parvenait plus à respirer.

— Je suis tellement désolée.

Lorsque le tendre sourire de Lochiel vacilla, elle faillit se raviser, mais elle avait appris bien des leçons au cours des deux dernières années. Elle ne pouvait pas laisser un baiser passionné décider de son avenir. Avec précaution, Margaret dégagea ses mains.

— Je ne comprends pas, protesta Donald. Ai-je mal jugé vos sentiments ?

— Non. Oui. Ce n'est pas que je ne... même si je ne l'avais pas réalisé jusqu'à présent.

— Vous avez besoin de temps. Je pensais avoir préparé le terrain, mais je me rends compte que je me suis montré trop discret. C'est une décision capitale, je ne souhaite pas vous presser.

Il était si tentant d'accepter, de retarder l'inévitable, mais elle avait appris à ses dépens à faire confiance à son instinct.

Elle venait à peine d'obtenir son indépendance. Elle ne pouvait pas y renoncer aussi vite. Elle voulait suivre le conseil de Lewis : tracer sa route, quelles qu'en soient les conséquences. Elle voulait commettre ses propres erreurs, vivre sans avoir à se plier aux souhaits de quelqu'un d'autre. Elle ne pouvait en toute conscience accepter d'épouser Donald. Cette décision aurait été malhonnête et cruelle. Et elle l'aimait trop pour cela. Même si elle devait lui causer de la peine.

— Je suis désolée, Donald.

Était-elle vraiment en train de refuser sa demande en mariage ? Elle contempla l'homme dont elle venait de tomber amoureuse, sachant qu'elle pouvait être en train de rejeter sa seule et unique chance de bonheur.

— Je suis désolée, répéta-t-elle pour la troisième fois.

Son ton était si déterminé que le sourire de Lochiel disparut complètement.

— Je n'ai pas besoin de temps pour réfléchir. Je ne peux tout simplement pas vous épouser.

Il ne parla pas pendant un moment et, quand il recouvra la parole, son ton était bourru.

— Puis-je savoir pourquoi ?

Cela aurait été tellement plus facile s'il avait été furieux contre elle ou même s'il l'avait blâmée un peu. Mais ce n'était pas le genre de Donald. Elle était déchirée, mais quoi qu'il lui en coûte elle lui devait au moins la vérité.

— Jusqu'à ce jour, je vous considérais comme un ami très cher et l'une des rares personnes, peut-être même la seule, qui m'aient toujours acceptée comme je suis.

— Pourquoi voudrais-je vous changer ? Je vous aime comme vous êtes.

— Avec mes nombreuses imperfections.

Margaret avala la boule qui s'était formée dans sa gorge.

— Qui sont largement compensées par vos très nombreuses grandes qualités, rétorqua-t-il.

Elle savait qu'il le pensait. Donald ne disait jamais rien de contraire à sa pensée, et une fois de plus sa détermination chancela. Mais ce serait une *erreur*…

— Avant de vous rencontrer, je pensais ne pas avoir de qualités admirables, mais grâce à vous, mon cher ami, je sais que c'est faux. Vous m'aimez, avec tous mes défauts, et vous m'avez encouragée à croire en moi. Je vous dois beaucoup. J'ai confiance en votre jugement plus qu'en celui de quiconque en dehors du mien. Chaque fois que je suis face à un dilemme je me demande : « Qu'est-ce que Donald en penserait ? »

Margaret prit une inspiration en tremblant, car elle savait ce qu'elle s'apprêtait à déclarer et avait conscience que ces paroles mettraient fin à tout ce qui existait entre eux.

— Et maintenant vous me faites l'honneur de me demander d'être bien plus qu'une amie, et je suis très tentée. Cependant, même si j'ignorais totalement, jusqu'à ce que nous… jusqu'à aujourd'hui, que mes sentiments pour vous étaient réels et profonds, je ne suis pas prête à être une épouse, encore moins une mère. En toute honnêteté, je ne sais pas si je le serai un jour. Je suis vraiment, vraiment désolée…

Il ne répondit toujours rien. Margaret respira à nouveau pour se calmer, parfaitement consciente que Lochiel avait l'air blessé et interloqué.

— J'ai reçu une lettre de mon père ce matin.

Brièvement, elle expliqua les conditions de sa rente.

— Comme vous le voyez, j'ai maintenant les moyens de vivre comme je l'entends, de prendre mes décisions sans avoir à consulter qui que ce soit. Je n'ai jamais eu ce privilège. Je n'ai jamais été libre. Si j'acceptais de vous épouser…

— Vous pensez que ce mariage ferait de vous une esclave ?

— Non !

Elle voulut toucher son bras, mais il s'écarta d'un mouvement brusque.

— Bien sûr que non, mais je serais votre épouse, Donald, et j'en serais inévitablement changée. Je ne pourrais pas être simplement moi. Je ferais partie d'une autre entité.

— Vous seriez une moitié de nous. N'est-ce pas le meilleur des deux mondes ?

La duchesse aurait été de cet avis… comme la plupart des femmes. Ce serait la solution la plus sûre, la plus conventionnellement acceptable, et plaisante en plus, mais ce n'était pas suffisant.

— Je sais que vous ne pouvez pas comprendre. J'ai du mal à l'expliquer moi-même, mais ce ne serait pas le bon choix pour moi, Donald. Je ne peux pas vous épouser.

— Votre réponse aurait-elle été différente si la lettre de votre père n'était pas arrivée ce matin ? Non, ne répondez pas. Je ne veux pas que vous m'épousiez parce que je représente la meilleure option qui s'offre à vous. Je veux que vous m'épousiez parce que…

Il secoua la tête avec découragement.

— Oh ! à quoi bon ? Je ne vais pas vous supplier. Puis-je vous demander ce que vous comptez faire maintenant que vous n'êtes plus obligée de rester ici ?

Elle comprit alors soudain qu'elle devait s'éloigner de la tentation pour leur bien à tous les deux. Elle devait rendre sa décision irrévocable.

— Je pense aller en Amérique.

— L'Amérique ! Que diable ! Pourquoi ? Qui connaissez-vous là-bas ?

— Personne. C'est là tout l'intérêt.

— Comptez-vous vraiment vous lancer dans un voyage au bout du monde, dans un pays dont vous ne savez rien, pour être, quoi… anonyme ?

— Personne ne pourra me dicter mon programme. Les gens ne pourront pas se faire une opinion sur moi avant de me rencontrer. Je ne serai pas *étouffée* par leurs attentes.

— Vous n'avez aucune idée de ce qu'un bouleversement aussi radical impliquerait. Les aspects pratiques, pour commencer. Où séjourneriez-vous ? Mon Dieu, Margaret, ce que vous envisagez est terrifiant. Si vous voulez voir du pays, pourquoi ne pas aller sur le continent et faire le Grand Tour comme tout le monde : la France, l'Italie, les Pays-Bas, l'Allemagne, la Suisse ?

— Ce n'est pas assez éloigné de vous, de ma famille, du monde que je connais et qui croit me connaître. Je sais que ce ne sera pas facile, je sais que je pourrais échouer de façon spectaculaire, mais je regretterai de ne pas avoir eu le courage de suivre mes convictions si je renonce.

— Vous devez donc aller en Amérique, conclut Donald avec un sourire peiné. Un nouveau monde qui sied à une nouvelle Margaret, c'est ça ?

Quand elle vit qu'il comprenait enfin, une larme glissa sur la joue de Margaret. Elle acquiesça.

— Même si je ne sais pas exactement ce que cela signifie. Je suis vraiment désolée.

— Pas autant que moi. Je vous souhaite beaucoup de chance. Vous en aurez besoin.

Il se baissa pour ramasser son chapeau.

— Si vous voulez bien m'excuser, je vais rentrer seul.

— Donald…

— Ne me répétez pas que vous êtes désolée. Je ne suis pas disposé à me contenter d'être un second choix.

Il l'attira vers lui, la serra très fort, brièvement, puis la laissa partir.

— Au revoir, Margaret.

Dans un silence affligé, elle le regarda monter en selle et s'éloigner, avant que ses jambes ne se dérobent sous elle et qu'elle ne s'effondre sur le sol. Si elle avait levé les yeux, elle l'aurait vu s'arrêter pour jeter un dernier coup d'œil vers elle avec une expression mélancolique, mais elle avait collé les paumes sur son visage. La décision qu'elle venait de prendre était soit la meilleure, soit la pire de sa vie.

CHAPITRE 28

Deux heures plus tard, Margaret, épuisée émotionnellement, fut arrêtée par son hôtesse avant de pouvoir rejoindre l'intimité de sa chambre.

— Que se passe-t-il ? demanda Julia en la guidant vers le salon. D'abord, Lochiel débarque à l'improviste, puis vous partez tous les deux avant que j'aie l'occasion de lui demander s'il compte passer la nuit ici. Puis il revient seul et m'informe qu'il rentre directement à Dublin et qu'il ne restera même pas pour votre dîner d'anniversaire. Il a été très sec, presque grossier, et j'ai pensé…

— Donald m'a demandée en mariage, expliqua Margaret sans ambages, s'asseyant avec lassitude dans l'un des fauteuils près de la fenêtre. Et j'ai refusé.

Une boule se forma dans sa gorge quand elle repensa à l'expression accablée de Lochiel au moment de son départ, mais elle se força à déglutir.

— Il a dit qu'il m'aimait et je pense que je pourrais l'aimer aussi, mais je ne peux pas m'y résoudre, Julia. Je ne peux pas l'épouser.

— Grand Dieu, pourquoi ? Ce n'est pas l'homme que votre père a choisi pour vous, mais il est éminemment respectable et c'est un excellent parti. Vous ne craignez tout de même pas que le duc ne s'oppose à cette union ?

— Je ne veux pas de l'approbation de mon père et je n'en ai pas besoin, affirma la jeune femme. Pardonnez-moi, ajouta-t-elle, immédiatement contrite. Comme vous l'aurez deviné, je suis à bout de nerfs. Je ne m'attendais pas...

Elle tourna les paumes vers le plafond en signe d'impuissance.

— N'y avait-il pas d'allusions à ses intentions dans ses lettres ?

— S'il y en avait, elles m'ont échappé.

— Vous avez besoin de temps pour vous faire à l'idée, c'est tout. Je suis sûre qu'il s'est dit que c'était un geste follement romantique de venir ici à l'improviste et de vous demander en mariage le jour de votre anniversaire, mais il aurait dû adopter une approche plus conventionnelle. C'est sans doute ce qu'il va faire, quand il aura récupéré sa fierté.

— Ce n'est pas sa fierté, mais son cœur que j'ai blessé. Si vous imaginez qu'il demandera l'aide de mon père pour me persuader d'accepter sa demande, vous vous trompez lourdement. Donald me connaît trop bien pour cela, déclara Margaret, la lèvre tremblante. Sa venue ici aujourd'hui, son geste follement romantique comme vous dites, était exactement le genre de demande en mariage dont j'aurais rêvé. Si seulement j'avais pu l'accepter.

Elle essuya une larme qui s'était échappée, avant de conclure :

— Mais je n'ai pas pu.

Julia fronça les sourcils.

— Je ne saisis pas. S'il vous comprend si bien...

— À merveille ! Il me connaît mieux que je ne me connais moi-même, parfois.

— Savez-vous à quel point cette qualité est rare chez un homme ? Et pourtant vous avez refusé de l'épouser.

— Oui !

— Est-ce parce que vous ne partagez pas ses sentiments ?

— Non. J'ignorais ressentir ce genre de sentiments pour lui avant aujourd'hui, mais…

Margaret laissa retomber sa tête entre ses mains. Julia la faisait douter. Aurait-elle dû accepter ? Mais non, non, non, elle considérait toujours que c'eût été une énorme erreur. Elle releva la tête.

— Je ne suis simplement pas prête à me marier, Julia, et je le lui ai dit. Qui plus est, grâce à mon père, je n'ai pas besoin de me trouver un époux. J'ai reçu une lettre de sa main aujourd'hui. Attendez ici, je vais la chercher.

Pensant que la missive expliquerait la situation bien mieux qu'elle ne le pourrait, Margaret récupéra rapidement la feuille dans sa chambre, puis la lui remit et observa avec anxiété Julia pendant qu'elle la lisait. Mais lorsqu'elle arriva à la fin, au lieu que le front de son hôtesse s'éclaircisse, il se plissa plus fort.

— Je trouve cette froideur calculée choquante.

— L'essentiel, c'est que je suis libre. J'ai maintenant les moyens qui me permettent d'être indépendante.

— Le duc vous paye. C'est l'équivalent d'un… d'un accord de divorce entre votre famille et vous.

Julia replia la lettre avec des mains tremblantes et la rendit à Margaret.

— Votre père vous désavoue. Si vous acceptez ses conditions, vous ne reverrez plus jamais votre mère et vos frères et sœurs.

Margaret l'avait bien entendu compris, mais entendre Julia le formuler rendait la situation horriblement réelle.

— Si je n'accepte pas, je suis condamnée à rester ici dans les limbes, impuissante.

— Je serais heureuse que vous restiez ici, mais Lochiel vous a offert une autre solution.

— Je ne vais pas épouser Donald juste pour échapper aux griffes de mon père.

— Vous avez admis que vous l'aimez. Il vous a déclaré son amour. Et plus important encore, Margaret, vous êtes de vrais amis, souligna Julia avec le plus grand des sérieux. Avez-vous idée à quel point c'est inhabituel, entre un mari et une femme ? Lochiel a tout ce que vous pouvez désirer chez un homme. En tant qu'épouse, vous seriez réintégrée dans la société, acceptée dans le giron familial et vous auriez la possibilité de fonder votre propre famille, aussi. C'est tellement plus que ce dont la plupart des femmes peuvent rêver.

Elle la fixa en secouant la tête.

— Qu'est-ce que vous pouvez vouloir de plus ?

— Je ne sais pas, admit Margaret avec tristesse, bien consciente qu'on lui avait déjà offert beaucoup plus qu'à Julia. Je ne veux pas plus. Je veux… je veux quelque chose de différent. Je sais que je suis extrêmement chanceuse d'avoir reçu une offre pareille. Quand Donald m'a demandée en mariage, j'ai été affreusement tentée, bien sûr, mais je sentais que ce serait une erreur.

— Une erreur ! Faire ce à quoi toute femme aspire, se marier et espérer fonder une famille ? Je ne vous comprends pas. Vous vous rendez compte de ce que vous rejetez ?

— Je sais que cela doit vous sembler aberrant. Je ne peux pas l'expliquer, je sais simplement que cela ne me conviendrait pas.

Des taches de couleur étaient apparues sur les joues de Julia.

— Et Lochiel ? Comment avez-vous expliqué votre refus à ce pauvre homme qui a fait tout ce chemin pour déposer son cœur à vos pieds ?

— Ne faites pas ça ! Je vous en prie, ne me faites pas culpabiliser plus que je ne le fais déjà. Je lui ai dit que je n'étais pas prête à devenir son épouse.

— Il doit donc attendre patiemment que vous soyez prête ?

— Non ! Je ne sais pas si je serai prête un jour. J'ai été claire. Je ne serais jamais cruelle au point de faire miroiter de faux espoirs à qui que ce soit, et surtout pas à Donald. Je lui ai expliqué que je voulais apprendre à être moi-même et maintenant j'en ai les moyens…

— Vous acceptez donc les trente deniers de votre père, comme Judas ?

Margaret se leva d'un bond et appuya le front contre la vitre fraîche, tandis que des gouttes de pluie roulaient à l'extérieur.

— C'est injuste ! Je suis déjà à l'écart de ma famille, Julia. Je suis déjà forcée d'accepter que je ne reverrai peut-être jamais ma mère…

Sa voix se brisa. Elle s'éclaircit la gorge.

— Depuis que je suis ici, je n'ai pas le moindre espoir de revoir les miens. L'accord que mon père propose n'aggrave pas la situation, mais m'offre la liberté de vivre ma propre vie, sans dépendre de quoi que ce soit, mieux encore, sans devoir répondre à qui que ce soit. Je pourrai être moi-même. Même si je ne sais pas exactement ce que cela signifie.

Elle esquissa un sourire et ajouta :

— J'ai bien l'intention de le découvrir.

— Comment ?

— Je vais en Amérique.

Son hôtesse resta bouche bée quelques instants.

— Dites-moi que vous plaisantez.

Margaret se rassit.

— Je suis très sérieuse.

— Est-ce l'influence de Lewis ? Vous a-t-il mis cette idée ridicule en tête ?

— Non, pas vraiment. Enfin, il a semé la graine avec le récit de ses propres voyages.

— Pour l'amour de Dieu, Margaret, si vous devez voyager, pourquoi ne pas faire comme tout le monde et entreprendre un tour d'Europe ?

— C'est ce que Donald m'a suggéré.

— Lochiel est un homme très sensé.

— Mais je ne veux pas me montrer raisonnable.

Malgré tout ce qu'elle avait vécu et le mal qu'elle avait causé à Donald, une bulle d'excitation avait commencé à se former, étouffant ses doutes. Elle avait eu raison de refuser de l'épouser. Et l'Amérique, oui, c'était aussi le bon choix.

— Je veux me rendre dans un endroit où personne ne me connaît. Où je peux être moi-même, sans le poids des attentes des autres, dû à mon statut. Vous comprenez ?

— Non, pas du tout, répondit Julia, l'air perplexe. Qui vous protégera du danger ? Qui vous présentera à la société ? Où vivrez-vous ? Grands dieux, même le voyage… Ces transatlantiques coulent tout le temps. C'est si loin. Au bout du monde, en réalité. S'il arrivait quoi que ce soit…

— C'est là tout l'intérêt : je serais obligée de me débrouiller.

— Non, Margaret, vous êtes totalement irresponsable. Lorsque vous aurez envisagé la question de façon plus rationnelle…

— Je ne veux pas être rationnelle, Julia.

Margaret se remit à nouveau debout d'un bond, en souriant et en écartant les bras.

— Je suis le mouton noir de la famille, la paria. Pourquoi diable serais-je raisonnable ?

— Je pense que vous avez perdu la tête.

— Non, je vais très bien, je vous le promets.

Elle prit les mains de son hôtesse dans les siennes.

— Vous avez été si bonne et si gentille avec moi. Ne soyez pas en colère contre moi, s'il vous plaît. Ne pouvez-vous pas essayer de comprendre…

Julia dégagea ses mains.

— Pensez aux conséquences de ce que vous proposez, Margaret. J'ai l'impression que vous choisissez délibérément l'option la moins conventionnelle, pour adresser un pied de nez au duc.

— Mon père peut choisir de l'interpréter de cette façon, mais je ne peux pas plus dicter ses pensées qu'il ne peut dicter les miennes.

— Vous êtes vraiment décidée, alors ?

Margaret ressentait à nouveau ce pétillement d'excitation. L'avenir l'attirait pour la première fois depuis des mois. La perspective d'affronter l'inconnu était terrifiante, mais elle était aussi irrésistible.

— Oui, déclara fermement Margaret. Je suis vraiment décidée.

Julia soupira et se leva.

— Très bien, alors. Nous devons penser aux aspects pratiques. Pour commencer, il vous faudra quelqu'un pour vous accompagner. Appelez ça une coïncidence, mais j'ai reçu l'autre jour une lettre de ma tante Marion. Ce n'est pas vraiment ma tante, c'est une amie de ma mère, qui est veuve depuis quelques années. Elle n'a pas d'enfants et son mari diplomate l'a laissée dans une situation assez difficile. Elle est obligée de vivre chichement à Twickenham, dans la banlieue de Londres, mais elle a passé la majeure partie de sa vie dans des lieux plus exotiques. Si vous lui proposiez de payer son billet aller-retour et de la prendre comme compagne pendant quelques mois jusqu'à ce que vous soyez installée, je suis presque certaine qu'elle sauterait sur l'occasion. Il ne vous faut pas un simple chaperon, vous avez besoin de quelqu'un qui a beaucoup voyagé et qui connaît le monde. Tante Marion possède ces qualités.

— Vous croyez que nous allons nous entendre ?

Julia s'autorisa un petit sourire.

— En plus d'avoir l'esprit pratique, elle est très franche et assez excentrique. Je pense que vous vous entendrez à merveille

Charlotte, duchesse de Buccleuch, à Lady Margaret

Montagu House, Londres, 14 novembre 1867

Très chère Margaret,

Je ne sais pas comment répondre à ta dernière lettre, qui m'a bouleversée. Je ne m'en suis pas encore entièrement remise, dois-je m'empresser d'ajouter.

Je savais que le duc te proposait un arrangement, bien sûr, mais je n'étais pas au courant des termes précis et il ne m'a pas non plus consultée.

J'espérais que le fait qu'il accède à ton souhait d'indépendance indiquait un adoucissement de son attitude à ton égard et j'y croyais au point d'envisager la possibilité de te rendre visite à Powerscourt. Le duc a malheureusement été très clair : cela ne pourra en aucun cas se concrétiser. J'ai eu la mauvaise idée d'essayer de le persuader de changer d'avis. Non seulement ma tentative est restée lettre morte, mais elle a aussi hélas éveillé ses soupçons, car il m'a interrogée sur notre correspondance. Je n'ai pas pu lui mentir.

Le duc était outré et m'a ordonné de cesser tout contact sur-le-champ.

Ma chère fille, bien que cela me brise le cœur d'écrire ceci, dans un avenir immédiat, je dois te demander de limiter ta correspondance à ta sœur aînée. Victoria me donnera de tes nouvelles et je te ferai transmettre les miennes. Tu t'es battue trop dur pour obtenir ton indépendance, je ne veux pas que tu risques de la perdre par ma faute. J'espère que tu comprendras et je prie aussi pour que cette situation ne soit que temporaire ~~même si Dieu seul sait comment elle sera résolue~~.

Margaret, ta décision de t'installer en Amérique me remplit à la fois de terreur et d'admiration. Que tu ne parviennes pas à en expliquer les raisons me fait sourire. Tu t'es toujours laissé guider par ton cœur et tu t'en es enfin rendu compte. Je t'en félicite, mais pourquoi, oh ! pourquoi, ton instinct doit-il te pousser à foncer vers le danger ? Ta lettre est pleine d'optimisme, alors que tu as toutes les raisons d'avoir peur. Tu avoues ressentir de l'inquiétude, mais en même temps tu l'écartes. Je ne peux décider si c'est courageux ou stupide.

~~Si quelque chose t'arrivait alors que tu es si loin, hors d'atteinte~~

~~Je suis ta mère et par conséquent j'aurai toujours peur pour ta sécurité~~

La compagne de voyage proposée par Lady Julia t'offrira, j'en suis sûre, une certaine protection et de bons conseils. J'espère que vous prendrez plaisir à la compagnie l'une de l'autre et que vous deviendrez amies.

N'est-il pas ironique que notre éloignement nous ait amenées à mieux nous comprendre à travers nos lettres ? Ton père ne te comprendra jamais, mais moi si. Par conséquent, peu importent mes réserves concernant ta décision, mes craintes pour ton bien-être et mon fervent désir de te prendre dans mes bras et de te garder en sécurité… Ce que je dois faire – ce dont tu as le plus besoin de ma part –, c'est te laisser partir avec ma bénédiction et en te souhaitant bonne chance. L'amour d'une mère est durable et puissant. Il ne connaît pas de frontières et peut traverser aussi facilement l'Atlantique que la mer d'Irlande. Ton courage sera mis à l'épreuve, Margaret. Il y *aura des moments où tu te sentiras seule, où tu seras obligée de prendre des décisions difficiles et, sans aucun doute, à certaines occasions ton jugement et ta détermination vacilleront. Dans ces moments-là, souviens-toi que mon amour t'accompagne, que je te porte dans mon cœur et que je suis avec toi par la pensée.*

Je n'ai qu'une demande et je ne la formule qu'après un douloureux examen de conscience : ton père a précisé que ton allocation serait supprimée si tu devenais la cause d'un nouveau scandale. Tu m'as assuré qu'il n'y avait rien à craindre et je ne doute pas que tu en sois convaincue. Tes intentions sont toujours pures, mais le résultat de tes actions est parfois… Comprends-tu, ma chère, ce que je dis ? Pour ton propre bien, mais aussi pour le mien, je te supplie de veiller à ne pas causer de remous.

J'en ai dit plus qu'assez. J'avoue n'avoir jamais écrit de lettre comme celle-ci. Aucune personne qui me connaît ne me croirait capable de rédiger une missive aussi chargée en émotions, mais je t'assure qu'elle vient du cœur et que je ressens profondément chaque sentiment qui y est exprimé.

Tu es dans mes prières tous les soirs.

Avec beaucoup d'amour,

Mère

P-S : Je joins un livre, The Englishwoman in America, *écrit par une Miss Isabella Bird, où elle raconte son expérience d'Anglaise en Amérique. Tu le trouveras certainement intéressant. Quand j'ai découvert que les voyages de Miss Bird étaient financés par son père, je n'ai pas pu résister à l'envie de t'en acheter un exemplaire, bien que je craigne que tu ne le trouves plus moralisateur qu'instructif.*

Princesse Louise à Lady Margaret

Osborne House, île de Wight, 20 décembre 1867

Chère Margaret,

Depuis que nous sommes arrivés à Osborne il y a quelques jours, j'ai à peine eu une minute à moi, car la reine est très occupée par le tollé qui a suivi l'attentat à la bombe des nationalistes irlandais à Clerkenwell et le souci que ses ministres portent à sa sécurité personnelle. Le complot des républicains irlandais pour la kidnapper à Balmoral a été déjoué, mais on nous a informés qu'ils avaient aussi le projet de l'assassiner, et la police tente actuellement d'appréhender les conspirateurs américains à bord de leur navire, alors qu'ils traversent l'Atlantique. Je mentionne cela, évidemment, pour faire suite à ta lettre, que j'ai reçue juste avant notre départ de Windsor, bien que je n'aie trouvé le temps de la lire qu'aujourd'hui. N'ayant aucune nouvelle de toi depuis plusieurs mois, j'ai été étonnée d'apprendre que, toi aussi, tu avais l'intention de traverser l'océan, délaissant ta famille et tes amis pour le Nouveau Monde. Et donc, moi qui me considérais auparavant comme l'une de tes plus vieilles et plus chères amies, je dois renoncer à tout espoir de te revoir un jour.

J'ai eu beaucoup de mal à supporter nos adieux, lors du mariage de Helena en juillet de l'année dernière. Ton exil aurait pu être évité si tu avais honoré la volonté de tes parents et suivi mes conseils en acceptant les fiançailles, mais tu as préféré ne pas le faire. La séparation qui en a résulté m'a énormément pesé. Tu étais consciente que j'étais moi-même dans une situation extrêmement délicate et, pourtant, tu as choisi de te placer dans une position où tu ne pouvais m'apporter aucun réconfort.

Bien que j'en aie fait peu de cas, car je souhaitais t'épargner, j'ai été contrainte d'endurer une période de souffrance prolongée pendant que tu t'installais en Irlande, me privant ainsi d'une confidente.

Depuis lors, les relations entre Sa Majesté et moi sont tendues. J'ai été obligée de continuer à apparaître à ses côtés en public afin d'apaiser les soupçons. Cependant, bien que j'aie réussi au-delà de ses attentes, son opinion à mon sujet reste mauvaise, elle n'a plus d'estime pour moi.

Et aujourd'hui, alors que j'ai plus que jamais besoin d'une amie bonne et loyale, j'apprends que tu émigres ! Je t'épargne les détails de la douleur que cette nouvelle m'a infligée. À la place, je te souhaite bonne chance dans ta nouvelle vie, Margaret. J'espère que tu apprécieras la liberté que tu as arrachée à ta famille et que tu te feras de nouveaux amis pour remplacer ceux que tu as abandonnés. Tu sembles avoir déjà commencé à le faire avec cette compagne de voyage qui vient d'arriver à Powerscourt. Au moins, je ne dois pas redouter que tu ne te sentes seule.

En attendant, je continuerai à servir mon pays, à sourire gracieusement quand j'en ai le moins envie et à supporter sans me plaindre les charges de mon poste.

Le flegme, dont tu t'es si souvent moquée, n'est pas, me dit-on, une caractéristique de la société américaine, où il est fait ouvertement étalage de ses émotions. Voilà qui devrait te convenir à merveille.

N'interprète pas ma lettre comme un plaidoyer pour que tu restes, ni même pour que tu te soucies de ma souffrance. Je vais, comme toujours, endurer mon sort avec grâce et élégance et je prendrai soin de moi. Maman est un excellent exemple à suivre en termes de force morale. Je ne décevrai pas ses attentes et je ne me décevrai pas.

J'espère que tu ne regretteras pas ta décision.

~~*Oh ! M., tu me manques.*~~

Bon voyage, M.

Louise

The Illustrated Times, vendredi 20 décembre 1867

UN DÉPART À DORMIR DEBOUT ?

Contes et fables à dormir debout est un livre pour enfants publié à Dublin tout récemment. Vous vous demandez sûrement quel intérêt votre humble serviteur peut avoir pour un ouvrage aussi frivole ? La réponse est qu'il a été écrit par nulle autre que Lady M***, deuxième fille du duc de B***, bien que, naturellement, son nom ne figure pas sur la page de titre. Lady M***, qui a été aperçue la dernière fois alors qu'elle officiait comme demoiselle d'honneur au mariage royal l'année dernière en juillet, profite depuis des joies de la campagne irlandaise. C'est la deuxième fois qu'elle est tenue à l'écart de la société. Serait-ce pour la même raison que la première ? Est-ce une simple conjecture de ma part ou est-ce vraiment le cas ? C'est à vous de décider, chers lecteurs, mais ne dit-on pas « chassez le naturel, il revient au galop » ?

Je suis informé de source sûre que la jeune femme a décidé d'abandonner son pays natal et s'embarquera avant la fin de l'année pour l'Amérique, où elle a l'intention de s'installer. Dans une société qui n'a pas de pedigree aristocratique ni de sang bleu, une personne avec une réputation entachée comme Lady M*** sera sans doute bien accueillie.

Dans le prétendu pays de la liberté, une jeune femme qui méprise les règles de bonne conduite et que l'on connaît pour le mauvais exemple qu'elle donne trouvera un foyer spirituel. Nous souhaitons bon voyage à Lady M*** et bonne chance à nos cousins américains.

CHAPITRE 29

Queenstown, Irlande, vendredi 27 décembre 1867

Les adieux avaient dû être brefs pour que Margaret puisse prendre la route au petit matin à bord du fiacre de Powerscourt jusqu'à la gare de Kingsbridge à Dublin. Tandis que les sabots des chevaux martelaient le sol dans l'aube glaciale et que tante Marion consultait la liste qui ne la quittait pas et vérifiait les bagages, Breda avait juste eu le temps de lui mettre une médaille de saint Christophe dans les mains et Julia de s'occuper des couvertures et des chauffe-pieds. Pas le temps de fondre en larmes, Dieu merci, ni de se demander si Julia et elle se reverraient un jour. Juste une dernière étreinte furtive mais chaleureuse, avant que le périple ne commence.

Le trajet en train de Dublin à Cork, où l'on accédait à la gare par un tunnel de plus de un kilomètre de long, passa en un clin d'œil. Là, elles montèrent dans un autre train pour le port de Queenstown, qui longea les rives du Lough Mahon, permettant à Margaret d'admirer le panorama, même si elle avait la tête ailleurs. Elle pensait à tous ceux qu'elle laissait derrière elle, peut-être pour toujours.

La dernière et précieuse lettre de sa mère avait été la source de pleurs, de nuits blanches et de beaucoup d'introspection.

Impossible de ne pas regretter qu'elles aient été si longtemps en désaccord et qu'elles ne se soient pas rapprochées plus tôt. Et cependant, si Margaret avait suivi la voie que ses parents avaient choisie pour elle, sa mère et elle ne se seraient peut-être jamais rapprochées. Leur nouvelle relation était le fruit de l'adversité, de conflits successifs et de la souffrance, mais aussi de l'éloignement et de l'endurance ; on aurait pu en dire autant de sa relation avec Victoria, peut-être même de celle avec Mary. Alors que le train avalait les kilomètres, savoir qu'elle était dans les pensées et les prières de sa mère apportait à Margaret un certain réconfort.

Louise était une tout autre affaire. Margaret l'avait vraiment perdue, peut-être pour toujours. La lettre de la princesse avait délibérément cherché à la blesser ; mais Margaret savait que son amie s'en prenait à ceux qu'elle aimait le plus lorsqu'elle se sentait vulnérable. Ce n'était pas la première fois que Louise réécrivait l'histoire pour se donner raison, ou du moins apparaître sous un meilleur jour. Ses railleries et ses accusations étaient les armes qu'elle utilisait le plus volontiers pour détourner l'attention de ses propres travers, même si elle n'admettrait jamais en avoir ! Quant à ce qui s'était réellement passé au cours de ces dix-huit mois, il était impossible de tirer la moindre conclusion à partir des allusions voilées, mais Margaret pouvait se risquer à une supposition, et son cœur se serrait de compassion. Lou n'était pas capable de reconnaître qu'elle était fragile ni qu'elle avait besoin d'amour et de soutien. Comme Julia, elle était déterminée à mettre ses sentiments sous cloche et à endurer son sort. Margaret ne pouvait pas l'aider et toute proposition dans ce sens serait rejetée. Louise lirait-elle seulement sa brève réponse, qui l'assurait de son amour et de son amitié ? Margaret pouvait l'espérer, mais elle n'en était pas convaincue.

Elle n'avait pas eu de nouvelles de Donald et ne s'attendait pas à en avoir. Elle ne s'en voulait pas d'avoir refusé sa demande en mariage, mais elle regrettait profondément d'avoir perdu son amitié. Les semaines avaient filé à toute allure depuis son anniversaire, mais elle avait été affreusement tentée de lui écrire, de lui confier ses craintes et ses espoirs concernant cette nouvelle phase de sa vie, d'exposer ses projets pour obtenir son avis. Mais cela aurait été cruel et égoïste ; elle l'aimait trop pour le blesser davantage ou lui donner de faux espoirs.

Julia, une fois qu'il avait été clair que Margaret ne se laisserait pas dissuader, s'était investie avec générosité dans l'organisation du voyage. Elle ne pouvait ni comprendre ni approuver une décision si contraire à sa prudence et à son ardent désir de fonder une famille, mais elle avait montré qu'elle connaissait bien Margaret en suggérant que sa tante Marion l'accompagne.

Alors que le train commençait sa lente approche du port de Queenstown, Margaret sourit en examinant la femme assise en face d'elle, qui fronçait les sourcils en consultant son cahier, où une liste de tâches était méthodiquement cochée. Mrs Marion Scrymgeour, ou tante Marion, comme elle demandait à se faire appeler, avait une bonne cinquantaine d'années. Elle était habillée de façon élégante mais simple : une veste et une jupe en tweed avec un chemisier à col montant. La jupe était pourvue de deux grandes poches dissimulées et le chemisier était d'un brun tabac affreux, sa couleur préférée pour les vêtements de voyage. « Elle dissimule la saleté que même le plus maniaque des voyageurs accumule inévitablement et repousse la chaleur dans les climats les plus chauds », avait-elle informé Margaret en toisant la robe gris tourterelle de sa jeune compagne d'un air désapprobateur.

L'arrivée de tante Marion à Powerscourt un peu moins de deux semaines plus tôt avait été précédée d'un flot de lettres contenant des instructions détaillées que Julia et Margaret avaient scrupuleusement suivies. Tous les sujets étaient couverts, du style de malle le plus robuste et le plus pratique au contenu essentiel d'une trousse médicale, en passant par les effets de toilette et le sac de voyage, ou encore l'itinéraire et les documents nécessaires. Bien que Julia semblât encline à remettre en question les dires de tante Marion, selon lesquels les grands magasins de New York étaient réputés pour être les meilleurs du monde et pourraient répondre à tous leurs besoins, Margaret était soulagée de ne pas devoir se racheter toute une garde-robe à son arrivée. À titre personnel, elle ne parvenait en revanche pas à imaginer pourquoi une petite flasque de brandy, des sels forts, un flacon d'eau de toilette, un ensemble complet de sous-vêtements et de bas propres devaient prendre place dans son sac de voyage, n'en laissant presque aucune pour son écritoire ou son livre. Mais elle décida de s'en remettre à la longue expérience de tante Marion.

En fait, Mrs Scrymgeour était si minutieuse que la jeune femme s'attendait à rencontrer une dame sévère avec des manières de maîtresse d'école. Elle réglementerait sa journée en suivant un horaire strict, devait être du genre à se lever à 5 heures et se coucher à 20, à ne boire que de l'eau et à trouver que la crème dans le porridge était le comble de l'extravagance. Margaret n'aurait pas pu se tromper plus. Elles s'entendirent dès le premier instant. Tante Marion était l'une de ces femmes dont l'appétit pour la vie n'avait d'égal que celui pour la nourriture. Originaire de Peebles, une ville écossaise, elle avait beaucoup voyagé avec son mari diplomate, principalement en Extrême-Orient. Elle avait un stock d'anecdotes inépuisable, une constitution de fer, un humour corrosif, une tolérance bienveillante pour les faiblesses et une solide aversion pour l'hypocrisie. Son carnet de notes, sa broderie et une coupe de champagne ne la quittaient pas. Excentrique et irrévérencieuse, tante Marion était une non-conformiste qui prenait tout avec philosophie.

— Qu'est-ce qui vous fait sourire ? demanda-t-elle à Margaret en refermant son cahier et en rangeant son portemine en argent dans son support.

— Si on m'avait demandé de décrire la compagne de voyage idéale, ce serait vous.

— Merci, ma chère, mais nous venons à peine de quitter Powerscourt. Vous devriez réserver votre jugement jusqu'à ce que nous ayons au moins parcouru quelques kilomètres ensemble.

— Ce n'est pas nécessaire. Si je n'avais pas déjà une énorme dette envers Julia pour m'avoir hébergée, j'en aurais une autre pour nous avoir présentées.

— Vous avez plus que remboursé Julia par votre compagnie. Elle est sortie de sa coquille en s'impliquant dans l'école et dans tout le reste. Bien sûr, elle ne sera pleinement heureuse que lorsqu'elle aura un bébé dans les bras, mais connaissant son mari… Pouah, je n'ai aucune patience pour un homme qui se dérobe à son devoir comme ça. Il n'aurait pas dû l'épouser s'il avait des doutes au sujet de…

Elle s'interrompit et pinça les lèvres.

— Que diable voulez-vous dire ? Je ne savais pas que vous connaissiez particulièrement bien Lord Powerscourt.

— Je l'ai rencontré à plusieurs reprises lors de ses voyages à l'étranger. Il a entraîné Alexander, mon mari, dans la traque d'une statue. Une fois. C'était en Perse, au début où il était en poste là-bas. Alexander était très contrarié qu'on lui demande d'exercer une influence qu'il ne possédait pas vraiment, car il n'a jamais dépassé les rangs inférieurs du service consulaire. Son absence de sang bleu jouait contre lui et il ne voulait pas se forcer à fréquenter les bonnes personnes, vous voyez, mais Powerscourt s'était montré très insistant. Je l'ai toujours trouvé arrogant et égoïste… je peux le dire maintenant que la pauvre Julia est hors de portée de voix. Je préfère de loin son frère cadet, Lewis.

— Je l'ai rencontré et je l'aime beaucoup.

— Oui, j'imagine aisément que vous vous êtes bien entendus. Au moins avec Lewis, on sait à quoi s'en tenir. Il ne fait pas semblant. Wingfield, en revanche, est le genre d'homme qui aurait dû rester célibataire et c'est tout ce que je suis prête à dire sur le sujet. Maintenant, nous devons rassembler nos affaires, Margaret, car nous allons arriver à Queenstown et le contrôle a lieu sur le quai, je crois. Restez près de moi, et laissez-moi m'occuper de l'administration. Gardez la main sur votre sac, votre tête sur les épaules et tout ira bien.

Deux heures plus tard, Margaret se tenait sur le pont du plus prestigieux bateau à vapeur à aubes de la Cunard Line et regardait les navettes acheminer les derniers passagers. Les ponts du RMS *Scotia* étaient bondés de gens qui se disputaient une place au bastingage pour faire leurs adieux, alors que leurs proches rassemblés sur le quai n'étaient qu'une mer de visages indiscernables. De la fumée s'échappait des deux cheminées au centre du navire et les immenses voiles des deux mâts étaient déployées en vue du départ. Le bateau à vapeur avait remporté quatre ans plus tôt le Ruban bleu, récompense très convoitée, pour la traversée transatlantique la plus rapide vers l'ouest. C'était un paquebot de luxe, sans classe d'entrepont : la grande majorité des passagers voyageaient en première et quelques-uns seulement en seconde. Alors que Margaret s'appuyait sur le garde-corps en serrant son épais manteau de laine autour d'elle, elle ne put tout de même s'empêcher de penser aux milliers d'Irlandais pauvres fuyant la Grande Famine pour tenter leur chance dans le Nouveau Monde. L'oncle de Breda en avait fait partie. Avec sa femme et ses trois enfants, il avait embarqué sur ce même quai quinze ans auparavant. Bien qu'il n'y eût aucune comparaison possible entre ces pauvres âmes courageuses et elle – en dehors de leur détermination à entamer une nouvelle vie –, Margaret fut frappée par l'énormité de ce qu'elle entreprenait. Les dernières navettes se vidèrent et les moteurs du navire ronronnèrent de façon plus décidée : il n'y avait pas de retour en arrière possible.

Plusieurs coups de corne de brume poussèrent la foule à se rapprocher des rambardes. Tante Marion apparut aux côtés de Margaret, munie miraculeusement de deux coupes de champagne. Elle en tendit une à la jeune femme. Sur le quai, on voyait des mouchoirs s'agiter, des chapeaux se lever et des larmes commencer à rouler sur les joues, tandis que les ponts frémissaient sous leurs pieds.

— J'ai pensé qu'un toast de départ s'imposait. Je suppose que vous ressentez de l'inquiétude. D'après mon expérience, c'est toujours le cas au moment du départ. Quoi de plus naturel quand on quitte des amis et des êtres chers. Si on n'en ressentait pas, cela signifierait que l'on n'a rien ni personne à regretter de laisser derrière soi.

— C'est une façon très positive de voir les choses.

— Je n'ai aucune patience pour ceux qui se lamentent constamment sur leur sort. Il faut tirer le meilleur parti de ce que l'on a.

— Julia m'a dit la même chose quand je suis arrivée à Powerscourt.

— C'est une fille pleine de bon sens, cette Julia, bien que je pense qu'elle a en quelque sorte une âme de martyre. Moi aussi, j'aurais aimé avoir des enfants, mais le Seigneur ne nous en a pas accordé. Remarquez, je ne peux pas reprocher à Alexander de ne pas avoir fait d'efforts. Dans ce domaine, contrairement à Wingfield, il était toujours enthousiaste, jusqu'à la fin, lui confia tante Marion avec un clin d'œil ostensible. Je vois que je vous ai choquée. Les jeunes s'imaginent que la passion est leur apanage, mais ce n'est pas du tout le cas. J'ai cinquante-cinq ans et je suis loin d'être décrépite. Vous devriez trouver cela rassurant.

— Je suis sûre que ce sera le cas un jour, répondit Margaret en rougissant et en riant.

— C'est vrai, c'est vrai, vous avez bien le temps avant de vous tracasser de ce genre de choses. Vous avez toute la vie devant vous.

Les ancres du navire remontaient en grinçant et le RMS *Scotia* se mettait en mouvement.

— Il n'y a plus de retour en arrière possible maintenant, déclara tante Marion.

— Je sais, et quand cette idée ne m'exalte pas elle me terrifie.

— Je ne vous dirai pas « n'ayez aucun regret », ce serait stupide. Vous en aurez à profusion, mais l'astuce, ma chère Margaret, c'est de continuer à aller de l'avant.

Tante Marion leva son verre.

— Un toast, ma chère. Aux nouveaux horizons.

Le *Scotia* donna un dernier coup de corne de brume.

— Aux nouveaux horizons, répéta Margaret, alors que le navire commençait à prendre de la vitesse et mettait le cap sur New York. Et je bois à l'idée de tirer le meilleur parti des secondes chances, ajouta-t-elle à voix basse pour elle-même.

Chapitre 30

New York, janvier 1868

Le RMS *Scotia* faisait route vers New York sous le commandement du capitaine Judkins, l'un des meilleurs officiers de la Cunard Line, qui dirigeait son équipage avec une autorité redoutable. Une anecdote courait à son sujet : il avait un jour menacé de mettre aux fers un groupe de passagers américains, venus des États du Sud, qui avaient non seulement refusé d'écouter une conférence donnée par Frederick Douglass, un abolitionniste noir, mais aussi prétendaient le jeter par-dessus bord. Le capitaine Judkins, un homme taciturne qui avait l'apparence d'un politicien distingué, ne cherchait pas à se faire aimer des passagers. La plupart vivaient dans la crainte de ses remarques impitoyables. Et pourtant, au cours des dix jours de traversée, tante Marion et lui nouèrent une amitié improbable, au point que Margaret et sa compagne de voyage furent invitées à dîner à la table du capitaine presque tous les soirs et bénéficièrent d'une place de choix au gala célébrant la nouvelle année. C'était un honneur qui ne présentait pas que des avantages, car le capitaine aimait s'écouter parler et ses officiers le traitaient avec un respect mêlé de crainte. Quand tante Marion lui fit remarquer que cette place privilégiée était la garantie d'avoir du champagne à volonté, la jeune femme put difficilement s'y opposer.

Les énormes roues à aubes du *Scotia* avaient temporairement cessé de tourner aux premières heures de la journée, à quelques kilomètres au large des côtes américaines, afin de permettre aux représentants du gouvernement de monter à bord. Enveloppée dans son épaisse cape de voyage, les mains bien au chaud dans des moufles en fourrure, Margaret se tenait au bastingage du pont de la première classe lorsque les moteurs redémarrèrent pour achever la courte dernière étape de leur traversée : il leur restait à remonter l'East River jusqu'à leur poste d'amarrage dans le port de New York. Le processus d'accostage était terriblement complexe, car la rivière grouillait de navires, de remorqueurs, de barges et de bateaux à rames qui se bousculaient pour mouiller dans le port. Lorsque les moteurs furent enfin coupés, une cacophonie de voix s'éleva, hurlant des instructions depuis les quais, les barges et le pont du *Scotia*. Les cornes retentissaient, le gréement grinçait, les mouettes poussaient des cris plaintifs et l'odeur du sel avait fait place aux relents âcres de la fumée qui flottait sous un ciel plombé. Sur les ponts des autres navires, Margaret observa des hordes de passagers se pressant les uns contre les autres, cherchant, comme elle, à apercevoir pour la première fois la ville de New York.

Lorsque les barges sur lesquelles les passagers allaient être débarqués approchèrent, son estomac s'agita presque aussi violemment que le vaste océan qu'ils venaient de franchir. Elle n'arrivait pas à croire qu'elles avaient réellement rejoint le Nouveau Monde. Au cours de la traversée, son esprit avait été en ébullition permanente, le trajet lui avait paru bien plus court qu'elle ne l'avait redouté. D'un bout à l'autre du voyage en haute mer, les grincements et les roulements du navire, l'écume dans son sillage, tout lui avait rappelé la distance qu'ils parcouraient, le monde et les êtres chers qu'elle laissait loin derrière elle. En journée, il avait été facile de mettre ses craintes de côté et de profiter du luxe offert par le *Scotia,* mais la nuit, dans sa cabine, elle avait eu du mal à fermer l'œil, les questions et les soucis bourdonnant comme des abeilles dans sa tête. Pendant ces longues heures sombres, elle s'était sentie seule et abandonnée. Elle avait regardé par le hublot, admirant les étoiles, ces points minuscules dans un ciel d'encre. Elle était passée à plusieurs reprises de l'exaltation à la sensation d'être prise au piège, coincée sur cet imposant vaisseau de métal, ballottée par les flots, forcée à avancer sans relâche, mais secrètement soulagée d'être dans l'impossibilité totale de rebrousser chemin.

En contemplant la ligne d'horizon de New York qui se dessinait sous yeux, Margaret retrouva son optimisme. Elle avait fait un grand saut dans le vide, mais malgré ses doutes et ses craintes elle était plus que jamais convaincue d'avoir pris la bonne décision. L'article de l'*Illustrated Times,* que Lord Powerscourt lui avait si gentiment montré avant son départ, ne faisait que la conforter dans son opinion. Peu importait ce qu'elle accomplissait, peu importaient ses motivations : en Grande-Bretagne, elle resterait à tout jamais la scandaleuse Lady Margaret.

Alors qu'elle suivait des yeux les premiers filets chargés de bagages qui étaient treuillés sur les barges, tante Marion la rejoignit.

— Bonjour, ma chère. N'est-ce pas enivrant ?

Les yeux pétillants, elle brandit deux coupes de champagne.

— Il doit bien être l'heure de boire un verre quelque part. Ce sera notre dernière occasion de profiter de l'excellente cave du capitaine Judkins. Et la première opportunité de porter un toast au Nouveau Monde !

Margaret leva sa coupe en souriant.

— Bonjour, l'Amérique.

— Nous sommes enchantées de faire votre connaissance, ajouta tante Marion en avalant une bonne gorgée. Maintenant, buvez, car nous allons monter à bord de l'une de ces barges. Je redoute de ressembler à une génisse de concours débarquée d'un bateau à bestiaux.

La petite barge les déposa à l'embarcadère de Castle Garden, à la pointe sud de l'île de Manhattan, non loin de Governors Island. Les collines vertes de Staten Island ondoyaient à l'horizon. Le *Scotia* n'était que l'un des nombreux navires à déverser ses passagers ce matin-là et la jetée n'était qu'une masse grouillante d'humains en provenance de tous les continents, c'est du moins l'impression qu'avait Margaret. Ses jambes flageolèrent à un point tel que, lorsqu'elle posa le pied sur la terre ferme, elle fut momentanément clouée sur place. Son nez était assailli par les odeurs, ses oreilles résonnaient à cause du tumulte. Les employés de l'administration criaient des instructions et agitaient les bras. Elle paniqua lorsque la foule se mit soudain à avancer.

— Restez près de moi, ma chère, lui indiqua tante Marion avec un calme rassurant.

Elle lui attrapa le bras, jetant un regard désapprobateur à toutes ces personnes qui s'agitaient autour d'elle.

— Les Américains semblent fidèles à ce principe ridicule de mettre tout le monde sur un pied d'égalité. Je ne vois pas de parcours séparé pour la première classe. Laissez-moi faire. Gérer la bureaucratie est l'un de mes nombreux talents.

Elle observa d'un air courroucé un passager qui fulminait contre un fonctionnaire.

— Nous nous en sortirons en faisant preuve de patience et de courtoisie. Plaquez votre sourire le plus charmeur sur votre visage et allons-y.

Fidèle à sa parole, tante Marion prit les démarches en charge. Elles passèrent un examen médical sommaire et arrivèrent rapidement dans le bâtiment principal de la rotonde, un vaste espace circulaire où le mélange des langues et des voix créait un vacarme assourdissant, rendu encore plus insupportable par la puanteur des passagers qui avaient passé la traversée enfermés dans l'entrepont.

— Prenez de profondes inspirations et vous vous habituerez rapidement à l'odeur, recommanda tante Marion en poussant Margaret devant elle vers le service d'enregistrement.

Le temps que leurs papiers et bagages soient vérifiés et que des dispositions soient prises pour envoyer leurs effets personnels à l'hôtel qui leur servirait de résidence provisoire, la matinée était déjà bien avancée. Elles ressortirent de l'autre côté de la rotonde et se retrouvèrent dans une large cour où les passagers, les enfants et les malles étaient regroupés. Les gens avaient l'air aussi abasourdis que Margaret. Elles empruntèrent une nouvelle porte et foulèrent enfin officiellement le sol américain.

The Battery, comme on l'appelait, était un vaste espace dégagé ponctué seulement par quelques arbres clairsemés. La circulation y était chargée. Des véhicules de toutes tailles et de toutes sortes bloquaient le passage : des voitures, des charrettes et un nombre impressionnant de brouettes de colporteurs.

Les rabatteurs criaient le nom de l'hôtel ou de la pension qu'ils représentaient. Des retrouvailles émouvantes avaient lieu un peu partout : les familles se prenaient dans les bras, les amoureux s'embrassaient, les gens pleuraient et riaient à la fois. On soulevait les bébés pour les examiner, les chiens aboyaient et les enfants sautillaient, accrochés aux jupes de leurs mères. Margaret sourit à une petite fille qui tenait en laisse un chiot exubérant et elle reçut en retour un sourire béat.

Pendant ce temps, tante Marion notait scrupuleusement le numéro d'immatriculation du cabriolet, appelé ici *cab* le plus souvent.

— On n'est jamais trop prudent, décréta-t-elle en faisant passer Margaret devant elle.

Elle adressa un regard lourd de sous-entendus à l'homme qui était descendu pour l'aider et poursuivit :

— D'après mon expérience, les cochers sont les mêmes partout dans le monde : toujours prêts à faire payer le double du tarif en vigueur s'ils en ont l'occasion. Nous allons à l'hôtel Fifth Avenue, mon bon monsieur, ce qui ne devrait pas coûter plus de soixante-quinze cents, si je ne m'abuse.

— Exact, à moins que vous ne vouliez ajouter un généreux pourboire, madame, répliqua le cocher en adressant un clin d'œil à Margaret.

Il referma les panneaux en bois escamotables sur leurs jambes, avant de monter à l'arrière de la caisse et de lancer son cheval au petit trot.

Le vent leur mordit le visage, car le cabriolet n'était que partiellement couvert, mais Margaret se pencha en avant, impatiente d'apercevoir *downtown* New York, le centre-ville.

— Je n'arrive pas à croire que nous soyons vraiment ici. Je sais que vous avez l'habitude des voyages, mais jusqu'à notre départ l'Irlande était le pays le plus éloigné où je sois jamais allée.

— Rien de tel que les voyages pour s'ouvrir l'esprit.

Tante Marion grimaça avant d'ajouter :

— C'est d'une platitude navrante, mais c'est la stricte vérité, à condition de vivre l'expérience à fond, bien sûr. Vous n'imaginez pas le nombre de gens que j'ai croisés, dans le service diplomatique, qui s'efforçaient de recréer un petit coin d'Angleterre. Vous devez connaître ce genre de personnes, car votre père fréquente des ambassadeurs et des fonctionnaires de haut rang. Ce sont ceux qui sont le moins enclins à apprendre le jargon ou les coutumes locales. Ne vous méprenez pas : beaucoup d'autres, comme mon cher Alexander, faisaient tous les efforts possibles pour s'adapter, mais certains…

Elle s'interrompit et secoua la tête.

— … ne profitent pas vraiment de leurs voyages à l'étranger. Ils souffrent en permanence du mal du pays et régulièrement de diarrhée.

— Ne vous inquiétez pas, j'ai l'intention de me lancer dans ma nouvelle vie ici avec enthousiasme.

— Je ne doute pas que vous le ferez, approuva sa compagne en lui tapotant la main. Vous aurez le mal du pays, vous ne pourrez pas l'éviter, mais l'astuce est de ne pas s'y complaire. Et souvenez-vous que vous n'êtes pas seule : je suis à vos côtés.

— Merci, tante Marion.

Margaret se pencha vers elle, la surprenant en lui collant un baiser sur la joue.

— Merci pour tout. Je suis si heureuse que vous soyez ici avec moi.

— S'il vous plaît, je vous en supplie, épargnons-nous le *tante.* Nous devons être des amies et des complices, pas une tutrice et sa pupille. Cette opportunité m'enchante, ma chère. Depuis que j'ai perdu Alexander, ma vie est plutôt morne, je dois l'avouer. Moi aussi, j'attends avec impatience d'explorer de nouveaux horizons, vous savez, même si ce n'est que temporaire. Et j'admets volontiers que je suis également impatiente de profiter d'un peu de luxe. J'ai appris que notre logement est équipé d'un appareil appelé « chemin de fer vertical » pour nous transporter vers nos chambres. J'espère qu'il est solide ! Et j'ai hâte de l'essayer.

New York Times, mardi 7 janvier 1868

UNE ARRIVÉE ARISTOCRATIQUE À NEW YORK

Le paquebot RMS *Scotia* de la Cunard Line a accosté ce matin dans le port de New York, après avoir quitté Liverpool et Queenstown. Parmi les passagers illustres se trouvait Lady Margaret Montagu Douglas Scott, deuxième fille du duc de Buccleuch et de Queensberry, bâton d'or pour l'Écosse et l'un des plus éminents pairs de Grande-Bretagne. Sa Grâce a précédemment servi Sa Majesté la reine Victoria en tant que lord du Sceau privé et était un ami intime du prince Albert.

La mère de Lady Margaret, la duchesse de Buccleuch, est la fille du second marquis de Bath et fut maîtresse de la garde-robe de la reine. La famille possède plusieurs maisons et propriétés, parmi lesquelles Montagu House à Londres, le château de Drumlanrig, Bowhill House et le palais de Dalkeith en Écosse, ainsi que Boughton House dans le Northamptonshire, en Angleterre.

Lady Margaret a fait ses débuts devant Sa Majesté la reine Victoria en avril 1865 et a été l'une des débutantes les plus honorées de la saison londonienne. C'est une très bonne amie de la plus belle des princesses royales, Louise, et elle a été demoiselle d'honneur lors du mariage de la princesse Helena avec le prince Christian de Schleswig-Holstein-Sonderburg-Augustenburg en juillet 1866. Un problème de santé a contraint Lady Margaret à se retirer de la société et à se réfugier à Powerscourt, près de Dublin, où elle était l'invitée du septième vicomte et de son épouse.

Lady Margaret voyage avec une compagne, Mrs Marion Scrymgeour, et devrait s'établir aux États-Unis. L'aristocratie locale est enchantée d'accueillir une nouvelle recrue de si haute volée.

New York Herald, mercredi 8 janvier 1868

NOUVEAU MONDE, NOUVEAU DÉPART POUR LA FILLE D'UN DUC ?

Nous sommes ravis et intrigués à la fois d'apprendre que l'un des passagers fraîchement débarqués du RMS *Scotia* n'était autre que Lady Margaret Montagu Douglas Scott, deuxième fille du duc et de la duchesse de Buccleuch. Lady Margaret était accompagnée de Mrs Marion Scrymgeour, sur laquelle nous n'avons pu glaner aucune information, si ce n'est qu'elle est la veuve d'un diplomate britannique et n'a aucun lien de parenté avec Lady Margaret.

Les lecteurs qui s'imaginent une vieille fille fanée et âgée traînant derrière elle une compagne en quête d'argent facile doivent s'attendre à une surprise. Lady Margaret a vingt et un ans, les cheveux flamboyants, et, selon notre source à bord du *Scotia,* affiche des proportions adorables, ainsi que des manières charmantes et naturelles. Elle ne correspond en rien au profil des « Roses d'Angleterre », ces jeunes femmes que l'aristocratie britannique exporte habituellement, loin s'en faut !

Pourquoi le Vieux Continent a-t-il laissé échapper cet excellent parti ? Et qu'espère-t-elle trouver ici, dans le Nouveau Monde ? Le *New York Herald* ne s'intéresse pas aux ragots et aux scandales anciens. L'Amérique est le pays des secondes chances et des opportunités ! Quels que soient ses délits passés, Lady Margaret sera accueillie à bras ouverts dans la société de la métropole et deviendra rapidement, nous n'en doutons pas, l'invitée la plus prisée des nombreux événements de la saison en cours.

Bien que nos célibataires en vue puissent rechigner à faire la cour à une femme qui est leur aînée (et *sur le banc de touche*, comme on dit à New York), si elle souhaitait s'allier plus étroitement avec sa patrie d'adoption, sa noble naissance lui garantit de pouvoir choisir parmi un certain nombre de veufs fortunés. Le *Herald* souhaite à Lady Margaret un accueil enthousiaste et suivra de près ses avancées en la matière.

Lady Margaret réside actuellement à l'hôtel Fifth Avenue, où elle s'est vu attribuer l'une des plus belles suites de cet établissement luxueux.

CHAPITRE 31

L'hôtel Fifth Avenue était un immense édifice de six étages en marbre blanc, que le prince de Galles avait mis à la mode en y occupant, lors d'une visite huit ans plus tôt, la suite la plus somptueuse. Les salons étaient magnifiquement décorés, les chambres pourvues d'une cheminée, et beaucoup, dont la suite de Margaret et Marion, étaient même équipées de leur propre salle de bains.

Une fois passée l'excitation de leur arrivée en ville, Margaret fut préoccupée par des questions pratiques de toutes sortes. Comment trouver une femme de chambre ? Devait-elle déballer elle-même ses affaires ? S'habiller seule ? Comment commander les repas ? Fallait-il manger en privé ou dans la salle à manger ? Si une femme s'asseyait seule dans l'un des salons, risquait-elle d'être abordée ? Toutes les conventions qu'elle considérait comme acquises n'étaient peut-être plus en vigueur maintenant qu'elle se trouvait de l'autre côté de l'Atlantique. Le fossé entre son ancienne vie et la nouvelle lui semblait immense et compliqué à gérer.

Mais, alors qu'elle s'enfonçait avec lassitude sur le canapé doré de leur salon commun, Marion prit les choses en main.

— Le thé s'impose, déclara-t-elle, en sonnant la cloche près de la cheminée, et puis le lit pour vous, je pense. Laissez-moi me soucier de tout le reste pour l'instant. C'est la raison de ma présence ici. Faites-moi confiance, ma chère, une bonne nuit de repos et demain vous serez prête pour affronter New York.

Marion avait raison, une fois de plus. Bien que le vacarme des pales du *Scotia* eût été remplacé par le grincement des calèches et le bruit des sabots de chevaux sous sa fenêtre, Margaret passa sa première bonne nuit de sommeil depuis très longtemps.

Dans leur salon, le lendemain matin, elle trouva Marion resplendissante dans la robe de chambre orientale rouge et or de son mari, tandis qu'un serveur disposait sur la table un nombre ahurissant de plats sous cloche.

— J'étais sur le point de vous appeler. J'ai pris la liberté de nous commander un petit déjeuner léger. Nous pourrions le prendre dans la salle à manger, bien sûr, mais on ne peut apparemment pas réserver une table pour ce repas et je ne voudrais pas risquer de devoir partager la nôtre. Je ne suis pas au mieux de ma forme avant d'avoir vidé au moins une cafetière.

— Un petit déjeuner léger ? répéta Margaret en contemplant avec stupéfaction la table qui ployait sous le poids des divers plats.

Elle remarqua que Marion avait glissé une pièce dans la main du serveur avant de le laisser partir. Le pourboire semblait être une coutume de plus qu'elle allait devoir adopter.

— J'ai peut-être commandé un peu trop, convint Marion en se versant du café, même si ce n'est qu'une petite partie de ce qui est disponible sur le menu du petit déjeuner. Le thé est de l'english breakfast. Cela vous convient-il ?

— Parfaitement, lui assura la jeune femme, soulagée de voir que cette boisson, essentielle à ses yeux, était servie comme elle l'aimait.

Sa compagne entreprit de soulever un à un les couvercles.

— Voyons voir. Huîtres en beignets. Et ceci doit être la morue à la crème. Des rognons… un mélange de veau et de mouton, d'après le menu, mais je trouve qu'ils sentent l'agneau. Des pommes de terre sautées, une omelette nature. Ces crêpes doivent être les galettes de sarrasin, ce qui signifie que ceci est le pain de maïs et ces deux dernières choses… eh bien, l'une des deux doit être le pudding indien et l'autre le porridge. Quelle déception, on dirait de la crème anglaise et du gruau de maïs. Tant pis, on apprend de ses erreurs.

Elle commença à se servir en piochant dans tous les mets, tandis que Margaret goûtait le gruau, avant d'en prendre une petite assiette.

— Merci beaucoup d'avoir pris soin de moi, hier. Je suis désolée d'avoir été de mauvaise compagnie.

— Balivernes. C'est bien normal que vous ayez été dépassée par les événements. Vous avez l'air beaucoup plus fraîche et dispose ce matin, pour être franche.

— Je me sens beaucoup mieux, merci.

La jeune femme coupa une tranche de l'omelette, légère et moelleuse, parfumée au persil.

— Des cartes de visite ont déjà été déposées à votre intention, indiqua Marion. Et le concierge de l'hôtel, un contact qui vaut la peine d'être entretenu, m'a dit de m'attendre à en recevoir beaucoup plus. Il est d'usage ici pour les paquebots de publier la liste de leurs passagers et les hôtels font de même dans les journaux pour que le nom de leurs clients les plus éminents soit connu de tous.

— Grands dieux, nous n'allons tout de même pas être assiégées par les visiteurs dès le premier jour ?

— Oh non, je ne crois pas, et de toute façon je me disais que nous pourrions passer la journée à trouver nos repères. J'ai trop mangé, ajouta Marion, passant du coq à l'âne en se tapotant le ventre. J'ai dû prendre au moins cinq kilos en mer, entre les déjeuners dix services et les banquets le soir, sans parler du champagne… même si cela ne compte pas, bien sûr. À ce rythme, on va m'interdire d'utiliser l'ascenseur. Je n'ai malheureusement pas votre louable retenue pour la nourriture. Même si, à vrai dire, je n'ai jamais eu de ma vie une silhouette aussi svelte que la vôtre. Même dans mes jeunes années, j'avais des courbes, disons, généreuses.

— C'est étrange, répondit Margaret, en succombant au délicieux pain de maïs chaud et pâteux, mais quand ma mère brandissait constamment son mètre ruban et s'inquiétait de mon tour de taille j'avais en permanence envie de gâteau. Alors qu'en Irlande, où j'étais libre d'en manger autant que je le voulais, je me suis rendu compte que je ne le faisais pas. Peut-être est-ce simplement dû à ma nature contraire ?

— C'est effectivement la nature humaine de désirer ce que l'on nous interdit, déclara sèchement Marion. Je ne supporte pas cette mode du laçage serré. Pas étonnant que tant de femmes s'évanouissent à tout bout de champ, elles ne peuvent pas respirer. J'ai abandonné mon corset quand Alexander a été affecté en Syrie. Pas seulement à cause de la chaleur, d'ailleurs, surtout à cause du sable… Ma chère, vous n'avez pas idée des ravages que peuvent faire quelques grains coincés entre le corset et la chemise. J'ai adopté le costume indigène, de belles tuniques amples qui laissent l'air circuler autour du corps et permettent aussi au mari de circuler plus facilement sur sa femme. Avec la chaleur, Alexander et moi…

Elle s'interrompit en laissant échapper un soupir sonore.

— Ah, inutile de s'attarder là-dessus. Qu'est-ce que je vous disais, à propos de désirer ce qu'on ne peut avoir ?

— Il doit beaucoup vous manquer.

— Oh ! vous n'avez pas idée. Cependant, Alexander m'a fait promettre de ne pas le pleurer et de profiter pleinement de la vie. Je fais de mon mieux pour tenir parole. Certains diraient que c'est une drôle de façon d'être en deuil, mais c'est la mienne.

— Je trouve cela formidable.

— Merci, ma chère. Bon, fit Marion, en terminant son café, je ne me suis pas tourné les pouces pendant que vous rattrapiez votre sommeil. D'après mon expérience, la meilleure façon de se familiariser avec une ville, c'est de prendre des repères, comme on dit. Le charmant concierge m'a informée que, pour la somme de cinq dollars, on peut louer un cabriolet et un chauffeur pour la journée. Donc, si vous avez fini votre petit déjeuner, nous devrions nous mettre en route tant que le soleil brille, ce qu'il semble s'efforcer de faire de tout son cœur, dit-elle en jetant un coup d'œil à la fenêtre.

Leur hôtel était situé près du croisement très fréquenté entre Broadway et la 23e Rue. Le charmant petit parc de Madison Square, qui devait être une oasis de verdure bienvenue au printemps, était tout proche. D'après les informations que Marion avait obtenues, il se trouvait à la limite du quartier résidentiel à la mode à l'époque de son aménagement, une dizaine d'années plus tôt.

— Cela a changé depuis, précisa-t-elle alors que le cab démarrait en trombe. Mrs William Astor, qui est l'arbitre de la société new-yorkaise et qui vous a laissé une carte, réside dans son hôtel particulier sur la 34e Rue. Cette façon de numéroter les avenues et les rues est extrêmement pratique. Ce serait assez difficile de se perdre, bien qu'on m'ait expliqué que le bas de la ville est une tout autre affaire. Ce n'est pas un endroit où l'on se promène, m'a-t-on dit.

— Vous n'auriez pas dû me le révéler, maintenant c'est le seul endroit de New York que j'ai envie de visiter, plaisanta Margaret.

— Ha ! Nous nous contenterons des quartiers chics aujourd'hui et du nouvel espace vert, Central Park. Bien qu'il semble être convenable pour une jeune femme de se promener sans être accompagnée, il y a certains endroits où il serait imprudent de s'aventurer et encore moins seule. Je sais que vous me taquinez, mais n'oubliez pas, Margaret, qu'il est sans doute aussi facile ici qu'à Londres de se retrouver par accident dans un quartier peu recommandable.

— J'en suis consciente et je vous taquinais effectivement. Un peu, en tout cas. Bonté divine, quelle animation ! Ça n'a rien à voir avec Londres. On dirait que les trottoirs ont été nettoyés.

— Voici la Cinquième Avenue, où résident les grands de ce monde.

Margaret se laissa happer par le spectacle, impressionnée par le paysage urbain qui s'étendait devant elles. Deux voies étaient réservées pour les transports en commun sur rails tirés par des chevaux, qu'on appelait tramway. Ce n'était que l'un des nombreux obstacles que leur cocher devait affronter, car malgré la largeur de la rue – de l'avenue ! – la circulation était chargée. Sans oublier une foule de piétons, aussi. Ils lui semblaient marcher au pas de charge, d'un air déterminé. Tandis que le cabriolet remontait vers le nord de la ville, les trottoirs paraissaient peu à peu moins bondés, les bâtiments d'habitation plus espacés. Les intervalles étaient occupés par des arbres et quelques églises extrêmement bien entretenues. Tout semblait immuable. Margaret avait peine à croire que, comme l'avait affirmé Marion, quinze ans plus tôt, cette partie de la ville n'était guère plus que de la boue, quelques masures et des champs cultivés. Les maisons étaient vastes, carrées et de proportions similaires. La pierre brune des façades présentait une uniformité agréable à l'œil.

— L'une d'entre elles doit être la maison de Mrs William Astor, avança Marion. J'aurais cru qu'elle serait plus imposante. J'ai ouï dire que Caroline Astor est une femme impressionnante. Elle tient les rênes de la société new-yorkaise. Son mari n'apprécie pas les mondanités et leur préfère les plaisirs de la campagne.

Elle leva les yeux au ciel.

— Cette expression doit avoir le même sens de ce côté de l'Atlantique, si vous voyez ce que je veux dire. Ou plutôt ce que Shakespeare voulait dire. Était-ce Shakespeare ? Ah non, c'était John Donne, évidemment. « The Good-Morrow ». Un des poèmes préférés d'Alexander. « *Je me demande par ma foi, ce que toi et moi avons fait, avant de nous aimer ? N'étions-nous pas encore sevrés ? Alors que nous étions par les plaisirs de la campagne puérilement attirés ?* » Vous le connaissez ?

— Non, s'empressa de répondre Margaret en révisant l'opinion qu'elle avait du mystérieux Alexander. Votre mari semblait être un vrai romantique.

Marion s'esclaffa.

— Oh ! cela le ferait rire de s'entendre décrit par ce terme. Il n'était pas du genre à gesticuler, mais à quoi bon un bouquet de roses ou un collier de diamants, quand tout ce dont on a besoin est un massage des pieds.

— J'aurais aimé le rencontrer.

— Ah, ma chère, je suis sûre que vous vous seriez entendus à merveille. Cependant, s'il était encore avec moi, je ne serais pas avec vous.

Marion se moucha bruyamment.

— Assez parlé de moi. Où en étions-nous ?

— Mrs William Astor.

— Elle a laissé sa carte, ce qui est considéré comme un grand honneur. Si vous voulez vous immerger dans la société new-yorkaise, vous aurez besoin de sa bénédiction.

— Je préférerais être immergée dans un bain glacé.

— Vous avez été tenue à l'écart de la société pendant longtemps, non ? Pas besoin de m'expliquer ce qui vous a poussée à vous cacher chez Julia. J'imagine qu'il y avait un homme derrière tout ça, c'est toujours le cas avec les jeunes femmes.

— C'était le cas, mais pas de la manière que vous supposez.

— Je ne suppose rien du tout. Admirons la vue et n'en parlons plus.

Margaret acquiesça avec gratitude et, tandis que le cab continuait de se diriger vers le nord, elle suivit la suggestion de Marion. Le rythme auquel se développait New York devançait largement la croissance de Londres – qui paraissait stagnante, en comparaison. À quelques rues seulement de chez les Astor, les élégantes façades de l'avenue se mirent à changer. Il y avait partout des bâtiments en construction. Des matériaux étaient empilés à côté des fondations des futures demeures : des briques et du marbre, des ardoises, des conduits de cheminée, du bois et des pierres, des encadrements de fenêtres et de portes. Malgré le temps glacial, les travaux semblaient aller bon train.

Une affreuse structure de pierre occupait deux blocs entiers. Marion consulta son carnet et lui apprit avec une moue de dégoût qu'il s'agissait d'un réservoir d'eau. Un peu plus loin, on apercevait un édifice imposant, une cathédrale en construction.

À la hauteur d'un bâtiment particulièrement vaste, qui, selon sa compagne bien renseignée, deviendrait rapidement le nouvel hôtel Central Park, la circulation se fit de nouveau plus dense, car plusieurs tramways avaient leur terminus ici et des calèches attendaient à l'entrée du parc que des clients viennent louer leurs services le temps d'une promenade.

Marion informa leur cocher par la trappe du toit qu'elle souhaitait absolument qu'il passe par le parc, puis elle adressa un sourire d'excuse à Margaret.

— Je sais que vous préféreriez marcher, mais le parc est immense, bien plus étendu que tous ceux qu'on trouve à Londres. Difficile de croire qu'il n'existe que depuis quelques années, n'est-ce pas ?

— C'est charmant, déclara Margaret, les yeux écarquillés, alors que leur fiacre se remettait en marche. On se croirait dans un autre pays.

Même si c'était l'hiver et que les branches étaient dépouillées, le parc était splendide. Un large étang enjambé par un joli pont en dos d'âne cédait la place à de vastes étendues de pelouses verdoyantes sur lesquelles il devait faire bon se prélasser en été. La voie de circulation principale était en hauteur et plusieurs ponts de pierre permettaient à des chemins plus étroits de passer en dessous. Margaret avait bien l'intention de retourner les explorer à pied un autre jour. Un lac, manifestement utilisé en été pour la navigation de plaisance, était partiellement gelé. Elles longèrent des bois, puis repartirent vers le sud en direction d'un autre étang et d'un grand hangar à bateaux, avant que la voiture ne s'arrête.

— Je ne veux pas que vous manquiez ça, mesdames, leur annonça leur chauffeur, par la trappe du toit. La terrasse est là-bas. C'est une courte promenade, mais elle vaut le coup, je vous le promets.

Elles descendirent l'une des deux larges volées de marches qui menaient à un amphithéâtre d'aspect naturel, où une galerie couverte avait été construite sous l'allée pour voitures. Des rafraîchissements étaient servis dans un magnifique espace intérieur carrelé, mais Margaret et Marion furent attirées par le bassin rond équipé d'une fontaine, face à l'étang. Un panneau avertissait les patineurs que la glace était dangereuse.

— J'adore faire du patin à glace, déclara Margaret en contemplant avec envie l'eau partiellement gelée. Il y a un petit lac qui gèle presque chaque année près du palais de Dalkeith, la maison de mon père dans les environs d'Édimbourg.

Elle sourit en regardant un jeune garçon et une petite fille se poursuivre autour de la fontaine.

— À Londres, on va au parc pour montrer sa toilette, pour voir et être vu, reprit-elle. Pendant la saison mondaine, en fin d'après-midi, les voitures se bousculent.

— À mon avis, on retrouve des pratiques similaires ici.

— J'ai détesté ma saison londonienne. Je me sentais terrassée sous le poids des attentes.

— On attendait de vous que vous fassiez un bon mariage ? Ce sera très différent ici, si votre ambition est de vous établir et non pas de trouver un mari. Vous ne cherchez pas le mariage, n'est-ce pas ?

— Certainement pas.

L'image d'un Donald souriant passa devant ses yeux.

— J'aurais pu épouser un homme charmant, gentil, respectable et qui m'aimait, mais j'ai choisi de ne pas le faire.

— Puis-je vous demander pourquoi ? Vous ne l'aimiez pas ?

— Pas assez pour que mon univers tourne entièrement autour du sien. Trouvez-vous cela égoïste ?

— Je pense que c'est très courageux de ne pas faire ce que la plupart des femmes auraient fait.

— Julia estime que c'est une erreur.

— Pauvre Julia. Il est plus probable qu'elle vous envie votre assurance. Vous avez la chance d'avoir les moyens de subvenir à vos besoins seule.

— Je ne crois pas que j'aurais épousé Donald, même si mon père ne m'avait pas accordé une rente.

Margaret fit la grimace.

— Du moins, j'aimerais le penser. Il me manque tellement. Nous nous rencontrions rarement, mais il était toujours présent même à distance, c'était un roc sur lequel je pouvais compter. Ses conseils avisés, son humour me manquent, comme son… Mon Dieu, à m'entendre, on croirait que je regrette d'avoir refusé sa demande en mariage. Pourtant, ce n'est pas le cas.

— Une fois qu'une décision est prise, il vaut mieux ne pas la remettre continuellement en question.

— C'est une remarque précieuse que vous me dites là.

Marion gloussa.

— Mais elle n'est pas si facile à suivre, je vous préviens.

— Eh bien, je vais essayer et je vais commencer par faire mon entrée dans la société new-yorkaise. Vous avez tout à fait raison : ce sera une expérience très différente de celle de Londres. Nous allons nous amuser !

— Nous ! Je ne suis pas sûre d'intéresser les Mrs William Astor de ce monde.

— Elles seront bien obligées de s'intéresser à vous si elles désirent ma compagnie. Nous irons ensemble ou pas du tout, affirma fermement Margaret. Mais il y a plus important : nous devons trouver un endroit où vivre. Je n'ai aucune idée des coûts que cela implique. Ma rente me semble être une somme colossale, mais je n'ai jamais eu à gérer mon propre foyer.

— J'ai établi un certain nombre de foyers pour Alexander et moi jadis. Je serais ravie de vous aider.

— Et resterez-vous pour partager la maison avec moi ? demanda Margaret impulsivement. Pas pour toujours, mais plus longtemps que les quelques mois dont nous étions convenues ?

Marion n'hésita pas.

— Pour l'instant, oui. Ensuite nous verrons.

— Parfait.

Le ciel s'était assombri. La neige se mit à tomber tout à coup, en un doux tourbillon, et des rires résonnèrent dans le parc alors que les gens se levaient d'un bond et tendaient leur visage vers les flocons avec un plaisir enfantin. Margaret poussa un petit cri d'excitation.

— Je crois que nous allons être très heureuses, ici.

CHAPITRE 32

La ville de New York proposait tant d'attractions que Margaret comprit vite qu'il serait facile de passer plusieurs mois à jouer les touristes. Mais, puisqu'elle avait l'intention de s'installer ici, elle ne pouvait se contenter d'admirer les sites, elle devait se mêler aux habitants. La pile croissante de cartes de visite sur la table de sa suite d'hôtel lui offrait de multiples occasions de le faire, même si la quantité de bristols était intimidante. Elle était tentée de fermer les yeux et d'en choisir un au hasard, mais comme toujours le bon sens de Marion l'emporta.

— Dans le doute, commencez par le haut, lui conseilla-t-elle.

C'est ainsi que, trois jours après leur arrivée à New York à peine, elles partirent faire leur première visite. La neige avait fondu, mais il avait gelé pendant la nuit et les trottoirs luisaient de verglas. Elles avaient décidé de parcourir le court trajet à pied et se mirent en route peu avant midi, habillées plutôt en fonction du temps que de l'occasion, avec d'épais manteaux et des bottes.

Mrs William Astor occupait une élégante maison mitoyenne en grès rouge, qu'on appelait une *brownstone,* avait appris Margaret, au numéro 350 de la Cinquième Avenue. C'était une bâtisse carrée de quatre étages, séparée du trottoir par une petite balustrade et une volée de jolies marches menant à une porte flanquée de deux colonnes. Un valet de pied en livrée leur ouvrit. Il était vêtu d'un uniforme très chic composé d'un manteau vert, d'un gilet rouge, d'une culotte blanche jusqu'aux genoux et de bas de soie noirs. Margaret lui tendit sa carte de visite en souriant.

— Bonjour. Mrs Astor est-elle à la maison ? Si c'est le cas, vous lui direz, si vous le voulez bien, que Lady Margaret Montagu Douglas Scott répond à son invitation.

Après un moment d'hésitation, il les fit entrer dans un grand salon au sol en marbre et prit leurs manteaux, gants et chapeaux, avant de les prier de le suivre à l'étage. La façade sobre de l'hôtel particulier Astor dissimulait un intérieur opulent. De lourdes tapisseries pendaient aux murs, se disputant l'espace avec de grands tableaux dans leurs cadres dorés. La plupart étaient des natures mortes, sans doute de maîtres anciens, néanmoins assez insipides. Le premier étage était décoré de bustes et de bronzes posés sur des socles. Margaret nota avec amusement qu'il n'y avait pas une paire de bois de cerf en vue. Sans doute parce que le mari de Julia avait fait main basse sur le marché mondial.

— Lady Margaret Montagu Douglas Scott et Mrs Scrymgeour, déclama le valet de pied en les introduisant dans un grand salon de style Régence aux proportions gracieuses.

Cependant, l'élégance classique de la pièce était mise à mal par son encombrement : des fauteuils, des canapés, des tables chargées de figurines de sèvres, des compositions florales et des bibelots obstruaient l'espace au point que Margaret eut beaucoup de mal à ne rien renverser avec sa crinoline.

— Lady Margaret, quelle surprise ! Comment allez-vous ?

La femme qui se leva aurait pu être qualifiée d'ordinaire si ses yeux n'avaient été aussi gris et si elle n'avait été auréolée de sa réputation de doyenne de la société new-yorkaise. Le style de Mrs William Astor était aussi simple que sa façade. Sa sévère robe noire était simplement rehaussée d'un petit volant de dentelle à l'encolure et elle ne portait aucun de ses diamants légendaires.

— Je suis vraiment désolée, s'excusa Margaret en regardant le gentleman qui s'était également levé. Je ne savais pas que vous aviez déjà de la visite.

— Oh ! Lina et moi sommes des amis si proches que je ne compte pas comme invité. Samuel Ward McAllister à votre service, Lady Margaret.

Il avait l'air d'avoir une quarantaine d'années et sa tenue, comme celle de Mrs Astor, était sobre au point de paraître funèbre. Peut-être était-ce pour compenser sa coiffure, pensa Margaret alors qu'il s'inclinait devant elle. L'huile de Macassar qu'il avait appliquée si abondamment qu'elle lui emplissait les narines ne suffisait pas à dompter les boucles grisonnantes qui semblaient vouloir fuir de son haut front bombé. Sa barbiche et ses moustaches absurdement longues paraissaient avoir été mal tricotées avec du fil de fer. Lorsqu'il exécuta une petite révérence à l'intention de Marion, Margaret vit que sa compagne se retenait de rire.

— Asseyez-vous, je vous en prie. Et vous aussi, Samuel.

— En réalité, je devrais m'en aller, répondit Mr McAllister en reprenant son siège. Mais puisque vous avez enfreint les règles sans le savoir, Lady Margaret, je suis sûr que vous ne verrez pas d'objection à ce que je les contourne encore un peu.

Voyant que la jeune femme ne comprenait pas, il expliqua :

— La pratique ici est de laisser une carte avant de rendre visite, mais je vous assure que nous ne sommes pas offensés.

— Oh ! pas du tout, renchérit Mrs Astor.

— Eh bien, c'est un soulagement, répliqua sèchement Margaret.

— Mrs Scrymgeour, c'est bien cela ? J'ai bien peur que ce nom ne me soit pas familier.

— Le défunt mari de Mrs Scrymgeour était l'un des diplomates de Sa Majesté, indiqua Margaret.

— Avez-vous été rattachée à l'ambassade de Paris ? Non ? Quel dommage. C'est une ville merveilleuse ! s'exclama Mrs Astor. Je m'y rends chaque printemps, pour acheter des robes de la nouvelle saison. C'est une ville unique.

— Je suis impatiente de faire des achats à New York. Je ne suis jamais allée dans un grand magasin. On m'a dit que chez A. T. Stewart on pouvait tout acheter, depuis une simple souricière jusqu'à un… un…

— Un trône, compléta Marion, voyant que Margaret avait du mal à retomber sur ses pattes, ce qui la fit rire.

Mrs Astor haussa les sourcils.

— Ah, la célèbre ironie britannique. Je serai ravie de vous fournir une liste des meilleurs magasins si vous envisagez de renouveler votre garde-robe. Vous pouvez mentionner mon nom.

— Personne ne pourrait vous donner de meilleurs conseils que Lina en matière de mode féminine, ajouta Mr McAllister. Dans les autres domaines cependant, vous pouvez vous adresser à moi en toute confiance.

Margaret se dit qu'il la faisait penser à un triton arrogant.

— Tout à fait, renchérit leur hôtesse en adressant un sourire chaleureux à son invité. Samuel est l'arbitre du goût à New York.

J'irais même jusqu'à dire que personne – à part moi, bien sûr – ne comprend mieux les subtilités et les nuances de la société. Il m'aidait justement à mettre la dernière main aux menus pour le dîner de mon bal. Vous recevrez une invitation en temps voulu, Lady Margaret. Et Mrs Scrymgeour aussi.

— Le bal de Lina est l'événement le plus en vue de la saison. Vous n'imaginez pas ce que certains sont prêts à faire pour obtenir une invitation. Une femme dont je tairai l'identité m'a accosté récemment lors d'une soirée afin de me persuader qu'il existait un lien ténu entre sa famille et un cousin d'un cousin de Lina, gloussa Mr McAllister. Inutile de préciser qu'elle ne fera pas partie des convives. Vous, c'est une tout autre affaire, Lady Margaret. Personne ne peut remettre en question votre ascendance. Toutes les portes seront ouvertes à la fille du duc de… Buckley ? Buckluck ? C'est comme cela qu'on prononce ?

— Buccleuch, le corrigea Marion. Cela rime avec goût, comme dans avoir *mauvais goût*.

— Lady Margaret, vous étiez l'une des demoiselles d'honneur lors du mariage de la princesse Helena, me semble-t-il, poursuivit Mr McAllister, ignorant platement son intervention.

— Un honneur que je dois à ma mère.

— Ah, oui, lança Mrs Astor. J'ai en effet entendu dire que la duchesse est très amie avec la reine. Est-il vrai que Sa Majesté portait du noir au mariage de sa fille ?

— La reine est *toujours* en noir.

— Ce n'est pas donné à tout le monde de porter cette couleur aussi bien que je le fais. C'est surtout problématique pour les personnes de taille modeste. Sa Majesté ferait mieux d'essayer des tons plus doux. Le gris, par exemple.

— Ah bon ? répondit Margaret, perplexe.

Mrs Astor s'imaginait-elle qu'elle allait transmettre sa suggestion à la reine ? La situation aurait amusé Louise. Si seulement elle avait été là… mais ce n'était pas le cas. Louise détestait plus que tout la prétention et la flagornerie. Elle n'aurait fait qu'une bouchée du courtisan en chef de Mrs Astor, car il ne faisait aucun doute que c'était le rôle que Mr McAllister s'était attribué.

— Combien de temps comptez-vous nous honorer de votre présence, Lady Margaret ? lui demanda-t-il.

— Je prévois de m'installer à New York et Mrs Scrymgeour aussi, dans un avenir proche.

— Vraiment ? Prendrez-vous une maison ? Je serais ravi de vous conseiller…

— J'en suis sûre, intervint Marion, mais Margaret et moi avons envie de combiner un peu de tourisme avec la recherche d'une résidence, n'est-ce pas, ma chère ?

— Nous avons acquis un guide de la ville, qui contient bon nombre de suggestions de promenades à pied, que nous avons l'intention de suivre.

— À pied ! N'avez-vous pas l'intention d'acheter votre propre voiture ?

— Les cabs suffisent largement à couvrir nos besoins et il me tarde de prendre le tramway, répondit Margaret.

— Haha, quelle excellente blague !

Le rire de Mr McAllister n'était pas convaincant.

— Si votre guide a été écrit avant-hier, il est déjà obsolète, vous savez. Quand vous serez prêtes pour une mise à jour, je serai ravi de vous aider.

— Merci. Maintenant, je ne suis pas sûre des conventions locales, mais en Angleterre une visite matinale ne doit pas durer plus d'une demi-heure. Je vous prie de nous excuser.

— C'est parfait, convint Mr McAllister. Je vais dire à tout le monde que j'ai eu le plaisir de faire votre connaissance et Lina fera de même, sans doute. Vous risquez de crouler sous les invitations avant la fin de la semaine.

— On dirait un crapaud, marmonna Marion dans sa barbe après les adieux, alors qu'elles récupéraient leurs manteaux.

— Je pensais plutôt à un triton, répliqua Margaret avec un sourire désabusé. J'ai traversé l'Atlantique pour qu'on cesse de me dicter ma conduite. Je suis sérieusement tentée de chercher l'adresse la moins à la mode de la ville, juste pour m'assurer que personne ne pourra jamais m'accuser d'avoir suivi ses conseils.

— Je comprends très bien ce que vous ressentez, mais j'espère que vous ne rejetterez pas *mes* conseils, ma chère. Ne sciez pas la branche sur laquelle vous êtes assise. Il ne faut pas déployer beaucoup d'efforts pour qu'un homme comme Mr McAllister reste gentil. Le snober pourrait vous procurer une satisfaction passagère, mais vous le mettre à dos sans raison serait suicidaire. Laissez-le avoir son mot à dire : c'est tout ce que sa vanité exige. Ensuite, vous pourrez sourire et faire exactement comme il vous plaît.

— Ma chère Marion, vous avez tant de sagesse. Je vous promets solennellement de ne jamais vous demander de vivre dans un taudis, même pour contrarier Mr McAllister.

New York Herald, mardi 21 janvier 1868

PAS DE BARBARES À NOS PORTES. LE FASTUEUX BAL ANNUEL DE Mrs WILLIAM ASTOR

Le troisième lundi de janvier est la date que Mrs William Astor a réservée pour son bal annuel, qui est en passe de devenir le clou de la saison. Une invitation à cet événement mondain indique que l'hôtesse et son cerbère, Mr Samuel Ward McAllister, ont jugé que la personne est dotée d'un pedigree satisfaisant et ne peut être considérée comme un nouveau riche, qui est l'insulte suprême. Les personnalités d'origine modeste, dont la richesse est attribuable au commerce, ne franchiront jamais ces portes sacrées. Cette année, certains noms qui se sont vu rejeter de la liste des invités ont quitté la métropole avant le grand jour afin de profiter de l'air frais de la campagne, sur le conseil de leurs médecins… qu'ils avaient eux-mêmes priés de leur adresser ces recommandations de santé !

Nous connaissons au moins une famille en vue qui, n'ayant pas réussi à persuader le cerbère de Mrs Astor de lui accorder une invitation, a pris une mesure extrême et n'a pas hésité à traverser l'Atlantique pour ne pas risquer d'être accusée d'avoir été snobée.

Comme toujours, la crème de la société new-yorkaise a assisté à l'événement glamour de l'année, tandis que le *hoi polloi* était maintenu à distance par les policiers chargés de régler la circulation qui encombrait l'avenue à partir de 21 heures. En raison de la fidélité des dames au port de la crinoline, les messieurs ont été dans l'obligation de fouler de leurs pieds le trottoir recouvert d'un tapis rouge, tandis que le sexe soi-disant plus faible voyageait avec ses servantes et ses cages de métal à bord de calèches.

Mr William Astor était une fois de plus absent, profitant apparemment de la solitude de son yacht. Contrairement à son épouse – qui admet volontiers ne pas avoir le pied marin –, Mr Astor préfère la haute mer à la haute société ! Tous les détails matériels du grand événement : les différentes toilettes, la description des bijoux de ces dames, l'ordre des danses, les couples de danseurs, leur habileté et leur dextérité (ou leur absence de maîtrise !) peuvent être trouvés… dans d'autres journaux.

Nous nous contenterons de dire que les dames étaient ravissantes, les messieurs distingués, et que la célèbre danse à l'allemande – déroutante pour les non-initiés – a été exécutée. Même la riche Mrs William Astor a dû avoir les larmes aux yeux en découvrant le coût de la soirée. Cinq cents bouteilles de champagne ont été consommées, c'est-à-dire plus d'une par invité, en supposant que le personnel débordé se soit abstenu d'en boire, à plus de quatre dollars pièce ! Le célèbre dîner de minuit était composé de mets chauds et froids. Le menu comprenait des cailles froides, de la langue, et une variété de hachés qui paraissent tous beaucoup plus appétissants lorsqu'ils portent un nom français.

Peut-être vous dites-vous que jusqu'à présent il n'y a rien de particulier par rapport aux éditions précédentes. Détrompez-vous ! Deux invitées détonnaient sur la liste scrupuleusement établie par Mr Ward McAllister, deux Écossaises qui sont en train de devenir la coqueluche de la métropole. Mrs Marion Scrymgeour, veuve d'un certain âge et d'une certaine corpulence, a profité du dîner avec un certain appétit, mais a complètement négligé la danse.

Les voyages à l'étranger aux côtés de son époux décédé, un diplomate de second rang, fournissent à cette veuve une foule d'anecdotes croustillantes, qu'elle raconte avec beaucoup d'autodérision et sans la vantardise agaçante dont font, hélas, preuve certaines épouses de diplomates plus renommés.

Mrs Scrymgeour est arrivée à New York avec Lady Margaret Montagu Douglas Scott, qui, contrairement à sa compagne de voyage, porte très bien ses vingt et un ans. Sa noble naissance et sa solide amitié avec deux princesses royales lui ont valu un déluge d'invitations, mais c'est sa personnalité charmante, ses manières directes et son esprit vif qui lui assureront d'en recevoir bien d'autres.

Lady Margaret, indépendante sur le plan du caractère et celui des finances, prévoit de s'établir chez nous avec la vaillante Mrs Scrymgeour. Toutefois, que les veufs qui envisagent de leur rendre hommage soient prévenus : nous avons appris de source sûre qu'aucune de ces deux dames n'a l'intention de renoncer à son célibat.

CHAPITRE 33

New York, mars 1868

Depuis leur arrivée à New York, Margaret et Marion avaient accepté des invitations à d'innombrables bals, soirées, thés et dîners. Elles avaient assisté à une opérette d'Offenbach au Pike, le magnifique opéra qui venait d'ouvrir, à un récital de piano au Steinway Hall, et elles avaient eu l'honneur de partager la loge de Mrs William Astor à l'Académie de musique pour une représentation de l'opéra *Lucia di Lammermoor.*

Pour ces deux femmes affamées de vie sociale, bien qu'elles le soient pour des raisons très différentes, l'accueil chaleureux qui leur était réservé, la générosité de leurs divers hôtes et la variété des divertissements proposés avaient fait de leurs premières semaines dans ce nouveau pays une expérience enivrante. La société new-yorkaise était régie par autant de règles et de conventions tacites que son équivalent londonien, mais au grand dam à peine déguisé de Mr McAllister les New Yorkais semblaient enclins à se montrer indulgents envers Margaret quand elle enfreignait par inadvertance les règles strictes de l'étiquette, dont il avait fait sa responsabilité personnelle.

Ce tourbillon d'activités leur avait laissé peu de temps pour rechercher une maison. Par conséquent, lorsque le directeur de l'hôtel Fifth Avenue leur offrit en toute discrétion un tarif réduit pour une occupation annuelle de leur suite, Margaret se dit que cela valait la peine d'y réfléchir. Du moins, jusqu'à ce qu'il dévoile le montant du prétendu tarif exceptionnel, qui se révéla beaucoup plus élevé que sa rente annuelle.

— Et dire que je me croyais riche, confia-t-elle à Marion, toujours en état de choc.

— Sept cent cinquante livres par an, c'est loin d'être une misère, lui fit remarquer celle-ci. Vous pourriez confortablement faire vivre une famille, des domestiques et même avoir une petite voiture pour cette somme en Angleterre.

— Quand on la convertit en dollars, cela fait plus de cinq mille et pourtant, en comparaison de la plupart des gens que nous avons rencontrés, je suis presque indigente. Je n'ai jamais eu à supporter moi-même les dépenses d'une maison. C'est choquant de constater à quel point je suis ignorante en ce domaine. Autant que l'est Mr McAllister au sujet de l'état de mes finances. « On peut très bien vivre à la mode et recevoir de façon modeste pour seulement quinze à vingt mille dollars par an », l'imita Margaret.

— Ce que j'aimerais savoir, c'est combien il touche de commissions sur ses diverses recommandations, renchérit Marion avec dédain. Un de ses amis a justement une maison vide à New York ou bien il peut glisser un mot à la Stevens House pour nous permettre d'obtenir un des meilleurs appartements. Je ne doute pas qu'il peut le faire – et se remplir les poches en même temps.

— Je pourrais tout à fait me permettre un appartement là-bas.

— Oui, cela serait parfait si vous vouliez rester chez vous et considérer un tour dans l'ascenseur à vapeur comme un divertissement. Non, nous devons chercher plus au sud dans la ville. À mon avis, le prix de la location baissera en même temps que le numéro de rue.

Marion avait vu juste. Elles avaient visité plusieurs propriétés, mais commençaient à se décourager quand la maison de Washington Square se libéra, un lundi froid et vif de la mi-mars.

— Si j'en crois notre guide, indiqua Margaret, ce parc était autrefois une fosse commune.

— Je suppose que les corps ont été déplacés. Peu importe, ce seraient certainement des voisins tranquilles, déclara Marion.

Elles se promenaient dans l'agréable espace vert délimité par de petites rambardes en fer. Une fontaine y était installée et quelques beaux arbres commençaient à bourgeonner. Elles devaient visiter une maison érigée au milieu d'une rangée de *town houses* longeant le côté nord de l'espace vert. Les élégantes façades en briques rouges étaient précédées par des escaliers en marbre blanc qui menaient à une entrée aux colonnes ioniques.

— Cela me rappelle Merrion Square à Dublin, dit Margaret alors qu'elles approchaient. Cette résidence pourrait être la bonne.

— Si cela ne vous dérange pas d'être entourée de pensions de famille. Cette place n'est certainement pas une adresse à la mode.

— Pas encore. Attendez que nous emménagions, nous créerons une nouvelle mode, rétorqua Margaret en souriant à l'agent immobilier qui les attendait sur le perron.

— Deux chambres, deux salons et une salle de bains pour dix-huit cents dollars par an, annonça Marion une heure plus tard, après avoir persuadé l'agent qu'il s'était montré assez éloquent et qu'il devait les laisser seules pour discuter de la question. Nous aurons besoin d'aide pour gérer la maison.

— Deux servantes, à condition que l'une d'entre elles puisse s'occuper de la cuisine. L'agent estime que ce serait plus que suffisant. D'après lui, il faudrait compter quatre cents dollars de plus par an.

Margaret s'interrompit en riant.

— Écoutez-moi ! Si ma mère m'entendait, elle serait horrifiée.

— C'est absurde. Toute femme devrait avoir la maîtrise de ses comptes. Il n'y a rien de pire que les dettes pour vous empêcher de dormir. Alexander m'a pratiquement laissée sur la paille. Ce naïf s'était laissé convaincre d'investir dans des mines de cuivre qui n'ont jamais rien produit. Quand j'ai découvert après sa mort que j'étais presque sans le sou, j'ai été furieuse… non pas qu'il ait perdu tout son argent, mais qu'il me l'ait caché. Cependant, continua Marion en secouant la tête, il n'y avait rien à faire. Je pouvais me lamenter sur mon sort et être malheureuse ou bien m'adapter à ces nouvelles contraintes et continuer à profiter de la vie.

— C'est une philosophie admirable.

Margaret contempla la place par la fenêtre du salon.

— Est-ce horriblement ingrat de ma part de dire que cet enchaînement incessant de soirées m'ennuie un peu, alors que tout le monde s'est montré si gentil et si généreux ?

Marion se percha à côté d'elle, sur la banquette de la fenêtre.

— Vous commencez à regretter d'être venue ici ?

— Non, je devais m'échapper, soupira la jeune femme. Mais j'ai envie que ma vie ici soit différente et, en ce moment, je redoute qu'elle ne devienne affreusement familière. Ne vous méprenez pas. Je sais que j'ai de la chance et que la plupart des femmes seraient ravies d'être à ma place. Oh ! mon Dieu, j'ai l'air d'une éternelle insatisfaite.

— Vous avez l'esprit en ébullition et c'est très différent. Je veux dire par là que ce qui vous intéresse, ce n'est pas tant la destination que le voyage. Un peu comme moi.

— Cela fait partie de la philosophie que vous vous êtes construite ?

— Si vous voulez.

— Mais qu'est-ce que cela veut dire ?

— Arrêtez de vous préoccuper autant de l'avenir. Comme disait ma vieille mère, ce qui n'attend que vous ne vous échappera pas.

Margaret sourit.

— Comme cette maison ? Pensez-vous qu'elle est faite pour nous ? J'ai l'impression que c'est la bonne. Je sais que ce n'est pas une raison très rationnelle pour la choisir, mais…

— Oh ! ne sous-estimez pas votre première impression. Je suis du même avis que vous, même si le mobilier va coûter cher. Nous devrions jeter un coup d'œil au *New York Times*. On y trouve la liste des ventes publiques. Il y aura forcément de bons meubles pratiques et des tapis, parmi la pléthore de tableaux, de statues et de miroirs.

— Vous parlez de ventes aux enchères après un décès ?

— Plus généralement, après une banqueroute. On peut devenir riche en un éclair dans cette ville et tout perdre encore plus rapidement. Je suis sûre que nous pourrions repartir avec quelques bonnes affaires, surtout si vous avez envie d'un pianoforte à sept octaves avec des incrustations en ébène. Il semble y en avoir au moins un dans chaque vente.

Margaret s'esclaffa.

— Les soirées musicales étaient le fléau de la vie de ma mère. Elle avait même une théorie à ce sujet. « Moins une jeune fille possède de talent, disait-elle, plus sa performance est longue. »

Une boule inattendue se forma dans sa gorge.

— Elle me manque.

— Et vous savez par votre sœur Victoria que le sentiment est réciproque, lui rappela Marion en lui tapotant le bras.

— Oui, mais j'aimerais qu'elle puisse m'écrire elle-même.

— Évitez les ennuis et peut-être que votre père se calmera.

— Il ne se calmera jamais et, tant que je lui serai redevable, ma mère ne prendra pas le risque d'aller à l'encontre de ses souhaits, de peur qu'il ne me retire ma rente.

— Alors peut-être devriez-vous trouver un moyen de ne pas lui être redevable.

Margaret la considéra avec étonnement.

— Comment y arriverais-je ?

Marion étendit les mains.

— Souvenez-vous que c'est le pays des opportunités. Vous êtes une jeune femme charmante et pleine de ressources. Vous trouverez un moyen, si vous le décidez. D'ailleurs, nous devrions peut-être chercher toutes les deux.

— C'est une excellente idée, conclut Margaret en serrant Marion dans ses bras. Et, en attendant, nous allons signer le bail de cette maison et nous allons faire fructifier l'argent que mon père me donne pour se débarrasser de moi. Vous voyez, je commence à penser comme une Américaine !

Chapitre 34

Margaret avait visité plusieurs fois avec Marion le quartier commerçant appelé Ladies' Mile, mais c'était la première fois qu'elle s'y aventurait seule. Sortir et se promener sans être accompagnée était encore une expérience nouvelle : elle ne pouvait s'empêcher d'avoir l'impression d'accomplir quelque chose de scandaleux. Cependant, la foule d'acheteurs qu'elle rejoignit, déversée des voitures privées, des cabs et des tramways devant l'un ou l'autre magasin, était presque uniquement composée de femmes. Certaines étaient accompagnées de leurs servantes, d'autres d'amies, mais bon nombre aussi étaient seules, comme elle.

À l'instar de la ville de New York elle-même, l'offre de magasins semblait évoluer à un rythme effarant. À mesure que les habitants se déplaçaient vers le haut de la ville, les grands magasins suivaient. Le tailleur pour femmes Lord & Taylor et le joaillier Tiffany, considéré comme le temple de la bijouterie, construisaient de nouveaux locaux. Le rythme auquel New York et ses habitants bougeaient emplissait Margaret d'un mélange d'excitation et de stupeur. Des bâtiments semblaient apparaître du jour au lendemain, chacun plus imposant que ses voisins. Elle avait mal à la nuque à force de lever la tête pour admirer les magasins en fer et en verre, versions gigantesques du Crystal Palace londonien, tout en acier et surfaces transparentes. Les vitrines étalaient les produits de telle manière que les boutiques guindées de Londres les auraient considérées comme vulgaires. L'accueil qu'ils réservaient aux clients était très différent également. Chacun était traité de la même façon, salué avec un enthousiasme qui aurait consterné les commerçants des rives de la Tamise. Ceux-ci préféraient traiter avec dédain ceux qu'il jugeait indignes de leur magasin.

À la 14e Rue, Margaret quitta Broadway pour se diriger vers la Sixième Avenue et le Macy's, reconnaissable à son étoile rouge à côté de l'enseigne. Elle flâna le long de la devanture, s'émerveillant que des articles aussi ordinaires que des draps, des serviettes et des couvertures puissent avoir l'air si attrayants. L'une des vitrines, aménagée comme une nursery avec un grand berceau et une maison de poupée, la fit penser à Julia, qui était seule à Powerscourt depuis le départ de Margaret. Sa dernière lettre débordait de projets pour les jardins, dont, avait-elle écrit, elle pouvait au moins être raisonnablement sûre qu'ils fleuriraient. Julia, dont les armoires à linge étaient un hymne à la vie domestique, raffolerait d'une expédition dans les magasins de New York.

Margaret entra chez Macy's, bien décidée à lui raconter par le menu cette expérience, sans perdre de vue tout ce qu'elle devait acheter dans les limites du budget établi avec l'aide de Marion.

Deux heures plus tard, elle se dirigeait vers A. T. Stewart sur Broadway, entre la 9e et la 10e Rue, à cinq minutes de Washington Square, pour compléter ses achats. Chaque étage et chaque galerie de ce magnifique magasin de fournitures surnommé le Palais de Fer étaient inondés de lumière grâce aux immenses fenêtres et au dôme de verre qui s'élevait par-dessus l'atrium central. Après avoir terminé ses acquisitions, Margaret estima avoir parcouru plusieurs kilomètres le long des rayons. Ses pieds se mirent à protester.

Elle s'arrêta sur le palier du quatrième étage, regarda autour d'elle et fut frappée par l'une de ces étranges sensations qui l'assaillaient de temps en temps : elle n'était pas vraiment là, tout n'était qu'un rêve. La vue qui s'offrait à elle, aussi bien les galeries de rayons que le vaste rez-de-chaussée ou la verrière à travers laquelle on apercevait le ciel gris d'hiver, la faisait penser à un immense théâtre. Les milliers de comédiens, presque tous des femmes, s'affairaient de tous côtés, faisant le tour des comptoirs, admirant les marchandises, consultant leurs listes et leurs amies. À chaque étage, il y avait plus de monde. Les femmes formaient un ballet incessant. Et au-dessus de Margaret, dans les ateliers en coulisses, d'autres cousaient et retouchaient des vêtements. Il devait aussi y avoir des commis pour faire les comptes et des livreurs pour emballer les articles. La gamme de marchandises proposées était époustouflante, des vêtements aux tapis, de la porcelaine aux jouets du monde entier. Et les femmes elles-mêmes provenaient de tous les horizons : New Yorkaises, immigrées et touristes. Chaque cliente était traitée de la même manière, qu'elle achète une boîte d'épingles ou soit occupée à meubler un hôtel particulier.

Que penserait sa mère si elle voyait Margaret à présent, seule au milieu de toute cette agitation, sans que personne s'intéresse à elle, dans cet univers miniature à l'intérieur du monde ? C'était libérateur de se fondre dans la foule, mais en même temps cela lui faisait prendre conscience qu'elle n'était pas encore tout à fait l'une de ces dames. Ses journées étaient bien remplies, mais elle avait encore l'impression d'être sans but. Et ses pieds la faisaient souffrir. Elle décida de se reposer dans le boudoir des dames, dont elle avait entendu parler, mais où elle ne s'était jamais rendue, et se dirigea vers le deuxième étage.

Les lieux étaient aménagés comme un petit salon avec des grappes de fauteuils et de canapés. La plupart étaient occupés et, comme Margaret hésitait dans l'embrasure de la porte, elle se retrouva bien malgré elle au centre de l'attention. Les New Yorkaises ne cachaient jamais leur intérêt et, même si la nouvelle venue ne confondait pas leur attitude avec de la grossièreté, leur curiosité érodait le mince vernis de confiance qu'elle venait d'acquérir. Heureusement, une préposée vola à son secours. Elle lui désigna une place libre avec un sourire amical et l'informa discrètement que les lieux d'aisances se trouvaient dans la pièce voisine, si elle avait besoin de les utiliser.

En imaginant l'horreur de sa mère à l'évocation de ces commodités, Margaret se sourit à elle-même. En face d'elle, une petite femme en robe grise, pensant que son sourire lui était destiné, le lui retourna. Embarrassée, Margaret s'assit et fit semblant de consulter sa liste de courses, mais la dame ne se laissa pas décourager et vint la rejoindre.

— Excusez-moi. J'espère que vous ne m'en voulez pas de vous interrompre, mais seriez-vous par hasard Lady Margaret Scott ?

Elle devait avoir une trentaine ou une quarantaine d'années, ses cheveux étaient bruns et ses yeux bleus de la même teinte que ceux de Margaret, elle avait un sourire franc et un accent inattendu.

— Vous êtes anglaise, répondit la jeune lady, surprise.

— À l'origine, mais je suis arrivée ici enfant, il y a presque trente ans. Je suis Mrs Jane Cunningham Croly, annonça-t-elle en présentant sa carte. Et, maintenant que je vous ai entendue parler, je sais que vous *devez* être Lady Margaret. J'adore l'accent écossais.

Margaret se leva.

— Ravie de faire votre connaissance. Comment allez-vous ?

— Je vais bien, merci. Vous pensez que j'ai pris une réelle liberté en vous accostant ainsi, je le vois bien. Je dois vous expliquer que je suis journaliste. Mes lectrices me connaissent sous le nom de Jenny June. Oh non, ajouta-t-elle en voyant son interlocutrice reculer instinctivement, je ne travaille pas pour un torchon en quête de scandales. Même si j'écris deux rubriques de potins, elles sont toutes deux parfaitement inoffensives, je vous le promets.

— Cela existe donc, des potins inoffensifs ?

— Oh ! ma chère ! Si je ne m'abuse, vous avez la réaction d'une personne profondément blessée par des ragots dans les journaux. Je vous assure que mes rubriques sont vraiment très sages. Je vous le jure, je ne pourrais pas publier le tiers de ce que j'entends dans cette pièce.

— Vraiment ?

— Le boudoir des dames est réputé pour ses cancans. Croyez-moi, cette petite coterie que vous voyez là ne compare pas les prix du linge de table. Une longue journée passée à faire des achats, des pieds fatigués et un siège confortable, rien de tel pour délier les langues. Je vous en prie, n'hésitez pas à dire non, mais si vous acceptiez de vous joindre à mon amie et moi nous serions très heureuses de profiter de votre compagnie. Elle s'appelle Mary Louise Booth. Elle a écrit une histoire de New York et est la rédactrice en chef d'un magazine appelé *Harper's Bazar*, qui a été lancé l'année dernière.

Elle désigna l'autre femme d'un mouvement de la tête. Bien que ces deux femmes journalistes eussent l'air tout à fait respectables, Margaret hésitait. Sa mère déclinerait poliment l'invitation. Louise lui dirait de ne pas faire confiance aux journalistes. Marion en revanche... N'avait-elle pas exhorté Margaret à profiter de tout ce que New York avait à offrir ? Et il y avait là deux femmes qui gagnaient leur vie grâce à l'écriture.

— Merci. Je serais ravie de me joindre à vous.

Le visage de Mrs Croly s'éclaira.

— Venez, alors. Mary Louise, annonça-t-elle alors que son amie se levait, voici Lady Margaret Scott. Lady Margaret, je vous présente Miss Mary Louise Booth.

— C'est un plaisir de vous rencontrer, Lady Margaret.

La femme qui lui tendit la main avait des traits réguliers, une bouche généreuse et un nez plutôt avenant. Elle exsudait une confiance tranquille qui plut tout de suite à Margaret.

— Enchantée, Miss Booth. Comment allez-vous ?

Comme Mrs Croly, elle rit de la question alors qu'elles s'asseyaient toutes les trois.

— Très bien, merci.

— Lady Margaret a peur que je n'écrive quelque chose de scandaleux à son sujet, expliqua Mrs Croly.

— Dans une rubrique de Jenny June ? Elle ne les connaît visiblement pas. Jane – Jenny June pour ses très nombreux lecteurs – rédige des brèves instructives et enrichissantes. Comment monter à l'échelle sans montrer ses chevilles, par exemple, ou comment se moucher en public poliment, vous voyez.

— Mais non ! protesta Mrs Croly en riant. Honnêtement, Mary Louise, ce n'est pas parce que je n'ai pas le droit d'écrire sur des sujets *sérieux* et *masculins* que mes chroniques sont sans intérêt.

— Vous savez que je vous taquine, répliqua Miss Booth en tapotant affectueusement le bras de son amie. Jane, ajouta-t-elle, en se tournant vers Margaret, a écrit un livre de cuisine à succès et est passée maître dans l'art de déguiser les sujets les plus sérieux en futilités féminines.

— Merci, mais je ne prétendrai jamais que mes chroniques pour le *New York World* ou le *Sunday Times & Noah's Weekly Messenger* ne sont pas frivoles. « Bruits de boudoirs et de trottoirs », précisa-t-elle en levant les yeux au ciel. Assez parlé de moi, Lady Margaret. Est-il vrai que vous allez emménager plus bas que la 13e Rue ?

— Ce n'est pas une interview, Jane, intervint sèchement Miss Booth. Dites-nous ce que vous pensez de New York, Lady Margaret.

— C'est la ville la plus exaltante que j'aie jamais visitée, mais comme je ne suis pas coutumière des voyages cela ne signifie pas grand-chose.

— Qu'est-ce qui vous plaît le plus ? voulut savoir Mrs Croly.

— Eh bien, ceci, je crois. Faire les magasins seule. M'asseoir dans le boudoir d'un grand magasin et discuter avec deux femmes qui ont une carrière. Rien de tout cela ne serait arrivé à Londres, où il faut toujours être présenté, ce qui fait que l'on ne rencontre jamais personne… ou, du moins, on n'est pas censé le faire.

Mrs Croly se pencha plus près.

— Je subodore que vous avez enfreint quelques règles, Lady Margaret ? Racontez-nous.

Mais une fois de plus son amie s'interposa.

— Vous pensez que les femmes ont plus de liberté à New York ? Jane et moi étions justement en train de dire que nous en avions assez qu'on nous impose d'être heureuses de notre sort. Il ne faudrait surtout pas fatiguer nos petites cervelles en écrivant à propos de la politique ou de la science. On nous demande simplement de faire savoir quelle couleur est à la mode cette saison et si la crinoline va céder la place à la tournure, ce jupon métallique, vous savez.

— J'aimerais bien, déclara Margaret. L'ingéniosité des femmes est mise à l'épreuve chaque fois qu'elles montent ou descendent d'une voiture en crinoline.

— Vous devriez essayer de monter dans un tramway ! Ou peut-être l'avez-vous déjà fait ? s'enquit Mrs Croly.

— Pas encore, mais quand j'en aurai l'occasion je noterai mes impressions et je vous les enverrai pour votre rubrique.

— Ha ! Elle vous a bien cernée, Jane.

— Ce ne serait pas une mauvaise idée. Avez-vous de l'expérience dans l'écriture, Lady Margaret ? Êtes-vous une grande épistolière ?

— Je ne sais pas ce que vous entendez par grande. J'écris régulièrement à mes proches…

— Et vous décrivez votre vie ici ? Vos impressions ? Ce que vous aimez à New York et ce qui est différent de Londres ?

— Et de Dublin, pour mon amie Julia.

— Excellent ! Alors j'ai une proposition pour vous, Lady Margaret. Que diriez-vous d'écrire un article pour moi ? proposa Mrs Croly. Vous pouvez simplement rédiger un brouillon. Je pourrais le peaufiner avant publication.

— En fait…

Margaret hésita. Ces deux femmes érudites trouveraient-elles ses histoires sans intérêt ? « Vous êtes un auteur publié ! » Elle pouvait presque entendre Donald l'exhorter à ne pas cacher son talent !

— En fait, j'ai déjà été publiée. J'ai écrit un livre d'histoires pour enfants. Il est paru en décembre de l'année dernière. Une édition bon marché, qui, je crois, s'est avérée très populaire. Elle était destinée à servir de manuel pour enseigner la lecture dans les écoles.

— Eh bien ! s'exclama Mrs Croly. Voilà qui est très intéressant.

— C'était un projet de bienfaisance, financé par des fonds privés, je n'ai pas été payée.

— Je ne recevais pas un centime pour mes écrits quand j'ai commencé, expliqua Miss Booth. Et la première édition de mon histoire de New York m'a à peine rapporté de quoi me nourrir. Si vous acceptez de rédiger des articles pour moi, vous serez payée comme il se doit.

— Mary Louise, je l'ai vue la première ! Lady Margaret, je pense que si vous teniez une petite rubrique... *Une lady à New York ?* Non, nous pouvons trouver un meilleur titre que cela... je pourrais vous aider à la vendre. Le magazine *Demorest's* serait enchanté de la publier, j'en suis sûre. Et ils vous payeraient évidemment.

— Lady Margaret, je peux faire mieux. Je pourrais vous faire publier dans l'édition du premier anniversaire de *Harper's Bazar,* qui sortira en novembre cette année. Votre nom apparaîtra sur la liste des contributeurs aux côtés de Charles Dickens...

— Vous n'avez pas encore obtenu l'accord de Dickens.

— J'y parviendrai si je finis par être invitée à ce fichu dîner au Delmonico's.

— Vous savez qu'on ne nous laissera pas entrer dans le restaurant ? Les femmes ne sont pas admises.

— Même si c'est pour le Club de la presse, et que vous et moi en sommes membres.

— Et même si mon mari est au conseil d'administration, renchérit Mrs Croly d'un ton sinistre.

— Je suis déterminée à y arriver, décréta Miss Booth. Et j'ai bien l'intention de recruter Lady Margaret. Qu'en dites-vous ? Vous pourriez m'écrire un article sur le sujet de votre choix…

— Je le lui ai déjà proposé.

— Et si elle faisait les deux et que tout le monde était content ?

Mrs Croly et Miss Booth lui sourirent avec espoir.

— Je suis très flattée, mais je n'ai jamais écrit pour la presse, objecta Margaret.

— Comme je l'ai dit tout à l'heure, nous serions en mesure de vous payer.

Mrs Croly évoqua un chiffre qui surprit Margaret.

— C'est un montant élevé pour un écrivain qui débute, mais votre nom fera vendre.

— Et je peux vous offrir le même tarif. Par article, précisa Miss Booth.

— Mon nom ? Vous voulez dire que mon vrai nom serait imprimé ?

— Cela pose un problème ?

Son père serait furieux. Mais le duc était de l'autre côté de l'Atlantique.

— Vos magazines sont-ils publiés en Angleterre ?

Ses deux interlocutrices lui répondirent par la négative.

— Ce sont des offres sérieuses ?

— Très.

Miss Booth sortit une carte de son sac et la lui tendit.

— Nous vous avons un peu piégée. Pourquoi ne pas y réfléchir ? Dormez sur nos propositions et ensuite nous pourrons en reparler. Il n'y a pas d'urgence.

— Et il en va de même pour moi, bien que le plus tôt… non, vous devez prendre votre temps.

À son tour, Mrs Croly lui donna un bristol.

— N'en parlons plus pour l'instant ; vous devez vous faire votre propre opinion.

J'ai déjà décidé, avait envie de répondre Margaret. Mais, aussi excitant et tentant que cela puisse sembler, elle était déterminée à ne pas se précipiter. Elle rangea donc les cartes dans son sac et présenta deux exemplaires des siennes avant de se lever.

— Je vous remercie. Je vous contacterai.

— Je l'espère bien.

Miss Booth lui tendit à nouveau la main.

— Ce fut un plaisir de vous rencontrer.

— Un réel plaisir, renchérit Mrs Croly. J'espère avoir de vos nouvelles bientôt.

— Vous en aurez, dans un sens ou un autre. Mais pour l'instant, annonça Margaret d'un air malicieux, Jenny June peut aviser ses lecteurs que Lady Margaret Montagu Douglas Scott et Mrs Scrymgeour ont signé le bail d'une petite maison mitoyenne sur Washington Square. Je vous garantis que c'est ce que l'on appelle une information exclusive.

— Alors, qu'en pensez-vous ? demanda Margaret. Dois-je accepter leurs offres ?

Marion, qui ne l'avait jamais vue aussi animée, résista à l'envie de lui dire de saisir à deux mains cette opportunité inattendue. La jeune femme s'était précipitée sur elle dès son retour de la vente aux enchères. Les yeux de Margaret étaient pétillants, ses joues rouges, et elle laissa à peine à Marion le temps de dégager ses pieds endoloris de ses bottes.

— Je vois que vous êtes tout excitée. J'en déduis que vous avez envie d'accepter. Les deux ?

— Oui, même si je n'arrive toujours pas à croire qu'elles me l'aient demandé. Pensez-vous que les lecteurs seront intéressés par ce que j'ai à raconter ? Les deux dames souhaitent me publier sous mon vrai nom. Elles craignent peut-être que, si je ne signe pas les articles, personne ne les lise.

— Il est certainement vrai que moins de gens les liront.

Le visage de Margaret se décomposa.

— Donc, c'est seulement mon nom qui les intéresse, c'est ce que vous voulez dire ?

— Votre nom vous fera gagner des lecteurs, mais c'est votre plume qui leur donnera envie de vous lire encore.

— Il n'était question que d'un article pour chacune.

— Miss Booth et Mrs Croly sont des femmes d'affaires. Elles veulent tester et éprouver avant d'acheter, comme tout le monde le fait ici. Si vos textes sont à la hauteur de leurs attentes, elles vous supplieront de leur en fournir d'autres.

— Si mon père l'apprenait, s'il voyait le nom de famille imprimé, il serait consterné et cesserait probablement de me verser ma rente.

Chaque fois que Margaret mentionnait son père et sa cruauté, les poings de Marion se serraient. Il aurait dû admirer sa fille, pas la dénigrer. Si elle avait été la fille de Marion, elle aurait été la plus fière de toutes les mères du monde. Mais ce n'était pas le cas.

— Si votre plume a du succès, vous n'en aurez peut-être plus besoin, fit-elle remarquer. Et puis, c'est *votre nom* aussi.

— C'est vrai et mon père était content de l'utiliser quand il cherchait à me marier.

Bravo ! Il était temps, pensa Marion.

— Précisément, fit-elle.

— Il ne m'était pas venu à l'esprit que je pourrais gagner ma vie comme Mrs Croly et Miss Booth. Maintenant que je me suis mise à y penser, je déborde d'idées. Mes histoires pour enfants, par exemple… Mais je m'avance un peu.

— Il n'y a rien de mal à être ambitieuse, ma chère. Je suppose que vous avez décidé de vous lancer dans l'écriture, alors ?

— Je crois que oui. Je serais stupide de laisser passer cette opportunité, non ? Chère Marion.

Margaret l'embrassa sur la joue.

— J'ai assez parlé de ma journée et je ne vous ai même pas demandé comment s'était passée la vôtre. La vente aux enchères vous a plu ?

— Ce n'est pas l'endroit idéal pour acquérir notre mobilier. Nous n'avons pas besoin de chaises dorées ou de dessertes à dessus en marbre et encore moins d'un pianoforte à sept octaves. Oui, il y en avait un à acquérir. En revanche, la vente manquait cruellement de bons meubles pratiques.

— Oh ! mon Dieu. Alors c'était une perte de temps ?

Marion retint un sourire.

— Pas tout à fait. J'ai rencontré quelqu'un là-bas qui a promis de nous aider.

— Excellent. Qui est-ce ?

— Il s'appelle Patrick Valentine, c'est un Irlandais. Un homme charmant et très fortuné, en fait, bien que je ne sois pas sûre de savoir comment il a gagné son argent, car tout ce qu'il m'a dit c'est qu'il touchait à tout. Il est arrivé de Cork pendant la Grande Famine.

— Marion, vous rougissez ?

— Ne soyez pas ridicule. Nous avons fait la conversation, c'est tout.

— Il est clair qu'il y a plus que ça. Est-il beau ?

Marion gloussa.

— D'une façon un peu roublarde… Il doit être dégourdi, audacieux même, pour être monté sur le bateau avec seulement quelques pommes de terre en poche, comme il dit, et avoir fait fortune. C'est un beau parleur : il a dû toucher la Pierre de l'éloquence du château de Blarney, comme le veut la légende irlandaise. Ce sont ses yeux, je pense : ils scintillent quand il rit. Il a une tignasse blanche et une moustache cirée aux extrémités. Son sourire est contagieux et son rire si bruyant que tout le monde le regarde. Oh là là ! je ne dessine pas un portrait très attrayant…

— En revanche, votre description est fascinante. Continuez. Est-il grand ?

— Il est certainement imposant. Un gros ours. Il n'est pas enveloppé mais solide. Le genre d'homme à côté duquel même une femme de mes proportions paraît frêle.

— Ne parlez pas de vous comme ça. Vous n'êtes pas corpulente, vous êtes rubénienne. Et ne tournez pas le sujet en dérision comme vous le faites toujours, ajouta Margaret en fronçant les sourcils. Comme vous me recommandez toujours de ne pas le faire.

— Vous avez parfaitement raison, ma chère.

Margaret poursuivit sur sa lancée :

— Et vous parlez comme si vous étiez d'un âge avancé, ce qui n'est pas le cas. Mr Patrick ne le pense manifestement pas.

— En fait, il m'a proposé de m'emmener faire de bonnes affaires demain. Cela vous dérange-t-il ?

— Bien sûr que non. Comme une amie très sensée me l'a dit un jour, vous devez embrasser tout ce que New York a à offrir.

— J'espère que vous ne suggérez pas que cela inclue Mr Valentine.

— Marion !

— Oh ! n'ayez pas l'air si choquée. Je vais juste faire les magasins avec ce monsieur.

Margaret n'avait pas l'air totalement convaincue. Et à juste titre.

— Dans ce cas, pourriez-vous s'il vous plaît ajouter un bureau à votre liste ?

Demorest's Monthly Magazine, avril 1868

JOURNAL D'UNE DÉBUTANTE NEW-YORKAISE, LADY MARGARET MONTAGU DOUGLAS SCOTT

Cher journal,

Aujourd'hui, je me suis réveillée pour la première fois dans la maison que je loue depuis peu sur Washington Square. De la fenêtre de ma chambre, j'ai aperçu des arbres qui bourgeonnent et, durant un instant, je me suis crue chez moi, dans la campagne écossaise. Mais un instant seulement, car dès que le bruit de la ville m'a assaillie j'ai pris conscience que je ne pouvais être nulle part ailleurs sur terre qu'à New York. Je ne suis pas une campagnarde, car j'ai l'expérience de la vie à Édimbourg, Londres et Dublin, mais cette ville a quelque chose d'*unique.* Cet humble journal tentera de saisir les particularités de cette métropole à travers les yeux d'une nouvelle arrivante.

Ce matin, par exemple : New York ne se réveille pas, elle explose de vie. Je vois les résidents des pensions de famille voisines partir au travail dans leurs costumes marron et traverser la place pour rejoindre Broadway. J'entends le grondement des tramways qu'ils vont emprunter et les cris des vendeurs de journaux au coin de la rue. Même à l'aube, la ville bourdonne et crépite d'énergie.

Dans ma nouvelle demeure, le petit déjeuner est cependant une oasis de calme anglais : on y trouve des théières fumantes, du pain et du beurre. N'en déduisez pas que je suis une de ces personnes qui cherchent à diluer l'expérience de la vie ici en recréant le mode d'existence de leur patrie d'origine. J'ai l'intention de devenir, autant que possible, une vraie New Yorkaise, mais il y a des limites. Je ne peux pas commencer la journée par un café à la première heure, bien que ma très chère compagne, qui est une grande voyageuse, n'y voie aucune objection. Elle regrette le banquet qu'était le petit déjeuner offert par l'hôtel Fifth Avenue, où nous résidions jusqu'alors. Au cours de notre séjour, elle s'est appliquée à essayer tout le menu. Elle a apprécié chacun des mets, sauf le gruau de maïs, et j'avoue que je suis du même avis. On nous a assuré que c'était une sorte de porridge, et en bonnes Écossaises que nous sommes nous étions prédisposées à trouver cela bon, mais le plat n'avait rien à voir avec notre avoine traditionnelle. Je prends mon porridge avec de la crème et du sel. Ma compagne met du sucre dans le sien : sacrilège ! J'ai entendu dire que d'autres le prenaient avec de la compote, du miel ou même des fraises. Quelle abomination ! Est-ce que le gruau de maïs suscite autant de controverses ? Je dois mener l'enquête.

Cher journal, j'ai passé la matinée à arranger mes meubles et mon linge de maison, mais l'après-midi, ayant eu ma dose de bonheur domestique, j'ai décidé de me rendre dans le haut de la ville en tramway. Une première ! L'endroit où j'ai choisi de m'établir se trouve littéralement à un carrefour de la ville : dans une direction vivent ceux qui peuvent choisir de travailler ou non, et dans l'autre ceux qui n'ont pas le choix. À Dublin et à Londres, les riches et les pauvres vivent côte à côte. Je n'ai pas encore rencontré cette situation à New York, mais peut-être ne me suis-je pas encore aventurée assez loin ? D'après mon expérience, c'est par accident que l'on fait les plus belles découvertes.

Heureusement, je suis très sujette aux accidents !

Il n'y a rien qui ressemble à un tramway à Londres, et je ne peux imaginer qu'il puisse y en avoir un jour, car les rails devraient être posés dans des rues qui sont bien plus étroites que les avenues de New York. Cela provoquerait le chaos.

Monter à bord en portant toutes les jupes à la mode est un exploit si redoutable que j'ai failli abandonner cette entreprise. Imaginez-vous essayant de vous hisser sur un cheval sans utiliser de montoir. Vous n'auriez pas encore atteint la réalité de la chose. Je suis sûre que ma technique – qui a consisté à soulever mes jupes tout en escaladant les marches – pourra s'améliorer avec l'entraînement, mais elle n'aura jamais la moindre élégance. Cependant, une fois que j'ai été à bord et juchée sur l'un des sièges usés, le trajet s'est déroulé rapidement et sans encombre. Mes compagnons de voyage formaient un mélange éclectique et j'ai rapidement découvert qu'être assis en face de quelqu'un dans un tramway est la seule situation dans cette ville où il n'est pas admis de fixer une personne. Tout le monde contemple ses pieds.

Pour ma prochaine sortie, je suis résolue à me rendre en ville à bord du tramway tiré à cheval, bien que l'on m'ait prévenue qu'il est encore plus difficile d'y monter que dans le tramway. On annonce qu'un moyen de transport encore plus exaltant devrait être inauguré cet été, le West Side Elevated Patented Railway, le premier train suspendu de New York. Je ne sais pas exactement où il pourrait m'emmener, mais l'expérience est trop tentante pour passer à côté et je m'efforcerai d'être parmi les premiers passagers.

Voyager seule dans les transports publics est une pratique banale pour la plupart des New Yorkaises, mais c'est une nouveauté pour moi et une expérience libératrice. J'espère ne jamais en être blasée. J'ai en tout cas décidé, pendant le trajet qui me ramenait chez moi – car je me sens déjà chez moi dans cette maison –, d'essayer de coucher mes impressions sur le papier tant qu'elles étaient encore fraîches dans mon esprit. Je me suis donc assise à mon nouveau bureau, j'ai ouvert un nouveau cahier et j'ai commencé ce petit journal.

J'ai à peine effleuré la surface de New York, mais je suis curieuse d'en savoir plus. J'ai une liste longue comme le bras d'aventures qui ne demandent qu'à être vécues.

Soyez assurés que je consignerai toutes mes impressions, qu'elles soient bonnes, mauvaises ou indifférentes.

Lady Margaret à Lady Victoria Kerr

Washington Square, New York, 25 juillet 1868

Chère Victoria,

Ta lettre m'est parvenue jeudi, moins de trois semaines après avoir été postée : les méthodes de communication modernes font des merveilles ! Je te présente mes félicitations aussi enthousiastes que sincères pour l'arrivée sans complications de la petite Margaret.

Je suis honorée et ravie d'avoir un homonyme et j'espère qu'elle causera moins de soucis que moi en grandissant. Je joins un petit cadeau pour elle de chez Tiffany. Ce n'est qu'une babiole, mais elle est jolie, je pense que tu seras du même avis que moi. J'espère avoir un jour la chance de la serrer dans mes bras, mais en attendant je te confie le soin de donner à ma nouvelle nièce un baiser et un câlin de la part de sa tante américaine.

Tu me demandes de te dire honnêtement comment je vais. Bien que tu ne le précises pas, mon instinct me chuchote que c'est parce que notre chère mère s'inquiète pour moi. S'il te plaît, rassure-la. Je vais bien. Non, c'est une litote. Je vais plus que bien. Je suis heureuse ici. J'ai été accueillie à bras ouverts dans la société et je ne manque jamais d'invitations. Je dois même passer le mois d'août à Ferncliff, la maison de campagne de Mrs William Astor, à Rhinebeck, dans le nord de l'État. Cette invitation est considérée comme un honneur considérable et mon comportement sera exemplaire.

L'insaisissable Mr Astor élève des chevaux et on dit que ses écuries sont les meilleures. J'espère avoir le privilège de vérifier si ses chevaux sont à la hauteur de leur réputation. Je suis également impatiente de profiter de l'air de la campagne. Imagine Londres en été en pire. La chaleur est étouffante, l'odeur des égouts insupportable, et les mouches sont un véritable fléau.

En réponse à ton autre allusion – loin d'être subtile – à mes perspectives de trouver un époux ici, laisse-moi t'assurer que je suis dans le même état d'esprit (célibataire) qu'à mon arrivée. Si j'étais encline à jouer les belles-mères pour les enfants d'un veuf, ou même la mère d'un des hommes absurdement jeunes – presque encore des garçons – qui sont considérés comme des célibataires en vue ici (car ceux-ci se marient avant d'avoir vingt ans), alors je pourrais peut-être trouver un époux. Bien que ce ne soit pas gagné d'avance, car même selon les normes new-yorkaises je suis considérée comme non conventionnelle et le nom renommé et estimé de Buccleuch ne compense pas mon absence de dot. Cependant, je n'ai aucune envie de me marier, Victoria. Je ne dis pas que je ne me marierai jamais, mais en ce moment je savoure chaque instant où j'apprends à être moi-même. ~~*De toute façon, je crains d'avoir déjà connu l'amour et de l'avoir perdu…*~~

Transmets un câlin spécial à Mary et tout mon amour à notre mère. Écris-moi bientôt pour me donner des nouvelles de ta famille qui s'agrandit, très chère sœur.

Avec tout mon amour et un autre baiser pour mon petit homonyme,

Margaret

Lady Margaret à Julia, vicomtesse de Powerscourt

Washington Square, New York, 20 septembre 1868

Chère Julia,

Je suis rentrée il y a deux semaines à peine de ma visite d'été à Ferncliff, la maison de campagne de Mrs William Astor à Rhinebeck, mais il me semble que cela fait des mois déjà. New York est toujours étouffante, sans la moindre trace d'automne. L'herbe de la place est roussie jusqu'à ressembler à du foin et les feuilles des arbres semblent crouler sous la poussière. En fait, tout le monde semble s'affaisser, épuisé par l'été. Même les pensionnaires d'à côté partent au travail le matin d'un pas lent, à contrecœur, au lieu de leur entrain habituel.

Mary et Davina ont fait en sorte que la maison soit impeccable pour notre retour. Je ne peux vous dire à quel point ces sœurs sont des perles. Dites à Breda qu'elle est un ange de les avoir recommandées. Elles paraissaient heureuses de nous accueillir Marion et moi à notre retour, bien qu'elles m'aient assuré avoir apprécié leur temps libre et m'aient raconté des anecdotes à propos de leur sortie à Coney Island et de leur excursion sur le bateau à vapeur de la baie d'Hudson, qui semblent bien plus amusantes que les pique-niques et le tir à l'arc peu compétitif que Mrs Astor considère comme un divertissement. Je n'ai toutefois pas vraiment de raisons de me plaindre, car j'ai été autorisée à essayer l'une des juments de Mr Astor et il m'a jugée suffisamment compétente pour m'autoriser à la monter tous les jours, ce qui fut un régal.

Marion continue à apprécier la compagnie de l'extraordinaire Mr Valentine. Je n'avais encore jamais rencontré quelqu'un que l'on pourrait qualifier d'exubérant, mais ce mot a dû être inventé pour lui. Vous demandez s'il est vulgaire et la réponse est que vous seriez très certainement de cet avis. Il ne figurera jamais sur la liste d'invités de Mr McAllister, c'est certain, mais lui-même m'a avoué un jour que, s'il y lisait son nom, il se trancherait la gorge ! Je n'ai toujours pas la moindre idée de ce que sont les diverses entreprises qui génèrent sa grande richesse, bien que Marion ait tenté de me l'expliquer. Elle a une étonnante maîtrise des chiffres et a même gagné une petite somme à la Bourse. Ne me demandez pas ce que cela implique, je pense que c'est comme jouer de l'argent – ou, comme le dit Mr Valentine, placer ses dollars – au petit bonheur la chance.

Vous vous demandez sans doute ce qu'il va advenir de ce couple improbable, même si, naturellement, vous vous abstiendrez de m'exhorter à conjecturer. Étant new-yorkaise, j'ai cédé à ma curiosité et posé moi-même la question à Marion. Elle a une aventure, m'a-t-elle répondu. Quoi que cela implique, cela n'inclut pas le mariage. Je le sais, car je lui ai posé cette question également et elle m'a répondu la chose la plus touchante qui soit : « Patrick est de bonne compagnie et c'est un homme charmant, mais personne ne remplacera mon Alexander. » Je ne sais pas comment cela finira, mais je crois que cela se terminera plutôt tôt que tard, car Marion m'a avoué avoir le mal du pays. L'inviteriez-vous à passer quelque temps avec vous, Julia, la prochaine fois que votre mari sera absent ? Si vous me permettez, je pense que cela vous ferait du bien à toutes les deux.

Je vais terminer cette trop longue lettre par quelques nouvelles de mon côté. Mon « journal » mensuel dans le Demorest's

Magazine *connaît un tel succès que j'ai été engagée pour une année supplémentaire à un tarif plus élevé et qu'on m'a offert des conditions très généreuses pour trois articles supplémentaires plus longs, rédigés de mon style « rafraîchissant et vivant ». Je vous joins le numéro de septembre pour que vous le gardiez sous votre oreiller, puisque vous me dites que vous l'appréciez (oh, j'espère que ce n'est pas simplement de la politesse, chère Julia !). J'envisage de confesser ma nouvelle carrière de journaliste à ma sœur, mais je ne me suis pas encore décidée, de peur que ma mère ne s'inquiète que cela offense mon père. Mais, si vous n'aviez jamais entendu parler de ce magazine, je ne peux imaginer par quelle voie il aurait pu attirer l'attention du duc.*

Et maintenant je dois vraiment y aller, car je dois écrire et, comme dirait Mr Valentine en consultant sa montre-bracelet en or massif, le temps c'est de l'argent !

Avec toute mon affection,

Margaret

P-S : Vous allez recevoir un colis de Macy's contenant une sélection de serviettes de bain couleur bleuet assorties à vos yeux !

Harper's Bazar, lundi 2 novembre 1868

NOUVEAUX HORIZONS, PAR LADY MARGARET MONTAGU DOUGLAS SCOTT

Je suis arrivée à New York au début de cette année. En tant que jeune femme issue d'une famille aristocratique britannique, j'avais été élevée pour faire un bon mariage, pour m'installer dans une domesticité confortable dans quelque vénérable propriété rurale et produire une nichée d'enfants qui perpétueraient la lignée. On n'attendait pas de moi que j'aie un esprit aventureux et encore moins la bougeotte. Alors pourquoi suis-je ici ? Parce que je possède les deux et que New York est l'endroit idéal pour nourrir ces penchants. Ici, je peux grandir et me développer, exactement comme la ville le fait en permanence.

C'était en automne, il y a un peu plus d'un an, que j'ai décidé de recommencer ma vie en Amérique, au moment précis où j'ai atteint ma majorité. L'accueil chaleureux qui m'a été réservé et les amis que j'ai rencontrés ici attestent la générosité de cette métropole et de ses habitants. Chaque jour offre de nouvelles possibilités, de nouvelles opportunités et de nouvelles expériences : je me suis attelée à les essayer toutes.

Mais une lettre de chez moi m'a rappelé les êtres chers qui me manquent, et la distance qui nous sépare semble incroyablement, horriblement infranchissable. L'automne est de retour, une année après ma décision capitale, et l'heure de la réflexion et de la réévaluation a sonné. Je contemple Washington Square par ma fenêtre. Les jours chargés de poussière, sans vie, sans fin, dans la chaleur oppressante de l'été sont enfin derrière nous. L'air est frais à présent, les feuilles qui offraient une palette de couleurs ambrées ont chuté de façon spectaculaire après les premières gelées. Je vois à nouveau les gens marcher d'un pas rapide et décidé, et mon humeur est plus joyeuse. J'ai le sentiment, si rare dans la vie, d'être au bon endroit au bon moment.

Je suis venue ici pour répondre à l'appel de mon cœur, mais cela ne signifie pas que la décision a été facile à prendre. Les conventions sociales et le désir de plaire étouffent trop souvent la voix intérieure. N'avons-nous pas toutes commis l'erreur de faire ce qui est attendu de nous ou ce que les autres souhaitent que nous fassions, alors que nous savons, en notre for intérieur, que ce n'est pas la bonne décision ? Je sais que j'ai commis cette erreur et que je l'ai profondément regretté.

Il faut avoir confiance en soi pour ne pas fléchir face à une opposition farouche, en particulier de la part de ceux que nous aimons ou dont l'opinion est importante à nos yeux. Avoir le courage de ses convictions requiert précisément beaucoup de bravoure.

L'un des objectifs de ce nouveau rendez-vous régulier est de conseiller les lectrices sur la meilleure façon de vivre dans le monde moderne. Je ne prétends pas être une autorité en la matière, ce serait laisser entendre que j'ai cessé d'apprendre, et la seule chose que je peux prédire avec certitude c'est que je commettrai encore des erreurs. Mais je m'efforce en permanence d'en tirer des leçons et je suis ravie d'offrir humblement à mes lectrices le bénéfice de mon expérience, sous la forme de quelques principes que j'utilise pour guider mes actions. Je les appelle (de manière assez grandiloquente) mes règles d'or :

1. Soyez gentille, même si les autres ne le sont pas.

2. Regardez devant vous et non derrière. Ne laissez jamais le passé dicter l'avenir.

3. Lorsqu'une décision est prise, rien ne sert de la regretter.

4. Votre opinion est aussi valable que celle de n'importe qui. N'ayez pas peur d'exprimer vos pensées.

5. Ne vous lamentez pas sur votre sort. Profitez de ce que la vie a à offrir.

Mais avant tout, par-delà ces règles d'or, je continuerai à laisser mon cœur me servir de boussole et tracer mon chemin tandis que mon aventure à New York continue.

En avant !

CHAPITRE 35

New York, vendredi, jour de Noël 1868

Pour remercier Mary et Davina, Margaret et Marion cuisinèrent le dîner de Noël et le servirent plus tôt afin que les deux sœurs puissent rentrer dans leur famille en emportant un panier garni de nourriture et de bonbons.

— Je m'en veux de vous abandonner le jour de Noël. Il n'est pas trop tard pour assister à l'une des fêtes auxquelles vous avez été invitée, vous savez, déclara Marion quand elles eurent fini de débarrasser et retournaient au petit salon. Caroline Astor doit se sentir insultée que vous ayez décliné son invitation, mais d'autres hôtesses ne verraient pas d'inconvénient à ce que vous arriviez à l'improviste.

— J'en suis sûre, mais je ne suis pas d'humeur à voir du monde. Je vous assure, Marion, que je serai très heureuse ici toute seule. Je vous en prie, profitez de votre dernière soirée avec Patrick. Je vous aurai pour moi toute seule demain avant votre départ pour l'Irlande.

— Vous allez terriblement me manquer, ma chère. Je ne peux m'empêcher d'avoir l'impression de vous abandonner.

— Ne soyez pas stupide. J'ai passé une année entière en votre compagnie et j'en ai apprécié chaque instant, mais vous n'avez jamais eu l'intention de vous éterniser ici. En fait, si vous n'aviez pas rencontré Patrick, vous seriez déjà rentrée chez vous, n'est-ce pas ?

— C'est vrai, Patrick a été une distraction inattendue mais charmante, reconnut Marion avec un sourire malicieux. Comme je l'ai été pour lui, semble-t-il, puisqu'il a repoussé des affaires importantes en Californie.

Son sourire s'effaça.

— Et comme vous le savez, ma chère, je me fais du souci pour Julia et j'envisageais sérieusement de louer un petit cottage près de chez elle, plutôt que de retourner à la vie ennuyeuse que je menais à Twickenham et dont vous m'avez si aimablement sauvée.

— Mais maintenant l'ingénieuse proposition de Patrick a volé à votre secours.

Margaret se pencha pour lui tapoter la main.

— Vous vous rendez compte ? Grâce à lui, vous êtes sur le point d'entamer un tout nouveau chapitre de votre vie.

Un lent sourire se dessina sur le visage de Marion.

— Sincèrement, je n'arrive toujours pas à y croire. Mon cher Patrick est si conscient des limitations que m'imposent mes maigres fonds qu'il les compléterait volontiers si je le laissais faire, mais il sait que je n'accepterais jamais la charité.

— Il n'est toujours pas question de mariage, j'imagine ? Je sais qu'il ne pourra jamais remplacer Alexander, mais…

— Oh ! il n'y a pas que cela. Nous nous entendons très bien, Patrick et moi, mais nous apprécions aussi notre indépendance. C'est parce qu'il comprend combien c'est important pour moi qu'il a élaboré ce plan, qui me permettra de gagner ma vie décemment et lui permettra de faire du bien à son pays sans avoir à s'y rendre en personne, expliqua Marion en riant. La solution parfaite. Bien que, quand je pense à la responsabilité qu'il m'a confiée, je sois plutôt intimidée. C'est le moins qu'on puisse dire.

— Patrick est un homme d'affaires. Il ne vous aurait pas confié cette entreprise s'il ne vous croyait pas capable de la gérer.

— Oh ! je le sais, Margaret, mais tout de même c'est un sacré défi. Je ne connais absolument rien à l'élevage et à l'entraînement des chevaux de course.

— C'est pourquoi vous embaucherez des experts – et Dieu sait qu'en Irlande tout le monde est fou de chevaux, les candidats ne manqueront pas, j'en suis sûre. Bref, Patrick vous confie la responsabilité de ce projet de haras avant tout parce qu'il vous fait confiance. Il sait que vous n'essayerez pas de… comment dit-il ? Travestir les comptes ?

— *Maquiller.* Oui, il pense que je suis douée pour les chiffres, admit Marion.

— Et, comme vous savez très bien cerner les gens, vous ne vous ferez pas avoir par des fripouilles, compléta Margaret en imitant très mal l'accent irlandais prononcé de Patrick. Sans oublier l'atout que vous cachez dans votre manche, pour reprendre une autre de ses expressions : le haras que vous avez visité en Égypte.

— Alexander et moi nous entendions très bien avec le propriétaire, c'est vrai. Mais c'était il y a quelques années et c'est un peu tiré par les cheveux de penser que je pourrais le persuader de me vendre l'un de ses inestimables pur-sang arabes. Patrick adorerait se vanter du fait que ses nouvelles écuries dans le comté de Kildare soient les premières en Irlande à héberger des pur-sang aussi précieux, même si, bien sûr, il s'agit essentiellement d'une fondation caritative. Son but est de fournir un emploi à de jeunes hommes de milieu modeste, comme lui.

— Pour contribuer à la prospérité du Vieux Pays, résuma Margaret, ne parvenant toujours pas à imiter la prononciation de Patrick. C'est une merveilleuse idée. Brendan, le frère de Breda, est fou de chevaux. Vous pourriez remplir tous les postes, des palefreniers aux apprentis jockeys, avec sa famille élargie et l'école d'Enniskerry.

— J'espère que je pourrai persuader Julia de m'aider. Elle a besoin de s'occuper et Kildare n'est pas trop loin de Powerscourt.

Marion pinça les lèvres.

— Comme Wingfield est parti pour l'une de ses expéditions interminables, elle m'a invitée à rester quelques semaines. Lady Londonderry sera là aussi. J'ai hâte de la rencontrer.

— Et vous lui demanderez des nouvelles de ma mère, n'est-ce pas ?

— Bien sûr, et je lui donnerai les cadeaux que vous m'avez priée de lui transmettre.

— Je crains de m'être un peu emportée avec mes achats de Noël. Cela ne vous dérange pas de voyager avec une deuxième malle ?

— Tant que je ne dois pas la porter… Margaret, êtes-vous absolument sûre que vous serez heureuse ici toute seule ?

— J'ai Mary et Davina pour s'occuper de moi. Et Jane et Mary Louise me donneront du travail.

— Vous avez conscience que certaines personnes seront choquées d'apprendre que vous vivez seule, avec des domestiques pour unique compagnie ?

— Je vous en prie, ne me recommandez pas de prendre une compagne pour vous remplacer, personne ne serait à la hauteur. Ceux qui me connaissent et m'apprécient resteront mes amis. Ceux qui me laisseront tomber parce que j'ai enfreint une de leurs règles… grand bien leur fasse ! Je résisterai avec plaisir à la désapprobation tempétueuse de Mr McAllister. Chère Marion, vous ne devez vraiment pas vous inquiéter pour moi. D'ailleurs, la taquina Margaret, votre décision est prise, inutile de la remettre en question. Vous devez regarder devant vous et non derrière.

— Ha ! L'arroseur arrosé.

Marion se mit debout et ajouta :

— Très bien. Patrick va certainement vouloir faire sauter un bouchon de champagne ou deux pour célébrer notre dernière soirée ensemble. Je ferais mieux d'aller me pomponner un peu.

Une heure plus tard, après avoir pris congé de Marion, qui, parée de l'une de ses plus belles robes, s'éloignait à bord d'un cab, Margaret retourna dans le salon et alluma les bougies du petit sapin de Noël. Il était décoré de boules de chez Macy's que Mary et Davina l'avaient aidée à choisir. L'énorme arbre de Noël qui trônait dans le vestibule de Dalkeith devait être orné des étoiles en bois que ses sœurs et elle avaient fabriquées au fil des ans. Celles de Victoria étaient toujours en or et celles de Mary en argent, mais Margaret avait choisi de peindre les siennes d'une couleur différente chaque année. Est-ce que sa mère avait pensé à elle en les accrochant, ces étoiles émeraude, écarlates ou violettes ? Il y en aurait de nouvelles maintenant, confectionnées par des nièces que Margaret n'avait jamais vues. Elle sortit la photo que Victoria lui avait envoyée, souriant en contemplant l'expression sérieuse de son aînée, qui fixait la petite Margaret dans ses bras. Cecil, qui avait presque trois ans, se tenait à côté d'un pouf sur lequel se trouvait Walter, âgé de dix-huit mois. Ce dernier regardait attentivement l'objectif. C'était déjà le portrait craché de son père sévère, que l'on apercevait à l'arrière-plan.

Margaret déposa un baiser sur le front du bébé et essuya précipitamment une larme sur sa joue avant qu'elle n'abîme le cliché. Elle avait envoyé à Walter un diable sur ressort et, pour Cecil et Margaret, elle avait choisi des boîtes à musique. Dans la malle qui accompagnerait Marion de l'autre côté de l'Atlantique, il y avait une autre boîte à musique pour sa mère et un exemplaire des *Quatre Filles du docteur March* pour Mary. Il était signé par l'auteur, une femme que Margaret avait rencontrée dans l'un des salons de Mary Louise. Elle avait pris la nouvelle édition du livre de Mary Louise sur l'histoire de New York, *History of the City of New York*, édité chez Appleton's, pensant que son père pourrait l'apprécier, oubliant un instant, juste le temps de ressentir un pincement au cœur, qu'il n'accepterait aucun cadeau de sa part. Replacer l'ouvrage sur l'étagère en se disant qu'il ne le méritait pas de toute façon s'était avéré beaucoup plus difficile que cela n'aurait dû. Elle ne l'aimait pas, mais elle ne pouvait pas non plus complètement cesser d'éprouver des sentiments à son égard, quel que soit le traitement que le duc lui infligeait.

Avec un soupir chargé de mélancolie, Margaret posa soigneusement la photo de la famille de Victoria et se mit à ranger les derniers cadeaux dans la malle. Il y avait un foulard en soie pailleté pour Julia de sa couleur préférée – celle du bleuet – et une paire de bas de soie noirs plutôt osés. Un autre exemplaire des *Quatre Filles du docteur March* était destiné à Breda et il y avait des cadeaux pour tous ses frères et sœurs, ainsi que pour sa mère. Pour les écoliers d'Enniskerry, elle avait prévu des échelles de Jacob, des diables sur ressort et une petite montagne de bonbons comprenant des bâtons de sucre d'orge à la menthe, des rouleaux de réglisse, des bonbons Whitman emballés, des bonbons colorés en pastilles et des bonbons à la cacahuète. La malle était tellement pleine qu'elle dut s'asseoir sur le couvercle pour la fermer de force.

Il neigeait dehors, de légers flocons venaient s'entasser sur la couche givrée qui recouvrait déjà Washington Square. Margaret suivit des yeux la danse de la neige se posant doucement sur la vitre avant de fondre. Était-ce seulement trois ans auparavant qu'elle avait fait la même chose dans l'orangerie de Dalkeith ? Trois ans s'étaient écoulés depuis qu'elle s'était donné tant de mal pour étouffer ses sentiments et faire ce que l'on attendait d'elle. Il y a trois ans, elle passait son premier exil et son premier Noël loin de sa famille. Est-ce qu'elle partagerait à nouveau les fêtes de fin d'année avec eux ? Cela semblait peu probable.

Louise devait être à Osborne House pour Noël, comme d'habitude. C'était ce que disait Mr McAllister, qui s'intéressait beaucoup aux derniers potins de la société londonienne. Lou, qui était bien plus glamour que la reine, devenait rapidement la coqueluche du public britannique. Comme Margaret, elle aimait offrir des cadeaux à Noël. La princesse était fière de ses choix originaux. Margaret lui avait envoyé un album de lithographies qu'elle avait découpées dans des magazines, représentant quelques-uns des lieux les plus célèbres de

New York, et annotées. *Battery Park et Central Garden, où Marion et moi avons posé le pied sur le sol américain pour la première fois ; la vue de la terrasse supérieure de Central Park vers l'étang à bateaux où je patine en hiver ; la circulation sur Broadway, que l'on traverse à ses risques et périls ; l'hôtel Fifth Avenue, où nous avons séjourné à notre arrivée, marchant sur les traces de ton frère Bertie.* Elle doutait que Louise la remercie pour ce présent. Son amie ne lui avait pas écrit depuis un an. Quand elle apercevrait l'écriture de Margaret sur le colis, l'ouvrirait-elle ? Passerait-elle les pages en revue et l'imaginerait-elle marchant dans les rues, se promenant dans Central Park ? Louise prendrait-elle son stylo sur un coup de tête et romprait-elle son silence ? Encore une fois, c'était peu probable.

Et Donald ? Margaret suivit la course d'un flocon de neige particulièrement épais du haut jusqu'au bas de la fenêtre. Julia lui avait appris qu'il avait été élu au Parlement en novembre comme représentant pour l'Inverness-shire. Il avait ainsi concrétisé son intention de s'installer en Écosse. La prochaine étape serait-elle de trouver une femme ? Elle souhaitait son bonheur ; pourtant l'idée qu'il puisse épouser quelqu'un d'autre lui était douloureuse.

La neige tombait plus fort à présent et le vent se levait, provoquant une rafale de flocons, qui recouvrit la fenêtre de blanc. Margaret tira les rideaux. *Regarde devant toi,* se rappela-t-elle, *pas en arrière.* Le lendemain était son dernier jour en compagnie de Marion et elle était déterminée à le rendre mémorable. Puis, quand elle lui aurait dit au revoir en pleurs et en lui souhaitant le meilleur, elle réfléchirait à ce qu'elle voulait faire à l'aube d'une nouvelle année. Elle allait, pour commencer, publier son livre de contes pour enfants comme Jane l'avait encouragée à le faire.

Et puis… qui pouvait savoir ? La plus grande différence avec sa vie révolue était qu'elle trouvait maintenant l'incertitude exaltante et non plus effrayante.

Susannah Elmhirst à Lady Margaret

Le presbytère, Lambeth, 15 décembre 1868

Chère Margaret,

Un très gros colis est arrivé ce matin, en provenance de New York, causant beaucoup d'excitation ici. J'ai jusqu'à présent résisté à ouvrir celui qui porte mon nom, mais je ne suis pas sûre de tenir dix jours ! Quant au reste, votre prévenance et votre générosité ont touché tous les cœurs. Après avoir consulté mes dames de Lambeth, comme vous les appelez, nous avons décidé d'organiser une fête pour les enfants dans l'église, la veille de Noël, au cours de laquelle les sucreries – ou bonbons, comme vous, Américains d'adoption, dites – seront distribuées. À part les bâtons de sucre d'orge à la menthe, nous n'avons jamais rien vu qui ressemblait à la sélection que vous nous avez offerte. Je suis sûre que les boîtes de bonbons du Père Noël seront particulièrement appréciées. Comme je compte inclure un compte rendu complet de la fête dans cette lettre, je ne la posterai qu'après le grand événement.

J'ai déjà lu plusieurs fois celle que vous m'avez adressée en accompagnement du colis. Vos récits de New York sont si vivants, votre quotidien est si passionnant que j'ai presque l'impression d'y être. Je vous en prie, continuez de m'envoyer le Demorest's Magazine *si cela ne vous dérange pas trop. Je lis aux dames votre chronique mensuelle et elles sont fières de connaître l'auteur… même Sally, je vous le promets.*

On sonne à la porte avec impatience et notre servante est sortie pour l'après-midi. Je vais laisser cette lettre pour le moment, je la poursuivrai comme promis après la fête.

22 décembre

C'est avec une très grande tristesse et le cœur lourd que je reprends cette lettre pour vous communiquer les plus horribles nouvelles que l'on puisse imaginer. C'étaient deux policiers qui sonnaient à la porte. Chère Margaret, je ne sais pas comment vous annoncer cela. ~~Même maintenant, une semaine plus tard, je ne peux pas croire qu'il...~~

Je vais essayer d'être succincte. Ils sont venus m'informer que Sebastian avait ~~été assassiné~~ succombé à ses blessures. Il semble qu'il ait été poignardé alors qu'il tentait d'empêcher un usurier de frapper un client en défaut de paiement. Le débiteur s'est enfui quand Sebastian est intervenu et le prêteur, craignant d'être arrêté, a brandi un couteau. Le seul témoin de ce terrible événement a refusé de faire une déposition officielle par crainte de représailles.

La police m'a prévenue qu'il ne fallait pas s'attendre à ce que des suites soient données à l'affaire. L'altercation a eu lieu dans une paroisse voisine. Si elle avait eu lieu plus près de chez nous, je suis convaincue que quelqu'un serait venu en aide à Sebastian, ou du moins aurait témoigné. ~~En l'état actuel des choses, l'assassin de mon frère ne sera jamais traduit en justice.~~ La Bible prêche le pardon. J'avoue qu'il m'est presque impossible de pardonner. Je prie pour trouver la force de le faire avec le temps ~~mais pour le moment je suis trop dévastée par la colère et le chagrin~~.

Nous avons enterré mon cher frère hier. Comme vous pouvez l'imaginer, l'église était pleine à craquer et beaucoup de paroissiens ont dû rester dehors sous la pluie. Cela me procure un certain réconfort de savoir à quel point Sebastian était apprécié et estimé. Le service funèbre a été célébré par son vicaire, Mr Glass, qui a désormais la charge de la paroisse. L'archevêque a souhaité prendre la tête du cortège funéraire, mais j'étais certaine que Sebastian s'y serait opposé. Je crains d'avoir offensé l'archevêque, mais je refuse de me sentir coupable de défendre les valeurs de mon frère jusqu'au bout.

Quant à mon propre avenir, bien que Mr Glass m'ait assuré qu'il n'y avait pas d'urgence à quitter le presbytère, rester ici sans Sebastian me paraît tout à fait inapproprié. Mes parents aimeraient que je rentre chez eux, car ils sont tous deux très malades, mais je répugne à quitter Lambeth et j'utiliserai le modeste legs de Sebastian pour trouver un autre logement. Ma seule consolation est de savoir qu'en poursuivant mon travail ici j'honore sa mémoire. Mon frère souhaiterait que je demeure ici. Si je suis en mesure de le faire, c'est ce que je veux aussi. Je lui dois de protéger ce qu'il a laissé derrière lui.

Margaret, je suis profondément désolée d'avoir à vous annoncer de si terribles nouvelles, pis encore, à un moment de l'année qui devrait être rempli de joie. Vos lettres continueront à me parvenir par les bons offices de Mr Glass, où que je sois. Vous êtes dans mes pensées et mes prières comme toujours.

Dieu vous bénisse,

Susannah

CHAPITRE 36

New York, janvier 1869

C'était une journée triste et froide. La neige s'était transformée en grésil. Margaret remonta son écharpe sur sa bouche et traversa Washington Square. Deux semaines s'étaient écoulées depuis que la lettre de Susannah lui était parvenue. Elle s'était installée avec plaisir pour savourer le récit de la fête de Noël et n'avait pu, dans un premier temps, accepter le contenu de ce terrible addenda. Il lui avait fallu rester un moment à fixer le papier imbibé de larmes pour assimiler l'affreuse nouvelle.

Même à présent, elle avait du mal à accepter que Sebastian soit parti. Le choc initial avait fait place à une profonde tristesse. Ce n'était pas seulement du chagrin pour l'homme dont elle s'était imaginé être amoureuse, c'était aussi une profonde empathie pour Susannah et tous les hommes, femmes et enfants de Lambeth dont il avait touché et amélioré l'existence.

Comment Sebastian, qui avait été si plein de vie et débordant d'amour pour son Dieu et son troupeau, avait-il pu être si cruellement tué et avec une telle désinvolture ? Pourquoi avait-il eu l'imprudence d'intervenir ? C'était une question dénuée de sens, car le pasteur aurait été incapable de fermer les yeux, même s'il avait été parfaitement conscient de courir un risque terrible.

Pauvre Sebastian ! Les jours de Margaret à Lambeth semblaient si lointains. Se remémorer la jeune femme naïve qu'elle était alors était comme se souvenir d'une autre personne. Elle avait depuis longtemps cessé de croire que Sebastian et elle auraient pu être heureux un jour en tant que mari et femme, mais il occupait une place dans son cœur ; c'était l'une des rares personnes à l'apprécier à sa juste valeur. La pauvre Susannah devait être effondrée.

C'étaient ses mots qui avaient poussé Margaret à entreprendre la mission qu'elle menait à bien ce jour-là. « Ma seule consolation est de savoir qu'en continuant mon travail ici j'honore sa mémoire. »

Sebastian n'aurait pas souhaité qu'on le pleure, mais il aurait été ravi de savoir que l'objectif de sa vie se poursuivait. À Lambeth, où Susannah et Mr Glass y veillaient. Et maintenant, espérait Margaret, ici, à New York, où elle comptait lui rendre un hommage concret. Elle avait un rendez-vous à la Ladies' Five Points Mission, une institution méthodiste, établie dans le centre de la ville presque vingt ans auparavant. C'était une école de jour et, plus important encore, une bouée de sauvetage pour un grand nombre d'enfants défavorisés. L'association fournissait aux plus démunis de la nourriture et des vêtements, ainsi que l'éducation.

Les efforts concrets qu'on y déployait pour soulager les souffrances l'avaient fait penser à Sebastian, lorsqu'elle en avait entendu parler par Mary et Davina. Elle avait d'ailleurs pris leur récit pour un signe et avait écrit pour proposer ses services. Les deux sœurs avaient été consternées quand elle leur avait expliqué ce qu'elle venait de faire. Five Points avait une réputation épouvantable, c'était un quartier où ne vivaient que les plus démunis, ceux qui n'avaient aucun espoir, aucune perspective d'avenir. Mais les protestations de ses servantes n'avaient fait que renforcer la détermination de Margaret. Elle s'était dit que c'était exactement le genre de paroisse que Sebastian aurait choisi s'il avait vécu à New York.

Sachant que les sœurs feraient tout pour la dissuader, elle était partie ce matin-là après le petit déjeuner sans leur dire où elle se rendait. Elle sortit du parc pour rejoindre Broadway, se hissa à bord du tramway au toit blanc, paya son ticket au conducteur et s'installa sur un siège en prenant de brèves inspirations, le temps que son nez trop sensible s'adapte à l'odeur forte des passagers.

À l'extérieur du véhicule, New York défilait à son rythme habituel et Margaret ressentit une poussée d'adrénaline à l'idée qu'elle, comme tout le monde, avait sa propre destination, son propre rôle à jouer dans ce spectacle permanent. Le tramway avançait en grondant sur les rails, se disputant l'espace avec des cabs, des chevaux et des charrettes, ainsi des brouettes poussées par des hommes. Au cliquetis des sabots sur les pavés et au bruit des roues des voitures s'ajoutait le vacarme des travaux de construction. En plus de l'habituelle animation, Margaret percevait de l'excitation dans l'air, comme si quelque chose d'important était sur le point de se produire. Elle voyait s'agiter des hommes en tenue morne marron et noir, des ouvriers en tablier de cuir et des ouvrières en tablier amidonné. Des vétérans de la guerre civile estropiés étaient assis au coin des rues et cela la fit penser à Fraser Scott, ce qui, par association d'idées, l'exhorta à vérifier que son porte-monnaie était bien placé dans la poche de son jupon.

Plus ils avançaient vers le sud de la ville, plus les trottoirs paraissaient chargés, les routes encombrées, le tumulte assourdissant. À un large carrefour vers le bas du centre-ville, l'impressionnant bâtiment de marbre blanc de l'hôtel de ville apparut et Margaret, comprenant qu'elle avait raté son arrêt, se dépêcha de rejoindre les autres passagers qui débarquaient.

En examinant les alentours, elle ne distingua que peu de signes de pauvreté, mais son expérience à Londres et à Dublin lui avait appris qu'il suffisait de s'éloigner de quelques pas des quartiers les plus riches d'une ville pour tomber sur les plus pauvres. Son excitation s'estompa un peu, laissant place à un certain malaise. À Dublin, Breda était à ses côtés. À Lambeth, Donald l'avait accompagnée. Aurait-elle dû demander à Mary ou Davina de l'escorter ? Sans doute, mais il était trop tard maintenant et, après tout, ce genre d'environnement lui était familier. Et on était en plein jour. Il fallait juste qu'elle se montre à la fois confiante et prudente, se dit Margaret. Un vendeur de journaux lui sembla être un bon candidat pour lui fournir des indications, mais il se trouvait de l'autre côté de la rue. Elle repéra une brèche temporaire dans la circulation, ramassa ses jupes et traversa en courant aussi vite que possible. Elle sentit le souffle chaud d'un cheval d'attelage sur sa nuque et entendit le cri de colère de son conducteur. Elle atteignit l'autre côté le cœur battant.

— Pardonnez-moi, dit-elle au vendeur de journaux, je cherche la Five Points Mission.

L'homme fronça les sourcils.

— Il y en a deux, vous savez laquelle vous cherchez ? La Mission des Dames est sur Park Street et la Maison de l'Industrie est sur Worth. Vous devez remonter Broadway sur quatre blocs et ensuite tourner sur Worth. Vous ne pouvez pas les manquer, l'une est pile en face de l'autre, en diagonale.

— Merci.

— Faites attention où vous marchez, miss.

— Merci du conseil.

Margaret s'éloigna rapidement dans la direction indiquée par l'homme, en essayant de conserver l'expression confiante d'une femme qui sait parfaitement où elle va. Quand elle atteignit Worth Street, l'artère se rétrécit et devint très vite miteuse : les bâtiments en briques alternaient avec des cabanes en bois. Elle entendait encore le grondement de la circulation sur Broadway, mais il était clair qu'elle venait de pénétrer dans un tout autre monde. Les pavés avaient disparu, remplacés par de la boue, et le fumier de cheval était l'odeur dominante, mais elle était loin d'être la seule. L'eau s'égouttait des canalisations dans le caniveau. Les véhicules se composaient en grande partie de charrettes et de chariots rouillés. Les boutiques étaient minables : une épicerie, une boutique de vêtements d'occasion, une autre qui vendait des bottes non fourrées et des chaussures. Les toits s'affaissaient sur les maisons, les murs étaient fissurés, du papier marron maintenait ensemble les fragments de vitres cassées. Des escaliers branlants s'accrochaient à l'extérieur de certains immeubles délabrés et le linge pendait mollement dans l'air froid, noir de suie et immobile. Le décor rappelait à la jeune femme les quartiers les plus pauvres de la paroisse de Sebastian.

Des voix irlandaises, italiennes et allemandes se mêlaient à l'accent nasillard new-yorkais et à celui plus traînant du sud des États-Unis. Les hommes et les femmes à la peau noire étaient loin d'être une minorité visible, comme c'était le cas plus haut dans la ville. C'était elle qui faisait tache dans ce quartier, malgré sa robe de laine achetée dans une boutique et son simple manteau d'hiver. Ce n'était pas la couleur de sa peau, ni même ses cheveux roux, qui la distinguait, mais l'absence de traînées sur ses vêtements et de trous dans ses bottes. Elle était sûre que même la doublure en fourrure immaculée de ses moufles se remarquait.

À Lambeth et à Dublin, les gens l'avaient regardée à la dérobée, devinant qu'elle n'était pas à sa place. Ici, on la fixait ouvertement. Margaret aperçut enfin sa destination et poussa un soupir de soulagement. L'imposant édifice angulaire s'élevait haut dans le ciel gris, des lettres capitales fixées sous le toit et peintes sur le côté de la façade annonçaient la fonction du bâtiment. En face, en diagonale, se trouvaient deux grandes constructions en briques qui devaient constituer la Maison de l'Industrie. Le trottoir devant la mission était pavé. L'imposante porte d'entrée était située sur la gauche de la façade.

Margaret se tint devant le battant, si nerveuse qu'elle en était paralysée. Et si on la rejetait ? Si on la prenait pour un imposteur ? Elle se présentait ici sans aucune recommandation, car il ne lui était même pas venu à l'esprit d'en demander. Elle n'avait jamais postulé un emploi auparavant, n'avait jamais eu à justifier de son expérience ou de ses références.

De derrière la haute clôture lui parvint un cri de joie, suivi d'un éclat de rire.

— On fait la course jusqu'au mur ! s'écria un petit enfant.

C'était aux enfants que Margaret espérait apporter son aide. Elle avait conquis les redoutables dames de Lambeth. Elle avait gagné le cœur des élèves d'Enniskerry et de leur maître d'école. Elle était ici pour honorer Sebastian et elle voulait qu'il soit fier d'elle. Et Donald, aussi, même s'il n'était pas au courant. C'étaient ses encouragements qui lui avaient permis de croire en elle. Ignorant la peine qu'elle ressentait chaque fois qu'elle pensait à lui, Margaret redressa les épaules.

— Chaque chose en son temps, M., se dit-elle à voix basse. Tu dois encore les convaincre de t'engager.

Elle s'approcha de la porte et frappa avec le heurtoir.

New York Herald, jeudi 18 mars 1869

UN REDOUTABLE IRLANDAIS FAIT SES CHALEUREUX ADIEUX À LA MÉTROPOLE

Hier soir, Mr Patrick Valentine a fait des adieux grandioses à New York en organisant une fête en l'honneur de la Saint-Patrick, ce qui était particulièrement approprié. Le cœur sur la main et persévérant, Mr Valentine n'est pas du goût de tout le monde et n'aspire pas à l'être. Ses invités venaient d'horizons très divers, représentatifs en cela de la vision égalitaire que leur hôte a de la vie. Inutile de préciser que peu de convives figuraient sur la tristement célèbre liste de Mr McAllister. De la bière et du pain irlandais étaient servis, mais il y avait des mets pour tous les goûts, aussi bien pour les gastronomes (homard en aspic) que pour l'homme du peuple (une concoction revigorante d'orge et de mouton appelée ragoût irlandais). Tous les appétits ont ainsi été rassasiés.

Les festivités se sont poursuivies jusque tard dans la nuit : les invités ont dansé le quadrille irlandais et l'interprétation de chansons traditionnelles a tiré les larmes de l'assistance.

Mr Valentine, qui a quitté l'Irlande à l'époque de la Grande Famine, a saisi toutes les opportunités offertes par notre grand pays, bâtissant sa fortune colossale à partir des ressources les plus diverses, de l'acier au chemin de fer, en passant par le bois et le cuivre. Mr Valentine affirme aimer les changements de cours. Si on en juge par l'étendue de sa fortune, gageons qu'il parle de ceux de la Bourse plutôt que de la cote des chevaux.

Cependant, c'est vers le sport des rois dans son pays d'origine que ses pensées se sont tournées ces derniers temps. Lors des festivités, Mr Valentine a annoncé qu'il avait récemment acquis un grand terrain dans le comté de Kildare, où il allait établir un haras de pur-sang et des écuries d'entraînement. Il s'agit d'une entreprise de bienfaisance qui créera des emplois dans une zone rurale frappée par la pauvreté. Les lecteurs seront peut-être étonnés d'apprendre qu'il a confié à Mrs Marion Scrymgeour – l'excentrique compagne de Lady Margaret Scott – le soin de superviser cette affaire. Nous ne devrions pas être trop surpris cependant, étant donné les rumeurs qui courent au sujet du rapprochement entre Mrs Scrymgeour et Mr Valentine.

Ces conjectures n'ont plus lieu d'être cependant… à court terme, du moins. Bien que Mr Valentine nous assure qu'il a prévu de se rendre régulièrement outre-Atlantique, il se dirige pour le moment vers l'autre côte de notre pays afin d'explorer de nouvelles opportunités en Californie.

Hier soir, Lady Margaret Scott, dont la charmante présence dans la société s'est réduite comme peau de chagrin lors de cette saison, lui a fait de chaleureux adieux. Lady Margaret, dont le journal régulier dans *Demorest's* ravit des milliers de lectrices, se révèle être un auteur aux talents multiples. À ses efforts journalistiques, elle s'apprête à ajouter la publication d'un livre pour enfants intitulé *Contes et fables à dormir debout*.

Il semble toutefois que l'écriture et la vie sociale ne suffisent pas à occuper l'effervescente jeune lady, car elle a endossé un nouveau rôle : elle assiste à présent les maîtres de jeunes galopins crasseux dans une mission à Five Points, dans un quartier quelque peu insalubre. Il est bien sûr attendu de toute jeune femme de la bonne société qu'elle se consacre à des œuvres de charité : qu'elle tricote des chaussettes, couse de jolis bonnets pour enfants, vende de la confiture et des conserves afin de récolter des fonds pour une bonne cause… mais rares sont ces fleurs de serre qui se mêlent directement à ceux qu'elles veulent aider. La pairesse écossaise, ou la novice new-yorkaise comme on l'appelle désormais, va-t-elle lancer une nouvelle tendance ? Nous pouvons en tout cas espérer qu'elle ne suivra pas l'exemple de Mrs Scrymgeour et ne retournera pas d'où elle vient. Sa présence manquerait cruellement ici, pour toutes sortes de raisons !

CHAPITRE 37

New York, avril 1869

De retour de son après-midi à la mission, Margaret se baigna et se changea. La mode du bustier avec des jupes tirées vers l'arrière et épinglées comme des rideaux continuait à faire fureur dans la société new-yorkaise. Dans les cas extrêmes, cette toilette obligeait celle qui la portait à se pencher en avant pour éviter de basculer en arrière sur ses talons. Cette posture, surnommée « courbure grecque », faisait l'objet de nombreuses railleries dans la presse à cause de l'inconfort qu'elle provoquait. Margaret ne suivait pas cette exigence. Elle n'avait pas l'intention de remplacer la crinoline, qu'elle détestait, par un nouvel instrument de torture, sauf en cas d'absolue nécessité. Fini le temps où elle avait besoin d'une femme de chambre pour l'aider à s'habiller ou pour que son corset soit lacé au point d'atteindre une circonférence précise. Lors de ses rares apparitions dans la bonne société, elle suivait le conseil de Marion de garder toutes les portes ouvertes : elle portait un petit faux-cul et se perchait sur le côté lorsqu'elle s'asseyait, comme c'était la mode, mais en toute autre occasion elle portait un strict minimum de jupons et s'asseyait carrément et confortablement sur sa chaise pour écrire. Elle n'accepterait jamais d'être maigrichonne, elle s'était habituée à ses courbes naturelles et les préférait de loin à tous les artifices du genre faux-culs, crinolines et corsets.

Vêtue d'une robe de sa couleur préférée, le turquoise, et d'une veste bleu foncé, elle se mit en route pour Delmonico's, où elle avait rendez-vous avec Mary Louise et Jane pour dîner. Le restaurant, situé au coin de la 14e Rue et de la Cinquième Avenue, près de Union Square, était à dix minutes de marche.

L'année précédente, malgré tous les efforts qu'elle avait déployés, Jane n'avait pas réussi à persuader le Club de la presse d'inviter des femmes écrivains au dîner donné en l'honneur de Charles Dickens, à moins qu'elles n'acceptent de rester cachées derrière une tenture. Par défi, elle avait fondé, avec Mary Louise et d'autres femmes d'affaires partageant les mêmes idées, le Sorosis Club. Lorenzo Delmonico leur avait offert l'usage de la salle à manger privée de son établissement pour leur réunion inaugurale, faisant ainsi de son restaurant le premier de New York à accueillir un club réservé aux femmes. Depuis, Jane et Mary Louise étaient devenues des clientes régulières.

Cette soirée n'était pas un événement du club, elles se retrouvaient juste à trois pour le dîner, ce qui signifiait qu'elles devraient faire la queue avec le reste des clients, car la politique du Delmonico's était d'attribuer les tables selon le principe du premier arrivé, premier servi. Quand Margaret avait expliqué cela dans une lettre à Julia l'année précédente, son amie avait été scandalisée, non seulement par l'idée que les dames fassent la queue pour manger, mais aussi par le simple fait que des dames dînent en public. Victoria, en revanche, ne cachait pas dans ses lettres qu'elle enviait les libertés dont jouissait Margaret et qu'elle se délectait de lire les détails de ses expéditions dans les magasins ainsi que les délices du menu hors de prix du

Delmonico's. En réalité, Margaret n'aimait pas l'atmosphère feutrée et révérencieuse du luxueux restaurant. Par ailleurs, la nourriture était trop riche à son goût, même si Marion s'en était régalée. Cependant, la jeune lady écossaise avait hâte de retrouver Jane et Mary Louise.

Elle arriva tôt et, après s'être assurée que ni l'une ni l'autre n'étaient devant elle, prit sa place dans la file. Ses amies n'étaient toujours pas arrivées lorsque son tour vint, et elle était en train d'informer le maître d'hôtel qu'elle attendait deux amies lorsqu'un inconnu s'approcha d'elle. Vêtu d'un coûteux costume en laine marron, il semblait avoir une trentaine d'années. Il portait des cheveux bruns courts, et avait le genre d'expression franche et ouverte qui ne le rendait ni classiquement beau ni mémorable, mais cordial et séduisant.

— Excusez-moi, miss. Si vous attendez toujours vos amies, cela vous dérangerait-il de céder votre place ? demanda-t-il en indiquant trois hommes plus âgés qui se tenaient un peu plus loin dans la file d'attente.

— Je vous demande pardon ?

— Ah, vous êtes anglaise. Vous êtes de passage à New York, j'imagine. J'espère que vous profitez de votre séjour dans notre belle ville. Si vous pouviez me rendre ce service, j'apprécierais beaucoup...

— Je suis écossaise, en fait, l'interrompit Margaret, irritée par ses manières charmeuses. Et je ne suis pas de passage, je suis une résidente qui n'a pas à vous rendre service. Comme le sait tout New Yorkais, la politique du Delmonico's est de faire la queue, qui que vous soyez.

— Je suis parfaitement au courant des pratiques, répondit l'inconnu d'un ton amène en continuant à afficher un sourire exaspérant. Je dîne ici régulièrement. Si vous pouviez satisfaire ma demande, je serais heureux de payer votre repas… et celui de vos amies aussi, car je suppose que vous ne dînez pas seule.

Margaret était de plus en plus hérissée.

— Cela ne vous regarde pas.

— Vos compagnes de table sont en retard, ou vous êtes en avance, insista l'homme. Pourquoi prendre une table alors que vous pourriez…

— La céder à quelqu'un qui n'a pas envie d'attendre ? compléta-t-elle d'un ton acerbe.

Elle était vraiment énervée à présent.

— Accordez-moi cette faveur, miss, si vous le voulez bien. D'habitude, je ne demanderais pas cela, mais nous sommes en retard et nous avons un autre rendez-vous dans une heure…

— Dans ce cas, vous devrez choisir entre arriver en retard ou le ventre vide. Et voici mes amies, ajouta-t-elle en faisant signe à Mary Louise et Jane. Si vous voulez bien nous excuser. Venez, mesdames, fit-elle en tournant les talons pour suivre un serveur dans la salle à manger.

— Qu'est-ce qui s'est passé ? s'enquit Mary Louise alors qu'elles s'asseyaient. Vous avez l'air irritée.

— Un type en costume a essayé de me soudoyer pour que je lui cède notre place dans la file. Quel culot !

— Qui était-ce ?

— Je n'en ai absolument aucune idée.

— Oh ! mon Dieu, nous sommes en excellente compagnie ce soir !

Jane indiqua d'un signe de tête l'embrasure de la porte, où un groupe de quatre personnes était introduit.

— Celui avec la moustache est Cornelius Vanderbilt. Je suis étonnée que vous ne le reconnaissiez pas : c'est l'homme le plus riche de New York.

— Et à sa droite c'est son fils aîné, William, compléta Mary Louise. Je pense que c'est Goelet sur sa gauche, le fondateur de la Chemical Bank.

— Le jeune homme avec eux, qui lève son verre et nous sourit, est celui qui m'a accostée. Visiblement, les personnes derrière moi n'ont eu aucun scrupule à accepter qu'on leur offre le dîner, indiqua Margaret, furieuse.

— C'est Randolph Mueller, déclara Jane. C'est un avocat, un négociateur réputé. Il crée des rentes, s'occupe d'acquisitions de propriétés, ce genre de choses. Il s'assure que les riches restent riches et empoche certainement une petite fortune au passage.

— Il n'y a rien de mal à gagner honnêtement sa croûte, décréta Mary Louise.

— Tant qu'elle est gagnée *honnêtement,* insista sombrement Jane, avant de secouer la tête. Non, ce n'est pas possible. Si Randolph Mueller a un tel succès, c'est que sa réputation est irréprochable. A-t-il vraiment essayé de vous corrompre en vous proposant un dîner gratuit, Margaret ?

— Trois dîners gratuits, corrigea Margaret avec mépris.

— Nous aurions pu laisser une facture très salée et ces quatre-là n'auraient pas sourcillé, souligna Mary Louise. Du champagne, quelques bouteilles de bon bourgogne. Et j'aurais pu prendre la bécasse. Je n'en ai jamais mangé ici, car elle est hors de prix.

— Mary Louise ! Vous n'êtes tout de même pas en train de suggérer que j'aurais dû accepter l'offre de cet homme ?

— Non, non, bien sûr que non. Bonté divine, Margaret, on dirait que cet individu a le don de vous agacer.

La jeune lady saisit son menu.

— Pas du tout. Je ne le reconnaîtrais probablement pas si je le croisais dans la rue.

CHAPITRE 38

New York, mai 1869

Margaret fut bien entendu acceptée comme bénévole à la mission, mais sa proposition d'endosser « n'importe quel rôle » fut accueillie avec un certain scepticisme. Le conseil d'administration avait du mal à croire que la fille d'un duc serait heureuse de participer aux plus basses besognes et prête à se mêler aux enfants les plus sales et les plus dépenaillés, malgré son expérience à Lambeth et Enniskerry. Elle comprit qu'elle devait faire ses preuves et s'y attela sans attendre. Dès le deuxième mois, plus personne n'était surpris de la voir arriver à l'heure tous les matins et elle n'avait plus à endurer de silence gêné lorsqu'elle entrait dans la salle du personnel.

Elle appréciait la variété des tâches et était excitée à l'idée de ne pas savoir ce que sa journée de travail allait impliquer. Ce matin-là, elle donnait un coup de main aux admissions des nouveaux élèves, ce qui était à la fois angoissant et réconfortant. Il arrivait que l'école accueille jusqu'à quatre cent cinquante enfants de tous âges chaque jour. Toutefois, la mission était parfois contrainte d'en refuser certains, même s'ils déployaient des trésors d'énergie pour ne refouler personne. Le premier jour pouvait être aussi intimidant pour les mères que pour les enfants, car elles confiaient leurs petits à des inconnus, parfois contre la volonté de leur famille. Les communautés irlandaise et italienne, en particulier, devaient surmonter la résistance de leur Église, qui rechignait à l'idée que les enfants soient éduqués par des méthodistes. Certaines femmes, profondément honteuses de la tenue et de la saleté de leurs bouts de chou, les poussaient dans l'embrasure de la porte et s'en allaient, tandis que d'autres étaient méfiantes, agressives et exigeantes.

Même Lambeth n'avait pas préparé Margaret à la condition de certaines des pauvres âmes qu'elle aidait à soigner : leurs vêtements et leurs cheveux étaient infestés de poux et de puces, leurs pieds couverts de boue, et ils étaient tous sous-alimentés. Une fois les enfants lavés, nourris et habillés, Margaret se retrouvait en terrain familier avec eux : certains étaient méchants, d'autres timides, certains intelligents et d'autres encore boudeurs. Chacun était à la fois un défi et une récompense. La gentillesse, lui avait-on dit, était le maître mot de la mission et c'était ce qui réconfortait les enfants au quotidien.

Après avoir pris l'accueil en charge, Margaret avait donné aux tout-petits son heure de conte et elle redescendait de la salle de classe lorsque la porte du bureau du directeur, au troisième étage, s'ouvrit. L'homme qui en sortit n'était nul autre que celui qui avait tenté de la soudoyer dans la file d'attente du Delmonico's. Si on lui avait demandé de le décrire, elle aurait dit qu'il était tout ce qu'il y avait de plus ordinaire, et pourtant elle reconnut Randolph Mueller instantanément. Et, d'après la façon dont il lui souriait, lui aussi l'avait identifiée.

— Tiens, tiens, comme on se retrouve, Lady Margaret.

— Comment connaissez-vous mon nom ?

— Chevelure flamboyante, accent écossais, caractère fougueux. Votre réputation vous a précédée.

— Non, c'est faux. Vous n'aviez aucune idée de qui j'étais quand vous avez essayé de me graisser la patte.

— J'ai proposé de vous inviter à dîner en échange d'un petit service, ce n'est pas un crime passible de la peine de mort, se défendit Mr Mueller en levant les mains en signe de capitulation. Vous avez raison. J'ignorais qui vous étiez quand je vous ai très poliment demandé de me céder votre place, mais ce n'était pas une information difficile à découvrir. Que faites-vous ici, si je puis me permettre ? Vous êtes loin de votre habitat naturel.

— Comme vous. Je donne un coup de main ici quatre jours par semaine. Quelle est votre excuse ?

— J'aide aussi en quelque sorte. Écoutez, nous sommes partis du mauvais pied, pensez-vous que nous pourrions recommencer ?

— Vous allez encore proposer de m'offrir à dîner ?

— Quelle excellente suggestion.

— Vous plaisantez, je suppose !

— Pas du tout. Pourquoi ?

— Un dîner, rien que tous les deux ? À Londres, cela équivaudrait à une demande en mariage.

— Ma seule intention est de mieux vous connaître, mais vu sous cet angle c'est peut-être une mauvaise idée. Même si New York n'est pas Londres.

— C'est le moins qu'on puisse dire.

Margaret était tentée. Bien qu'elle ne manquât pas d'amis et de connaissances, depuis le départ de Marion elle n'avait plus de confident, et même sa compagne de voyage n'avait pas remplacé la seule personne à qui elle s'était toujours confiée.

La jeune lady avait trouvé en Donald une âme sœur et c'est cette proximité qui lui manquait le plus. Elle ne savait pas si l'homme qui lui souriait d'un air encourageant était la solution, mais elle était attirée par lui et elle ne découvrirait jamais s'il pouvait tenir ce rôle, si elle le snobait.

— Voici ce que je vous propose, Mr Mueller. Le dîner me semble un peu trop, mais si vous êtes libre maintenant vous pourriez m'emmener déjeuner.

Elle constata avec satisfaction que sa réponse l'avait pris par surprise, mais le ravissait.

— De combien de temps disposez-vous ?

— J'ai fini pour aujourd'hui, mais si vous pensiez à Delmonico's…

— Je sais que c'est un sacrilège, mais je ne dîne au Delmonico's que pour affaires. Personnellement, je préfère des établissements un peu moins formels.

— Vraiment ?

Il rit.

— Ne me jugez pas aux fréquentations avec lesquelles vous m'avez aperçu. Je ne me limite pas à cela, je vous le promets.

— Où allons-nous ? s'enquit Margaret dix minutes plus tard.

— Je pense à un endroit sur Canal Street. Ce n'est pas trop loin si ça ne vous dérange pas de marcher. Faites juste attention à votre porte-monnaie. Mais je suppose que vous le savez, si vous travaillez ici depuis un moment.

— Depuis le début de l'année. Mais pour être honnête, à part mon trajet de l'arrêt de tramway à la mission, je ne m'aventure jamais loin. Je ne suis jamais venue dans cette rue, par exemple.

— C'est Bowery Street. Ne vous inquiétez pas, vous êtes en sécurité en plein jour. Elle a été pas mal nettoyée ces vingt dernières années. C'est là que ceux qui ne peuvent pas se permettre les prix de Broadway viennent faire leurs achats.

Margaret observa les nombreuses petites boutiques, les étals et les vendeurs de rue.

— Ça ressemble au marché de Lambeth en beaucoup plus grand.

— Lambeth ?

— C'est un quartier près de Londres. Pauvre mais ouvrier.

— Oui, c'est pareil en journée, mais vous verriez une atmosphère très différente si vous veniez ici la nuit. Ce que je ne vous recommande pas.

— Vous semblez bien connaître la rue.

— J'ai grandi non loin d'ici, dans le Kleindeutschland, ce quartier qu'on surnomme la Petite Allemagne. Je suis un immigré de deuxième génération.

— Oh. Je n'en avais aucune idée.

— Vous pensiez que j'étais né avec une cuillère en argent dans la bouche ? Mon père était employé de bureau. Je suis fils unique, c'est pour cela qu'il a pu payer mes études de droit. Je vous avais dit de ne pas me juger trop hâtivement. Même si j'imagine que vous êtes régulièrement jugée vous-même, puisque vous êtes membre de l'aristocratie.

— Un peu, mais pas autant que dans mon pays.

— Qu'est-ce qui vous a amenée ici ?

— Une foule de raisons.

— En d'autres termes, ce ne sont pas mes affaires.

— Pour être sincère, Mr Mueller, nous venons juste de nous rencontrer.

— C'est vrai, mais j'ai un bon pressentiment à votre sujet. Je pense que nous allons devenir amis. Pas vous ?

Il lui sourit, d'un sourire franc qui se communiquait à ses yeux, dont les coins se plissèrent. La réponse équivoque qu'elle avait prévue mourut sur ses lèvres.

— Vous pourriez avoir raison.

— J'ai souvent raison, Lady Margaret. Donc, si nous devons être amis, pensez-vous que nous pouvons nous passer des formalités ? Pouvez-vous m'appeler Randolph ?

— Oui, si vous m'appelez simplement Margaret.

— Simplement Margaret ! Voilà un surnom qui ne vous conviendrait pas. Maintenant, passons à table.

— Ici ? N'est-ce pas un théâtre ?

— Si, c'est le Bowery, et à côté l'Atlantic Garden, un bar à bières, mais nous allons ici, au comptoir du déjeuner. Ou, attendez, est-ce que je vous ai mal jugée ? demanda Randolph, qui pour la première fois semblait hésitant. Je pensais que vous seriez partante pour quelque chose d'un peu différent, mais si vous préférez…

— Non, différent, c'est bien. Après vous.

Elle devina à la façon dont il fut accueilli par une poignée de main chaleureuse et une tape dans le dos que son nouvel ami était un habitué des lieux. Il parla allemand au serveur qui les conduisit à un petit box dans le fond de la salle et Margaret entendit plusieurs autres accents et langues. La table était en bois nu mais propre. Des hommes dînaient seuls au comptoir, absorbés par leur repas, mais les tables étaient occupées par des clients variés. Principalement des hommes, mais pas seulement : il y avait plusieurs familles et un groupe de femmes.

La nourriture, servie sur de grands plateaux, était copieuse, odorante et inédite pour la jeune lady : du jambonneau dans du chou rouge, des saucisses de toutes tailles, formes et couleurs, accompagnées de purée de pommes de terre et de chou blanc mariné ; des rôtis froids ; des oignons bouillis ; du pain noir, du pain de seigle et du pain à la texture d'une brioche d'une jolie forme torsadée.

— Je ne sais pas par où commencer, avoua Margaret quand le serveur apparut avec un pichet de bière mousseuse et deux verres, et lui demanda ce qu'elle souhaitait manger. S'il vous plaît, pouvez-vous commander pour moi ?

— Avec plaisir, répondit Randolph. Voulez-vous essayer la bière blonde ?

— Volontiers ! J'ai appris à apprécier la bière quand j'ai vécu en Irlande, mais je n'ai jamais goûté ce genre de bière. À quoi buvons-nous ?

— *Freundschaft*.

— À l'amitié ?

Quand il acquiesça, elle leva son verre.

— À la vôtre.

— *Prost*.

Margaret posa ses couverts avec un soupir de bonheur.

— C'était absolument délicieux. Je vais demander à Mary d'acheter de ces saucisses fumées.

— Mary ?

— Elle cuisine et s'occupe du ménage pour moi, avec sa sœur, Davina. Je loue une maison sur Washington Square.

— Je suis sur Bleecker Street.

— Mon Dieu, est-ce vrai ? Mais c'est juste de l'autre côté de la place. C'est un choix très inhabituel pour un avocat de votre rang, n'est-ce pas ? Oh non ! s'exclama-t-elle en riant. Vous allez encore me recommander de ne pas vous juger !

— Mes parents sont du même avis que vous. Ils trouvent que je devrais habiter dans le haut de la ville, plus près de mes clients, mais je les vois bien assez durant la journée de travail. En réalité, ce n'est qu'une des raisons pour lesquelles j'ai choisi cette adresse. Ce que je préfère, c'est le mélange. Ce n'est ni le haut de la ville ni le bas. Ce n'est ni chic ni pauvre. Il y a des gens de toutes sortes, des écrivains, des artistes et des familles. Certains n'ont pas une moralité exemplaire, mais le coin est agréable. Les gens veillent les uns sur les autres, mais ils ne…

Randolph s'interrompit, l'air penaud.

— Ils ne portent pas de jugement ?

— Désolé, mais c'est la vérité. On peut s'habiller et vivre comme on veut. Vous devez trouver que ça fait très bohème et que ça ne convient pas du tout à un avocat rusé qui gagne sa vie grâce aux Vanderbilt et consorts, mais ça ne veut pas dire que je souhaite vivre à leurs côtés. Au contraire.

— Je ne le souhaiterais pas non plus, même si je pouvais me le permettre… et ce n'est pas le cas. Comme c'est étrange que nous vivions à quelques mètres l'un de l'autre et que nous ne nous soyons jamais croisés.

Elle termina son verre.

— J'aime bien, mais je crois que je préfère la bière irlandaise. Qu'est-ce qui vous amenait à la mission ce matin ? Ils ne peuvent pas s'offrir vos services pour les représenter, tout de même ?

— Je ne les représentais pas. Ma cliente est la mère d'un des enfants qu'ils ont fait adopter.

— De Five Points ? Comment peut-elle…

— Parce que je ne me fais pas payer pour ce genre de travail.

— Oh. Non, évidemment. Je vous ai vraiment mal jugé, n'est-ce pas ?

Margaret baissa les yeux vers son verre vide, embarrassée.

— Mais je ne comprends pas. Le conseil d'administration fait adopter des enfants par de bonnes familles au sein desquelles ils auront une bien meilleure vie que s'ils restaient à Five Points.

— C'est un peu gênant, comme vous travaillez là-bas, mais, tant que je maintiens l'anonymat de ma cliente, j'ai la liberté de vous en parler. Je ne doute pas que la mission ait de bonnes intentions, mais parfois il y a deux facettes à une affaire.

— Alors parlez-moi de l'autre.

Elle prit conscience qu'elle semblait sur la défensive et décroisa les bras.

— S'il vous plaît.

— Bon. Une dame, appelons-la Jane…

Margaret écouta l'histoire, de plus en plus horrifiée. Jane était arrivée à New York avec ses parents et ses deux frères cinq ans plus tôt. C'était une famille de travailleurs et ils avaient tous rapidement trouvé des emplois respectables. Jane était couturière pour le grand magasin A. T. Stewart lorsqu'elle avait rencontré un homme que Randolph appelait John, incapable de masquer le mépris dans sa voix lorsqu'il prononçait ce nom. John était charpentier. Ils s'étaient mariés au bout de un an, et un an plus tard John avait perdu son boulot et s'était mis à boire beaucoup dans les tavernes. Entre-temps, Jane avait eu un petit garçon.

— Les choses allaient mal, poursuivit l'avocat en contemplant sa tasse de café vide, mais elles ont empiré. Il s'est avéré que John était déjà marié et que sa femme voulait qu'il revienne.

— Donc il a laissé Jane en plan ?

— Exactement. Quand la famille de Jane a découvert qu'elle n'était pas vraiment mariée et que l'enfant était illégitime, ils ont été consternés. Ils ont voulu qu'elle l'abandonne, mais elle a refusé. Comme elle n'avait pas d'argent, elle a été obligée de travailler…

— Elle a mis le petit à l'école.

— Pour la mission, elle n'était pas en mesure de s'occuper de lui correctement et le petit aurait de meilleures perspectives d'avenir avec une nouvelle famille, qui pourrait effacer toute trace de sa naissance au mauvais endroit. Ils l'ont fait adopter.

— Non ! s'exclama Margaret, scandalisée. Sans tenir compte du fait que ce n'était pas la faute de la mère et qu'elle faisait de son mieux pour l'enfant ! C'est tellement injuste.

— Ce n'est pas si simple. La seule personne à blâmer est ce maudit bigame. Tous les autres font leur possible malgré des circonstances difficiles. Jane espère que sa mère – la grand-mère du garçonnet – les accueillera tous les deux. Apparemment, elle serait heureuse de le faire, mais elle a du mal à persuader son mari – le grand-père du petit – de se réconcilier avec sa fille.

Margaret s'abstint de tout commentaire, mais elle ne put s'empêcher de penser à sa propre situation.

— Si elle retourne chez ses parents, pourra-t-elle récupérer son bébé ?

— J'aurai certainement plus de chances de persuader la mission de revenir sur sa décision. L'adoption n'est pas encore parachevée.

Randolph vérifia sa montre et gémit.

— Je ne m'étais pas rendu compte qu'il était si tard. Je dois malheureusement y aller. J'ai une réunion en ville. Un client qui paye, ajouta-t-il avec un sourire en coin, faisant signe pour qu'on lui apporte l'addition.

— Vous traitez beaucoup d'affaires gratuitement dans les quartiers défavorisés ?

— Autant que je peux. Je veux rendre ce que j'ai reçu, vous comprenez ? Je fais partie des chanceux : je suis devenu quelqu'un, mais je ne mène pas une croisade aveugle. Je ne peux donner qu'une partie de mon temps, je concentre donc toute mon énergie sur les dossiers que je peux remporter.

Randolph paya la note et se leva.

— Vous rentrez chez vous ? Je dois prendre un cab, mais je peux vous déposer.

Margaret regarda autour d'elle et constata avec étonnement qu'ils étaient les deux derniers clients.

— Merci. Et je vous remercie aussi pour le déjeuner. Cela m'a beaucoup plu.

— Ce sont des gens bien… à la mission, je veux dire. Je l'ai compris lors de ma réunion ce matin : ils pensent vraiment avoir agi dans le meilleur intérêt de tous. Leur travail, auquel vous contribuez, est essentiel.

— Oui, je sais.

Mais, en disant au revoir au serveur et en suivant Randolph sur Bowery Street pour remonter vers les quartiers chics, Margaret était troublée et pensive.

— Je voudrais élargir mes horizons, annonça-t-elle lorsque le cab s'arrêta à Washington Square. Je ne veux pas dire abandonner mon travail à la mission, mais j'aimerais voir de quoi nous sauvons les gens. L'autre facette, ajouta-t-elle avec un sourire triste.

— Vous pouvez venir avec moi voir Emily… c'est le vrai nom de Jane.

— Merci.

Elle lui toucha légèrement le bras avant de descendre du cab.

— De m'avoir fait confiance, je veux dire.

— C'est à ça que servent les amis.

Il lui sourit chaleureusement et fit coulisser les portes du véhicule pour les refermer.

— Je vous recontacte.

CHAPITRE 39

New York, août 1869

Après avoir quitté le nord de l'État, où elle avait une fois de plus séjourné chez les Astor, Margaret était rentrée tôt en ville. Alors qu'elle était entourée par bon nombre d'invités aux références philanthropiques bien établies, elle n'avait pas pu résister à l'envie de leur exposer la situation critique des enfants de Five Points. Elle avait échoué lamentablement. Frustrée, elle avait fait une ultime tentative, sachant pertinemment que c'était inutile, et cela s'était mal passé. À la table du dîner, elle avait demandé si quelqu'un voulait savoir ce qu'elle pensait du scandale qui se déroulait dans leur propre ville, plutôt que connaître ses intuitions au sujet des liens qu'entretenaient une reine en plein veuvage et son palefrenier écossais. Sa question avait été accueillie par un silence étonné et embarrassé, puis les conversations avaient repris en l'ignorant sciemment. Même si l'ostracisme n'avait été que de courte durée, à la fin de la soirée, Margaret s'était excusée et était repartie vers New York dès le lendemain matin.

Randolph, qui était resté en ville pour affaires, s'était montré compréhensif mais pragmatique, lorsqu'elle s'était confiée à lui au cours d'un dîner à son retour. « Bien sûr ces mondains sont fiers de leurs largesses envers les œuvres charitables, mais ils préfèrent les projets où leur nom apparaît au-dessus de la porte, comme la bibliothèque que William Astor a édifiée. Vous devriez le savoir, Margaret. Ils ne s'intéresseront jamais à une œuvre de bienfaisance discrète dans une partie de la ville dont ils reconnaissent à peine l'existence. »

Il avait proposé qu'ils s'accordent tous deux un jour de congé, qu'ils oublient le monde pour une fois, et qu'ils s'amusent simplement. Quand la jeune lady s'était réveillée ce matin-là, elle se sentait déjà beaucoup mieux. C'était une belle matinée d'été et le soleil brillait dans un ciel sans nuages, lorsqu'ils arrivèrent à Peck Slip pour prendre leur ferry. Ils payèrent leur ticket de cinquante cents et montèrent à bord du petit bateau à aubes en direction de Coney Island.

— Il est encore temps de partir pour la journée en bateau si vous préférez, l'avertit Randolph alors qu'ils se frayaient un chemin sur le pont bondé.

— Une croisière tranquille dans le confort et l'élégance, avec vue sur les Hudson Highlands, récita Margaret.

Il sourit.

— Oui, je sais, ce n'est pas très amusant.

— Mais charmant, je l'ai fait l'année dernière. Cependant, ces montagnes n'ont rien à voir avec les vraies Highlands d'Écosse.

— Vous avez le mal du pays ?

— Pas vraiment, je suis un peu sonnée émotionnellement et découragée après la débâcle chez les Astor. Et l'échec me fait toujours penser à la maison, allez savoir pourquoi, ajouta-t-elle ironiquement.

Randolph, qui connaissait presque tout de son passé à présent, lui sourit avec compassion en la poussant vers un siège sur le côté bâbord du pont.

— Ça vous va ou voulez-vous que je vérifie s'il y a de la place dans le salon ?

— Par un jour comme celui-ci ! Ne dites pas de sottises !

— Ne dites pas de sottises ! répéta-t-il en riant. J'adore votre accent. Allons-y alors, prenons ces places avant que quelqu'un d'autre ne le fasse. Je n'effectue plus cette traversée depuis plusieurs années. J'avais oublié que le bateau était si fréquenté.

Elle s'assit aussi confortablement que possible dans sa nouvelle robe de style polonais turquoise et crème, ornée de larges volants unis de sa couleur préférée, qui aurait dû être portée avec un faux-cul. Arborant un chapeau frivole en dentelle et rubans, et des gants de coton, elle croyait avoir adopté la tenue parfaite pour une sortie détendue, mais sa toilette était presque ordinaire comparativement à celle de certaines autres femmes portant des robes avec demi-traînes, faux-culs démesurés, festonnées de multiples couches de volants et de froufrous, sans parler de leurs foulards.

Randolph, frais et élégant dans un complet en lin crème, s'assit à côté d'elle.

— La brise pendant la traversée nous fera du bien. La ville est insupportable depuis deux semaines. J'en étais presque à regretter de ne pas avoir rejoint mes parents en vacances dans les Catskills. C'est dommage que vous ayez dû rentrer plus tôt… même si c'est un plaisir pour moi.

— Avez-vous gagné votre procès contre le propriétaire de la pension sur Mott Street ? Même si le nommer « propriétaire » est trop généreux de ma part. Exploiteur de misère lui conviendrait mieux, décréta Margaret avec une moue sinistre. Faire payer à ces pauvres gens vingt dollars par mois pour un taudis parce qu'ils n'ont pas le choix, alors que des citoyens prétendument respectables peuvent louer une chambre dans un immeuble décent à quelques pâtés de maisons au nord pour la moitié de cette somme.

Randolph posa la main sur son bras.

— Calmez-vous. J'ai gagné.

— Oh ! c'est merveilleux. Bien que je me demande ce qui va arriver aux malheureux locataires. Pensez-vous que…

— Nous devrions arrêter de parler du travail.

— Désolée. Une dernière chose, Randolph. Comme Davina se marie le mois prochain, je me demandais si l'une des femmes de la pension pouvait la remplacer.

— Qu'est-ce que Mary en pensera ?

— Elle sera ravie de former quelqu'un. Je pourrais même en prendre deux et les faire former. Elles pourraient ensuite trouver du travail dans les quartiers chics, quand elles se seront débarrassées de l'odeur de Five Points, ajouta sarcastiquement Margaret. Vous savez que c'est ce que l'un des invités des Astor m'a dit après ma petite explosion au dîner ?

Randolph soupira.

— Je l'imagine aisément, malheureusement.

— Vous pensez que j'aurais dû garder mon souffle pour refroidir mon porridge ?

— C'est un des dictons de Molly ?

Il lui tapota à nouveau le bras.

— Vous savez comment sont ces gens. Je vous l'ai dit hier soir : ils aiment soutenir les bonnes causes, faire don de leurs dollars et de leur nom à des initiatives louables, mais ils ne veulent rien savoir de Five Points, encore moins quand ils sont en vacances.

— Je sais, je sais, admit Margaret avec découragement, mais il y a tant de petits enfants qui ont désespérément besoin de nourriture et de vêtements. Sebastian disait que l'on ne peut pas nourrir son esprit quand on a l'estomac vide. Il disait aussi qu'il n'y a pas de pauvres qui ne sont pas méritants et il avait raison sur ce point également. Pourquoi plus de gens ne peuvent-ils pas s'en rendre compte ?

— Mais certaines personnes le comprennent. Comme vous.

— Et vous.

— Oui, mais je sais quand il faut abandonner une cause perdue.

L'expression de l'avocat s'assombrit momentanément. Margaret devina qu'il repensait à son échec : il n'avait pas réussi à rendre son fils à la pauvre Emily.

— Il y a toujours d'autres causes à défendre, cependant, insista Margaret.

— Et il y en aura toujours. Maintenant, profitons de notre journée, d'accord ?

Un coup de corne signala que le bateau s'élançait sur les eaux de l'Hudson et des acclamations s'élevèrent de la foule à bord.

— Je suis vraiment content que vous soyez rentrée plus tôt. Vous m'avez manqué.

Il avait enlevé son chapeau. Le vent ébouriffait ses cheveux, qui étaient plus longs sur le dessus que d'habitude. Il avait des cernes sous les yeux, témoignant des heures qu'il consacrait au travail, sans parler des nuits d'été humides de New York qui empêchaient tout le monde de dormir. Il avait prouvé qu'il était l'ami dont elle avait besoin, une personne avec qui elle partageait des affinités et sur laquelle elle comptait de plus en plus. Lorsque leurs regards se croisèrent, elle eut pour la première fois la perspective que leur amitié pourrait laisser la place à d'autres sentiments.

— Vous m'avez manqué aussi, reconnut Margaret.

— Je l'espérais.

Et, avant même qu'elle puisse commencer à se sentir mal à l'aise, il détourna le regard.

Un peu plus de une heure plus tard, le bateau à vapeur accostait à Norton's Point, à Brooklyn. Les passagers débarquèrent, armés de parasols et de paniers de pique-nique. Les petits enfants s'accrochaient aux mains de leurs mères, tandis que les plus âgés couraient en criant devant.

— Nous nous dirigeons vers la plage, lui signala Randolph. C'est à cinq minutes d'ici à peine. Il y en a trois en réalité. West Brighton est la plus proche ; ensuite il y a Brighton, où se trouve le terminus du chemin de fer, et c'est la plus respectable ; et puis Manhattan, la plus éloignée. Nous pouvons prendre l'un des moyens de transport si vous voulez faire le tour complet, mais je suppose que vous préférez marcher ?

— Exact, répondit Margaret en glissant le bras sous le sien. Que font tous ces gens assis aux tables placées autour du pavillon ?

— De la triche. Des jeux d'arnaque : ils prennent l'argent des naïfs. Du bonneteau. Il en existe plusieurs versions. Dans l'une d'elles, ils cachent un petit pois sous l'un des trois gobelets… vous avez dû voir ça sur Broadway ? Ou avec des cartes : il y a deux rois noirs et une dame de cœur et c'est elle qu'il faut trouver. Ou l'équivalent avec des dés. Pendant les vacances, quand j'étais à l'université, je retrouvais mon ancienne bande, on prenait le bateau et on passait la journée ici. Je n'ai jamais été assez bête pour participer à un de ces jeux d'argent. On buvait de la bière. On regardait les filles. On prenait des bains de mer.

— Des bains de mer ! J'aimerais beaucoup essayer ça. J'ai failli le faire une fois en Irlande, à Bray, une petite station balnéaire près de Dublin, mais nous étions en octobre et Lewis était consterné par l'idée.

— Lewis ?

— Le beau-frère de Julia. Un comédien. Et un artiste aussi, entre autres. Ne vous en ai-je pas déjà parlé ? Julia m'a raconté dans sa dernière lettre qu'il envisageait d'aller à Paris soigner les blessés de la guerre avec la Prusse. Je ne sais pas s'il l'a fait, mais je ne serais pas étonnée. Lewis est un papillon. Une fois qu'il maîtrise une discipline, il passe à autre chose. C'est lui qui a fait germer dans ma tête l'idée de venir en Amérique.

— Alors je lui en suis reconnaissant. Nous y voilà. Que pensez-vous de la plage ?

— Elle s'étend à l'infini ! s'exclama Margaret en regardant avec ravissement la longue bande de sable s'étaler en pente raide en bas du sentier et les vagues déferler doucement. Et l'odeur est si fraîche ici, si différente de la ville. Je suis tellement contente que nous soyons venus.

— Voulez-vous que nous nous promenions un peu ?

— Oui, s'il vous plaît. Ce sont des cabines de bain ?

Margaret désigna une rangée de petites cabines blanchies à la chaux perchées sur le sable.

— Pensez-vous qu'ils nous fourniraient des costumes ?

Randolph éclata de rire.

— Mon Dieu, vous êtes sérieuse ?

— Les dames ne sont pas autorisées à aller dans l'eau ?

— Aucune règle ne l'interdit, pour autant que je sache, mais je ne sais pas si c'est une activité pour les dames respectables...

— Vous me lancez un défi ?

— Lady Margaret Montagu Douglas Scott, prenant un bain de mer.

Randolph secoua la tête d'un air faussement désapprobateur.

— Allons, Randolph, vous n'avez tout de même pas peur ?

— Certainement pas, mais allons plus loin. Comme je vous l'ai dit, Brighton Beach est un peu plus respectable. Nous pouvons louer deux cabines de la Tilyou's Surf House, que j'ai souvent fréquentée parce qu'on y sert de la bonne bière allemande.

— C'est parfait, cela nous rafraîchira après notre baignade.

Tilyou's Surf House était une grande cabane en bois avec une véranda branlante construite à même le sable. Un écriteau annonçait une bière bavaroise à cinq cents le verre d'un côté et d'élégants maillots de bain en flanelle de l'autre.

Pour la modeste somme de vingt-cinq cents chacun, Margaret et Randolph louèrent une cabine, avec un maillot et une serviette. On les informa qu'ils auraient droit à un bol de soupe de fruits de mer maison après leur baignade.

— Se baigner sans costume complet est formellement interdit par la loi, lut la jeune femme alors qu'elle serrait son maillot et sa serviette devant la cahute qui lui avait été attribuée. Il ne semble pas y avoir beaucoup de gens dans l'eau.

— Vous hésitez ?

— Oui, admit-elle en scrutant la mer.

L'eau lui semblait si bleue, si innocente et si accueillante quelques instants plus tôt. Maintenant, elle paraissait beaucoup plus froide et même plus *mouillée*.

— Nous pourrions aller déjeuner à l'hôtel à la place, suggéra-t-il.

— Certainement pas. Le dernier dans l'eau paye la bière, lança Margaret en se précipitant à l'intérieur de sa cabine.

Elle était petite et très basique, avec quelques crochets au mur, un pot de chambre et rien d'autre. À chaque moment que Margaret passa à s'extraire de ses vêtements en se heurtant aux murs, en se tortillant et en sautillant, son courage diminuait. La cabine sentait le sable, la mer et la laine mouillée. Les planches sous ses pieds étaient couvertes de sable. Le costume de bain marron, qui avait des boutons difficiles à attacher, était si grand qu'elle dut retrousser les manches et les jambes. Il était propre, mais elle avait horriblement conscience qu'il avait été porté par quelqu'un d'autre à même la peau et se demanda si elle n'aurait pas dû garder ses sous-vêtements. Mais ils auraient été mouillés et elle aurait dû soit les abandonner dans la cabine, soit en faire un paquet et le porter sous le bras. Les deux perspectives étaient gênantes.

Elle jeta un regard prudent par la porte et vit que Randolph, dans son costume bleu, l'avait précédée et avait déjà de l'eau jusqu'à la taille. Ce serait donc elle qui payerait la bière ! Elle se sentait indécente et son instinct lui conseillait de fermer la porte et de se rhabiller. Mais, comme s'il lisait dans ses pensées, son ami lui tourna le dos, plongea dans l'eau et commença à nager parallèlement au rivage. Il était évident qu'il n'était pas novice en la matière.

— Au moins, si je suis en difficulté, Randolph me sauvera, murmura Margaret, ce qui serait légèrement moins embarrassant que de me noyer.

Elle marcha sur le sable humide et avança timidement vers le bord de l'eau. C'était si étrange d'être à l'extérieur, les chevilles et les tibias à l'air, vêtue juste de cet énorme vêtement en laine qui battait contre son corps. C'est cette pensée qui la motiva. Elle retint un cri lorsque sa peau nue rencontra l'eau, qui était moins froide qu'elle ne le redoutait. Ce n'était pas du tout comme le choc gelé d'un loch, par exemple, qui transformait instantanément les pieds en blocs de glace. L'eau salée lui donnait des picotements sur la peau et le contraste entre le soleil accablant qui lui brûlait le sommet de la tête et le clapotis de la mer sur sa peau nue était plutôt délicieux.

Dans la cabine de bain, des instructions pour les hommes recommandaient « d'entrer dans l'eau rapidement jusqu'à la taille », Randolph avait visiblement suivi ce conseil. Les femmes étaient exhortées à procéder avec prudence de peur de céder à l'hystérie. Déterminée à s'immerger, Margaret pataugea aussi fermement qu'elle le pouvait. Oubliant la gêne, elle se concentra sur son équilibre, car le sable était mou et les vagues moins douces qu'il n'y paraissait. Et, surtout, le costume en flanelle était comme une éponge informe. Il absorbait l'eau et la tirait vers le fond.

Le temps que l'eau lui arrive à la taille comme conseillé, son costume était trempé, ses cheveux s'échappaient et volaient autour de son visage et sa peau picotait sous les attaques du sel. Malgré ces inconvénients, elle était prise d'un sentiment de bonheur grisant, la joie d'être en vie, de ne pas vraiment contrôler la situation et de s'être aventurée hors de sa zone de confort.

Randolph nagea vers elle avec des mouvements précis, s'arrêta à quelques mètres et se mit debout.

— Vous y êtes ! Je suis impressionné. Vraiment.

Son maillot de bain avait des manches courtes. Ses avant-bras étaient légèrement bronzés et étonnamment musclés. Le décolleté du costume s'était étiré, exposant son cou et quelques poils foncés sur son torse. Le tissu humide collait à son corps mince et Margaret le vit tout à coup non pas comme son ami, mais comme un homme. Un homme très séduisant, avec ses cheveux mouillés qui tombaient sur son front.

Elle rencontra son regard et lut dans ses yeux qu'il ressentait la même chose. Se rendant compte que son propre maillot la moulait aussi, elle se détourna un peu trop tard.

— C'est froid, déclara-t-elle sans conviction en s'enveloppant de ses bras.

— C'est vrai, acquiesça-t-il, même si elle savait qu'il n'était pas dupe. Allons réclamer notre soupe gratuite et vous pourrez m'offrir une bière.

Toujours aussi gentleman, Randolph se dirigea vers les cabines, la laissant patauger sans être vue ; il attendit néanmoins pour entrer dans la sienne que la jeune femme ait posé le pied sur le sable et soit en sécurité.

Ils prirent le dernier bateau à vapeur bondé pour rentrer et partagèrent un cab jusqu'à Washington Square.

— Mon nez est brûlé, indiqua Margaret alors qu'ils se dirigeaient vers le haut de la ville. J'ai bien peur que mon chapeau ne soit pas très utile.

— Il est mignon en tout cas.

— Il est censé être élégant !

Randolph rit.

— Si vous le dites. Vous avez passé une bonne journée ?

Ils avaient atteint son perron. Le jour s'était rafraîchi, et c'était ce moment calme qui suit le coucher du soleil et qui précède la nuit, quand New York semblait faire une pause pour respirer. La place était déserte.

— Très bonne.

Margaret leva la tête et lui sourit. Sa respiration s'arrêta et son cœur s'accéléra lorsque leurs regards se croisèrent. L'étincelle qui les avait animés toute la journée se transforma en papillons dans son estomac.

— C'était parfait.

— Presque parfait, corrigea-t-il avec douceur en se rapprochant un peu plus.

Elle aurait pu faire un mouvement en arrière, mais elle leva le visage et, quand ses lèvres rencontrèrent les siennes, elle ferma les paupières. Son baiser était doux, pas tout à fait chaste, mais d'un genre qui pouvait facilement passer pour celui d'un ami, si elle choisissait de l'interpréter ainsi. Pendant une seconde, juste un instant, elle se souvint de la dernière fois qu'elle avait été embrassée, de façon si différente, puis elle chassa cette pensée et passa les bras autour du cou de Randolph.

Il n'avait pas besoin d'encouragements, mais il ne prit pas de libertés, la serrant mais pas trop ; son baiser délicat se fit plus doux. Il n'était pas particulièrement passionné non plus, pensa-t-elle lorsqu'il s'écarta, vaguement intriguée par le manque d'enthousiasme que l'étreinte avait suscité chez elle.

— Nous allons devoir nous habituer à être plus que des amis, déclara Randolph d'un ton ironique.

Comme toujours, ses pensées semblaient au diapason de celles de Margaret.

— Même si je ne pensais pas que vous me voyiez autrement qu'en ami, jusqu'à aujourd'hui.

— Ce n'était pas le cas. Et vous ?

Il haussa les épaules.

— Cela fait un moment, mais je ne voulais pas risquer de détruire notre amitié. J'espère que je ne l'ai pas gâchée maintenant.

— Non. Oh ! non.

— Je sais, reprit-il avec un sourire de travers, qu'il y a eu quelqu'un. C'est le seul sujet que vous avez soigneusement évité. Je ne vous demande pas de m'en parler, mais c'est fini, n'est-ce pas ?

Donald qui la serrait très fort dans ses bras. Donald qui lui disait au revoir, montait l'étalon gris et s'en allait, tandis qu'elle se laissait retomber sur le sol en se prenant la tête dans les mains.

— Oui, c'est terminé.

— Écoutez, je ne sais pas où cela peut nous mener, mais j'espère… Je voudrais juste préciser que vous n'êtes pas la seule qui… enfin…

Elle posa un doigt sur les lèvres de Randolph et secoua la tête.

— Vous avez trente et un ans. Je me doute bien que vous n'avez pas vécu comme un moine, mais comme vous je n'ai pas besoin de connaître les détails.

— Nous sommes du même avis à ce sujet, comme sur tout le reste.

Il glissa un bras autour de sa taille, l'attirant à nouveau près de lui. Il n'y avait rien de platonique dans ce baiser. Pourtant, alors qu'elle se tenait sur le perron et le regardait partir en direction de Bleecker Street, ses pulsations avaient déjà ralenti, sa respiration était redevenue normale.

La question, M., se dit-elle en glissant sa clé dans la serrure, *est : recommencerais-tu ?*

Et, même si leur étreinte aurait pu être plus passionnelle, la réponse était indubitablement oui.

Charlotte, duchesse de Buccleuch, à Lady Margaret

Montagu House, 10 octobre 1869

Ma très chère Margaret,

J'ai décidé de mettre fin à mon silence en ce jour de ton vingt-troisième anniversaire. Je joins un petit cadeau, un médaillon en or que tu reconnaîtras peut-être : il m'a été offert par ma propre mère. Il contenait autrefois des portraits miniatures de tes grands-parents. Je les ai remplacés par des photos de moi et de ta sœur Mary, et tout notre amour l'accompagne.

La décision d'écrire n'a pas été prise à la légère, mais maintenant que c'est fait et que j'ai enfin la plume entre les doigts je sais déjà que j'ai fait le bon choix.

Je m'explique. Il y a deux mois, j'ai reçu un colis de Lady Julia contenant un certain nombre de publications américaines. Elle suggérait, avec son habituelle discrétion, qu'elles pourraient m'intéresser. Imagine mon étonnement quand j'ai découvert que ma fille était devenue écrivain… et populaire, si j'en juge par le volume et la variété des articles que Julia m'a fait parvenir. J'ai lu ton travail, Margaret, et je suis extrêmement fière. Ta voix unique, qui m'est si chère, transparaît à tel point sur la page que j'avoue avoir été émue aux larmes, même si par moments je me suis laissé gagner par le rire. J'ai toujours su que tu avais un talent pour la narration, bien sûr, et je chéris mon exemplaire de Contes et fables à dormir debout *(dont Lady Julia m'a dit qu'il avait été publié en Amérique !), mais ces articles sont un véritable tournant.*

Je vais être sincère et admettre que j'ai été affolée de voir ton nom imprimé à côté de ces textes. Je redoutais que le duc n'aperçoive ton travail, ne le considère comme une violation des conditions qu'il t'a imposées et… qu'il ne cesse de te verser ta rente, menaçant ainsi ton indépendance durement acquise. J'étais face à un dilemme : je désirais plus que jamais t'écrire et j'étais terrorisée par les conséquences. C'est Mrs Scrymgeour qui m'a décidée. Elle m'a rendu visite. Margaret… Quelles amies loyales et sincères tu as et comme j'ai honte de ne pas avoir été l'une d'elles. Mrs Scrymgeour s'est montrée beaucoup plus franche que Lady Julia. Grâce à elle, j'ai pu mieux comprendre ton existence à New York : ton désir de gagner ta vie, d'être libre de toute obligation de plaire au duc ou à qui que ce soit (elle m'a dit que tu appelais cela tes « menottes dorées ») et ta compréhension très fine de ma situation. Margaret, quand Mrs Scrymgeour est partie, je me suis sentie toute petite, mais résolue à agir.

J'ai parlé à ton père dès le lendemain. C'est l'une des conversations les plus difficiles que j'aie jamais eues avec lui, mais elle a eu pour résultat que je suis libre de t'écrire et que ta rente n'est pas menacée. Je ne peux pas mentir et prétendre qu'il est aussi fier qu'il devrait l'être de sa fille, mais il ne t'a pas condamnée. Mary, elle aussi, peut t'écrire désormais et je crois qu'elle l'a fait. Elle manifeste une grande indépendance d'esprit et n'est pas plus encline que toi à se marier jeune. Je suis soulagée de t'informer que le duc a appris la leçon à cet égard et n'a encore rien entrepris pour aller à l'encontre de sa volonté.

La princesse Louise semble être elle aussi une jeune femme déterminée à éviter le mariage. Les rumeurs selon lesquelles elle devait épouser le frère de la princesse Alexandra se sont révélées fausses et, bien que Sa Majesté eût préféré un Allemand qui serait heureux de vivre en Angleterre, ton amie a clairement signifié qu'elle n'épouserait qu'un sujet britannique. Très patriotique, diraient certains, mais la pénurie de candidats possédant les titres requis me pousse à croire qu'il s'agit simplement d'une tactique pour éviter les noces. La princesse Louise s'intéresse bien plus à la sculpture qu'à un époux et a pris des cours privés récemment avec un Mr Boehm. Il travaille sur une statue de John Brown pour Sa Majesté, qui a suscité une certaine controverse au sein de la famille.

Je te tiendrai au courant de ma propre situation par ailleurs. Bien que je ne le mérite pas, je sais que tu seras heureuse d'avoir de mes nouvelles et que nous pourrons renouer nos liens à travers cette correspondance.

Avec tout mon amour,

Mère

Julia, vicomtesse de Powerscourt, à Lady Margaret

Powerscourt, comté de Wicklow, 1er janvier 1870

Très chère Margaret,

C'est le début d'une nouvelle année et je me sens d'humeur à la réflexion. Cela fait maintenant deux ans que vous avez audacieusement mis les voiles vers New York pour embrasser de nouveaux horizons, une perspective que j'aurais trouvée terrifiante. Pourtant, j'ai fini par admirer et envier votre courage. La fréquence de mes lettres doit vous avoir fait comprendre à quel point je vous estime comme amie, mais je ne l'ai jamais déclaré aussi franchement. Je n'oublierai jamais le jour où vous êtes arrivée à Powerscourt, brisée par votre exil cruel, mais encore insoumise. Même en ces premiers jours sombres, la flamme de votre cœur courageux brillait avec défi. Vous avez insufflé de l'espoir dans ma morne vie et dans celle des nombreux amis que vous vous êtes faits ici.

Vos lettres et votre merveilleuse écriture ont été un baume pour moi au cours de certains de mes jours les plus tristes, mais je suis résolue à arrêter de vivre par procuration. J'en ai assez d'endurer mon sort et de me contenter de ce qui m'arrive. Je vais suivre votre exemple, écouter mon cœur et faire confiance à mon instinct. Je n'ai encore aucune idée de ce que cela signifie et, en me relisant, j'imagine votre surprise, car ces mots ne me ressemblent pas du tout ! Il se peut que je ne fasse rien d'autre que m'échapper de Powerscourt quelque temps. ~~C'est autant une prison pour moi que cela l'était pour vous.~~ Ce qui est devenu clair à mes yeux, c'est que je ne peux pas gâcher des années à attendre un événement qui ne se produira peut-être jamais. En avril, cela fera six ans que je suis mariée. J'ai presque vingt-six ans et je dois accepter que mes chances d'avoir un enfant s'amenuisent. Ma sœur Gertrude attend son premier enfant pour le printemps, après bientôt quatre ans de mariage, mais elle a trois ans de moins que moi. Votre chère mère m'a invitée à la rejoindre à Drumlanrig pour l'été ou à Montagu House pour la saison. Je pourrais faire l'un ou l'autre, ou même les deux !

Assez parlé de moi ! Sur une note beaucoup plus positive, je dois vous parler de cette chère Marion, qui a fait du haras un succès considérable et a fourni du travail à tant de jeunes défavorisés. C'est une merveilleuse entreprise et on en parle beaucoup, du comté de Kildare à Wicklow, et même à Dublin et au-delà. Imaginez donc l'excitation lorsque Patrick Valentine lui-même est arrivé juste avant Noël. Je n'ai jamais vu Marion si animée et si timide quand je l'ai taquinée à propos de son amoureux. Mr Valentine est semblable à votre description, c'est un personnage truculent. Wingfield le trouve terriblement vulgaire, mais je l'aime beaucoup. Marion et lui me semblent former un couple très bien assorti, bien qu'ils insistent tous deux sur le fait qu'ils n'ont pas l'intention d'officialiser leur situation. « L'éloignement continuera de renforcer l'affection », m'a répondu Marion quand je lui ai posé la question (car je l'ai fait ! N'était-ce pas audacieux de ma part ?).

J'ai écrit beaucoup plus longuement que je n'en avais l'intention et je terminerai par une nouvelle qui, connaissant votre cœur généreux, vous fera plaisir. Cameron de Lochiel va se marier, Margaret. Les fiançailles n'ont pas encore été annoncées, mais selon Wingfield, qui l'a rencontré à Londres, elles sont imminentes. La jeune femme est une Miss Helen Blair et, d'après le peu que je sais d'elle, est une compatriote écossaise, une jeune femme bonne et très gentille. Lochiel aura désormais une châtelaine pour son domaine d'Achnacarry et, si Dieu le veut, l'héritier qu'il désire, j'en suis sûre.

Maintenant, je dois vraiment terminer. Écrivez-moi bientôt, je vous en prie.

Avec toute mon amitié,

Julia

P-S : Quelle négligence de ma part de ne pas vous avoir remerciée pour mon cadeau de Noël. Le foulard est exactement de la nuance du bleuet qui va avec mes yeux et les serviettes que vous m'avez envoyées l'année dernière sont si belles que j'ai du mal à me résoudre à les utiliser !

The Revolution, mercredi 20 avril 1870

LA BONTÉ NE SOUFFRE AUCUNE CONTRAINTE, PAR LADY MARGARET MONTAGU DOUGLAS SCOTT

Le quartier de Five Points se trouve à un jet de pierre de l'hôtel de ville. Les passants qui font leurs courses sur Broadway peuvent l'apercevoir s'ils prennent le temps de regarder en direction de l'East River derrière les palais de marbre et de verre. Ils découvrent alors un endroit où la monnaie la plus courante est la détresse et non le dollar, où le commerce cède la place à la misère. L'air y est alourdi par le manque et la souffrance. Même en plein été, le soleil a du mal à percer le nuage gris du désespoir. Personne ne choisit de vivre à Five Points. Les quelques chanceux qui, à la sueur de leur front, parviennent à quitter ce lieu ne regardent jamais en arrière et ne reviennent sous aucun prétexte. La majorité des résidents cependant est condamnée à y passer le reste de ses jours.

Les enfants qui naissent ici y meurent trop souvent. Les missions travaillent sans relâche pour les aider, les nourrir, les habiller et les scolariser, mais pour chaque enfant qu'elles accueillent un nombre incalculable d'autres commencent la journée l'estomac vide en ramassant des chiffons et se couchent encore plus affamés. Les gamins des rues de Five Points ne sont pas beaux à voir. Ils sont vêtus de haillons, vont pieds nus, couverts de boue et de poux, les yeux hagards, le corps maigre comme un clou. Ce ne sont pas des candidats attirants pour les riches bienfaiteurs à la recherche de causes charitables. Confinés dans leurs taudis, ce sont à leurs yeux des pauvres peu méritants et faciles à ignorer.

Ils sont injustement calomniés et souvent vilipendés, ces enfants de Five Points. Ils ne sont pas nés criminels, même si leur vie les pousse souvent vers cette voie. Ils sont innocents, bien qu'ils ne le restent pas longtemps. Ils ne sont pas stupides mais, sans école, ils grandiront dans l'ignorance. Ces enfants méritent qu'on offre une chance à chacun d'entre eux, qu'ils soient légitimes ou nés de père inconnu, quelle que soit leur religion, le pays où ils sont nés, la profession ou les dispositions de leurs parents.

Les enfants de Five Points n'ont rien, mais leurs besoins sont basiques et peu nombreux : il leur faut simplement de la nourriture, des vêtements, un peu de chaleur et un toit au-dessus de leur tête. Ces petits méritent avant tout d'être traités comme des enfants : avoir un endroit pour jouer, un lieu où se sentir en sécurité, sans être jugés, et où ils sont traités comme des égaux. Où ils peuvent apprendre ce qu'est le bonheur.

Nous ne pouvons pas continuer à ignorer ce qui se passe sous notre nez. Nous ne pouvons pas prétendre plus longtemps que ces enfants n'existent pas. À Londres, les enfants des quartiers pauvres sont insultés et condamnés, mais nous sommes ici dans le Nouveau Monde, sur la Terre des Opportunités, où tous les hommes, les femmes *et* les enfants ont le même statut.

La bonté profite à la fois à celui qui la donne et à celui qui la reçoit. Les enfants de Five Points méritent qu'on leur témoigne de la gentillesse. Qui va leur en offrir ? Sera-ce vous ?

CHAPITRE 40

Washington Square, New York, mai 1870

— C'est un excellent article, Margaret, très puissant et qui vient du cœur, déclara Randolph en posant l'exemplaire du journal *The Revolution* sur son bureau, mais combien de personnes lisent cette publication ? Mille ?

— Trois mille.

— Et d'après votre expression je suppose qu'il n'y a pas eu beaucoup de réactions ?

— Quelques lettres de soutien, c'est tout. Je ne sais pas quoi faire d'autre, avoua la jeune femme avec découragement. J'ai tenté de mobiliser les gens fortunés que je connais, au point de risquer d'être mise au ban de la société, mais en vain. J'ai essayé de faire publier ce texte dans un magazine avec un lectorat important, sans succès. *Demorest's* ne voulait pas y toucher, ni *Harper's*. C'est Mary Louise qui m'a présentée à Mrs Cady Stanton, l'une des fondatrices de *The Revolution*. Elle est rédactrice en chef et membre du Sorosis Club. Même avec l'aide de Jane, je n'ai pu persuader aucun autre quotidien de le prendre.

— Je ne suis pas étonné. Vous braquez vos jumelles sur une partie de la ville que leur lectorat préfère ignorer.

— Ceux qui pourraient changer les choses ne sont pas compatissants ; ceux qui compatissent n'ont pas les moyens d'aider.

— Le vrai problème est que nous avons tendance à traiter les gens qui ne parviennent pas à s'en sortir de paresseux ou de bons à rien.

Randolph la rejoignit sur la banquette de la fenêtre et passa un bras autour de sa taille.

— N'ayez pas l'air si abattue. Vous en faites déjà plus qu'assez en aidant à la mission. Je sais que vous achetez du matériel pour ces enfants avec vos deniers, que vous trouvez du travail à leurs mères quand vous le pouvez, y compris des postes dans votre propre maison. Il y a une limite à ce qu'une personne seule peut accomplir.

— Mais il n'y a pas de limite à ce qui doit être fait, et ma contribution n'est qu'une goutte d'eau dans un océan. Ces enfants ont besoin d'un lieu où ils se sentent en sécurité, Randolph, un sanctuaire où ils peuvent se rendre quand ils le veulent.

— Un endroit où ils ne seront pas jugés, cita-t-il en souriant tristement. Je suis flatté que vous ayez pris cette idée tellement à cœur mais, comme je l'ai dit, il est peut-être temps d'arrêter de vous reprocher ce que vous n'avez pas fait et d'être fière de ce que vous avez accompli.

— Ce n'est pas suffisant. Je dois trouver un moyen de toucher plus de gens. Les New Yorkais doivent savoir ce qui se passe dans leur arrière-cour.

— Et ensuite ? Même si vous persuadiez le *New York Times* de publier cet article, quelle différence cela ferait-il ? Quelques personnes de plus secoueront la tête en marmonnant que c'est horrible, avant de passer à autre chose et de reprendre le cours de leur vie.

— Vous avez raison, admit Margaret au bout d'un moment. Les mots ne suffisent pas. Nous devons agir. Je dois rassembler les fonds moi-même, mais comment ? Je n'ai pas réussi à convaincre une seule de mes connaissances à l'esprit philanthropique que c'est une cause qui en vaut la peine.

— Vous êtes vraiment décidée ? Non, c'est une question stupide. Vous voulez mon conseil ?

— Toujours.

— Commencez petit, avec ce que vous savez faire. C'est comme ça que j'aborde mes affaires compliquées : une étape à la fois.

— Ou une brique à la fois, dans mon cas. Commencer par ce que je sais faire ? Mais j'ai besoin d'argent, et le seul moyen que je connais d'en gagner c'est en écrivant et… oh ! Randolph, je crois que vous êtes un génie.

— Vous croyez ! protesta-t-il avec indignation.

— Je pourrais écrire un livre d'histoires pour enfants se déroulant à Five Points et réinvestir tous les bénéfices. Je devrais probablement peindre un tableau un peu édulcoré, alors que les enfants aiment les contes affreux. Cela ne rapportera pas grand-chose, mais ce sera un début et la publicité attirera l'attention du public sur la situation.

— Vous comptez vraiment le faire ?

Margaret sourit.

— Oui. Si je ne le fais pas, personne ne le fera.

— Cela pourrait prendre des années.

— Tant pis.

— Ne vous laissez pas dévorer par ce projet. Laissez de la place pour d'autres choses.

— Je poursuivrai la publication de mes articles et mon travail à la mission.

— Je faisais allusion à des engagements plus personnels.

Elle le fixa un moment sans comprendre, puis elle prit conscience soudain de ce qu'il sous-entendait. Consternée, elle se laissa tomber sur le siège de son bureau. Elle n'avait aucune envie que Randolph la demande en mariage. Elle avait déjà rejeté trois propositions et le souvenir de la dernière la faisait encore souffrir. L'amour que Donald lui avait déclaré si passionnément était mort désormais, et Miss Helen Blair l'avait remplacée dans le cœur du diplomate. Quand elle avait lu la nouvelle en janvier, la première réaction de Margaret avait été très loin de la joie que Julia avait prédite. Au contraire, elle se souvenait distinctement s'être écriée : *non !* Donald ne pouvait pas en épouser une autre, en aimer une autre. Une fois le choc passé, elle s'était persuadée à grand renfort d'arguments rationnels qu'elle était heureuse pour lui, mais il lui faudrait encore du temps pour s'habituer à cette idée et plus encore pour qu'elle soit sincèrement convaincue par ce raisonnement.

Donald devait probablement être marié à présent. Miss Helen Blair devait être Mrs Donald Cameron, une position que Margaret avait rejetée et refuserait probablement encore si elle lui était offerte. Probablement ? Presque certainement. Mais ce n'était pas Donald qui était sur le point de faire sa demande, c'était Randolph.

Peut-être avait-elle mal compris ?

— Ne m'avez-vous pas dit que vous vouliez attendre d'avoir au moins trente-cinq ans avant de changer quoi que ce soit à votre existence ? Je me souviens parfaitement vous avoir entendu déplorer qu'il n'y ait déjà pas assez d'heures dans la journée... sans... sans les autres distractions.

Il mit un moment avant de répondre. Il examina ses mains puis contempla Washington Square par la fenêtre. Enfin, il haussa les épaules.

— La journée est magnifique. C'est peut-être même le premier vrai jour du printemps. Si nous montions dans le tramway jusqu'à Central Park pour nous joindre aux promeneurs du dimanche ?

En d'autres termes, pensa Margaret, *vous ne voulez pas en parler et je n'insisterai pas.* Elle était tellement soulagée qu'elle faillit accepter, mais elle prit conscience avec horreur qu'elle ne changerait pas d'avis : qu'ils en reparlent maintenant, dans un mois ou dans six.

— Non, attendez.

Randolph s'était à moitié levé, mais il se rassit sur la banquette et la fixa sans dire un mot. Qu'est-ce qui ne tournait pas rond chez elle ? Ils étaient les meilleurs amis du monde. Ils se respectaient, se comprenaient de façon instinctive et, grâce à cela, leurs rares différends ne tournaient jamais à la dispute. Elle avait peu de chances de rencontrer un partenaire aussi parfait et maintenant que Donald était marié... Non, elle ne voulait pas les comparer : ce serait injuste pour les deux.

Mais n'était-ce pas cela le fond du problème ? Randolph n'était pas Donald. Margaret se souvint avec tristesse que Marion avait dit quelque chose de similaire : Patrick n'était pas Alexander. Si Donald était son idéal, alors Randolph était condamné à ne jamais être à la hauteur. Les baisers qu'ils partageaient étaient délicieux, mais ils n'avaient jamais déclenché la passion qu'elle ressentait avec Donald. Randolph la faisait rire, elle appréciait beaucoup sa compagnie, il la mettait à l'aise.

Oh non ! Oh ! M. ! Elle l'aimait vraiment, mais comme ami, et beaucoup trop pour lui faire de la peine. Elle le rejoignit sur la banquette sous la fenêtre et s'assit pour lui faire face.

— Je dois être honnête avec vous, même si cela fait mal, car vous le méritez. Vous êtes mon meilleur ami, Randolph. Je ne veux pas que cela change.

— Exactement ! C'est le problème, n'est-ce pas ? Nous ne sommes pas parvenus à dépasser le stade de l'amitié.

— Oh !

— Vous pensiez être la seule à le sentir ?

Il secoua la tête.

— Par moments, j'ai heureusement pu me persuader du contraire, parce que, en toute logique, nous sommes faits l'un pour l'autre.

— Mais oui ! s'exclama Margaret avec ferveur. C'est ce que je ne comprends pas.

— L'amour n'est pas logique.

— C'est peut-être une bonne chose.

Étourdie par le soulagement, Margaret prit sa main.

— Pourquoi n'avez-vous rien dit ?

— Pourquoi n'avez-*vous* rien dit ?

— Je ne me suis pas autorisée à y penser avant cet instant et quand je l'ai fait…

Elle s'interrompit, car elle avait une boule dans la gorge.

— *J'aurais dû* vous en parler plus tôt. C'était mal de ma part de vous embrasser alors que je savais… Je ne savais pas ou je n'étais pas sûre. Oh ! Randolph…

Il la serra brièvement dans ses bras.

— Vous ne devez pas vous en vouloir. J'avais envie que cela marche, je l'espérais de tout mon cœur, mais je suis content que cette question soit réglée à présent. C'était courageux de votre part de provoquer cette discussion. Je ne vous aurais pas interrogée.

Margaret se redressa sur le siège.

— Dans ce cas, cela aurait flotté entre nous en permanence, non ?

Il soupira.

— Vous avez raison, mais c'était tout de même courageux.

Un baiser aurait été la chose la plus naturelle du monde, mais le peu de passion qu'ils avaient nourrie s'était dissipée.

Margaret s'écarta en rougissant.

— Pensez-vous que nous pouvons rester amis ? Je détesterais que cela se dresse entre nous.

Randolph se leva.

— Je ne veux pas vous perdre non plus. Je vais me promener dans Central Park tout seul, si cela ne vous dérange pas. J'ai besoin d'un peu de temps pour me faire à l'idée.

— Nous y arriverons, non ?

— Bien sûr.

Elle l'entendit saluer Johanna, la nouvelle recrue de Five Points. Debout près de la fenêtre pour le regarder descendre les marches, Margaret fut soulagée lorsqu'il leva les yeux pour lui adresser un signe comme à son habitude, avant de se diriger vers Broadway. Elle se détourna, les larmes aux yeux et des doutes plein la tête. L'amour entre eux aurait-il fini par grandir avec le temps ? Se souvenait-elle mal des sentiments qu'elle avait éprouvés pour Donald, créant un idéal factice qu'aucun homme ne pourrait atteindre ?

Cela n'avait pas d'importance. Elle n'était toujours pas prête à se marier. Elle allait devoir accepter qu'elle ne le serait peut-être jamais. Et, jusqu'à ce qu'elle le soit, il ne pouvait y avoir d'autres histoires. Elle l'avait échappé belle avec Randolph, à condition que leur amitié n'en souffre pas. Elle ne prendrait pas le risque d'induire un autre homme en erreur.

— Et en attendant, déclara Margaret en se frottant les yeux et en se secouant mentalement, il y a la question de la collecte de fonds afin d'édifier un sanctuaire pour enfants à Five Points.

Ce projet était-il finalement trop ambitieux pour elle ? Elle s'installa à son bureau, choisit un nouveau cahier relié de cuir turquoise, sa teinte préférée. Elle tira l'encrier vers elle, y plongea une plume qui venait d'être aiguisée et commença à écrire.

~~Kokot~~ Cocotte était une poule très bruyante. La poule la plus bruyante du poulailler et ce n'était pas peu dire…

Chapitre 41

New York, 8 août 1870

Margaret ne connaissait pratiquement rien à la voile. Durant sa première saison londonienne si désastreuse, elle avait été invitée à Cowes, une ville côtière sur l'île de Wight, réputée pour ce sport, mais au mois d'août, lorsque la régate avait eu lieu, elle était déjà en exil forcé à Dalkeith. Lorsque Randolph lui avait fait savoir qu'il avait une invitation pour la course matinale de la Queen's Cup au New York Yacht Club, elle avait hésité à l'accompagner. Il avait éclaté de rire quand elle s'était étonnée de son intérêt soudain pour un passe-temps dont il n'avait jamais parlé. Il avait argué que le spectacle valait le détour et qu'en outre il espérait conclure une affaire importante pour laquelle elle pourrait l'aider.

Margaret avait donc revêtu l'une de ses robes les plus élégantes, en soie émeraude garnie de dentelle crème, et s'était préparée dès le matin à profiter de l'expérience. C'était une belle journée d'été, claire et ensoleillée, et la chaleur était tempérée par une brise légère. À sa grande surprise, le port grouillait de gens qui voulaient monter à bord des ferrys et des bateaux, d'où ils pourraient suivre la course.

— On dirait que tout New York essaye d'être sur l'eau, fit-elle remarquer à Randolph. Mon Dieu, il y a même des gens dans des barques à rames.

— Heureusement, nous avons une place réservée sur un bateau à vapeur qui doit nous emmener à Staten Island, grâce à la gentillesse de notre hôte. C'est celui-là, je crois, précisa-t-il en passant un bras protecteur autour d'elle. Si nous avons de la chance, nous aurons une bonne vue sur les athlètes. Ils ont passé la nuit dans le Narrows, le détroit entre Brooklyn et Staten Island, et ne se dirigeront vers le Yacht Club, d'où ils doivent s'élancer, qu'avant le départ de la course.

Le bateau à vapeur sur lequel ils prirent place était nettement moins bondé.

— Qui est notre hôte ? l'interrogea Margaret en observant les invités bien habillés et reconnaissant quelques-uns des clients les plus fortunés de l'avocat.

— James Gordon Bennett junior.

— Le rédacteur en chef du *Herald* ?

— Et un yachtman acharné. Il a gagné la première course transatlantique en 1866 sur le *Henrietta* et il est commodore du New York Yacht Club.

— Ce n'est pas votre type de clients habituel.

— C'est avec son père que j'ai eu quelques affaires. Des fonds fiduciaires, rien d'extraordinaire. C'est lui que je veux vous faire rencontrer. Non, ne me posez pas plus de questions ; vous découvrirez pourquoi en temps voulu. Pour l'instant, nous allons simplement profiter du spectacle.

Spectacle était certainement le mot juste. Leur bateau à vapeur commença à s'éloigner du quai et à gagner la baie, où il se joignit à la flottille qui débordait de femmes, d'enfants et d'hommes vêtus de leurs plus beaux atours. Les cornes de brume retentissaient, les voiles claquaient au vent et la vapeur s'échappait dans le ciel bleu clair. Dans le Narrows, Margaret et Randolph se tinrent à la rambarde pour examiner les goélettes qui allaient prendre part à la course plus tard dans la matinée.

— C'est le *Cambria*, le challenger britannique, lui expliqua Randolph en pointant du doigt un yacht qui semblait pareil aux autres. Il vient du Royal Thames Yacht Club. Vous pourriez même apercevoir quelques visages familiers parmi sa garde rapprochée.

— J'en doute fort. N'y a-t-il qu'un seul challenger ? N'est-ce pas plutôt injuste ? Il est très peu probable qu'ils gagnent, non ?

— Mon Dieu, Margaret, ne dites pas ça, vous allez nous faire expulser du club.

Elle gloussa.

— Je suis incapable de distinguer ces bateaux, je veux dire ces goélettes, les unes des autres. Vous allez devoir me dire quand applaudir.

— Dans quel camp êtes-vous ?

— Oh ! si le challenger était de Leith, qui est le port d'Édimbourg, alors je pourrais me trouver face à un dilemme, mais il est anglais, il n'y a donc aucun doute : j'encouragerai notre équipe.

— C'est très bien ! Venez de l'autre côté et jetez un coup d'œil à la foule. Fort Richmond, là-bas, est le point de vue le plus populaire parce qu'on peut observer à la fois le départ et l'arrivée de la course.

— Il doit y avoir des dizaines de milliers de personnes !

— Certains sont là depuis l'aube. Peut-être même avant.

Randolph s'appuya sur la rambarde et ses coudes frôlèrent ceux de Margaret. En mai, elle avait craint que leur amitié ne faiblisse, mais après un léger malaise ils avaient établi une franche camaraderie, qui ne leur laissait ni doutes ni regrets. L'avocat avait choisi une tenue élégante ce jour-là : il portait un costume noir coûteux, mais il tenait son chapeau, car la brise s'était levée et ébouriffait les cheveux sur son front.

Quand elle tendit la main pour repousser les mèches rebelles, il sourit.

— J'ai besoin d'une coupe. Nous allons accoster dans cinq minutes. La course doit commencer à 11 h 30. Nous rejoindrons Gordon Bennett et son groupe à notre arrivée.

Elle l'écouta d'une demi-oreille énumérer une liste de personnes qu'elle pourrait rencontrer, surprise d'entendre à la fois le nom des Astor et des Vanderbilt.

— Vous ne m'avez toujours pas dit comment je suis censée vous être utile.

— Un peu de patience. Allons voir si nous pouvons vous offrir une tasse de thé avant que la course ne commence.

Ils débarquèrent sur Staten Island et remontèrent la petite colline jusqu'au quartier élégant de Rosebank. Le club-house avait été construit dans le style suisse italien avec un large porche et était situé juste au-dessus de la côte, avec une vue imprenable sur le port.

— Gordon Bennett junior a acquis cet endroit pour le club il y a environ deux ans, lui expliqua Randolph alors qu'ils rejoignaient la file des invités qui attendaient d'être reçus. Notre hôte est là-bas.

Mr Gordon Bennett semblait avoir à peu près le même âge que Randolph. Ses cheveux épars étaient coupés très court, dans le style militaire. Cette coiffure, combinée avec une moustache épaisse et un grand nez, lui donnait un air plutôt effrayant.

— Mueller, déclara-t-il en tapant dans le dos de l'avocat, content que vous ayez pu venir.

— Permettez-moi de vous présenter Lady Margaret Scott. Margaret, Mr James Gordon Bennett junior.

— Enchanté.

Il prit sa main gantée et surprit la jeune femme en s'inclinant et en l'embrassant.

— Aimez-vous la voile ? Évidemment, puisque vous venez d'une île ! Mon père sera ravi de vous rencontrer. Je ne sais pas où il est en ce moment, mais je suis sûr que… vous allez devoir m'excuser. Je dois m'assurer que tout est prêt pour le départ. Heureux d'avoir fait votre connaissance, Lady Margaret. Il y a du champagne… ou peut-être préférez-vous un petit verre de whisky ? Haha ! Profitez bien de la journée.

Il adressa un signe de tête distrait aux invités qui attendaient derrière eux, ramassa une casquette sur une table toute proche et se dirigea vers la sortie.

— Je ne vois pas son père, indiqua Randolph. Nous allons suivre le départ, puis je le chercherai.

— Je ne comprends toujours pas…

Elle s'interrompit et secoua la tête avec regret.

— La patience n'est vraiment pas une de mes vertus, n'est-ce pas ?

Malgré le peu d'intérêt qu'elle portait à la voile, la jeune femme ne put s'empêcher de se laisser emporter par l'excitation de la foule sous le porche, regardant les remorqueurs tirer les goélettes, toutes voiles dehors, pour qu'elles prennent position. Des drapeaux étaient déployés sur le rivage et sur les yachts.

Puis, juste avant 11 h 30, un coup de feu retentit, la faisant sursauter ; les acclamations et les cris de joie allèrent crescendo et la course commença. Les goélettes prirent rapidement le vent et se dirigèrent vers la baie.

— Que se passe-t-il maintenant ? s'enquit-elle.

— La course est d'environ quarante miles, m'a-t-on dit. Nous devrions connaître le gagnant dans quatre heures, peut-être un peu plus, mais avant cela vous et moi avons du travail.

— Enfin !

Elle le suivit dans le club-house à présent vide.

— Qu'est-ce que je dois faire ?

— Un discours. Vendre votre idée de sanctuaire pour enfants de Five Points. James Gordon Bennett n'est pas un philanthrope typique, mais il a accepté de vous écouter. Je vous ai ouvert la porte ; c'est à vous de le convaincre.

— Randolph ! C'est pour cette affaire que vous vouliez mon aide ? Vous auriez pu me prévenir.

— Si je l'avais fait, vous auriez préparé votre discours. C'est bien mieux de vous exprimer avec le cœur, Margaret… c'est ce que vous faites le mieux. Le voici.

Il salua un vieil homme assis dans un fauteuil partiellement caché dans une alcôve.

— Mr Gordon Bennett, permettez-moi de vous présenter Lady Margaret Scott. Allez-y, murmura-t-il en la poussant en avant, exercez votre pouvoir de persuasion sur lui.

Mr James Gordon Bennett senior se leva. Il était vêtu d'un manteau à l'ancienne avec un foulard noué haut, il était très grand, arborait une épaisse chevelure blanche et un imposant collier de barbe. Il avait des traits épais et, sous ses redoutables sourcils broussailleux, on apercevait son strabisme, ce qui lui donnait l'air d'un général aguerri plutôt que d'un journaliste partiellement à la retraite.

— Lady Margaret.

Sa voix ne correspondait pas à son apparence, car il avait le doux accent du nord-est de l'Écosse.

— Ravi de vous rencontrer. Voulez-vous vous asseoir ?

Elle s'exécuta, le cœur battant la chamade, vaguement consciente que Randolph s'effaçait. Comme il le lui aurait dit : elle n'avait droit qu'à une chance.

— J'ai cru comprendre que cela pourrait vous intéresser de contribuer à mettre en place le sanctuaire que je veux construire à Five Points.

— Cela m'intéresse d'entendre ce que vous avez à dire, Lady Margaret, en particulier avec cet accent qui me rappelle le pays. Le choix de ceux que vous souhaitez aider est inhabituel.

— Quelqu'un doit les aider, Mr Gordon Bennett. Ils méritent une chance, comme tous les autres enfants de cette ville.

Il sourit en secouant doucement la tête.

— Quand Randolph a voulu me persuader de vous rencontrer, il m'a donné l'article que vous avez écrit pour le *Revolution*, inutile de revenir sur de vieux sujets. Ne me dites pas ce que je devrais ressentir ; dites-moi ce que vous voulez faire changer.

Margaret remit de l'ordre dans ses pensées.

— Je ne peux rien promettre parce qu'à ma connaissance il n'existe rien de semblable. Je veux construire un espace où les enfants seront en sécurité et pourront échapper à la misère et à leurs dures conditions de vie.

— Les missions…

— … accomplissent un travail merveilleux, termina Margaret à sa place en l'interrompant. Je suis bénévole à la Mission pour femmes depuis dix-huit mois, mais leurs moyens sont limités. Elles doivent donc les consacrer aux causes qu'elles jugent prioritaires. Il en va de même pour la Maison de l'Industrie et pour la Mission Howard : ils jugent les petits à leurs parents... ou à leur absence de parents. Je veux aider ceux qui passent à travers les mailles du filet. Ce n'est pas la faute d'un enfant, Mr Gordon Bennett, si son père est un ivrogne ou sa mère une prostituée. J'espère que je ne vous choque pas.

Il partit d'un rire bourru.

— Je suis un vieux briscard, Lady Margaret. Je ne suis pas facilement choqué. Ce que je trouve intéressant, c'est que vous ne le soyez pas facilement.

— Oh ! je ne manque jamais d'être choquée par ce que je vois à Five Points, mais cela ne me donne jamais envie de fermer les yeux et de prétendre que je n'ai rien vu, répliqua la jeune femme avec sérieux. De plus, Five Points n'est malheureusement pas unique. À Londres...

— Je pense que j'en ai assez entendu, déclara Mr Gordon Bennett un peu plus tard.

— Je suis vraiment désolée. Randolph m'avait bien dit de ne pas faire de discours, mais je crains de m'être laissé emporter par mon enthousiasme.

— Cela ne ressemblait pas aux demandes de contribution que j'entends d'habitude.

Il sortit sa montre en or, en fronçant les sourcils.

— Je dois retourner à la Cinquième Avenue. Ma femme m'attend.

— Vous ne restez pas pour assister à la fin de la course ? insista Margaret, déçue qu'il parte déjà.

— Je ne partage pas la passion de mon fils pour la voile. Maintenant, passons aux questions pratiques. Avez-vous un emplacement en tête ? Avez-vous estimé le coût de la construction, l'entretien ? Combien d'endroits...

— Attendez !

Elle s'accrocha involontairement à la main de son interlocuteur, puis la lâcha aussitôt.

— Je vous demande pardon. Vous voulez dire que vous êtes prêt à m'aider ?

— J'aime votre attitude. Je vais vous dire quelque chose, Lady Margaret. Quand j'ai réalisé mon rêve et fondé mon propre journal, j'ai commis toutes sortes d'erreurs de débutant. J'ai perdu beaucoup d'argent, même après avoir lancé le *Herald*. J'ai failli me retrouver en faillite, mais je n'ai pas abandonné, je me suis battu en n'arrêtant pas les presses, et finalement j'ai réussi. En vous écoutant, je ne doute ni de votre enthousiasme ni de votre engagement. Randolph m'a dit que vous écriviez un livre...

— Il s'intitulera *Contes de la ville*. Il sera publié en septembre et tous les bénéfices iront au sanctuaire.

— Sont-ils susceptibles d'être importants ?

— Chaque dollar compte.

— Alors je vais voir ce que je peux faire pour vous fournir le reste. Vous êtes bien mise, comme on dit, avec les Astor et consorts. Je me demande pourquoi vous n'êtes pas allée les voir.

— J'ai tenté de le faire et j'ai échoué lamentablement. Ma cause n'est pas considérée comme valable.

— Peut-être qu'ils ne comprennent pas, comme moi, ce que cela signifie de devoir gravir les échelons de la société.

Mr Gordon Bennett lui tendit la main et serra chaleureusement celle de la jeune femme avant de se lever.

— Voici Randolph qui vient à votre secours. Je vous recontacterai, Lady Margaret. Je suis très heureux de vous avoir rencontrée.

— Alors ? l'interrogea l'avocat quelques instants plus tard, après avoir accompagné le vieil homme jusqu'à la jetée.

— Il a accepté de m'aider, et c'est grâce à vous.

Elle jeta les bras autour de son cou. Il se dégagea en riant.

— Comme je vous l'ai dit, j'ai ouvert la porte, c'est vous qui l'avez franchie.

— Je n'arrive pas à y croire. Oh ! Randolph, merci !

— C'est à cela que servent les amis. Maintenant, pourquoi ne pas… Hé, qui est-ce là-bas ?

Margaret regarda dans la direction qu'il indiquait.

— Qui ? Cet homme est…

— Non, pas lui, la femme. Mon Dieu, n'est-elle pas ravissante ?

— C'est Geraldine Haight. Son père possède l'hôtel St Nicholas sur Broadway.

— Vous la connaissez ! Dites-moi qu'elle n'est pas mariée.

— Non.

La jeune femme contempla son ami avec étonnement. Il avait l'air très… épris, c'était le seul mot qui lui venait à l'esprit.

— C'est une amie de Jane. Une suffragette. Je pense qu'elle est membre du Sorosis Club. Je suppose que vous aimeriez que je vous présente ?

Il s'empressa de lisser ses cheveux en arrière et redressa sa veste.

— Évidemment !

Princesse Louise à Lady Margaret

Château de Balmoral, Écosse, 10 octobre 1870

Chère Margaret,

Je t'écris pour solliciter tes félicitations, car je suis fiancée. Il y a six jours, sur les rives du loch Muick, là où se trouve la petite maison de veuvage de la reine, Lord Lorne s'est déclaré. La force de ses sentiments était telle qu'il l'a fait sans obtenir d'abord le consentement de Sa Majesté, bien que nous fussions tous deux certains qu'elle approuverait notre union, et la suite nous a donné raison. Le père de Lorne, le duc d'Argyll, est ravi également et l'annonce officielle doit avoir lieu aujourd'hui.

M., tu peux donc m'envoyer tes félicitations et me dire que tu es ravie pour moi, car je suis très heureuse d'avoir accompli mon objectif de ne pas épouser un étranger. Bien qu'il soit roturier, j'ai trouvé en Lorne un époux très agréable, qui sera heureux que je me livre à mes activités artistiques après notre mariage.

(Ayant élu domicile au bout du monde, tu n'es pas au courant des éloges que j'ai reçus pour mes sculptures et, moi qui suis toujours encline à cacher mes talents sous le boisseau, j'ai choisi de ne pas t'en faire part. Cependant, je peux, avec toute la modestie de rigueur, t'informer que mes dernières créations m'ont valu les félicitations de personnes éminemment qualifiées pour donner leur avis.)

Le mariage aura lieu l'année prochaine, très probablement au printemps, et sera un événement majeur, car mes humbles tentatives pour remplacer la reine depuis que tu nous as quittés ont été extrêmement bien reçues par le grand public britannique. Le mariage est très attendu. Certains (mais pas moi !) le qualifieraient d'union de la décennie et nous souhaitons récompenser les Britanniques pour leur fidélité en leur offrant un grand spectacle.

Je dessinerai moi-même ma robe, car personne ne sait mieux que moi ce qui flatte ma silhouette, pas même Alix, dont le goût est très apprécié ces derniers temps. (J'ai, bien sûr, toujours pensé qu'elle était d'une élégance discrète.)

Je suis sûre que tu as toi aussi beaucoup de nouvelles à partager. Comme tu peux l'imaginer, je n'aurai pas beaucoup de temps pour les cancans, mais je serais heureuse de recevoir une réponse de ta part. J'ai été obligé de m'informer de tes allées et venues auprès de la duchesse, c'est une situation singulière, Margaret, quand on pense à la durée de notre amitié. Ta mère m'a envoyé une sélection de tes écrits provenant de divers périodiques américains. C'était très étrange de voir qu'ils t'étaient nommément attribués. Je suppose que les conventions sociales du Nouveau Monde sont très différentes de celles d'ici. Ta mère semble être très admirative de ton talent. J'ai bien peur de ne pas être suffisamment qualifiée pour commenter.

Je dois me dépêcher, la reine a besoin de mes services ! Je suis très demandée et risque de l'être encore davantage dès que l'annonce sera publique.

Un véritable tourbillon d'activité nous attend pour les préparatifs. ~~Oh ! M., te souviens-tu que nous avons toujours promis que celle qui se marierait en premier prendrait l'autre comme demoiselle d'honneur ?~~

J'attends avec impatience de recevoir tes félicitations le jour J, puisque tu ne pourras pas assister à la cérémonie, et je terminerai par mes propres vœux pour ton anniversaire, aujourd'hui. Quelle coïncidence ! Tu pardonneras l'absence de cadeau.

Avec mes meilleurs vœux,

Louise

Susannah Elmhirst à Lady Margaret

Lambeth, 15 décembre 1870

Chère Margaret,

Je vous écris à l'occasion du deuxième anniversaire de la disparition de Sebastian, sachant que vous penserez vous aussi à mon frère en ce jour. Comme il serait fier s'il savait le merveilleux travail que vous accomplissez à Five Points. C'est son décès qui vous a poussée à vous engager à la Mission des Dames, mais c'est votre cœur qui vous a amenée à vous battre avec tant d'énergie pour votre sanctuaire pour enfants.

Je suis ravie d'apprendre que vous avez enfin trouvé un site qui convient au projet. La bureaucratie et la corruption auxquelles vous vous êtes heurtée ne m'ont pas choquée… bien que cela aurait dû. Je crains que toutes les grandes villes ne soient minées par l'intérêt personnel. Vous avez trouvé un bienfaiteur avisé en la personne de Mr Gordon Bennett. Son expérience pour prévoir et surmonter ces obstacles s'est avérée inestimable. Vous minimisez le rôle que vous avez joué, mais je vous connais trop bien pour imaginer qu'il ait été marginal. J'ai hâte d'apprendre que la pose des fondations a commencé. L'année prochaine à cette époque, vous aurez peut-être ouvert les portes de votre sanctuaire au premier groupe d'enfants.

Votre généreux colis de bonbons et de jouets pour nos petits de Lambeth est bien arrivé et à temps pour être distribué lors de notre soirée de Noël. Je n'ai pas pu résister à l'envie de jeter un coup d'œil à votre nouveau livre. Les histoires sont très sombres, très différentes de votre dernière série de contes, mais vous avez réussi à y insuffler de l'optimisme sans être mièvre.

Je dois admettre que la nouvelle des fiançailles éclair de votre ami Mr Mueller m'a étonnée. J'avoue que je nourrissais l'espoir de vous voir heureux ensemble. Même si nous ne nous sommes plus vues depuis des années, je vous connais assez pour vous croire sincère quand vous affirmez être heureuse pour lui.

Je vais terminer cette missive avec l'annonce d'un mariage de plus : le mien ! (Oh ! comme j'aimerais voir votre réaction à cette nouvelle !) Vous vous souvenez peut-être que j'ai mentionné le prêtre qui est venu à Lambeth depuis une paroisse voisine pour aider Mr Glass ? Il s'appelle Martin Poll Wright. Il a été d'un grand soutien pour moi dans ces jours sombres et notre amitié s'est transformée en amour. Il m'a demandée en mariage aujourd'hui : ce cher homme souhaite donner à cette triste journée une signification plus réjouissante. J'ai été ravie d'accepter.

Je vous assure que je suis très heureuse. Mon Frederick aura toujours une place dans mon cœur, mais j'ai découvert qu'il y a de la place pour un autre. Mon amour pour Martin est d'une nature très différente de mes sentiments pour Frederick, mais il n'est pas moins sincère. Je n'ai jamais pensé que je me remarierais et, si Sebastian était encore en vie, je ne l'aurais peut-être jamais envisagé, mais la perte de mon frère m'a forcée à réévaluer ma vie. Je me suis sentie seule, Margaret. C'est une chose étrange à dire, peut-être, pour une femme qui ne manque jamais de compagnie ou d'occupation, mais c'est la stricte vérité. En Martin, j'ai trouvé une réelle compagnie, qui m'était nécessaire, ainsi que de l'amour.

Mon futur mari a été affecté à une nouvelle paroisse en Cornouailles. Cette lettre sera ma dernière depuis le petit cottage de Lambeth que j'ai considéré comme mon chez-moi ces deux dernières années. Nous nous marierons dans son église le 14 janvier et commencerons notre nouvelle existence là-bas immédiatement. Cela ne pourrait pas être plus différent de Lambeth, qui va terriblement me manquer, mais c'est un changement exaltant. Qui aurait pu imaginer, il y a quelques années seulement, que je serais en Cornouailles et vous à New York ? La vie n'est-elle pas pleine de merveilleuses surprises ?

Je vous écrirai de ma nouvelle adresse dès que possible et j'attends avec impatience d'en savoir plus sur la concrétisation de votre sanctuaire. Pensez à moi le jour des noces, chère Margaret, et envoyez-nous votre bénédiction.

Avec tout mon amour,

Susannah

New York Herald, mercredi 11 octobre 1871

UNE CAUSE TRÈS LOUABLE OUVRE SES PORTES SUR WORTH STREET

Un tout nouveau lieu d'accueil pour enfants a été officiellement inauguré hier par Lady Margaret Montagu Douglas Scott sur Worth Street. Le Sanctuaire, comme l'appellent déjà les résidents de Five Points, est une construction de trois étages sur un site offrant de nombreuses possibilités d'extension.

Tout a été pensé pour rendre le bâtiment à la fois accueillant et instructif pour sa petite clientèle. Il y a une aire de jeux clôturée à l'arrière, avec une fontaine féerique et plusieurs bancs qui seront agréablement ombragés en été, lorsque les arbres qui viennent d'être plantés arriveront à maturité. Sur le linteau de chaque fenêtre en ogive, les lettres de l'alphabet sont sculptées en forme d'animaux fantastiques. À l'intérieur, les sols sont en bois, les murs enduits et des lettres et des chiffres y sont peints en couleurs vives. Les pièces sont spacieuses et lumineuses, meublées de fauteuils et de canapés confortables, car ils sont recouverts d'un tissu résistant et équipés de piles de coussins. Des recoins attirants sont aussi prévus pour ceux qui recherchent la solitude. Les étagères ont été placées à une hauteur adaptée aux enfants et les livres les plus simples figurent sur les rayonnages du bas. Il y a également quelques salles plus fonctionnelles où les enfants peuvent prendre un bain, manger copieusement et même faire la sieste.

Le Sanctuaire est ouvert à tous les petits. Il n'est posé aucune question, aucun jugement n'est porté. La seule règle est que la gentillesse doit être à la fois dispensée et reçue.

Le but premier du Sanctuaire n'est pas d'éduquer ou d'améliorer la moralité, mais de fournir un soulagement immédiat et ensuite de l'espoir. Les New Yorkais tiennent probablement ces objectifs pour louables, cependant Lady Margaret, qui a défendu cette excellente cause, a eu du mal à y intéresser les philanthropes de notre métropole. En vraie Écossaise, elle a refusé d'abandonner le combat, et son cran et sa détermination lui ont finalement valu la bienveillance d'un donateur anonyme.

Plusieurs centaines de personnes se sont rassemblées hier, sous le soleil matinal, pour l'inauguration de l'établissement. Il s'agissait principalement d'enfants et de leurs mères, mais il y avait aussi quelques pères. Alors que le *Herald* a reçu un accès privilégié au Sanctuaire avant l'ouverture, les reporters des autres journaux et revues ont été obligés de se masser sur le trottoir avec leurs appareils photo. Deux exceptions notables ont été faites pour : Mrs Jane Croly, plus connue sous son nom de plume de Jenny June, et pour Miss Mary Louise Booth, rédactrice en chef de *Harper's Bazar*. Elles sont toutes deux amies de longue date de Lady Margaret, elle-même auteur de renom. Après avoir visité le Sanctuaire achevé, ces dames de la presse ont juré d'en faire l'éloge dans leurs journaux dans l'espoir d'intéresser leurs lectrices jusqu'alors indifférentes.

La cérémonie elle-même fut brève. Lady Margaret s'est contentée de remercier chaleureusement son bienfaiteur et d'annoncer l'ouverture des lieux. Les acclamations et applaudissements ont été nourris lorsqu'elle a coupé le ruban, accompagnés d'un chœur spontané scandant « Joyeux anniversaire, Lady Margaret », car, par un heureux hasard, c'étaient ses vingt-cinq ans ce jour-là. Puis, sans plus de formalités, les portes à double battant ont été ouvertes et les enfants se sont précipités à l'intérieur, certains en riant et criant, d'autres en se retournant vers leurs parents pour demander la permission. D'autres sont restés en retrait jusqu'à ce que Lady Margaret les amadoue avec son sourire généreux et leur propose du gâteau.

Hier, la vie des enfants négligés et ignorés de Five Points a pris un véritable tournant. Il a fallu une immigrante titrée pour nous forcer, nous les New Yorkais, à regarder en face ce qui se passe dans notre propre ville et nous rappeler qu'ici, dans ce pays, tous les hommes, femmes et enfants devraient être considérés comme égaux. Nous bénissons le jour où cette charmante jeune femme altruiste et déterminée a choisi de s'installer dans notre métropole. Inutile de souhaiter le succès à son Sanctuaire, il était assuré dès l'ouverture des portes. Nous pouvons seulement espérer qu'il servira d'exemple et que d'autres lieux où la bonté et l'espoir sont distribués sans jugement seront créés pour ceux qui en ont le plus besoin.

Bravo, Lady Margaret !

CHAPITRE 42

New York, mercredi, jour de Noël 1872

Margaret contemplait avec admiration la petite créature qui dormait dans ses bras. Margherita Mueller, affectueusement surnommée Petite Rita, n'avait que trois semaines, et elle menait déjà par le bout de son minuscule nez ses parents et sa tante honoraire. Elle sentait le lait et, quand Margaret enfouit le visage dans ses cheveux soyeux, elle huma cette odeur particulière de bébé qui la rendait protectrice et la remplissait d'un amour débordant. Même si elle était habituée aux enfants, elle ne connaissait pas grand-chose aux nourrissons et, la première fois qu'elle avait tenu Rita dans ses bras, elle avait eu peur de la casser.

— Elle est parfaite, déclara-t-elle à Randolph, qui se penchait par-dessus son épaule avec cet air ébahi qu'il affichait en permanence depuis la naissance de sa fille.

— Ce n'est pas moi qui dirai le contraire. Je n'en reviens toujours pas.

— Joyeux premier Noël ! s'exclama la jeune femme en embrassant la joue incroyablement douce du bébé avant de le rendre à contrecœur à Geraldine. Et merci de m'avoir invitée à le partager avec vous. Je sais que les grands-parents se disputaient l'honneur de vous accueillir.

Geraldine serra sa fille contre elle et embrassa le sommet de sa tête.

— Je suis épuisée à la simple idée de devoir porter une tenue élégante et endurer le dîner formel et gargantuesque de mes parents.

— Les miens avaient promis qu'ils convieraient simplement quelques voisins et la famille proche à dîner… mais je vous laisse imaginer, renchérit Randolph.

Margaret se leva.

— Alors je suis d'autant plus honorée d'avoir été votre invitée, mais il est tard, je vais vous laisser mettre la petite Rita au lit.

— Il est à peine 19 heures passées, mais je dois avouer que je suis épuisée, reconnut Geraldine. Merci d'être venue et merci pour la magnifique robe de baptême de Rita. Nous vous verrons à la cérémonie dimanche prochain. Randolph va vous raccompagner.

— Bonne idée, acquiesça-t-il en se levant d'un bond. L'air frais me fera du bien ; sinon je risque de m'endormir devant le feu.

Dehors, la neige avait cessé de tomber et le ciel s'était dégagé. Lorsqu'il s'était marié, Randolph avait déménagé deux numéros plus bas à peine, dans une plus grande maison mitoyenne sur Bleecker Street. Margaret et lui effectuèrent dans un silence complice le trajet qu'ils connaissaient si bien vers Thompson Street. Le froid était glacial. Les trottoirs crissaient sous leurs pas, l'air était piquant, mais lorsqu'ils atteignirent l'entrée de Washington Square, et que la lueur des lampadaires diminua, les étoiles illuminèrent le ciel. Le parc recouvert de neige avait quelque chose de féerique : des stalactites pendaient des arbres comme des décorations de Noël et les bruits de la ville semblaient étouffés. Margaret s'arrêta pour lever le visage vers la voûte étoilée. Elle fut soudain transportée à Dalkeith, comme chaque fois qu'il y avait de la neige pendant les fêtes de fin d'année, mais cette fois-ci, quand elle rouvrit les paupières, sa nostalgie refusa de se dissiper.

— Que se passe-t-il ? Vous avez peur que Rita ne se mette entre nous ? plaisanta son ami.

Son sourire s'effaça quand il remarqua qu'elle était au bord des larmes.

— Le fait que je sois père ne change rien à notre amitié, Margaret, pas plus que mon mariage.

— Ne soyez pas stupide ! Je suis ravie pour Geraldine et vous. Mon Dieu, je me souviens de la première fois où vous l'avez aperçue, le jour de la Queen's Cup. On aurait dit que vous aviez été frappé par la foudre.

— Une flèche en plein cœur.

Il sourit d'un air penaud.

— Un regard a suffi, tout simplement. Pourtant, si vous m'aviez dit que ça pouvait arriver, je vous aurais ri au nez.

La jeune femme lui serra le bras.

— J'en ai été témoin de mes propres yeux, ne l'oubliez pas. Vous êtes mon meilleur ami, Randolph. Je veux que vous soyez heureux et vous l'êtes de toute évidence.

— Alors qu'est-ce qui vous tracasse soudain ? Et n'essayez pas de nier, cela ne marchera pas.

— Vous voir avec votre nouvelle famille me fait penser à la mienne.

Elle se mit à marcher en direction des maisons illuminées sur Washington Square, le forçant à la suivre.

— Cela fera cinq ans en janvier que j'ai posé le pied à New York pour la première fois, mais c'est toujours plus difficile d'être loin de chez soi pendant cette période de l'année. Plus encore, depuis que mère s'est remise à m'écrire. J'ai l'impression de passer à côté de tant de choses ! Ma nièce Margaret, mon premier homonyme, a eu quatre ans cet été, et ma sœur, sa maman, attend son sixième enfant ce mois-ci. Pouvez-vous le croire ? Et je n'en ai vu aucun, si ce n'est sur les photos qu'elle m'envoie. En fait, j'ai une couvée de nièces et neveux que je n'ai jamais rencontrés et… oh, ne prêtez pas attention à moi, Randolph. Comme je l'ai dit, j'ai un peu le mal du pays, c'est tout. Nous sommes arrivés à mon petit chez-moi. Je ne vous propose pas d'entrer… Geraldine doit vous attendre.

— Vous êtes sûre que cela va aller toute seule ? Je sais que vous avez donné congé à votre personnel.

— Oui. J'ai passé une journée formidable, mais maintenant je préfère être seule.

Elle se hissa sur la pointe des pieds pour embrasser la joue de l'avocat.

— Nous nous verrons au baptême, voire avant.

Randolph attendit qu'elle soit entrée pour dévaler les marches, naturellement impatient de rentrer chez lui. Elle ferma la porte derrière elle, augmenta l'intensité de la lampe et se débarrassa de ses vêtements d'extérieur avant de monter l'escalier jusqu'à son bureau, où elle alluma les bûches dans l'âtre.

Elle se pelotonna sur le tapis devant la cheminée, ramassa son paquet de lettres de Noël et passa en revue les pages qu'elle avait lues tant de fois. Susannah vivait heureuse en Cornouailles et était toujours aussi occupée avec ses groupes de mères. Sur sa photo annuelle, Victoria avait décidément l'air d'une matrone avec sa couvée toujours plus nombreuse et Kerr, maintenant marquis de Lothian, avec sa barbe grisonnante, faisait beaucoup plus vieux que son âge. Marion attendait avec impatience ce qui était devenu le pèlerinage annuel de Patrick dans le comté de Kildare et Julia passait Noël avec la famille de sa sœur, tandis que Wingfield restait à Powerscourt.

« *Il n'a pas fait le moindre effort pour me dissuader et semble content de passer Noël sans moi*, avait écrit son amie, *et moi aussi je suis bien sans lui.* » Pour Julia, c'était une sorte de déclaration d'indépendance, se dit Margaret en repliant la missive.

Une brève note de Louise informait Margaret qu'elle allait passer Noël avec les Argyll au château d'Inveraray. Comme d'habitude, elle ne donnait aucune indication concernant son état d'esprit et n'évoquait pas la possibilité d'être mère. La photo qu'elle avait jointe n'était pas celle de la maison familiale de son mari, mais du joli village de pêcheurs du même nom, sur les rives du loch Fyne. « *J'ai pensé que cela te plairait, car je sais que tu raffoles des paysages des Highlands* », avait écrit Louise. C'était une scène magnifique, avec des collines couvertes de bruyères à l'arrière-plan, au-delà des eaux calmes du loch, mais l'image que Margaret voyait en la regardant était celle d'un autre château à l'est du pays, situé dans un environnement plus familier, légèrement vallonné.

Une larme roula sur la joue de Margaret lorsqu'elle prit la lettre de sa mère. Dans son état d'esprit actuel, elle savait que ce serait une erreur de la relire, mais elle ne parvint pas à résister. Elles n'avaient plus été ensemble depuis juillet 1866 et le mariage de la princesse Helena. Lenchen avait quatre enfants aujourd'hui et, d'après la duchesse, était très heureuse avec son prince sans prétention.

« *Tu dis toujours que tu veux savoir qui va passer Noël avec nous,* avait écrit la mère de Margaret, *mais bien que j'accède à ta demande j'ai toujours peur de te faire souffrir. J'accroche tes étoiles sur le sapin chaque année, ces couleurs vives sont si différentes des autres, même après tant d'années, et je dis une petite prière pour que tu sois heureuse, Margaret. Tu sembles l'être. Tu as déjà tellement accompli dans ta courte vie que j'ai parfois du mal à imaginer que l'enfant impétueuse et impulsive que tu étais est devenue une femme d'affaires avec la tête sur les épaules.* »

Margaret renifla et s'essuya les yeux avec sa manche. Elle aurait tant donné pour être avec sa mère pendant quelques minutes seulement ! Mais ce ne serait de toute façon pas suffisant. Elle préférait presque s'en passer plutôt que de se contenter d'un moment volé. Elle avait envie de se perdre parmi les accents familiers et de sentir que le sien passait inaperçu. Elle rêvait de se promener dans la campagne sous un ciel gris et brumeux, les pieds trempés, entourée par une pluie fine comme de la brume, imprégnée par l'odeur caractéristique de la fumée de tourbe. Elle avait envie de rencontrer tous ses neveux et nièces, de les serrer dans ses bras, de leur raconter des histoires. Elle avait envie de prendre le thé, de manger des gâteaux avec ses sœurs et sa mère, de discuter de tout et de rien en sachant qu'il y aurait toujours l'occasion de le faire.

Ce qu'elle souhaitait plus que tout, c'était rentrer chez elle.

Mais c'était chez elle ici, non ? La petite maison dans cette métropole extraordinaire, le lieu où elle avait vraiment mûri, où elle était devenue une femme qu'elle reconnaissait à peine. En quittant l'Irlande elle ne savait pas quel chemin sa vie prendrait ; à présent son bureau était jonché des témoignages de ses prouesses. Le Sanctuaire avait été agrandi et, grâce au legs que ce cher Mr Gordon Bennett avait accordé dans son testament, l'avenir financier de l'institution était assuré pour les années à venir. Entre son travail, l'écriture et les quelques engagements sociaux qu'elle continuait à tenir, ses journées étaient bien remplies.

Pourtant, voir Randolph jouir du bonheur familial l'avait déstabilisée. Il resterait toujours son ami, mais son mariage avait changé la donne. Naturellement, Geraldine et maintenant Rita passaient en premier pour lui. Ce n'était pas que Margaret lui enviait ce qu'il avait, mais ce spectacle du bonheur lui rappelait qu'elle aussi avait une famille et que celle-ci était très loin.

Elle aimait New York et tous ces gens qui l'avaient accueillie dans leur vie. Elle n'aurait jamais eu la liberté d'accomplir ce qu'elle avait édifié ici chez elle et n'aurait même pas eu l'audace d'essayer. Elle aimait le fait que chaque jour elle pouvait être utile, mais en regardant son dernier cahier turquoise ouvert sur son buvard Margaret se demanda s'il n'y avait pas moyen d'en faire plus.

Son cœur avait envie de rentrer à la maison. Son cœur si peu commode, songea-t-elle avec ironie, qui la poussait toujours dans une nouvelle direction lorsqu'elle risquait de s'assagir. Mais déjà les larmes séchaient sur ses joues et son moral allait mieux.

Pouvait-elle rentrer chez elle ? Elle ne pouvait pas prendre une décision aussi importante sur un coup de tête. Comment vivrait-elle ? En posant le pied sur le sol écossais, elle violerait les conditions imposées par son père et, même si elle ne dépendait plus de sa rente ici, elle ne savait pas si elle serait capable de gagner assez pour vivre en Écosse.

Elle trouverait un moyen. Elle l'avait toujours fait, non ? Elle pourrait continuer à manier la plume. Un nouveau livre de contes ? Peut-être que *Demorest's* serait intéressé par le *Journal d'une New Yorkaise en Écosse* ? Et il y avait cette Anglaise, une suffragette plutôt terrifiante qu'elle avait rencontrée à l'une des soirées de Mary Louise, qui lui avait offert du travail. Elle s'appelait Emily Faithfull et était l'éditrice du magazine *Victoria*.

Cela serait-il suffisant ? Margaret n'en avait aucune idée, mais elle avait la certitude d'être déterminée à le découvrir. Quant à l'endroit où elle vivrait, c'était facile : elle irait à Édimbourg. Une ville où, comme dans toutes les autres, bon nombre d'enfants avaient terriblement besoin d'un lieu accueillant.

Si je peux le faire ici, pourquoi ne pourrais-je pas le faire sur mon propre terrain ? se dit-elle en souriant. Elle reprit la lettre de sa mère et, cette fois, en sortit la photo. Le duc la regardait fixement, la main sur l'épaule de la duchesse. Il représentait le seul obstacle majeur à ses plans. Elle se força à l'étudier, essayant de comprendre ses sentiments pour lui, ce qu'elle n'avait pas fait depuis très longtemps. Elle ne parvint pas à éprouver la moindre trace d'amour, mais ressentit de la pitié, car il ne parviendrait jamais à la comprendre alors qu'elle le comprenait parfaitement. Allait-elle laisser cette brute qui ne s'était jamais souciée d'elle continuer à lui dicter ses actions et à entacher son bonheur ?

Pas question ! Elle posa la photo en équilibre sur le bureau et prit sa plume. En sortant une feuille de papier à lettres, elle croisa le regard de son père. Non, elle ne l'aimait pas, mais il était sa chair et son sang. Au final, c'était important et ça comptait… même pour lui, non ?

« *Votre Grâce,* écrivit Margaret, *vous serez sans doute surpris d'avoir de mes nouvelles après tout ce temps…* »

Demorest's Monthly Magazine, mars 1873

JENNY JUNE FAIT SES ADIEUX À NOTRE NOVICE NEW-YORKAISE PRÉFÉRÉE

La semaine dernière, j'ai dit au revoir à Lady Margaret Montagu Douglas Scott alors qu'elle s'embarquait pour traverser l'Atlantique et rentrer en Écosse. Après nous avoir honorés de sa présence pendant cinq années, elle retourne maintenant sur les terres de ses ancêtres. Je suis certaine de ne pas être la seule à qui elle va manquer.

Lady Margaret a ravi les lectrices avec son journal mensuel dans ce périodique. Alors que de nombreux arrivants prétendent vouloir s'immerger dans la métropole, ce qu'ils veulent dire en réalité, c'est qu'ils vont jouer les touristes et visiter les merveilles de notre ville. Ils se considèrent comme de vrais New Yorkais s'ils ont fait la queue au Delmonico's ou survécu à un trajet en tramway, mais ils ne cherchent pas à découvrir le New York qui ne figure pas dans leurs guides. Or, c'est précisément ce que Lady Margaret a fait… et plus encore ! Non contente de se joindre à la foule sur le ferry pour Coney Island dans la chaleur du mois d'août, elle a pris un bain de mer dans un costume de location. Bien qu'elle n'ait jamais réussi à remplacer son thé du matin par un café, elle était heureuse de goûter aux cuisines nombreuses et variées que notre ville propose, depuis les fèves en sauce tomate jusqu'aux haricots de Lima du *succotash*, en passant par la tarte à la citrouille, le ragoût d'huîtres, sans oublier son plat préféré : la bière accompagnant la choucroute et la saucisse allemande fumée.

L'envie de Lady Margaret d'explorer toutes les facettes de la ville l'a emmenée dans des endroits où peu de gens s'aventurent, qu'ils soient touristes ou résidents. C'est dans le tristement célèbre quartier de Five Points qu'elle a laissé son empreinte la plus durable. Le sanctuaire pour enfants qu'elle s'est donné tant de mal à édifier a été agrandi plusieurs fois depuis son ouverture il y a presque un an et demi, et le modèle a été copié dans d'autres quartiers défavorisés de New York.

« Je ferais presque tout pour faire sourire un enfant », m'a affirmé Lady Margaret, non pas une fois, mais plusieurs, lorsque la bataille pour financer son Sanctuaire semblait perdue. C'est son immense mérite de ne jamais avoir renoncé, car, contre toute attente, elle a finalement remporté son combat.

Sur une note personnelle, mon amie, et sa compagnie pétillante, me manquera beaucoup. Elle sera une perte incommensurable pour le Sanctuaire et pour Five Points, mais elle manquera également dans les demeures de la Cinquième Avenue. Je ne doute pas que sa curiosité naturelle, sa gentillesse innée et sa volonté sans faille l'amèneront à se battre pour de nouvelles causes dans sa patrie.

Triomphera-t-elle ? Les lectrices seront ravies d'apprendre que Lady Margaret n'est pas entièrement perdue pour nous. Son *Journal d'une New Yorkaise de retour à ses racines* débutera dans le prochain numéro de ce magazine. Je ne suis bien évidemment pas la seule à l'attendre avec une grande impatience.

CHAPITRE 43

Highlands écossaises, jeudi 11 septembre 1873

— Ton père est très déçu d'être abandonné à Londres, déclara la duchesse. Il redoute que Sa Majesté ne s'offusque de son absence. Mais, comme la reine n'a informé Lochiel qu'hier de son intention de lui rendre visite demain, elle ne peut s'attendre à ce qu'il puisse organiser une fête de bienvenue remarquable dans un délai aussi court.

Et encore moins à ce que je sois présente, pensa Margaret en admirant la vue. Le train fonçait vers sa destination, après un parcours quelque peu compliqué dans les Highlands. À l'heure qu'il était, Donald devait savoir qu'elle venait, car sa mère avait envoyé un télégramme. Quand la duchesse avait proposé à sa fille de remplacer son époux, Margaret s'était dit que ce serait une excellente occasion pour elle de faire table rase, mais plus leur destination se rapprochait, plus elle se demandait si elle était prête à faire face à cette rencontre.

Sa mère ne savait rien de leur amitié et aurait été stupéfaite d'apprendre qu'ils avaient failli se marier. Margaret s'était consciemment abstenue de poser la moindre question, par crainte d'éveiller les soupçons. Donald était-il impatient de la voir ? Après tout ce temps, il était probablement indifférent, surtout s'il était heureux en ménage désormais, ce qu'elle espérait sincèrement. Elle souhaitait qu'il aime son Helen et qu'il soit aimé en retour, et que le simple fait de les voir ensemble mette fin définitivement aux derniers sentiments qu'elle éprouvait pour lui. Elle devait le faire tomber du piédestal sur lequel elle l'avait placé et s'accorder enfin une chance de trouver elle aussi l'amour. Pour la première fois depuis longtemps, elle se sentait enfin prête à l'envisager. Elle ne voulait pas passer le reste de sa vie seule. Mais avant d'aller plus loin elle devait se prouver que Donald n'était pas un obstacle à son bonheur futur.

— Tu es étrangement silencieuse, dit sa mère, alors que le train ralentissait à l'approche de la gare.

Tirée de sa rêverie, Margaret s'excusa en souriant.

— La vue est si belle que j'étais absorbée, affirma-t-elle, ce qui n'était pas totalement un mensonge. Je me demande quelle sera la réaction de mon père quand il découvrira que j'ai pris sa place ?

— Il n'est pas en mesure de s'y opposer, répondit sèchement la duchesse. D'ailleurs, je suis sûre que la reine sera heureuse de te revoir. La famille royale doit quitter le château d'Inverlochy demain, où elle se trouve en vacances pour dessiner. Le pauvre Lochiel n'a aucune idée de l'heure à laquelle ils arriveront ni de combien de temps ils comptent rester. Tu sais comment ça se passe avec Sa Majesté quand elle est en Écosse. Elle a dû dire qu'elle souhaitait une visite informelle, sans cérémonie, et n'a pas imaginé les préparatifs qu'il faut pour la recevoir, informellement ou non. Dieu merci, j'avais une robe à carreaux décente que j'ai pu emporter.

— Et, Dieu merci, la robe à tartan de Mary m'allait bien.

— Ta jeune sœur te ressemble beaucoup par sa silhouette et son tempérament.

— Oh ! pauvre Mary.

La duchesse rit.

— Tu sais très bien que c'est un compliment. Dommage que Louise ne soit pas avec la reine, je crois qu'elle sera juste accompagnée de la princesse Beatrice.

— Oh ! Louise est bien trop occupée pour se permettre des escapades en Écosse. Elle est en train de redécorer l'appartement privé de Kensington Palace qui lui a été accordé et elle est aux anges de disposer enfin d'un lieu où créer son propre studio de sculpture. Ses lettres sont remplies de dessins et de plans. Elle veut qu'il reflète ses goûts personnels, ce qui n'est pas surprenant, elle a enduré les goûts sombres de la reine pendant si longtemps !

— Lorne et elle semblent passer un temps fou loin l'un de l'autre.

La duchesse pinça les lèvres.

— Je suppose que les conjectures de la presse, qui prétendent qu'elle va bientôt apporter un nouveau membre à la maison Argyll, ne sont pas fondées ?

— Pas que je sache, bien qu'elle ne se confie pas à moi comme autrefois. Et même si elle le faisait…

— Tu ne trahirais pas sa confiance. C'est vrai. Tu es une amie très loyale. Quel dommage que tu n'aies réussi à la voir qu'une seule fois depuis ton retour !

— Son agenda est très chargé, mais je suis ravie qu'elle ait fait l'effort de venir à Édimbourg spécialement pour me voir.

Cela avait été merveilleux de se retrouver enfin. Cela faisait si longtemps…

— Le mariage lui plaît ?

— Louise n'a jamais été du genre à se confesser.

Son amie s'était montrée animée, presque volubile, au cours du dîner qu'elles avaient partagé à Édimbourg un mois plus tôt, mais lorsque Margaret avait tenté d'orienter la conversation vers un sujet plus personnel le pont-levis s'était levé.

— Nos retrouvailles auraient dû être un peu gauches, comme nous ne nous étions plus vues depuis si longtemps, mais à la fin du repas on se serait crues au bon vieux temps.

— T'a-t-elle trouvée changée ? Que pense-t-elle de ton Sanctuaire à Five Points ?

— Nous n'avons pas beaucoup parlé de New York. Louise est impliquée dans de nombreux projets de charité…

— Et elle n'a jamais supporté qu'on l'éclipse.

— Mère !

— Oui, je sais, ce n'est pas gentil, mais c'est néanmoins la vérité. C'est l'une de tes plus vieilles amies et elle doit être fière de toi. Moi je le suis.

— Et vous me le dites dès que vous en avez l'occasion. Ce n'est pas nécessaire.

La duchesse prit la main de sa fille et la serra très fort.

— Si. Je sais que je te le dis aussi à chaque fois que nous nous voyons, mais je suis si heureuse que tu sois rentrée.

— Et je suis très, très heureuse d'être ici.

— Tu ne regrettes pas d'avoir quitté New York ?

— Oh non, pas du tout. La ville me manque et mes amis aussi, mais le monde est moins vaste qu'il n'y paraissait quand j'ai traversé pour la première fois l'Atlantique. Je sais que j'y retournerai un jour. Pour l'instant, je suis ravie d'être en Écosse. J'ai pris conscience au moment où le train a ralenti pour entrer en gare de Waverley en mars que ma place est ici. Nous sommes sortis du tunnel et j'ai aperçu la masse grise du château qui se dressait au loin. Quand je suis descendue sur le quai, je me suis retrouvée entourée de voix écossaises ; et même si cela faisait sept longues années que je n'avais pas mis les pieds ici…

Margaret s'interrompit en souriant d'un air penaud.

— Vous avez lu mon premier article pour *Demorest's*, je n'ai pas besoin de le répéter mot pour mot.

Sa mère lui sourit chaleureusement.

— Je suis tellement soulagée que la proximité que nous avons établie dans notre correspondance se prolonge. Ton père…

— Oh ! ne gâchons pas ce moment en parlant de lui.

— Il ne l'admettra jamais, mais il est impressionné par ce que tu as accompli, Margaret. Le fait qu'il n'ait pas mentionné une seule fois la suppression de ta rente aurait dû te faire comprendre qu'au moins il ne s'oppose plus à tes choix.

— Même s'il ne les soutient pas !

— Non, il en est incapable, mais il n'émet aucune objection à ce que je te rende visite et même à ce que je passe la nuit dans cette petite maison mitoyenne que tu as louée sur Heriot Row, bien que Dalkeith ne soit qu'à sept miles de là. De plus, quand j'ai suggéré que je pourrais t'aider à lever des fonds pour le sanctuaire d'Édimbourg, il a répondu qu'il n'en attendait pas moins de ma part.

— Je suis ravie que nous puissions collaborer.

— Moi aussi. J'aimerais pouvoir te consacrer plus de temps, mais j'ai tellement d'engagements et je passe beaucoup moins de temps à Édimbourg que je ne le voudrais. Ah, nous y sommes.

Je crois que Lochiel a envoyé une voiture pour nous accueillir. Nous devons simplement trouver un porteur pour nos bagages.

Vingt minutes plus tard, elles suivaient une route sinueuse longeant un cours d'eau. La nervosité que Margaret avait réussi à réprimer jusque-là lui tenaillait maintenant l'estomac et elle regrettait l'œuf dur qu'elle avait mangé au petit déjeuner. Elles étaient à moins de quinze miles de leur destination. Dans deux heures, peut-être moins, elle reverrait Donald.

« Chez moi signifie le domaine d'Achnacarry dans l'Inverness-shire, près du petit village de Spean Bridge, juste au nord de la ville de Fort William. La terre est accidentée, les forêts sont magnifiques et le château lui-même se situe sur la partie basse du terrain, non loin du loch Arkaig, où je pense construire un nouveau quai pour permettre à un bateau à vapeur d'accoster. »

Elle avait conservé la lettre qu'il lui avait écrite en Irlande. Elle avait encore *toutes* ses lettres. *« Je pense qu'il vous plairait, Margaret. J'aimerais beaucoup vous le montrer un jour. »*

Ce jour était arrivé, mais elle n'y mettrait pas les pieds en tant que future maîtresse du domaine, simplement parmi les nombreux invités que sa femme et lui avaient réunis pour accueillir la reine. Margaret lissa un pli imaginaire sur sa robe de voyage vert olive achetée en prêt-à-porter… au grand étonnement de la duchesse. C'était une tenue assez simple, avec des ourlets au bas de la robe et aux poignets, et une rangée de boutons en perle sur le corsage. La jeune femme avait depuis longtemps renoncé à suivre la mode et cette couleur lui allait bien. Donald la trouverait-il changée ? Peut-être *le* trouverait-elle très différent ? À quoi ressemblerait Helen ? Mon Dieu, auraient-ils des enfants ? Elle n'y avait même pas songé jusqu'ici. Sa mère n'avait pas évoqué de descendance, mais elle ignorait que Margaret et Donald étaient plus que de simples connaissances. Ou l'avaient été, en tout cas.

— Ce doit être le loch Lochy, déclara la duchesse en se penchant par la fenêtre. N'est-ce pas charmant ?

— Magnifique.

Margaret admira les rives boisées du loch et les collines à l'arrière-plan, plus bleues que vertes. La route s'éloigna du lac pour suivre les bords d'un nouveau cours d'eau. Le terrain se fit beaucoup plus luxuriant, les montagnes devinrent plus accidentées.

Elles avaient quitté Dalkeith sous la bruine. Quand elles avaient voyagé vers le nord, les cieux s'étaient assombris et la pluie s'était mise à tomber avec force et détermination, mais maintenant le ciel était dégagé. Seuls quelques gros nuages inoffensifs dérivaient à l'horizon. Par la fenêtre ouverte du véhicule leur parvenaient l'odeur des épicéas et des fougères, le bruit de la rivière et le grondement des roues du carrosse sur la route aux ornières profondes.

Puis la jeune femme aperçut pour la première fois Achnacarry, enfoncé dans le paysage, tel que Donald l'avait décrit, et entouré d'une multitude de chênes dont le vert vif se détachait sur la pierre grise. Sur la colline en pente raide derrière, les conifères arboraient des teintes pourpres et bleu canard. La demeure de Donald n'était pas tant un château qu'une maison de campagne aux aspirations aristocratiques, avec une aile plus basse, manifestement un ajout tardif, qui gâchait la symétrie du corps principal, et un toit à balustrade orné d'un assortiment de tourelles. C'était un bâtiment solide qui offrait une vue plongeante sur de jolis prés chargés de moutons paissant tranquillement et sans doute sur la rivière à l'arrière, mais il n'était ni imposant ni intimidant.

Margaret chassa la pensée que cela aurait pu être sa maison et se rappela sévèrement le but de la visite, mais, lorsque la voiture s'arrêta devant un portique blanc et que le cocher ouvrit la porte et déploya les marches, un homme apparut dans l'embrasure de la porte pour les accueillir et les jambes de la jeune femme flageolèrent.

— Votre Grâce, l'entendit-elle dire à sa mère, c'est un immense plaisir de vous accueillir à Achnacarry. Je vous suis très reconnaissant d'avoir consenti un tel effort dans un délai si court.

Sa voix était différente du souvenir qu'elle en avait. Sentir sa présence à quelques mètres à peine était troublant. Elle n'était pas du tout certaine de parvenir un jour à sortir du carrosse, même si elle ne pouvait y rester indéfiniment. Elle se ressaisit, se rappela que c'était ce cher Donald qu'elle s'apprêtait à affronter et non un tyran hostile. Elle rassembla ses jupes, plaqua un sourire sur son visage et descendit de voiture.

— Margaret, tu te souviens de Lochiel, bien sûr.

— Margaret !

Il la fixa, complètement déconcerté.

— N'avez-vous pas reçu mon télégramme ? Le duc est retenu à Londres, expliqua la duchesse, j'ai donc amené ma deuxième fille. Sa Majesté sera heureuse de la revoir. La dernière fois, c'était lors des noces de la princesse Helena, qui ont eu lieu… oh, bonté divine, il y a combien de temps ?

— Sept ans, répondit Margaret en tendant la main, heureuse de voir qu'elle ne tremblait pas. Comment allez-vous, Lochiel ?

— Margaret.

Il serra les mains autour des siennes, la fixant comme si elle était une apparition.

— Je vous croyais en Amérique.

— Je suis rentrée en mars.

— En mars ? Vous êtes en visite prolongée, alors ?

Elle dégagea ses mains avec douceur.

— Je suis de retour pour de bon. Je me suis installée dans une maison à Édimbourg.

— Une maison ? À Édimbourg ? Vous êtes donc mariée ?

— Non. Oh non, je vis seule, répondit-elle en déglutissant, car une boule s'était formée dans sa gorge.

La voix de Lochiel ne pouvait contenir que de la surprise et la façon dont il s'était cramponné à ses doigts ne pouvait être attribuée qu'au choc. Il était plus âgé. Il y avait plus de rides au coin de ses yeux et quelques touches de gris sur ses tempes ; mais il était toujours rasé de près, toujours beau à sa manière simple et sans prétention, et le sourire qui se dessinait sur son visage faisait encore briller ses yeux.

Elle recula d'un pas inutile.

— Votre femme… je suis impatiente de la rencontrer.

— Ma femme ?

— Lochiel n'est pas marié, Margaret. Qu'est-ce qui t'a donné cette idée ?

— Julia.

Margaret regarda tour à tour Donald et sa mère, puis revint à Donald.

— Julia m'a dit que vous étiez fiancé. Une certaine Miss Helen Blair. Elle m'a dit…

— Nous sommes finalement convenus que nous n'étions pas compatibles.

— Oh ! Je suis vraiment désolée ! s'exclama Margaret, consternée et confuse.

Elle le fixa avec impuissance.

— Je pensais… Je n'en avais aucune idée.

— Pourquoi auriez-vous dû le savoir ? Ce n'est pas comme si… je veux dire…

Donald s'interrompit et fit visiblement un effort pour sourire à la duchesse.

— Vous avez fait un long voyage, vous voudrez certainement vous laver les mains. Votre Grâce, je vous ai attribué les chambres d'apparat. Margaret… Lady Margaret, vous prendrez la chambre bleue. Quand vous serez prêtes, peut-être aimeriez-vous rejoindre mes cousines, Susan et Camilla, dans le salon pour le thé ? Heureusement pour moi, elles vivent toutes les deux non loin d'ici. Elles sont arrivées hier et ont travaillé sans relâche avec ma gouvernante pour parer à toute éventualité. J'ai bien peur de ne pas avoir la moindre idée de l'heure à laquelle Sa Majesté a l'intention d'arriver. Elle insiste pour que la visite soit informelle, mais…

— Je comprends, mais ne vous inquiétez pas. Votre maison niche dans un cadre charmant, entourée par le genre de collines et de lochs que Sa Majesté adore, le rassura la duchesse. Et voici votre gouvernante qui vient nous montrer nos chambres, si je ne me trompe. Si vous voulez bien nous excuser.

Elle prit le bras de Margaret et lui dit à voix basse :

— J'espère que, lorsque tu auras résolu le problème entre Lochiel et toi, tu prendras le temps de m'expliquer ce qui se passe.

Donald écoutait Camilla et Susan expliquer les dispositions qu'elles avaient prises pour le dîner ce soir-là et les nombreuses propositions qu'elles avaient préparées pour le lendemain, mais il n'entendait pas un mot de ce qu'elles racontaient.

Margaret était là.

Elle n'était pas à New York, elle était ici, à Achnacarry.

Il n'avait jamais réussi à se convaincre qu'il ne l'aimait plus, mais avait depuis longtemps abandonné tout espoir de la revoir. Peu importe, quelle différence cela faisait-il ? Elle n'était pas mariée, mais il savait mieux que quiconque que c'était probablement parce qu'elle ne le serait jamais. Il serait fou d'imaginer que la réponse puisse être différente s'il lui demandait à nouveau de l'épouser. Malavisé d'imaginer qu'elle était venue ici pour une autre raison que celle d'accompagner sa mère. Idiot d'interpréter quoi que ce soit dans le regard qu'ils avaient échangé lorsqu'il lui avait pris la main.

Pourtant, il y *avait* quelque chose dans ce regard.

Lochiel informa brusquement ses cousines que la duchesse se joindrait à eux pour le thé et coupa court à la conversation, se dirigeant vers la terrasse à l'avant de la maison. Il ne fut pas surpris d'apercevoir Margaret penchée à la fenêtre de la chambre bleue, le menton dans les mains. Il ne savait pas ce qui s'était passé à New York, mais son séjour semblait lui avoir fait du bien. Elle avait toujours été charmante, mais elle affichait à présent une beauté plus mature, avec une confiance tranquille et discrète qu'il trouvait extrêmement séduisante.

Il lui fit signe de le rejoindre et, en quelques instants, elle se trouva près de lui. Elle portait toujours sa robe de voyage, mais plus son chapeau ni ses gants.

— Je me disais que nous pourrions nous promener sur le chemin qui longe la rivière.

— Rien ne me ferait plus plaisir, répondit-elle en hésitant un instant avant de glisser la main dans le creux de son bras. Cela ne vous dérange pas que je sois là ? Je suis désolée de vous avoir causé un tel choc.

— Un choc très agréable. Je croyais que c'était flagrant que j'étais heureux de vous voir.

— Pardonnez-moi si je vous ai embarrassé en mentionnant Miss Blair. Voyez-vous, cela fait trois ans que je vous crois à tort marié. J'étais contente quand Julia me l'a écrit, enfin, j'ai fini par l'être, une fois remise du choc, car je voulais que vous soyez heureux.

— J'ai tenté de l'être. Nous avions beaucoup de choses en commun, Helen et moi. Je pensais que, si je pouvais la rendre heureuse, alors je le serais aussi, mais cela ne marche pas comme cela. Heureusement, nous nous en sommes tous deux rendu compte à temps.

Donald grimaça en se rappelant une douloureuse conversation.

— Les fiançailles n'ont jamais été officialisées, mais j'ai eu tort de laisser notre relation progresser aussi loin.

— Parfois, il est beaucoup plus facile de se laisser porter par une situation que d'y mettre un terme. Surtout quand on croit que c'est ce qu'on souhaite. À New York, j'ai connu quelqu'un, un bon ami. J'aurais voulu qu'il compte plus pour moi, mais comme vous l'avez dit cela ne marche pas comme cela.

Elle eut un sourire un peu amer.

— Randolph et moi sommes toujours amis. Il est très heureux en mariage maintenant et il a une petite fille.

— Helen est mariée, elle aussi.

Ils s'arrêtèrent au bord de la rivière, où l'eau claire ruisselait sur le lit de cailloux. Donald ramassa une pierre plate et la fit ricocher sur la surface.

— Cinq, compta Margaret. C'est impressionnant.

Elle ramassa à son tour une pierre, mais sa tentative coula après un seul rebond.

Donald choisit une autre pierre et la lui tendit.

— Voici. Tenez-la comme cela et tirez votre bras en arrière. Laissez-moi vous montrer.

Il se posta derrière elle pour ajuster sa position. Il portait toujours le même parfum. Ses cheveux chatouillaient le menton de la jeune femme.

Elle lança la pierre et rit lorsqu'elle s'enfonça à nouveau dans un tourbillon. Ce qu'elle s'apprêtait à dire mourut sur ses lèvres lorsque leurs yeux se rencontrèrent. L'envie de la prendre dans ses bras et de l'embrasser était presque irrésistible. Elle en avait envie, il le lisait dans son regard. Mais s'il l'embrassait et que cela ne le menait nulle part… non, il ne pouvait pas revivre cela.

Il se baissa, sélectionna un galet et le lui tendit.

— L'essentiel, c'est de persévérer.

CHAPITRE 44

La journée était lumineuse et ensoleillée pour l'arrivée de la reine à Achnacarry. Margaret était perchée à la fenêtre et admirait le loch Arkaig en savourant un petit déjeuner raffiné composé de thé, de pain et de beurre, servi dans sa chambre à coucher. Malgré toutes ses craintes, la journée de la veille avait été merveilleuse. Bien qu'il y ait eu quelques moments gênants avec Donald, la complicité qui avait toujours existé entre eux avait été rapidement rétablie. Ils étaient restés assis à parler jusque tard dans la nuit. Une partie de la conversation avait été consacrée à combler les lacunes de leurs histoires respectives, mais ils avaient abordé d'autres sujets sans importance, semblables à ceux dont ils avaient l'habitude de discuter dans leurs lettres. L'ambiance avait cependant changé lorsque l'aube s'était mise à approcher à grands pas. Donald s'était tourné vers elle pour lui souhaiter bonne nuit et l'aisance de leur relation avait fait place à l'envie d'un autre genre de proximité.

Margaret était restée au lit, les yeux grands ouverts, à regarder le soleil se lever, troublée par les émotions qui tourbillonnaient dans sa tête, sans parvenir à mettre de l'ordre dans ses idées. Moins de vingt-quatre heures plus tôt, elle était arrivée en espérant se prouver que ses sentiments pour Donald n'étaient qu'un lointain souvenir. Les sourcils froncés, elle versa la fin de son thé dans la jolie tasse décorée de myosotis.

Dès le moment où elle avait entendu sa voix, où leurs mains s'étaient touchées, où leurs regards s'étaient croisés, elle avait su que ses sentiments n'étaient pas le fruit de son imagination. Il n'y avait aucun doute dans son esprit : elle l'aimait toujours, et pas seulement comme ami. Elle désirait bien plus que de l'amitié de sa part.

Mon Dieu, M., qu'est-ce que tu dis ? Et, surtout, qu'est-ce que tu imagines pouvoir faire pour y remédier ?

Abasourdie, elle contempla le marc au fond de sa tasse comme s'il allait lui donner de l'inspiration. Elle ne savait même pas si Donald ressentait la même chose qu'elle. Était-il trop tard ? C'était une décision trop importante pour se précipiter. Elle devait considérer la situation rationnellement. Bien sûr, mais si elle n'agissait pas rapidement elle n'en aurait peut-être plus jamais l'occasion.

Un léger coup à la porte l'empêcha de céder à la panique totale.

— Je suis venue t'informer que Sa Majesté a enfin communiqué ses projets, déclara sa mère en entrant dans la pièce. Elle est attendue cet après-midi, il n'y a donc pas d'urgence à s'habiller. Mais si tu comptais monopoliser Lochiel toute la matinée c'est raté, car il est descendu à l'embarcadère pour s'assurer que son petit bateau est en état d'accueillir la famille royale.

La reine Victoria et son entourage arrivèrent en fin d'après-midi et se rendirent directement à l'embarcadère que Donald avait construit sur le loch Arkaig. Margaret, la duchesse, Camilla et Susan patientaient là-bas pour les y accueillir, parées des différentes formes de tartan. La reine semblait s'attendre à ce que tout le monde en arbore dans les Highlands, quel que soit le temps ou l'occasion. Alors que les trois autres dames portaient du coton et de la soie, la robe de Margaret, empruntée à Mary, était en laine, ce qui était inconfortable dans la chaleur étonnante de ce début d'automne.

Si Donald souffrait sous le soleil dans son costume traditionnel des Highlands, il n'en laissait rien transparaître. Alors qu'il prenait les dernières dispositions avec son capitaine pour le départ, Margaret en profita, avec un léger sentiment de culpabilité, pour admirer son image : un large plaid drapait son corps, la boucle étincelante de la ceinture maintenait en place son kilt aux plis impeccables, ses mollets étaient galbés et la brise légère lui permettait d'apercevoir, de manière alléchante, ce qui se trouvait au-delà de ses chaussettes en tricot. Ses joues s'échauffèrent lorsque ses pensées prirent un tour charnel et elle rougit encore plus quand Donald jeta un coup d'œil par-dessus son épaule et la surprit en train de l'examiner. Pouvait-il lire dans ses pensées ? Elle remarqua qu'elle était assez effrontée pour avoir envie qu'il le fasse. Elle vit avec satisfaction son propre désir reflété un instant dans les yeux de Lochiel avant qu'un cri ne retentisse pour annoncer l'approche des carrosses royaux.

Le *Scarba*, un bateau à vapeur à hélice, était trop petit pour accueillir tout le monde. L'honneur d'accompagner la reine Victoria, la princesse Beatrice, la baronne Churchill et les deux gentlemen de leur escorte fut donc limité à Donald et à la duchesse. Le projet initial de parcourir les quatorze miles du loch Arkaig avait dû être réduit, car la reine était arrivée en retard et ne souhaitait pas effectuer le retour au château d'Inverlochy dans l'obscurité.

— Elle a beaucoup apprécié son thé à bord et a admiré le paysage, déclara plus tard la duchesse, de retour à Achnacarry pour le dîner.

Lochiel était déçu de ne pas avoir pu lui montrer la vue la plus impressionnante, à l'autre extrémité du loch.

— Sa Majesté a été ravie d'apprendre son lien avec Bonnie Prince Charlie, reprit-elle.

Donald leva les yeux au ciel.

— Et tout aussi enchantée par le grincement de la cornemuse du jeune Gordon sur la jetée au retour.

Margaret gloussa.

— C'est une trahison, Donald Cameron, de ne pas aimer le son des cornemuses.

Il sourit.

— Je les déteste autant que vous et vous le savez parfaitement. Je me souviens d'en avoir parlé dans une lettre…

Il s'interrompit, se rappelant trop tard qu'ils n'étaient pas *seuls*.

— Il se fait tard, intervint Camilla en rompant le silence gêné, alors qu'il n'était guère plus de 21 heures.

— Oui, je suis très fatiguée, renchérit Susan en étouffant un bâillement théâtral.

— Tout cet air frais sur le loch m'a donné envie de me coucher tôt. Si vous voulez bien m'excuser, ajouta la duchesse.

Elle se leva et provoqua une petite bousculade lorsque les deux autres dames la suivirent. Donald poussa un soupir dès que la porte de la salle à manger se referma.

— Notre squelette est sorti du placard.

— Ma mère a tout de suite deviné que nous étions plus que de simples connaissances, bien que je ne lui aie rien dévoilé de notre histoire.

L'ambiance avait changé maintenant qu'ils étaient tous les deux. Donald fit tourner son verre de vin en examinant son contenu presque intact.

— Regrettez-vous parfois d'avoir refusé de m'épouser ?

Préférerait-il qu'elle mente ? Mais elle ne lui avait jamais menti et, tout aussi important, elle avait depuis longtemps cessé de se bercer d'illusions.

— Non. Je regrette de vous avoir fait du mal, mais pas d'avoir refusé. C'était la bonne décision à ce moment-là.

Il releva les yeux en se forçant à esquisser un sourire maladroit.

— C'est exactement ce que je pensais que vous diriez.

Il repoussa sa chaise et se mit debout.

— Non, attendez !

— J'ai pensé que nous pourrions faire une promenade du côté du loch. La soirée est magnifique, ce serait dommage de la gâcher.

— Oh. Je pensais que vous… Je croyais que…

À son grand désespoir, Margaret se rendit compte qu'elle était au bord des larmes.

— Vous pensiez que je partais furieux et que j'allais bouder ?

Elle réussit à émettre un petit rire.

— Je ne suis pas sûre que vous sachiez bouder. Je croyais que vous ne m'aviez toujours pas pardonné.

— Oh ! Margaret, ne soyez pas stupide. Il n'y a jamais rien eu à pardonner. Venez, allons faire cette promenade, d'accord ?

— Oui, s'il vous plaît.

Elle renifla et se tamponna les yeux à l'aide de sa serviette en lin.

— Voulez-vous prendre une veste ou un châle ?

— Oh non. Cette fichue robe en tartan de Mary est en laine et je n'ai pas eu le temps de me changer pour le dîner. J'avais tellement chaud tout à l'heure au soleil que j'avais l'impression d'être un homard bouilli. Comment n'avez-vous pas fondu dans tout cet attirail ? Même si je suis d'accord avec la reine pour dire, Donald, que vous étiez magnifique.

— C'est plus lourd qu'une armure, mais si cela vous a plu je regrette de m'en être débarrassé à la première occasion.

Ils avaient atteint la terrasse à l'arrière de la maison, où un sentier descendait vers la rivière. La lune brillait dans le ciel bleu foncé et les étoiles étaient de minuscules points scintillants. Donald portait toujours sa veste, son kilt et son *sporran*, la petite sacoche traditionnelle, mais avait retiré le plaid et les divers ceintures, boucles, épées et poignards de cérémonie.

Margaret s'étonna que sa jeune personne ait mis tant de temps à voir à quel point il était séduisant et à comprendre qu'il ressentait la même chose pour elle.

— Je suis désolée de vous avoir fait de la peine il y a tant d'années, déclara-t-elle avec douceur.

— Vous nous auriez fait bien plus de mal à tous les deux si vous aviez accepté ma demande alors que vous n'étiez pas prête. Je vous l'ai dit à l'époque, vous vous souvenez ? Je ne voulais pas d'une épouse qui n'avait pas vraiment envie de se marier. Je ne le souhaite toujours pas.

Il lui prit la main et embrassa le bout de ses doigts.

— Devrions-nous oublier le passé ?

— Oui.

Elle attrapa sa main, la porta à sa joue et ne put résister à l'envie d'embrasser elle aussi le bout de ses doigts.

— S'il vous plaît, acheva-t-elle.

Ils descendirent vers la rivière en silence, tous deux perdus dans leurs pensées, et bifurquèrent pour suivre le tumulte de l'eau jusqu'à la jetée sur la rive du loch, où le *Scarba* était amarré.

— Nous allons nous asseoir sur le pont, d'accord ?

Donald sauta à bord et lui tendit la main pour l'aider à monter. Le bateau tangua doucement, puis se stabilisa alors qu'ils prenaient place sur l'un des bancs de bois. L'air était encore anormalement doux pour la saison, bien qu'il y eût un léger rappel de l'automne dans la fraîcheur et que les feuilles des arbres bordant le loch commençassent tout juste à changer de couleur.

— À New York, en automne, les feuilles restent jusqu'aux premières gelées. Un jour les arbres sont dorés, le lendemain ils sont tout à fait nus. Je préfère la façon qu'ils ont ici de prendre leur temps pour se déshabiller pudiquement.

— C'est une tournure très littéraire.

— On m'a demandé d'écrire une série sous forme de journal intime pour un magazine féminin, l'*Englishwoman's Domestic Magazine*, pour comparer la vie ici et celle à New York. Je pourrais glisser cette phrase dans mon prochain article.

— Qu'est-ce que vous écrivez d'autre, à part le journal pour… c'est *Demorest's* ?

— Mary Louise Booth, la rédactrice en chef de *Harper's Bazar*, m'a proposé des idées auxquelles elle veut que je réfléchisse, puis il y a le *Victoria*, dont je pense vous avoir parlé hier soir. Oh ! et une autre publication m'a demandé de dispenser des conseils de sagesse, du genre : *Ne partagez jamais un parapluie avec un homme sauf si vous lui êtes fiancée.*

Donald éclata de rire.

— Non, je ne connais pas ce genre d'avertissements. Vous l'avez inventé ?

— Malheureusement non.

— Tous ces articles seront-ils publiés sous votre nom ?

— La plupart. Vous vous demandez ce que mon père en pensera ? D'après ma mère, à condition que je ne devienne pas journaliste pour le *Times*, il ignorera tout simplement mes productions journalistiques.

Le silence s'installa entre eux, mais il était tendu. Le lendemain, elle allait retourner à Édimbourg : que se passerait-il alors ? Margaret ne voulait pas quitter Achnacarry sans avoir une idée de ce que l'avenir leur réservait… s'il leur réservait quelque chose. Il fallait qu'elle parle, qu'elle s'ouvre un peu, même si c'était difficile.

— J'aurai vingt-sept ans le mois prochain, Donald, commença-t-elle en s'accordant une pause pour s'éclaircir la gorge. Je vis seule depuis quatre ans. Je ne suis plus la jeune femme impulsive qui s'est enfuie de sa fête de fiançailles sans penser aux conséquences.

— Il est évident pour moi que vous avez beaucoup changé.

— Oui, mais je vais vous donner l'impression d'être à nouveau impulsive. Nous venons à peine de nous retrouver et nous sommes *tous deux* plus âgés et plus sages, et à certains égards nous avons beaucoup changé. Mais je *sais* ce que je ressens et je préfère que nous… Parce que si j'ai tort et que vous ne ressentez pas la même chose, alors il serait mieux pour nous deux de le dire maintenant, vous ne croyez pas ?

Il se tourna vers elle plus franchement.

— Je ne suis pas sûr de ce que vous allez dire, mais il me semble que c'est un peu la même chose que ce que j'avais l'intention de vous confier.

Le cœur de Margaret commença à s'emballer. La tendresse qu'elle lisait dans le sourire de Lochiel n'était pas le fruit de son imagination. Même si elle s'était promis de se montrer prudente, elle avait foncé tête baissée dans cette déclaration sans aucune préparation. Cependant, elle était convaincue d'avoir bien fait.

— Un ami sage m'a recommandé un jour, lorsque je tentais de lever des fonds, de toujours m'exprimer avec le cœur. Je vous aime. Je n'ai jamais cessé de vous aimer. Je vous croyais marié et je pensais que mon amour n'aboutirait jamais à rien.

Donald laissa échapper un long soupir, lui prit les mains et se rapprocha d'elle.

— Vous devez savoir que je vous aime toujours. J'ai essayé, mais je n'ai pas réussi à trouver quelqu'un qui puisse prétendre prendre votre place.

— Oh ! Vous l'exprimez tellement mieux que moi.

Les mains de Lochiel se resserrèrent sur les siennes, mais il ne fit aucun mouvement pour l'embrasser.

— Vous voulez savoir ce qui a changé, n'est-ce pas ? devina Margaret. La réponse simple, c'est que *j'ai* changé. Je sais à présent que ce serait un grand pas pour nous deux. Nous devrions tous deux nous adapter, mais je ne vois plus le mariage comme un compromis.

Elle était consciente de son regard fixé sur elle, de leurs doigts enlacés, de leurs genoux qui se touchaient.

— Je veux partager ma vie avec vous et faire partie de la vôtre, déclara la jeune femme, plus sûre d'elle à chaque mot.

Je pourrais continuer seule et être pleinement satisfaite, mais avec vous à mes côtés je serais tellement plus heureuse, et je pense, j'espère, que vous ressentez la même chose.

Pendant un moment terrifiant, il ne dit rien, puis il l'attira dans ses bras.

— Oh ! Margaret, je ressens exactement la même chose. Je vous aime tant.

Leurs lèvres se rencontrèrent enfin, se collèrent et s'entrouvrirent sur un baiser timide et un peu étrange. Ils s'arrêtèrent, se sourirent et recommencèrent, plus passionnément cette fois. Donald murmura son prénom, ce qui enflamma le corps de Margaret et l'incita à se blottir contre lui. Elle ne souhaitait qu'une chose : plus de baisers et plus de Donald. Rien d'autre ne comptait en cet instant.

Elle ne savait pas si c'était le monde qui basculait sur son axe ou le bateau qui tanguait à cause des vagues quand il la repoussa doucement. Puis il se repositionna sur le banc, mal à l'aise, en ajustant son kilt et en pestant dans sa barbe.

— Nous devons parler de ce que nous allons faire.

— Nous marier ?

Il éclata de rire.

— Nous allons bien évidemment nous marier. La question est : quand ? Je ne pense vraiment pas que ce soit une bonne idée de nous unir dans l'immédiat. Non, ne me regardez pas comme ça, écoutez-moi, Margaret. Vous l'avez reconnu vous-même, en substance. Nous avons tous les deux des vies dont nous sommes heureux, mais qui sont très différentes. J'ai mon travail de député et je dois m'occuper du domaine d'Achnacarry ; vous avez votre écriture et votre travail caritatif à Édimbourg.

— Nous parviendrons à faire en sorte que cela marche, n'est-ce pas ?

Il l'embrassa tendrement.

— Bien sûr que oui et cela en vaudra la peine. Mais les ajustements nécessaires seront importants. Par exemple, nous devrons décider où nous allons nous installer et comment. Et puis que se passera-t-il si nous avons la chance d'avoir des enfants, ce que je souhaite ardemment ? C'est peut-être égoïste, mais après avoir attendu si longtemps j'aimerais vous avoir un moment pour moi tout seul d'abord. Qu'en pensez-vous ?

Elle se força à réfléchir, même si elle savait déjà que ce qu'il disait était plein de bon sens.

— Combien de temps pensez-vous que nous devrions attendre ?

— Un an ? Peut-être même deux ? Le temps pour vous de vous établir, de construire à Édimbourg ce sanctuaire pour enfants que vous désirez tant. Et le temps pour moi de décider si je poursuis ma carrière politique.

— Je sais que vous avez raison, mais cela me semble horriblement long.

Sa respiration n'avait pas encore retrouvé son rythme normal, son corps était encore brûlant et réclamait autre chose qu'une discussion rationnelle et logique.

— Quand vous êtes à côté de moi, cela semble affreusement long, admit-il. Pour être parfaitement honnête, je ne voudrais pas attendre une minute de plus, mais j'essaye d'être raisonnable.

Alors qu'une idée géniale lui venait à l'esprit, Margaret se rapprocha de lui.

— Nous attendrons deux ans pour la cérémonie. Nous déciderons comment nous vivrons et où, et nous résoudrons les autres questions pratiques d'une manière raisonnable et réfléchie.

Elle l'embrassa avant de poursuivre :

— Mais en attendant, à condition d'être prudents…

— Suggérez-vous ce que je pense ?

— Êtes-vous choqué ?

Donald rit, la prit dans ses bras et l'embrassa passionnément.

— Je suis ravi, déclara-t-il en l'entraînant vers l'intimité de la cabine.

The Scotsman, vendredi 10 décembre 1875

UNE BIENFAITRICE ÉPOUSE UN CHEF DE CLAN DES HIGHLANDS

Hier, à l'église St Mary de Dalkeith, Lady Margaret Elizabeth Montagu Douglas Scott a épousé Donald Cameron, député, vingt-quatrième Lochiel du clan Cameron.

La cérémonie s'est déroulée dans l'intimité, en présence de proches, dont les parents de la mariée, le duc et la duchesse de Buccleuch, et sa sœur aînée, Lady Victoria Kerr, marquise de Lothian. Lady Mary Montagu Douglas Scott était demoiselle d'honneur principale, tandis que l'amie proche de la mariée, Son Altesse Royale la princesse Louise, était son témoin.

Les états de service du duc et de la duchesse de Buccleuch sont bien connus et très louables. Tous deux ont occupé des postes importants à la cour de Sa Majesté par le passé et continuent de siéger à d'innombrables comités et conseils d'administration, ainsi que de parrainer de nombreuses institutions caritatives. Alors que leur deuxième fille a hérité de cet esprit altruiste, elle a choisi de le manifester d'une façon bien différente. Le sanctuaire pour enfants d'Édimbourg, que Lady Margaret a inauguré l'année dernière, a été édifié en suivant un modèle qu'elle avait précédemment établi dans les quartiers pauvres de New York. Le sanctuaire présente une caractéristique inhabituelle : il est ouvert à tous les enfants, quelle que soit leur situation et qui que soient leurs parents. Le succès de l'institution d'Édimbourg a été tel que Lady Margaret supervise maintenant la création d'un autre sanctuaire à Glasgow.

Nous sommes ravis d'annoncer que les jeunes mariés ont l'intention de rester en Écosse et de s'installer au siège du clan d'Achnacarry. Nous attendons avec intérêt la suite des événements, à la fois personnels et professionnels, pour ce duo bien assorti et fascinant qui fait honneur à sa patrie.

ÉPILOGUE

Palais de Dalkeith, Écosse, lundi, jour de Noël 1876

Cette année-là, le sapin qui avait été installé dans le vestibule de Dalkeith était si gigantesque que Mary avait dû grimper en haut de l'escalier pour accrocher l'étoile la plus haute. Toutes les pièces de la maison étaient chargées des senteurs de l'arbre et des couronnes qui décoraient les rampes et ornaient les cheminées.

Ce matin-là, la maisonnée était sortie pour assister à la messe de Noël à St Mary. Après l'office, la duchesse, Victoria, Margaret et Mary avaient distribué des cadeaux à tous les enfants du domaine et Margaret leur avait lu une nouvelle histoire qu'elle avait spécialement écrite à leur intention.

La duchesse avait rompu avec la tradition et s'était arrangée pour que les tantes et cousins habituellement présents soient invités ailleurs, à leur grande déception.

« Je veux que nous profitions d'une réunion de famille intime à Dalkeith, cette année spécifiquement », avait-elle expliqué en pressant la main de Margaret.

Les quatre frères et les deux sœurs de Margaret, ainsi que leurs enfants, avaient fait un effort particulier pour être présents. La table de salle à manger avait dû être étendue au maximum pour accueillir les adultes. Maintenant que le dîner était achevé et qu'on venait d'emporter les reliefs du fameux pudding écossais de Mrs Mack, la horde d'enfants avait quitté la nursery et les avait rejoints pour les jeux. Assise au milieu de la table, Margaret contemplait sa famille élargie en souriant avec satisfaction. Sa mère était assise sur le tapis devant l'âtre et aidait plusieurs de ses petits-fils à assembler les rails d'un petit train. Les deux frères aînés de Margaret étaient autour de la table d'appoint sur laquelle trônait l'énorme bol à punch en argent. Ils se disputaient pour savoir quels ingrédients devaient entrer dans la composition du breuvage parmi les nombreuses bouteilles : oranges, citrons et sélection d'épices. Victoria était assise à l'autre bout de la table, à présent débarrassée. Elle arbitrait une partie de jonchet. De l'autre côté de la cheminée, Mary permettait à la petite Meg, l'homonyme de Margaret, d'attacher une multitude de rubans colorés dans ses cheveux.

Le duc, qui s'était retiré dans le fumoir après le dîner avec le plus jeune frère de Margaret, revint et balaya du regard la pièce bondée et bruyante avant de choisir de reprendre sa place en bout de table. Comme à l'accoutumée, il se contenta d'adresser un bref signe de tête à Margaret.

La petite Meg abandonna Mary et se glissa près de sa tante avec un livre d'histoires, exigeant que Margaret l'écoute lire. Tandis que celle-ci l'incitait à poursuivre et tournait les pages, elle eut conscience, une fois de plus, que son père l'examinait par-dessus son pince-nez doré. Son expression était légèrement déconcertée, mais on y décelait aussi un soupçon de respect. Il semblait penser qu'il avait fait tout son possible pour se débarrasser d'elle, mais qu'elle était bel et bien là. Après avoir laissé sa marque en Amérique, elle avait maintenant le culot d'utiliser le nom qu'il lui avait transmis pour promouvoir ses causes en Écosse. Son mariage très heureux avec un homme que le duc considérait comme un ami aurait dû rencontrer son approbation, mais il n'y comprenait rien. Pourquoi sa fille avait-elle choisi d'accomplir aujourd'hui ce qu'il avait essayé en vain de lui faire faire des années plus tôt ?

Margaret se sourit à elle-même. Parce qu'elle l'avait décidé. Parce qu'elle refusait de s'avouer vaincue. Parce qu'elle était plus forte qu'elle n'en avait l'air, comme Molly le lui avait rappelé lorsqu'elle s'apprêtait à passer son premier Noël seule ici au palais de Dalkeith, bien des années plus tôt.

Toutes les têtes se tournèrent lorsqu'un petit cri de défi retentit dans l'embrasure de la porte. Margaret se remit debout en souriant et en tendant les bras. Elle fut étonnée de voir l'ombre d'un sourire sur le visage du duc alors que le dernier-né de la famille entrait dans les bras de son père. Donald Walter Cameron avait tout juste six semaines. Plus tôt dans la journée, il avait toléré de passer de bras en bras et avait supporté avec une bonne humeur remarquable le déluge de roucoulements, de câlins et de baisers infligé par ses nombreux cousins, oncles, tantes et grands-parents.

Avec sa touffe de cheveux brun foncé et ses yeux marron, le fils de Margaret était le portrait craché de son père dévoué.

— J'ai dû l'arracher des bras de votre Mrs Mack, expliqua Donald en remettant soigneusement le précieux poupon à sa femme. Elle n'avait aucune envie de le laisser partir. D'après elle, son seul défaut est que ses cheveux ne sont pas de la même couleur que les vôtres. L'heure de son coucher est passée depuis longtemps.

— Nous allons le monter dans une minute, mais nous avons une chose à faire d'abord.

Elle blottit son fils sur son épaule, prit Donald par la main et le conduisit dans le vestibule, où se trouvait le sapin.

Le bébé renifla puis soupira, les paupières lourdes.

— Regarde, c'est la première décoration que ta maman a réalisée, dit-elle en montrant celle qui était de couleur émeraude.

Elle fouilla dans sa poche et en sortit une toute petite étoile dorée.

— Et voici ta première étoile. Ton père va la suspendre à l'arbre pour toi.

Margaret déposa un baiser sur ses cheveux duveteux en s'imprégnant de son odeur enivrante de nouveau-né.

— Et l'année prochaine, mon petit, tu pourras aider papa et maman à fabriquer la première étoile d'une longue série qui décorera notre sapin à Achnacarry.

NOTE DE L'AUTEURE

Cher lecteur,

À la conquête de sa liberté est le fruit de quinze années de travail. Ce roman entrecroise deux parcours de vie : celui de Lady Margaret et le mien.

C'est lorsque j'ai commencé à faire des recherches sur mes ancêtres, découvrant à mon grand étonnement que mes arrière-arrière-arrière-grands-parents étaient le duc et la duchesse de Buccleuch, que j'ai fait la connaissance de leur deuxième fille, Lady Margaret Montagu Douglas Scott. Elle et moi partageons un prénom, nos anniversaires sont à quelques jours d'intervalle et nous sommes toutes deux rousses. J'ai immédiatement ressenti une affinité avec elle et j'ai voulu en savoir davantage. Comme très peu d'informations étaient disponibles, mon imagination a rapidement pris le relais. Lady Margaret, l'héroïne de ce livre, est une femme courageuse qui se bat pour que sa voix soit entendue et qui a la confiance nécessaire pour suivre son cœur. Elle est forte et résiliente, déterminée à vivre sa vie comme elle l'entend, à s'émanciper contre vents et marées.

En donnant vie à Lady Margaret, mon imagination m'a portée vers l'Écosse, à Londres, en Irlande et à New York. En chemin, j'ai appris énormément de choses au sujet de mes ancêtres et sur l'histoire de chacun de ces lieux. Lorsque j'écrivais pendant la pandémie de Covid-19, ce fut un soulagement de m'échapper dans le monde de Lady Margaret et des nombreux personnages qui partagent le roman avec elle, certains réels, d'autres entièrement fictifs. La famille Buccleuch n'est pas mon seul ancêtre à figurer dans ce livre. Le septième vicomte et la vicomtesse de Powerscourt (Wingfield), qui apparaissent également dans cette histoire, sont mes arrière-arrière-grands-parents.

Je suis ravie de pouvoir enfin donner vie à ma version de Lady Margaret. J'espère que vous pourrez vous perdre dans son voyage comme je l'ai fait. J'espère qu'elle vous inspirera, cher lecteur, la confiance nécessaire pour suivre votre cœur, comme j'ai appris à le faire.

Bien sûr, un voyage réussi nécessite un coup de main. Dans mon cas, il m'a été fourni par Marguerite Kaye, ma co-auteure, qui, en tant que mentore, m'a guidée dans ces pérégrinations littéraires. Ensemble, nous avons établi une méthode de travail collaborative et nous sommes devenues des amies proches. Merci, Marguerite, de m'avoir appris à coucher sur le papier l'histoire qui était dans ma tête et dans mon cœur, et de m'avoir aidée à concrétiser le rêve de devenir romancière.

Ce voyage n'aurait pas été possible sans Rachel Kahan, une éditrice exceptionnelle. Elle a cru en moi et en Lady Margaret dès le début et nous a encouragées à être plus fortes et plus courageuses. Merci, Rachel, pour votre regard attentif et vos idées, et merci d'avoir accordé à Lady Margaret l'espace qui lui a permis de devenir la femme courageuse et épanouie qu'elle est à la fin de son voyage.

Merci à Lisa Milton et à toute l'équipe de Mills & Boon pour le soutien indéfectible et l'enthousiasme pour le livre. Vous m'avez permis de rencontrer Marguerite et vous nous avez mises en contact avec la fabuleuse Flo Nicholl, qui nous a guidées dans le processus d'écriture, et Becky Slorach, qui a conçu cette merveilleuse couverture.

Un grand merci à Jennifer Hart, Kelly Rudolph, Imani Grady, Kaitlin Harri, Naureen Nashid, Brittani Hiles, Alivia Lopez et Mumtaz Mustafa de William Morrow pour leur diligence et leur professionnalisme, qui ont permis aux lecteurs américains de découvrir l'histoire de Lady Margaret.

Merci à Susan Lovejoy, ma bibliothèque ambulante, qui a pris soin d'effectuer une énorme partie des recherches nécessaires à la rédaction de cette histoire. Outre le fait qu'elle a dévoré et digéré un grand nombre de livres et qu'elle s'est plongée dans d'innombrables archives, elle a l'œil pour les détails historiques et les faits obscurs. Ce talent s'est révélé inestimable pour donner vie au monde victorien et le rendre aussi historiquement exact que possible.

Camilla Gordon-Lennox a également énormément contribué aux recherches, en particulier lorsque notre héroïne traverse l'Atlantique et s'immerge dans la vie new-yorkaise. Merci, Camilla, pour l'ambiance américaine et pour les New Yorkais que vous avez dénichés pour qu'ils partagent la vie fictive de Lady Margaret.

Merci à Jan Miller et Lacy Lalene Lynch de mon agence littéraire, Dupree Miller, à Dallas. Vous n'avez jamais, jamais cessé de croire en mon rêve de devenir romancière.

Merci à tout le monde au Royal Lodge, à mon équipe et mes publicistes. Votre soutien est inébranlable et vous êtes mes piliers depuis des années, merci à tous. Je n'aurais pas pu y arriver sans vous.

Enfin, merci à ma merveilleuse sœur, Jane, dont la mémoire impressionnante a contribué à rafraîchir la mienne au sujet de nos ancêtres.

Sarah

NOTE HISTORIQUE

À la conquête de sa liberté est peuplé à la fois de personnages historiques ayant existé et d'autres entièrement inventés par nos soins, sur fond d'événements et de lieux réels dans la mesure du possible.

Lady Margaret Montagu Douglas Scott était la deuxième fille de Walter, cinquième duc de Buccleuch, et de son épouse, Charlotte, qui étaient les arrière-arrière-arrière-grands-parents de la duchesse d'York.

Nous avons intégré dans cette histoire le peu d'informations que nous avons pu glaner au sujet de Margaret : son âge, son apparition comme demoiselle d'honneur au mariage de la princesse Helena et du prince Christian de Schleswig-Holstein, et la date de son mariage relativement tardif avec Donald Cameron, vingt-quatrième Lochiel (elle avait vingt-neuf ans, il en avait quarante). Le reste du voyage de Margaret, à l'exception de ces faits marquants, est purement fictif, bien que nous ayons tenté d'être fidèles à la culture de la société victorienne dans laquelle sa famille et elle ont vécu, en particulier dans les scènes londoniennes.

Toutes les relations de Margaret avec des personnalités réelles, y compris les relations troublées qu'elle entretient avec ses parents et sa romance avec Donald, sont entièrement imaginaires. Bien qu'il existe des preuves qu'elle était amie avec la princesse Helena, – à la fois parce qu'elle apparaît sur les photos de mariage et par une référence à des « lettres de Helena » dans les papiers personnels de Donald Cameron de

Lochiel dans les Archives du Conseil des Highlands –, rien ne prouve que Margaret et la princesse Louise étaient proches, même si elles se connaissaient très certainement. Dans la mesure du possible, nous avons essayé de placer Louise au bon endroit et au bon moment, principalement à l'aide des journaux de la reine Victoria, à une exception notable près : rien ne prouve qu'elle ait assisté au mariage de Margaret et Donald.

La princesse Louise a continué à sculpter et à exposer après son mariage avec le marquis de Lorne, qui devint plus tard le duc d'Argyll. Le couple n'a pas eu d'enfants.

Mervyn, septième vicomte de Powerscourt, et Lady Julia, vicomtesse de Powerscourt, sont, par coïncidence, des arrière-arrière-grands-parents de la duchesse d'York.

Une grande partie des détails de la maison, y compris l'obsession du vicomte pour les têtes de cerfs, est tirée de son ouvrage, *A Description and History of Powerscourt*. Il est intéressant de noter que, si rien ne permet d'associer Lady Margaret à Powerscourt, il est fait mention d'une peinture à l'huile de la forêt d'Achnacarry avec la montagne Ben Nevis à l'arrière-plan dans l'un des passages concernant la chambre à coucher. Il est donc possible que Lord Powerscourt et Donald Cameron se soient connus.

Le désir de maternité de Lady Julia fut finalement satisfait, après seize ans de mariage, à la suite de quoi elle eut cinq enfants en succession rapide. Lord Powerscourt, cependant, avait depuis longtemps abandonné l'espoir d'avoir un héritier et avait apparemment décidé de dépenser sa richesse considérable dans le seul but d'empêcher son frère Lewis d'hériter, ce qui signifie malheureusement que l'héritage de son fils fut très réduit.

Quant à Lewis Strange Wingfield, il serait impossible pour un romancier d'inventer une vie plus mouvementée que celle qu'il a vécue. Il était le troisième et plus jeune fils du sixième vicomte et de Lady Elizabeth. Certains pensent que son père est le quatrième marquis de Londonderry, le second mari de sa mère. Lewis a été tour à tour voyageur, acteur, critique, dramaturge, costumier de théâtre, romancier et peintre (ses œuvres ont été exposées à la Royal Academy), avec un penchant pour le jeu de rôle, passant des nuits dans des hospices de pauvres et des logements pour indigents, devenant gardien dans un asile d'aliénés et une prison. Il s'est rendu à Paris comme correspondant de guerre pendant la guerre franco-allemande (1870-1871), où il a suivi une formation de chirurgien. Bien que la rumeur le dise homosexuel, il s'est marié en 1868, mais n'a pas eu d'enfants.

La section new-yorkaise de notre livre est également parsemée de personnages historiques réels. Bien que leurs interactions avec Lady Margaret soient entièrement imaginées, tout a été mis en œuvre pour rester fidèle au caractère et à la biographie de la personne réelle… avec nos excuses pour toute erreur, tout oubli ou toute omission.

Mrs William Astor était encore en train de gravir l'échelle sociale lorsque Margaret est arrivée à New York, juste avant le Gilded Age, période de prospérité et de reconstruction qui suivit la fin de la guerre de Sécession, et sa légendaire liste des « quatre cents », les personnes que Samuel Ward McAllister considérait comme la crème de la société new-yorkaise. Mais ils assumaient déjà à eux deux le rôle d'arbitres de la société et la compétition pour obtenir une invitation à *la* fête de la saison était féroce.

Jane Cunningham Croly, qui a écrit un certain nombre d'articles très populaires et un livre de cuisine sous le nom de Jenny June, est un membre fondateur du Sorosis Club, dont la première réunion s'est tenue en 1868 au Delmonico's.

Mary Louise Booth, également membre fondateur, est devenue la première rédactrice en chef de *Harper's Bazar* la même année. Toutes deux défendaient le droit des femmes à gagner leur vie et ont été étroitement impliquées dans le mouvement pour accorder le droit de vote aux femmes.

James Gordon Bennett s'était retiré de la rédaction du *New York Herald* au moment où nous lui avons fait rencontrer Margaret et avait passé les rênes à son fils, passionné de sport, qui est devenu le plus jeune commodore du New York Yacht Club.

Les vies de deux de nos principaux personnages de fiction ont été inspirées par des personnes ayant réellement existé. Le travail du révérend Arthur Osborne Jay dans la paroisse de Shoreditch à Londres nous a dans une certaine mesure servi de modèle pour créer Sebastian à Lambeth. Le révérend Jay, comme Sebastian, était convaincu que le bien-être matériel de ses paroissiens était aussi important que leur santé spirituelle et a créé un club et un gymnase dans sa paroisse.

Les expériences de Marion Scrymgeour dans les échelons inférieurs du service diplomatique trouvent leur origine dans la vie de plusieurs épouses de diplomates, de voyageurs et d'explorateurs, parmi lesquelles Lady Mary Sheil, Isabella Bird, Lady Hester Stanhope et Isabel Burton. C'est Lady Anne Blunt qui fut la première à établir un haras avec des pur-sang arabes importés, un peu après notre vaillante Marion.

Quant à tous les autres personnages principaux de notre histoire, dont Killin, Randolph Mueller, Susannah Elmhirst,

Patrick Valentine et Fraser Scott, leur apparence, leur caractère et leurs caractéristiques sont entièrement le fruit de notre imagination.

Les lieux, en revanche, sont tous réels, et beaucoup peuvent encore être visités.

Malheureusement, Montagu House, qui était la résidence londonienne des Buccleuch jusqu'en 1917, a été convertie en bureaux, avant d'être démolie en 1949. Le site est aujourd'hui occupé par le bâtiment du ministère de la Défense. En revanche, les autres résidences principales des Buccleuch existent toujours. Le palais de Dalkeith, juste à l'extérieur d'Édimbourg, est actuellement loué par l'université du Wisconsin, mais on peut visiter le parc et prendre un repas dans les écuries magnifiquement restaurées qui abritaient autrefois Spider, le poney bien-aimé de Margaret. Le château de Drumlanrig, près de Dumfries, peut également être visité.

La maison de Donald, le château d'Achnacarry, a servi de base pour l'entraînement de commandos pendant la Seconde Guerre mondiale. Il existe toujours, et bien qu'il ne soit pas ouvert au public on peut visiter le musée du clan Cameron tout proche.

Le château d'Inveraray, siège principal du duc et de la duchesse d'Argyll, est toujours une résidence privée, mais il est également ouvert au public. Le bureau que la reine Victoria a offert à Louise en cadeau de mariage est l'une des pièces exposées.

Les jardins de Powerscourt, de renommée mondiale, ont continué à être développés par Mervyn, Julia et leurs héritiers. Bien qu'ils aient été beaucoup améliorés depuis l'époque de Margaret, tous ses endroits préférés existent encore et peuvent être visités, y compris bien sûr la chute d'eau spectaculaire où Donald lui fait sa première demande en mariage. Malheureusement, en 1974, un incendie a ravagé Powerscourt House, ne laissant que des cendres. Il a fallu attendre vingt-deux ans avant que la demeure ne soit rénovée et elle fait désormais partie des Autograph Collection Hotels.

New York au début des années 1870 se construisait et se reconstruisait à un rythme effarant. Nous avons essayé d'être aussi fidèles que possible sur la question de qui séjournait où et de ce qui avait été construit ou non, en utilisant les guides de l'époque et le renommé *Light and Shadows of New York*.

Five Points était le carrefour où Worth Street, Mott Street, Park Row et Betty Street se rencontraient, juste au sud de Columbus Park. À l'époque de Margaret, le quartier était très pauvre, même s'il n'était pas encore le repaire d'inégalités et de criminalité qu'il est devenu plus tard. Les deux missions étaient exactement comme décrites dans notre livre, mais le sanctuaire pour enfants de Margaret n'a, malheureusement, jamais existé.

Nous nous sommes efforcées d'être le plus historiquement précises possible à tous les égards mais, comme il s'agit d'une œuvre de fiction, toutes les inexactitudes, omissions ou erreurs sont entièrement de notre fait.

Sarah et Marguerite

Composé et édité par HarperCollins France

Achevé d'imprimer en France par CPI
en novembre 2021

Dépôt légal : novembre 2021
N° d'impression : 167240